खुले पैरों की बेड़ियाँ

वाणी प्रकाशन
नयी दिल्ली-110002
फोन : 3275710, 3273167 फैक्स : 3275710
e-mail : vani_prakashan@yahoo.com
vani_prakashan@mantraonline.com

खुले पैरों की बेड़ियाँ

ज्ञान सिंह मान

ISBN : 978-81-7055-922-1

वाणी प्रकाशन
21-ए, दरियागंज, नयी दिल्ली-110002
द्वारा प्रकाशित

प्रथम संस्करण : 2002

मूल्य : 300.00 रुपये

शुभम ऑफ़सेट, दिल्ली-110032
द्वारा मुद्रित

KHULE PAIRON KI BERIAN
by Gyan Singh Maan

देश की युवा पीढ़ी के नाम।

ममतामयी माँ की स्मृति में जिस का आशीष आज भी इस 'ज्ञान' का पथ आलोकित करता है।

पहली प्रति 'वीणा' और 'अनु' के लिए जिन की आंखों का काजल और स्नेह इन शब्दों को रोशनाई प्रदान करते रहे हैं।

पहला अध्याय

भ्रष्टाचार की दीमक देश को खाये जा रही थी। इस बीमारी के प्रति सभी चिन्तित थे। एकान्त क्षणों में सपना और समीर भी इस सम्बन्ध में विचार-विनिमय करते रहते थे। सोचते-सोचते सपना को न जाने क्या होने लगता है?

विस्मृति के वैसे ही क्षण उसे पुनः बाँध लेते हैं लगता है सब कुछ ठहर-सा गया है। अपनत्व का एहसास मात्र साँसों तक ही सिमट गया है। ऐसे में चारों ओर फैली विचित्र सी रिक्तता उसे कचोटने लगती है। सब कुछ बस पूर्ववत–सिर्फ चलता सा प्रतीत होता है। अनुभव होता है, कहीं कुछ भी बनता मिटता नहीं है। कोई क्रिया, धड़कन सा परिवर्तन नहीं है। है तो केवल अस्तित्व के नाम पर एक संज्ञाहीन सी स्थिति, निजता को खलता खालीपन–जैसे कोरा नीलगगन। क्षितिज के आर-पार उचकती एक शून्य दृष्टि, श्वासों-प्रश्वासों से लयबद्ध उभरे वक्ष का प्रकम्पन्न–और एक न समाप्त होने वाला अन्तराल।

सपना ने एक गहन एवं अर्थपूर्ण दृष्टि से उजले आकाश की ओर देखा और दीर्घ साँस ली। उसे लगा, एक आत्मीय एवं स्नेही हृदय से सम्पर्क होते हुए भी वह विशालकाय सागर में लघु तिनके सी निराधार बहती जा रही है। कहाँ, किस ओर–? वह नहीं जानती। अनन्त लहरों की तरह शायद उसकी अपनी भावनाओं का भी कोई लक्ष्य नहीं है, कोई किनारा नहीं है। अन्तर्मन में जो संवेदना या पीड़ा है, उसका कहीं कोई बाह्य साक्षी नहीं है। न चाहते हुए भी वह कभी-कभी समीर को खुश करने के लिए पश्चिमी ढंग की 'जींस' पहन लेती थी। उस दिन भी वह कुछ वैसा ही पहने हुए थी। सम्भवतः समीर को आकर्षित करने के लिए या फिर स्वयं को 'माडर्न' भाव के निकट लाने के लिए–वह तय नहीं कर पाई। कुछ भी हो, उसे बाह्य कृत्रिमता से मोह नहीं था। ऐसी वेश-भूषा भी किस काम की जिससे अपना शरीर ही बन्दी सा बन जाये। न हिलने डुलने की जगह न पसरने की–बस एक अजीब सी कसावट और रुकती साँसें।

उसने 'जींस' की कसावट में सिमटे शरीर को फैलाने का प्रयास किया। नीचे गीली रेत थी, ऊपर उन्मुक्त गगन में प्रभामयी तारिकाएँ विचित्र आँख-मिचौनी खेल रही थी। गीली रेत का भीगापन 'जींस' के भीतर तक फैल रहा था। बड़ी अद्‌भुत

स्थिति थी, अपना शरीर ही उसे पराया सा लगने लगा था। करवट लेकर उसने समीर की ओर देखा, दोनों के शरीर अब बहुत निकट थे। समीर भी गीली पलकों से आकाश की शून्यता में कुछ ढूँढ़ने का प्रयास कर रहा था। तनिक दूरी पर गंगा का उन्मुक्त प्रवाह अबाध गति से गहरे मौन में निरन्तरता का आभास भरता जा रहा था। पावन घाट पर असंख्य तीर्थ यात्रियों के बीच कोलाहल का समागम रचाती, गंगा की लहरें इस ठौर पर अपने सहज प्रवाह में प्रशान्त बह रही थीं। कभी-कभी पर्वतीय पवन से उद्वेलित चंचल लहरों का विस्मृत फेनिल उच्छ्वास सपना और समीर के शरीरों को भी गुदगुदा जाता था। एक धीमी संगीत लहरी, ढलती साँस के थके नूपुरों में लयबद्ध झंकार भरती जा रही थी। तनिक दूरी पर गंगा की भँवरगत लहरें नन्हें पत्थरों की परिक्रमा करती, सूर्य की विश्रान्त लालिमा से नन्हें माणक-मूंगें समेटती जा रही थीं। प्रकृति की पावन वन्दना में धरती-आकाश मानों स्वर्णिम सूत्रों में बंधते जा रहे थे।

सपना की गहन तंद्रा भंग हुई। चिन्तन विलसित मन बाह्य प्रवाह में पुनः लौट आया। चिरकाल से मौन परिवेश कुछ विचलित हुआ, उसने समीर का ध्यान आकृष्ट करते हुए सरल वाणी में कहा,

"सुनो!" 'हूँ' समीर के होंठ तनिक हिले, संगीतमय लहरों में एक और झन्कार,

"हूँ क्या?"

"कुछ कहो भी–।"

"यह स्थल कितना मनोरम है–" और उसने हलके स्पर्श से समीर को छू दिया।

समीर भी जैसे स्वप्निल लोक की माया-बीथियों से निकल वास्तविक जीवन प्रवाह में लौट आया। सपना की ओर देखता हुआ बोला,

"है तो–" और उसने सपना के आत्मीय भावों का आभास पाने का प्रयास किया। जिज्ञासु पलकों से उसके अर्थपूर्ण नेत्रों में झांकता हुआ बोला,

"तुम्हारे आने से और भी मनोरम हो गया है–"

"हटो–" सपना ने पुलकित स्वर में कहा। प्रशान्त झील में मानों धीमा प्रकम्पन हुआ, वह बोली,

"मन चाहता है, बस यहीं की हो रहूँ–"

समीर ने निश्चिन्त सी साँस ली, मस्तक पर लहराती सपना की कुन्तल केश-राशि को हलके से पीछे हटाते हुआ बोला,

"मेरे लिए मुसीबत होगी–"

"क्यों?" सपना ने आश्चर्य से उसकी ओर देखा।

"अब तुम से अलग कैसे रह पाऊँगा–"

"हटो–" सपना की आँखों में दीप्ति तथा चेहरे पर लाज की लालिमा थी। समीर हँस दिया। उसे छेड़ता हुआ बोला,

"यहाँ गंगा है, वहीं शिव होंगे–ज़रूरत पड़ी तो इधर भी रहने का अच्छा प्रबन्ध कर लेंगे–"

मन्त्र मुग्ध सा वातावरण उन्हें आन्तरिक दृष्टि से और निकट खींच लाया। नीचे की रेत कुछ और सरकी, लहरों ने मानो गहरी श्वास ली, नंगे पैरों की थिरकन बढ़ने लगी– और–; सहसा कुछ गीले पत्तों ने थिरकती पवन का चामर बुनते हुए दोनों के बीच एक महीन मर्यादा–सेतु बाँध दिया। सपना को लगा उसके भीतर कहीं अभावों का भँवर फैला है जो धीरे-धीरे सब कुछ समेटता जा रहा है। उस की निजता, अपनत्व और अस्तित्व के समस्त आयाम एक एक करके उसी में ढलते जा रहे हैं। उसने अतृप्त सी आह भरी। धीमें स्वर में कहा, मानों पत्तों ने सरसराहट की–

"यहाँ से वापिस जाने का मन तो कभी होता ही नहीं।"

"तो आज की रात यहीं टिकते हैं–" समीर ने तनिक शरारती ढंग से कहा।

"पागल हो तुम!"

सपना मानो खीज उठी। समीर ठठाकर हँस दिया। उन्मुक्त सा अट्टहास प्रशान्त वातावरण में सरस प्रकम्पन छेड़ गया। कल-कल बहती धारा में जैसे कोई अभिनव विराम–; समीर ने सहज होने का प्रयास किया। मन के खुलेपन का एहसास देता हुआ बोला,

"इस बात का निर्णय तो रात को ही हो सकता है?"

"वो भी जब कोई दूसरा तैयार हो–"

"यू नॉटी मैन" और सपना ने उसकी चुटकी काट ली। कृत्रिम रोष का अभिनय सा किया और हँसते हुए अपना मस्तक उसके कन्धे पर रख दिया। दोनों ही एक उन्मुक्त अट्टहास में सराबोर हो उठे, एक लम्बा ठहका और पुनः पूर्ववत् सी प्रशान्ति।

और गंगा की निश्छल धारा बहती जा रही थी। किनारे पर विश्रामरत मुद्रा में लेटे दो आत्मीय प्रेमियों की साँसें भी धीरे-धीरे असंख्य ऊर्मियों के साथ सिमटतीं उछलतीं, बढ़ते अन्धकार में आरती वेला की पावन स्थली की ओर प्रवाहित हो रही थीं। जून की ऊष्म किरणों को समेट प्राची पथिक के अश्व पश्चिमी सागर की शैय्या पर निद्रा निमग्न हो चुके थे। संध्याकालीन स्वर्णिम किरणों से छिटके माणक-मोती, पुष्प-पराग और मूंगे–आकाश गंगा के अलौकिक प्रभा मण्डल में विलीन हो रहे थे। ऊषा नागरी अपना सेन्दूरी आँचल समेट उज्ज्वल तारिकाओं की सेज पर सो चुकी थी। ऐसे उन्मत्त वातावरण में दोनों ही परिचित व्यक्ति अपनी-अपनी आन्तरिक रहस्यमयी भाव-बीथियों में पुनः लौटने लगे थे। बाह्य सृष्टि

का वास्तव जब पलकें मूँद लेता है तभी आन्तरिक सत्य का साक्षात्कार होता है। सम्भवतः दोनों ही इसी निजता के निकट होने का उपक्रम जुटा रहे थे। कुछ क्षण दोनों इसी प्रकार ध्यानस्थ से मौन रहे। सपना ने विस्फरित नेत्रों से तारिका-खचित नीलिमा को निहारते हुए धीमें स्वर में कहा,

"ये तारे हमारे ओर ऐसे क्यों देख रहे हैं?"

समीर ने उसकी जिज्ञासा शान्त की, तनिक विश्वस्त स्वर में कहा,

"क्योंकि यही इनका धर्म है–"

"क्या ये सदा ऐसे ही रहेंगे–?"

'शायद!' समीर ने आश्चर्यान्वित नेत्रों से सपना की ओर देखा। मन ने कहा, "यह अचानक इसे क्या हो जाता है। कभी-कभी तो–" वह अभी असमन्जस में ही था कि सपना ने पुनः कहा,

"हम ऐसे क्यों नहीं हो सकते?"

समीर के शरीर को जैसे झटका सा लगा। भीतर सन्देह सिक्त भावों का बवण्डर उठने लगा। मस्तिष्क में विचित्र सा तनाव बढ़ने लगा। उसने सपना को रहस्मयी आत्म केन्द्रिता से विमुक्त करने के लिए उसे झँझोड़ दिया। उसका ध्यान वास्तविक जगत की ओर आकृष्ट करते हुए कहा,

"सपना! उठो। चलें–देर हो रही है।"

सपना पूर्ववत् ही मन्त्र वशीभूत अवस्था में लेटी रही। पलकों में मादकता थी, उसने सरस वाणी में कहा,

"नहीं, समीर–ऊपर देखो; उधर हमें कोई बुला रहा है–; आओ वहीं चलें–"

समीर ने देखा सपना चारों ओर से बे ख़बर मानो अपने में ही केन्द्रित हो रही है। उसने इस योग तन्द्रा को भंग करने का प्रयास किया, परन्तु विफल। सपना निर्निमेष नेत्रों से मानों शून्य में कोई चिरन्तन तत्त्व खोज रही हो। चिरन्तन तत्त्व क्या इस प्रकार बाह्य परिवेश से नितान्त विलग हो जाने पर ही उद्‌भासित होता है। सपना के अंग प्रत्यंग में एक अजीव सी सिहरन उत्पन्न होने लगी। निष्क्रिय सी अवस्था में वह ऐसे ही कब तक लेटी रहेगी? एक दीर्घ श्वास भरकर उसने अपना शरीर पुनः ढीला छोड़ दिया। कुछ क्षणों के लिए वह बिल्कुल ही भूल गई कि समीर उसके बहुत निकट, लगभग शरीर से सटकर उसके अन्तर्मन में झाँकने का प्रयास कर रहा है।

कुछ ही दूरी पर उन्नत पर्वत शिखरों पर धवल-चाँदनी श्वेत चादर सी लहरा रही थी। मौन मुग्ध पर्वत ध्यानस्थ योगी की भाँति अपने सहज स्वरूप में स्थिर हो रहे थे। ओर-छोर पूर्ण शान्ति परिव्याप्त थी। गंगा-धारा उभरती–थिरकती छोटे पत्थरों में नन्हें बुद-बुद संवारती जा रही थी। पत्थरों की अंजलि में छिपता-सिमटता जल प्रवाह प्रशान्त परिवेश में धीमा निनाद छेड़ता जा रहा था। चित्र लिखित से

उन दो प्रणयी बिन्दुओं के आस-पास उज्ज्वल चन्द्र किरणें मायावी वितान सजाने में संलग्न थीं। गीली रेत पर चाँदनी के छिटके मोती, किसी पारलौकिक आभा से अतिरन्जित प्रतीत होते थे। ऐसे योग-प्रान्त वातावरण में भला कोई लौकिक आकर्षण सपना का ध्यान कैसे विकेन्द्रित कर सकता था? भले ही वह स्पर्श उसके प्रियतम समीर का ही क्यों न हो?

निर्मल नील गगन में चन्द्रयान थिरकती गति में धीरे-धीरे सरक रहा था, आलोक पुन्जों को समेटने की लालसा में किरणों की पालकी उठाये उन्मत्त पवन पीछे-पीछे भाग रहा था। चतुर्दिक एक विचित्र सी महिमामयी दिव्यता उद्भासित हो रही थी। सहसा सपना का ध्यान भंग हुआ, ऐसा लगा चन्द्र-किरणों ने उसके दीप्त मुख मण्डल को फिर से छू दिया है। वह सिहर उठी। चारों ओर एक स्वप्निल सा आलोक फैला था। मन्द-मन्द मुस्कान लिये ध्यानरत तारागण नर्तननिरत चन्द्र किरणों को बार-बार निहार रहे थे। दूर हरकी पौड़ी पर आरती वेला सहज ही श्रद्धालु-मन को अपनी ओर आकर्षित करती जा रही थी। आरती के पावन दीप, दूर से नन्हें जुगनुओं की तरह टिमटिमाते, एक अत्यन्त ही रहस्यमयी सृष्टि चक्र की सर्जना करते जा रहे थे। ऐसे सहज विराम को समीर ने एक बार फिर सप्रयास झकझोर दिया, तनिक दृढ़ स्वर में कहा,

"सपना, तुम आधुनिक युग की एक पढ़ी-लिखी लड़की हो, फिर भी बहुत अजीब सी," कहते-कहते वह कुछ सोचने लगा, पुनः दीर्घ साँस भरता हुआ बोला,

"सच, कभी-कभी तो तुमसे डर सा लगने लगता है।"

सपना ने समीर की बात जैसे अनसुनी कर दी। उसका मन कहीं अन्यत्र था और दृष्टि किसी दूसरी ओर–

कानो ने सुनी तो महज़ एक अर्थहीन सी गुनगुनाहट।

ठण्डी रेत पर उसने अपना शरीर और फैला दिया।

अत्यधिक मधुर वाणी में वह समीर से बोली,

"इधर देखो–यहाँ मेरे हाथ पर तारों की बारात उतर आई है।" और उसने अपना हाथ ऊपर उठा कर समीर को अपनी ओर आकृष्ट किया। समीर को लगा सपना एक बार पुनः आत्म प्रवंचना की अवस्था में भटकने लगी है। वह चिन्तित सी मुद्रा में उसके और निकट हो गया। सपना ने रससिक्त स्वर में फिर कहा,

"इस हीरक-अँगूठी में सारा आकाश सिमट आया है।"

"डैडी यह अँगूठी पैरिस से लाये थे। ये हीरे–वाह! श्वेत चाँदनी में धुलकर कैसे आलोकमान हो उठे हैं, मानों कोई दूधिया उच्छ्वास हो–"

समीर ने आश्चर्य चकित भाव से उस ओर देखा, सब कुछ बड़ा अद्भुत और मायावी था। कुछ क्षणों के लिए वह भी मन्त्र मुग्ध सा, जड़वत् स्थिति में सपना की हथेली पर नाचती चन्द्रकला को एकटक निहारता रहा। ऐसा लग रहा था सृष्टि

का समस्त सौन्दर्य कुछ क्षणों के लिए बस वहीं सिमट आया है। सपना ने धीरे से करवट ली, समीर कुछ पीछे सरका–अँगूठी उतारते हुए सपना ने समीर की ओर देखा, आत्मीय स्वर में कहा,

"अपना हाथ इधर दो।"

मन्त्र वशीभूत सा उसका हाथ आगे आया, कुछ हरकत हुई; सपना पुलकित हो उठी। अँगूठी समीर की उँगली में उतारती हुई प्रसन्नचित मुद्रा में बोली,

"तुम्हारे हाथ में तो यह और भी आलोकित हो उठी है–" पुनः स्वयं को संयमित करती हुई बोली,

"चलो अच्छा हुआ, इसे जहाँ जाना है, वहीं अभी से ही जँच रही है–"

पुनः विस्मित सी मुद्रा में समीर की ओर देखा तथा आन्तरिक बिखरे भावों को केन्द्रीभूत करती हुई बोली,

"डैडी, कह रहे थे यह बहुत कीमती है; आकाश के तारों से भी ज़्यादा–"

वाक्य अभी पूर्ण नहीं हुआ था कि सपना ने देखा समीर अँगूठी को अलग करने का प्रयास कर रहा है। मोहक प्रेरणा से अभिभूत सपना ने उस का हाथ अपने कोमल पाश में भर लिया।

सहज स्वर में कहा, "रहने दो समीर; तुम्हारे हाथ में ही अच्छी लगती है यह–"

पुनः एक अशान्त एवं अतृप्त सी साँस भरती हुई बोली,

"इन सब चीजों के प्रति वैसे भी मेरा मोह कम पड़ता जा रहा है, पता नहीं क्यों..."

समीर ने एक गहन एवं अर्थपूर्ण दृष्टि से सपना की ओर देखा। महसूस किया, सपना धीरे-धीरे सांसारिक मायाजाल से विरक्त होती जा रही है। परन्तु ऐसा क्यों? वह सपना को मन से चाहता था; शायद इसीलिये बार-बार उसके निकट होने की कोशिश करता आ रहा था। एकान्त क्षणों में सपना के साथ लम्बा समय व्यतीत करना सुखद लगता था। शायद उसे पूरी तरह समझने के लिए या फिर–; कुछ सोचते हुए उसने अपने भीतरी तनाव को ढीला किया, स्वप्निल संसार में यथार्थ जगत की स्वर्ण मुद्राओं का क्या काम; उसने तनिक ठहरे स्वर में कहा,

"ऐसी चीज़ें कुछ सीमा तक ही व्यक्ति को आकर्षित कर पाती हैं; मोह मैं भी नहीं रखता–"

उसने अँगूठी पुनः अलग करने का प्रयास किया, सपना ने उसका हाथ सशक्त अंजलि में भर लिया। जाने क्यों वह उस समय अत्यन्त भावुक हो उठी थी। अन्तर्मन की समस्त आस्था, समीर के प्रति सहज आत्मीयता एवं निष्ठा तथा नारी सुलभ सम्पूर्ण संवेदना सभी जैसे उसी क्षण उमड़ पड़े। वह भावविभोर हो उठी। गंगा की चंचल लहरों को मानो कोई तृषित चातक छू गया। शुष्क पत्तों ने गीली रेत पर

मानों कोई धीमा राग व्यक्त किया। धरती-आकाश के बीच भ्रमणरत पवन जैसे अपनी थकान दूर करने, कुछ क्षणों के लिए वहीं ठहर गया हो; सपना ने अपने समस्त अस्तित्त्व को साँसों में बटोर कर, अत्यन्त मधुर वाणी में कहा,

"शादी के बाद भी तो यह सब कुछ..."

पुनः एक सहज विराम; एक लम्बी अनचाही साँस, आत्म विस्मृत क्षणों की एक धड़कन; एक कसकमयी छलना...; उसने पुनः शब्द साधे; दीर्घ साँस लेते हुए कहा,

"सब कुछ तुम्हारा ही हो जायेगा–"

समीर ने देखा सपना का अन्तर्द्वन्द्व उसकी पलकों में स्पष्ट झलक रहा था। दोनों ही शायद एक सीमा तक अपने-अपने आन्तरिक विश्लेषण में निरत थे। सपना का मन शायद पूर्णतया स्वस्थ नहीं था। इसीलिए उसने जो कुछ कहा उसमें आन्तरिक सहज उल्लास का अभाव था। ऐसा समीर को लगा। सही या गलत वह नहीं जानता। उसके अपने भीतर भी एक विचित्र सी उधेड़–बुन चल रही थी। असंख्य प्रश्न थे जिनका समाधान मिल नहीं रहा था। असमंजस की स्थिति में उसने सपना की बहुमूल्य अँगूठी कब उसके पर्स में सरका दी, दोनों में से किसी को इसका आभास नहीं हुआ। समीर को अनुभव हुआ, अहंगत परतों में सिमटा उसका मन स्वतः मुक्त हो गया है। इधर सपना की पलकों में अभी भी भारीपन मौजूद था। चेहरे की उज्ज्वलता कुछ-कुछ मंद पड़ने लगी थी। कुछ सोच कर वह सपना के और निकट चला आया, अत्यन्त भावुकतापूर्ण स्पर्श में सपना का मुख अपने हाथों में समेट लिया। सपना मन्त्र मुग्ध सी अवस्था में, पूर्ववत् स्थिर रही। समीर कुछ और आगे बढ़ा, सपना की पलकें झुकने लगीं। श्वास-पर-श्वास तेज़ होने लगी। एक विचित्र थिरकन; एक अपूर्व अपरिचित भावोद्वेल; समीर ने तनिक नीचे झुकते हुए अपनी ऊष्म श्वास सपना के रक्तिम अधरों के समीप उडेंल दी, विश्वस्त एवं तरल वाणी प्रस्फुटित हुई,

"क्या अभी यह सब कुछ मेरा ही नहीं है?"

"समीर!"

सपना जैसे प्रगाढ़ निद्रा से जाग उठी। आनत पत्तों पर ध्यानरत ओस मानों वायु के धीमे संस्पर्श से नीचे टपक पड़ी। सपना का भीतरी विरक्ति भाव एक बारगी उसके समूचे शरीर को झंझोड़ गया। किसी आन्तरिक गुप्त मन्त्रणा से वशीभूत हो उसने अपना मुख दूसरी ओर फेर लिया। शरीर दूसरी ओर सरकाती हुई तनिक उद्विग्न स्वर में बोली,

"हमें एकान्त में इतनी दूर तक नहीं आना चाहिए था–; वह भी अकेले–"

कहते-कहते वह उठने को हुई। समीर उसी स्थिति में जड़वत् सा कुछ सोचता रहा, पुनः अपनी सीमा में सिमटता हुआ तनिक पीछे हट गया। सूने सहरा में मानों

कोई शीतल लहर अपना अन्तिम चरण खोजने के लिए निकल पड़ी हो। ऐसे उन्मुक्त एवं मादकतापूर्ण वातावरण में मन पर नियन्त्रण रख पाना क्या इतना सुगम है? सपना भली-भाँति जानती थी, यदि वह उसी प्रकार पूर्ववत् अवस्था में स्थिर बनी रहती तो वे दोनों इतनी दूर भटक जाते कि शायद पुनः लौटने का प्रश्न ही न उठता। इसके विपरीत उसे समीर की भावनाओं का भी ध्यान था, वह उसकी कदर करती थी। उसे किसी प्रकार भी आहत करना उसका मन्तव्य नहीं था। वह तो अपने भीतर किसी खोज को स्पष्ट करने का प्रयास कर रही थी। समीर के तनिक निकट सरक कर उसने भाव-विगलित स्वर में कहा,

"समीर; मुझे गलत नहीं समझोगे—"

पुनः उसने आह सी भरी; रससिक्त वाणी में कहा,

"नारी के मन की स्थिति वन्य प्रदेश में चिर सुप्त पड़े शंख सी होती है। एक बार कोई स्वर गुंजरित हुआ, बस अमरत्व पा गया; शेष कुछ भी नहीं बचता, बचती हैं तो केवल राग विरागमयी स्मृतियाँ—वे भी शायद उसकी अपनी नहीं रहतीं। सब कुछ पराया सा हो जाता है; पूर्ण समर्पित मन के उच्छ्वास जैसा—कण-कण ढलती मिश्री जैसा।"

कहते-कहते सपना ने अर्द्ध-निमिलित नेत्रों से समीर की ओर देखा। समीर की आँखों में अपूर्व अपरिचित जिज्ञासा विद्यमान थी। सपना ने निश्वास भर कर पलकें झुका लीं; दबी आवाज़ में कहा,

"परन्तु ऐसा स्वर उसके मन को कब और कहाँ छू जायेगा, इस बारे में नारी स्वयं भी नहीं जानती। मेरी अपनी प्रवंचना शायद मुझे छल रही है; मेरी इस विमुखता का तुम कोई दूसरा अर्थ नहीं लोगे, समीर—"

कहते-कहते सपना भावविह्वल हो उठी। अंग-अंग कम्पायमान होने लगा। हलकी सिसक भर कर उसे अपना दीप्त मुख हाथों में छिपा लिया। समीर के लिए सारी स्थिति लगभग पारदर्शी हो चुकी थी। उसे क्या करना है और क्या नहीं, इसके प्रति वह पूरी तरह सतर्क हो चुका था। अन्तर्मन का भावोच्छ्लन किसी भीमकाय शिलाखण्ड से टकरा कर पुनः प्रशान्त लहरों में विलीन हो गया था। उसने सान्त्वनामयी स्पर्श से सपना के उलझे केशों को संवारने का प्रयास किया। अत्यन्त आत्मीय एवं दम्भहीन भाव से उसको थपकते हुए सहज स्वर में कहा,

"सपना, ऐसा-वैसा कुछ मत सोचो—"

कहते-कहते वह रुका, पुनः विश्वस्त एवं स्थिर वाणी में बोला, "स्वयं को अभी तक तुमने पूरी तरह पहचाना नहीं है, शायद इसीलिए सदा भटकती रहती हो, अस्थिर रहती हो—सुनो, इस शरीर से परे एक सपना और भी है, बस, उसे ही मैं जानना चाहता हूँ, उसे ही पाने की लालसा है मेरी।"

सपना स्थितप्रज्ञ सी बिना हिले-डुले समीर को सुनती रही। मुखमण्डल अभी

भी हाथों की ओट में था।

समीर ने गीली रेत पर कुछ अस्पष्ट से शब्द लिखे, तत्क्षण फिर मिटा दिये। साँस भर कर बोला, 'तुम कैसी हो? क्या हो? कुछ कह नहीं सकता--हाँ इतना ज़रूर है, स्वर्ग से कोई मेनका भी उतर आये, तुम्हारा मुकाबला नहीं कर सकती।'' सपना जैसे विचलित हो उठी; हाथ पीछे हटाकर कृतज्ञतापूर्ण नेत्रों ने समीर की भावपूर्ण पलकों में देखा। चेहरे पर चाँदनी की किरणें फिर से उमड़ आईं। ओठों पर धीमी स्मित रेखा कौंध गई। समीर ने उस विलक्षण सौंदर्य को ध्यानपूर्वक देखते हुए कहा,

''सपना, हमारे माता-पिता बहुत खुले दिल के हैं; हम एक दूसरे को पूरी तरह समझ लें, शायद इसीलिए–'' कहते-कहते वह मौन हो गया। कुछ क्षणों के लिए वे दोनों आत्मकेन्द्रित सी अवस्था में वहीं बैठे रहे और फिर–

अपने-अपने अभावों की गीली मिट्टी में स्वस्थ भावों का रोपण करते हुए वे हर की पौड़ी की ओर चलने लगे। देर हो चुकी थी अतः उस ओर गमन ज़रूरी था। आन्तरिक निजता और मौन में सिमटे दोनों ही रेत की उभरती–सरकती सीमाओं को पार करते जा रहे थे। कुछ क्षण पहले वाला प्रणयी प्रांगण बहुत पीछे रह गया था। शीघ्र ही वे नये निर्मित सेतु के निकट पहुँच गये। महा-कुम्भ का पुण्य अवसर था; यात्रियों के महासागर को सुव्यवस्थित करने के लिए प्रशासन की ओर से समुचित प्रबन्ध किया गया था। गंगा की पावन धारा पर असंख्य अस्थायी पुलों का प्रबन्ध जुटाया गया था।

सपना ने दूर से देखा आरती वेला के दीप अधिक उज्ज्वल प्रतीत हो रहे थे। चारों ओर एक दिव्य सा समागम था। गह्वर-गह्वर करती लहरों पर नन्हें दीप गोलाकार से घूमते अत्यन्त रमणीय दृश्य प्रस्तुत कर रहे थे। पुलों के समीप यात्रियों की भीड़ धीरे-धीरे बढ़ती जा रही थी। पिछले कई दिनों से वे इसी प्रकार यहाँ से गुज़रते आ रहे थे। समीर एक ज़रूरी काम से यहाँ ठहरा हुआ था। चलते-चलते सपना ने मौन भंग किया–

''समीर! और कितने दिन इधर ठहरने का इरादा है?''

''अभी कुछ कह पाना मुश्किल है–''

''क्यों?'- सपना ने पूछा।

''टेण्डर खुलने में अभी कुछ समय और लगेगा–''

''तो फिर हम–'' कहते-कहते वह रुक गई।

समीर ने बात काटते हुए कहा,

''शायद कल तक स्थिति साफ हो जाय।''

चलते-चलते समीर ने अपनी गति धीमी की, विश्वस्त नेत्रों से सपना की ओर देखते हुए कहा,

"सिर्फ मुख्यमन्त्री से भेंट होनी बाकी है। कल पिताजी से फोन पर बात हुई थी—उन्होंने तो तय कर लिया है—"

"काम हो जायेगा?"

"लगता तो है—"

'समस्या कहाँ है?' सपना ने तनिक संदिग्ध भाव से समीर की ओर देखते हुए पूछा।

"मुख्यमन्त्री नये 'प्राजैक्ट' में शेयर चाहते हैं।"

"कितना?" सपना ने जिज्ञासु भाव से पूछा।

"लगभग चौथाई भाग—"

"बाई गॉड—" सपना मानों हतप्रभ सी रह गई,

ओंठ थिरके, अस्पष्ट से शब्द व्यक्त हुए,

'इतना! सिर्फ टेण्डर पास करने के लिए—।"

'हाँ! आजकल सब कहीं ऐसे ही चलता है—'

समीर ने गहरी साँस लेते हुए उत्तर दिया।

पुनः गला साफ करता हुआ बोला,

"सौ करोड़ का 'प्राजैक्ट' है।"

"भ्रष्टाचार के ऐसे माहौल में मैं तुम्हें काम नहीं करने दूँगी—" सपना के स्वर में दृढ़ता थी।

"इसके सिवा दूसरा रास्ता भी नहीं है—"

"यह देश आखिर जा किस ओर रहा है?"

"सब कुछ तुम्हारे सामने है—" समीर ने गर्दन नीची करते हुए कहा।

दोनों सहसा ही रुक गये। सामने से उमड़ती भीड़ में मार्ग मिल पाना कठिन हो रहा था। धक्कम-पेल में ध्यान बार-बार विकेन्द्रित हो रहा था। ठीक से बात नहीं हो पा रही थी। अतः दोनों एक ओर सरक गये। पुल के थोड़ी दूरी पर श्वेत संगमरमर का आसन बिछा था। समीर ने उस ओर संकेत करते हुए कहा,

"भीड़ हटने तक वहाँ बैठते हैं—"

मौन एवं गम्भीर मुद्रा में दोनों ही श्वेत पत्थर पर आसीन हो गए। समीर घुटनों का सहारा ले नीचे झुक गया। मन उद्विग्न था, पैर जैसे रेत से खेलने लगे। सपना उसे ऐसे आत्मनिरत देख व्याकुल हो उठी। उसके कन्धे पर हाथ रखती हुई बोली,

"हटाओ यह उतरा चेहरा—; समीर मुझे तुम्हारा यह 'मूड' कभी अच्छा नहीं लगता—"

समीर सरलचित भाव से हँस दिया। बात बदलता हुआ बोला,

'याद आया, मुम्बई से एक ज़रूरी फोन आना था।

"अब क्या करूँ? तुम 'सैलो' साथ लाने नहीं देतीं, कल से साथ लाऊँगा—"

"हरगिज़ नहीं–" सपना के स्वर में प्रखरता थी, पुनः साधिकार बोली,

'लाये तो उधर गहरे में फेंक दूँगी; बड़े आये 'सैलो' वाले–'

समीर ठठ्ठा उठा, सपना रस विभोर हो उठी। सहज एवं प्रशान्त भाव में हँसती हुई बोली,

"समीर। कभी परिवेश से अलग होकर भी जीना सीखो! आसपास के वातावरण से स्वयं को तराशने की कला भी सीखनी चाहिए। 'स्व' या अपनत्त्व में लौटने का आनन्द ही कुछ और है–उधर देखो–" सपना ने दूर उफनती लहरों की ओर संकेत किया।

"वहाँ धारा भी है लहरें भी हैं। द्वैयता में ही अद्वैत निहित है। लहरें गंगा से उपजती हैं परन्तु कुछ क्षणों के लिए अपनी निजता का भी उच्छ्वास भरती हैं।"

समीर ने शरारती भाव से सपना की ओर देखा, सरस वाणी में बोला,

"मैंने तुम्हारी तरह दर्शन शास्त्र नहीं पढ़ा–"

वह शायद गहन गम्भीर वार्ता से किनारा करना चाहता था। सपना इस तथ्य को बखूबी भाँप रही थी। उसने पीठ पीछे की ओर शिला पर सटाते हुए पूर्व प्रसंग पुनः छेड़ दिया।

"तो नये 'प्राजैक्ट' के बारे में क्या तय किया?"

समीर फिर से गम्भीर होने लगा। बाल ठीक करता हुआ बोला,

"पिताजी से कहूँगा, उन लोगों को इतना देने के बाद अपने लिये कुछ नहीं बचता–"

सपना ने आँख तरेरते हुए समीर को कनखियों से देखा, विश्वस्त स्वर में कहा–"एक हल है?"

समीर ने कौतूहल पूर्ण नेत्रों से उसकी ओर देखा। आश्चर्य से पूछा,

'क्या हल हो सकता है?'

"यदि मुख्यमन्त्री अपने 'शेयर' के बराबर 'सबसिडी' बढ़ा दें–'

'सपना! वाह! क्या खूब!'

समीर प्रसन्न्ता से मानों उछल पड़ा। हँसता हुआ बोला,

"भई–तुम्हारी दाद देनी होगी। क्या सुझाव दिया है? लगता है तुमने अर्थ शास्त्र पर भी 'मास्टरी' की है।"

सपना ने अत्यन्त प्रेममय भाव से अपना मस्तक समीर के कन्धे पर रख दिया। मधुर हँसी में कहा,

"तुम्हारा कुछ रंग तो चढ़ना ही था–"

और फिर दोनों ही उन्मुक्त भाव से ठठ्ठा दिये।

समीर ने तनिक सहज होकर पुनः स्थिति की वास्तविकता की ओर संकेत किया,

"सपना! इस देश में यह सब इतना सरल नहीं रह गया है। नीचे से ऊपर तक सब को भ्रष्टाचार की दीमक चाट रही है। इस 'सबसिडी' पर भी बहुतों की नज़रें रहेंगी। घर तक पहुँचते-पहुँचते 'फिफटी-फिफटी' हो जायेगा–"

सपना के चेहरे की कान्ति सहसा मन्द पड़ गई, मुख से अस्पष्ट शब्द प्रवाह प्रस्फुटित हुआ,

"हे राम! ऐसी दुर्गति!" पुनः समीर की ओर देखती हुई विस्मित भाव से बोली,

"इन दोहरे मानदण्डों और मूल्यों की सीमा आखिर कहाँ होगी?"

समीर ने खिन्न भाव से उत्तर दिया,

"सपना, न चाहते हुए भी हमें इस गन्दे 'सिस्टम' का पुर्ज़ा बनना पड़ता है। आत्मा पर सदा एक बोझ बना रहता है। कभी-कभी मेरा तो दम घुटने लगता है। साँप के मुँह में छिपकली जैसी स्थिति है–न उगलते बनता है न निगलते–" कहते-कहते वह मौन हो गया।

नितान्त व्यक्तिपरक अनुभवों से विलग होकर देश की सामायिक स्थिति पर परिचर्चा इतनी आसान बात तो नहीं थी। दोनों ही अपनी-अपनी मौन मन्त्रणा में लिप्त आन्तरिक भावों की चल लहरों पर निराधार से बहते जा रहे थे। श्वेत संगमरमर के पार्श्व में तनिक नीचे झुके वृक्षों के जालीनुमा वितान से स्वच्छ किरणें माया-मरीचिका सा समागम रच रही थीं। पत्थरीली टेक से पीठ सटाये दो युवा किन्तु अशान्त हृदय अर्न्तमन में स्वतन्त्रता की स्वर्ण जयन्ती की सुनहरी धूल समेटते हुए कोलाहलमयी वातावरण के धुँधले फलक पर चित्र लिखित से स्थिर प्रतीत हो रहे थे। किरणों की झिलमिलाहट ओढ़े दो अजनबी सी आकृतियाँ किसी मनोरम चित्र की पृष्ठभूमि सजाए, ध्यान निमग्न अवस्था में तल्लीन बैठी थीं। और–

प्रगाढ़ तन्द्रा जैसे भंग हुई। दूर अमृत कुण्ड के समीप श्रद्धालुजन मानों अत्यधिक उत्तेजित हो रहे थे। देश के चारित्रिक पतन और भ्रष्टाचार से नितान्त बेखबर, विरक्त, अनासक्त एवं अनभिज्ञ–केवल आरती वेला के पुण्य प्रसाद की ललक लालसा में लार टपकाते, गगनचुम्बी सा जय जयघोष भरते जा रहे थे। चारों ओर एक विचित्र सा दैवी निनाद फैलता जा रहा था–

" 'हर हर गंगे' 'जय जय गंगे' 'गंगा मैया की जय' "

आदि असंख्य सामूहिक अर्चना स्वरों से आकाश-पाताल मानों विकम्पित होने लगा। एक बार फिर सब कुछ सहज होने लगा, धीरे-धीरे। धर्म, धारणा और बाह्य प्रदर्शन अपने-अपने शिविरों में लौटने लगे। ओर-छोर पुनः एक गहन प्रशान्ति फैलने लगी। सपना ने अनुभव किया गंगा का मधुर संगीत, लहरों का सहज नर्तन–, प्रकृति का लयबद्ध एवं मोहक स्वर–फिर से मुखरित होने लगे हैं। धूमिल चौराहे पर सम्भवतः उसे किसी स्वर्णिम राज मार्ग के दर्शन हुए। समीर का ध्यान आकृष्ट

करते हुए उसने कहा,

"ऐसी स्थिति में हमें कुछ करना चाहिए—"

सपना की पलकों में सारपूर्ण विश्वास कौंध गया।

प्रशान्त जल में कंकर सी ध्वनि; समीर ने साँस रोकी, आत्मीय भाव से सपना की ओर देखा। समीर अशान्त था, गाज गिरे वृक्ष सा आहत—नेत्र झकाते हुए उसने कहा,

"सपना, सिस्टम से लड़ना मुश्किल है। इक्का-दुक्का कोई कुछ नहीं कर सकता। सब ओर नमक की खान है; शहद की कामना व्यर्थ है।" कहते-कहते वह मौन हो गया। सपना दीपशिखा की भाँति एकटक, निर्निमेष पलकों से उसे निहार रही थी; लयबद्ध संगीत लहरी सी मन्त्रमुग्ध। समीर के मुख से ऐसा मुक्त दर्शन प्रवाह उसे अच्छा लगता था। समीर ने आन्तरिक कसक पुनः व्यक्त की, कहा—

"भ्रष्टाचार रूपी कीड़े को मारने वाली दवाई इस देश में नहीं बनती। राजनेता शायद ऐसी दवा चाहते भी नहीं हैं—"

सहसा वह अस्थिर सा हो उठा। ध्यान अमृत-कुण्ड की ओर आकृष्ट हुआ; तनिक अर्थपूर्ण नेत्रों से चारों ओर दृष्टि सरकाता हुआ बोला,

"हमारे यहाँ अमृत-मन्थन की पौराणिक गाथा है। अमृत कहाँ है, मैंने कभी देखा नहीं—हाँ, ज़हर ज़रूर सामने आया है, जिसे कई बार निगलने के बाद भी मैं नीलकण्ठ नहीं बन पाया। परिस्थितियों की कैसी विचित्र विडम्बना है।" सपना गम्भीर मुद्रा में निश्चेष्ट सी बैठी समीर को ध्यानपूर्वक सुन रही थी। समस्या का सामाधान कैसे होगा? उसके अन्तर्मन में प्रश्नों का धूमिल वात-चक्र बढ़ता जा रहा था। समीर ने सान्त्वनामय स्वर में पुनः कहा,

"अमृत की खोज के लिए शायद एक बार फिर महा-मन्थन करना होगा। एक निर्णयकारी संघर्ष—एक भीषण लड़ाई—"

सपना ने निश्चिन्त भाव से अपना शरीर ढीला छोड़ दिया। पीठ शिला पर सीधी—; तीर सी टिकी थी। धूमिल बवण्डर से जैसे पुण्य पराग उमड़ने लगा हो। बाह्य प्रकम्पन को भीतरी श्वास से समताल करते हुए उसने अनिश्चयात्मक गीली मिट्टी पर दृढ़ निश्चय का सेतु सजा दिया। विश्वस्त स्वर में कहा,

"समीर, हम ऐसी लड़ाई ज़रूर लड़ेंगे। देश को स्वच्छ एवं निर्मल वातावरण प्रदान करने के लिए; हर प्रकार का त्याग करेंगे। देश से भ्रष्टाचार का कलंक धोने के लिए—"

अभी उसने वाक्य पूर्ण भी नहीं किया था कि मेघ-खण्डों की गड़गड़ाहट ने उन्हें चौंका दिया। देश की अस्थिर राजनीति की तरह मेघ मालाओं का प्रांगण भी शायद डगमगाने लगा था। वर्षा ऋतु थी, ऐसे में बादलों का आवागमन किसी भी

समय, किसी भी ठौर पर सम्भावित था। चाँदी-सी एक चंचल रेखा सहसा दोनों को चकित कर गई। समीर ने शंकित नेत्रों से आकाश की ओर देखते हुए कहा,

"सपना! बारिश शायद कहीं आस-पास ही है। हम कभी भी भीग सकते हैं। फिलहाल, यहाँ से चलना होगा।" सपना ने जल्दी से अपने जूतों को पैरों के निकट घसीटते हुए, उन्मुक्त हँसी में कहा,

"जो आदमी खाली बारिश से इतना डरता है; भला देश को क्या संवारेगा—?"

समीर भी खुलेपन से हँसने लगा। सपना के मस्तक पर हलकी चपत देते हुए उसे अपने निकट खींच लिया। सपना अस्थिर शरीर को समीर के कन्धे पर डालती हुई, जूतों से उलझ गई। पूर्ववत् रससिक्त फुहार में भीगती हुई बोली,

"समीर, तुम बातें बहुत बनाते हो। कुछ काम भी किया करो—"

समीर उसका संकेत समझ गया। नीचे झुक कर उसने सपना को सहयोग दिया। अट्टहासमयी स्वर में, तनिक झूलता हुआ बोला,

"सारी उमर यही कुछ तो करना है—"

और दोनों फिर से भीड़ से घिर गये। समीर ने सपना को सम्भालने के लिए इधर-उधर से अपनी बाहों का घेरा बढ़ा दिया। सहसा शीतल पवन का तीव्र झोंका नन्हीं बून्दों सहित उनका मुख चूमता हुआ दूर निकल गया। वे सिहर उठे! पर्वतीय प्रदेश की कोई विस्मृत फुहार ग्रीष्म में ढलती गंगा-घाट की साँझ को और अधिक मोहक बना गई। शीघ्र गति से वे घाट के उत्तर-पूर्व में बने 'पार्किंग स्थल' की ओर बढ़ने लगे। मौसम खराब था, प्रकृति का दर्पण धुँधला पड़ने लगा था। चारों ओर रहस्यमयी अस्पष्टता छाने लगी थी।

सहसा सपना के पाँव थिरकने लगे। कोई गुप्त मन्त्रणा मानों उसे अनायास फिर वहीं बाँधने लगी थी। कोई अज्ञात आकर्षण अपनी मधुर वाणी द्वारा उसके बढ़ते पैरों में बेड़ियाँ सी डालता जा रहा था। उसके लिए आगे बढ़ना दुष्कर होने लगा। ऐसा पिछले कई दिनों से होता आ रहा था। साँझ को भ्रमण के उपरान्त 'गैस्ट हाऊस' की ओर मुड़ते समय कोई दैवी आह्वान जैसे उसकी साँसों को जकड़ने लगता था। दूरस्थ कोई मायावी ध्वनि प्रसार उसके रोम-रोम को संस्पर्शित करता, उसकी समस्त चेतना शक्तियों को समेटता हुआ रहस्यमयी शून्यता में धकेलता जा रहा था। ध्वनियन्त्र से प्रवाहित किसी अदृश्य व्यक्ति का मादक स्वर उसके अन्तर्मन में अभूतपूर्व सी संवेदना जागृत कर उसे रससिक्त कर देता था। और वह मन्त्र चालित कठपुतली की भाँति 'माईक' से उत्सरित स्वर में निराधार बहने लगती थी। उस दिन भी 'गैस्ट हाऊस' की ओर बढ़ते समय कुछ वैसा ही ऐन्द्र-जालिक सा अनुभव—;

समीर को जैसे झटका सा लगा। महसूस हुआ सपना के पाँव नीचे, ठीक से सन्तुलित नहीं हैं। उसने आश्चर्य चकित भाव से पूछा,

''सपना, क्या हुआ? तबीयत तो ठीक है न-?''

धड़कती साँसों में सपना की गति और अधिक अस्थिर होने लगी? ठीक से चलने के लिए-उसने समीर का सहारा लिया; वशीभूत सी वाणी में कहा,

''समीर! ज़रा सुनो-फिर वही मायावी आह्वान; वही मादक-मन्त्रणा! वैसा ही मधुर कण्ठ; जीवन्त प्रेरणा; अद्भुत सन्देश। जरा रुको, समीर-''

सपना ने उसका हाथ दृढ़ पाश में जकड़ते हुए उसे प्रतिकूल दिशा में मुड़ने के लिए बाध्य किया। समीर इस नितान्त अप्रत्याशित सी स्थिति के प्रति चिन्तित हो उठा। फटी आँखों से उसने चारों ओर देखा। आकाश में घनघोर बादल उमड़-घुमड़ आ जा रहे थे। दूर दिशाओं में रजत रेखा कौंध-कौंध जा रही थी। रह रहकर आकाश गर्जन आतंकित कर रहा था। ऐसी निबिड़ श्यामलता में सपना की मोह-चालित, परवश सी अवस्था उसे अत्यधिक विस्मित एवं उद्विग्न करती जा रही थी।

प्रतिकूल पवन की उखड़ती पदचाप में 'माईक' की ध्वनि अस्पष्ट पड़ने लगी थी। फिर भी सपना के मनःपटल पर यह अनुभूति साफ झलक रही थी। अन्तर्निहित चिरसुप्त भावों को अज्ञात दिशा से उत्सरित शब्द साधना में स्वतः मुक्ति मिल रही थी। वह सुन रही थी, दूर कोई कह रहा था,

''गंगा मुक्ति का द्वार है। इस ओर आने वाले सभी जीव मुक्ति की कामना करते हैं।''

''मुक्ति किससे-'स्व' से या परिवेश से। दुःख से मुक्ति पाना चाहते हैं या नश्वर शरीर से?

एक जन्म से दूसरे जन्म तक यही प्रश्न सदा हमें छलता रहता है।

मुक्ति नहीं मिलती और क्षणिक दुःख चिरन्तन क्लेश में बदल जाता है।

बाहरी ब्रह्म-कुण्ड के दर्शन खुली आँखों से कीजिए। आपके भीतर एक दिव्य अमृत-कुण्ड है; आँखें मूँद कर उसमें स्नान करना है। मन को सभी बन्धनों और यातनाओं से मुक्ति देनी है। कोरा ध्यान बेमानी है। शुद्ध और श्रेष्ठ विचारों के लिए नित्य ध्यान कीजिए।

मन का मनन और श्रेष्ठ विचारों का संचय ही असली मुक्ति है। लोकहित के लिए चिन्तन कीजिए। लोक कामना द्वन्द्व का नाश करती है। जब तक द्वन्द्व रहता है, मन रहता है। संस्कार मन को दूषित करते हैं। ये जीव के लिए घातक हैं। ठीक इसी प्रकार भ्रष्टाचार किसी भी आज़ाद देश के लिए घातक है।''

समीर ने जो कुछ सुना, ध्यान देना ज़रूरी नहीं समझा। सपना अधिक विचलित हो उठी। मन में अपूर्व अपरिचित विराग उत्पन्न होने लगा। मुक्त मीन जैसे लक्ष्य-बिद्ध हो गई। उसने समीर को झंझोड़ते हुए कहा, ''धीरे चलो, समीर-''

समीर आगे बढ़ने को उत्सुक था, वह जल्दी से अपनी कार तक पहुँचना चाहता था। अनचाहे भाव से सपना भी स्वयं को धकेल सी रही थी, परिचित सा

स्वर पुनः प्रकट था, "स्वर्ग और मोक्ष—ये मन के कल्पना धाम हैं। थोथे आदर्श हैं। इन पंखों के सहारे सिर्फ शून्य में भटका जा सकता है।"

जन-जन को रोग-शोक से मुक्त करना है; देश को भ्रष्टाचार के कैंसर से मुक्त करना है। यही वास्तविक आदर्श हैं।

प्रपंचों से रहित मन ही ईश्वर को पा सकता है, इसी प्रकार एक स्वस्थ—राजनीति ही देश को प्रगति की ओर ले जा सकती है।

धर्म बाँटता है; सेवा भाव जोड़ता है। ऐसा धर्म अपनाईए जो मानव को मानव से जोड़ दे; उत्तर-दक्षिण-पूर्व-पश्चिम को एक कर दे। सेवा में ही सच्चा सुख है। यही असली संजीविनी है।

जन्म जन्मान्तर का वही-खाता गंगा में बहा देना है। इसी जन्म में सब कुछ करना है, सब कुछ पाना है। देश को स्वतन्त्र हुए पचास साल बीच चुके हैं; आज भी करोड़ों लोगों के पास पीने का पानी नहीं है। सामने बहती इस पावन-शीतल गंगा को उनके घरों तक ले जाना है—और—"

कदम-कदम चलते वे दोनों ध्वनि-प्रवाह के क्षेत्र से दूर चले आये। समीर ने सुख की साँस ली; सान्त्वनामयी शान्त दृष्टि से सपना की ओर देखा। सपना का अन्तर्द्वन्द्व उसके मुखमण्डल पर स्पष्ट झलक रहा था। वह उद्विग्न थी। माथे पर कसावट और भृकुटियों में तनाव था। बरसते पानी में उसका श्वेत—उज्ज्वल भाल और भी निखर आया था। समीर उस अलौकिक एवं अनिंद्य सौंदर्य को सदा के लिए अपनी पलकों में उतार लेना चाहता था। इधर सपना सांसारिक माया-मरीचिका से नितान्त मुक्त अपने अन्तराल में रुद्ध एक उद्भासित एवं पारलौकिक आभा का दर्शन पा रही थी। अपनी-अपनी धुन में वे कब कार तक पहुँचे, नहीं जानते। ड्राइवर ने गाड़ी का द्वार खोला और वे 'गैस्ट हाऊस' की ओर चल दिये। दूर कोई मधुर वाणी अब भी सपना को अपनी ओर खींचती जा रही थी।

◆◆◆

दूसरा अध्याय

और दो वर्षों के लघु अन्तराल में ही सपना का जीवन बिल्कुल बदल गया। विषम परिस्थितियों के प्रबल थेपेड़ों ने उसे भावनाओं के अथाह सागर में निराधार तिनके सा बहा दिया। जो कुछ अप्रत्याशित उसके जीवन में घटित हुआ, उससे वह पूरी तरह टूट चुकी थी। मनोबल क्षीण पड़ गया और आत्मविश्वास जैसी चीज़ उसकी साँसों से पलक मार गई। वह हताश एवं निराश हो गई। जो कुछ उसके साथ हुआ, और होने जा रहा था; उसकी तो कभी स्वप्न में भी कल्पना नहीं की थी। उसके स्वस्थ पाँव जैसे अपनी ही आस्थागत ठोस भूमि से फिसल गये, और वह अपनी ही निजता में बन्दी बनकर रह गई। उसने अपने अन्तः-करण की कुसमित वाटिका में केवल दो प्रणयी-पुष्पों को आरोपित किया था। दोनों ही शूल बन कर उसकी कोमल भावनाओं को दंशित करने लगे थे। वह कराह उठी। निरभ्र नभ में उन्मुक्त भाव से विचरने वाली पुलकित मैना को मानों किसी निर्दयी व्याध ने तप्त लोहागार में डाल दिया हो। जिस आत्मीय स्नेही सूत्र की शीतल छाया में वह स्वयं नीड़ सजाना चाहती थी, उसी ने विश्वासघात किया। जो प्रणयी सूत्र स्वयं आगे बढ़कर उसके आँचल में आशा-दीप प्रज्ज्वलित करना चाहता था, उसने ही तिरस्कार जनित भाव से उसे दूर पटक दिया। भाग्य की कैसी विचित्र विडम्बना थी। असह्य वेदना से उसका अंग-अंग छलनी होने लगा। जिस व्यक्ति ने उसकी भावनाओं का सौदा करते हुए उसके साथ विश्वासघात किया था, उसकी श्यामल स्मृतियों को वह अन्तर्मन की गहन कन्दराओं में दफना चुकी थी। उससे जुड़े समस्त कदमों को मनःपटल से पोंछ देना चाहती थी। परन्तु समीर? उससे तो इस प्रकार के कसकमय तिरस्कार और दंशित अवहेलना की कभी आशा नहीं थी। तो फिर यह सब; उसका रोम-रोम वेदना विगलित होने लगा। वर्षों से संचित आस्था और विश्वास आँसुओं में गलकर मुखमण्डल की सहज दीप्ति को धुँधलाने लगे। वह चीत्कार कर उठी। सिसकियाँ आहों में ढलने लगीं और वह रो-रो कर बेहाल हो गई। कम से कम समीर से उसे ऐसी अवहेलना की उम्मीद नहीं थी।

विश्वासघाती उस अज्ञात प्रेमी ने तो उसके अन्तर्मन की सद्यः कुसमित

कलियों को बस छुआ भर ही था, इधर समीर ने इनको जड़मूल मानों उखाड़ ही दिया। समीर ने ऐसा क्यों किया, बार-बार सोचने पर भी वह कोई निर्णय नहीं जुटा पाई। उस अपरिचित व्यक्ति से तो वह आन्तरिक भाव-प्रसार में ही जुड़ी थी, इधर समीर तो मानों उसके समूचे सामाजिक अस्तित्त्व पर काली घटा सा छा गया था। समीर से निकटता, देश के दो समृद्ध परिवारों की मिलन-पीठिका थी। बहुत देर से वह दोनों इकट्ठे चले आ रहे थे, इसी मंगल-मिलन की मोहक कामना में सपना अपना विकृत अतीत लगभग भूल चुकी थी।

फिर अचानक उस पर गाज सी गिरी। कलेजा दो टूक हो गया। आँखों के सामने घना अन्धकार छाने लगा। वह विक्षुब्ध एवं हताश हो गई। पाँव लड़खड़ाने लगे। समीर ने सहसा शादी से इन्कार कर दिया। ऐसे नाज़ुक समय जबकि शादी की सारी तैयारियाँ हो चुकी थीं, निमन्त्रण-पत्र तक छप चुके थे। सपना को लगा किसी निर्दयी स्पर्श ने तीखे नश्तर से उसके समूचे शरीर को छलनी-छलनी कर दिया है। उसके स्वाभिमान को किसी कुटिल दर्प ने चिथड़े-चिथड़े करके उड़ा दिया है। वंश की मर्यादा और माता-पिता के उज्ज्वल नाम को चौराहों पर नीलाम करने की व्यवस्था जुटा दी है। समीर की ओर से प्राप्त तिरस्कार जनित पत्र वह एक बार पढ़ चुकी थी, परन्तु दोबारा पढ़ने और या उसे छूने तक का सामर्थ्य उसमें नहीं रहा था। ऐसा कौन सा जघन्य पाप उसने किया है जो समीर ने उसे इस प्रकार ठुकरा दिया है। यदि उसे यह शादी पसन्द नहीं थी तो इन्कार बहुत पहले, ठीक समय पर क्यों नहीं किया? आत्मसंयम के समस्त बाँध टूट गए, और वह बिलख उठी। थिरकते ओंठों से क्रन्दन प्रस्फुटित था 'ओह समीर। तुमने ऐसा क्यों किया? किस अपराध का दण्ड मुझे दिया है तूने—; ऐसी गीली पलकें और मलिन चेहरा लेकर मैं किस-किस का सामना करूँगी—ओह! समीर—तुमने भी मेरी भावनाओं को—'

और वह अस्थिर सी अवस्था में बिस्तर पर गिर पड़ी। अर्द्धमूर्छित स्थिति में आत्मबल आँसुओं के मार्ग गलने लगा। अतीत की स्मृतियाँ नोकीला दंश बनकर उसे डसने लगी। वह सिसक उठी। अन्तश्चेतन के भीषण भाव भँवर उसे प्रलयीवात चक्र सा विलोड़ित करने लगे। भावनाओं के अन्धकारमयी सागर में उसका जीवन काग़ज़ की ऐसी नाव सा बहता जा रहा था, जिसके लिए न कोई किनारा था और न ही कोई आशादीप! आत्मनिरति के क्षणों में जो कोमल अनुभूतियाँ, उदात्त आदर्श और आस्थाएँ उसने सहज संचित की थीं, धीरे-धीरे रेत कणों सी स्नेह हीन होने लगी थीं। आत्म प्रवंचना उसे खलने लगी। अन्तः विश्लेषण के क्षणों में वह बार-बार सोचती, उससे कहाँ भूल हुई है? कौन-सा निर्णय वह ठीक से नहीं ले पाई? स्वयं या परिवेश के प्रति उसका कौन सा कदम गलत था? उसकी चेतना असमंजस और अनिश्चय के बीच त्रिशंकु सी

दोलायित थी। समीर के पत्र का एक-एक शब्द तीक्ष्ण तीर सा उसके अन्तस्थल को छलनी-छलनी करता जा रहा था। भावावेश के ऐसे विकट एवं यातनामय क्षणों में उसे कौन सान्त्वना देगा, वह नहीं जानती थी।

दर्शनशास्त्र में उसने पढ़ा था। सब कुछ परिवर्तनशील है। कुछ भी स्थाई नहीं है; समय के साथ-साथ सब कुछ ढल जाता है, विकृत हो जाता है। मानवीय सम्बन्धों की गति भी ऐसी ही क्षणभंगुर है, यह तो उसने कभी सोचा ही नहीं था। समीर और वह काफी लम्बे समय से साथ-साथ चलते आ रहे थे। आत्मीय एकान्त क्षणों में एक दूसरे के मन को समझने-परखने के कई अवसर उनके सामने आये थे। समीर ने उसके प्रति अपनी आन्तरिक कोमलता का प्रकटीकरण कई बार किया था, इतना कुछ होते हुए उसकी ओर से ऐसी विमुखता—ऐसा मोहभंग सपना की समझ से परे था। बाह्य जगत के यथार्थ एवं कटु दंश भावना लोक में इतना गहरा और रिसता घाव उत्पन्न करते हैं, इस तथ्य के प्रति वह पूर्णतया अनभिज्ञ थी। तिल-तिल जलता उसका स्वाभिमान उसके रोम-रोम को दग्ध करने लगा और वह अश्रुओं की अविरल धारा में बार-बार भीगने लगी। भावी जीवन की सुखद, मोहक एवं प्रशान्त कामना में जो स्वप्निल संसार उसने सजाया था, समीर के एक ही पत्र ने धूमिल बना दिया। मनःपटल पर अतीत की परछाईयाँ एक-एक करके पुनः प्रकट होने लगीं। निश्चेष्ट सी अवस्था में एक ओर लेटी हुई वह बीते कल के छाया चित्रों में आज की कसक का आधार ढूँढ़ने का प्रयास करने लगी।

बात उन दिनों की है, जब समीर हरिद्वार से ऊपर पर्वतीय प्रदेश में नयी फैक्टरी के लिए 'साईट' निश्चित करने उधर आया हुआ था। संयोग से सपना भी इन दिनों वहीं थी। दोनों के परिवार चिर-परिचित थे। कई 'ग्रुप्स' में सपना और समीर के पिता सहकारी थे। नये 'प्राजैक्ट' में भी ये दोनों परिवार मिलकर काम करने के लिए उत्सुक थे। इसी स्थिति को सम्मुख रखते हुए सपना और समीर को, एक दूसरे के निकट आने का अवसर दिया गया था। पर्वताँचल में उनका यह मिलन अत्यन्त आत्मीय एवं अविस्मरणीय था। चतुर्दिक फैली मनोरम सुषमा दो अपरिचित अतिथियों के स्वागत में नित्य नवीन आकर्षण में प्रकट होती थी। छितरे-छितरे मेघ समेटता नील गगन उनके लिए नए-नए चित्र सजाया करता था। प्रतिपल बदलते प्राकृतिक प्रांगण में वे एक दूसरे की आन्तरिक संवेदना को निकट से समझने का भरसक प्रयास किया करते थे।

उस दिन वे पर्वतीय प्रदेश के सर्पिल मार्ग पर अपनी छोटी कार में नीचे की ओर जा रहे थे। 'साईट' निश्चित करने के लिए उन्हें कई बार इधर से उधर जाना पड़ता था। पिछले दिनों की भारी वर्षा ने मार्ग की समतल देह को जगह-जगह से उधेड़ दिया था। ऐसे में यात्रा कुछ कष्टसाध्य प्रतीत हो रही थी।

उच्च शिखिर पर स्थित किसी ऐतिहासिक मन्दिर में वार्षिक पर्व चल रहा था। श्रद्धालुजन कतार दर कतार उस ओर बढ़ते जा रहे थे। पावन मन्त्रों का संगीतबद्ध उच्चारण करते हुए नर-नारी शून्य आकाश में एक मादक जय-घोष भरते जा रहे थे। कभी-कभी कोई भारी भरकम वाहन हार्न के कर्कश नाद से मंगल मन्त्रों की सरसलय को विच्छिन्न कर देता था। ध्यान निमग्न पर्वतों का निर्व्याज सौन्दर्य उस स्थल पर अनायास प्रकट हो उठा था। मार्ग से तनिक दूर एक अत्यन्त ही नीरव एवं सुरम्य स्थली थी। दोपहर सिर पर थी और भास्कर भगवान अपने थके अश्वों सहित उस उन्मत्त वातावरण में कुछ देर विश्राम करना चाहते थे। समीर ने भी अपनी कार एक ओर खड़ी कर दी। प्रकृति की अनिंद्य सुषमा दोनों को एक साथ रस सिक्त कर गई। सपना ने पुलकित नेत्रों से नीचे लहलहाते धान के खेतों को देखा, मन खिल उठा। बहुत नीचे गंगा की निर्मल धारा रजत रेखा सी करवट ले रही थी। लगता था धुँधले आँचल पर मोतियों की लड़ियाँ बिखरती जा रही हैं। आनन्दातिरेक में सपना झूम उठी, ओंठों से स्वतः एक सरस गीत प्रस्फुटित हो पर्वतों के ढलते उच्छ्वास में विलीन होने लगा। सपना झूम झूम गा रही थी, 'मैं पलकों में पाल रही—सपना सुकुमार किसी का—'

समीर के अन्तराल में मानों कोई अमृत कलश छलक उठा। सपना की मादक-स्वर लहरी ने उसे रससिक्त कर दिया। शीतल पवन संग उसका अन्तर्मन भी झूम उठा। सपना ने कोकिला सा मधुर कण्ठ भी पाया है, यह उसे पहली बार पता चला था। वह स्वयं को लगभग भूल ही चला था कि सपना ने उसका ध्यान विकेन्द्रित किया,

"समीर, उधर देखो—कैसा अभिराम दृश्य है—"

समीर को मानों हलका झटका लगा। सपना के मधुर गीत से उत्पन्न मधुरिम जैसे प्रच्छन्न हो गई। उसने भी नीचे ढलती लहरदार हरीतिमा को देखा, नेत्रों में तरलता उमड़ने लगी। शरीर की सारी थकान मानों शीतल पवन के एक ही श्वास में विलीन हो गई। प्रशान्त प्राकृतिक परिवेश का मोहक निमन्त्रण था, दोनों एक ओर मन्त्र-मुग्ध से बैठ गये।

पर्वतों की सहज अंजलि से किसी अदृश्य सत्ता ने परागमय धीमा प्रकम्पन छेड़ दिया। सपना की केश राशि बार-बार पवन संग उड़ने लगी। दो सक्रिय हाथ उस अद्भुत झालर को पुनः सीमित पाश में बाँधने के लिए तत्पर हुए। समीर ने उस मोहक भंगिमा पर हाथ रख दिया। वशीभूत नेत्रों से वह उस अपरूप सौन्दर्य का भरपूर रसपान करना चाहता था। उसका शरीर निश्चेष्ट था, ओंठों पर सरस मुस्कान थी। वह स्थित-प्रज्ञ सा उस अनुपम सौन्दर्य को निहारता रहा, सपना भी निर्निमेष नेत्रों से समीर के उन्नत ललाट पर सहज झुके बालों को देख रही थी। समीर ने ठण्डी साँस भरते हुए कह ही दिया,

''सपना, अपनी केश राशि को ऐसे ही लहराने दो; तुम नहीं जानती इस भंगिमा ने क्या कुछ कर दिया है? सौंदर्य का ऐसा अद्भुत प्रसार–; मेरा ध्यान इधर-उधर क्यों भटकता रहा–''

भावातिरेक सी अवस्था में सपना ने समीर के ललाट पर बिखरे बालों को छेड़ दिया मधुर स्वर में कहा,

'तुम भी कम आकर्षक नहीं हो? कामदेव की छवि लेकर जन्मे हो–'

समीर उन्मुक्त अट्टहास में हँस दिया; साँस थिरकने लगी, आँखों में शरारत उतर आई, हँसी रोकते हुए उसने पुनः कहा,

''कोई मदनिका सामने हो तो यह छवि अपने आप उभर आती है।''

सपना लाजवन्ती सी सिकुड़ गई। चेहरे का रंग रक्तिम हो गया। कपोल प्रदेश पर गुलाबी भँवर उमड़ आये। नेत्र झुकने लगे। सहसा वायु का तीव्र प्रहार उसकी उचकती साड़ी को उद्दाम प्रवाह में समेट समीर को भी आच्छादित कर गया। उन्मत्त और रसिक पवन दो भावुक पथिकों को हलकी हिलोर से और अधिक मादक बना, दूर प्रशान्त कन्दराओं में सो गया। न चाहते हुए भी समीर ने उसके आँचल को पूर्ववत् व्यवस्थित करने का प्रयास किया। दोनों को फिर से अपने-अपने भावों को केन्द्रीभूत करने में देर नहीं लगी। एक दूसरे को अर्थपूर्ण रसीली आँखों से देखते हुए वे लम्बा समय मौन बैठे रहे। क्या ऐसे मधुर क्षणों में सचमुच ही उनका भावी जीवन अपने समस्त सम्पुट खोल पायेगा? दोनों ही आत्मनिरत थे। शंकित नेत्र कभी-कभी शून्य को देख पुनः गंगा की रजत धाराओं में खो जाते थे। पवन पुलकित था; निर्मल नीर निनाद भरता जा रहा था; पर्वतों पर पारदर्शी धुँधला आँचल लहरा रहा था। सपना ने ऐसे विस्मृत क्षणों की मोहतन्द्रा भंग की। समीर का ध्यान आकृष्ट करते हुए कहा,

''लोग कहते हैं गंगा नित्य है, सदा रहेगी।

भला ऐसा क्यों?''

समीर ने जिज्ञासु भाव से सपना की ओर देखा। वह गहन एवं अर्थपूर्ण नेत्रों से नीचे बहती धारा को देख रही थी। समीर जानता था सपना आन्तरिक भावोच्छ्लन को निश्चित एवं गम्भीर दिशा प्रदान करना चाहती है। उसने प्रश्नाकुल नज़रों से चारों ओर देखते हुए, धीमें स्वर में कहा,

'गंगा की धारा चिरन्तन है; हमसे पहले भी थी और हमारे बाद भी ऐसे ही निरन्तर बहती रहेगी। इसका प्रवाह काल-अकाल से विमुक्त है। शायद इसीलिए यह अमर है।'

सपना ने केश राशि को पूर्ववत् सज्जित किया। ओंठों पर थिरकन और आँखों में विस्मयभाव था। सहज वाणी में कहा,

''ऐसे तो हमारे भाव भी काल और सीमा से परे हैं। समस्त बन्धनों से

मुक्त हैं, क्या यह भी अमर नहीं हैं?'

"नहीं सपना, जब तक शरीर है तभी तक ये भाव हैं। शरीर नहीं रहेंगे तो भाव कहाँ होंगे? फिर इन्हें अमर कैसे मान लें?"

"समीर—" सपना ने दीर्घ श्वास ली, पुनः कहा, "किसी भी वस्तु का सार कभी मरता नहीं। ऐसे ही हर भाव का सार भी सदा रहता है। इसीलिए हर भाव को इसकी पूर्णता में समझना ज़रूरी है—" सपना शायद स्वयं ही ऐसी नीरस वार्ता में दूर तक उलझना नहीं चाहती थी; अतः एकदम से सरल होती हुई हँस कर बोली, "जब हम एक हो जायेंगे, हमारे भाव अपने आप चिरन्तन हो जायेंगे, तब तक हटाओ यह वार्ता—" समीर भी मुक्तकण्ठ से हँस दिया, साँस रोकता हुआ बोला, 'हम गंगा-यमुना तो नहीं हैं जो संगम पर अमर हो जायेंगे—'

समीर के शब्दों से शरारत स्पष्ट झलक रही थी।

सपना ने उसे तिरछी नज़रों से देखते हुए मुस्कुराकर कहा, "तुम इतने बड़े दार्शनिक तो हो नहीं कि हर बात को ठीक से समझ सको। मानती हूँ तुम्हारे पास अपार धन है, अभी और भी बहुत कुछ मिलने की सम्भावना है, परन्तु यही वास्तविक सत्य नहीं है। असलियत कहीं और है; इसे भी समझने की कोशिश होनी चाहिए।"

सपना व्यंग्यबाण बरसाती जा रही थी और समीर मुग्ध भाव से इसे 'शूगर कोटिड' गोली की तरह निगलता जा रहा था। कुछ सोचता हुआ सरल वाणी में बोला, 'सपना, यह काम तुम्हारा है—'

सहसा सपना पुनः विचारशील हो गई। गम्भीर मुद्रा में दूर तक फैले सर्पिल मार्ग की ओर देखा। ध्यान अचानक उच्च शिखर की ओर बढ़ते भक्तों की ओर आकृष्ट हुआ। आते-जाते लोग खाने-पीने की चीज़ों के खाली लिफाफे इधर-उधर फेंकते जा रहे थे। सपना ने समीर का ध्यान वास्तविक स्थिति की ओर आकृष्ट करते हुए कहा, "समीर देखो—ये कूड़ा और कचरा। पॉलीथिन के खाली लिफाफे—ओफ! वर्षा के साथ ये सारी गन्दगी नीचे गंगा में बह जायेगी। निर्मल स्वच्छ धारा में एक विषैला तत्त्व; अमृत संग ज़हर; क्या बनेगा उन लोगों का जो इसे उन्मुक्त भाव से ग्रहण करते हैं?"

समीर कुछ गम्भीर हो गया। सपना के शब्दों में कटु यथार्थ निहित था। वह क्या उत्तर दे; नहीं समझ सका। फिर भी उसे कुछ तो कहना ही था। तनिक सोचता हुआ बोला, "गंगा हर पाप और शाप से मुक्ति दिलाती है। हर प्रदूषण इसकी पावन धारा में घुल जाता है; विष भी अमृत हो जाता है।" सपना शायद तत्क्षण उद्विग्न हो उठी। साँस तेज़ होने लगी। भीतरी खीज शब्दों में व्यक्त थी, "और तुम्हारी फैक्टरी से उत्पन्न होने वाली राख भी—"

कहते-कहते सपना कम्पायमान हो उठी। अंग-अंग सिहर उठा! जो कुछ

वहाँ बनने जा रहा था, उसी की सहज प्रतिक्रिया थी। समीर को मानों धक्का सा लगा। उसने फटी आँखों से सपना की ओर देखा। सपना के शब्दों का वास्तविक आशय क्या है, यह समझने में उसे देर नहीं लगी।

सपना ने पर्वतों की श्वेत धवलता और ढलानों की शस्य-श्यामलता को ललक भरी दृष्टि से देखा। अन्तःकरण ने एक आह सी भरी। दूर-दूर तक फैली मुक्त मनोरमता जैसे युग-युग से पीड़ित मानव की संवेदना को क्षण में भर हर लेने के लिए बाँहें फैला रही थी। नील—लोहित आकाश में छितरे छितरे मेघ सप्तऋषियों के आश्रम में निर्भय विचरते मृग-शावक लग रहे थे। धुँधला आँचल ओढ़े प्राकृतिक सुषमा किसी वियोगिनी प्रेयसी की भाँति अपलक पलकों में आशा दीप सजाये बैठी थी। इसे निहार, सपनों की अन्तर्वेदना उसकी आँखों को भी तरल करने लगी। आह सी भरकर उसने कहा, 'समीर, देवताओं की यह पुण्य भूमि, अप्सराओं की क्रीड़ास्थली है। फैक्टरी का धुँआ, राख और पत्थरों का चूर्ण इस अलौकिक सौन्दर्य को श्यामल परतों से प्रच्छन्न कर देगा। समस्त मनोरमता, सुषमा और शोभा नष्ट हो जायेंगे। निजी स्वार्थ के लिए हम प्रकृति से कैसा निर्मम खिलवाड़ करने जा रहे हैं?'

समीर हतप्रभ एवं हठात् सा सपना की ओर देखता रह गया। काटो तो बदन में खून न हो। विस्मय और आतंकित सी नज़रों से उसने चारों ओर देखा। अभी वह इस बदले प्रसंग के अनुरूप कोई ठोस दलील ढूंढ़ने का प्रयास कर ही रहा था कि सपना ने पुनः सशक्त स्वर में कहा, 'समीर, हमारा सिमेण्ट प्राजैक्ट आसपास के वन्य आँचल के लिए घातक सिद्ध होगा। नैसर्गिक शोभा राख के धुँधलके से ढक जायेगी, वातावरण विषाक्त हो जायेगा; गंगा की निर्मल धारा श्यामल पड़ जायेगी—'

समीर को लगा किसी ने उस पर उबलता खौलता पानी डाल दिया है। नन्हा मृग-शावक मानों चारों ओर से माँसाहारी जन्तुओं से घिर गया हो। राहु ने जैसे पूर्ण चन्द्रमा को निगल लिया हो। उसके नेत्र खुले रह गये; माथे पर सन्देहासिक्त रेखाएँ उभर आईं। वह सपना की तर्कशीलता से पूर्णतया परिचित था, परन्तु आज उसका वाक्-दर्शन अकाट्य था। विस्मय के साथ-साथ उसे आन्तरिक उल्लास की भी अनुभूति हुई। उसकी होने वाली जीवन-संगिनी पर्यावरण के प्रति ऐसी कोमल भावनाएँ रखती है, यह जानकर उसे परम सन्तोष का अनुभव हुआ। स्थिति की गम्भीरता को उसने सप्रयास सम्भालते हुए कुछ ठहरे स्वर में कहा,

'सपना, जो कुछ कालिज में पढ़ा गया है, या फिर भाषण प्रतियोगिताओं में संचित किया गया है; वह सारा ज्ञान पुस्तकीय है; व्यावहारिक जीवन में उसका कहीं कोई अर्थ नहीं रह जाता है।' सपना अस्थिर थी; झट से बोल उठी, 'सच्ची

शिक्षा वही है जो हमें यदि सामाजिक जीवन के अनुरूप ढालती है, परिवेश को सुन्दर बनाने में हमारा मार्गदर्शन करती है। समीर, हम पढ़ें कुछ; करें कुछ और—क्या यह दोहरा मुखौटा नहीं होगा—?'

समीर शायद इस गम्भीर वार्ता को और अधिक तूल नहीं देना चाहता था। विषयान्तर होता हुआ बोला, 'इस सम्बन्ध में पिताजी से बात करूँगा।'

सपना ने तिरछी नज़रों से उसकी ओर देखा, जिज्ञासा व्यक्त की, 'भला उनसे क्यों?'

समीर हँस दिया! ठहाका मारता हुआ बोला,

'उनसे कहूँगा—सब कुछ तय करने से पूर्व मेरी होने वाली गृह-लक्ष्मी को ध्यान से सुना जाये'

'समीर—' सपना अधिक प्रखर हो उठी; साँस रोक कर बोली,

'तुम वास्तविकता से किनारा कर रहे हो, प्रसंग बदलने से यह स्थिति तो बदल नहीं जायेगी'

समीर ने देखा, सपना अशान्त थी। पैरों के नीचे धरती कुरेदे जा रही थी। उसने विश्वस्त स्वर में कहा, 'यथार्थ और कल्पना में व्यापक अन्तर है, सपना—

हमारा 'प्राजैक्ट' इस इलाके के असंख्य बेकार लोगों को रोज़गार प्रदान करेगा। बेघरों को रहने के लिए आवास देगा—और—'

समीर ने वाक्य पूर्ण नहीं किया था कि सपना ने उसे बीच में ही रोक दिया, बात काटती हुई बोली,

'और हमारी कोठियाँ महलों में बदल जायेंगी। दरवाज़े पर स्वदेशी गाड़ियों की जगह विदेशी कारें खड़ी होंगी—'

समीर को मानों ठेस पहुँची। चिन्तन प्रच्छन्न होने लगा। उसने अपनी स्थिति को और साफ करते हुए कहा, "यह बात अधिक महत्त्व नहीं रखती। एक लक्ष्य देश की प्रगति में—विकास में योगदान भी तो है।"

'ऐसा किसी दूसरे 'साईट' पर भी तो सम्भव हो सकता है—' सपना ने तुरन्त प्रतिक्रिया व्यक्त की।

'वहाँ शायद इतना...' समीर कहते-कहते रुक गया। शब्द शायद गले में अटक गये। सपना ने तुरन्त बात पकड़ ली, साँस रोक कर बोली,

'किसी अन्य स्थल पर शायद इतना फायदा न हो—' पुनः एक निश्चित सी भंगिमा—सपना ने सूनी आँखों से चारों ओर देखा। ओंठ तर करती हुई बोली,

'ले दे कर बात अपने फायदे पर ही खत्म होती है। इस सुन्दर स्थली का क्या बनेगा, इस बारे में तो शायद किसी को सोचना ही नहीं है।" कहते-कहते सपना अपने विचारों में पुनः तल्लीन हो गई। समीर आश्चर्यान्वित नेत्रों से उसकी ओर देख रहा था। तनिक उद्विग्न था, परन्तु ओंठ शब्द साधना नहीं कर पा

रहे थे। वह मौन था, कभी-कभी उत्सुकता से सपना के अर्थपूर्ण नेत्रों की ओर देख लेता था। सपना और समीर अपने-अपने ढंग से इस समस्या के बारे में चिन्तनरत थे। समीर जानता था कि सपना के विचारों में सागर सी गहनता विद्यमान है। मात्र सतही मन्थन से काम नहीं चल सकता। सपना की पूर्व अर्जित धारणाएँ ऐसा कोरा काग़ज नहीं थीं जिन पर समीर मन चाही छाप अंकित कर सकता। समीर के सारहीन विचार मानों चतुर्दिक फैली शून्यता में भटक कर रह गए। वह असमन्जस की स्थिति में था। सोच रहा था, उन्मत्त श्वान तनिक से मेघ गर्जन पर मौन साध कर प्रशान्त कन्दराओं में मुख छिपा लेते हैं। वास्तविकता से किनारा कर जाते हैं। क्या उसकी हालत भी वैसी ही नहीं है? सहसा उसके ओंठों पर विस्मित सी स्मित रेखा खेल गई। उधर सपना आत्म-निरत भाव से उच्च शिखरों की मनोरमता को अपलक पलकों से निहारती, आनन्द विभोर थी।

अचानक उनका ध्यान भंग हो गया। निजता में सिमटे विचार विकेन्द्रित हो गए। उनके निकट कोलाहल बढ़ने लगा था। प्रशान्त झील में जैसे भीषण भँवर उत्पन्न होने लगे। दोनों ने मुड़कर ऊपर की ओर सरकती पगडण्डी की तरफ देखा। साधुओं की एक टोली उच्च स्वर में नारे लगाती, पास से गुज़र रही थी। ध्यान-निष्ठ वातावरण मानों अशान्त हो गया। चिर-सुप्त पर्वतों से टकराता जयनाद प्रतिध्वनित था–

"धर्म की जय हो"
"अधर्म का नाश हो"
"अपराधियों को दण्ड मिले–"
"पुलिस कमीश्नर–हाय हाय–"
"महामण्डलेश्वर मुर्दाबाद–"
"महासिद्ध–अमर रहें–"

साधुओं और सन्तों का वह समुदाय अत्यन्त उत्तेजित, अशान्त और रुष्ट प्रतीत हो रहा था। कई साधुओं के मस्तक तथा हाथों-पैरों पर पट्टियाँ बँधी थीं। ज़ाहिर था नीचे कोई बलवा हुआ है। उनके शरीरों से रक्त अब भी बह रहा था। कई एक अस्थिर मन्द गति से लगभग लड़खड़ाते हुए ऊपर की ओर जा रहे थे। सपना और समीर को वास्तविक स्थिति की तह तक पहुँचने में देर नहीं लगी। अभी कुछ दिन पूर्व ही महाकुम्भ के अवसर पर गंगा घाट पर दो प्रमुख अखाड़ों के महन्तों के बीच टकराव हुआ था। ऐसा विवरण प्रमुख पत्रों तथा टी.वी. पर भी प्रसारित हुआ था। हर की पौड़ी पर ब्रह्म-मुहुर्त के अवसर पर सब से पहले किस अखाड़े के साधुओं को स्नान का अधिकार पाना है, बस इसी प्रश्न को

लेकर मुठभेड़ शुरू हुई और देखते ही देखते सारी स्थिति अत्यन्त उग्र रूप धारण कर गई। प्रत्येक अखाड़े का गौरवमयी अतीत दम्भ रूप में प्रदर्शित होने लगा। शान्त वृत्ति वाले साधुओं में भी रौद्ररस उतर आया। आन की आन में श्रद्धालु-भक्तों में लाठियाँ चलने लगीं, प्रहार पर प्रहार हुए और गंगा घाट का चन्दन चर्चित संगमरमर साधुओं के खौलते लाल रक्त से संलिप्त हो गया।

महन्तों के बीच इस भीषण काण्ड को हुए काफी दिन बीत चुके थे। परन्तु कई साधुओं में अभी भी प्रतिशोध की ज्वाला पूर्ववत् ही प्रचण्ड थी। दबी चिन्गारी अनुकूल पवन की हिलार में शायद पुनः भड़क उठी और परिणाम सपना और समीर के सामने था। वे दोनों विस्मित भाव से अभी एक दूसरे की ओर देख ही रहे थे कि घायल साधुओं की टोली दूसरे मोड़ तक पहुँच गई। सब से पीछे एक दुर्बल वृद्ध साधु स्वयं को सम्भालता हुआ धीरे-धीरे सरकता आ रहा था। उसके दोनों पैरों से खून बह रहा था, शायद इसीलिए उसे चलने में कठिनाई हो रही थी। वह साधु कुछ देर आराम करने के लिए उनके पास ही रुक गया। उसने दीप्त एवं भावपूर्ण नेत्रों से सपना और समीर की ओर देखा, अपनी लाठी नीचे रख दी और स्वयं एक ओर शिलाखण्ड से पीठ सटाकर बैठ गया। सपना और समीर के मुखमण्डल भयभीत थे, आँखों में आतंक मिश्रित सन्देह उमड़ रहा था। घायल साधु ने दीर्घ श्वास लेकर आश्वासन भरे स्वर में उन्हें सम्बोधित किया,

'आप लोग शायद पर्यटक हैं। आपको चिन्ता करने की कोई ज़रूरत नहीं है। डरना भी नहीं चाहिए। यह महन्तों का निजी मामला है। ढोंगी मठाधीशों का सर्वनाश तो निश्चित है–'

साधु की वाणी प्रचण्ड थी और आँखें क्रोधाग्नि से जल रही थीं।

सपना ने उसके घायल पैरों की ओर देखा। मन उदास होने लगा। साहस बटोर कर उसने विनयशील वाणी में कहा,

'बाबा, हमें सेवा का अवसर दीजिए। जहाँ तक जाना है, हम कार में ले चलते हैं।'

साधु ने उन्हें गम्भीर किन्तु सरसरी दृष्टि से देखा, सान्त्वनामयी विश्वास भरते हुए तनिक सहज स्वर में कहा,

'आप निश्चिंत रहें। मुझे कुछ नहीं हुआ। मुझे अभी उनका साथ देना है। आज साँझ को हर की पौड़ी पर फिर प्रदर्शन है, इसी सम्बन्ध में अगला कार्य-क्रम तय करना है–'

समीर ने इधर-उधर देखते हुए अपने शंकित मन को कुछ विराम दिया। ओंठ तर करता हुआ बोला,

'हमारे लिए ऐसी स्थिति बड़ी विचित्र है, पावन धाप पर ऐसा दंगा–रक्पात, वह भी साधु समाज में–'

साधु ने आह-सी भरी, रीती आँखों से आकाश की ओर देखा, पुनः गम्भीर मुद्रा में कहा, "सब कुछ नष्ट हो चुका है। भ्रष्ट राजनीति ने सब दूषित कर दिया है। सिर्फ छोटे-बड़े का प्रश्न शेष रह गया है। श्रद्धा, भक्ति और अध्यात्म कचरे का ढेर बनकर रह गये हैं; धर्म, आस्था और विश्वास सब राजनीति के चौराहे पर नीलाम हो रहे हैं।"

कहते-कहते साधु मौन हो गया। समीर और सपना ने सन्देहपूर्ण नेत्रों से एक-दूसरे की ओर देखा। कुछ सोचते हुए, सपना ने आत्मीय-भाव से कहा, "यदि गंगा में ही रक्त बहेगा तो शेष देश की गति क्या होगी," "पुत्री!" साधु ने विश्वस्त स्वर में कहा, "जब तक संस्कार शुद्ध नहीं होते, कोई कुछ नहीं कर सकता। लगता है अमृत मन्थन के समय सदाशिव सारा विष नहीं पी सके अन्यथा देश में पाखण्ड की जय जयकार न होती।"

साधु की श्वास प्रश्वास तेज थी। उसने अपने रिसते घाव की ओर देखा। आँखों में रक्त उतरने लगा। अपनी कुन्तल केश राशि को एक ही झटके में पीठ पर डालते हुए तीक्ष्ण स्वर में कहा, "अभी बहुत कुछ होना है। शोर संसद तक भी पहुँचेगा।" सम्भवतः साधु को सहसा कुछ याद आया। एक ही झटके में वह उठकर खड़ा हो गया। तनिक विश्राम के बाद उसके शरीर में फिर से नयी शक्ति लौट आई थी। उसकी नसें खिंच गईं, भृकुटियाँ तन गईं, नासापुट भड़क उठे, मुट्ठियाँ खिंच गईं और वह प्रखर स्वर में बोला,

"सबको भस्मीभूत कर दूँगा। आज ही–" फिर वह शीघ्रता से उस ओर डग भरने लगा, जिधर कुछ क्षण पूर्व उसके दूसरे सहयोगी गए थे। चलते चलते-उसने अर्थपूर्ण नेत्रों से उनकी ओर देखा, अपनी सहज साधुता में स्थिर होकर, कुछ सरस भाव में कहा,

"आज साँझ को उधर मत जाइए, अनर्थ हो सकता है।" और वह तुरन्त दृष्टि से ओझल हो गया। साधुजन का उच्च स्वरीय निनाद धीरे-धीरे सर्पिल मार्ग की पेचदार परिक्रमा में शान्त पड़ने लगा। कुछ देर पूर्व का सहमा वातावरण पुनः सहज होने लगा। शंकित एवं त्रस्त मनोभाव फिर से आन्तरिक एकाग्रता में स्थिर होने लगे। बाह्य विषम परिस्थितियों का गम्भीर उद्वेलन दोनों को देश की बिगड़ती व्यवस्था के बारे में चिंतित कर गया। काल्पनिक जगत का प्राकृतिक आनंदोल्लास यथार्थ जीवन की कसकमय स्थिति में परिवर्तित हो गया। सहमी सी अवस्था में सपना और समीर काफी समय मौन बैठे रहे। देश के तीर्थस्थलों पर जहाँ लोग मन की शान्ति के लिए विरक्ति भाव से विचरण करने आते हैं, ऐसी आतंकपूर्ण स्थिति है तो देश के महानगरीय प्रदेशों का क्या हाल होगा? सपना और समीर विषयगत सृष्टि से मुक्त हो पुनः अपने-अपने भीतरी व्यक्तिपरक भावों में लौट आये। विषय एवं विषयीगत अनुभूतियों का प्रबल

मन्थन उनके मस्तिष्क में असंख्य सन्देहसिक्त विचार तरंगों को उद्वेलित कर गया। बाह्य परिवेश की दंशित टीस से स्वयं को मुक्त कर पाना इतना सुगम नहीं था। समीर अस्थिर था; सपना चिन्तित थी। समीर के माथे पर सलवटें थीं; सपना के नेत्र शंकित थे। समीर डगमगा रहा था, सपना का शरीर बे-काबू था। अन्तर्मन में बाह्‌य विषमता के चरण चिन्ह समेटते वे कब अपने आवास स्थल की ओर चल दिये, नहीं जानते। विभिन्न अखाड़ों के मठाधिकारी हर की पौड़ी को पुनः रक्तरंजित करने के लिए पूरी श्रद्धा से जुट रहे थे।

◆◆◆

तीसरा अध्याय

कल्पना रूपी पक्षी अदृश्य पंखों पर उड़ता है और भावनाओं के शून्य आकाश में भटक जाता है, मन प्रागंण पर आशाओं के मुकुल खिलते हैं और मुरझा जाते हैं। उच्छ्वासित सागर बार-बार ज्वरित होता है, और धीमी आह सी भर कर पुनः अपनी सीमा में लौट जाता है। बाह्य जगत में सब कुछ पूर्ववत् ही चलता रहता है। परन्तु सपना के अन्तर्मन की स्थिति बड़ी विकट थी। वह किसी भी प्रकार परिवर्तित स्थिति के साथ समझौता नहीं कर पा रही थी। समीर द्वारा इस प्रकार अवहेलित होने पर अन्य किस द्वार पर जायेगी। क्या पूर्व परिचित उसी स्नेही सूत्र को फिर से भावनाओं का आधार बनाना होगा जिसे वह अन्तश्चेतन के अंधकारमय कोनों में बलपूर्वक दबा चुकी है? उसे समझ नहीं आ रहा था, वह क्या करे, इन्हीं विचारों में खोई वह चिरकाल तक संज्ञाहीन सी अवस्था में बिस्तर पर लेटी रही। अन्तर्मन में भावोदधि भीमकाए तरंगों में उद्वेलित था। बड़े कमरे में ठण्डक की व्यवस्था के लिए दो 'ए. सी.' चल रहे थे, परन्तु सपना की भीतरी ऊष्मता को एक पल के लिए कल नहीं पड़ रहा था। ढेर से अश्रु बहाने के बाद उसकी पलकें स्नेहहीन सी हो गई थीं। गलदश्रु नेत्र कोर बार-बार स्पर्शित होने से रक्तिम हो गये थे, कपोल प्रदेश के समीप हलकी सूजन उभरने लगी थी; सपना को पल भर के लिए चैन नहीं था।

मानसिक उद्विग्नता प्रतिपल बढ़ती जाती थी। अन्तर्मन की अस्थिरता मस्तिष्क के चेतनाहत तन्तुओं को भी बार-बार झकझोर रही थी। भरपूर आत्मीय प्रेम देकर भी समीर उसे इस अप्रत्याशित सी स्थिति में अकेला क्यों छोड़ गया है? क्या सपना ने स्वप्न में भी कभी ऐसी अनिश्चित एवं अस्पष्ट भविष्य की कल्पना की थी? उज्ज्वल एवं मोहक भविष्य की कामना क्या शुष्क रेत पर गिरी ओस सी सारहीन हो जायेगी? एक नहीं ऐसे असंख्य ज्वलन्त प्रश्न उसके अन्तस्थल को बार-बार दंशित करते जा रहे थे। वेदना व्याकुल मुख कान्तिहीन होने लगा था; भाव विह्वल सी अवस्था में वह बार-बार रो उठती थी।

जीवन के अत्यधिक विषण्ण एवं नीरसतापूर्ण क्षणों में विदग्ध हृदय सहज ही किसी आत्मीय सम्बन्ध की खोज में भटक-भटक जाता है। सपना का दुःखी

अन्तःकरण ऐसी विषादमयी घड़ियों में सिर्फ समीर का ही ध्यान कर सकता था। घाव उसने दिया था; मर्हम भी वही दे सकता था। निपट एवं निरीह सी अवस्था में वह अपने अर्न्तलोक की रहस्यमयी परतों में फिर खोने लगी। अतीत की स्मृतियाँ उसे फिर से कचोटने लगी। भावनाओं का उद्दाम प्रवाह मर्यादा के समस्त बन्धन तोड़ उसकी समस्त चेतना को विलोड़ित करने लगा। काष्ठ प्रतिमा सी निश्चेष्ट वह उसी प्रकार, अकेली तिल-तिल गलती रही; पल-पल ढलती रही; सिसक-सिसक आहें भरती रही।

इसी दौरान घर के नौकर-चाकर कई बार उसके कमरे तक आये थे। भीतर झाँका परन्तु कुछ कहने-सुनने का साहस नहीं बटोर सके। एक दो बार फोन की कर्कश घण्टी भी बजी, परन्तु सपना विचलित नहीं हुई, भावकेन्द्रता पूर्ववत् स्थिर रही। लगता था बाह्य क्रिया-कलापों का अब उसके लिए कोई अर्थ नहीं रह गया है। अन्तःपटल पर समीर की विस्मृत आकृतियाँ बार-बार रंग बदल रही थीं। सपना अशान्त होने लगी। कुछ दिन पूर्व उसने 'टी. वी.' पर महान निर्देशक व्ही शान्ता राम द्वारा निर्मित छाया चित्र 'जल बिन मछली नृत्य बिन विजली' देखी थी, फिल्म उसे अच्छी लगी, परन्तु नामकरण पर सन्देहसिक्त हो उठी,

"भला यह भी कोई नाम है" मन ने तुरन्त प्रतिक्रिया व्यक्त की थी। परन्तु समीर का पत्र पढ़ने के उपरान्त उसकी मनःस्थिति ठीक वैसी ही हो गई जैसे छायाचित्र की नायिका की थी। 'जल बिन मछली' सपना का रुद्ध कण्ठ पुनः सजल होने लगा। दूर पड़ा समीर का पत्र उसे नोच-नोच जा रहा था। गलदश्रु दृष्टि फिर से गम्भीर होने लगी। समीर की शब्द-बद्ध अभिव्यंजना को पूरी तरह समझ पाना—आत्मसात कर लेना उसके लिए इतना सुगम नहीं था। समीर ने जिस अनुभावित मन से वह पत्र लिखा था, उसके अनुरूप स्वस्थ ग्रहणशीलता शायद सपना के पास नहीं थी। इसीलिए वह समीर के पत्र को बार-बार पढ़ती, खीज उठती और पत्र को फिर दूर पटक देती। समीर ने लिखा था,

"सपना—

ठहरो, तुम्हारे नाम के साथ कोई भी दूसरा सम्बोधन जोड़ पाना, अब उचित प्रतीत नहीं होता। शायद स्वयं मैंने ही यह अधिकार खो दिया है। मन की दुनियाँ बड़ी अजीब है। यहाँ नित नये भाव बनते हैं और फिर से पुराने ही साँचों में ढल जाते हैं। सामाजिक अधिकारों की स्थिति भी कुछ ऐसी ही है। किसी प्रणयी भाव को स्वार्थपरक ढंग से अपने अधिकार क्षेत्र में सदा के लिए बांध रखने की लालसा विकृत अहं का ही एक सुसंस्कृत रूप है। ऐसी ही कुण्ठित अहमगत् वितृष्णा मुझे पिछले कई दिनों से कचोटती आ रही है। कुछ लिखने के लिए आज साहस बटोर पाया हूँ—

इन दिनों मैं बहुत दुःखी रहा, उदास रहा। पिछले दिनों में हमारे बीच जो

कुछ व्यक्त होता रहा, उसे भुला पाना मेरे लिए बहुत आसान नहीं है। परन्तु वी. एम. विश्वविद्यालय के प्रागंण में हुई घटनाओं को लेकर मन स्वस्थ नहीं हो पा रहा है। जैसे-जैसे उन घटनाओं का विश्लेषण करता हूँ, उद्विग्नता बढ़ती जाती है। एक अजीब सी रिक्तता, एक अद्‌भुत सी शून्यता हर समय मुझे घेरे रहती है। रेशम का कीड़ा अपने ही मायाजाल में उलझकर दम तोड़ देता है; वैसी ही कुछ स्थिति मेरी भी बनती जा रही है। भावनाओं के भँवर जाल ने मेरे पैरों की निचली मिट्‌टी को पूर्णतया निगल लिया है, और मैं लड़खड़ा गया हूँ। दंशित अहम् ने मेरे पैरों में बेड़ियाँ डाल दी हैं, चलने की कोशिश करता हूँ तो आन्तरिक घाव रिसने लगते हैं। कुछ सोचता हूँ तो चेतना आहत हो उठती है। ऐसे में तुम्हारे प्रति...

मैत्री, प्रेम और शादी–ये भाव एक ही सरल रेखा के तीन बिन्दु हैं। हमारी निकटता, हमें दाम्पत्य जीवन के मंगल द्वार के निकट तक ले आई थी, परन्तु हमारा प्रणय शायद मैत्री और अन्तिम मोहक पड़ाव के बीच सशक्त सेतु का निर्माण नहीं कर पाया। हमारे सम्बन्धों के बीच एक हल्की आत्मीय भाव-सरिता ज़रूर विद्यमान रही है; परन्तु हम दोनों इस सरिता के किनारों पर ही टिके रहे हैं, दो अलग बिन्दुओं की तरह–, ऐसे में सपना–

रेखा के अन्तिम छोरों पर टिके बिन्दु किसी भी मैत्रीभाव के प्रसार की सीमा ही हैं। यही सीमा जब किसी तीसरे बिन्दु की संवेदनशीलता को समाहित करती है, तभी प्रणय भाव नाटकीय रूप में प्रकट होता है। तीन बिन्दुओं का ऐसा चुम्बकीय सहभाव सदा ही एक नयी कसकमय स्थिति को जन्म देता है। हमारे दोनों के बीच उत्पन्न हुए ऐसे ही तीसरे बिन्दु के आकर्षण को क्या इतनी आसानी से भुलाया जा सकता है?

बस यही 'तीसरे' का भाव मुझे सदा खलता रहता है। पिछले कई महीने से मन पर एक अजीब सा बोझ लेकर जी रहा हूँ। अपने सीने पर हाथ रखकर, सच्चे मन से कहना, क्या इस धड़कन में केवल मैं अकेला ही हूँ। अन्तिम पड़ाव का निर्णय लेने से पूर्व इन तीन बिन्दुओं की स्थितियों में हुए परिवर्तन का एक बार फिर से विश्लेषण क्या ज़रूरी नहीं है? हमारा जीवन हमारे भावगत अस्तित्त्व की परतें हैं। जैसे सूखा प्याज़; जिसका अस्तित्त्व है उसकी परतें। परतें है तो प्याज़ है, परतें नहीं तो कुछ भी नहीं; महज छिलके–एक कोरी विकृति। हमारे आपसी सम्बन्धों के बीच इस तीसरे का भाव सहज ही संलिप्त है–, ठीक परत दर परत। सपना, भावगत परतों का यह अन्तराल क्या हमें चैन से जीने देगा? शायद नहीं, जब-जब हम आत्मीयतापूर्ण एकान्त क्षणों में सहज होने का प्रयास करेंगे, यह संवेदना हर बार नया परिधान पहन हमारी चेतना को प्रच्छन्न करती रहेगी, और यह सिलसिला सदा जारी रहेगा। ऐसी स्थिति का सामना हम कब तक कर पायेंगे?

तुम्हें चाहा है; भरपूर चाहा है। इस मनःपटल पर तुम्हारी छवि सदा अमिट

रहेगी। इसे छिटक पाना मेरे लिए दुष्कर ही नहीं, असम्भव भी है। परन्तु इससे जो वास्तव है वह तो बदलेगा नहीं। ऋतुएँ आती हैं और चली जाती हैं। बसन्त अपने साथ यहाँ ढेरों सौरभ लेकर आता है, पतझड़ के रूखे पाँव वहीं नीरस ऊसाँस भर जाते हैं। सृष्टि की इस परिवर्तनशीलता के साथ हमें समझौता तो करना ही पड़ता है। हम अपनी भावगत परतों को एक सीमा तक ही कुरेद सकते हैं; शेष और अशेष के बीच हमें अपनी निजता के लिए कुछ तो बचाकर रखना ही है; और–

परिणाम हमेशा परिस्थिति जनित नहीं होता बहुत कुछ अनुभूतिपरक भी होता है। हमारे तीनों के सम्बन्धों में भी कुछ ऐसा ही बनता-मिटता रहा है। बाह्य परिस्थितियाँ शायद मेरे अनुकूल ही ज़्यादा रही हैं। फिर भी, सब कुछ जानते हुए, मैं हमेशा मौन बना रहा। अपने हित की साधना में उस आदमी का अहित करता रहा। क्या ऐसा करना हम तीनों के प्रति अन्याय नहीं है?

हमारे बीच गहराये उस 'तीसरे' के भाव को क्या महज़ परिस्थितियों के कारण ही ऐसे अपमान और तिरस्कार का भागी बनना पड़ा है? शायद नहीं–; लगता है भावनाओं का स्वार्थपरक तराजू कहीं मेरे हाथ में ही डोलता रहा है। सम्भवतः इसी कारण मैं अपनी ही छाया से डरने लगा हूँ। विकृत सी हीन भावना मुझे बार-बार डसने को आती है। ऐसे में क्या पूर्ण आस्थागत विश्वास से तुम्हारी पलकों में झाँक पाऊँगा, कदाचित नहीं।

इस नए मोड़ पर 'क्षमा' तर्कसंगत शब्द प्रतीत नहीं होता। यह अस्पष्ट और अर्थहीन सा शब्द मेरी सन्तप्त प्रणयगत संवेदना की अभिव्यक्ति के लिए उपयुक्त साँचा नहीं बन सकता। तुम से प्रेम किया है–; बस; इसके आगे पीछे कोई और शब्द साधना ज़रूरी नहीं समझता।

तुमसे विलग हो रहा हूँ, आत्मचिन्तन के लिए–; अपने में 'स्वयं' की खोज के लिए। कारवाँ तो गुज़र गया है, मगर मैं गुबार में ही भटक कर रह गया हूँ। मार्ग धुँधलके में विलीन हो गया है। मुझे यहीं अकेला छोड़ सको तो तुम्हारा एहसान होगा–

मन्ज़िल की तलाश में अकेला ही भटकना चाहता हूँ। इसलिए तुम मुझे मिलने का प्रयास नहीं करोगी? न-ही फोन पर सम्पर्क करोगी; क्योंकि ऐसा मैं नहीं चाहता। फिलहाल...बस इतना ही–; तुम्हारा समीर–।"

वह जब-जब पत्र पढ़ती उसे अपना भविष्य धुँधला प्रतीत होने लगता। इसके लिए प्रश्न केवल शादी रचाने का नहीं था, मानसिक दृष्टि से स्वस्थ होने पर वह पुनः भावी जीवन की रूपरेखा बना सकती थी। परन्तु जो कुछ अतीत में बिखर चुका था उसे समेटे बिना तो वह एक कदम भी आगे नहीं सरक सकती थी। भावातिरेक और भीतरी क्लान्ति में उसका रोम-रोम पसीज उठता था। मोहाच्छिन्न

अवस्था उसकी चिन्तन शक्ति को धूमिल कर देती थी। ऐसे में उसकी रक्तचाप बढ़ने लगती और हृदय गति तेज होने लगती थी। उसकी अन्तर्वेदना असह्य थी, वह करे भी तो क्या? ऐसा लगता था उसका समस्त मनोबल रत्ती-रत्ती करके भावासिक्त आँहों में बह जायेगा; उसकी दशा चिरकाल से रोगग्रस्त नारी जैसी हो गई। स्वयं पर काबू नहीं रहा, आत्मविश्वास जैसे पंख समेट गया। ऐसा लगा किसी अदृश्य स्पर्श ने उसके उजले भाल पर काला धब्बा आँक दिया है। प्रभात की स्वर्णिम आभा को मानों निबिड़ अन्धकार ने बाहुपाश में जकड़ लिया हो।

कोई नन्हीं कपोती अपनी ही छाया से त्रस्त होकर जैसे जलते नीड़ में चली आयी है। नील गगन में उन्मुक्त उड़ती बक-पाँत को सहसा किसी भीमकाय गिद्ध ने घेर लिया है। उसके विशाल भवन की भव्यता क्षणभर में राख कर ढेर बन गयी है। वह मर्यादा के समस्त बन्धन तोड़ कहीं भाग जाना चाहती थी। कम से कम उस अपूर्व अपरिचित दंश से मुक्ति तो मिलेगी। परन्तु नहीं, समीर से भेंट किये बिना वह ऐसा कुछ नहीं कर सकती थी जिससे उसके भावी जीवन से एक अन्य ऐसा पलीता चिपक जाये, जो धीरे-धीरे सुलग कर उसकी रही-सही चेतना को भी भस्मीभूत कर दे। भावों की काल्पनिक नाव को वह पुरुष जगत की नीरस रेती पर और अधिक नहीं धकेल सकती थी। अपने चारों ओर के सामाजिक परिवेश को वह क्या उत्तर देगी? चिन्तन शक्ति धीरे-धीरे मंद पड़ने लगी थी तथा मनोभाव कुण्ठित होने लगे थे। चेतना तत्त्व विषाक्त होने लगा था और...

और एक विचित्र प्रकार की विरक्ति ने उसे पुनः घेर लिया। संसार के विभिन्न कार्य-कलापों में तल्लीन रहकर भी आन्तरिक वैराग्य कैसे उत्पन्न हो सकता है; योग सिद्धि का यह रहस्य स्वतः उसके मनःपटल पर उभरने लगा था। कमल और उसकी अलिप्ति—; जगत और इससे विमोह—; आह! भावों की यह कैसी छलना है; मानवीय सम्बन्धों की कैसी विचित्र विडम्बना है।

पलकें मूँदें वह पुनः एक ओर निश्चेष्ट सी अवस्था में लेट गयी। मन अभी भी अशान्त था। आन्तरिक भावलहरी पर असंख्य उद्वेल उत्सरित थे। अतीत की स्मृतियाँ उसे एक बार पुनः कचोटने लगीं। दो वर्षों में जो कुछ अनुभूत हुआ था, वह चलचित्र सा फिर प्रकट होने लगा। प्राणी का अन्तश्चेतन भी बड़ी विचित्र सृजन भूमि है। काल और सीमा के प्रतिबन्धों से नितान्त मुक्त सदा अपनी ही गीली मिट्टी के साँचों को बार-बार ढालता रहता है। भावोद्वेल में सपना को बाह्य सृष्टि का भी ज्ञान नहीं रहा। व्यावहारिक जगत में कुछ हो रहा है या नहीं—इस से उसका कोई सरोकार नहीं रह गया था। मनोभाव कटे पतंग से शून्य की ओर बढ़ते जा रहे थे। समीर के सम्पर्क में बीते सभी भाव एक-एक करके अन्तर्धारा में विलीन हो रहे थे। नन्हें जलकणों में अतीत की झलक अत्यन्त मोहक प्रतीत हो रही थी। विरसता का भाव उसकी समस्त चेतना को केंद्रीभूत करता जा रहा

था। आत्मकेन्द्रिता के क्षणों में उसका ध्यान पुनः गंगा की धारा के संग-संग बिताये अनुभवों में खो गया। भावना लोक की चल लहरी पर उसने पुनः एक धीमें भाव भँवर को अनुभव किया।

उस दिन, उसे हर की पौड़ी पर काफी समय समीर की प्रतीक्षा करनी पड़ी थी। पिछली साँझ विलग होने से पूर्व समीर ने उसे कहा था कि वह निश्चित समय पर घाट पर पहुँच जायेगा। उसे आवश्यक मीटिंग में सम्मिलित होना था। केंद्रीय राज्यमन्त्री देहरादून आने वाले थे। समीर ने अपने 'प्राजैक्ट' के सम्बन्ध में उन से भेंट करनी थी। समीर को आशा थी कि वह साँझ तक वापिस लौट आयेगा। कारणवश उसे देर हो गयी।

सूर्य ढल चुका था। घाट पर चहल-पहल बढ़ने लगी थी। सपना ने घड़ी में समय देखा। सात बज रहे थे। सहसा वह उद्विग्न सी हो उठी। 'समीर कहाँ रुक सकता है? उसे आ जाना चाहिए था' ओंठ स्वतः ही कुछ व्यक्त करके मौन हो गये। साड़ी के छोर को ठीक से सम्भाल कर उसने पर्स नीचे रख दिया। उसे भीड़ भरे वातावरण से अलग, एकान्त में बैठना अच्छा लगता था। समीर का साथ हो तो वह बहुत दूर तक ऐकान्तिक प्रशान्ति का रस पान कर लेती थी। परन्तु अकेले दूर जाना; उसने एक हल्की निश्वास ली और पाँव गंगा की धारा में लटका दिये। शीतल जल ने उसके समूचे शरीर में एक अद्‌भुत सी झनझनाहट भर दी। आन्तरिक अस्थिरता मानों चंचल लहरों के साथ तद्‌रूप होने लगी। मानसिक घुटन एक अपूर्व अपरिचित ताज़गी में बदल गयी। सब कुछ अत्यन्त मनोहर लगने लगा। नन्हें जलकणों के शीतल संस्पर्श ने उसे परिवेश से पूर्णतया विलग कर दिया। पैरों से स्पर्श करती लघु लहरियाँ ऊपर से छिटके विद्युत प्रकाश में अत्यन्त आकर्षक बन आयी थीं। तनिक दूर वृहदाकार लहरों का मुक्त एवं कर्कश सा निनाद जागृत था। विशालकाय लहरों तथा घाट के बीच नन्हीं भँवर लहरियाँ एक विचित्र मायावी प्रसार बुनती जा रही थीं। बिजली के प्रकाश की तीक्ष्ण किरणें भँवर जाल पर आलोक-मान सेतु उद्‌भासित करती जा रही थीं। सपना सब कुछ भूल कर बस उसी मनोहर दृश्य में रम कर रह गयी। मायालोक की मोहक तन्द्रा ने मानों उसे जकड़ लिया।

लहरों का धीमा और मधुर संगीत सपना के अन्तर्मन में शून्य स्थिति से उत्पन्न हुई राग सृष्टि सा छाने लगा। बौद्धिक विचार तरंगें आन्तरिक रागिनी में तन्मय हो झूम उठीं, और वह आत्म विस्मृति के महासागर में ढल सी गयी। सहसा उसकी समूची चेतना झन्कृत हो उठी। आन्तरिक भाव शून्यता में बाहरी जगत का प्रभाव सायास प्रवेश पाने लगा। कानों के पास कोई पूर्व परिचित मधुर सम्भाषण पुनः अर्थ साधने लगा। सपना विचलित हो उठी। भावगत स्थिरता अज्ञात व्यक्ति के शब्द प्रवाह में भंग होने लगी।

"यह तो वही स्वर है–?"

सपना के ओंठ फड़क उठे। आश्चर्य से उसने चारों ओर दृष्टिपात किया। स्वर साधना बहुत दूर से थी। 'माइक' द्वारा प्रसारित प्रभाव, लहरों के संगीत में कभी स्पष्ट और कभी मन्द सुनाई देता था। सपना को लगा कोई बाह्य मायाजाल उसे हठात् अपने सम्मोहन में जकड़ता जा रहा है। वह उन शब्दों के अदृश्य भाव प्रसार में निराधार कहने लगी है। अज्ञात व्यक्ति का दर्शन विलसित शब्दपाश उसे अपने पेंचदार तन्तुओं में जकड़ता जा रहा था। दूर कोई रहस्यमयी एवं संवेदनशील स्वर में कह रहा था–

"धन की नहीं, अपार सुख की कामना करो। सच्चा सुख संचय में नहीं, त्याग में है। लोकहित के लिए विसर्जन में है।

यदि संचय करना ही है तो जन-जन में परिव्याप्त दुःख और सन्ताप का संचय करो। प्राणी मात्र को चिन्ताओं से मुक्त करो; यही सुख प्राप्ति का सच्चा मार्ग है।

आँखें खोलो। नींद से जागो! नींद की खुमारी में आत्मबोध नहीं हो सकता। आपको भोर का सूरज बनना है; कण-कण में उजाला भरना है। सेवा मार्ग तुम्हारी प्रतीक्षा कर रहा है। उठो, श्रेष्ठ विचारों का संकल्प लेकर अन्याय के विरूद्ध लड़ाई शुरू करो..."

अदृश्य शब्द प्रवाह सपना को मन्त्रमुग्ध करता जा रहा था। मायावी ध्वनि-लहरों का आकषर्ण धीरे-धीरे उसकी चेतना को छलता जा रहा था। वह संज्ञा-हीन सी अवस्था में उठ खड़ी हुई। पाँव अनायास ही उस अदृश्य व्यक्ति के मोहक शब्द प्रवाह की ओर बढ़ने लगे। ऐसी मन्त्र चालित सी मनोदशा का अनुभव वह पिछले कई दिनों से करती रही थी। कई बार उसके पाँव उस ओर गतिशील भी हुए, परन्तु कारण-अकारण, उस व्यक्ति के निकट तक पहुँच नहीं पाये। उस दिन भी उसी दूरस्थ व्यक्ति का संगीतमय शब्द प्रवाह ओर छोर में मोहक मन्त्रणा छिटक रहा था। वह कठपुतली सी किसी अदृश्य सत्ता के संकेत का अनुसरण करती हुई उस ओर बढ़ने लगी। उसकी निजता पल-पल बिसरती जा रही थी। तान्त्रिक शक्ति के मायावी पंख मानों उसे भीड़ में से उड़ाये जा रहे थे। वह स्वयं पर नियन्त्रण नहीं रख पाई। ध्यान शब्दों पर केन्द्रित था और शरीर भावनाओं की नौका पर उस स्वर लहरी संग थिरकता जा रहा था। धीरे-धीरे शब्द और स्पष्टता से सुनाई देने लगे। वह कह रहा था,

"जीवन का लक्ष्य क्या है? इसे केवल जानना नहीं, पाना भी है। गंगा में स्नान करना सेहत के लिए उत्तम है। परन्तु अपने पापों को धोने के लिए इस पवित्र जल को दूषित मत कीजिए।

अपने समस्त पुण्य गंगा में बहा दो ताकि अन्धेरी बस्तियों में आशादीप जगमगा सकें।

पाप-पुण्य मन का रोग है। यही रोग विचारों को दुर्बल बनाते हैं। सद्विचारों द्वारा इन रोगों से मुक्ति पानी है। श्रेष्ठ विचार ही हर प्रकार के दोष और पाप का नाश करते हैं।

केवल अपने लिये जीते हो तो पाप कमाते हो। प्राणी मात्र की सेवा और देशहित के लिए जीना सच्चा पुण्य है।

मन का अन्धेरा बढ़ने से पहले इसी पुण्य द्वार को खोलिए, ईश्वर सामने नज़र आयेंगे।"

सपना को ध्यान नहीं रहा वह कब उन शब्दों का अनुसरण करती हुई, भीड़ के महासागर में समा गई। घाट पर यात्रियों का जनरव प्रतिपल बढ़ता जा रहा था। बहुधा नर-नारी उसी ओर धक्कम-पेल करते जा रहे थे जिस ओर बढ़ने का प्रयास वह स्वयं कर रही थी। जिस प्रकार के मधुर सम्भाषण का अनुसरण करती हुई वह उन्मुक्त आँचल सी लहराती आगे को सरक रही थी, वैसे ही शब्द साधना से मिलते-जुलते कई सम्भाषण विभिन्न दिशाओं से उत्सारित थे। साँझ ढलने पर, दूर तक फैले गंगा घाट पर प्रचारक अपना-अपना प्रचार आरम्भ कर देते थे। इधर से उधर आने-जाने वाली भीड़ रुकती-चलती वहाँ से गुज़र जाती थी। गंगा-स्नान के लिए आने वाले पर्यटक प्रायः एक या दो दिन ही वहाँ रुकते थे, अतः बहुधा यात्रियों का—ऐसे धर्म-प्रचार से विशेष सरोकार या लेन-देन नहीं था। वे वक्ताओं का भाषण सुनते और घाट के साथ-साथ सजे मिष्ठानों तथा भेल-पूरी आदि का आनन्द भी लेते थे। पहली की अपेक्षा उनके लिए दूसरी स्थिति में ज़्यादा आकर्षण था। अतः प्रचारार्थ मंचों के सामने केवल दिखावे की ही भीड़ जमा होती थी।

भीड़ के इस जन सागर में सपना पूरी तरह खो गई; विस्मृत सी—भीड़ में होकर भी नितान्त अकेली। सहसा किसी ने उसे कन्धों से पकड़ कर झंझोड़ दिया। वह आश्चर्यान्वित हो उठी; जिज्ञासु भाव से पीछे मुड़ कर देखा, सामने मंद-मंद मुस्कान लिये समीर खड़ा था।

'सपना! कहाँ खो गयी थीं? कब से ढूढ़ रहा हूँ' पुनः वह हँसता हुआ बोला, 'चिन्ता मत करो, तुम्हें इस प्रकार अपने से विलग नहीं होने दूँगा। सात समुन्दर पार से भी खींच लाऊँगा। पाताल लोक तक भी जाना पड़ा तो...'

सपना हत्प्रभ सी उसकी ओर टुकुर-टुकुर देखती रह गयी। बस देखती रह गयी। स्वप्न भंग हो चुका था और वास्तव उसके सामने था।

◆◆◆

चौथा अध्याय

वह समीर का चित्र बनाना चाहती थी। बार-बार प्रयत्न करने पर भी आकृति उस के भावानुरूप बन नहीं रही थी। भाव तथा अभिव्यक्ति के बीच कहीं कुछ कमी रह गयी थी। उसे समझ नहीं आ रहा था, वह क्या करे? चित्रकला में वह दक्ष थी। देश के प्रमुख कलाकारों में उसका अपना स्थान बनता जा रहा था। परन्तु उस चित्र के सामने...आन्तरिक उद्विग्नता उसके माथे पर भी व्यक्त होने लगी थी। समीर को उसने निकट से देखा था, आत्मीयतापूर्ण क्षणों में उसके असंख्य भावचित्र अपने मनःपटल पर सजाये थे। वह उसे अपने भाव-प्रांगण का आराध्य देव स्वीकार कर चुकी थी। कोई जाने या न जाने, इस व्यावहारिक एवं बाह्य तथ्य से उसका कोई सरोकार नहीं है। वह समीर को चाहती है, समीर उसे अच्छा लगता है—भावात्मक उच्छूलन के लिए क्या इतना ही पर्याप्त नहीं है? भाव भूमि पर क्या आदान-प्रदान ज़रूरी है? प्रेम प्रांगण में व्यावहारिक जगत के तराजू कोई अर्थ नहीं रखते। लेन-देन, तौल-मोल सब भावना जगत से परे के शब्द हैं। भला कलाकार का इन बाह्य शब्दों से क्या सरोकार? प्रेम केवल अपनत्व का ही साक्षी है। है तो बस है। इसे साक्षीकृत करना ज़रूरी नहीं है। सिद्धि स्थितिगत है; प्रेम भावगत है! अतः शुद्ध सात्त्विक भाव को सिद्ध करना आवश्यक नहीं है। सुचित्रा जानती थी कि समीर के प्रति उसका प्रणय एक पक्षीय है—परन्तु इसी से उसका अपना भाव-प्रांगण तो सूना नहीं रह सकता। लालसा और प्राप्ति के बीच एक लचीला भाव-सेतु सदा विद्यमान रहता है। सुचित्रा सम्भवतः इसी भाव सेतु पर पाँव स्थिर करने का प्रयास कर रही थी।

सांसारिक प्राणी की हर लालसा तो सदा पूरी नहीं होती। जो चाहा, वह मिल गया—ऐसा ही संसार चले तो फिर अभाव और निराशा जैसे शब्द कहाँ टिकेंगे। एकान्त क्षणों में सुचित्रा कई बार दुःखी हो उठती थी। उसका निजी जीवन कितने ही अभावों का स्रोत बन चुका था, कहीं समीर का भाव भी...वह खिन्न और उदास हो उठती थी। घण्टों एकान्त में बैठी आँसू बहाती रहती थी। भीतरी भावगत टीस; सूनेपन की कसक उसकी अपनी थी—किसी दूसरे से इसकी चर्चा करे भी तो कैसे?

अस्थिर मुद्रा में वह समीर के अधूरे चित्र को कभी इस कोण से निहारती तो कभी उस कोण से। आकृति उसकी आँखों को जँच नहीं रही थी। कई बार उसका अन्तर्मन काँप सा उठता था। भय-भ्रान्त सी वह विचलित होने लगती थी। इस अधूरे चित्र की भाँति कहीं उसका प्रेम भी अनछुआ ही तो नहीं रह जायेगा? उसने एक लम्बी आह भरी। भारी मन से पुनः तूलिका उठाई और समीर के माथे पर झुकती बालों की लट को गोलाकार रूप देने में व्यस्त हो गयी। हाथ बार-बार वहीं रुक जाते थे। प्रसन्न मुद्रा में समीर कई बार अपने बालों को उलझा देता था; उलझे बाल अर्द्ध गोलाकार बन कर उसके उन्नत ललाट को अधिक आकर्षक बना देते थे। समीर के इसी मोहक रूप को वह रंगों में ढालकर स्थायित्त्व प्रदान करना चाहती थी। परन्तु यह सब इतना सहज प्रतीत नहीं होता था। आकांक्षा और परिपूर्ति के बीच ऐसे असंख्य अदृश्य तन्तु विद्यमान थे, जो हल्के से स्पर्श से ही उसके हाथों से सरक जाते थे।

उसका निजी कक्ष, विशाल भवन के एक कोने में स्थित था। वहाँ आधुनिक जीवन के सभी सुख साधन विद्यमान थे। साँझ ढलने को थी, एक लम्बा समय वह अधूरे चित्र के आसपास भटकती रही। मन को कल नहीं था। कमरे के प्रशान्त वातावरण में उसकी ऊष्म श्वासों के अतिरिक्त वातानुकूल की धीमी प्रकम्पन ही जीवन्त थी—शेष सब कुछ निद्रा निमग्न, शान्त—किसी ध्यानस्थ योगी की एकान्त कुटीर सा निश्चेष्ट एवं निष्क्रिय था। तनिक दूर, छत पर बिजली का पँखा धीमी गति से अपनी हरकत में जी सा रहा था। गीले रंग जल्दी सूखते रहें, यह उपक्रम शायद इसीलिए थे। 'ए. सी.' के साथ झालरदार पर्दों के ऊपर बहुरंगी शीशों में रोशनदान सज्जित थे। रोशनदान की इन्द्रधनुषीय किरणें कमरे के धीमे प्रकाश में रहस्यमयी एवं अद्‌भुत से रंग चित्र उद्‌भासित कर रही थीं। सब कुछ ठहरा सा; गतिहीन सा प्रतीत हो रहा था। सुचित्रा अन्यमनस्क भाव से पुनः अपने रंगों में खो गयी। 'स्व' से परे संसार का अस्तित्त्व मानों बेमानी होने लगा। विखरे भाव पुनः केन्द्रीभूत हो गये। इच्छा, क्रिया और ज्ञान—सभी उन दिव्य, सृजन क्षणों के सहभागी बनने लगे और सुचित्रा अभिमोहित सी अवस्था में शेष संसार से पूर्णतया विलग हो गयी।

समय कब पलक मार गया, उसे कुछ पता नहीं। वह तो आत्मनिरत एवं बेसुध सी अगने में ही रिथर हो गयी थी। सहसा उसकी चेतना उद्वेलित हो उठी। ध्यान भंग हुआ। किसी ने बाहर कारीडॉर से उसे आवाज़ दी; वह चौंक गयी। घड़ी में समय देखा। वास्तविक जगत की स्मृतियाँ पुनः लौट आयीं। उसे याद आया—मनोज के आने का समय हो गया था। मनोज—उसका चचेरा भाई—वही उसे पुकार रहा था।

"सुचि—" कारीडॉर में स्वर गूँज रहा था।

"अरे भई, कहाँ हो। ये नौकर कहाँ चले गये—अरे कोई सुनता क्यों नहीं—? सुचि—!"

सुचित्रा ने असंतुलित भावों को संयमित किया। समीर के अधूरे चित्र को दीवार के साथ सरकाकर उस पर महीन पर्दा डाल दिया। मनोज उसके कमरे की ओर ही आ रहा था। फर्श पर उठते-बढ़ते भरकम 'शू' इस बात का प्रमाण थे। सुचित्रा उसे उधर ही रोकना चाहती थी। अभी वह कमरे की अस्त-व्यस्त वस्तुओं को ठीक ढंग से सम्भालने में व्यस्त ही थी; मनोज उसके कमरे का पर्दा हटाकर भीतर तक आचला था। तीव्र गति से प्रवेश करते हुए वह हाँप सा रहा था—

"लो तुम यहाँ हो—सुचि, कभी तो इस यज्ञशाला से 'फ्री' रहो। सारा घर चित्रों से भर दिया है। लगता है एक दिन इस विशाल भवन को 'म्यूज़ियम' में 'कनवर्ट' करना पड़ेगा। रंग ही रंग, चारों तरफ बस रंग ही रंग—"

सुचित्रा अपने भाई के बहुत निकट चली आई। मनोज से वह दो वर्ष छोटी थी। मनोज ने दुलार भरे आत्मीय स्पर्श से उसका माथा चूमा। भाई बहिन ने एक दूसरे की साँसों को निकटता से अनुभव किया। सुचित्रा ने तनिक सहज होकर वातावरण की नीरवता को छेड़ दिया,

'भैया, तुम फिक्र मत करो। यह 'म्यूज़ियम' मेरे कमरे तक ही रहेगा, तुम्हारे कमरे तक इन रंगों के छीटें नहीं जाने दूँगी—" "जा भी नहीं सकते। मोटे शीशे लगवा दूँगा—"

और वह उन्मुक्त एवं सरल भाव में हँस दिया। मनोज सहज होने पर इसी प्रकार ठहका मार कर हँसता था। भरपूर साँस में जब वह अट्टहास के फव्वारे से छोड़ता था तब सारा वातावरण उल्लसित हो उठता था। भाई, बहन में हल्की नोंक झोंक सदा चलती रहती थी। एक दूसरे पर व्यंग्य कसना और पुनः धीमें आह्लाद का आनन्द लेना, दोनों को अच्छा लगता था। अच्छा लगता था या बाह्य सरलता में चित्त की किसी गहरी वेदना को छिपाने का उपक्रम करते थे। दोनों ही शायद इस वास्तविक मनःस्थिति से अनभिज्ञ नहीं थे। सुचित्रा ने मनोज का ध्यान आकृष्ट किया, तनिक शरारती ढंग से कहा,

'भैया, तुम आते हो, घर में रौनक छा जाती है—"

"क्यों न हो, तुमने सुना नहीं—

बहारों की पालकी इधर से गुज़री है,
कहीं यह तेरी यादों का कारवाँ तो नहीं—"

"वाह! भैया—आज तो कमाल कर दिया—"

"आज! आज ही, क्यों?" मनोज के मुख पर कृत्रिम मुस्कान थी, आश्चर्य या उलाहना—"मैं तो सदा ही अच्छा शेयर कहता हूँ; तुम ही कँजूसी करती हो।

खुल कर दाद ही नहीं देती—''

पुनः वह दीवारों पर सज्जित सुचित्रा की नयी कृतियों पर दृष्टिपात करता हुआ बोला, ''सुचि, क्या इनकी प्रर्दशनी नहीं लगाई जा सकती?''

सुचित्रा का मुख गम्भीर हो आया। आँखों में एक विचित्र प्रकार की गहनता समा गयी। पलकें झुकीं, शायद वह ऐसी वार्ता के लिए तैयार नहीं थी। धीमे स्वर में बोली,

''कला निजता की अभिव्यंजन है; यह प्रदर्शन की वस्तु नहीं है।''

मनोज को लगा किसी ने उसके रिसते घाव को छेड़ दिया। धीमी गति से चलते अश्व पर सहसा चाबुक का प्रहार हुआ, विखरते भावों को सन्तुलित करते हुए, उसने पुनः कहा,

''सुचि, इस में हर्ज़ भी क्या है? बड़ी राशि मिल सकती है—''

सुचित्रा ने धीमी आह भरी। अन्तर्मन में जैसे तूफान उठने लगा हो। भावलोक के इन्द्रधनुष को मानों श्यामल मेघमाला ने प्रच्छन्न कर दिया; उसने श्वास भर कहा,

''नहीं भैया—शुद्ध कला, बिक्री के लिए नहीं होती। सच्ची कला तो आत्म् परितोष के लिए ही है। यही इसका सही मूल्यांकन है; सिक्कों की खनक...''

मनोज कुछ थका हुआ था, जूते ढीले करके दीवार के साथ लगे सैटीनुमा दीवान पर लेट गया, कुछ गम्भीर होकर बोला,

''हुसैन भी तो चित्र बेचते हैं—''

''मैं हुसैन नहीं हूँ—''

मनोज ने तुरन्त प्रत्युत्तर दिया, ''इतने बड़े कलाकार हैं।''

सुचित्रा शायद बात आगे नहीं बढ़ाना चाहती थी। सुचित्रा के सृजनशील भावों का दायरा उसकी निजता थी; इस दायरे में प्रवेश पाने का अधिकार किसी दूसरे को कैसे हो सकता है। गहरी साँस भरकर उसने विश्वस्त स्वर में कहा,

''वे बड़े कलाकार हैं, तो क्या? उत्तेजनापूर्ण भावों को अभिलिखित कर देना ही तो कला नहीं है। हुसैन के चित्रों के खरीददार क्या कभी जान पायेंगे, कलाकार वास्तव में कौन सा भाव प्रदर्शित करना चाहता है?'' मनोज की आँखें झुकने लगीं। इतनी सहज वार्ता से एकदम बौद्धिक विश्लेषण आरम्भ हो जायेगा, ऐसी तो उसने कल्पना भी नहीं की थी। कुछ सोच कर उसने कहा, ''यह निश्चित करना तो कठिन है—'' ''ऐसे में भला कलाकार क्या बेचेगा और खरीददार क्या दाव पर लगायेगा? दोनों ही शायद अपने-अपने ढंग से व्यक्तिपरक अहं या फिर सामाजिक सम्पन्न जीवन के दम्भ का क्रय-विक्रय करते हैं।'' सुचित्रा ने कुछ धीमे स्वर में कहा!

''वंडरफुल—हेयर—वाह—''

मनोज ने सहज भाव से सुचित्रा की प्रशंसा की, ताली पीटते हुए कहा, ''मन खुश हो गया। सुचि, कालिज में तुम से दो साल सीनियर था। कई बार भाषण प्रतियोगिताओं में तुम्हारा विवाद सुनता रहा हूँ। तर्क की वैसी पकड़ आज भी'' पुनः वह एक ही झटके में उठकर बैठ गया। मन में शायद कोई नया भाव अंकुरित हो रहा था। हो सकता है वह जानबूझ कर ही उस दार्शनिक एवं नीरस संदर्भ से किनारा करना चहाता हो। सुचित्रा की ओर देख कर अत्यन्त विश्वसनीय मुद्रा में बोला,

''एक बात तो आज तय हो गयी...''

''क्या?''

सुचित्रा ने आश्चर्य मिश्रित भाव से उसकी ओर देखा।

''चुनाव तो मैंने लड़ना ही है—''

सुचित्रा मैंने झट से उत्तर दिया,

''हार जाओगे, एक वोट भी नहीं मिलेगा'' और वह रस सिक्त मुस्कान में डूब गयी।

''यह कैसे हो सकता है?'' मनोज के शब्दों में कौतूहल मिश्रित जिज्ञासा थी, आँखों में एक दबी शरारत पंख पसार रही थी। ''सुचि, तुम 'कनवैसिंग' करो और मुझे वोट न मिले?''

सुचित्रा के नेत्र विस्फरित थे, ओंठों पर मुस्कान थी,

''तुम इतने बड़े नेता कब हुए?'' पुनः वह कुछ सान्त्वनामय स्वर में बोली,

''संसद में तुम करोगे भी क्या?''

मनोज उठकर सुचित्रा के निकट चला आया, उसके कन्धे पर हाथ रखता हुआ बोला,

''जो कुछ दूसरे करते हैं। कुछ दिन पहले वित्त मन्त्री मनमोहन सिंह बजट के साथ शेयर सुनाते थे, आज कल अटल जी की एलबम के चर्चे हैं। हमारे प्रधान मन्त्री जी गीत रचते रहते हैं और प्याज़ की कीमत आसमान छू जाती है।''

पुनः वह कुछ पीछे हट कर, दीवार पर टँगे चित्र की ओर देखता हुआ कहने लगा, ''बड़ा नेता न सही, उनसा बड़ा शायर तो हूँ ही—''

सुचित्रा खिलखिला कर हँस दी,

''भैया, वो तो तुम्हारी शक्ल से ही लगता है—''

''क्या?'' मनोज ने तीखे स्वर में कहा, ''सुचि, तुम फिर मज़ाक कर रही हो,'' साथ ही उसने उसके बालों को खींच दिया,

''चुटिया काट दूँगा—''

''भैया—आह; मेरे बाल छोड़ो'' वह एक ही झटके में मनोज से अलग हो गयी? दूर हटते ही, ठहका मार कर हँस पड़ी, साँस रोकती हुई बोली,

"वोट मैं फिर भी तुम्हें नहीं डालूँगी–" हारे हुए जुआरी की भाँति मनोज ने सिर को झटका दिया, आँखें तरेर कर सुचित्रा की ओर देखा, ओंठ तर करता हुआ बोला, "हो गया सत्यानाश–; इसे ही कहते हैं घर का जोगी जोगड़ा।"

पुनः वह निश्वास भर कर द्वार तक चला आया; तनिक रुककर हलके अन्दाज़ में बोला,

"चल भई मनी, यहाँ दाल नहीं गलेगी–कहीं दूसरी जगह–"

सुचित्रा ने मनोज के बढ़ते पाँव रोक दिये।

"थोड़ी देर पहले दादू का फोन आया था; वे किसी समय भी आ सकते हैं–"

"बाप रे..." मनोज मानों चारों ओर से शत्रु सेना में घिर गया हो। आश्चर्यमय भाव में बोला,

"पापा आ रहे हैं वो भी आज ही–हो गयी छुट्टी–" वह हड़बड़ाई अवस्था में इधर-उधर देखने लगा,

"परन्तु, उन्होंने तो शायद दो दिनों के बाद आना था। सब गुड़ गोबर हो गया, जाने क्या-क्या सुनना पड़ेगा–" पुनः वह सुचित्रा के निकट आकर उसे कन्धों से पकड़ता हुआ बोला,

"मेरी अच्छी बहना, मैं रात को ज़रा देर से आऊँगा। तुम सारी स्थिति सम्भाल लेना–"

सुचित्रा मुस्कुरा दी, हँसकर बोली,

"मसख़ा लगा रहे हो; बताओ मेरे लिए क्या लाओगे?"

मनोज ने दुलार पूर्ण झटके से उसे पीछे हटा दिया। अस्थिर पैरों को सन्तुलित किया, और उखड़ते स्वर में कहा, "तुम से वोट नहीं माँग रहा हूँ; ज़रा पापा से सिफारिश ही करनी है, समझी–" वह आत्मीय भाव से उसकी ओर देखता हुआ, द्वार तक चला आया,

"यह तो बता दो, जा कहाँ रहे हो?"

मनोज ने रुकते हुए कहा,

"साँझ ढले, मित्र मण्डली में एक मुशायरा है–बस वहीं–"

सुचित्रा ने उसे फिर छेड़ दिया,

"भैया, लगता है कोई नया शेयर उतरा है–"

"उतरा है–ऐं–सुचि; उतरा नहीं जम गया है–"

सुचित्रा अपने भाई की कमज़ोरी अच्छी तरह जानती थी, उसे बाँधने के लिए ऐसी चर्चा बहुत उपयुक्त लगती थी। मनोज चलते-चलते सुचित्रा की ओर घूम गया; मन शेयर कहने को मचल उठा, उसने गला साफ करते हुए कह ही दिया–

"तो सुनो, क्या याद करोगी। शायर ने अर्ज़ किया है–

प्यार के लिए तो एक लम्हा ही काफी है,

लोग सौ-सौ बरस भला क्यों जीते हैं।"

बात कहाँ से शुरू हुई और आकर कहाँ खत्म हुई। क्षणपूर्व पहले का विनोदमय वातावरण गहन गम्भीरता में बदल गया। सुचित्रा के अन्तराल में अतीत की भाव लहरी एक अद्भुत सी सिहरन भर गयी। मनोज के उस शेयर ने अन्तर्मन की प्रसुप्त व्यथा को पुनः कुरेद दिया। ओंठों से एक हल्की आह उत्सरित हो कमरे की नीरवता में परिव्याप्त हो गयी। मनोज से तो उसे अपने निजी भावों को छिपाना ही था। अन्तर्मुखी भाव पुनः वास्तविक जगत की ओर मुड़ने लगे। बर्हिगत सृष्टि से जुड़े सहज भाव स्थिर होने लगे। आन्तरिक वेदना को कृत्रिम सी हँसी में छिपाने का उपक्रम करती हुई, स्वर साधने लगी–

"क्या बात है! भैया, आज तो शमा तुम्हारे सामने ही प्रज्ज्वलित रहेगी–"

"सच!"

मनोज को जैसे कोई खोई हुई बहुमूल्य वस्तु अनायास ही मिल गयी हो। मुखमण्डल पर एक विचित्र सी आभा खेल गयी। आँखों में मादकता थी, शेयर की प्रशंसा ने उसके आस-पास असंख्य हवाई घोड़ों की सृष्टि कर दी थी। मनोज असमंजस में था। घोड़े अनेक हैं और सवार एक; भला किस-किस पर भार लादना होगा। वह विद्युत गति सा पुनः कारीडॉर की ओर लपक गया। विश्वस्त स्वर में गति समेटता हुआ बोला,

"सुचि, लो मैं चला–तुम सब सम्भाल लेना–"

कुछ सोच कर पुनः रुका, इधर ऊपर देखता हुआ बोला,

"घर के नौकर कहाँ गये हैं? बुआ जी भी नज़र नहीं आ रही हैं–?"

"नौकर तो यहीं कहीं होंगे; जब मैं अपनी चित्रशाला में व्यस्त होती हूँ, सभी निश्चिंत से इधर-उधर हो जाते हैं। बुआ जी तो इस समय सतसंग में जाती हैं।"

"नहीं, सुचि–"

मनोज को शायद अपने सामाजिक उत्तरदायित्व का ध्यान हो आया,

"इतने बड़े भवन में, इस प्रकार अकेली न रहा करो। कोई न कोई पास ज़रूर होना चाहिए। शहर में "क्राइम' जोरों पर है। न जाने कब क्या हो जाये–"

सुचित्रा मनोज के निकट चली आयी। पुनः दोनों साथ-साथ चलते हुए विशाल ड्राइंग रूम में पहुँच गये। सुचित्रा ने मनोज को सन्देह एवं शंकामुक्त करते हुए कहा,

"नहीं भैया, सभी लोग यहीं होते हैं, मेरे आस-पास। चिन्ता की कोई बात नहीं है।"

"ओके–सुचि; रात को भोजन के समय मेरी प्रतीक्षा न करना–"

सुचित्रा ने अभी बात पूरी भी नहीं की थी कि मनोज लपक कर कार तक पहुँच गया। सुचित्रा ने उसे पुनः आवाज़ दी–'जरा सुनो तो सही...मनी भैया–' और कार चल दी। सुचित्रा अशान्त एवं उद्विग्न सी अवस्था में पुनः ड्राइंग रूम में लौट आई। मनोज के जाते ही खीज भरे ओंठों से केवल 'ओफ'–शब्द ही व्यक्त हुआ, पुनः सब कुछ पूर्ववत् शान्त और निस्वन हो गया।

◆◆◆

पाचवाँ अध्याय

सुचित्रा विशाल भवन में एक बार फिर से अकेली रह गई। एकान्त क्षणों में उसे अजीब सा खालीपन कचोटने लगता था। मनोज काव्य-गोष्ठी में भाग लेने के लिए चला गया था और दादू अभी तक नहीं आये थे। उसके भीतर पूर्व परिचित सा भय फिर से घर करने लगा। ऐसी भयाक्रान्त मनःस्थिति में वह उद्विग्न हो उठती थी। विशेषकर ऐसे समय जब उसे मनोज और दादू की प्रतीक्षा करनी पड़ती थी। अन्तर्मन में इन दोनों की सुरक्षा को लेकर असंख्य भ्रान्तियाँ उत्पन्न होने लगती थीं। और प्रयास करने पर भी मन काबू में नहीं रहता था। विशाल भवन में मनोरंजन के लिए आधुनिक सब साधन-प्रसाधन विद्यमान थे; परन्तु सुचित्रा के आत्म निरत मनोभावों की इनमें कोई रुचि नहीं थी। कभी-कभी आन्तरिक रीतेपन को भरने के लिए वह टी. वी. के सम्मुख आकर बैठ जाती थी। ''चैनल' पर ''चैनल' बदलती रहती, परन्तु अशान्त मन को पलभर के लिए भी चैन नहीं पड़ता था। भीतर विरसता और खिन्नता और बढ़ने लगती थी, ऐसे में वह ''रिमोट' दूर पटक कर पुनः अपने आन्तरिक सूनेपन में लौट आती थी।

अपने दादू को स्मरण कर, वह पुनः अस्थिर हो उठी। ज्यों-ज्यों समय बीत रहा था, उसकी उत्सुकता बढ़ती जाती थी। किसी अप्रत्याशित एवं आकस्मिक अनचाही घटना की सम्भावना मात्र से ही उसका रोम-रोम कम्पायमान हो उठता था। विचार विच्छिन्न होने लगते थे और साँसों पर नियन्त्रण नहीं रहता था। भावी अनर्थ की शंका से विह्वल वह बेसुध होकर सोफे पर लुढ़क गई। अन्तर्मन में भावोच्छ्लन और तीव्र हो गया, उसने अनुभव किया, उसके भीतर एक विचित्र प्रकार का द्वन्द्व उत्तरोत्तर बढ़ता जा रहा है। आन्तरिक और बाह्य जीवन की विसंगतियाँ उसे रह-रह कर दन्शित करने लगी हैं, ऐसे में उसका चित्त और खिन्न हो जाता था।

कभी-कभी सुचित्रा स्वयं ही अन्तर्विश्लेषण में खो जाती थी। उसकी इस आन्तरिक विरसता का कारण क्या है? भावनाओं का मन्थन निरन्तर चलता रहता परन्तु कोई समाधान प्रकट नहीं होता था। बाह्य दृष्टि से वह हर प्रकार से सुखी एवं सम्पन्न थी। धन, वैभव और सम्मान—सब उसके पास थे परन्तु आन्तरिक

जगत में वह स्वयं को अत्यन्त निपट एवं निरीह अनुभव करती थी। भीतरी अभावों के सामने बाहरी सब अलंकरण फीके लगते थे; मान-मर्यादा और सुख-साधन के सभी सोपान हेय प्रतीत होते थे। समीर के प्रति आसक्तिपूर्ण आकर्षण को लेकर वह सदा अनमनी सी रहती थी। उसकी स्मृतियाँ हमेशा ही एक हल्की कसक द्वारा उसे व्याकुल किये रखती थीं। व्यक्ति विशेष के प्रति प्रेम और आकर्षण का भाव प्राणी के जीवन में ऐसी विषम मनस्थितियों को जन्म दे सकता है, इसकी तो उसने कल्पना तक नहीं की थी। बाह्य और आन्तरिक भावात्मक प्रसार में ऐसी विसंगतियाँ उसके चिन्तन फलक से परे के अनुभव थे। कई बार उसके मन में आता कि वह अपने दमित विषाद को उसी निर्मोही के आगे छलका दे जिसने यह यातना उसे दी है, परन्तु ऐसा कर पाना सुगम नहीं था। भावासिक्त आकांक्षाओं को शब्दबद्ध करने के लिए वह समीर को पत्र भी लिखने का प्रयास करती थी, परन्तु हाथ थिरक जाते थे। सामाजिक मर्यादा ज्वलन्त लक्ष्मण-रेखा की भाँति उसको भावोद्रेक की सीमा आंक देती थी, और वह कराह उठती थी। अश्रुओं से सिक्त आन्तरिक मनोभावों की गीली मिट्टी में असंख्य नए घरौंदे बनते और पुनः आहों और सिसकियों के थेपड़ों से धराशायी हो जाते थे। कल्पनाओं के खाली साँचों में कुछ शेष न बचता, बचती तो केवल एक निर्मम आह; एक विफल उद्भावना; एक नीरस एवं विषादमयी कुण्ठा।

सुचित्रा की मनःस्थिति किसी भी दूसरी भाव-विह्वल नारी से बिल्कुल अलग थी। वह अपने अन्तराल में एक विचित्र सी दोहरी कसक एवं दो-धारी दंश को अनुभव करती जा रही थी। ऐसी वेदना को भोगने के लिए वह विवश ही नहीं बाह्य परिस्थितियों के कारण परवश भी थी। अत्यधिक विरसता और सन्ताप के क्षणों में वह दमित भावों को फलक पर उंडेल देती थी परन्तु इस सृजनशीलता में भी मन पूरी तरह खाली न हो पाता। सागर सी लहरें उभरती रहतीं, हलकी कसक भरतीं और पुनः रसातल में समा जातीं। बाह्य स्थितियाँ जरूर बदलती रहतीं परन्तु आन्तरिक जगत में अभावों का भीषण वातचक्र पूर्ववत् ही प्रखर बना रहता। बाहरी लहरें कुछ न कुछ नया बुनती परन्तु गहरे समीर-सागरी भवँर हर बार सब कुछ निगल जाते और इसी दोहरे सन्ताप में सुचित्रा की समस्त चेतना भस्मीभूत होने लगती थी। कलागत सृजन उसके दमित विषाद का विवेचन कर उसका भीतरी प्रांगण खाली कर देता था, परन्तु जैसे ही उसे इस खालीपन का एहसास होता, समीर की भटकती स्मृतियाँ पूरे वेग से इस शून्यता को प्रच्छन्न कर देतीं और उसे वेदना विगलित करती हुई आहों की शर-शैय्या पर पुनः पटक देती थीं। यही था सुचित्रा के जीवन का दोहरा दंश; अस्तित्त्व का बहु-पक्षीय आयाम तथा भावात्मक दर्पण की दोहरी छाया। इस स्थिति में वह करती भी तो क्या? इस दोहरे सन्ताप से कैसे मुक्ति मिलेगी, वह नहीं जानती थी।

विचार निमग्न वह कब सोफे पर ही सो गई उसे नहीं पता। दादू ने उसे दुलारमयी स्पर्श से जगाया तो उसकी नींद खुली–

"सुचि, बेटी सो गयी क्या?"

सुचित्रा ने अर्द्धनिमिलित नेत्रों से दादू की ओर देखा, स्वयं को सम्भालती हुई तुरन्त उठकर बैठ गई। प्रशान्त झील में जैसे फिर से सोई तरंग जाग गई। स्वप्निल लोक के मायावी पंख झरने लगे। उसका भयाक्रान्त संदिग्ध मन दादू को सामने पाकर सहज हो गया। मस्तिष्क पर छाई धूमिलता स्वच्छ होने लगी। आत्मीय भाव से वह दादू से लिपट गई। सान्त्वनामयी स्वर में बोली,

"कैसे हैं? दादू आने में बहुत देर कर दी। आप लोगों को ज़रा-सी भी देर हो जाये तो मेरा मन डरने लगता है। चिन्ता बढ़ जाती है–"

नौकर भारी सामान भीतर ले जा रहा था। दादू ने छोटा "ब्रीफ' मेज पर रखते हुए अपनी "जैक्ट' उतारने का प्रयास किया, सुचित्रा ने दादू को सहयोग दिया। सोफे पर लेटते हुए उसके दादू ने कहा,

"तुम तो व्यर्थ ही चिन्ता करती रहती हो"–पुनः गहरी साँस भरकर बोले, "जो होना था, बहुत पहले हो चुका है। कभी-कभी 'प्लेन' लेट हो जाता है," पुनः इधर-उधर देखते हुए कौतूहलमय स्वर में बोले "मनोज नज़र नहीं आ रहा?"

"दादू, भैय्या ज़रूरी काम से कहीं गये हैं।"

"ओफ! इस नालायक ने नाक में दम कर रखा है।" दादू के शब्दों में खीज और बौखलाहट थी, गम्भीर श्वास भर कर पुनः बोले "कोई काम भी ढंग से नहीं करता जाने इसके मन में क्या है? कभी कहता है 'स्विटज़रलैण्ड' जाना है, और पढ़ना है; कभी कहता है चुनाव लड़ना है। दिमाग खराब हो गया है उसका। कुछ दिन पहले मारीशसॅ जाने की तैयारी में था–हूँ; कवि सम्मेलन में भाग लेना है–मैं तो इससे तंग आ गया हूँ। कई-कई दिनों तक उससे भेंट नहीं होती।"

पुनः वे सुचित्रा की ओर मुड़ते हुए तनिक सहज भाव में बोले–

"सुचि, तुम ही कहो, मैं क्या करूँ–?"

सुचित्रा भली प्रकार जानती थी कि दादू का वह उफन और उत्तेजना मात्र बाह्य दिखावा ही था। पिता-पुत्र आन्तरिक दृष्टि से एक दूसरे को अच्छी तरह जानते-पहचानते थे। इसीलिए सुचित्रा अपने दादू की बात सुन कर मुस्कुरा दी। दादू का माथा सहलाती हुई आत्मीय भाव से बोली,

"दादू सब ठीक हो जायेगा। आप आराम कीजिए।"

और वह दादू के और निकट हो गयी; स्नेहसिक्त वाणी में पुनः कहा,

"दादू, भैया बहुत अच्छे हैं। एक दिन बहुत बड़े आदमी बनेंगे–" दादू का मन पसीज उठा। मनोज के प्रति सारा स्नेह मानों उसी क्षण उमड़ आया, सुचित्रा को पुनः आशीष दिया। तनिक स्थिर स्वर में कहा,

"अब भी क्या कमी है? उसके पास सब कुछ तो है? कारोबार का इतना फैलाव है; पता नहीं तुम लोग बड़ापन किसे कहते हो? सारा दिन शेरो-शायरी का जोड़-तोड़ करके तो वह बड़ा नहीं बन सकता–"

सुचित्रा हँस दी, दादू की बात का भला वह क्या उत्तर दे। प्रसंग बदलना ही श्रेयस्कर समझा। दादू की ओर जिज्ञासा भरी नज़रों से देखते हुए पूछा,

"दादू, अभी क्या लेंगे–ठण्डा या चाय–?"

"सुचि, अच्छी तरह जानती हो, जब तक इधर होता हूँ, बस तुम्हारे हाथ की ही चाय लेता हूँ तुम्हारे हाथों में जादू है, बेटा–"

अभी दादू ने बात पूरी नहीं की थी कि मनोज की बुआ ने ड्राइंग रूम में प्रवेश किया। बुआ सतसंग से लौट रही थी। हाथों में प्रसाद था, निकट आते ही बोल उठी, "अरे कँवरसेन! आ गये? अच्छा किया। घर में बात करने वाला तो कोई हुआ," कँवरसेन ने अपनी बहन के पाँव छुये, श्रद्धाभाव में कहा,

"कमला दी, कैसी हो? यह घर तो समझो तुम्हारे आसरे ही चलता है–"

"रहने दो कँवरसेन–यहाँ मुझे अकेली को ही मरना-खपना पड़ता है। यह सुचि है; बस रंग रोशनी में लगी रहती है–और वोह तुम्हारा लाडला–पता नहीं दिन-रात क्या-क्या गुनगुनाता रहता है; कभी शेर मारता है कभी गीदड़; सुनते-सुनते मैं तो तंग आ गयी हूँ"

कमला दी की बात सुनकर कँवरसेन उन्मुक्त अट्टहास में भीग से गये। सुचित्रा के ओंठों पर मुस्कान दौड़ गयी, पलकें झुकी थीं और पाँव रसोईघर की ओर बढ़ रहे थे। कँवरसेन अभी स्वयं को सम्भाल नहीं पाये थे कि कमला दी ने निकट आकर उनके हाथों में प्रसाद रख दिया। स्नेहपूर्ण अधिकार में कहा,

"इसमें हँसने की क्या बात है? तुमने दोनों को सिर चढ़ा रखा है। कुछ तो ख्याल करो, इतना बड़ा आंगन कितना सूना-सूना लगता है। दो चार बाल गोपाल हों, इधर से उधर करते धरते दिन तो बीते। भला ठाकुर जी की पूजा कब तक चलेगी? दोनों को देखो तो सही, सिर छत को छूने लगे हैं–"

कँवरसेन अपनी बहिन की बात सुनते रहे और रस लेते रहे। वे कहते भी तो क्या? प्रसाद मुँह में रखकर, कुछ सोचते हुए उन्होंने लम्बी साँस ली, नेत्र झुकाते हुए कहा,

"बहिन, मैं सब समझता हूँ। सब ठीक हो जायेगा। नयी रोशनी के बच्चे हैं, बहती धारा को मोड़ने में कुछ समय तो ज़रूर लगता–"

कमला दी अपने कमरे की ओर मुड़ने लगी, तनिक प्रखर स्वर में बोली, "तो सम्भालो अपना यह जंजाल; मैं तो कल ही हरिद्वार चली जाऊँगी। इस घर में मेरी औकात ही क्या है–?"

कमला दी की बात सुनकर कँवरसेन खिन्न हो गये, जानते थे ऐसी स्थिति

को और कुरेदना श्रेयस्कर नहीं होगा। इसलिए हँस दिये, साँस रोकते हुए बोले,

"दी, तुम तो व्यर्थ ही नाराज़ हो जाती हो–? तुम्हारे बिना ये बच्चे फिर से अनाथ हो जायेंगे–"

कमला पर मानों गाज गिरी। मन बैठने लगा। ऐसा लगा, शीतल पवन तप्तमय लोह से टकरा गई। ओस कण शुष्क बालुकणों ने निगल लिये। कमला के मुख से आह सी फूटी; नेत्र तर होने लगे। करुणा भरी नज़रों से उसने अपने भाई की ओर देखा। ओंठ फड़के–"कँवर, जले पर क्यों नमक छिड़क रहे हो? यह मन तो पहले से ही बहुत छलनी है। खबरदार जो मेरे जीते जी ऐसा सोचा। हमारे पास इन बच्चों के सिवा और है ही क्या? इनके सहारे ही तो अब जीना और मरना है? जो कुछ इस परिवार ने खो दिया है, उसे तो लौटा नहीं सकती; किन्तु–" कहते-कहते कमला भावासिक्त हो उठी, ओंठ काँपने लगे और आँखों से आँसू बह निकले। कँवरसेन का चेहरा उतर गया। मुख म्लान पड़ गया। अन्तर्मन का दमित विषाद उसे भी कचोटने लगा। कुछ कहे बिना उसने अपना मुख दीवार की ओर फेर लिया। मन व्याकुल था। कमला दी से कुछ कहे नहीं बनता था।

एक हाथ में पूजा की सामग्री सम्भालती हुई और दूसरे हाथ से साड़ी के छोर में आँसुओं को समेटती हुई कमला दी कब अपने कमरे की ओर चल दी, कँवर सेन को कोई आभास नहीं रहा। कमरे में सहमी सी प्रशान्ति विद्यमान थी। सुचित्रा ने दबे पैरों से ड्राईंग रूम में प्रवेश किया। चाय मेज़ पर रख कर इधर-उधर देखा। बुआ और दादू के बीच हुई भावप्रवण वार्ता के सूत्र जोड़ने में उसे देर नहीं लगी, क्योंकि दादू आज फिर उदास मुद्रा में उसी स्थान पर खड़े थे जहाँ वे खिन्न अवस्था में रुकते थे। वह धीरे-धीरे दादू के निकट चली आई। दादू सजल एवं भावपरक नेत्रों से दीवार पर टँगे चित्र को देख रहे थे। चित्र सुचित्रा के परिवार का था जिसमें उसका छोटा भाई तथा माता-पिता भी नज़र आ रहे थे। एक भीषण विमान दुघर्टना इन तीनों को ही निगल गई थी। केवल सुचित्रा ही बच पाई थी। दादू ने अश्रुसिक्त श्वास भर कर अन्तर्वेदना को हल्का किया। दुर्घटना बहुत पहले हुई थी; परन्तु अतीत के ये पृष्ठ जब-जब पुनः खुलते, परिवार के शेष समस्त सदस्य शमशान सी नीरवता में ढल जाते थे। सन्तप्त मन दुःख के अथाह सागर में नन्हें तिनकों से तिरने लगते थे; ऐसे में परिवार का हर व्यक्ति अपने में ही सिमट कर रह जाता था; बिना किसी किनारे और सम्बल के। दुःख जब उमड़ता था, तो बस उमड़ता ही था। कोई इसका क्या कर सकता था।

सुचित्रा ने भाव-विह्वल दादू की ओर देखा। एक धीमी आह भर कर अपने मन को दृढ़ किया। असह्य वेदना और आन्तरिक गहन पीड़ा से मुक्ति पाने के लिए वे ऐसे विषण्ण क्षणों में एक दूसरे को सान्त्वना देने के सिवा ये और कर भी क्या सकते थे। सुचि निःशब्द पैरों से चलती हुई अपने दादू के निकट चली

आई—निकट बहुत निकट। समीप आकर उसने अपना माथा दादू की पीठ से सटा दिया। एक हलका आत्मीय स्पर्श—; कँवरसेन सुचित्रा के पिता के बड़े भाई थे। वह उन्हें दुलार से दादू कह कर बुलाती थी। सुचित्रा की दृष्टि में 'ताऊ' शब्द में वह स्नेह, आत्मीयता और निकटता का भाव विद्यमान नहीं है जो 'दादू' शब्द की व्यायकता और सरलता में है। कँवरसेन अपनी बेटी की निकटता से और अधिक उद्वेलित हो उठा। वेदना विगलित दो काष्ठ प्रतिमाएँ काफी समय उसी प्रकार जड़वत खड़ी रहीं; अपनी-अपनी आहों में भीगती हुई, सिमटती हुई। दीवार पर टँगे चित्र से उत्सरित बहुरंगी प्रकाश उनके समीप अद्‌भुत सी माया-मरीचिका रचता जा रहा था। परन्तु वे दोनों बाह्य वातावरण से शायद नितान्त विलग खड़े थे। कँवरसेन के नेत्र छलके; उन्हें सुचित्रा के प्रति अपने उत्तरदायित्व का एहसास भी हुआ; परन्तु अभी मन स्थिर नहीं था। तनिक घूम कर उन्होंने सुचित्रा के मस्तक पर हाथ फेरा, तरल वाणी में कहा—

"सुचि, हमने ऐसा कौन सा पाप किया था जो इस प्रकार—"

कँवरसेन ने तनिक पीछे हट कर रूमाल से अपना मुख साफ किया, कुछ ठहरे स्वर में पुनः कहा,

"एक ही झटके में सब कुछ चला गया। कुछ भी बाकी नहीं रहा। बाकी है तो बस—" सुचित्रा ने दादू की गीली पलकों की ओर देखा, उसका अपना मन भी पसीज उठा। साँस उखड़ने लगी। कँवरसेन कहते चले गये,

"कितने निर्मोही थे ये सब—कितनी जल्दी मुझे छोड़कर चले गये। इस जीव को न जाने कब तक इसी पिंजरे में तड़पना है।" और कँवरसेन कह नहीं पाये। गला रुँध गया। आवाज़ थर्राने लगी। फफक सी भर कर कह उठे, "ये लोग मुझे छोड़ कर चले गये, एक दिन तुम भी अपने घर चली जाओगी—और मैं बूढ़ा, अकेला—"

ऐसी भावप्रवण स्थिति में सुचित्रा ही दादू को सम्भालती थी। उसने स्वयं को संयमित किया, दादू को आत्मीय पाश में समेटती हुई बोली, "यह बेटी आप को छोड़कर कहीं नहीं जायेगी। मैं सदा आपके पास रहूँगी; यहीं, इसी घर में।"

सुचित्रा उद्विग्न थी। फिर भी आँसुओं के बरबस रोकने का प्रयास कर रही थी। अपनी भावाच्छिन्न मानसिक स्थिति को आत्मबल से नियन्त्रित करती हुई, तनिक सरल वाणी में बोली,

"दादू, जो कुछ हो चुका है, उसे भूलना ही अच्छा है। पुराने घावों को बार-बार छेड़ने से केवल दुःख ही उत्पन्न होता है। ऐसे याद करने पर वे लौट तो नहीं आयेंगे। जो हुआ शायद विधि का विधान था, या फिर हमारा भाग्य—"

कँवरसेन ने मन कड़ा करते हुए अपने बिखरे भावों को केन्द्रित किया। दीर्घ श्वास लेकर सुचित्रा की पीठ थपकी। सान्त्वनामयी स्वर में कहा,

"सुचि! मैं सब कुछ जानता हूँ, सब समझता हूँ। तुम दोनों को देखता हूँ तो दिल को कुछ-कुछ होने लगता है। मेरे पास और है भी क्या? मनी और तुम्हारा ध्यान न होता तो कब का चल बसा होता–" तनिक रुक कर कँवरसेन ने साँस ली, कुछ सोचते हुए कहा,

"इस टूटी नाव में तो बस छेद ही छेद हैं, फिर भी तुम दोनों को किसी किनारे पर तो पहुँचाना है–"

कुछ सोचकर फिर कहने लगे,

"अब तो एक ही इच्छा है; तुम्हारे लिये कोई अच्छा जीवन-साथी मिल जाये और मनी के लिए कोई सुन्दर सी लड़की–" दादू की बात सुनते ही सुचित्रा की पलकें झुक गईं, ओंठ कुछ थिरके फिर सिकुड़ गये। दादू ने उसकी झुकी पलकों में देखते हुए अत्यन्त सहज भाव से कहा,

"अरे हाँ, सुचि मैं तो भूल ही गया। लौटती बार मैं हाँगकाँग में रुका था। तुम्हारे लिए..." अपना 'ब्रीफ', खोलकर, उसमें से एक छोटा डिब्बा बाहर निकाला जिसमें बहुमूल्य हार था। हार उनके हाथ में आते ही ओर-छोर जगमगा उठा। मोतियों की झलक ने नेत्र कोर प्रकाशमान कर दिये। तनिक प्रसन्न मुद्रा में सुचित्रा की ओर बढ़ते हुए बोले,

"बेटी, तुम्हारे लिये है। तुम्हारे गले में बहुत अच्छा लगेगा–"

सुचित्रा ने हार को अनदेखा कर दिया, नेत्र झुकाते हुए विरक्त भाव से कहा–"दादू! आप व्यर्थ में इतना खर्च करते रहते हो; भली प्रकार जानते हो, मुझे इन चीज़ों से कोई लगाव नहीं है–"

सुचित्रा की विरसता देख कँवरसेन का सारा उत्साह मानों काफूर हो गया। वे इस आभूषण को बड़े चाव से लाये थे। सुचित्रा की मनःस्थिति देखते हुए कुछ सोचने लगे; पुनः साहस बटोर कर कहा,

"भई, कुछ भी कहो–मुझे तो बहुत पसन्द है यह–"

सुचित्रा ने तनिक सरल भाव से मुस्कुराते हुए कहा, "लाईए–इसे भाभी के लिए रख लेती हूँ," और सुचित्रा ने इस ओर पूरा ध्यान दिये बिना ही हार फिर से डिब्बे में रख दिया। दादू आश्चर्यान्वित नेत्रों से उसे देखते रहे। सोच रहे थे, यह लड़की ऐसी क्यों है? ऐसा अनासक्ति भाव और वह भी गहनों के प्रति–; इस उमर में? अभी वे चिन्तनरत ही थे कि सुचित्रा ने चाय का प्याला उनके आगे रख दिया। कँवरसेन ने चाय ओंठों से लगाई। आँखों में अद्भुत सी चमक कौंध गई, शरीर और मस्तिष्क की सारी थकान जाती रही। प्रसन्न चित्त मुद्रा में बोले,

"वाह! मज़ा आ गया! सच बेटी, ऐसी चाय के लिए तरस जाता हूँ। कई बार सोचता हूँ यहीं तुम्हारे पास ही डेरा डाल दूँ।"

दादू की बात सुन कर सुचित्रा मुस्कुरा दी। परन्तु यह मुस्कान कृत्रिम थी। उसका चित्त उदास था। मस्तिष्क में एक विचित्र सा द्वन्द्व चल रहा था। दादू क्यों हमेशा ऐसा सोचते रहते हैं? वह इन कीमती वस्तुओं का क्या करेगी, जब उसका अन्तर्मन ही खुश नहीं है। जो अभाव उसके अन्तराल में था, उसकी पूर्ति इन आभूषणों द्वारा तो सम्भव नहीं थी। फिर ये चीजें किस काम की। अभी वह इसी उधेड़-बुन में थी कि कँवरसेन ने चाय लेते हुए फिर कहा,

"नहीं बेटी, यह मैं खासतौर पर तुम्हारे लिये लाया हूँ। मनी की पत्नी के लिए–"

वह कुछ समय मौन रहे, चाय का आनन्द लेते हुए पुनः बोले,

"उसके लिए इस घर में और बहुत कुछ है–"

"लेकिन दादू–" सुचित्रा शायद कुछ कहना चाहती थी, शब्द अटक रहे थे। कँवरसेन ने बात आगे बढ़ाते हुए कहा,

"सुचि, मैं तुम्हारी मनःस्थिति जानता हूँ। तुम कलाकार हो; तुम्हारा चिन्तन सृजनशील है। बहुत कुछ नया बनाती और सँवारती रहती हो; परन्तु मेरा मन तो एक लालची पिता का है न; कुछ भी करूँगा, वह कम लगेगा।" एक दीर्घ श्वास भरकर वे कातर वाणी में बोले,

"यदि मेरी जगह तुम्हारे सगे पिता होते तो–" सुचित्रा के मन को मानों ठेस पहुँची। वह अस्थिर हो उठी। आह भरती हुई बोली,

"बस कीजिए दादू–क्या आप मुझे सच ही रुलाना चाहते हैं?"

"नहीं बेटी–अब तुम्हें–ओफ!"

कँवरसेन ने ओंठ तर करते हुए अपनी भूल को सुधारने का प्रयास किया। उनका ऐसा आशय कदाचित् नहीं था। इधर सुचित्रा भी इस वार्ता को और आगे नहीं बढ़ाना चाहती थी। वह दादू को भली प्रकार जानती थी, बहुत छोटा मन था उनका। उसके पिता नहीं थे, इसीलिए दादू और मनोज उसकी हर प्रकार से देख-भाल करते थे, सुख-सुविधा का ध्यान रखते थे। सुचित्रा को ज़रा सी ठेस पहुँचने पर तिलमिला उठते थे। सुचित्रा इन सारी स्थितियों से पूर्णतया अवगत थी। उसके पिता अपने पीछे एक बड़ा कारोबार छोड़ गये थे। इसकी देख-रेख दादू ही करते थे। इसीलिए वह साल में चार महीनों के लिए सुचित्रा के साथ रहते थे। इन्हीं दिनों मनोज भी सुचित्रा के पास आता जाता रहता था। इन्हीं स्नेहसिक्त भावों से सुचित्रा के सूने एवं नीरस जीवन में कुछ-कुछ भरपाई हो पाती थी। अकेलेपन का दंश दादू और मनोज के स्नेही स्पर्श में सरल हो जाता था। सुचित्रा के भावात्मक संसार में ले देकर यही कुछ शेष बचा था। पारिवारिक जीवन में इतनी बड़ी क्षति हो जाने के उपरान्त सुचित्रा के व्यक्तिगत जीवन में विरक्ति का भाव उत्पन्न हो आना स्वाभाविक हो था। व्यावहारिक जगत उसके लिए भाव-शून्य सा रह गया

था। दादू और मनोज के आने पर अकेलेपन का भाव-भँवर स्वतः खुलने लगता था और वह कुछ क्षणों के लिए निजी दुःख को भूल जाती थी। इतना कुछ होने पर भी उसे समीर के सिक्त संवेदना से तो मुक्ति नहीं मिलती थी। यह आन्तरिक दाह तो उसे सदा तिल-तिल करके जलाती रहती थी। अत्यधिक विक्षुब्ध स्थिति में वह अपने कला कक्ष में चली आती थी, और**...**

कलाकार हमेशा अपने भाव और अभाव के बीच की कड़ियों को ही स्पष्ट करने का उपक्रम जुटाता रहता है। सृजनात्मकता एक ऐसी अतृप्ति है जो जलती लौ के समान प्रतिपल अपने ही प्रकाश पुन्जों को निगलती रहती है। स्नेह की समाप्ति पर यही सूखी बत्ती अपनी सिसक में ही सिमट कर दम तोड़ देती है। भावात्मक उद्रेक के अनुभावित क्षणों में कलाकार कई बार अपने मन की समस्त सरसता खाली कर देता है, संवेदना के फलक पर चेतना के इन्द्रधनुषीय रंग उंडेल देता है; परन्तु सब कुछ कर गुज़रने के बाद भी मूल अनुभूतिगत भाव पूर्ववत् अनछुआ ही बना रहता है। भीतरी वास्तव बाह्य जगत में प्रकट नहीं हो पाता। इसी उपक्रम में एक ही मानसिक साँचा असंख्य कलाकृतियों को चरितार्थ कर देता है। हर बार एक नयी उद्भावना, एक विचित्र कल्पना, एक अद्भुत रूप-साधना–सुचित्रा की मानसिक स्थिति भी कुछ ऐसी ही थी। कई बार तह ऐसे ही भावात्मक मन्थन से दो चार हुई थी; विशेषकर उन क्षणों में जब वह समीर की मोहक छवि को भावानुरूप रंग देने का प्रयास करती थी। समीर के चित्र की साधना उसके लिए तलवार की तेज़ धार पर चलने के समान थी। समीर के प्रति उसका गुप्त प्रणय एक पक्षीय था; ऐसे में वह उसके व्यक्तित्व को बाह्य रंगों में पूर्णतया रूपायित कर पाने में स्वयं को असमर्थ पाती थी। समीर के प्रति उसका प्रणय अधूरा था; इसीलिए इस भाव से सम्बद्ध उसकी रचना प्रक्रिया भी हर बार अधूरी रह जाती थी। जब तक वह समीर के अन्तर्मन में पूरी तरह झाँक नहीं लेती, उसका मनचाहा चित्र कैसे पूर्ण हो पायेगा? कलागत भाव की यही विडम्बना उसे सदा छलती रहती थी। आत्मगत विफलता के ऐसे ही क्षण उसे पुनः उदास कर देते थे।

उसे समीर को जानना था, उसके अन्तराल में झाँक कर वस्तुगत स्थिति का परिचय पाना था। परन्तु कैसे? उस तक पहुँच पाना या उसे किसी प्रकार भी अपने निकट ला पाना इतना आसान तो नहीं था? अपनी निरीहता पर वह कई बार खीज उठती थी। ऐसा अनुभव होता, मानों उसका जीवन दूर तक फैली शुष्क रेत से अलग कुछ भी नहीं है–; यहाँ केवल आहों का महामरुस्थल है और आन्तरिक तृष्णा की तृप्ति के लिए आँसुओं की धारा के सिवाय और कुछ भी नहीं है।

जीवन की गत्यात्मकता चिरन्तन है। हर पल कुछ न कुछ बनता और बिगड़ता रहता है। भाव दर भाव परतें बनती हैं और अन्तश्चेतन के गहन

अन्तराल में विलुप्त हो जाती हैं। बाह्य सृष्टि में भी ऐसा ही परिवर्तन चलता रहता है। लहर पर लहर नया आकर्षण प्रकट होता है और पुनः अतल गहराईयों में सो जाता है। अन्तर्मन की भाव-वीथियों में रंग बिरंगे छायाचित्र निर्मित होते हैं और पुनः धुँधली तन्द्रा में विलीन हो जाते हैं। सुचित्रा अर्द्धगोलाकार कुर्सी पर पलकें मूँदें धीरे-धीरे झूल रही थी। अन्तर्मन की भाव-लहरियों में शायद अपनी निजता के दर्शन पाने का प्रयास कर रही थी। मनःपटल पर असंख्य विचार तरंगे बनती और मिटती जाती थीं। बीता समय धीरे-धीरे अपने पंख खोलता जा रहा था। कभी वह समीर के बारे में सोचती थी तो कभी मनोज के संदर्भ को लेकर विचारशील हो उठती थी। मनोज उसका भाई था, परन्तु क्या वह भी उसे ठीक से समझ पाया है? शायद नहीं—?

उस दिन वह समीर के चित्र के पास खड़ी थी, ध्यानरत, मन्त्र-मुग्ध सी अवस्था में, शेष संसार से बिल्कुल बेख़बर और अलग। उसे इस बात का ज़रा भी ध्यान नहीं रहा कि मनोज दबे पैरों से चलता हुआ कब उस तक पहुँच गया है। बहुत निकट आकर मनोज ने उसे पुकारा तो उसकी मोह-तन्द्रा भंग हुई। वह सिहर उठी। समस्त शरीर एक ही झटके में कम्पायमान हो उठा। अन्तर्मन में छिपा कोई चोर उसके नेत्र-कोरों में भी झाँक गया। पुतलियाँ अस्थिर होने लगीं। नन्हा मृग-शावक जैसे अनायास वन्य प्रदेश की आग में घिर गया। शून्य व्योम में उन्मुक्त विचरते पक्षी को घनघोर बादलों की गर्जना ने मानों सन्त्रस्त कर दिया। मनोज को देखते ही उसकी पलकें झुक गईं। समीर के प्रति उसका एक पक्षीय गुप्त प्रणय भाव सहसा उसके भाई के सामने ऐसे अप्रत्याशित ढंग से प्रकट हो जायेगा, इसकी तो उसने कल्पना तक नहीं की थी। व्यावहारिक एवं संस्कारगत दृष्टि से वह अत्यन्त स्थिर, स्वस्थ एवं निष्पाप थी, परन्तु अचानक उत्पन्न उस अनचाही स्थिति का सामना कैसे जुटा पायेगी? वह असमंजस में थी। समझ नहीं आ रहा था, वह क्या करे? मनोज के मन में उसके लिए कोई हीन भाव या लघुता का भाव तो उत्पन्न नहीं हो जायेगा? वह तनिक चिन्तित थी।

इधर मनोज के मन की स्थिति इससे भी अधिक विचित्र और संदिग्ध थी। उसने उचकती नज़रों से समीर के चित्र को देखते हुए सुचित्रा की शंकित भाव भंगिमाओं को निकट से भाँप लिया था। उसके लिए भी यह स्थिति बड़ी विकट और चुनौती पूर्ण थी। वह प्रयास करने पर भी सुचित्रा के तनिक झुके मस्तक की ओर देखने का साहस नहीं जुटा पा रहा था। वह दुविधा में था, नीचे देखते हुए उसने मुख दूसरी ओर फेर लिया। वह किसी अन्य काम के लिए सुचित्रा के कमरे तक आया था, ऐसी विषम परिस्थिति का सामना करने के लिए तो वह बिल्कुल ही तैयार नहीं था। ठण्डी आह भर कर उसने अपने विकेन्द्रित विचारों को सही दिशा प्रदान करने का प्रयास किया। शायद वह सुचित्रा को वास्तविकता से अवगत

कराना चाहता था। वह समीर को अच्छी तरह से जानता था। परन्तु इसके लिए क्या उपयुक्त पृष्ठभूमि अभी बन पाई है? वह उद्विग्न होने लगा। वह यह भी जानता था कि सुचित्रा का हृदय अत्यन्त कोमल है, ज़रा सी ठेस लगने पर शीशे की तरह चूर-चूर हो जायेगा। वह किसी भी स्थिति में अपनी बहिन को दुःखी नहीं देख सकता था। ऐसे में तो वह स्वयं भी टूट जायेगा और सुचित्रा...?

कुछ समय तक वे दोनों निःशब्द रहे। कमरे में गहन प्रशान्ति थी। दोनों की ऊष्म श्वासें ही वहाँ उनकी उपस्थिति का मात्र परिचय थीं। मनोज ने अपनी समस्त चेतना को साक्षी करते हुए साहस बटोरा, अत्यधिक सहज स्वर में कहा,

"सुचि, तुमसे कुछ कहना चाहता हूँ–"

"भैय्या"–सुचित्रा की साँस रुकने लगी। ओंठ काँपने लगे। पाँव शायद अस्थिर होने लगे थे। एक दिन तो उसे इस प्रकार...; वह कुछ भी कह पाने में स्वयं को असमर्थ पा रही थी। क्या उसे अपने भाई के सामने इतना ही छोटा बन आना है? अन्तर्मन में एक टीस सी उत्पन्न हुई, उसने दबे स्वर में कहा, "भैय्या, इस बारे में कुछ मत कहो, मैं सुन नहीं पाऊँगी" और उसके नेत्र सजल होने लगे। समीर को जिस बात का डर था, वही सब सामने होता जा रहा था। निराशा भाव से उसने अपना मस्तक एक ओर झटक दिया। सपना की भाँति वह भी आहत हो उठा। तनिक गम्भीर मुद्रा में बोला,

"सुचि, मैं तुम्हें दुःखी नहीं करना चाहता। परन्तु तुम्हें वास्तविकता से परिचित करवाना मेरा कर्त्तव्य ही नहीं नैतिक उत्तरदायित्त्व भी है–"

मनोज ने नीचे देखते हुए पुनः ठहरे स्वर में कहा, "यह हवा तुम्हारे आँचल से बहुत ऊपर है। सुचि, दर्पण के बिम्ब को आलिंगनबद्ध नहीं किया जा सकता। हम किरणों को तो अँजलि में भर सकते हैं परन्तु किसी ने चाँद को पालकी में उतरते नहीं देखा। यथार्थ जीवन कलागत भावनाओं से बिल्कुल अलग है–"

सुचित्रा की आन्तरिक पीड़ा और बढ़ गई। वह मनोज की ओर देखने का साहस किसी प्रकार भी जुटा नहीं पा रही थी। दमित विषाद नयनों के बाँध तोड़ने लगा। कुछ सोचती हुई रुद्ध कण्ठ से बोली–"भाव के इसी अभाव से मेरी आस्था जुड़ी है। अभावगत जिस संवेदना को मैंने अपने भीतर पाला है, वही मेरी निजता है–" वह कह नहीं पाई, आँसू छलकने लगे। दीर्घ श्वास भरकर वह भावासिक्त स्वर में बोली,

"योगी लोग शून्य की बात करते हैं। कहते हैं वहाँ कुछ शेष नहीं रहता। भूल करते हैं वे–शून्य स्थिति में भी हर शून्यता का कहीं न कहीं कोई आधार ज़रूर शेष रहता है–"

मनोज खीज सा उठा। बौद्धिक नियन्त्रण अस्थिर होने लगा। सुचित्रा के

साथ वह ऐसी व्यर्थ दार्शनिकता में उलझना नहीं चाहता था। कुछ रुक कर तनिक रूखे स्वर में बोला,

"हम लोग योगी नहीं, सांसारिक प्राणी हैं। मुझे आने वाले कल की चिन्ता है; तुम्हारे भविष्य की...'

सुचित्रा ने शेष वाक्य शायद अनसुना कर दिया। उसका रोम-रोम वेदना विगलित होने लगा। शरीर शून्य में लटकती लतिका सा कम्पायमान हो उठा। कसकमय भावों ने अविरल अश्रुओं का दामन थामने का प्रयास किया, उसने भरी आवाज़ में कहा,

"भैय्या, तुम्हें और दादू को मेरी ओर से कभी शर्मिन्दा नहीं होना पड़ेगा। आप लोग जिस द्वार पर भी मुझे बाँध देंगे, वहीं सारा जीवन मूक गाय की तरह बिता दूँगी। मेरे इस अभावग्रस्त जीवन की नियती भला इससे भिन्न और हो भी क्या सकती है?"

सुचित्रा कह नहीं पाई। गला रुँध गया। आँखों ने आँसुओं की झड़ी लगा दी। मनोज कराह उठा! बात कहाँ से उपजी, कैसे उपजी? वह नहीं जानता था, परन्तु जहाँ पहुँची उसकी कसक को केवल वही जान पाया था। ऐसा लगा किसी भीषणप्रहार ने उसे पर्वत शिखर से धकेल नीचे गहरी खाई में पटक दिया है। जल-विहीन व्याकुल मीन को तीखी कटार ने दो टूक कर दिया है। नन्हीं कलियों को भरकम शरीर ने पैरों तले रौंद दिया है। वह चीख उठा, "नहीं सुचित्रा, नहीं—ऐसा मत कहो! मैं जी नहीं पाऊँगा—" और भाव विह्वल अवस्था में अपनी बहिन से लिपट गया। उसका माथा चूमता हुआ गलदश्रु स्वर में कह उठा,

"सुचि, मैं बहुत अभागा हूँ। बड़े-बड़े दुःख झेले हैं इस शरीर ने। बचपन में माँ चली गई, जिसने माँ का स्नेह दिया वह भी साथ छोड़ गई, ऐसे में तुम्हारी वेदना—आह सुचि—"

कहते-कहते वह नीचे गिर पड़ा। मस्तक सुचित्रा के शरीर से सटा था और नेत्र सजल थे। थिरकती आवाज में उसने पुनः कहा,

"मेरे वश में होता तो यह मस्तक सितारों से सजा देता, परन्तु सुचि वह आदमी—"

मनोज कह नहीं पाया। शब्द थर्राने लगे। भावनाओं के उद्दाम सागर में बहते भाई-बहिन ने एक दूसरे को सान्त्वना दी। भीगी पलकों से सुचित्रा ने मनोज की ओर देखा। प्रेममय स्पर्श से उसके बालों को सहला दिया। मनोज के भावोद्वेलित मन को कुछ राहत मिली। तनिक पीछे हट कर उसने स्वयं को सम्भाला, विश्वस्त स्वर में कहा,

"सुचि, तुम्हारे किसी भी सुख के लिए अपनी जान तक दे सकता हूँ। सृष्टि की समस्त सम्पदा तुम्हारे आँचल में डाल सकता हूँ परन्तु बहिना—" कहते-कहते

वह फिर भावुक हो उठा। कुछ देर मौन भाव से सुचित्रा के मलिन मुख की ओर देखता रहा। दीर्घ श्वास भरता हुआ बोला,

"उस आदमी का मन कहीं और है, ऐसे में सुचि–"

सुचित्रा की अन्तर्वेदना और बढ़ गई। लगा किसी ने रिसते घाव पर नमक छिड़क दिया है; अस्वस्थ वाणी में बोली,

"मनी भैय्या, क्या यह सब बताना ज़रूरी है," पुनः आह सी भरकर बोली,

"मुझे भावनाओं के इस सागर में ऐसे ही बह जाने दो। यह ज़रूरी तो नहीं कि हर संवेदनशील मिट्टी को सदा भावानुरूप ही आधार मिल पाये। फिर भी मेरी ओर से कभी–"

"नहीं सुचि–" मनोज ने सुचित्रा की बात काटते हुए कहा–"किसी दूसरी के रहते–" सुचित्रा ने मनोज को वहीं रोक दिया, अपना हाथ उसके मुख पर रखते हुए, छलकते नेत्रों से उसके उन्नत ललाट की ओर देखा। ओंठ तर करते हुए कहा–

"आराध्य तो एक ही होता है, परन्तु पूजा करने वाले तो अनेक हो सकते हैं।"

कहते-कहते वह मौन हो गई। गला साफ करती हुई मधुर वाणी में बोली,

"देव मन्दिर में हर पुजारिन की अपनी निजी आस्था है; अपना अलग महत्त्व है। बस भैय्या, मुझे इसी भाव से बँधी रहने दो। जीवन पर्यन्त ऐसे ही–"

और वह कह न सकी। भावासिक्त वाणी आँसुओं संग निकली।

"सुचि, मेरी अच्छी बहना–" समीर ने भावुकता पूर्ण स्पर्श से उसका भाल अपने हाथों में भर लिया। उसकी आँखें फिर से भर आईं। ओंठ थिरकने लगे। स्वर में दृढ़ता लाते हुए वह कह उठा,

"सुचि, मुझे तुम पर गर्व है। 'इण्टरनैट' के इस युग में भी तुम भावनाओं के मन्दिर में आस्था का ऐसा दिव्य दीप सजाये हो–बहुत महान हो तुम" अपने भाई से ऐसी प्रशंसा सुन कर सुचित्रा भला क्या कहती? पलकें झुक गईं। मनोज ने फिर से साँस ली गम्भीर स्वर में कहा,

"काश! मैं तुम्हारे लिये कुछ कर सकता–"

पुनः उसने अत्यन्त आत्मीय स्पर्श से सुचित्रा के नेत्र कोर स्वच्छ किये, अपने मुख पर रूमाल फेरता हुआ कुछ पीछे हट गया। सुचित्रा का ध्यान आकृष्ट करता हुआ बोला,

"सुचि, तुम उदात्त काव्य की निश्छल प्रेरणा हो। तुम्हारे सामने मेरी शायरी तो बिल्कुल बे-मानी है।"

ढेर से अश्रु बहा लेने के बाद सुचित्रा स्वयं को हलका पा रही थी। मनोज की बात सुनकर वह पुलकाकुल सी हो उठी। उसने अर्थपूर्ण नेत्रों से मनोज की

ओर देखा। मनोज ने दबी आवाज़ में कुछ कहा। शायद उसका शायर जागने लगा था,

'झील की गहराईयों में ही कहीं खो जाते हैं,
पर्वतों के ये उजले उन्नत शिखर—'
कुछ रुक कर उसने फिर कहा,
''आसमाँ ज़रा नीचे तो झुको
तुम्हें अँजलि में ही भर लूँ''

मनोज के काव्य प्रवाह में कुछ देर पूर्व का शमित, वेदना-विदग्ध एवं अश्रु-संलिप्त वातावरण विलुप्त होने लगा। भाई-बहन दोनों ही सहज स्वभाव में लौटने लगे। शेयर सुनकर सुचित्रा के तरल ओंठों पर धीमी स्मित रेखा दौड़ गई। भावनालोक के पंछी पुनः यथार्थ नीड़ों में खेलने लगे। वातावरण को और हल्का करने के लिए मनोज ने एक और रचना कर दी,

''दो घूँट गरल क्या पीया,
उमर भर अमृत को तरसा किया—'

सुचित्रा की मोहाच्छिन्न अवस्था जैसे भंग हुई। दमित विषाद मानों पुनः अन्तराल में ही भटकने लगा। उसने अपने विच्छिन्न भावों को केन्द्रित किया और मनोज के निकट चली आई। मनोज ने उसके कन्धों पर थपकी दी; अत्यन्त सरस वाणी में कहा,

''पिछले वर्ष 'बोर्ड ऑफ डायरैक्टरज़' का चुनाव था। समीर भी प्रत्याशी था। मेरी वोट से ही वह 'चेयरमैन' का पद प्राप्त कर पाया था। तभी से वह मेरे बहुत निकट है।'' अपने भाई की बात सुनकर सुचित्रा का मन मुदित हो गया। चिरकाल से मन्द नेत्र-कोरों में आशा दीप जगमगा उठे। अपने भाई का आत्मीय स्पर्श पाकर वह कृतार्थ हो उठी। मनोज ने पुनः दुलारपूर्ण स्वर में कहा,

''आजकल वह इधर दिल्ली में ही है। किसी दिन पकड़ के ले आऊँगा, यहाँ—तुम्हारे पास—''

सुचित्रा मन्त्र मुग्ध भाव से नीचे फर्श की ओर देख रही थी। भाई की ओर से ऐसा मोहक वरदान पाकर वह कह भी क्या सकती थी। चुपचाप आगे बढ़ी और प्रशान्त भाव से अपना मस्तक मनोज के कन्धे पर रख दिया, भीतर शायद किसी ने कहा, ''उसके स्वागत में मेरे नयन द्वार तक बिछे रहेंगे।''

अचानक दूसरी ओर ड्राईंगरूम से किसी ने अत्यन्त ऊँचे स्वर में उन्हें पुकारा आवाज़ बुआ की थी। दोनों ही चौंक उठे। बुआ कह रही थी,

''अरे भई कहाँ हो? सुचि, मनी—हे राम! जाने कहाँ खो जाते हैं ये दोनों। खाना कब से पड़ा-पड़ा ठण्डा हो रहा है।''

सुचित्रा और मनोज ने उत्सुकता से एक दूसरे की ओर देखा। वस्तुगत स्थिति

स्पष्ट थी। उन्हें बुआ की ओर गमन करना था। कुछ सोचते हुए वे धीरे-धीरे बाहर की ओर चल दिये, और–

सुचित्रा के मनःपटल पर अतीत के छाया-चित्रों का सिलसिला फिर से जारी होने लगा। अन्तराल में निहित कोई अदृश्य पुस्तक फिर से खुलने लगी। मन का यह संसार भी बड़ा अद्‌भुत है, यहाँ पृष्ठ दर पृष्ठ खुलते हैं और यादों के पैमाने छलका देते हैं। आशा और निराशा के दीप जलते हैं और पुनः मन्द पड़ जाते हैं। मानव जीवन मुट्‌ठी में बन्द रेत कणों सा पल-पल ढलता रहता है। सारी रेत धीरे-धीरे नीचे सरक जाती है, परन्तु जीवन और जगत से जुड़ा चिन्तन समाप्त नहीं होता। एकान्त क्षणों में सुचित्रा सोचा करती थी, आखिर उसकी आन्तरिक उद्विग्नता का, अन्तर्द्वन्द का–अजीब सी हलचल का कारण क्या है? कॉलिज के दिनों में उसने बौद्ध दर्शन का अध्ययन किया था। इस दर्शन के अनुसार प्राणी के दुःख का मूल उसकी अपनी वासनाएँ है। परन्तु शुद्ध प्रेम तो वासना नहीं है? फिर दुःखदायी अतृप्ति का यह भाव उसे सदा ही क्यों नोचता रहता है? निश्छल प्रेम ऐसा कसकमय क्यों हैं? उसकी अन्तर्वेदना कहीं उसके अभावग्रस्त परिवेश के कारण तो नहीं है? अकेलेपन का भाव और समीर के प्रणय से उत्पन्न अभाव दोनों ही स्थितियाँ उसकी वेदना का कारण थीं। परन्तु दोनों ही वासनागत संशय से नितान्त मुक्त थीं। तो फिर उस के दुःख का मूल कारण? भरसक प्रयास करने पर भी कोई हल सामने प्रकट नहीं हो पाता था। उसकी दृष्टि में कोरा अभाव वासना नहीं माना जा सकता। वासनाओं की परिपूर्ति के लिए प्राणी के मन में सदा एक तीखी ललक जागती रहती है; और अभावों के लिए? इस अवस्था के लिए वह कोई निर्णय नहीं जुटा पाती थी। इतना ज़रूर समझती थी, यदि अभाव और वासनाएँ दोनों ही प्रशान्त मन को दंशित और उद्वेलित करती हैं तो इनमें परिणामगत ताल मेल तो कहीं ज़रूर विद्यमान है। उसके दुःख का मूल कारण यदि समीर के सामीप्य का अभाव ही है तो इसका समाधान कौन करेगा? मनोज का संकेत क्या सच ही कोई कारगर हल दे सकेगा। वह चिन्तित थी।

मानव जीवन नदी सा बहता रहता है। इसका प्रवाह हर मोड़ पर कुछ न कुछ समेटता और विखेरता रहता है। जल प्रवाह कभी सिसकता है तो कभी उछलता है। कहीं पारदर्शी लहरों पर किरणें नाचती हैं तो कहीं गदली-मटमैली तरंगों पर प्यासी तितलियाँ भटक-भटक जाती हैं। कहीं भँवरों की चक्रफेरी है तो कहीं उफनती धारा का तीव्र वेग। सब कुछ सदा एक सा नहीं होता। फिर सुचित्रा को कभी-कभी यह क्या हो जाता है? अत्यधिक आत्मनिरति के क्षणों में वह बराबर सोचती, इस यातनामयी जीवन का अन्त कहाँ और कैसा होगा? कई बार उसे लगता, सब कुछ सारहीन है। इस जीवन का कहीं कोई लक्ष्य या लभ्य नहीं है। लोग जी तो रहे हैं परन्तु केवल साँस लेने के लिए। ऐसा निःसार

जीना भी किस काम का। इस जीने से तो निरन्तर गतिमान नदी कहीं अच्छी है; बढ़कर है। वह पल-पल बदलती ज़रूर है, परन्तु हर मोड़ पर परिवेश को कुछ न कुछ नया प्रदान करती है। फिर केवल अपने लिये जीने का तो कहीं कोई अर्थ नहीं रह जाता? शायद इसीलिए सुचित्रा फिर से स्वयं को परिस्थिति अनुरूप ढालने का प्रयास करती थी।

उस दिन प्रातः दादू के साथ चाय पान लेते समय वह अपनी निजी कसक पूरी तरह भूल जाना चाहती थी। इसीलिए दादू के प्रति उसके उद्‌गार अत्यन्त आत्मीय हो आये थे। उसने देखा, दादू चिन्तित हैं। उनके लिए 'बटर टोस्ट' बनाते हुए सुचित्रा ने पूछ ही लिया, "दादू, क्या बात है? आज फिर उदास हैं?"

कँवरसेन ने गहरी निश्वास ली, 'टोस्ट' चबाते हुए कहा, "सुचि, लगता है मनी कल रात फिर देर से आया है?" पुनः सुचित्रा की झुकी पलकों की ओर देखा और बोले,

"मुझे सदा चिन्ता खाये रहती है। इतना बड़ा हो गया है, कुछ करता-धरता नहीं है।"

सुचित्रा मुस्कुरा दी। दादू का ध्यान दूसरी ओर आकृष्ट किया। दूर तक फैले प्रांगण को सरसरी नज़र से देखती हुई बोली,

"माता-पिता के लिए बच्चे कभी बड़े नहीं होते।"

"सुचि" कँवरसेन ने भावपूर्ण नेत्रों से उसकी ओर देखा। पानी का गिलास उठाते हुए बोले,

"तुम सदा उसकी तरफदारी करती हो।"

सुचित्रा ने तुरन्त प्रत्युत्तर दिया,

"मेरे सिवा उसका और है ही कौन–"

भाई बहन का ऐसा अनन्य स्नेह देखकर कँवरसेन मन ही मन में अत्यन्त प्रसन्न हुए। उन्हें बहुत अच्छा लगा। साथ ही वार्ता की कोमलता को भी भाँप लिया। और कुछ कहेंगे तो व्यर्थ ही सुचित्रा के मन को दुःख पहुँचेगा।

अतः उन्होंने कुछ देर मौन रहकर संदर्भ बदल दिया। शून्य में देखते हुए बोले,

"सुचि–"

सुचित्रा ने दादू की ओर देखा। चाय तैयार करने लगी। कँवरसेन ने अर्थपूर्ण नेत्रों से देखते हुए कहा,

"मैं एक बात तो बताना भूल ही गया था।" सुचित्रा ने जिज्ञासु भाव से दादू की ओर देखा। कँवरसेन ने कहा,

"राधा-कृष्ण का युगल-चित्र जो तुमने बनाया था, बहुत अच्छा था। राधा जी की साड़ी के 'डिज़ाईन' को हमने कॉपी करके लोगों तक पहुँचा दिया। उस

साड़ी की बड़ी माँग रही है।''

सुचित्रा ने सरसरी सी दृष्टि से दादू की ओर देखा। ऐसी वार्ता में सुचित्रा का कभी मन नहीं होता था। वह गम्भीर मुद्रा में नीचे देखने लगी। कँवरसेन ने पुनः कहा,

''एक ही 'डिज़ाईन' से कम्पनी को पचास लाख का मुनाफा हुआ है—''

'दादू' सुचित्रा को मानों ठेस पहुँची। चाय का कप आगे करती हुई बोली,

''आप भली प्रकार जानते हैं मुझे कारोबारी झंझटों में कोई लगन नहीं है। मेरी कला व्यापार का आधार बने, मुझे बिल्कुल अच्छा नहीं लगता।''

कँवरसेन ने स्थिति को और साफ करने का प्रयास किया। वे सुचित्रा के स्वभाव से पूर्णतया परिचित थे। उसका मन और आस्था एक सच्चे कलाकार के थे। अपना आशय स्पष्ट करते हुए बोले,

''मैं जानता हूँ बेटी; परन्तु हम तुम्हारी लोक-कल्याण भावना को भी सदा ध्यान में रखते हैं। यह लाभ लोक-हितकारी संस्थाओं को भेज दिया है—अब तो खुश हो न—''

सुचित्रा को मानो शान्ति मिली। नेत्र कोरों में चमक बढ़ने लगी। उसने सान्त्वनामयी दृष्टि से दादू की ओर देखा और एक ठहरी साँस ली। सहसा उस का ध्यान विकेन्द्रित हुआ। उसने दूसरी ओर देखा। सामने कारीडॉर में मनोज था। अभी रात्रि पोशाक में ही था। इधर आने की तैयारी कर रहा था। उसे अपनी ओर आता पाकर सुचित्रा ने वातावरण को सहज एवं सरस करने का प्रयास किया। हलकी चुटकी ली और व्यंग्य बाण छोड़ा,

''दादू, लीजिए—कवि महाशय जी पधार रहे हैं—''

मनोज अभी दूर था, उसे देखने के लिए कँवरसेन ने नज़र घुमाई। अभी पूर्ववत् मुद्रा में सम्भलने का प्रयास कर रहे थे कि मनोज झट से वहाँ आ धमका। लगा जैसे कोई भरकम पत्थर पर्वत शिखिर से लुढ़का हो। उसने दो लम्बे डग भरे और मेज़ के निकट तक चला आया। तनिक दूर से उसने सुचित्रा की गुद-गुदी सुन ली थी। हाँफता हुआ अपने पापा से बोला,

''पापा, अपनी इस लाडली को समझा लीजिए, मुझे ऐसा मज़ाक पसन्द नहीं है—''

मनोज के चेहरे पर कृत्रिम रोष था, कँवरसेन के ओंठों पर सरस मुस्कान और सुचित्रा की आँखों में शरारत थी। तीनों ही अपने-अपने मनोभावों का रस ले रहे थे।

मनोज उनके अधिक निकट आते हुए बोला,

''इसे कहो, अपने शब्द वापिस ले; नहीं तो—''

मनोज ने आँखें तरेर कर सुचित्रा की ओर देखा। वह ओंठों पर बरवस उमड़ती

मुस्कान को दबाने का प्रयास कर रही थी। कँवरसेन ने मोहक स्थिति का आनन्द लेते हुए तनिक कटुता से कहा,

"नहीं तो क्या करोगे? एक तो रात देर से आते हो और ऊपर से ..."

मनोज ने तुरन्त प्रत्युत्तर दिया,

"पापा, देर से आने वाली बात अलग है? इसकी सफाई अपने ढंग से दूँगा। पहले इस गम्भीर मामले का फैसला हो जाना चाहिए–"

"कौन-सा मामला–" कँवरसेन हँस दिये। सुचित्रा भी रस मग्न होने लगी– मनोज ने तनिक स्थिर स्वर में कहा,

"कोई मुझे कवि महाशय कहे–मैं हरगिज़ बर्दाशत नहीं कर सकता।"

सुचित्रा ठहका मार कर हँस दी। कँवरसेन की पलकों में कौतूहल बढ़ने लगा, साँस रोकते हुए उन्होंने कहा,

"मनी, तुम कविता लिखते और पढ़ते हो; एसे में कवि नहीं तो और क्या हो?"

"पापा, मैं कवि नहीं, शायर हूँ–" मनोज उत्तेजित हो रहा था। सुचित्रा ने पूर्ववत् सरस भाव में पुनः कहा,

"इससे तो कोई अन्तर नहीं पड़ता–"

मनोज की साँस तेज़ होने लगी, समीप कुर्सी पर बैठते हुए बोला,

"बहुत अन्तर पड़ता है, इसीलिए तो–"

कुछ और कहने से पूर्व उसने पानी का गिलास उठाया, गटगट पीते हुए, विश्वस्त सी साँस ली और निश्चिंत भाव से दोनों की ओर देखते हुए बोला,

"देश में सारा फेर-बदल भाषा के आधार पर ही होता है। शब्दों की आड़ में रिजनल पार्टियाँ जनता की भावनाओं से खिलवाड़ करती हैं और आये दिन एक नया खण्ड खड़ा हो जाता है। भाषा के नाम पर इस देश के कितने टुकड़े हुए हैं, आप भली प्रकार जानते हैं–"

वार्ता कुछ गम्भीर मोड़ ले रही थी। सुचित्रा ने सतर्क भाव से इधर-उधर देखा। नेत्र झुका लिये। कँवरसेन भी गम्भीर होने लगे थे। सुचित्रा ने मौन भंग करते हुए कहा,

"भैय्या–'कवि' कहो या 'शायर' भाव तो एक ही है–"

"नहीं–" मनोज के स्वर में प्रखरता थी,

"हमारे यहाँ भावात्मक एकता है ही कहाँ।

सबकी अपनी-अपनी डफली, अपना-अपना राग है। भाव और भाषा के नाम पर ही हम जी रहे हैं। इस देश में बंगाली, पंजाबी, काश्मीरी, तमिल या महाराष्ट्रीय जैसे शब्द तो पहचान रखते हैं, दुःख की बात है, कोई भी भारतीय नाम से परिचित नहीं है। ऐसे में मैं–"

सुचित्रा ने उसकी बात काट दी। शायद वह गम्भीर विवाद को मधुरिमा प्रदान करना चाहती थी। तनिक हँसकर बोली,

"भैय्या, लगता है चुनाव की तैयारी हो रही है। विषय अच्छा है। चलो छोड़ो व्यर्थ का यह पचड़ा, आज से हम तुम्हें 'शायर' ही कहेंगे—" कँवरसेन कुछ और प्रतिक्रिया करते, मनोज ने तुरन्त अपनी बात बढ़ा दी,

"सुचि, मज़ाक छोड़ो और ध्यान से सुनो—मुझे 'कवि' शब्द से चिढ़ नहीं है। दुःख है तो हिन्दी-भाषी प्रेमियों से जिन्होंने इस भाषा की यह दुर्गति की है। केवल हिन्दी को आगे लाने के लिए उन्होंने देश की अन्य भाषाओं को पीछे पटक दिया। हिन्दी तर भाषाओं को हीन भाव से देखा गया। राजनैतिक बिसात बदली तो प्रान्तीय भाषाओं ने प्रतिक्रिया शुरू की। परिणाम सामने है। वही मानसिक हीनता की भावना अब हिन्दी प्रेमियों के सामने है। अब यह दंश तो मेरे जैसे कवियों को भोगना ही है। 'शायर' कहलवाने में गौरव समझा जाता है, और 'कवि' को तंग-दिली से देखा जाता है। वोट-बैंक की राजनीति ने सब गुड़ गोबर कर दिया। राम मन्दिर गया, गाय-पूजन बन्द हुआ; हिन्दी का बस्ता बाँधा गया और भारतीयता की फट्टी पोच दी गई। ऐसी स्थिति में 'कवि' शब्द की घन्टी अपने गले में कौन बांधेगा? कम से कम मैं ऐसा नहीं कर सकता—"

कँवरसेन ने उत्सुकता व्यक्त की, कहा—

"परन्तु मनी, यह सब तो ऐसे ही चलता रहेगा, राजनीति जो है—"

"नहीं पापा—हम ऐसा नहीं होने देंगे—"

"हम कौन?" कँवरसेन और सुचित्रा ने एक दूसरे की ओर सन्देहपूर्ण नेत्रों से देखा।

बात कँवरसेन ने कही थी; वे पुनः कुछ कहने वाले थे कि मनोज ने प्रत्युत्तर दिया,

"आज की युवा पीढ़ी—"

सुचित्रा ने बात काट दी, वह मनोज को छेड़ कर पुनः सरल व्यंग्य का आनन्द लेना चाहती थी। तनिक सहज भाव में बोली,

"परन्तु भैय्या, तुम से कुछ होने बाला नहीं है—"

"भला क्यों?" मनोज ने विस्फरित आँखों से उस ओर देखा।

"क्योंकि तुम समानता का अर्थ नहीं समझते। जो व्यक्ति 'कवि' और 'शायर' में भेद रखता है वह 'ईश्वर' और 'अल्लाह' को भी अलग-अलग पिंजरों में डाल देगा—"

कँवरसेन ठहका मार कर हँस पड़े। मनोज लगभग बौखला उठा; कुछ और न बन पाया तो वह सुचित्रा को मारने के लिए उस ओर लपक पड़ा।

"ज़रा ठहर, आज तुझे तो सबक सिखा ही दूँगा—"

वह सुचित्रा के समीप पहुँच नहीं पाया, सुचित्रा तुरन्त उठकर दादू की ओर चली आई–हँसते हुए चीखने लगी,

''दादू–बचाओ–बचाओ दादू–'' और वह अपने दादू से लिपट गयी। मनोज ने हाथ झटक कर अपनी पराजय स्वीकार की। परन्तु स्वर में अभी भी तेज़ी थी,

''पापा, बहुत हो गया–इस बंदरिया की जल्दी शादी करके इसे यहाँ से तुरन्त चलता करो–नहीं तो–''

मनोज उसे मारने के लिए फिर आगे सरका, सुचित्रा ने दुलार पूर्ण शब्दों में कहा,

''दादू–रेगिस्तान का यह ऊँट अब हमारे किसी काम का नहीं रहा; इसे राजनीति में ही धकेल दीजिए। और कुछ न सही; राजनीति का बोझा तो यह उठा ही सकता है–''

मनोज चीख उठा,

''ज़रा रुक तो–; तुझे अभी–'' और वह अपने पिता के पार्श्व की परवाह न करते हुए सुचित्रा की ओर बढ़ा,

''तेरी तो चुटिया काट दूँगा, आज ही–''

कँवरसेन ज़ोरदार ठहके में रससिक्त हो उठे, अपने दोनों बच्चों को बाँहों में भरकर सीने से लगाते हुए बोले,

''तुम दोनों इसी तरह हँसते खेलते रहो; बस, मुझे और कुछ नहीं चाहिए, भगवान ने मुझसे बहुत कुछ छीन लिया, फिर भी–''

सुचित्रा ने अनुभव किया दादू पुनः गम्भीर होने लगे हैं; उसने तनिक नेत्र उठाकर देखा, मनोज भी पिता के कन्धे पर मस्तक रखे कुछ सोच रहा था। सुचित्रा ने सहज स्वर से धूमिल मेघखण्डों को छितरा दिया, अत्यन्त आत्मीय ढंग से कहा,

''दादू, इस हल्ले में मुख्य बात तो दबकर ही रह गई।''

''कौन सी?'' दादू का प्रत्युत्तर था।

''भैय्या कल रात फिर देर से आये हैं, आपने अभी तक पूछा–''

''पापा–!'' मनोज खीज उठा, तीखे स्वर में बोला,

''देखो यह फिर शरारत कर रही है।'' और मनोज ने बचते बचाते सुचित्रा के सिर पर एक थप्पड़ जमा ही दिया।

''अरे भैय्या!''

कँवरसेन को जैसे किसी विस्मृत भूल का ज्ञान हो आया। उसने दोनों को अलग किया, पुनः कुर्सी पर बैठते हुए मनोज से बोले,

''हाँ तो जनाब, आप इतनी देर तक कहाँ ख़ाक छानते रहते हो–''

''यही तो मैं कहती हूँ, दादू–'' और सुचित्रा हँस दी।

''पापा, कल रात लालकिले में बहुत अच्छा मुशायरा था; एक महाशय के

कलाम ने तो मुझे बाँध ही लिया; अर्ज़ किया है,

बसन्त की बहारों को हम लूटते भी तो कैसे,
दामन तो चाक चाक था पतझड़ से हमारा।

"वाह 'क्या शे'र है' कँवरसेन का मन मुदित हो उठा, बाछें खिल गईं। मनोज की ओर देख गर्वित हो उठे। रात को देर से आने वाली बात एकदम से भूल गये। कँवरसेन पुराने ज़माने के आदमी थे। परन्तु ऐसे नीरस नहीं थे कि अच्छे 'शे'र' को सुनकर दाद देने में कँजूसी करते। शे'र सुनकर सुचित्रा भी गम्भीर होने लगी। क्षण पूर्व के व्यंग्यबाण मानों कुण्ठित हो गए। वास्तविक जीवन की यथार्थ कटुता सामने थी। कँवरसेन ने प्रशंसा जारी रखी, "मनी, तुमने सचमुच कमाल कर दिया" अभी उन्होंने अपनी बात पूरी भी नहीं की थी कि नौकर ने तनिक झुकते हुए कहा,

"मालिक, कुछ लोग उधर आपके लिए बैठे हैं–"

कँवरसेन ने आश्चर्य व्यक्त किया,

"पहले क्यों नहीं बताया?"

"आप चाय ले रहे थे–"

"ठीक, उन्हें कहो मैं आ रहा हूँ–"

और कँवरसेन उठकर भीतर चले गये। सुचित्रा और मनोज अभी परिवर्तित स्थिति में स्वयं को सम्भालने का प्रयास कर ही रहे थे कि दूसरे नौकर ने बे-तार फोन सुचित्रा के आगे करते हुए कहा,

"छोटी मालकिन! आपका फोन।"

सुचित्रा चौंक उठी। ओंठ थिरके, माथे पर सहसा रेखाएँ उभरीं और विलुप्त हो गयीं।

"इस समय? कौन हो सकता है?"

मनोज ने, इस वार्ता की ओर ध्यान नहीं दिया। कप उठाया और चाय ओंठों को लगा दी। सुचित्रा ने फोन कान को लगाया; प्रसन्नता का भाव रोम-रोम को छेड़ गया। नन्हीं कली को वायु के हल्के झोके ने मानों सहला दिया, सुचित्रा आवेश मयी उत्साह में फूट सी पड़ी,

"अरे! शिवानी! तुम–निगोड़ी इतने दिनों बाद याद किया–कहाँ से बोल रही हो?"

शिवानी का नाम सुनते ही मनोज को मानों झटका सा लगा। हाथों में चाय का प्याला छलक उठा और साथ ही अन्तर्मन में असंख्य भावोर्मियाँ चेतना पर्वत से टकरा कर उद्वेलित हो उठीं। नेत्र सुचित्रा के चेहरे पर स्थिर हो गये। फोन पर वार्ता जारी थी–

"बैंगलोर से ही बोल रही हूँ–"

"शुक्र है हमारी याद तो आई—"

"तुमने भी कौन-सी स्मरण पाती भेजी कभी—"

शिवानी की ओर से उलाहना था।

अच्छा बताओ सब कैसा है?"

"ठीक है, तुम्हारे शहर आने का कार्यक्रम बन रहा है—"

"वाह! क्या बात है? नेकी और पूछ-पूछ—" सुचित्रा की साँस फूल रही थी, स्पष्ट है वह बहुत प्रसन्न थी। दूसरी ओर से शिवानी ने पुनः कहा,

'एक बड़े 'कॅनसर्ट' में भाग लेना है।"

"शिवानी तुम और कनसर्ट! रात में यह भैरवी राग कैसे?"

"सुचित्रा, मेरे लिए बड़े सौभाग्य की बात है। यह समागम वसुमित्र महाराज..."

"क्या? शिवानी—सच! वसुमित्र जी...।"

"हाँ, हाँ—उन्हीं के आदेश से तो मैं दिल्ली आ रही हूँ।"

सुचित्रा के चेहरे पर एक विचित्र सी आभा कौंध गयी। मनोज का मन अस्थिर हो उठा, उसने ओंठ तर किये। उसका ध्यान वार्ता में ही तल्लीन था। सुचित्रा ने कहा,

"शिवानी, हमारी साधना भी सफल हो जायेगी। वसुमित्र जी के दर्शन करके हम भी कृतार्थ होगें—" उधर शिवानी को बात कहने की शायद जल्दी थी, तुरन्त बात काटते हुए बोली,

"सुचि, मैं तुम्हें सारा कार्यक्रम निश्चित समय से बहुत पहले...क्या? सुन रही हो न?"

सुचित्रा ने उच्च स्वर में उत्तर दिया,

"हाँ-हाँ सुन रही हूँ—"

"तुम्हें हर प्रकार की सूचना भेज दूँगी।

मेरे लिये खाली रहना—"

"शिवानी, कैसी बातें करती हो? तुम्हारे लिये जी-जान हाज़िर है—"

"ओके—तब तक बॉय—"

"बॉय—शिवानी—" और सुचित्रा ने फोन मेज़ पर रख दिया। मनोज की स्थिति बड़ी विचित्र थी, जब तक बात पूरी नहीं हुई, वह कुर्सी पर कभी इधर, कभी उधर—थाली के बैंगन सा लुढ़कता रहा। बात समाप्त करते ही सुचित्रा ने एक दीर्घ साँस ली, इससे पूर्व कि वह कुछ खाली सा अनुभव करती, मनोज ने तपाक से पूछ लिया,

"सुचि, यह शिवानी वही तो नहीं जो बैंगलोर में नृत्य अकादमी की निदेशिका है?"

सुचित्रा आश्चर्यान्वित हो उठी, उसने हैरानी से मनोज की आँखों में देखा; वहाँ उत्सुकता थी। सुचित्रा ने संयमित स्वर में कहा,

"मनी, तुम शिवानी को जानते हो?"

"सुचि, मैं उसका 'फैन' हूँ–"

"क्या?"

दोनों ने एक दूसरे को जिज्ञासु भाव से देखा। सुचित्रा ने चुटकी काटी,

"मनी भैय्या–तुम तो बहुत पहुँचे हुए हो–"

"नहीं, सुचि– अभी वहाँ तक नहीं पहुँचा–"

और दोनों ठहका मार कर हँस पड़े।

◆◆◆

छठा अध्याय

सुचित्रा ने अपने माथे पर एक ऊष्म एवं आत्मीय स्पर्श को अनुभव किया। भारी पलकों से नेत्र खोले। समीर तनिक नीचे झुक कर उसका माथा छू रहा था। सुचित्रा ने अध-खुली आँखों से समीर की सन्देह सिक्त किन्तु संवेदनशील पलकों में देखा। एक गहरी साँस लेकर दृष्टि सामने लटक रहे पर्दे पर स्थिर कर दी। सुचित्रा के लिए वे क्षण अत्यन्त अद्वितीय और मूल्यवान थे। अपने सम्पूर्ण अस्तित्त्व को वह उन्हीं साँसों में ढाल देना चाहती थी। उसके मन ने शायद धीमे स्वर में कहा, "यह दिल यहीं क्यों नहीं ठहर जाता? इस 'एहसास' से परे मेरे लिए संसार में और रखा ही क्या है? सुचित्रा को लगा उसके जीवन के समस्त संचित पुण्य और युग-युग से अर्जित सौभग्य उन्हीं क्षणों में सिमट आये हैं। उसके जी में आया वह तुरन्त समीर को बाहों में भरकर अपने वक्ष से सटा ले। काश! वह ऐसा कर पाती! सांसारिक मर्यादा ने उसके भावपरक पैरों में संयम की बेड़ियाँ डाल दीं। गीले पंखों से कल्पना लोक में तो उड़ान भरी जा सकती है किन्तु यथार्थ धरती को नापा नहीं जा सकता। सागर के थिरकते वक्ष पर भावनाओं के नीड़ नहीं सजते। किरणों की डोर से कभी बन्दनावार नहीं झूलते। तो क्या उसे आन्तरिक कसक को ऐसे ही पी जाना है? उसकी दृष्टि पुनः शून्य में खो गई। कभी-कभी उचकती नज़रों से वह समीर के सन्त्रस्त चेहरे और रूखे बालों की ओर भी देख लेती थी। समीर ने उसके माथे पर बुखार कम होने का एहसास पाया; सरस स्वर में पूछा,

"अब तबीयत कैसी है?" "कुछ ठीक हूँ" सुचित्रा के ओंठ फड़फड़ाये। "शाम तक बिल्कुल ठीक हो जाओगी–" समीर ने आश्वासन दिया।

"इतनी जल्दी स्वस्थ नहीं होना चाहती–" सुचित्रा ने ओंठ तर किये।

"भला क्यों?" समीर ने सन्देह व्यक्त किया।

सुचित्रा की आँखों में शरारत उमड़ रही थी, साँस भर कर बोली,

"कुछ पल आपके साथ और रह सकूँगी–" समीर अस्थिर हो उठा। उसे इस उत्तर की कतई उम्मीद नहीं थी। उसने पीछे हटना चाहा, शब्द पुनः उत्सरित थे,

"पागल हो?"

सुचित्रा ने अपना कम्पित हाथ समीर के हाथ पर रख दिया। धीमा प्रकम्पन शायद उसके मन की बात व्यक्त कर रहा था। सुचित्रा के नेत्र नीचे झुके; वह बोली,

"अभी तो नहीं, पर हो जाऊँगी–"

"तुम पागल ही नहीं, नादान भी हो," समीर ने उसकी बात को सरलता से मज़ाक में उड़ा दिया। सुचित्रा की उस व्यर्थ शब्द साधना का वह क्या उत्तर देता, लम्बी श्वास ली और अपना हाथ खींच लिया। सुचित्रा अस्वस्थ तो थी ही, समीर के इस प्रकार पीछे हटने पर वह उद्विग्न हो उठी। मन फिर अशान्त होने लगा और उसने करवट लेकर मुँह फेर लिया। समीर पीछे हटकर फिर से कुर्सी पर आ बैठा। सुचित्रा उदास तो थी परन्तु किसी प्रकार भी समीर से रुष्ट या नाराज़ नहीं थी। वे क्षण सुचित्रा के लिए अत्यन्त उल्लासमयी थे; इस अमूल्य निधि को वह अन्तर्मन के हज़ार पर्दों में छिपा लेना चाहती थी। समीर के संसर्ग में बीत रहा कोई पल भी वह विरक्ति या विरसता के भाव में नहीं खोना चाहती थी। अतः वह बहुत देर तक दृष्टि दूसरी ओर नहीं रख सकी। गर्दन घुमा कर उसी आत्मीय भाव को पुनः पलकों में उतारा। समीर सिगरेट का कश लेकर धूएँ के गोलाकार आकारों में उलझ सा रहा था। समीर को इस प्रकार निश्चिंत एवं आत्मकेन्द्रित सा देख, सुचित्रा के ओंठों पर सहज स्मित रेखा दौड़ गई। उसने सान्त्वनामयी साँस ली।

सुचित्रा का बुखार तो कुछ ठीक था परन्तु शरीर ने अभी पूर्ण स्वास्थ्य लाभ नहीं पाया था। शरीर के निचले भाग में अभी दर्द था, उसने टाँगें इकट्ठी करनी चाहीं, मुख से आह सी निकली। पसली के नीचे शायद उसे इंजैक्शन दिया गया था। पलकें भारी थीं; उसे फिर से नींद आने लगी। अर्द्धनिद्रित सी अवस्था में मनः-पटल पर पिछली रात की घटनाएँ साकार होने लगीं। समीर और डॉक्टर के बीच कुछ वार्ता चल रही थी,

"मिस्टर समीर, बुखार ज़्यादा है। ऐसे में–"

"आप ही कुछ कीजिए–"

"पीठ को नीचे इंजैक्शन देना होगा–"

"लेकिन डाक्टर...मैं...यह सब–"

"क्यों? ऐसा क्या? तुम्हारी पत्नी ही तो है–"

"ओ नो सर..." समीर की वाणी अस्थिर थी। शब्द प्रवाह लड़खड़ा रहा था।

"अभी ऐसा कुछ नहीं है। और न ही–"

समीर ने शीघ्र ही भाव बदले,

"हम दोनों एक बड़ी कम्पनी के पार्टनर हैं, बस–"

"ऐसी हालत में तुम्हें ही मेरा साथ देना होगा–

जैसे भी हो तुम्हें—'' डाक्टर का आग्रह था। पुनः साँस भरकर उसने कहा, ''रात को कुछ देर के लिए मालिश भी करनी होगी। ज़रूरी है! इस करफ्यू में हम बाहर तो जा नहीं सकते। यहीं सब कुछ करना है'' समीर ने मस्तक झुका कर स्थिति के आगे हथियार डाल दिये। सुचित्रा अर्द्धचेतन सी अवस्था में सब कुछ सुन रही थी, परन्तु आशय पूरी तरह स्पष्ट नहीं था। बीती रात की हल्की अनुभूति मनःपटल पर धूमिल सा चित्र प्रकट कर रही थी। ज़ाहिर था समीर ने रात भर उसके शरीर को...ओफ! यह सब! सुचित्रा का रोम-रोम सिहर उठा। सिर से पाँव तक कँपकपी होने लगी। क्या सचमुच समीर ने उसकी अनछुई देह को इस प्रकार...; समीर की जगह यदि किसी अन्य व्यक्ति ने ऐसा किया होता तो आत्मग्लानि की दारुण दाह में भस्मीभूत होकर वह कब की परलोक सिधार गई होती। समीर द्वारा ऐसे मोहक स्पर्श का मादकता पूर्ण अनुभव कभी उसे ज़रूर होगा, यह लालसा शायद उसके अन्तश्चेतन में दमित अवश्य रही होगी। परन्तु उसका इतनी शीघ्र और ऐसी अप्रत्याशित स्थिति में प्रस्फुटन होगा, इसकी तो उसने कभी कल्पना भी नहीं की थी। इस अविस्मरणीय घटना का पुनः स्मरण आते ही वह रोमांचित सी हो उठी। उसे लगा कोई अदृश्य स्पर्श अब भी उसे हल्के से गुदगुदा रहा है। एक अद्भुत प्रकार की सम्मोहक तन्द्रा उसके मस्तिष्क को धीरे-धीरे प्रच्छन्न करने लगी और वह अर्द्धचेतन सी अवस्था में अन्तश्चेतन की अतल गहराईयों में खो गई। बाहर चारों ओर गहन निस्तब्धता थी, हृदय विदारक नीरवता और मृत्यु सा आतंक छाया था। कोहरे की घनी परतें धीरे-धीरे बढ़ रही थीं।

व्यक्ति के भाग्य तथा ईश्वरीय वरदान में बाह्य दृष्टि से कोई सम्पर्क न होने पर भी यह वरदान कई बार व्यक्ति के जीवन में सहसा प्रस्फुटित हो उठता है। अनुकम्पा या अनुग्रह—कुछ भी कहो। शायद ऐसे ही मोहक क्षणों की साक्षी में किसी ने कह दिया होगा 'बिन माँगे मोती मिले, माँगे मिले न भीख' सुचित्रा के लिए वे क्षण मोहक ही नहीं, अद्भुत एवं रोमांचकारी भी थे। यह ईश्वरीय वरदान ही था जो बिना किसी पूर्व कार्य-क्रम या सम्भावना के वह समीर को इतनी निकटता से महसूस करने का अवसर पा सकी थी। घटना उन दिनों की थी, जब मनोज विदेश में था और दादू चेन्नई में व्यस्त थे।

सुचित्रा असमंजस में थी। उसका लखनऊ जाना बहुत ज़रूरी था। परन्तु वह अकेली वहाँ कैसे जा पायेगी? मन में एक अजीब सी दुनिया घर करने लगी थी। चेन्नई से उसके दादू ने निर्देश दिया था कि वहाँ कुछ ज़रूरी कागज़ों पर उसे हस्ताक्षर करने हैं। सुचित्रा के पिता एक बड़ा कारोबार छोड़ गये थे; प्रायः कँवरसेन ही हर प्रकार से इसकी व्यवस्था जुटाते थे। परन्तु अत्यावश्यक स्थिति में सुचित्रा को भी कई बार इसमें सहयोग देना पड़ता था। लखनऊ जाने को उसका मन नहीं था। परन्तु जैसे ही उसे इस बात का पता चला कि वहाँ उसकी भेंट

समीर से होगी, वह पुलकित हो उठी। समीर, उसके स्वर्गवासी पिता तथा कँवरसेन कई कम्पनियों में 'पार्टनर' थे। घर में कारोबारी वार्ता के दौरान समीर का नाम चर्चित रहता था। परन्तु उससे अकेले में भेंट का यह शायद पहला ही अवसर था। अतः सुचित्रा की उत्सुकता उत्तरोत्तर बढ़ती जा रही थी। हृदय गति तेज़ होने लगी थी। वह समीर का सामना कैसे-कैसे करेगी? हर्षातिरेक में वह सब कुछ भूलने लगी।

दिल्ली से लखनऊ तक की उड़ान कब समाप्त हो गई उसे तनिक भी आभास नहीं रहा। उसके भीतर एक पूर्व अपरिचित सा भय उमड़ने लगा था। रोम-रोम भावी मधुर मिलन की सम्भावना से ही सिहर-सिहर उठता था। वह समीर से क्या कुछ कहेगी? कैसे कहेगी? इसी उधेड़-बुन में वह 'एयर बस' के द्वार तक चली आई। दिसम्बर का महीना था। सर्दी अभी पूरी तरह अवतरण नहीं कर पायी थी। दिल्ली में तो अभी मौसम सुहावना था परन्तु लखनऊ में शीत लहर चलने लगी थी। सुचित्रा को काम निपटा कर सायं की उड़ान से वापिस दिल्ली चले जाना था, अतः वह अपने साथ बहुत भारी गर्म वस्त्र लेकर नहीं आई थी। जैसे ही उसने पाँव 'एयर बस' से बाहर रखा, शीत का तीखा दंश उसके शरीर को उधेड़ गया। सहसा उसके शरीर में असह्य सी कँप-कँपी दौड़ गई। वैसे तो वह हर प्रकार से निरोग एवं स्वस्थ थी परन्तु कभी-कभी अचानक गर्मी या सर्दी के कारण उसका शरीर अस्थिर एवं पराया सा हो जाता था। ऐसा कब और क्यों हो जाता है; उसकी समझ से परे था। अस्वस्थता की ऐसी स्थिति में उसका स्वयं पर नियन्त्रण नहीं रहता था। उस दिन भी कुछ ऐसा ही अनुभव उसे पुनः हुआ। 'एयर बस' की सीढ़ियाँ उतरते-उतरते उसके शरीर की समस्त ऊष्मा मानों शीतलहर में ही ढल गई थी। पाँव लड़खड़ाने लगे थे। आँखों के सामने अन्धेरा सा छाने लगा था।

वह वहीं से ही वापिस दिल्ली लौट जाना चाहती थी। अस्वस्थ शरीर एवं अस्थिर मनोभावों सहित वह समीर के सम्मुख कैसे खड़ी हो पायेगी? आन्तरिक दुविधा मानसिक सन्ताप में परिवर्तित होने लगी थी। बिना कार्य सम्पन्न किये वह यूँ ही वापिस चली गई तो दादू को क्या उत्तर देगी? उधर जी. पी. ओ. के पास समीर उसकी प्रतीक्षा में परेशान हो जायेगा? वहाँ अकेले वह...; सुचित्रा हताश होने लगी थी, फिर भी उसने संयम से काम लिया। मनोबल संजो कर वह उस ऑफिस तक चली आई जहाँ समीर से भेंट तय थी। कॉलिज के दिनों में वह कई बार अपनी सहेलियों के साथ इस ऐतिहासिक नगर का भ्रमण कर चुकी थी। यदि उस समय वह अस्वस्थ न होती तो जनपथ की 'मारकीट' में पुनः अतीत की स्मृतियों को ताज़ा कर सकती थी, परन्तु उस समय...

वह जी. पी. ओ. के बाहर सामने से गुज़र रही भीड़ और विभिन्न वाहनों को ध्यानपूर्वक देख ही रही थी कि एक टैक्सी उसके पास आ कर रुकी। वह

उत्सुकता से आगे बढ़ी; टैक्सी से निकलते ही समीर ने अभिवादन हेतु मस्तक झुका दिया।

"सुचित्रा जी हैं न?"

सुचित्रा ने हाथ जोड़ते हुए कहा,

"आप पहचानते हैं मुझे?" समीर को देखते ही सुचित्रा के भीतर नई स्फूर्ति दौड़ गई। वह पुलकित हो उठी। शुष्क ओंठ पुनः तर होने लगे। मन्द पलकों में दिव्य आभा कौंध गई। समीर ने उसे ध्यानपूर्वक देखा, आफिस की ओर बढ़ते हुए उत्तर दिया,

"शायद हम पहले भी मिल चुके हैं?"

"कहाँ और–कब?–"

सुचित्रा का चेहरा रक्तिम हो उठा। साँस तेज़ होने लगी। शीघ्र पग रखती हुई बोली,

"शायद नहीं, हम यकीनन मिल चुके हैं–"

समीर को मानों झटका सा लगा। चलते-चलते अपने बालों को छेड़ता हुआ बोला,

"ज़रा सोचना पड़ेगा; परन्तु मैं इतना भुलक्कड़ भी नहीं हूँ कि–"

उसने रुककर सुचित्रा को निकट से देखा। सुचित्रा के पाँव थिरक गये। नज़रें समीर की उस सारगर्भित दृष्टि का सामना नहीं कर सकीं। म्लान चेहरा एकदम से रक्तवर्ण हो गया। लज्जा युक्त मस्तक झुक गया। समीर ने तनिक हँस कर कहा,

"मनोज कह रहा था तुम अच्छी चित्रकार हो। परन्तु मैं तो कहूँगा तुम स्वयं सृष्टिकर्त्ता का एक अनुपम चित्र हो–"

सुचित्रा का अंग-अंग मानों रससिक्त हो उठा। कल्पना लोक के माया पँख उसे शून्य में ले उड़े। पाँव धरती से खिसकने लगे। कानों में जैसे अमृत रस टपका हो। कुछ क्षणों के लिए वह संज्ञाहीन हो गई। शारीरिक अस्थिरता से अद्‌भुत ऊर्जा उत्पन्न होने लगी। अन्तर्मन में बैठी किसी लाजवन्ती ने कहा "निष्ठुर यह तुमने क्या कह दिया–"

उनके पास अधिक कहने सुनने के लिए स्थान नहीं था। लिफ्ट में प्रवेश करते हुए समीर ने पुनः कहा,

"ज्यादा प्रतीक्षा तो नहीं करनी पड़ी मेरी–" सुचित्रा ने पलकें झुकाते हुए विस्फरित ओंठों से कहा"

"जी नहीं–अभी थोड़ी देर पहले ही–" परन्तु अन्तर्मन के तार फिर से झन्कृत हुए। मूक वाणी में किसी ने कहा, "पिया मिलन की आस में तो मैं सारी उमर प्रतीक्षा कर सकती हूँ–"

और वे ऑफिस के भीतर चले गये। आवश्यक कार्य को निपटाने में उन्हें अधिक समय नहीं लगा। समीर की निकटता में सुचित्रा मानों अपने शरीर की कसक भूल गई। दोपहर लगभग ढल चुकी थी। छितरे कोहरे की श्वेत लहरें आकाश को धुँधलाने लगी थीं। जब वे कार्य सम्पन्न करके पुनः बाहर की ओर आये तो भौंचके से रह गये। उन्होंने आतंकित एवं आश्चर्य मिश्रित भाव से एक दूसरे की ओर देखा। बाहर सड़क पर भगदड़ सी मची थी। चारों ओर एक अजीब सा कोलाहल छाया था। लोग इधर से उधर भाग रहे थे। विद्युत वेग से 'शापिंग-सैण्टर' बन्द हो रहे थे। दुकानों के नीचे गिरते शट्टर अफरा-तफरी के वातावरण को और अधिक भयावह कर रहे थे। कुछ लोग हाँफते हुए उसी ओर बढ़ते आ रहे थे। सुचित्रा और समीर अभी स्थिति की तह तक भी नहीं पहुँच पाये थे कि अनियंत्रित भीड़ का एक भरकम जलूस तोड़-फोड़ करता, वाहनों और दुकानों पर पत्थर फेंकता, सरकार के विरुद्ध नारेबाज़ी करता, हाय-हाय की ध्वनि उच्चरित करता हुआ उधर ही आ रहा था। दूसरी ओर महात्मा गान्धी मार्ग पर शायद कोई बड़ी मुठभेड़ हुई थी। भीड़ से बचते-भागते कई लोग दहशत की हालत में छिपने का प्रयास कर रहे थे। समीर को तुरन्त सुचित्रा का ध्यान हो आया। उसने सुचित्रा को भावी आशंका से सुरक्षित करने के लिए अपनी बाहों के घेरे में ले लिया। वह हतप्रभ थी, यह अचानक सब कैसे हो गया? कुछ देर पूर्व का समस्त उल्लास एवं हर्ष मानों दुबक गया, सुचित्रा को लगा वह पुनः अस्थिर होने लगी है। समीर उसके साथ था अतः वह अधिक चिंतित नहीं थी।

सड़क पर दंगे की आशंका को देखते हुए दफ्तर के मुख्य द्वार पर 'रेलिंग' गिरा दी गई थी। 'गेटमैन' ऑफिस में जमा लोगों को तितर-बितर करने के प्रयास में इधर से उधर उत्तेजित सा भाग रहा था। सुचित्रा और समीर सीढ़ियों के समीप एक कोने में सरक आये। समीर ने सुचित्रा के शंकित एवं त्रस्त नेत्रों में झाँकते हुए उसे सान्त्वना दी—

"डरना नहीं, अभी सब ठीक हो जायेगा—"

सुचित्रा उसके बहुत निकट थी; स्वर में तनिक अस्थिरता थी फिर भी गम्भीरता पूर्ववत् विद्यमान थी।

"जब आप साथ हैं मुझे कोई डर नहीं है—" समीर कुछ क्षणों के लिए इन शब्दों की गम्भीरता नहीं समझ पाया। ध्यान बाहर चल रहे हल्ले और तोड़-फोड़ की ओर था। अभी वे विस्मय और असमंजस की इस स्थिति से मुक्त नहीं हो पाये थे कि सीढ़ियों से जल्दी-जल्दी नीचे आ रहे एक भद्र पुरुष ने उनका ध्यान आकर्षित किया—

"यहाँ ठहरना खतरे से खाली नहीं है; जल्दी किसी 'सेफ' जगह चले जाइए"—समीर ने आश्चर्यपूर्ण नेत्रों से भद्र पुरुष की ओर देखा, दबी आवाज़ में

पूछा,

"बात है क्या? यह गड़बड़ कैसी है?"

"वही पुराना—राम जन्मभूमि और बाबरी मस्जिद का किस्सा। ज़मीन के एक छोटे से टुकड़े के लिए ये लोग एक दूसरे के खून के प्यासे हो रहे हैं। राम और रहीम के इन बन्दों को भगवान भी नहीं समझा सकते—ओफ!' और वह अज्ञात व्यक्ति बड़े-बड़े डग भरता हुआ बाहर की ओर चल दिया।

"हमें जल्दी कुछ करना होगा—" कहते-कहते समीर ने आश्वासन हेतु सुचित्रा का हाथ धीरे से दबा दिया, मानों कहना चाहता हो, "अभी कुछ सोचता हूँ।"

सुचित्रा का हाथ पकड़ में आते ही समीर के मुख से अनायास निकल पड़ा, "अरे! आपको तो बुखार है, आपने बताया नहीं—माई गॉड—"

अभी समीर ने बात समाप्त भी नहीं की थी कि बाहर पुलिस की गाड़ियों का कॉफला 'सायरन' पर 'सायरन' बजाता हुआ एक ओर से दूसरी ओर गुज़रने लगा। कुछ ही क्षणों में एक बड़ी गाड़ी से ज़िला प्रशासन का आदेश प्रसारित हुआ—

"जल्दी से अपने-अपने घरों में चले जाईए—सब पब्लिक स्थल खाली कर दिये जायें। आसपास के इलाके में चौबीस घण्टे का करफ्यू लगा दिया गया है। जल्दी-जल्दी सब स्थल खाली कर दो—"

एक के बाद एक, कितनी ही गाड़ियाँ वहाँ से गुज़रीं। धीरे-धीरे आसपास का सारा इलाका सुनसान होने लगा। समीर ने सुचित्रा की ओर देखते हुए उस अनचाही कैद से बाहर आने का मार्ग दर्शाया—

"सुचित्रा जी, पास ही अच्छा होटल है; अगर आप 'माइंड' न करें—जब तक स्थिति साफ नहीं हो जाती हम वहाँ—" सुचित्रा ने बात पूरी नहीं होने दी, बीच में ही प्रत्युत्तर दाग दिया,

" 'माइंड' के लिए खाली जगह बची ही कहाँ है। चारों तरफ तो करफ्यू लगा हुआ है" और वह विवश सी हुई, हँस दी। समीर ने भी कृत्रिम भाव से हँसने का प्रयास किया। सोच रहा था बड़ी अजीब है यह लड़की। ऐसी विकट स्थिति को भी इतनी सरलता से ले रही है।

समीर ने होटल में ठहरने का प्रबन्ध किया। होटल काफी अच्छा था तथा उनके 'स्टेटस' के पूर्णतया अनुरूप था। होटल के प्रांगण में वे बाहर की अपेक्षा अधिक सुरक्षित थे, विशेष असुविधा भी नहीं थी। बाहर सड़कों पर आतंक का वातावरण बढ़ता जा रहा था परन्तु भीतर अभी एक सहमी नीरवता विद्यमान थी। सुचित्रा उस दिन सुबह बहुत पहले उठी थी, दिन भर की भागा-दौड़ और थकान के कारण वह बिस्तर पर जो लेटी, बस उठ नहीं पाई। समीर ने वहाँ ठहरने के लिए दो अलग-अलग कमरों का प्रबन्ध किया था। परन्तु सुचित्रा की अस्वस्थता

के कारण वह एक पल के लिए भी अलग कमरे में नहीं जा पाया। बाहर के कोलाहल से मुक्त होते ही उसे सुचित्रा की सेहत के बारे चिन्ता होने लगी। 'स्वागत कक्ष' में जाकर पता किया। होटल में दिल्ली के ही कोई डॉ. शुक्ला ठहरे हुए थे, शायद वे भी करफ्यू के कारण ही वहाँ फँस कर रह गये थे। समीर ने उन्हें अपना परिचय पत्र दिया और सारी स्थिति से अवगत कराया। सीमित साधनों तथा समीर के सहयोग से डॉ. शुक्ला ने सुचित्रा का उपचार किया। सुचित्रा के गहरी नींद में जाते ही समीर ने सान्त्वनामयी साँस ली, इसी दौरान उसने चेन्नई सुचित्रा के दादू को भी तदानुरूप सूचना दे दी।

सब ओर से निवृत होने पर समीर को अपने शरीर का ध्यान हो आया। वह भी थकान और मानसिक द्वन्द्व के कारण पूर्णतया निढाल हो रहा था। अंग-अंग थकान के कारण चूर-चूर हो रहा था। सुचित्रा की ओर देखता हुआ एक हल्की झपकी लेने के लिए वह कुर्सी पर ही लेट सा गया। नींद के सम्मोहक माया-पंखों ने उसे कब झपक दिया, उसे बिल्कुल पता नहीं चला। वह बेसुध उसी प्रकार गठरी सा बना कुर्सी पर टिका रहा। और रात बीत गई। सुचित्रा ने अर्द्धचेतन सी अवस्था में एक दो बार उसे उठाने का प्रयास ज़रूर किया, परन्तु 'इन्जैकशन' के नशे ने उसे पूरी तरह बेबस कर रखा था। उसका शरीर, दिल की धड़कन और साँसों के प्रभाव से परे कुछ भी कर गुज़रने में असमर्थ था। अतः वह भी परवश सी अवस्था में उसी प्रकार लेटी रही, निश्चल, प्रशान्त एवं बाह्य वातावरण से बेखबर।

दोपहर होने को थी। बाहर अभी धुँध छाई थी और 'करफ्यू' की सहम गहराई हुई थी। 'वेटर' ने घण्टी द्वारा अपने आगमन की सूचना दी। शायद वह दोपहर के भोजन के लिए निर्देश लेने आया था। सुचित्रा ने भारी पलकों से समीर की ओर देखा, वह गहरी नींद में था, अतः उसने 'वेटर' को कुछ समय रुकने के लिए कह दिया। उसने एक बार पुनः ललक भरी नज़रों से समीर की ओर देखा। बे-खुदी के आलम में समीर का चेहरा और भी आकर्षक और मनोहर प्रतीत हो रहा था। ऐसा लग रहा था कोई योगी समस्त सांसारिक माया प्रपंचों से नितान्त मुक्त अपनी ही निजता के प्रभा मण्डल में विश्रामरत है। वे अद्‌भुत पल उसके मन में बहुत गहरे उतर गये। वह समीर से कई बार पहले भी मिल चुकी थी; परन्तु ऐसी आत्मीयता, एक-निष्ठता—निश्छल सेवा भावना और कर्त्तव्य-परायण तटस्थता उसने पहली बार ही अनुभव की थी। उसका रोम-रोम उसके प्रति कृतज्ञता से भर उठा। क्या यह वही दिव्य पुरुष नहीं है जिसके सम्मुख आत्मसमर्पण के लिए उसका युग-युग से बन्दी नारीत्व मुक्ति की साधना जुटाता रहा है? सोचते-सोचते वह पुनः अतीत के कालचक्र में खो गई।

समीर से पहली भेंट की घटना थी। वह अपनी सहेली की शादी में शामिल होने के लिए गई थी। नगर के लगभग सभी मान्य व्यक्ति, परिवार तथा बड़े नेता

वहाँ आमन्त्रित थे। पण्डाल में विशाल जनरव का एक मेला सा उमड़ रहा था। विभिन्न रंगों के बनते-मिटते प्रकाश—स्रोतों से उत्पन्न एक अद्‌भुत प्रकार का माया-प्रजाल बहु रंगी पोशाकों में सज्जित महिलाओं एवं पुरुषों को तितलियों के पंखों सी थिरकन प्रदान करता जा रहा था। स्थान कम था, अतिथि समूह विशाल सागर की लहर दर लहर सा झूलता, झूमता एक दूसरे से बचता-बचाता कभी इस ओर तो कभी उस ओर सावन के हिंडोल सा डोल रहा था। सुचित्रा के हाथ में 'कोल्ड ड्रिंक' का गिलास था। आगे से एक हल्का धक्का उसे पीछे तक किसी भद्र पुरुष के ऊपर तक लुढ़का गया। जब तक वह डगमगाते पैरों को सन्तुलित करती, गिलास में छलकता 'कोक' पीछे खड़े व्यक्ति के कोट पर होली की पिचकारी सा छिटक पड़ा था। सुचित्रा ने तुरन्त मुड़कर उस ओर देखा; युवक का कोट 'कोक' के छीटों से बुरी तरह भीग चुका था। सुचित्रा की हालत एकदम से दयनीय सी हो गई। घबराहट में उसके मुख से शब्द स्वतः फूट पड़े,

"हाय राम!" दूसरे ही क्षण उसके उज्ज्वल भाल पर स्वेद कणों की लड़ियाँ सी बिखरने लगीं। युवक की हालत उससे भी अधिक शोचनीय थी, उसे समझ नहीं आ रहा था, यह सब कैसे हो गया? चेहरे पर पूर्व अपरिचित चिन्ता प्रकट होने लगी थी। अभी वह विस्मित भाव से उसकी ओर देख ही रहा था कि सुचित्रा ने विद्युत वेग से कब अपने रूमाल से उसके कोट को साफ करना शुरू किया, उसे पता नहीं चला। शब्दों और उचकती आँखों पर भी कोई नियन्त्रण नहीं रहा था। कभी वह नीचे देखती और कभी उस युवक की विस्फरित आँखों में झाँकती, ओंठों से शब्द निरन्तर प्रवाहित थे;

"सो सॉरी—आई एम रियली वैरी सॉरी—माफ कीजिए—दिस इज़ कम्पलीट-ली माई फॉल्ट—ओह हो!"

उसके हाथ कोट साफ करने के लिए तीव्र गति से हरकत कर रहे थे। साथ ही वाक्य प्रवाह निर्बाध था,

"यह सब कैसे हो गया—? आप माइंड न करें—अभी सब ठीक—"

सुचित्रा की वह भंगिमा शायद उस युवक के मन को छू गई। सब कुछ भूल कर वह अत्यन्त सहज हो आया। तनिक पीछे हटकर उसने सुचित्रा का हाथ रोक दिया,

"रहने दीजिए—ऐसी भीड़ में यह सब तो; आप व्यर्थ चिन्ता कर रही हैं—एक मिनट रुकिये—"

युवक ने तुरन्त अपना कोट उतार दिया।

पर्स निचली जेब में रखते हुए पास से गुज़र रहे 'अटैण्डेंट' को अपनी ओर खींचा, कोट उसके हाथ में थमाते हुए कहा,

"इसे पकड़ो, उधर फेंक देना—" पुनः वह सुचित्रा की ओर मुड़कर हँसते

हुए बोला,

"लीजिए—हमने मुद्दा ही खत्म कर दिया— वैसे आप—?"

अभी उस युवक ने बात पूरी नहीं की थी कि पास से गुज़रते एक अन्य युवक का ध्यान अपनी ओर आकर्षित करते हुए उसने कहा,

"अरे विनोद, ज़रा सुनो—" और वह बिना कोट ही उस ओर चल दिया। भीड़ का एक और हल्का प्रवाह; सुचित्रा एक ओर सरकने के लिए विवश हो गई। इससे पहले कि वह सम्भल कर उस युवक से पुनः कुछ कहती, वह अपने मित्र के पीछे तनिक दूरी पर अतिथि समूह में खो चुका था। सुचित्रा के समूचे अस्तित्त्व में मानों एक बिजली सी दौड़ गई। कभी वह इस अचानक सी घटना पर; कभी अपनी परवश सी स्थिति पर और कभी उस युवक की मन जीतने वाली सादगी पर—विस्मित, हर्षित, मुग्ध, उद्विग्न—या फिर सब कुछ; वह निर्णय नहीं कर पाई। वह इस क्षणिक एवं रोमांचकारी घटना से स्वयं को सम्भाल नहीं पाई। मन अशान्त हो गया, नेत्रों में उसी युवक को फिर से देखने की लालसा बलवती होने लगी। 'पंडाल' का भव्य और बहुरंगी वितान अग्नि वर्षा करने लगा। वह मायाचालित कठपुतली सी कभी इस ओर, तो कभी दूसरी ओर, बस भटक ही सकी। मंच से प्रख्यात गायिका ने, धीमी नर्तन शैली के संग उस दौर का एक चर्चित अलाप छेड़ दिया—

"प्यार तो होना ही था—"

सुचित्रा को लगा, एक तीक्ष्ण तीर उसके अन्तर्मन को बेध कर पुनः शून्य में खो गया है। और वह कराह उठी।

स्थितियाँ कितनी शीघ्र बदल जाती हैं, कई बार व्यक्ति सोच भी नहीं पाता। जिस युवक को उसकी ललक भरी आँखें सहेली के विवाह मंडप में खोज-खोज थक सी गई थीं, वह आज उसके सम्मुख था। मन में आया वह जी भर उससे बातें करे किन्तु अस्वस्थता के कारण वह केवल कनखियों से बार-बार उसे देखभर ही सकी। 'वेटर' ने मेज पर भोजन सजा दिया था। समीर ने उठकर स्वयं को ताज़ा किया, हाथ-मुँह धोये और टेबल पर बैठ गया। सुचित्रा वहाँ पहले से ही मौजूद थी। दोनों मौन थे, सम्भवतः अपनी-अपनी परवशता से मुक्ति पाने का मार्ग खोज रहे थे। सुचित्रा ने बात आरम्भ की, अत्यन्त धीमा स्वर था—

"आपने इतना कुछ मँगवा लिया—मेरा तो मन नहीं है—"

समीर ने जिज्ञासु नेत्रों से सुचित्रा की ओर देखा, साँस भरकर कहा,

"अभी-अभी बुखार उतरा है; मन न भी हो, थोड़ा खा लो, शरीर जल्दी ठीक हो जायेगा—"

सुचित्रा ने प्लेट अपनी ओर सरकाई, ओंठ तर किये, कहा—

"मैंने आपको मुसीबत में डाल दिया—"

"नहीं, ऐसी कोई बात नहीं है।"

"क्यों?" सुचित्रा के शंकित नेत्र भटक गए।

समीर ने सहज भाव से उत्तर दिया–

"मुसीबत अकेली नहीं है। एक सुन्दर लड़की भी साथ है।"

और वह ठहका मार कर हँस दिया। सुचित्रा मानों अपने आप में ही सिमट कर रह गई। नेत्र झुक गए; चेहरे का रंग एकदम से रक्तिम हो उठा; लाज की लालिमा लिये उसके नेत्र विस्फरित हो गए। समीर से उसे इस प्रकार अनौपचारिक ढंग से कैसे...समीर को भी लगा शायद कुछ प्रसंगानुकूल नहीं था वह सब। फिर भी दोनों ने अपने-अपने ढंग से इस वाक्य की सरसता का रसपान तो किया ही। बात कहीं दूसरा मोड़ न ले ले, समीर ने सुचित्रा का ध्यान आकर्षित किया–

"इसी नगर में मेरे एक मित्र एस.पी. हैं। फोन पर उनसे बात हो गई है। शाम तक शायद स्थिति में सुधार हो जाए। रात की किसी भी ट्रेन से हमारे जाने की व्यवस्था जुटा देंगे। ट्रेन में आपको असुविधा तो नहीं होगी न–"

सुचित्रा ने समीर की ओर देखा; एक ओर दृष्टि में जिज्ञासा थी; दूसरी ओर सन्देह–सुचित्रा को कतई आशा नहीं थी कि उसका वह मोहक एवं मनोरम 'कर्फ्यू निवास' इतनी शीघ्र...वह अभी उत्तर के लिए उपयुक्त विचार जुटा ही रही थी कि समीर ने बात पुनः बढ़ाई–

"उधर 'एरोड्रोम' तक जाने में खतरा है–"

सुचित्रा ने लम्बी साँस ली, नेत्र अनायास झुक गए। ओंठों ने कुछ कहा,

"जैसा आप ठीक समझें–"

पुनः वह कुछ संयमित स्वर में बोली,

"जाने इस देश का क्या होगा–?"

"देश!"

समीर ने बात काट दी–

"देश है ही कहाँ जिसका कुछ हो–"

सुचित्रा ने साँस ली; समीर की उत्सुकता बढ़ने लगी–

"बहुत पहले एक गीत सुना करते थे–बहुत पसन्द आता था–"हम पंछी एक डाल के–" समीर ने बात फिर उठा ली,

"गीत तो मात्र आदर्श अलाप होता है, इसका सम्बन्ध कोरे गायन और मानसिक मोहासक्ति से है। हम पंछी एक डाल के तो हैं परन्तु यह डाल शून्य में लटक रही है; न कहीं वृक्ष है न कहीं इसकी जड़ें। आदर्श के नाम पर कोरे लिफाफे हैं–"

सुचित्रा निश्चल भाव से समीर की ओर देख रही थी, दोनों के नेत्र सहसा मिले;

सुचित्रा की पलकें अनायास झुक गईं। तनिक सोच कर उसने कहा,

"स्वतन्त्रता की स्वर्ण जयन्ती के पावन अवसर पर भी देश के लोग ज़मीन के एक टुकड़े के लिए लड़-झगड़ रहे हैं। एक दल राम के नाम पर पट्टा लिखवाना चाहता है तो दूसरा इसे अल्लाह की जागीरदारी में शामिल करना चाहता है—क्या स्वतन्त्र होने का यही अर्थ है?"

समीर के ओंठों पर नीरस मुस्कान थी। उसने कहा,

"सुचित्रा जी, हम स्वतन्त्र हैं ही कहाँ? हम सभी अपने-अपने स्वार्थों के सीमित दायरों में बन्दी हैं। लगता है व्यक्ति का समाज से और समाज का व्यक्ति से कहीं कोई तालमेल नहीं रह गया है। फिर देश तो बहुत दूर की बात है। रही स्वतन्त्रता—"

कहते-कहते समीर ने साँस ली—

"आज की स्थिति ही देख लो, स्वतन्त्र देश के दो नागरिक अकारण इस होटल में पिंजरे के पंछी बने बैठे हैं। हम लोग तो काफी खाते-पीते घरों के हैं; उन लोगों का क्या हाल होगा जो सुबह कमाई करके शाम को भोजन जुटाते हैं। कोई नहीं बता सकता, कब सामान्य जीवन एकदम से ठप्प हो कर रह जायेगा—"

सुचित्रा ने सतर्कता से कहा,

"देश की इस स्थिति को सुधारने के लिए कुछ तो करना ही होगा—"

"कौन करके?" समीर ने जिज्ञासु नेत्रों से सुचित्रा की ओर देखा।

"आपको ही कुछ करना होगा।"

"मुझे?" वह हतप्रभ सा सुचित्रा को ऊपर से नीचे तक देखता रह गया। समझ नहीं आ रहा था, वह क्या उत्तर दे। स्वयं को संयमित करके उसने नेत्र झुका लिये; साँस थिरक रही थी—

"भला मैं क्या कर सकता हूँ—शायद कोई कुछ नहीं कर सकता। सारा 'सिस्टम' ही भ्रष्ट हो चुका है। कुछ भी करने के लिए अपार धन तथा किसी सशक्त राजनैतिक दल से सौदेबाज़ी करनी पड़ेगी—"

"तो?" सुचित्रा के मस्तक पर प्रश्न चिन्ह उभर रहे थे। लगता था वह धीरे-धीरे स्वस्थ हो रही है। तनिक विश्वस्त स्वर में उसने कहा,

"आपके पास धन की कमी तो नहीं है—रही किसी राजनैतिक...,"

समीर शायद वार्ता को आगे बढ़ाना नहीं चाहता था। इस नीरस से सन्दर्भ में; उसने ओंठ तर किये, अत्यन्त धीमें स्वर में सुचित्रा की बात का प्रतिवाद किया,

"आप कोई पार्टी क्यों 'जुआईन' नहीं कर लेतीं—?"

"मैं?—" सुचित्रा आश्चर्यान्वित हो उठी! आन्तरिक अस्पष्टता चेहरे पर भी असंख्य छाया-चित्र बना गई। मन ही मन वह मुस्कुराने लगी। सोचने लगी यह समीर भी कमाल का आदमी है। वार्तालाप परिवर्तित करने का कोई दूसरा ढंग

भी तो हो सकता है। खैर, सुचित्रा ने शरीर को तनिक ढीला किया, पानी का गिलास नीचे रखते हुए पुनः बात शुरू की–

"मुझ से यह सब कैसे होगा? मैं तो नारी हूँ–युग-युग से–"

समीर ने उसे टोक दिया–

"आज नारी और पुरुष के बीच कोई अन्तर नहीं रह गया है। कई देशों की राजसत्ता नारी निर्देशन में ही चल रही है," और सुचित्रा ने वाक्य पूर्ण नहीं होने दिया कहा; प्रत्युत्तर दिया,

"केवल इक्के-दुक्के उदाहरण हैं। मैं तो अपने देश की बात करती हूँ। यहाँ की नारी पहले भी अबला थी और स्वतन्त्रता के पचास वर्ष बीत जाने पर भी निपट, निरीह एवं असहाय है–"

समीर ने पुनः मज़ाक किया,

"पर आप तो ऐसी नहीं लगतीं–"

सुचित्रा के शुष्क ओंठ सहसा आर्द्र हो आए। मुखमंडल गम्भीर हो गया। मन को ठेस पहुँची, उसने स्वयं को सम्भाला, साहस बटोर कर कह ही दिया,

"लगता है आपको अपने देश से कोई मोह नहीं है–"

बात जहाँ लगनी चाहिए थी, वहीं लगी। समीर ने अनुभव किया किसी ने तीखे नश्तर से उसे कुरेद दिया है। वह भयभीत हो उठा। चेहरे की कान्ति क्षणभर में श्यामल पड़ गई। उसने सुचित्रा के कथन की गम्भीरता को तह तक अनुभव किया। एक पराजित योद्धा की भाँति पुनः शस्त्र उठाने का उपक्रम जुटाता हुआ बोला,

"नहीं सुचित्रा जी, मेरे कथन का कोई अन्य अर्थ न लें। सब कुछ समझ कर भी हम कुछ कर पाने की स्थिति में नहीं हैं–" कहते-कहते वह मौन हो गया। पुनः एक दीर्घ श्वास भर कर अपने नेत्र सुचित्रा के उज्ज्वल भाल पर स्थिर करता हुआ, सान्त्वनामय स्वर में कहने लगा–"दुःख और चिन्ता की अपनी सीमा है। परन्तु आज का राजनेता भ्रष्टाचार की सभी सीमाएँ लाँघ चुका है। शिष्टता नाम की कोई चीज़ राजनीति में नहीं है। परम्परागत सभी मूल्य, सभी मर्यादाएँ छिन्न-भिन्न हो चुकी हैं। हम सभी सागर की वृहदाकार लहरों में भटक से रहे हैं। कहीं कोई कर्णधार या 'लाईट हाऊस' नज़र नहीं आता–" सुचित्रा ने उत्सुकता पूर्ण स्वर में तुरन्त कहा,

"यह स्थिति अंग्रेज़ी राज्य के नारकीय वातावरण से अधिक विकट तो नहीं है। जब हम उस संग्राम में विजयी हुए हैं तो, फिर इस वातावरण के प्रति निराशा क्यों?"

"वह स्थिति दूसरी थी–"

"कैसे?" सुचित्रा ने सन्देह व्यक्त किया।

"आज हम फिर से धर्मयुद्ध लड़ना भी चाहें तो सफल नहीं होंगे–"

सुचित्रा स्थिर भाव से उसकी ओर देख रही थी, समीर बोला,

"अपना घर सुधारने के लिए आत्मिक मनोबल की ज़रूरत है जो वर्तमान लोगों में नहीं है। वे लोग देश के लिए दीवाने थे; हँसते-हँसते फाँसी पर चढ़ गये। सच्चा देशभक्त होने का तिलक धारण किया। वैसी त्यागमयी विभूतियाँ अब कहाँ होंगी–"

सुचित्रा ने विश्वस्त स्वर में उत्तर दिया,

"प्रकृति का नियम है, किसी वस्तु या भाव का बीज नाश कभी नहीं होता।"

समीर पुनः मुस्कुरा दिया, ओंठ तर करता हुआ कहने लगा,

"यह देश एक असाध्य रोग से ग्रस्त है। अंग्रेज़ों के चले जाने के बाद इस राष्ट्र में सभी छोटे-बड़े राज्यों का विलय हो गया था। लगता था रजबाड़ा शाही खतम हो गयी है, परन्तु नहीं–यह नये रूप में फिर से प्रकट हो गई है।

लोकतन्त्र का तो मात्र मुखौटा ही रह गया है, राजनीति के सभी प्रमुख व्यक्ति छोटी-बड़ी रियासतों के स्वामियों जैसे ही हैं। आप ही बताएँ सुचित्रा जी, ऐसे सत्ता-धारियों के दुर्ग कैसे तोड़े जा सकते हैं? कौन ऐसा साहस करेगा? कहाँ से आयेंगे नये साधन–नए विकल्प–"

कहते-कहते समीर मौन हो गया। सुचित्रा कुछ क्षणों के लिए मन्त्रमुग्ध सी उसकी ओर देखती रही। सोच रही थी, समीर के कथन में कितनी सार्थकता है। अभी वह अपने विकेन्द्रित भावों को पूर्णतया स्थिर एवं सन्तुलित नहीं कर पाई थी कि फोन की घण्टी बजी। दोनों ही वास्तविक जगत की यर्थाथ स्थिति में लौटने के लिए विवश हो गये। उन्हें तो स्मरण ही नहीं रहा कि बाहर करफ्यू का आतंक और गहरा गया है तथा उनका वहाँ से निकल पाना अधिक दुष्कर हो गया है। अपनी-अपनी धारणाओं में बन्दी बने, स्वतन्त्र देश के दो उन्मुक्त पंछी, राम और रहीम के मुक्तिदायक गीले पंखों की सहज उड़ान की प्रतीक्षा में पुनः अन्तर्मन की गहन कन्दराओं में भटकने के लिए विवश हो गये।

◆◆◆

सातवाँ अध्याय

शिवानी उस दिन उदास थी। पिछली रात की घटना का स्मरण आते ही वह कम्पायमान हो उठती थी। रह-रह कर एक ही विचार उसके मानसिक जगत को झकझोड़ रहा था। "यदि कुछ हो जाता वह युवक समय पर उसकी रक्षा के लिए ईश्वरीय वरदान की भाँति न प्रकट हुआ होता तो वह–" एक गम्भीर निश्वास भर कर उसने शरीर 'ईज़ी चेयर' पर ढीला छोड़ दिया। बाह्य और भीतरी अस्थिरता में कहीं वह सदा के लिए ही अपना मानसिक सन्तुलन तो नहीं खो देगी? एक विचित्र प्रकार का आतंक उसके रोम-रोम में, तप्त लोह सी अनुभूति भरता जा रहा था। 'यूथ होस्टल' की तीसरी मंज़िल पर साँझ ढलने की प्रतीक्षा में वह बाहर बनते-मिटते मेघ चित्रों में किरणों की आँख-मिचौनी का रहस्य ढूँढ़ रही थी। खिड़की के पर्दे से तीव्र वेग से प्रवेश करती ठण्डी हवा उसके अंग-अंग में एक विचित्र सी सिहरन भरती जा रही थी। उधर दक्षिण में तो उसे ऐसी कंपकंपी कभी कभार ही अनुभव हुई थी। यहाँ दिल्ली में ठण्ड के पूर्ण प्रभाव से पहले ही शरीर की रोमवली नख से शिख तक एक अपूर्व अपरिचित सी झन्कार भरती जा रही थी। वह देश की विख्यात नृत्य-साधिका थी। देश-विदेश में अपनी नृत्य कला के प्रदर्शन से एक विशिष्ट स्थान बना चुकी थी। उसके अंग प्रत्यंग से सदा ही एक अलौकिक लास्य भाव छलक-छलक उसके व्यक्तित्व में आकर्षक मनोरमता भरता रहता था। कभी-कभी बाह्य प्रदर्शन के अभाव में वह अपने आन्तरिक रंग भवन में ही भावनाओं की चुनरी ओढ़ काल्पनिक चरणों से नटराज की बंदना आरम्भ कर देती थी। ठण्ड से उत्पन्न सिहरन ने वैसी ही विचित्र अनुभूति उसके निश्चल पैरों में भर दी थी। सहसा उसे लगा, उसके पैर स्वतः एक अपूर्व अपरिचित सी थिरकन समेटने लगे हैं। परन्तु नहीं; अनुभूति का वह अदृश्य प्रांगण उसे बहुत समय तक अपने में बाँध कर नहीं रख पाया। चार बलिष्ठ गुण्डों के घेरे में उसकी क्षीणकाय। मानों अपने ही श्वास में सिमट कर रह गई थी, कैसी डरावनी थी वह स्थिति–; 'हिचकाफ' के किसी 'मिस्टरी' विवरण की भाँति–ओफ! उसने अपने शुष्क ओंठों को तर किया। विचार पुनः देश की दिन प्रतिदिन गिरती स्थिति का विश्लेषण करने के लिए खिड़की के फड़फड़ाते महीन पर्दे के परे गगन चुम्बी भवनों में भ्रमण करने लगे।

इन वर्षों में देश में हुए विकास एवं प्रगति के बारे में वह सोच रही थी। इस प्रगति का आधार या मानदण्ड क्या और कहाँ है? वह चिन्तनशील थी। भव्य भवनों की लम्बी-लम्बी कतारें; गगन चुम्बी इमारतें, दूर तक फैली, बलखाती सर्पिल सड़कें; पों-पों पीं-पीं करती महँगी विदेशी गाड़ियाँ, महाविनाशक धूम्र विसर्जित करती ऊँची चिमनियाँ; धरती से शून्य में विस्फोटक उड़ान भरते प्रक्षेपक; वैज्ञानिक अनुसंधानों का दम्भ प्रदर्शित करते उपग्रह; संसद सदस्यों, मन्त्रियों, नेताओं और उच्च सरकारी अधिकारियों को ललक भरी दृष्टि से देखती निरीह जनता के विशाल जन समूह; क्या इन सोपानों को प्रगति के चिन्ह माना जायेगा? शायद नहीं; शिवानी ने एक हताश सी साँस ली। साँझ ढले कोई युवती यदि अकेली निर्भय भाव से कहीं आ जा नहीं सकती तो ऐसा विकास और उन्नति किस काम के। शिवानी उदास होने लगी थी। देश की दुर्दशा देख कर उसका अन्तर्द्वन्द्व उसे कचोटने लगा था। सहसा उसे कविवर रवीन्द्रनाथ ठाकुर की कविता का स्मरण हो आया। उन्होंने, कुछ इस प्रकार की आकांक्षा व्यक्त की थी। 'ईश्वर मेरा देश भय रहित हो; वातावरण उन्मुक्त हो? कहीं कोई प्रतिबन्ध न हो—' शायद कुछ ऐसे भाव थे। देश को आज़ाद हुए पचास वर्ष बीत चुके हैं, इन वर्षों में क्या रत्ती भर भी ऐसा एहसास कहीं बन पाया है। शिवानी ने निराशा भाव से अपने शुष्क ओंठों को तर किया। 'ईज़ी चेयर' पर फिर से अपना शरीर ढीला दोड़ दिया। पिछली रात को हुई लोमहर्षक घटना से वह अभी भी पूरी तरह सम्भल नहीं पाई थी।

सहसा उसकी अंतरंग विचारधारा भंग हुई। फोन की घण्टी ने उसे यथार्थ जीवन का बोध कराया। उसने फोन उठया; दूसरी ओर सुचित्रा थी। शिवानी ने कहा,

"अरे सुचि। तुम हो...हाय" दूसरी ओर सुचित्रा ने कुछ तीखे स्वर में कहा,

"शिवानी, बात मत करो मुझसे—'ईडियट' कहीं की—सारी उमर तुम्हारा मुँह नहीं देखूँगी..."

"सुचि, सुनो तो—मेरी अच्छी—"

सुचित्रा ने पुनः कर्कश सी वाणी में अपना रोष व्यक्त किया,

"जाओ, तुमसे बात तक नहीं करनी—" शिवानी हँस रही थी। स्वर साधती हुई कुछ कहने का प्रयास जुटाने लगी—

"सुनो भी—" पुनः हँसी—

दूसरी ओर से निरन्तर चल रहे मनमुटाव की तह तक पहुँचे बिना, शिवानी ने पुनः अपनी बात पर बल दिया,

"सुचित्रा, प्लीज़—कोई विवशता भी तो हो सकती है—"

"भला मैं भी तो सुनूँ कौन-सा आसमान टूट पड़ा था।" शिवानी ने सान्त्वनामयी श्वास ली जिसे ध्वनिवाहक यन्त्र ने दूसरी ओर तक प्रवाहित कर

दिया। उसने साँसों की डोर को और ढीला किया—

''सुचि, इधर मुझे बहुत परेशान होना पड़ा है—''

''अच्छा ही हुआ—''

''ओ हो—बात पूरी तो करने दो—''

''अच्छा कहो—''

''जल्दी में अपनी ज़रूरी डायरी वहीं घर पर ही भूल आई—''

''ओ माई गॉड—''

सुचित्रा को वास्तविकता का ज्ञान होते ही वाणी सहज होने लगी—; तनिक शान्त स्वर में बोली,

''शिवानी, तुम ऐसी भुलक्कड़ तो कभी न थीं—''

''तुम्हारे शहर की हवा जो लग गई है,''

''चलो हटो—''

और फिर दोनों खिलखिला कर हँस दीं। शिवानी ने भावों को स्थिर करते हुए, कहा,

''सुचि, अब तुम ही कहो—इसमें मेरा क्या दोष है? दिल्ली में, तुम और सलमा बस दो ही मेरी सहेलियाँ हैं।'' पुनः कुछ रुककर शिवानी ने उत्सुकता से पूछा,

''सुचि—यह नहीं बताया—तुमने मेरा यह पता—फोन नम्बर...''

सुचित्रा का स्वर गर्वित हो उठा। पूरे ठाठ में बोली—

''शिवानी, मैं तुम्हारी तरह भौंदू नहीं हूँ—''

फोन पर शिवानी की हँसी स्पष्ट सुनाई दे रही थी, सुचित्रा ने गला साफ करके बात पुनः जारी की—

''बहुत प्रतीक्षा करने के बाद बैंगलोर फोन किया, पता चला तुम यहाँ 'यूथ हॉस्टल' में टिकी हो—अब समझी, दुनियाँ में 'कामनसैन्स' भी तो कोई चीज़ है—''

शिवानी ने लम्बी साँस ली, तनिक व्यंग्यमय ढंग से कहा,

''तुम्हारी 'कामनसैन्स' के बारे में तो अभी कोई 'कामैंट' नहीं करूँगी, परन्तु एक बात ज़रूर स्पष्ट है—''

''भला मैं भी तो जानूँ—'' सुचित्रा की जिज्ञासा जागी। शिवानी ने सरल भाव से कहा,

''तुम्हारी खीज और रोष में भी एक अजीब सी मधुरता है। सच सुचि, मुझे बहुत अच्छा लगा। कोई इतनी दूर बैठा भी मेरे लिए ऐसी आत्मीयता रखे है, बस—,''

दूसरी ओर सुचित्रा शायद संदर्भ बदलने को उत्सुक हो रही थी। बात काटते हुए बोली,

''रहने दो, जल्दी बताओ इधर कब आ रही हो। सामान पैक करो—मैं अभी—''

"सुनो सुचि–तुम्हारे बारे में अक्सर सोचा करती हूँ। भगवान ने तुम्हें कैसा सरस व्यक्तित्व प्रदान किया है। प्रकृति में जितनी भी मिठास थी; लगता है विधाता ने तुम्हारी ही नस-नस में प्रवाहित कर दी है।"

सुचित्रा सम्भवतः यह सब सुनने की आदी नहीं थी। तुरन्त बात रोक दी। तनिक ठहरे स्वर में बोली,

"शिवानी–ज़्यादा मसख़ा मत लगाओ–मैं अभी आ रही हूँ–तैयार रहना–"

शिवानी फोन अभी बन्द नहीं करना चाहती थी। उधर फोन में कुछ गड़बड़ प्रतीत हुई। उसने प्रखर एवं उच्च स्वर में कहा,

"सुचि–हैलो–हैलो हाँ–सुन रही हो–" दूसरी ओर से सुचित्रा ने बात जोड़ने का प्रयास किया–

"हाँ, हाँ–सुन रही हूँ–हैलो–शिवानी" शिवानी ने उच्च स्वर में कहा,

"मेरी डायरी ने सब गड़बड़ा दिया है। मुझे सीधे तुम्हारे पास ही आना था–सुनो,

साँझ को इधर कुछ लोगों को समय दे रखा है। उनसे निपट लूँ।"

सुचित्रा ने दूसरी ओर से पूछा,

"वी. एम. महाराज कब पधार रहे हैं–?"

"वे तो दिल्ली में ही हैं–"

"तो उनसे भेंट कब होगी–?"

"इसीलिए तो इधर आई हूँ। 'कनसर्ट' के बाद एक अन्तरंग बैठक है; मित्र वर्ग से भेंट करेंगे–"

सुचित्रा ने लम्बी साँस ली। हताश से स्वर में कहा,

"जाने वह शुभ घड़ी कब आयेगी–?"

शिवानी के स्वर में सान्त्वना और ठहराव था, बोली–

"जल्दी ही हम मिलेंगे–अरे हाँ–सुचि–"

शिवानी ने गहरी साँस ली, निश्वास भर कर कहा,

""कल रात तो मैं बाल-बाल बची–" सुचित्रा ने आश्चर्यमय वाणी में पूछा,

"क्या कहती हो–?" साँस तेज़ हो रही थी।

"हाँ सुचि–हादसा, दुर्घटना कुछ भी कहो।

मेरा तो रोम-रोम आतंकित हो उठा था। दिमाग में अभी तक दहशत छाई है–।"

सुचित्रा का दिल धड़कने लगा। श्वास प्रश्वास पर नियन्त्रण नहीं रहा। थिरकती आवाज़ में पूछा,

"शिवानी, कुछ कहो भी–क्या हुआ था। मेरी तो जान को आ रही है–"

शिवानी तनिक गम्भीर वाणी में बोली,

"साँझ ढल चुकी थी, सूरजकुण्ड के पास सड़क से कुछ दूरी पर चार गुण्डों

ने घेर लिया था—"

"हाय राम!" सुचित्रा का स्वर सहसा बैठने लगा—

"फिर क्या हुआ, शिवानी, जल्दी बताओ कैसी अजीब लड़की हो तुम—इतनी देर से फोन पर बड़बड़ कर रही हो, और मतलब की बात—ओफ!—"

विगत रात की घटना को पुनःस्मरण कर शिवानी एक बार फिर से भयभीत सी हो गई। सुचित्रा का मन बाँधने के लिए स्वयं को संयमित किया। गला साफ करते हुए कहा,

"भला हो उस युवक का—नहीं सुचि, मैं तो उसे परी लोक का राजकुमार कहूँगी—" सुचित्रा मानों उद्विग्न थी, सब कुछ एकदम से सुनना चाहती थी। तपाक् से कह उठी,

"भूमिका मत बाँधो, यह बताओ सब कैसे हुआ?"

शिवानी ने तनिक रुकने का अभिनय किया, वह वार्ता को कुछ रोचक बनाना चाहती थी।

धीमे स्वर में बात जारी की—

"हैलो—सुचि—; जब कभी 'चन्द्रकान्ता' और 'भूतनाथ' जैसी कथाएँ पढ़ती थी तो लगता था सब बकवास है। परन्तु नहीं—कभी-कभी यथार्थ जीवन में भी वैसी रोमांचकारी घटनाएँ हो जाती हैं—"

सुचित्रा की सहनशीलता मानों सब बाँध तोड़ रही थी, कर्कश से स्वर में उसने कह ही दिया—

"आगे भी कुछ कहो—इधर रक्तचाप धीमी पड़ने लगी है और तुम हो—"

"बताती हूँ, भई—इतनी उतावली क्यों हो रही हो—सुनो, इसे संयोग कहो या देव योग—; जैसे ही वे गुण्डे मेरे पर्स और गले की चेन की ओर लपके, एक अपरिचित युवक उन्हें ललकारता हुआ बीच में उलझ गया—और मैं हाँफती हुई एक ओर दुबक गई—"

"हे भगवान! इतना कुछ हुआ—"

सुचित्रा की आवाज़ थर्रा रही थी। साँस बटोर कर उसने कहा,

"शिवानी, सारी घटना एक ही साँस में कह दो—"

"सुचि," शिवानी कुछ-कुछ प्रशान्त हो रही थी, श्वास भरकर बोली—

"जो कुछ हुआ एक लम्बी घटना है, कभी साथ-साथ होंगे तो बताऊँगी। अभी बस इतना ही कि उस अजनवी राजकुमार का उपकार है मुझ पर—"

सुचित्रा ने कुछ कहा नहीं बस 'हूँ' सा संकेत दिया।

शिवानी ने पुनः कहना शुरु किया,

"उसे शब्दों में व्यक्त करना कठिन है।

किसी देवपुत्र की साक्षात् प्रतिमूर्ति प्रतीत होता था वह। उन्नत ललाट, चौड़े

स्कन्ध, विशाल भुजाएँ; चेहरे पर विचित्र नूर, मैं तो उसे ठीक से देख भी नहीं पाई लगता था साक्षात् कामदेव की छवि साकार हो आई है—अंग-अंग से शौर्य एवं यौवन का उद्दाम प्रवेग प्रस्फुटित हो रहा था—सच सुचित्रा—मैं बयान नहीं कर सकती—'' शिवानी कहे जा रही थी और दूसरी ओर सुचित्रा कोई प्रतिक्रिया किये बिना पूर्ण स्तब्ध भाव से उसे सुन रही थी। सुचित्रा का मौन मानों शिवानी को खलने लगा। न हूँ न हाँ—भला फोन पर यह कैसी वार्ता—

शिवानी ने उच्च स्वर में उसका मौन भंग किया; दूसरी ओर से सुचित्रा की धीमी हँसी प्रवाहित हुई। शिवानी ने बात आगे बढ़ाई—

''हाँ तो सुचित्रा—उस समय तो कुछ भी सोचने का अवसर नहीं था। अब कभी-कभी ध्यान में आता है कैसा अद्भुत पौरुष था उसमें—; भगवान ने क्या सच ही—'' सुचित्रा ने बात काट दी; हल्की चुस्की ली; चुटकी काटी; धीमी हँसी में व्यंग्य कसा,

''हाय शिवानी! तू तो गई काम से—''

शिवानी गम्भीर थी, बोली—

''क्या बक रही हो, सुचि—बिना सोचे समझे—''

''मेरी प्यारी गुड़िया, अब सोचने-समझने को रहा भी क्या है? लगता है उस अजनबी को दिल दे बैठी हो—''

बात सुन कर शिवानी भी हँस दी, सरल होकर बोली—

''दिल ही देना चाहती थी, परन्तु उसने लिया ही नहीं—''

''भला क्यों?'' सुचित्रा की हँसी अबाध थी। शिवानी ने पूर्ण श्वास भर कर उत्तर दिया,

''बेचारा! शायद पहले से ही कहीं 'बुक' था—'' और दोनों ही एक बारगी ठहका मार कर हँस दीं। दो भिन्न छोरों को जोड़ने वाले हल्के सूत्र मानों झनझना उठे। दोनों ओर, कानों के निकट कर्कश सा नाद उनकी स्वरलहरियों को अस्पष्ट कर गया। सुचित्रा ने फिर से स्वयं को सम्भाला, शिवानी का ध्यान पुनः आकृष्ट करते हुए कहा,

''सब कुछ जल्दी निपटाने की कोशिश करना—''

''तुम चिन्ता न करो—''

''हाँ—एक बात और—'' सुचित्रा ने उत्सुकता से पूछा,

''महाराज वसुमित्र से भेंट तो तय है न—'' शिवानी ने विश्वस्त स्वर में उत्तर दिया,

''सुचि, महाराज इधर बड़े लोगों में बहुत व्यस्त होते हैं। दिल्ली में मेरा यह कार्यक्रम उन्हीं का तय किया हुआ है। एक बार उन्होंने स्वयं ही आप लोगों से मिलने की इच्छा व्यक्त की थी। कोई न कोई साधन जुटा कर उनसे समय ले

लूँगी–निश्चिन्त रहना–"

"ठीक है शिवानी–सब तुम पर रहा–"

"ठीक सुचि–तो फिर बॉय–"

"तब तक–शिवानी–सब मंगल रहे–"

सुचित्रा ने प्रत्युत्तर दिया और फोन काट दिया। इधर शिवानी ने एक दीर्घ श्वास ली और यन्त्र नीचे रख दिया? और–

◆◆◆

आठवाँ अध्याय

शिवानी का रोम-रोम वेदना विदग्ध हो उठा। अंग-अंग पीड़ा से कराह रहा था। शरीर पसीने से तर-बतर हो रहा था। 'मेकअप' रूम में गर्मी नहीं थी फिर भी उसके माथे पर स्वेद कणों की झालर बार-बार बन रही थी, मिट रही थी। श्वास-प्रश्वास मुँह जोर अश्व की भाँति बेकाबू थी सम्भवतः इसीलिए शरीर रह-रह क्षीणकाय बैत की भाँति कम्पायमान हो रहा था। आँखों में क्रोध की लालिमा रह रहकर रंग बदल रही थी। ओंठों की कसावट, दाँतों की थिरकन—शरीर मानों सत्ताहीन होता जा रहा था। मस्तिष्क में विभिन्न विचारों का बवण्डर उठने लगा था। मन्त्रचालित से हाथ कब धीरे-धीरे शरीर पर सज्जित आभूषणों को नीचे पटकने में लगे हैं, उसे कोई सुध नहीं रही। भीतर और बाहर दो अद्‌भुत से छाया-चित्र अपना-अपना रहस्य खोलते जा रहे थे। प्रतिपल शिवानी की साँस तेज़ हो रही थी। उसे लगा वह अस्थिर अवस्था में, गिरी कि गिरी। अत्यधिक संयम से उसने स्वयं को सम्भाला। ध्यान कहीं था, हाथ, कहीं और व्यस्त थे। शरीर में होकर भी मानों उसका अस्तित्त्व उससे बहुत विलग था, छिटका सा था।

दमित विषाद हाहाकार करता नयनों के द्वार तोड़ बाहर फूट पड़ने को तत्पर था, आहें—सिसकियों में ढलने लगी थीं। वह खुलकर, जी भरकर रोना चाहती थी। ढेर से आँसू बहा कर मन का बोझ हल्का करना चाहती थी। अश्रुओं का उद्दाम प्रवाह उसे एक बारगी भावनाओं के रसातल में विलीन कर दे, बस यही लालसा उसकी साँसों में सिमटने लगी थी। परन्तु ऐसा कर पाना क्या सचमुच सहज था? शायद नहीं—कल्पना और यथार्थ के बीच एक भयानक खाई सदा विद्यमान रहती है। इसे पार करना इतना सुगम तो नहीं है। विफल प्रयास में प्राणी खाई का ही होकर रह जाता है। शिवानी 'मेकअप' रूम से तनिक दूर खड़ी भीड़ के प्रति पूर्णतया सचेत थी। वे लोग उसके मलिन चेहरे, गीली पलकों और रक्तिम नयन कोरों को देखेंगे तो क्या सोचेंगे। भावना और मर्यादा के बीच उसका मन तराज़ू सा डोलने लगा था। उसे अपने सामाजिक उत्तरदायित्व का सहसा ध्यान हो आया। एक गम्भीर निश्वास भर कर उसने भावना और कर्त्तव्य को सन्तुलित करने का प्रयास किया। बाहर खड़े लोग उसकी प्रतीक्षा में थे, उसे पुनः उधर ही लौटना नहीं। परन्तु नहीं;

मन इतनी जल्दी सम्भलने वाला तत्त्व नहीं है। वह पुनः भाव विह्वल हो उठी।

अन्तर्वेदना रह-रहकर उसे कचोट रही थी। रोष या खीज—वह निर्णय नहीं कर पाई। ओंठ-सहसा फड़फड़ाये—उसने सम्भवतः स्वयं से ही कहा "क्यों नहीं आया वह—आना चाहिए था उसे—" पुनः श्वास अस्थिर होने लगी, नासापुट थिरके,

"क्या समझता है वह अपने आपको, इतना कहने पर भी—"

शिवानी की मनःस्थिति उसे पुनः छलने लगी। भीतर से किसी ने कहा,

"तुम व्यर्थ उद्विग्न हो! यह भी तो हो सकता है निमन्त्रण पत्र उसके हाथों तक पहुँचा ही न हो—"

दूसरे ही क्षण सन्तुलित भावों ने आहों की भटकती नाव को किनारा दिया—

"ऐसा नहीं हो सकता। निमन्त्रण सही व्यक्ति द्वारा ही भेजा गया था—"

"तो फिर—?"

अन्तर्लोक की निजी वार्ता से कुछ भी हाथ नहीं लगा। शिवानी एक बार पुनः परास्त सी हो साँसों की डोर में उलझ कर रह गई। ऐसी अवहेलना! ओफ! वह कभी सोच भी नहीं सकती थी कि कोई उसे इस प्रकार—

उसका मन अस्वस्थ था। बाहर जाकर लोगों से मिलने की लालसा मन्द पड़ने लगी थी। पहली बार उसे अनुभव हुआ कि वह अत्यन्त स्वाभिमाननी है। अहं पर आघात होने पर व्यक्ति की मनोदशा क्या होती है, उसे यह जानने में देर नहीं लगी। 'शो' के बाद उसे पुनः अपने प्रशंसकों की 'वाह'-'वाह' बटोरनी थी। तीव्र प्रकाश के बनते-मिटते प्रभावों में उसे छाया-चित्रों की बाढ़ में बहना था, परन्तु नहीं—अब कुछ भी और करने का उत्साह उसमें शेष नहीं रहा था।

उसके अन्तर्निहित भावों का आवरण कितना झीना था, हल्की सी ठेस पहुँचने पर तार-तार हो गया। वह उस अज्ञात व्यक्ति के प्रति कृतज्ञ थी, उसने अपने प्राणों की परवाह न करते हुए शिवानी की रक्षा की थी। वह आभारी थी उसकी। परन्तु इस प्रकार पूर्व सूचना दिये, उसका लुप्त हो जाना, स्वयं को परिस्थिति से विलग कर लेना, शिवानी को अच्छा नहीं लगा। विदग्ध अहं उसे रह-रह कर कचोट रहा था। उसे ऐसा लगा किसी ने उसकी ऊष्म साँसों को बर्फ के साँचों में डाल दिया है। इस कार्य-क्रम को बड़े सुनियोजित ढंग से केवल उसी के लिए आयोजित किया था। परन्तु यदि वह विशिष्ट अतिथि ही नहीं आया तो फिर आंगिक प्रदर्शन किस काम के। वह सन्तप्त मन से मंच पर प्रस्तुत तो थी, परन्तु अतृप्त पलकें बार-बार 'हॉल' में ही भटक-भटक जा रही थीं। नेत्रों ने कई बार विफल परिक्रमा करके उसे ढूँढ़ने का प्रयास किया था, परन्तु सब व्यर्थ। वह वहाँ था ही नहीं। शिवानी की समस्त उत्तेजना, सारा उत्साह मानों एक ही क्षण में मन्द पड़ गया। दत्तचित्त भाव से तथा अपनी सम्पूर्ण गरिमा में वह नटराज के आगे स्वयं को अभिव्यक्त कर पाने में असमर्थ पा रही थी। भीतर-बाहर जो कुछ सम्प्रेषित होना

चाहिए था, नदारद था। जब इष्टदेव ही नहीं तो फिर आराधना कैसी? शिवानी को लगा उसकी समस्त भंगिमाएँ, हाव-भाव तथा विद्युत वेगमती पैरों की थिरकन, सब व्यर्थ हैं; सारहीन हैं।

चिरकाल से निःशेष पड़ी संवेदन विहीन भाव भूमि पर क्या सहसा प्रणयभाव का बीजारोपण हुआ है? शिवानी निर्णय नहीं जुटा पाई। उसने आज तक किसी को चाहा है, या फिर व्यक्ति विशेष के निकटता की लालसा की है; ऐसा उसे आभास नहीं था। किसी को चाहना या न चाहना–ये प्रश्न उसके लिए गौण थे। या फिर यूँ कहो, इस प्रकार की दुविधाजनक स्थिति से अभी तक उसका सामना ही नहीं हुआ था। परन्तु उस युवक के दर्शन मात्र से ही उसकी आन्तरिक वन्य-स्थली में असंख्य पुष्प कुसमित होने लगे थे। क्या इसे ही प्रणय भाव कहा जाता है? शिवानी को लगा उसका मन भवँर अभी पूरी तरह बसन्तोल्लास में झूम ही नहीं पाया था कि पतझड़ की शुष्क उसाँसों ने उसे मरुस्थल में पटक दिया। भाव और अभाव की स्थितियों के बीच एक अत्यन्त ही महीन किन्तु अपारदर्शी अन्तराल सदा विद्यमान रहता है। हमारे होने या न होने की स्थितियों में दंशित अहं सदा इसी अन्तराल को कुरेदता रहता है। भाव और अभाव की स्थितियों में प्राणी का अहंगत तराज़ू सदा समभाव नहीं रहता। अभाव का दंश सूनेपन में विदग्ध अन्तःकरण को अधिक गहरे में विक्षुब्ध करता है। अभाव की परिपूर्ति होने पर यही दंशित अहम् किस ओर उन्मुख होता है, शिवानी इस स्थिति के प्रति पूर्णतया अनभिज्ञ थी। उसका चिन्तन धीरे-धीरे अवरुद्ध होने लगा था। व्यक्तिपरक आस्था और सामाजिक उत्तरदायित्व के बीच उसकी चेतना लालायित थी। अब उस अज्ञात व्यक्ति से पुनः कब भेंट होगी; वह उद्विग्न एवं चिंतित थी।

किसी अज्ञात सूत्र को महज़ एक दो बार, निकट से देखने पर ही भीतरी भाव प्रांगण में उसकी आकृति यूँ स्थायित्व पा लेगी, ऐसा तो शिवानी ने सोचा ही नहीं था।

शिवानी को लगा उसके भीतर एक विचित्र सा सूनापन, एक अजीब सी शून्यता घर करती जा रही है। न चाहने पर भी उसका ध्यान बार-बार उस अज्ञात युवक पर ही केन्द्रित रहता था। उन दिनों वह उत्तरी भारत के पर्यटक स्थलों का भ्रमण करने के लिए इधर आई हुई थी। अपने देश की प्राचीन संस्कृति और सभ्यता के बारे में जानकारी प्राप्त करना उसे अच्छा लगता था। अतः उसे जब भी समय मिलता, वह अपनी सहेलियों के साथ इधर-उधर घूमने के लिए निकल पड़ती थी। दिल्ली में सुचित्रा और सलमा उसके प्रति विशेष स्नेह रखती थीं। ये दोनों ही कॉलेज दिनों से ही, किसी न किसी रूप में उसके निकट रही थीं। सुचित्रा के साथ उसे कई बार युवा समागमों में भाग लेने का अवसर प्राप्त हुआ था। धीरे-धीरे दोनों में आन्तरिक सन्निध्य इतना बढ़ गया कि शिवानी जब भी दिल्ली आती, सुचित्रा

के साथ ही रहती थी। ऐसे में सुचित्रा के परिवार के अन्य सदस्यों से आत्मीय निकटता का एहसास हो जाना अत्यन्त स्वाभाविक था। इस परिवार में आकर शिवानी को कभी अजनबीपन महसूस नहीं होता था। सुचित्रा और मनोज—दोनों के ही सम्पर्क में वह स्वयं को सहज अनुभव करती थी।

शिवानी के परिचितों का परिवार अत्यन्त व्यापक था; परन्तु सगे-सम्बन्धियों में ले देकर एक उसकी माँ ही थी। भाई-बन्धु, नाती-रिश्तेदार आदि कौन है? उस ओर उसने कभी गम्भीरता से विचार नहीं किया था। न ही कभी ऐसी स्थिति से सामना हुआ था। उसकी माँ भी प्रायः सांसारिक लेन-देन से मुक्त, आत्म निरति का जीवन व्यतीत करती आ रही थी। वह सदा ही ठाकुरजी की पूजा-अर्चना में ही व्यस्त रहती थी। उसकी माँ अपने समय की प्रसिद्ध नृत्यांगना थीं। अतः शिवानी का इस ओर आकर्षित हो जाना सहज ही था। वसुमित्र महाराज के सम्पर्क में आने के उपरान्त शिवानी की ख्याति भी चतुर्दिक फैलने लगी थी। बैंगलोर में ही उसने एक छोटी संस्था का संचालन आरम्भ कर दिया था, यहाँ वह नृत्यकला सम्बन्धी शिक्षण प्रदान करती थी। जब भी इस संस्था से उसे अवकाश मिलता, या फिर कहीं अन्यत्र कार्य-क्रम होता, वह भारतीय जन जीवन की अन्तर्धाराओं का अध्ययन करने के लिए निकल पड़ती थी। वह अकेली है या किसी के संग—इसकी उसने कभी परवाह नहीं की थी। उसके पिता कौन हैं? कहाँ थे—शैशवकाल में ऐसे प्रश्न उसके मस्तिष्क में ज़रूर उभरते थे परन्तु वसुमित्र महाराज के स्नेह एवं सम्पर्क में उसने वत्सलता की इस कमी को भी पूरा कर लिया था। वसुमित्र महाराज का सम्पूर्ण जीवन लोक-सेवा के लिए समर्पित था। ऐसी महान लोक-सेवक विभूति का आशीर्वाद पाकर वह स्वयं को धन्य समझती थी तथा वसुमित्र के पद चिन्हों का अनुसरण करके गौरव अनुभव करती थी।

सुचित्रा और मनोज के प्रति वह आन्तरिक कोमलता का भाव रखती थी। सुचित्रा की सरलता तथा मनोज की सज्जनता से वह सदा प्रभावित रहती थी। शायद इसीलिए उनके घर उसे अपने प्रांगण जैसी आत्मीयता की अनुभूति होती थी। सुचित्रा के संसर्ग में उसे अपने खालीपन की पूर्ति का एहसास होता था और मनोज की निकटता में कभी-कभी निजता को पहचानने का प्रयास जुटाती थी। एक नारी का दूसरी नारी के प्रति आकर्षण चाहत की बाहरी रूपरेखा है, इसके विपरीत नारी-पुरुष सम्बन्धों में अन्तर्निहित सामीप्य का भाव व्यक्तित्व के अधूरेपन की पूर्ति का आधार है। मनोज से उसकी निकटता क्या सचमुच इस अभाव की पूर्ति में सहायक होगी? शिवानी ठीक से निर्णय नहीं जुटा पाती थी। सुचित्रा के साथ उसका आदान-प्रदान 'सखि भाव' के उत्सुकतापूर्ण क्षणों की ही पृष्ठ भूमि सजाता था। इधर मनोज का मैत्रीभाव उसके भीतर एक कलाकार की सृजनात्मक उद्‌भावना की भी पूर्ति करता था। दोनों ही अपने-अपने ढंग से उसकी आन्तरिक

झील में परत दर परत विद्यमान रहते थे। कभी-कभी वह मनोज के बारे में गम्भीरता से विचार करने पर विवश हो जाती थी। सोचती थी, यह व्यक्ति ऐसा अनमना सा क्यों है? सदा ओस बिन्दुओं सा सरस-सरस सरकता रहता है और अपनी काव्य-प्रतिभा से सबको अभिभूत कर देता है। कई बार उसे लगता, मनोज उसके विशालकाय संसार में शीतल लहर सा बढ़ता आ रहा है; अतृप्त एवं शुष्क श्वासों में रसभीनी संवेदना सा ढलता जा रहा है; स्नेहहीन भाव रेती पर हल्की तुषार सा बरसता जा रहा है। इन स्थितियों में क्या वह इतनी सुगमता से मनोज से जुड़े भावात्मक अन्तर्ग्रन्थन से मुक्त हो पायेगी? उसे आसानी से दूर कर पायेगी? शायद नहीं—;

प्राणी के अन्तश्चेतन का भाव-सागर गहन ही नहीं, अत्यन्त रहस्यात्मक भी है। कब कौन सी भावोर्मि किस ओर प्रवाहित हो उठेगी, कोई नहीं जानता। शिवानी ने अनुभव किया, अन्तराल में एक अद्‌भुत सी मोहक आकृति बार-बार अपना प्रभाव छोड़ती जा रही है। मानसिक दर्पण पर पूर्व खचित बिम्ब धुँधलाने लगे हैं। मनः-पटल पर मनोज को प्रच्छन्न करती हुई एक अन्य आकृति प्रकाश स्तम्भ सी उभरती जा रही है।

यह आकृति उसी विशिष्ट अतिथि की थी जिसके लिए उसने उस समागम का आयोजन किया था। उसका स्मरण आते ही शिवानी पुनः उद्विग्न हो गई। अहं प्रताड़ित था, जीवन में पहली बार उसने ऐसी कामना की थी कि कोई उसके रूप सौन्दर्य को भरपूर एवं भावपरक मन से देखे। सम्भवतः इसीलिए उस दिन, उसने अपनी रूप-सज्जा तथा अलंकरण योजना में कोई कसर बाकी नहीं छोड़ी थी। उस अतिथि के सम्मुख अपने कलागत वैशिष्ट्य के प्रदर्शन की लालसा उसमें अत्यधिक बलवती हो उठी थी। परन्तु क्यों? वह निर्णय नहीं कर पाई। जिसकी प्रतीक्षा थी, वह नहीं आया। सौन्दर्य-वर्द्धक साधन और उपसाधन उसके शरीर को जलाने लगे थे। उसके मन ने प्रश्न किया, "अपने व्यक्तित्व की छटा से किसी को प्रभावित करने की लालसा क्या हीनता की भावना नहीं है? इस मानसिक उत्पीड़न का कारण कहीं अहम्‌गत प्रदर्शन की विफलता तो नहीं है? शिवानी तुम ऐसी अस्थिर तो कभी न थीं। तुम्हारी यह कसक कहीं मानसिक रुग्णता की शुरुआत तो नहीं है?"

ठण्डी आह भर कर उसने स्वयं को परिवेश के अनुरूप ढालने का प्रयास किया। ऐसे समागमों के अवसर पर सुचित्रा और मनोज प्रायः उसके साथ होते थे। अपरिचित भीड़ में उसे अपने लिये 'कम्पनी' मिल जाती थी। परन्तु उस दिन वे दोनों ही अन्यत्र व्यस्त थे। अतः आसपास प्रस्तुत प्रशंसक वर्ग में वह स्वयं को नितान्त अकेला अनुभव कर रही थी। प्रशंसकों के बीच होकर भी वह कहीं दूर भटक रही थी। अन्तर्मन में बीते दिनों की लोमहर्षक घटना फिर से उद्‌भासित होने लगी। उस आदमी को समझने में कहीं उससे भूल तो नहीं हुई है। विचार

अतीत का मन्थन करने लगे। उस रात, महरौली के समीप उसने गुण्डों को पूरी शक्ति से खदेड़ दिया था। गुण्डे आंखों से ओझल हो चुके थे; उस विकट स्थिति में उसकी रक्षा करने वाला वह अज्ञात युवक उसके साथ-साथ चल रहा था। पूरी तरह डरी हुई, आतंकित तथा भयाकुल सी अवस्था में सड़क पर बढ़ती जा रही थी; और साथ था उस अपरिचित देवपुत्र सी आभा का। बिना किसी पूर्व निर्धारित भूमिका के विचारों के भँवर उभरने लगे। हाँफते स्वर में शिवानी ने कहा,

"आप न होते तो न जाने आज मेरा क्या बनता–"

युवक ने सान्त्वनामय श्वास लिया, शिवानी के साथ गति रखते हुए कहा,

"मैं न होता तो मेरी जगह कोई दूसरा यहाँ होता–"

शिवानी के माथे पर भय और आश्चर्य के भाव एक साथ उमड़े, तनिक साँस रोक कर बोली,

"आप यह कैसे कह सकते हैं?"

"उन गुण्डों की यही नियति हो सकती थी–"

"और मेरी–" पता नहीं शिवानी क्या कुछ कहे जा रही थी। भाव और विचार अस्पष्ट थे, बस एक ही धारणा बलवती थी, जल्दी-से-जल्दी किसी सुरक्षित मोड़ पर पहुँचने की। शिवानी की बात सुनकर युवक ने गम्भीर होकर कहा,

"वह तो सामने है–"

शिवानी को लगा किसी वेगमती धारा को सहसा किसी भीमकाय शिलाखण्ड ने बूँद-बूँद करके शून्य में उड़ा दिया है। साथ चलने वाला युवक कितना आत्मविश्वासी और भय रहित था, यह जानने में शिवानी को देर नहीं लगी। उसने अन्धेरे में चारों ओर देखा, आसपास कोई वाहन नहीं था। बात तो जारी रखनी ही थी। अतः शिवानी ने कहा,

"वे छठे हुए बदमाश थे, अगर आपको कुछ–" युवक ने तुरन्त बात काट दी–

"यही अगर-मगर हमारे आत्मबल की छलना है। यदि मेरा अहित कहीं है तो गुण्डों का होना क्या ज़रूरी है? ऐसा तो कहीं भी हो सकता है–"

वार्ता में शिवानी की रुचि नहीं थी। अभी वह स्वयं को पूर्णतया सुरक्षित नहीं समझ रही थी। युवक की बात समझने के प्रयास में उसने कहा,

"लगता है आप नियतिवादी हैं–"

"अच्छे सामाजिक जीवन के लिए किसी भी वाद की ज़रूरत नहीं है। 'वाद' तो मात्र विचारों के साँचे हैं। साँचा कोरा परिस्थितिजन्य होता है। परिस्थिति बदली, साँचा बेकार–आँखों के सामने जो है, सब उसी के अनुरूप ढलना चाहिए। हित या अहित महज़ शब्दों का हेर-फेर है। कहीं कुछ भी बनता-बिगड़ता नहीं है कभी भी नहीं–जो कुछ प्रकट होता है, कुल मिलाकर परिवर्तन की दरारें ही हैं–"

शिवानी को मानों झटका-सा लगा। चलते-चलते पाँव थिरकने लगे। सूनी सड़क पर कुछ दूर चलने के उपरान्त 'लाइट पोल' दिखने लगे थे। कुछ ही क्षणों में वे छिटके प्रकाश पुंजों के समीप थे। शिवानी ने गौर से उस व्यक्ति को देखा। वह बलिष्ठ ही नहीं रूपवान भी था। शिवानी ने माथे से पसीना पोंछा, तनिक संयमित स्वर में कहा,

"आकृति से तो आप दार्शनिक नहीं लगते, परन्तु तर्कपूर्ण वार्ता से–"

दोनों ने कुछ सरल और सहज होने का प्रयास किया। आतंक की कालिमा सम्भवतः बहुत पीछे रह गई थी। युवक ने इधर-उधर देखते हुए पुनः गति धीमी कर दी, तनिक स्पष्ट स्वर में कहा,

"बाह्य आकृति तो व्यक्तित्व का भुलावा होती है। आकृति से तो शायद मैं भी गुण्डा ही लगता हूँ–"

शिवानी ने तिरछे नयनों से उस सरलचित भाव को निहारा–ओंठों ने धीमे से कहा,

"छी–" और फिर दानों ही उन्मुक्त ढंग से हँस पड़े। सड़क नापते हुए शिवानी के नेत्र बार-बार ओर-छोर में व्याप्त सूनेपन की थाह लेने में भटक-भटक जा रहे थे। शायद उसे किसी 'टैक्सी' या 'आटो' के गुज़रने की आशा थी। युवक ने शिवानी के थिरकते नयनों में उत्सुकता देखते हुए, गति कुछ धीमी की; नेत्र झुकाते हुए कहा,

"इधर शायद वाहनों की हड़ताल है–कुछ दूर और चलना होगा। बड़े चौराहे तक–"

सहसा वह रुका, शिवानी को नख से शिख तक एकबारगी देखा, साँस भर कर कहा,

"लगता है आप थक गई हैं–"

"नहीं तो–" शिवानी ने अपने पतले शरीर को लहरा कर स्वयं को झटका-सा दिया तथा सड़क पर पैरों की गति और दृढ़ कर दी।

दोनों ही पुनः अन्यमनस्क भाव से चौराहे की ओर बढ़ने लगे। एकान्त के सहमें दंश से मुक्ति के लिए शिवानी ने फिर से वार्ता आरम्भ की,

"एक बात पुछूँ–?"

"कहिए–"

"आपके सामने यदि वे गुण्डे मुझे कुछ कर जाते, क्या आपको दुःख होता–?"

प्रश्न समाप्त करते ही शिवानी को लगा वह तो उस युवक से इस प्रकार निकटता जता रही है जैसे उनका सम्पर्क वर्षों से हो। इतने कम समय में–; वह अभी विखरते विचारों की लड़ियाँ सँवार ही रही थी कि युवक ने सहसा उत्तर दिया,

"देखिए मिस्–"

वह युवक रुका। साथ चल रही महिला का नाम तो–

शिवानी ने स्वयं समाधान कर दिया, तुरन्त कहा,

"मेरा नाम शिवानी है! इधर ज़रूरी काम से हूँ–"

"हाँ, तो शिवानी जी–" युवक ने विश्वस्त नेत्रों से उसकी ओर देखते हुए बात पूरी की,

"दुःख और सुख; धूप-छाँव सब आते-जाते रहते हैं। हाँ, विपदा के समय एक अबला की रक्षा न कर पाता तो जीवनपर्यन्त पश्चाताप की आग में ज़रूर जलता रहता–"

पाँव आगे बढ़ रहे थे परन्तु ध्यान उस युवक के शब्दों में टिका था। शिवानी ने स्वयं को सम्भाला, कुछ सोचते हुए कहा,

"इस संकल्प में यदि वे आपकी हत्या कर देते तो?"

वह हँस दिया, अत्यन्त सरल भाव में बोला,

"सन्त सिपाही, गुरु गोविन्द महाराज ने कहा है,

"शुभ कर्मन ते कबहुँ न टरूँ" जीवन और मृत्यु के बीच कुछ साँसों की ही दूरी है। होने या न होने की स्थितियों को समभाव से स्वीकारना चाहिए। कर्त्तव्यच्युत व्यक्ति के लिए नरक का द्वार भी नहीं खुलता–"

कहते-कहते वह मौन हो गया। निरन्तर चलते-चलते शायद दोनों के पाँव थकने लगे थे। साँसें फूलने लगी थीं। अन्धेरा बढ़ रहा था परन्तु नगर निगम की इक्की-दुक्की बत्तियों की सिसक में धुँधली सड़क पर प्रभापुन्जों के नन्हें बिन्दु मृग शावकों से फुदक-फुदक जा रहे थे। केंचुल उतारते सर्प की भाँति सड़क का नंगापन धीरे-धीरे सरकता जा रहा था। शिवानी के अन्तर्मन में भावों का उद्दाम प्रवाह उमड़ने लगा था, वह स्वयं को स्थिर करना चाहती थी। मानसिक रिक्तता को शान्त करने के लिए बोल उठी,

"एक अपरिचिता के लिए आपने अपनी जान जोखिम में डाली, मैं..."

शिवानी ने वाक्य पूर्ण भी नहीं किया था कि दूसरी ओर से उसने तुरन्त प्रत्युत्तर दिया,

"शिवानी जी, यहाँ कौन अपरिचित है? हम सभी भारतीय हैं–"

शिवानी के पाँव रुक गये; जिज्ञासु नेत्र आकर्षक युवक के बालों में उलझ गए। शिवानी ने लम्बी साँस ली; निश्वास भर कर कहा,

"काश! देश के नेता भी ऐसा सोचते–"

"ज़रूर सोचेंगे–"

"लेकिन कब?"

"जब हर नागरिक गुण्डों से लड़ना सीख जायेगा–"

शिवानी को लगा जैसे सहसा उस पर गाज गिरी है। कोई तीक्ष्ण तीर शरीर के आर-पार हो गया है। रूई के ढेर पर कहीं से अग्नि पिण्ड आ गिरा है। शिवानी असमंजस में पड़ गई। यह युवक कहीं उसका उपहास तो नहीं कर रहा है? कुछ क्षण पूर्व जिस व्यक्ति ने उसकी रक्षा की थी, वही अब उसे यथार्थ से परिचित कराना चाहता है। उसने गर्दन घुमाकर युवक की ओर देखा, शंकित भाव व्यक्त हुए,

"मैं समझी नहीं; कहीं आप नारी के अबलापन को उसकी कमज़ोरी तो नहीं समझ रहे हैं?"

युवक ने गम्भीर साँस ली, ओंठ तर किये और कहा,

"ऐसा कुछ नहीं है। गुण्डे केवल सड़कों पर ही छीना-झपटी नहीं करते। हमें उनसे भी लड़ना है जो दीन भाव से वोट बटोरते हैं और सत्ता में आने के बाद खुलकर गुण्डागर्दी करते हैं। संसद में पहुँचने वाले गुण्डों से सड़क के ये गुण्डे हज़ार दर्जे सुसंस्कृत हैं।" इतनी दूर तक साथ-साथ चलते आ रहे युवक के भीतर कोई भीषण ज्वालामुखी विस्फोट के लिए करवट ले रहा है, यह समझने में शिवानी को देर नहीं लगी। कहीं यह युवक स्वयं आतंकवादी तो नहीं है? अन्तर्मन में ऐसी धारणा उमड़ते ही शिवानी का रोम-रोम काँप उठा। उसने भय मिश्रित भाव से उस युवक को पुनः ध्यान से देखा। उसके चेहरे पर कहीं कोई तनाव या विरसता के चिन्ह नहीं थे। वह पूर्ववत् सन्तुलित संयमित और प्रशान्त ही प्रतीत हो रहा था। शिवानी की ओर से कोई प्रतिक्रिया नहीं हुई, युवक ने अपनी बात फिर शुरू की—

"यहाँ तो कुछ सिक्कों की छीना-झपटी होती है, वहाँ वे देश को ही बेच खाते हैं—"

वार्ता कहीं और गम्भीर न हो जाये, शिवानी ने सरस भाव से बात बदली,

"आपको एम. पी. होना चाहिए था—"

"मेरे लिए यह शब्द बेमानी है।"

"भला क्यों?"

शिवानी ने उत्सुकता व्यक्त की।

युवक ने अर्थपूर्ण नेत्रों से शिवानी की ओर देखा, पुनः निश्वास भर कर कहा,

"संसद में आप जैसे सरल चित्त व्यक्तित्व नहीं होते—।"

और न जाने क्यों दोनों ही हँस दिये। बातों ही बातों में लम्बा रास्ता कब कट गया, उन्हें कुछ पता नहीं चला। सहसा पाँव रुक गए। सामने स्टैण्ड पर एक टैक्सी खड़ी थी। शिवानी की मानों जान में जान आई। उसने आत्मीय भाव से युवक का ध्यान आकर्षित किया,

"मैं इस इलाके से ज़्यादा परिचित नहीं हूँ। रात बहुत हो चुकी है। मुझ पर एक और उपकार कीजिए—'यूथ हॉस्टल' तक छोड़ दीजिए—"

"मैं...लेकिन–मैं तो–" युवक कुछ कहना चाहता था।

हत-प्रभ सा अपनी जेब को छूने ही वाला था कि शिवानी ने स्थिति की कोमलता को भाँप लिया। तुरन्त विश्वस्त स्वर में कहा,

"इसकी चिन्ता न करें। मेरे पास अभी भी कुछ पैसे बचे हैं–"

उस युवक की वेश-भूषा अत्यन्त सामान्य थी। शायद इसी को सम्मुख रखते हुए शिवानी उसकी आर्थिक स्थिति का अनुमान लगा रही थी। बाह्य प्रदर्शन कई बार भ्रामक भी तो हो सकता है। क्या शिवानी को ऐसा कहना चाहिए था? वह किंचित् लज्जित सी अनुभव कर रही थी। दूसरी ओर युवक पर मानों इसका बिल्कुल ही कोई प्रभाव नहीं था। उसने पूर्ववत् स्थिर भाव में कहा, "यह बात नहीं है; मैं कुछ और ही सोच रहा था।" पुनः उसने साहस बटोर कर कहा,

" 'यूथ-होस्टल' बहुत दूर है। यहाँ मैं ठहरा हूँ वह जगह–"

शिवानी ने तीव्र गति से टैक्सी की ओर बढ़ते हुए कहा,

"आपको यही टैक्सी वहाँ तक छोड़ आयेगी–"

युवक इस ऑफर के प्रति इतना उत्सुक नहीं हो पाया। कुछ सोचता हुआ शिवानी से बोला,

"ऐसी घटनाएँ कभी-कभार ही होती हैं। टैक्सी की यात्रा में कोई असुविधा नहीं होगी।"

दूध का जला जैसे छाछ को भी फूँक फूँक कर पीता है, वैसी ही मनःस्थिति शिवानी की थी। सूनी सड़क पर जो घटना हो चुकी उसकी मानसिक लटकन अभी भी पूर्ववत् मस्तिष्क में विद्यमान थी। शिवानी की अन्यमनस्कता देखते हुए उस युवक ने शिवानी के साथ जाने का निर्णय ले ही लिया। दोनों ने एक दूसरे की ओर विश्वस्त एवं जिज्ञासु नेत्रों से देखा, पुनः आत्मीय सी दृष्टि समेट टैक्सी में सवार हो गये और टैक्सी 'यूथ हॉस्टल' की ओर चल दी।

◆◆◆

नवाँ अध्याय

कोई अदृश्य सत्ता सृष्टि के समस्त कार्यव्यापारों का संचालन करती है। बाह्य जगत में दिन और रात आते-जाते परिवर्तन रूपी तूलिका से सृष्टि के फलक पर नित्य नवीन छाया-चित्रों की बीथी सजाते रहते हैं; और भीतरी जगत में अन्तश्चेतन मन अपने ही संसार में बनते-मिटते संस्कारों की गीली मिट्टी से आस्थागत विभूतियाँ रचता रहता है। सृष्टिकर्त्ता के संसार तथा अन्तश्चेतन की परत दर परत सृष्टि में स्पष्ट कोई सम्पर्क न होने पर भी प्राणी का भीतरी जगत बाह्य प्रभावों और अभावों से विभिन्न प्रतिक्रियाओं में विखर-विखर जाता है। शिवानी सोच रही थी, जो सत्ता बाह्य सृष्टि में निर्णयकारी भूमिका निभाती है, वही अन्तराल के अन्धकार भी क्यों प्रकाश-मान नहीं कर देती? बाहर-भीतर समभाव का उदय क्यों नहीं हो जाता? क्या सृष्टि के नियामक दो अलग-अलग सूत्र हैं? मैं और मेरा संसार; ईश्वर और उसकी सृष्टि—इन दोनों में कहीं तो कोई तारतम्य होगा। क्या उसी संयोजक तत्त्व की खोज जरूरी नहीं है? अन्तर्जगत की सर्जना अन्तहीन होने पर भी अन्ततः अनन्त में विलीन हो जाती है। तो फिर अनास्था के मन्दिर में प्रज्ज्वलित ये भावना-दीप? क्या इनका कहीं कोई महत्त्व या अस्तित्त्व नहीं है?

महानगर दिल्ली के दक्षिण-पश्चिम में स्थित, कालका जी के समीप निर्मित 'बहाई' सम्प्रदाय का आस्था केन्द्र शिवानी को मन्त्र-मुग्ध कर गया। उत्तरी भारत के भ्रमण के दौरान वह देश की विभिन्न संस्कृतियों, धर्मों और आस्थागत केन्द्रों का भरपूर रसपान करती रही थी। उस दिन भी वह अपनी सहेली सलमा के साथ 'बहाई' मन्दिर के दर्शनार्थ वहाँ आई थी। सलमा के भाई केन्द्रीय मन्त्रालय में मन्त्री थे, अतः सलमा के साथ कहीं भी आने-जाने में उसे कठिनाई नहीं आती थी। छात्रावास के दिनों से शिवानी और सलमा में मैत्रीभाव उत्तरोत्तर बढ़ता आ रहा था। दोनों एक दूसरे को निकटता से जानती और पहचानती थीं। गम्भीर संदर्भों के साथ-साथ दोनों में हल्की-फुल्की वार्ता का रस भी छलकता रहता था। शिवानी ने मन्दिर के प्रांगण को अत्यन्त आत्मीय भाव से अपनी साँसों में पीने का प्रयास किया। दूर तक फैली हरीतिमा के मध्य श्वेत-कमल सा उदीयमान वह भवन कितना भव्य और अलौकिक था। लगता था किसी अज्ञात चित्रकार ने पन्नों की अंजलि

में मोती की शुभ्रता का कलश सजा दिया है। कमल-नुमा वह भव्य निर्माण आत्मा की अत्यन्त निश्छलता का प्रतीक बनकर प्रकट हुआ था। हर एक पँखुड़ी मानों विषयगत आराधना का प्रस्फुटटन सजाये प्राणी जगत को दम्भ, माया, मोह और अहं का परित्याग, करने का निमन्त्रण दे रही थी। शिवानी ने अनुभव किया, "कितनी प्रशान्ति है यहाँ" सहसा सलमा ने व्यंग्यमय वाणी से उसका ध्यान विकेन्द्रित कर दिया। अनत्त की उदात्त परिकल्पना में तल्लीन उसके भावना रूपी पंख अनायास धरती की यथार्थ रेती पर सिमट आये। सलमा ने जैसे उसे झंझोड़ दिया, "शिवानी, आज-कल तो खूब पटती होगी—मनोज भाई शब्दों के रसिया हैं। शेयरो-शायरी से सराबोर कर देते होंगे। जब भी कुछ कहते हैं, मानों फूल झड़ते हैं, आसपास महक ही महक फैल जाती है—"

शिवानी की गम्भीरता मानों पल भर में विलीन हो गई। सलमा की बात सुनकर वह हँस दी, नेत्र दूर गगन-चुम्बी भवनों में स्थिर करती हुई बोली,

"लगता है तुम उनकी बुरी 'फैन' हो—"

व्यंग्य सलमा को रससिक्त कर गया—

" 'फैन', जरूर हूँ पर इतनी बुरी नहीं—"

"तो फिर बात चलाएँ—"

शिवानी ने तिरछी नज़रों से सलमा की ओर देखा, दोनों फिर हँसने लगीं। सलमा ने साँस रोकी, पूछा,

"कौन सी बात?"

"अरे वही, तुम दोनों के एक होने की—"

"न बाबा न—अल्लाह से डरो! किसी ने सुन लिया तो जामामस्जिद और बिरलामन्दिर की ईंट से ईंट बज उठेगी। जानती हो मेरे भाई मन्त्री हैं, ख़बर फैलते ही कुछ का कुछ हो जायेगा—"

शिवानी ने कोई उत्तर नहीं दिया! बस नेत्र झुका लिये। सलमा ने उसे फिर छेड़ दिया,

"जो गेंद मेरे आँगन में खेली है असल में तुम्हारी तरफ गिरनी चाहिए—।"

सलमा ने पुनः एक लम्बी साँस ली, तनिक गम्भीर भाव से कहा,

"सच कहो शिवानी, क्या तुमने मनोज भाई के बारे में इस ढंग से कभी नहीं सोचा?"

दोनों ही कुछ विश्राम के लिए एक ओर नीचे ही बैठ गईं। शिवानी ने मन्दिर के विशाल प्रांगण में आने-जाने वाले लोगों को टकटकी भरकर देखा। सान्त्वनामयी ढंग से शरीर को ढीला छोड़ दिया। साँस भरकर कहा,

"सलमा, सब इतना आसान नहीं है—"

"क्या मनोज भाई अच्छे आदमी नहीं हैं?"

"ऐसा मैंने कब कहा—" शिवानी ने निश्चिन्त भाव से निरभ्र नील गगन की ओर देखा। पश्चिम में धीरे-धीरे सूर्यास्त होने चला था। मन्दिर के प्रांगण में लोगों का आवागमन बढ़ने लगा था। कोलाहल और धीमी हलचल होने पर भी चारों ओर वातावरण अत्यन्त गहन और प्रशान्त था। शिवानी ने मन्दिर के उन्नत शिखर की ओर देखा। सन्ध्याकालीन स्वर्णिम लालिमा ने श्वेत भव्यता पर सिंदूरी आवरण डाल दिया था। किरणों का एक महीन जाल धीरे-धीरे नीचे तक सरक आया था। ओर-छोर में एक अत्यन्त कमनीय अवगुण्ठन लहरा सा उठा था। प्रकाश पुंजों की अद्वितीय झालर में देवलोक के अमर दीपों सी सृष्टि साकार होने लगी। "आहा कैसा अद्‌भुत है यह मायावी बिम्ब प्रसार!'

शिवानी ने मानों स्वयं से ही कुछ कहा। दूर तक फैले अलौकिक सौंदर्य को निहार उसका रोम-रोम झंकृत हो उठा। वह कृतार्थ हो उठी, परन्तु सहसा सलमा के स्पर्श से जैसे चेतना पुनः लौट आई। नेत्रों के सामने फला छाया मायावी प्रसार क्षण भर में जैसे पंख समेट गया।

"कहाँ खो गई—?" सलमा ने पूछा।

शिवानी ने पिछली कड़ी को जोड़ने का प्रयास किया,

"तुम मनोज की बात कर रही थीं—सुनो सलमा, भावी कल अत्यन्त रहस्यमय है। आने वाले समय में क्या होगा, कोई नहीं जानता। नारी-पुरुष के संयोग के लिए पुरुष का केवल अच्छा होना ही काफी नहीं है—"

सलमा ने भी शरीर नीचे तक सरका दिया। बात बीच में रोकते हुए कहा,

"परन्तु उस घर में तो हर प्रकार की सुख-सम्पत्ति, मेरे ख्याल में कमी जैसी कोई चीज़—"

"सलमा, आन्तरिक भावों और बाह्य यथार्थ सृष्टि में बहुत अन्तर है। बाह्य प्रसार हमेशा ही आन्तरिक अभाव या आकांक्षा की प्रतिमूर्ति नहीं होता—" शिवानी ने सान्त्वनामय स्वर में उत्तर दिया।

"शिवानी, कभी-कभी तुम बहुत ठेठ हिन्दी बोलने लगती हो। मैं समझ तो लेती हूँ, परन्तु कई बार—"

"इसीलिए तो कहती हूँ मेरे सम्पर्क में हिन्दी पढ़ना-लिखना सीख लो। और कुछ न सही, एक दूसरे को आत्मीय ढंग से समझने में आसानी रहेगी। आपसी सम्बन्धों में अधिक मज़बूती और दृढ़ता आयेगी—"

सलमा सहज हो आई। हँसकर बोली,

"लगता है किसी राजनेता का भाषण पढ़ने लगी हो। मैं समझती हूँ, भावात्मक आदान-प्रदान के लिए भाषा बहुत ज़रूरी नहीं है—खैर, छोड़ो इस वार्ता को—जो कह रही थी, उसे ही पूरा करो"

ढलते सूर्य की स्वर्णिम आभा और अधिक नीचे सरक आई थी। सहसा दोनों

के चेहरे एक रहस्यमयी कान्ति में उद्‌भासित हो उठे।

शिवानी ने दीर्घ श्वास ली और कहा,

"अभी कुछ निर्णय नहीं कर पाई हूँ—"

"परन्तु सुचित्रा दी तो कहती थीं, तुम दोनों में काफी..."

शिवानी ने बात काट दी,

"सामाजिक मैत्री तथा व्यक्तिपरक आत्मीयता में बहुत अन्तर है, सलमा—"

"क्या कोई दूसरा।"

शिवानी ने बात पूरी नहीं होने दी,

"नहीं, सलमा—अभी ऐसी कोई स्थिति नहीं है। नारी के मनोभावों का आन्तरिक कक्ष अत्यन्त पावन स्थली होता है। इस अर्चना कक्ष में प्रवेश और निकास के लिए अत्यन्त खुले द्वार विद्यमान रहते हैं। असंख्य व्यक्तियों के चरण चिन्ह् इस बाह्य पथ पर बनते हैं और मिट जाते हैं। इन प्रत्यक्ष द्वारों से परे एक आराध्य कक्ष भी होता है। वहाँ कौन सी प्रतिमा प्रतिष्ठित होगी, इसका निर्णय कर पाना इतना सुगम नहीं है। और फिर सलमा—"

शिवानी ने गहरी साँस ली, परवश सी स्थिति में कहा,

"और फिर सब कुछ हमारे अपने वश में तो नहीं है—"

सलमा ने अत्यन्त आत्मीय भाव से शिवानी का मस्तक सहला दिया। शब्दों में मिठास भरते हुए कहा,

"तुम कुछ छिपा रही हो—?"

शिवानी के ओंठों पर तरल कान्ति दौड़ गई। वह मुस्कुरा उठी, सलमा का गाल थपकते हुए बोली,

"तुम से और सुचित्रा से मेरा कुछ भी छिपा नहीं है। कहो तो सीना चीर कर दिखा दूँ—" और फिर दोनों खिल-खिला कर हँस पड़ीं। सलमा ने उसकी गुदगुदी ली। हँसी पर नियन्त्रण करते हुए बोली,

"इसे जीजाजी के लिए सम्भाले रखो—" और सलमा ने उठने का प्रयास किया। दूर तक दृष्टि भरकर देखा, साँझ और अन्धेरे के बीच एक महीन सा आँचल लहराने लगा था। कुछ देर पूर्व की लालिमा नेत्र मूँदने लगी थी। नेत्रों के सम्मुख धवल श्यामल फलक उभरने लगा था। सलमा ने शिवानी की ओर देखा, ओंठ तर किये और कहा,

"शिवानी, चलो उधर कैंटीन है; बैठने की अच्छी जगह है। कॉफी हो जाये—"

शिवानी बिना हिचकिचाहट के उठ कर खड़ी हो गई। काफी देर तक वहाँ इस प्रकार सरस-विरस होते-होते वह भी थक सी गई थी। पैरों ने पुनः चप्पल सम्भाली और हाथों ने साड़ी को यथा स्थान सजाया, दोनों ही 'कैंटीन' की ओर चलने लगीं। शिवानी ने देखा सलमा के कन्धों पर टिका दुपट्टा बार-बार सरक

रहा था, और उसे हर बार असुविधा प्रतीत हो रही थी। शिवानी ने तनिक रुक कर कहा,

"सलमा, इस दुपट्टे को हटा क्यों नहीं देती? बार-बार तंग करता है—"

"तौबा-तौबा कहो-शिवानी—" सलमा ने कानों को स्पर्श करते हुए कहा, "बड़ी मुश्किल से बुर्के को अलविदा कही है। कहीं यह दुपट्टा भी सरक गया तो मुस्लिम जगत में गदर मच जायेगा।—"

"अभी तक तो ऐसा हुआ नहीं—"

शिवानी ने सरल भाव से कहा। सलमा ने तुरन्त बात बदल दी, वह कुछ गम्भीर हो आई; नेत्र झुकाते हुए बोली,

"आजकल 'पार्लियामेण्ट' में औरतों की 'रेज़र्वेशन' पर बहस चल रही है। भाईजान कहते थे यदि बिल पास हो गया तो वे मुझे भी चुनाव में धकेल देंगे—"

"यह तो बहुत अच्छी बात है। निजी तौर पर मैं इसके हक में हूँ। औरतों को यह अधिकार मिलना ही चाहिए।"

सलमा ने पाँव ठीक से आगे बढ़ाया। अपने बालों को ठीक करते हुए कहा, "नहीं शिवानी, मैं इन चक्करों में नहीं पड़ना चाहती। हाँ, तुम्हारे लिए सिफारिश ज़रूर करूंगी। वैसे भी राज्य सभा की 'नामिनेशन' के लिए तुम्हारा हक बनता है।"

शिवानी ने ठण्डी सी आह भरी, कहा,

"मेरा ऐसा भाग्य कहाँ?"

"भला क्यों नहीं, एक खास जगह है तुम्हारी हमारे समाज में—"

सलमा ने आश्चर्यान्वित नेत्रों से शिवानी की ओर देखा। शिवानी ने पुनः बात जारी की,

"भीतरी रोग कहीं और है। नेता और अभिनेता दोनों मिलकर भी इस रोग की तह तक नहीं पहुँच सकते।"

"यही तो मैं कहती हूँ। कुछ औरतें 'पार्लियामेन्ट' में फैशन परेड करती फिरेंगी—'रेज़र्वेशन' में कोई किसी की बहन होगी या बीवी या फिर बेटी—कुल मिलाकर वोट फिर जेब में—सच कहती हूँ शिवानी—"

सलमा ने इधर-उधर देखा; तनिक निश्चिन्त भाव से पुनः कहा,

"ये मर्द लोग बड़ी नामर्दी से काम लेते हैं—"

सलमा के शब्दों में गहरा व्यंग्य था, शिवानी हँस दी—सलमा ने बात बढ़ाते हुए पुनः कहा,

"अपने स्वार्थ के लिए, समाज में मर्दों की सत्ता बनाये रखने के लिए ये नीचे भी लेट सकते हैं। इनकी हर हरकत महज़ दिखावा होती है—"

"कुछ भी हो सलमा,"

शिवानी ने गम्भीर भाव से कहा,

"संसद में महिलाओं की संख्या बढ़ने से वहाँ कोमल भावों एवं उदात्त संस्कारों में तो वृद्धि होगी ही। कम से कम 'हाऊस' में हाथा-पाई की नौबत तो नहीं आयेगी।"

"तुम जिन अच्छे संस्कारों की बात करती हो, राजनीति से कोसों दूर की चीजें हैं। 'हाऊस' में चंद-एक मॉडलों की गिनती ज़रूर बढ़ जायेगी। बोरियत के समय जो सांसद नींद की खुमारी में खर्राटे भरते हैं, चोर नज़रों से आँखें ज़रूर गर्म कर लिया करेंगे"

शिवानी ने कुछ कहा नहीं। अन्तर्मन में प्रतिक्रिया तीव्र हो उठी। यह सलमा राजनीति के दाँव-पेचों में कितनी अधिक सतर्क है, शिवानी को यह जानकर कुछ सान्त्वना भी अनुभव हुई। तनिक सहज ढंग से उसने पुनः कहा,

"सलमा, तुम राजनीति के बारे में इतना कुछ जानती हो, इसीलिए मैं कहती हूँ–"

सलमा ने बात काट दी,

"मात्र जानने से क्या होता है, शिवानी–सवाल सत्ता की असली गेंद का है। इसे कौन खेलता है और कब खेलता है–; औरतें तो अब भी वहाँ हैं, यह और बात है कि कोई स्टेज की डाँसर है तो कोई पर्दे की रानी। किसी ने साधुआ कपड़े पहने हैं तो कोई तिलक धारण किये है। देश सेवा के लिए तो कोई भी 'कमिटिड' नहीं है; किसी को अपना हार-शिंगार प्रिय है तो किसी को कुनबा परवरी। मेरा तो सिर चकरा जाता है। अल्लाह ही बेहतर जानते हैं यह देश कैसे चल रहा है।"

शिवानी हर्षित हो उठी! सलमा कितनी सरलता से ये सब कह जाती है। इससे पूर्व कि वे कुछ कहतीं-सुनतीं, 'कैन्टिन' का कोलाहल बढ़ने लगा था। उन्होंने एक ओर अलग सा टेबल देखा और कॉफी का आदेश दे दिया। थोड़ी ही देर में 'टेबल' पर वांछित चीज़ों का प्रसार बढ़ने लगा। कॉफी टेबल पर आते ही दोनों अपने-अपने ध्यान में खोने लगीं। विकेन्द्रित भाव पुनः अन्तस्तल की पेचदार गलियों में जीवन का रहस्य ढूँढ़ने में संलग्न होने लगे। शिवानी ने 'कैन्टिन' में जुटे विभिन्न प्रदेशीय लोगों को ध्यानपूर्वक देखा। ऊपरी सतह पर भिन्न प्रतीत होने पर भी उनमें कहीं आन्तरिक सम भावना विद्यमान थी। ऐसा न होता तो एक अलग से प्रतीत होने वाले पूजास्थल पर वे इस प्रकार क्यों...; शिवानी ने दीर्घ श्वारा ली और नेत्र नीचे झुका लिये। 'कॉफी' के प्याले से ऊष्म वाष्प की हलकी परत धीरे-धीरे ऊपर उठ रही थी। धीमी छलकन के उपरान्त शान्त होती लघु तरलता में शिवानी का अतीत पुनः झलक उठा। प्याला ओंठों को छूते ही उसका ध्यान पुनः उसी युवक की ओर आकृष्ट हो गया। उसे लगा, उसके सामने सलमा नहीं वही युवक विराजमान है। वातावरण भी एकदम से परिवर्तित प्रतीत होने लगा। 'कॉफी' की धीमी मादकता

में शरीर की थकान ढलने लगी और उसके विचार कुछ दिन पूर्व की घटना में उलझने लगे।

प्रगति मैदान में अन्तर्राष्ट्रीय पुस्तक मेला चल रहा था। एक-एक दो-दो करके पुस्तकों का काफी बोझ बाँहों में सिमट आया था। उस दिन वह घर से अकेली आई थी। सुचित्रा ने ड्राईवर साथ भेज दिया था। पुस्तकों के भरकम बोझ को कार तक तो ले जाना ही था। वह धीरे-धीरे पण्डाल की 'रेलिंग' से नीचे आ रही थी। ऊपर से नीचे, नीचे से ऊपर उन्मुक्त भाव से हँसी-मज़ाक में तल्लीन युवक-युवतियों की टोलियों से बचती-बचाती वह नीचे उतरने का प्रयास कर रही थी। पुस्तकों का उठाव लगभग उसकी गर्दन को छूने लगा था। सीढ़ियों को वह केवल अनुमान से ही नाप सकती थी। ऐसे में उसका शरीर कई बार डोल सा उठता था। सहसा उसका एक पाँव अस्थिर हो गया। टिकने का कोई आधार नहीं रहा। एक ही झटके में खड़खड़ाती पुस्तकें 'रेलिंग' से होकर नीचे, गिरने लगीं। 'रेलिंग' के ठीक नीचे एक ओर चाय-पान की व्यवस्था थी।

मूसलाधार गिरती वर्षा की तरह पुस्तकों की बरसात ने मेज़ पर रखे चाय के प्यालों को खनखना कर दूर पटक दिया। पुस्तकों को सम्भालने के मोह में शिवानी का शरीर पूरी तरह बेकाबू हो गया और वह 'रेलिंग' के एक ओर लटक सी गई, निराधार लटकन की भाँति। पलक झपकते ही कितने ही सहायक हाथ उसे सम्भालने के लिए आगे बढ़ने लगे। जिस मेज़ पर पुस्तकें गिरी थीं, वहीं बैठे युवक ने विद्युत वेग से मेज़ का सहारा लेते हुए शिवानी को नीचे गिरने से बचा लिया। इतने में सीढ़ियों पर रुके अन्य व्यक्तियों ने स्थिति को सम्भालने में योगदान दिया। शिवानी विस्मित, अचम्भित एवं भयभीत सी हो उठी। एक ही साँस, एक ही झटके तथा एक ही पलक में सब कुछ पूर्ववत् सहज हो गया। गहन प्रशान्त मेघ माला को जैसे चंचला सहसा आतंकित कर पुनः विस्मृति में विलीन हो गई। शिवानी ने स्वयं में सम्भाला, सीढ़ियों पर पुनः पूर्ववत् आवागमन शुरू था। नीचे कुछ लोगों ने बिखरी पुस्तकों को फिर से व्यवस्थित करके मेज़ पर रख दिया। सीढ़ियों से नीचे आते ही शिवानी मानों ठिठक गई। हर्षमिश्रित आश्चर्य से उसकी साँस तेज़ हो गई। चेहरा लाज के कारण लाल हो उठा। उस युवक ने उसे सीढ़ियों से गिरने से बचाया है। सामने खड़ा व्यक्ति हँस दिया,

"शिवानी जी, आप?"

शिवानी के ओंठों पर एक आत्मीय तरलता उमड़ आई। उसने निचला ओंठ काटते हुए कहा,

"आप? उस दिन भी आपने मेरी रक्षा की थी और आज भी—"

आस-पास एकत्रित लोगों ने घटना ग्रस्त युवक-युवती को सहज आत्मीय ढंग से मिलते देख, इधर-उधर बिखरना शुरू कर दिया। कुछ ही क्षणों में सब-कुछ पूर्ववत्

सा शान्त, 'नार्मल' एवं निरन्तर सा हो गया। युवक ने चाय की मेज़ की ओर संकेत करते हुए कहा,

"आपकी पुस्तकें पूरी तरह सुरक्षित और आप..." कहते-कहते वह रुक गया, शिवानी को भरपूर दृष्टि से देखा और गहन श्वास भरकर बोला,

"आप भी पूरी तरह सुरक्षित..."

शिवानी ने बात काटते हुए, सरस भाव से कहा,

"आपके रहते भला मेरा अहित कैसे–?"

युवक ने मेज़ की ओर मुड़ते हुए वाक्य को सम्भाला,

"सो तो ठीक है; परन्तु यह कैसा विचित्र संयोग है। जब भी आपसे भेंट होती है, दुर्घटना ही होती है–"

शिवानी हँस दी। अपने अस्त-व्यस्त बालों को पूर्ववत् सुचारु ढंग से सजाने का प्रयास करती हुई बोली,

"ऐसा नहीं; लगता है जब दुर्घटना होती है तभी हम मिलते हैं–"

'कैफे' के साथ सजी मेज़ों के तनिक दूर एक स्टॉल पर ऊँचे स्वर में 'डैक' पर संगीत उभर रहा था। आवाज़ कर्कश थी। दोनों को एक दूसरे की बात सुनने में कठिनाई अनुभव हो रही थी। शिवानी ने अपनी कुर्सी युवक के समीप सरका दी। युवक ने गम्भीर साँस लेते हुए पूछा,

"आप चाय तो लेंगी?"

वह सहज थी, बोली,

"इतना कुछ हो जाने के बाद चाय तो ली ही जा सकती है–"

युवक ने दूर से संकेत किया। चाय का आदेश हो गया। एक उचकती दृष्टि शिवानी की पुस्तकों का निरीक्षण कर आई। युवक ने मौन तोड़ने के लिए बात की,

"आप पढ़ती भी हैं–!"

"कोई सन्देह है आपको–?"

"स्वस्थ साहित्य नहीं पढ़ती–"

"कैसे?"

युवक ने सब से ऊपर रखी अंग्रेज़ी पुस्तक की ओर संकेत किया। प्रसिद्ध लेखिका अँरुधती राय का उपन्यास 'गॉड आफ दी समाल थिंगज़' पर नज़रें जमीं थीं।

"कोरा कचरा है–"

शिवानी ने साड़ी का छोर ठीक से वक्षस्थल पर टिकाया। भावमयी मुद्रा में कहा,

"हर कचरे का अपना महत्त्व है–"

युवक के नेत्रों में सन्देह मिश्रित भाव थे। जैसे नेत्र कह रहे हों, ''कैसे?''

''कचरा भी रिसाईकल हो कर पुनः लाभदायक हो जाता है। फिर साहित्य तो साहित्य है—''

युवक को लगा उसके अन्तर्मन को तीखे नश्तर से उधेड़ दिया गया है। वार्ता उसी ने तो आरम्भ की थी, तो फिर अब—उसने रूमाल से मुख साफ किया, नीचे देखते हुए कहा,

''हर कचरा ''रिसाईकल' नहीं होता! 'प्लास्टिक' की विनष्टि का कहीं कुछ नहीं बनता। न तो यह गलती है और न ही सड़ती है, अन्ततः क्या होगा, जानती हैं आप?''

शिवानी ने जिज्ञासु नेत्रों से उसकी ओर देखा, मन उद्वेलित था। यह युवक बात को कहाँ से कहाँ तक पहुँचा देता है। लगता है बातों का धनी है यह। सहसा दोनों के नेत्र टकराये, भावात्मक आदान-प्रदान; पुनः अपनी-अपनी साँसों की बटोरन। युवक ने बात फिर आरम्भ की—

''एक दिन यही 'प्लास्टिक-कचरा' हमारी साँस रोक देगा, गला घोंट देगा। धरती पर नव जीवन, नव-स्फूर्ति की कामना दम तोड़ जायेंगे—''

'कैफे' के नौकर ने मेज़ पर चाय रख दी थी। हल्का सा कपड़ा लगाया; खाली गिलासों को उठाया और पुनः काऊंटर की ओर चला गया। शिवानी ने चीनी कप में डाली, चम्मच ने रहस्यमयी स्वर उत्पन्न किया। युवक ने पानी गले के नीचे गटकाया, ओंठ साफ किये; शिवानी के शब्द कानों में पड़े,

''इस प्रतीक का भला लेखिका के उपन्यास से क्या सम्बन्ध,''

''सम्बन्ध है,'' युवक ने गहरा निश्वास लिया।

''बूकर कम्पनी श्रेष्ठ उपन्यास के नाम पर भारी पुरस्कार देती है और फिर करोड़ों का लाभ बटोरती है—''

''इसमें हर्ज़ भी क्या है? साहित्य साधना के साथ-साथ यदि धन-साधना भी हो जाये तो क्या हानि है।''

शिवानी के नेत्रों में सन्देह जागृत था। चेहरे पर विचित्र भावों की परिक्रमा जन्म ले रही थी। उसने आश्चर्यान्वित भाव से युवक की ओर देखा। युवक ने ओंठ तर किये, शुष्क कण्ठ को चाय की सरसता प्रदान की। ऊपर गगन की ओर देखा, शरद् ऋतु का सूर्य ठीक ऊपर चला आया था; परन्तु शारदीय धूप तेज़ नहीं सुहावनी प्रतीत हो रही थी। युवक ने संयमित स्वर में उत्तर दिया,

''हानि है, यदि धन-साधना ही मात्र लक्ष्य बन जाये। बाबू गुलाब राय ने बहुत ठीक कहा है, साहित्य वही है जो हित सहित हो। हित होने से ही साहित्य सार्थकता पाता है।'' पुनः उसने अँरुधती के उपन्यास की ओर उँगली करते हुए कहा,

"रचना में लेखिका ने समाजवादी अवधारणा को हीनता का आवरण पहनाने का उपक्रम जुटाया है जिसे पश्चिम की 'कैपीटलस्टिक' मनोवृति ने हाथों-हाथ सजा दिया। युवा पीढ़ी को साहित्य के नाम पर 'सैक्स माफिया' का 'इन्जैकशन' दिया गया है। क्या साहित्यकार का यही दायित्व है?"

कुछ देर दोनों ही मौन रहे। दूर 'डैक' पर संगीत लहरी कुछ मद्दम पड़ गई थी। गहन भाव को समेटते हुए युवक ने बात पुनः शुरू की,

"उदात्त साहित्य ममतामयी माँ की तरह जीवनदायिनी प्रवृत्तियों का अजस्र स्रोत है। करुणा, उल्लास, नव मन्त्रणा और लोकसेवा का पावन आधार है। राष्ट्र की विखण्डित विभूतियों को समेटता है तथा समरसता की स्थापना को सहज बनाता है। इन मूल्यों के आरक्षण के साथ-साथ यदि लेखक के व्यक्तिगत जीवन में आर्थिक वृद्धि भी होती तो अहोभाग्य अन्यथा..."

सुनते-सुनते शिवानी मेज़ पर झुक सी आई। मन्त्र मुग्ध भाव से वह साहित्य, जीवन और राष्ट्र सम्बन्धी विचार एक अजनबी किन्तु चिर परिचित लगने वाले आत्मीय व्यक्ति के मुख से सुनकर रससिक्त हो रही थी। वह नृत्य कला में दक्ष थी, अतः चेहरे के हाव-भाव से किसी भी पुरुष को सुगमता से अपनी ओर आकर्षित कर लेती थी। विचित्र सी कलात्मक भंगिमा से उसने युवक की ओर देख, तनिक ओंठ तर करके कहा,

"ऐसा वर्णन तो कालिदास ने भी–"

युवक का शरीर तन सा गया। पीठ कुर्सी से सटाते हुए बोला,

"प्रश्न कालिदास या शेक्सपीयर का नहीं है। युवा पीढ़ी की भावनाओं को उत्तेजित करने वाले किसी भी साहित्यकार को क्षमा नहीं किया जा सकता, फिर भले ही वह साक्षात् ईश्वर ही क्यों न हो–"

अन्यमनस्क भाव से दोनों ने चाय तो समाप्त कर ली थी, परन्तु सत् साहित्य पर विवाद अभी अधूरा था। या यूँ कहो किसी निश्चित दिशा की ओर उन्मुख नहीं हो पाया। सहसा दोनों के ध्यान विकेन्द्रित हो गए। सामने खुले प्रांगण में भगदड़ सी मचने लगी थी। बहुत से व्यक्ति भयभीत एवं आतंकित सी अवस्था में इधर से उधर, उधर से इधर–आगे से पीछे; पीछे से ऊपर सीढ़ियों पर चढ़ने का प्रयास कर रहे थे। युवक ने एक व्यक्ति को जो हाँफते हुए, दौड़ में आगे निकलने की चेष्टा कर रहा था, उसके समीप आने पर पूछा,

"क्या हुआ? यह भगदड़ कैसी?"

"कुछ नहीं–कहीं से विफरा हुआ बैल पण्डाल तक चला आया है। बचाव के लिए मारो-मारो हो रही है। मैं तो–"

और वह हाँफता हुआ 'रेलिंग' पर चढ़कर दूसरी ओर निकल गया। युवक ने चारों ओर विस्मित सी दृष्टि डाली; पुनः शिवानी को सम्बोधन किया,

"लीजिए शिवानी जी, एक और दुर्घटना–"

शिवानी तुरन्त उठकर खड़ी हो गई। साड़ी को ठीक से सम्भाला। चेहरे पर कौतूहल तो था परन्तु अन्तर्मन में डर जैसा कोई भाव उमड़ नहीं पाया था। उस युवक के साथ वह स्वयं को पूरी तरह 'सेफ' समझ रही थी। सहसा उसके अन्तराल में एक विचित्र सी हलचल उत्पन्न होने लगी। भीतर सिमटे किसी जिज्ञासु भाव ने कहा, "शिवानी, तुम तो पूरी मूर्ख हो। अभी तक इस युवक का नाम, कोई अता-पता–"

शिवानी के अन्तर्मन में अभी उधेड़-बुन चल ही रही थी कि कुछ युवकों की धक्का-नुमा भीड़ ने उधर भी धावा सा बोल दिया। दोनों को सम्भलने का अवसर नहीं मिला। युवक ने शिवानी की पुस्तकें सुदृढ़ ढंग से पकड़ में लेते हुए कहा,

"जल्दी चलिए, उधर पीछे–वहाँ चित्रों की प्रदर्शनी है। खड़े होने के लिए वही स्थान ठीक रहेगा–"

कुछ ही मिनटों में दोनों चित्र-प्रदर्शनी के मुख्य द्वार के पास पहुँच गये। युवक ने बाहर काऊँटर पर शिवानी की पुस्तकें जमा करवा दीं और दोनों ही भीतर चले आये।

"वाह! कैसा मनोरम दृश्य है–"

सहसा शिवानी के मुख से उत्सरित हुआ।

"इस चित्र-बीथि की तो किसी ने सूचना ही नहीं दी। पुनः उसने ललक भरी दृष्टि से प्रदर्शनी के भव्य पण्डाल को इस छोर से दूसरे छोर तक देखा, युवक की ओर मुख करके कहा,

"यहाँ भी आपका सहयोग ही फलीभूत लगता है।"

कुछ सोचकर वह फिर बोली,

"काश! आज सुचित्रा भी मेरे साथ होती–"

युवक को शायद बाहर बढ़ रही भाग-दौड़ की अधिक चिन्ता थी। ये द्वार रक्षक कैसे निठल्ले लोग हैं। किसी को कुछ हो जाये तो? साथ खड़ी युवती का भी उसे एहसास था, अतः तनिक संयमित से स्वर में कहा,

"चिन्ता मत कीजिए, अभी यह मेला पूरे दस दिनों तक चलेगा"

"मैं तो सचमुच कृतार्थ हो गई–"

युवक का ध्यान पुनः बाहर की ओर आकृष्ट था। शिवानी को सहसा एक अत्यन्त ही विचित्र एवं अलौकिक से चित्र ने अपने आकर्षण में मानों जकड़ ही लिया। मन्त्रवशीभूत सी अवस्था में कठपुतली सी डग भरती वह कब उस चित्र के समीप चली आई, उसे कुछ पता नहीं। नेत्र चकित थे, ज्ञान तन्तु मानों सुन्न थे। विवेकहीन अवस्था में वह जड़वत् सी उस चित्र को निहारने लगी। यह भी ध्यान नहीं रहा कि वह किसी अन्य के साथ वहाँ तक पहुँची है। चित्र अत्यन्त

मनोरम बन पाया था। कलाकार ने अपनी भावनाओं के रंगों से उस सारहीन फलक को जीवन्त किया था। शिवानी टक-टकी बाँधे उसे देखती रही, देखती रही। आत्म केन्द्रिता ने उसे भाव शून्यता की स्थिति में पहुँचा दिया। अन्दर-बाहर मानों सब कुछ ठहर सा गया। नत्रों के सामने एक वृहद्‌ाकार पर्वत का रूप स्पष्ट था। पर्वतीय आकार में आदि देव कैलाश नाथ की दिव्य छवि झलकती प्रतीत हो रही थी। केश-राशि से एक अत्यन्त रमणीय बाला नाटकीय—नृत्य भंगिमा में अमृत कलश लिये उमड़ सी रही थी। नीचे पुष्पों का अभिसींचन करती एक उज्ज्वल धारा ओर-छोर को रससिक्त करती अबाध गति से उत्सरित थी। चित्र के निचले भाग में वही श्वेत एवं उज्ज्वल धारा अत्यन्त ही सामान्य-एवं खुरदरी सी शिला की अँजलिनुमा परिसीमा में निश्चल एवं निश्चेष्ट हो आई थी। शिला के आस-पास जीवन के अवशेष एक अस्पष्ट पिंजरे की शिराओं में झाँकते दर्शाये गये थे। चिरकाल से स्थिर शिवानी के ओंठ सहसा फड़के,

"यह सब क्या है? देव लोक की गंगा और सांसारिक रोगग्रस्त परिवेश—कहीं यह प्रदूषण या फिर—"

सहसा उसने पीछे मुड़कर जैसे युवक को पुकारा,

"सुनो...ऽऽ..."

लेकिन वहाँ तो कोई नहीं था। शिवानी बहुत असमंजस में थी, वह कहाँ गया? शायद कहीं दूसरी तरफ हो। उसने कौतूहल पूर्ण नेत्रों से प्रदर्शनी के सभी कोनों में दृष्टि दौड़ाई। एक विश्वस्त सी श्वास भर कर पुनः चित्र की ओर ध्यान केन्द्रित कर दिया। चित्र के एक ओर 'स्लिप' लगी थी 'नॉट फार सेल' यानी वह चित्र बिकाऊ नहीं था। उसकी जिज्ञासा अधिक तीव्र हो गई। वह कलाकार के बारे में कुछ और जानने के लिए उत्सुक हो उठी। गम्भीर मुद्रा एवं अर्थपूर्ण नेत्रों से वह चित्र के प्रत्येक भाव को जैसे अपनी साँसों में पी जाना चाहती थी। नेत्र सहसा स्थिर हो गये; चित्र के एक कोने पर कलाकार का सम्भवतः परिचय या नाम अंकित था। किन्तु लिखावट पूर्णतया स्पष्ट नहीं थी। वहाँ एक कोने में, मात्र 'रा.' 'भा.' लिखा था। तत्काल उसने समीप से गुज़रने वाले एक भद्र पुरुष की ओर देखा। मुख्य द्वार पर उसी ने शिवानी और उस युवक का स्वागत किया था। वहीं 'काऊँटर' के पास शिवानी ने अपनी पुस्तकें रखी थीं। जिज्ञासा शान्त करने के लिए उसने भद्र पुरुष का ध्यान अपनी ओर आकर्षित किया,

"एक्सक्युज़ मी—"

"यर्स—आपकी क्या सेवा कर सकता हूँ?"

उस व्यक्ति ने अर्थपूर्ण नेत्रों से शिवानी की ओर देखते हुए पूछा।

शिवानी ने उस अद्वितीय कलाकृति की ओर संकेत करते हुए पूछा,

"यह कृति बिकाऊ क्यों नहीं है?"

प्रदर्शनी के प्रबन्धक उस व्यक्ति ने चारों ओर एक सरसरी नज़र दौड़ाई, पुनः शिवानी के जिज्ञासु नेत्रों में देखकर कहा,

"यह तो कलाकार ही बेहतर बता सकता है?"

"कौन है वह महान व्यक्ति?"

उस व्यक्ति ने अचम्भित मुद्रा में शिवानी को ऊपर से नीचे तक देखा। पुनः मुख्य द्वार की ओर देखकर एक लम्बी साँस ली। तनिक रुककर बोला,

"आपने ही वसु महाराज के समागम में योगदान दिया था–आप विख्यात नृत्यांगना शिवानी जी हैं न?"

अपनी प्रशंसा सुनकर शिवानी तनिक सिमट सी गई; चेहरे पर आत्मविश्वास एक अद्‌भुत लालिमा बिखेर गया। ओंठ सहज ढंग से हिले–

"हाँ, मैं ही हूँ–पर इस कलाकृति के रचयिता के बारे में–"

"शिवानी जी, आपकी सादगी के बारे में अब भला मैं क्या कहूँ। उसी के साथ तो आप मुझे मुख्य द्वार पर मिली थीं। श्री राजेश भारती जी–"

"क्या?" शिवानी पर मानों खौलता पानी आ गिरा हो, आश्चर्यवश नेत्र खुले रह गये। विस्मित मुद्रा में उसने प्रबन्धक के चेहरे की ओर देखा, अनायास शब्द फूटे, 'र. भ.' यानी राजेश भारती, पुनः शिवानी ने इधर-उधर देखा, तनिक धीमे स्वर में पूछा, "कहाँ चले गये वे? यहाँ तो नज़र नहीं आ रहे–"

प्रबन्धक ने बाहर की ओर संकेत किया, "उधर कुछ गड़बड़ थी, शायद वहीं" शिवानी ने नेत्र झुकाते हुए पुनः पूछा, "ठहरे कहाँ हैं–?" उत्तर मिला, "यह तो नहीं पता–यह चित्र बिरला संस्थान की ओर से भेजा गया है– वहीं शायद कोई सूत्र मिल जाये।"

◆◆◆

दसवाँ अध्याय

सपना के अन्तर्मन में एक विचित्र प्रकार की कसक पसरती जा रही थी। दिन प्रति-दिन भावनाओं का भँवर उसके बाह्य परिवेश की समस्त उर्मियों को रसातल की ओर धकेल उसे अनिश्चितता के अन्धकार में विलुप्त करता जा रहा था। समीर की ओर से अपूर्व अपरिचित सा खिंचाव उसके चिन्तन को कोहरे के वातावरण में समेटता जा रहा था। समीर को बहुत चाहती थी वह; आस्थाओं का दीप लिये पल-पल उसकी राह को प्रकाशमान किये रहती थी। फिर भी उसके भीतर कोई गुप्त विराग लहरी उसे बार-बार झंझोड़ जाती थी। मानों कह रही हो, वास्तविकता यह नहीं है। लक्ष्य कहीं अन्यत्र है। व्यक्तिपरक चाहत और बाह्य परिवेश में पूर्ण तद्रूपता नहीं थी; किसी को चाहना, और उसे पा लेना—मात्र इसी में अपनत्व की सफल एवं पूर्ण अभिव्यक्ति नहीं हो पाती। उसकी चेतना हर पल समीर के श्वास-प्रश्वास की सुगन्ध से रस सिक्त रहती थी परन्तु भावनाओं के रीते व्योम में उसका त्रस्त मन पंछी शुष्क एवं रेतीले बवण्डरों में भटक-भटक जाता था। इस दोहरी यातना, खण्डित मानसिकता तथा आन्तरिक विरसता का आखिर कारण क्या है? वह उदास, खिन्न और अनमनी सी क्यों है? शीतल लहरों का संस्पर्श पा कर भी वह तृषित क्यों है? अनन्त तक फैला रेगिस्तान उसे ओस बिन्दुओं सी छलना देकर वेदना विगलित क्यों करता जा रहा है? वह है तो ऐसी क्यों है? वह ऐसी नहीं है तो यह यातना क्यों है? आँहों और आँसुओं के साँसों में ढलता—; बनता-बिगड़ता यह प्रतिरूप स्थाई क्यों नहीं है? प्राणी के अस्तित्त्व, उसकी निजता तथा उसके भाव प्रसार को क्या लहरों की भाँति ही पल-पल परिवर्तनशीलता का दंश भोगना है? क्यों? आखिर क्यों?

सपना सोचती, बहुत सोचती परन्तु चिंतन के अश्व धूमिल चौराहे पर आकर सहसा रुक जाते थे। आत्मप्रवंचना की स्थिति में उसके भीतर वैराग्य उत्पन्न होने लगता था। अपार सम्पत्ति तथा वैभव के समस्त सोपान उसे दंशित करने लगते थे। ऐसी स्थिति में वह चीख उठती थी, अन्तर्वेदना में कराह उठती थी, परन्तु कहीं किसी ठौर पर उसे कल नहीं पड़ती थी। समीर और उसके सम्बन्धों में उत्पन्न दरार को दोनों के बीच एक लम्बे समय तक चले आ रहे

तीसरे के भाव को उसने मनःपटल से पूर्णतया स्वच्छ कर दिया था। क्या उस तीसरे की छलनामयी छाया सचमुच इन सम्बन्धों से सदा के लिए दूर हट गई थी? प्रयास करने पर भी सपना ऐसे प्रश्नों के सर्प-दंश से मुक्ति नहीं पा सकी। समीर के हृदयविदारक तथा पारस्परिक सम्बन्धों को विच्छिन्न कर देने वाले पत्र से बहुत पहले सभी सन्देह जनित और अनचाहे सन्दर्भ मिट चुके थे। फिर समीर ने ऐसा कठोर पत्र लिख कर उसे एकदम से क्यों झटक दिया? उनके प्रेम में तीसरे की संवेदना और इससे उत्पन्न यातना के लिए अकेली वही तो ज़िम्मेवार नहीं थी। समीर का उसके प्रति अलगाव तथा कारण-अकारण उससे दूर हटे रहने की प्रवृत्ति का भी तो ऐसी स्थिति में कुछ योग ज़रूर था। उनके आपसी सम्बन्धों में तीसरे की प्रतिच्छाया केवल सपना के पदचिन्हों का ही तो अनुसरण नहीं करती आई थी? क्या समीर अपनी ओर से पूर्णतया उसके प्रति ही समर्पित रहा है? समीर की साँसों में भी कभी-कभी किसी रमणीय सुरबाला की केश राशि की मादक सुगन्ध विद्यमान रही है। फिर तीसरे के ठहराव के लिए भला वही दोषी क्यों? नारी पुरुष सम्बन्धों की भावभूमि पर भला पुरुष का ही एकमात्र अधिकार क्यों? नारी के निश्छल पूज्य भाव की स्वीकृति या उसके प्रति अवहेलना क्या पुरुष समाज का ही एकाधिकार है? सन्देहमयी सम्बन्धों की कड़वाहट का ज़हर प्रत्येक युग में क्या नारी को ही पीना है? जाने अनजाने लक्ष्मण रेख पार करने के अपराध में क्या सीता को बार-बार अग्नि परीक्षा देनी होगी? वाह रे पुरुष! कैसा अनोखी तेरी धारणा और कैसी विचित्र तेरा संसार। सीता चाहे राम के पास हो या रावण के बन्दीगृह में—पर पुरुष की छाया का कलंक तो उसे भोगना ही है, फिर युग चाहे समीर का हो या राम का।

उस दिन भी सपना इन्हीं विचारों की उधेड़-बुन में पुनः अस्वस्थ होने लगी थी। मस्तिष्क पर उदासी का कोहरा छाने लगा था। समीर के प्रति उसका खिंचाव क्यों है, यह स्पष्ट नहीं हो रहा था। कहीं इसका कारण समीर की व्यस्तता तो नहीं है? क्या वह कारोबार में इतना ही उलझ गया है कि सपना के प्रति बिल्कुल उदासीन हो गया है। उसके पास पहले ही क्या कम सम्पत्ति है; फिर सपना के प्रति इस अनासक्ति या वैराग्य की वजह—; सपना वास्तविक स्थिति की तह तक जाना चाहती थी। कई बार वह सोचती कहीं समीर किसी अन्य मोहक सूत्र से तो नहीं बँध गया है। क्या सपना के प्रेम और व्यक्तित्व में पूर्ववत् आकर्षण नहीं है? यदि कोई दूसरी लड़की समीर की सांसों में अपनी आकृतियों के आईने सजाने लगी है, तो वह कौन है? कहाँ है?

एक बार नहीं असंख्य बार ऐसा हुआ था। उसे कई-कई घण्टे समीर की प्रतीक्षा में अकेले गुज़ारने पड़ते थे। दोनों मिलने के लिए समय निश्चित करते; ठीक उसी समय समीर कहीं उलझ जाता। देर तक प्रतीक्षारत रहने के उपरान्त

सपना अपने पर खीज उठती। उद्विग्नता की स्थिति में वह अन्तर्मुखी होने लगती थी। ऐसी नीरस घड़ियों में वह सब कुछ त्याग कर एकान्तवास के लिए तत्पर हो उठती थी। परन्तु यह सब इतना आसान आखिर नहीं था। अतीत की परछाईयों को इतनी सुगमता से तो नकारा नहीं जा सकता था। फिर सहसा एक ऐसी घटना घटी जिसने सपना को पूरी तरह सन्त्रस्त कर सिर से पाँव तक झकझोर दिया; श्वास-प्रश्वास में सीसा भर दिया।

समीर उसको बिना सूचित किये जर्मन चला गया था। वहाँ 'अन्तर्राष्ट्रीय ट्रेड फेयर' में भाग लेना था। भले ही विदेश में समीर का रुकना पन्द्रह-बीस दिनों के लिए ही था परन्तु किसी मानिनी नारी के अहं को ठेस पहुँचाने के लिए बारह वर्ष बनवास से भी अधिक कष्टसाध्य था। विदेश गमन से पूर्व समीर कम से कम एक फोन तो कर ही सकता था। 'मोबाईल' हर समय दोनों के पास रहता था। फिर ऐसी कौन सी विवशता आन पड़ी थी कि उसने सपना को संकेत भर देने की आवश्यकता नहीं समझी, इतना बड़ा तिरस्कार? ऐसी भर्त्सना, प्रणय वेदी पर तिल-तिल जलती नारी का ऐसा अपमान? वह कुछ समय बाद समीर की जीवन संगिनी बनेगी, मानवीय सम्बन्धों के स्तर पर क्या वह उसके लिए इतनी ही सामान्य है? शादी के बाद भी क्या उसे ऐसा ही तिरस्कार पूर्ण जीवन तो भोगना नहीं पड़ेगा? भावी जीवन के प्रति एक धीमी कसक उसके भीतर सिमटने लगी। अन्तर्वेदना से आक्रान्त हो एक दिन उसने जर्मन फोन लगाया। समीर से सम्पर्क नहीं हो पाया। भारतीय समय के साथ ताल-मेल करते हुए उसने अनुमान लगाया, समीर को उस समय होटल में ही होना चाहिए था। सपना ने फिर प्रयास किया; अगले दिन पुनः सम्पर्क किया। बात नहीं हुई, कुछ दिनों बाद पुनः कोशिश की, परन्तु विफल। दिन प्रति-दिन उसकी बेचैनी बढ़ती जा रही थी। पुनः एक दिन उसने 'रिसैपशन' से पूछ ही लिया, समीर कहाँ और किसके साथ है? दूसरी ओर से उत्तर मिला–''बाहर गये हैं, एक महिला साथ है।''

जब यह सूचना मिली, सपना का शरीर प्रस्तर प्रतिमा सा वहीं ठहर गया। साँसें रुक गईं, हृदय धड़कन तेज होनें लगी; आँखों के आगे एक अदभुत प्रकार की अपारदर्शी परत छाने लगी। समीर और किसी दूसरी महिला के साथ? कानों ने जो सुना ज्ञान तन्तुओं ने उसे स्वीकारने से इन्कार कर दिया। ऐसा तो हो ही नहीं सकता। सपना मानों सकते में आ गई। अन्तर्मन छलनी-छलनी होने लगा। आस्थाओं के मन्दिर खण्ड-खण्ड होकर बिखरने लगे। भावी नाव अनिश्चय के भवँर में डोलने लगी। सपना स्वयं को सम्भालने का भरसक प्रयास करती परन्तु मन बार-बार बेकाबू हो जाता। एक बार तो जी में आया कि वह भी तुरन्त व्यापार मेले में वहीं चली जाये। परन्तु कैसे? सब कुछ इतनी शीघ्र तो

हो नहीं सकता था। यह समीर कितना निष्ठुर है, सब कुछ इतनी सरलता से कर जाता है। काश! समीर ने उसे ठीक समय पर बताया होता, विश्वास में लिया होता तो आज वह कांटों की सेज पर आँहें न भरती। कौन है वह युवती? ज़रा सामने तो आये...

सपना ने गम्भीर निश्वास भरकर शरीर ढीला छोड़ दिया। कार की पिछली सीट पर एक ओर अर्द्ध-मूर्छित सी अवस्था में लटक सी गई। गर्मी का मौसम था। तप्त दुपहरी में वह अपने निकट सम्बन्धी को नई दिल्ली स्टेशन पर छोड़ने के लिए गई थी। लौटती बार पहाड़गंज के पास कार को रुकना पड़ा था। कार के भीतर 'ए. सी.' की ठण्डक थी। चलते-चलते कार को धक्का सा लगा। ड्राईवर ने ब्रेक पर पाँव रखते हुए तनिक पीछे गर्दन घुमाई और कहा,

"मालकिन! शायद आगे 'जाम' लगा है!

दूर तक वाहनों का जमघट सा है। क्या करूँ?"

सपना को लगा जैसे वह गहन तन्द्रा से जाग उठी है। मस्तिष्क पर हल्की मादकता नेत्रों को उठने से रोक रही थी। अभी वह स्वयं को सम्भालने का प्रयास कर ही रही थी कि उनके पीछे भी वाहनों की लम्बी कतार लगने लगी थी। देखते ही देखते उसकी कार विभिन्न गति, रूप रंग एवं आकार के तेल-नुमा काले धुएँ के महासागर में खोने लगी। प्रतिपल बढ़ती भीड़ और ऊपर से अलग-अलग सुरों में कर्कश नाद छोड़ते गाड़ियों के हार्न—पाँ-पाँ; पीं-पीं; पों-पौं की ध्वनियाँ मानों महानगरीय शब्द शास्त्र के लिए नई वर्णमाला का सृजन करने में व्यस्त थे। सपना की कीमती गाड़ी के शीशे अपारदर्शी थे, अतः बाहर का दृश्य और कर्कश ध्वनियों का प्रवाह अधिक तीखा प्रतीत नहीं होता था। ड्राईवर ने उसका ध्यान पुनः अपनी ओर आकृष्ट किया,

"मैं अभी पता करता हूँ—" दूसरे ही क्षण वह पुनः कार में लौट आया, साँस रोकर बोला,

"मालकिन—अभी तो रुकना ही पड़ेगा—"

"क्यों?" सपना ने संदिग्ध नेत्रों से उसकी ओर देखा।

"उधर सड़क से प्रधान मन्त्री को गुज़रना है। पुलिस 'ट्रैफिक' को दूसरी ओर से भेजने की कोशिश कर रही थी। जाम हटने में कम से कम दो घण्टे तो लगेंगे—"

"माई गॉड—" सपना के ओंठ थिरके, "इतनी लम्बी यातना—"

"दूसरा कोई रास्ता नहीं है। यहीं रुकना पड़ेगा—न जाने सरकारी कारवाँ कब यहाँ से गुज़रेगा?"

सपना ने निराश एवं हतप्रभ सी अवस्था में अपना मस्तक पीछे पटक दिया। पहले से ही वह क्या कम दुःखी और अस्वस्थ थी जो यह नई मुसीबत उसके

सामने आ खड़ी हुई है। महानगर में ऐसी मुश्किल स्थितियों से उन्हें प्रायः गुज़रना पड़ता था। देश की राजधानी होने के कारण उच्च स्तरीय नेताओं के कारवाँ राष्ट्र-ध्वज फहराते हुए सामान्य जनता के लिए असंख्य छोटे-बड़े बन्दीगृह रचते, दैनिक जीवन की आपदाओं एवं समस्याओं से बेख़बर, शक्ति और सत्ता के नशे में चूर, मदमस्त हाथियों की तरह चीखते-चिंघाड़ते वन्य प्रदेश जैसी स्थितियाँ सदा ही उत्पन्न करते रहते थे; और मतदान देकर कंगाल एवं निरीह बनी जनता, कड़कती धूप और ठिठुरती सर्दी में इन अहमूनिष्ठ नेताओं को बस टुकुर-टुकुर निहार भर सकती थी। वाह रे मेरे लोकतान्त्रिक देश! कैसी तेरी कथनी कैसी तेरी रचना।

वाहनों और यातायात के अन्य साधनों से बने कृत्रिम बन्दीगृह में कुछ देर हताश सी अवस्था में पड़े रहने के उपरान्त सपना का मन मुक्ति के लिए छटपटा उठा। न जाने कब तक इस भीड़नुमा दमघोंटू वातावरण में उसे निश्चेष्ट-सी अवस्था में और लटकना है। वह स्वयं पर खीज उठी। अन्तर्मन में एक तो समीर के तिरस्कार जन्य व्यवहार से उकताहट थी, तो दूसरी ओर बाह्य जीवन की ऐसी घोर नारकीय यातना। उसने दीर्घ श्वास लेकर वहाँ से निकलने का निर्णय लिया। ड्राईवर को पुकारते हुए कहा,

"उदय सिंह—सुनो—"

"जी मालकिन!"

उदय सिंह ने पीछे गर्दन घुमाई।

"मैं किसी तरह 'सिद्धार्थ' तक पहुँच जाऊँगी। कुछ खरीदना है। तुम वहीं चले आना। भीड़ घटते ही उधर स्टैण्ड पर रुकना। समझे—"

"जी मालकिन—परन्तु—"

उदय ने तनिक झेंपते हुए पुनः कहा,

"बाहर तो बहुत धूप है; फिर इतनी भीड़—"

"यहाँ भी तो दम घुट रहा है। और कुछ मिनटों में 'ए. सी.' बन्द करना पड़ेगा, फिर कार के भीतर भी तो तन्दूर ही तपेगा—"

उदयसिंह ने कोई आपत्ति नहीं की। आज्ञानुसार कार का द्वार खोल दिया। सपना ने पर्स से रूमाल निकाला, मस्तक और चेहरे को धीमें से ताज़ा किया और भीड़ की धक्का-पेल में पाँव रख दिया।

भीड़ भरे माहौल में बचते-बचाते मार्ग पा लेना महानगर के लोगों के लिए रोज़मर्रा की बात थी। सपना ने भी स्वयं को सम्भालते हुए बड़ी सड़क का मार्ग छोड़ दिया। दक्षिण की ओर मुड़कर चित्रगुप्त रोड़ का रास्ता काटने का प्रयास किया। इधर आने पर भीड़ छटती प्रतीत हो रही थी। उसके ध्यान में आया, वहाँ से बीचों-बीच एक छोटी सड़क पंचकुईयाँ रोड़ को भी जोड़ती है। इस सड़क

पर आवागमन प्रायः कम होता है। कुछ देर चलने के उपरान्त सपना को लगा उसका निर्णय ठीक रहा है। भीड़ बिल्कुल नहीं रही थी, वाहनों का कर्कश नाद तथा धुएँ की दुर्गन्ध भी न के बराबर थी। सपना सन्तुलित गति से डग भरती, स्वयं को प्रशान्त भाव से सम्भालती, रह-रह कर चिलचिलाती धूप से मस्तक पर उभरे स्वेद कणों को रूमाल से सोखती अभी कुछ कदम ही आगे बढ़ी थी कि दिल धक्क से रह गया। आश्चर्यान्वित नेत्र एक बारगी चारों दिशाओं की परिक्रमा कर आये। सहसा किसी अज्ञात सत्ता ने मानों उसके पैरों में बेड़ियाँ-सी डाल दीं, पग रुकने लगे। साँस थिरकने लगी, विस्मित भाव से उसने 'माईक' की ध्वनि को ध्यान से सुनने का प्रयास किया। सहसा वह मंत्रवत-भूत सी स्थिर रह गई। इस स्वर को तो वह भली-भाँति पहचानती है। यह प्रवाह तो उसकी नस-नस में समाया है। तत्क्षण उसे लगा, वह भीड़ भरे संकीर्ण वातावरण से निकल किसी उन्मुक्त एवं सुरम्य प्रदेश में चली आई है। यह शब्द प्रवाह तो उसी का था जिसे वह गंगा घाट पर देखने के लिए उत्सुक थी। सहसा उसने शुष्क ओंठों को तर किया; मुख से अनायास कुछ शब्द फूटे—"हे भगवान—"

कुछ देर पहले की सारी थकान वेद मन्त्र जैसी उस मधुर वाणी ने मानों हर ली। 'माईक' द्वारा शब्द प्रसारित हो रहे थे।

"शुद्ध विचार ही मोक्ष है। इसे निकटता से जानना और पकड़ना है। शुद्ध विचार क्या हैं—? इनका आधार या फिर स्रोत हमें ढूँढना है; बात बहुत छोटी है; परन्तु छोटी होने से महत्त्व कम नहीं हो जाता। चींटी और हाथी को समभाव से पकड़ना है—।" सपना धीरे-धीरे कठपुतली सी चलती हुई उस शब्द सेतु को पार करने का प्रयास कर रही थी। ज्ञान तन्तु उस दिव्य संस्पर्श से मानों निश्चेष्ट होने लगे थे। कोई गुप्त शक्ति, कोई अदृश्य आकर्षण मानों उसे अपने आप उस ओर चलने को विवश करता जा रहा था। वक्ता के शब्दों में मधुरता और सार्थकता थी—

"समभाव ही प्राणी को मोक्ष का सही मार्ग दे सकता है। मोक्ष मार्ग इतना ही सहज और सरल है जितनी हमारी साँस। साँस हमारी अपनी है, निजी है; ऐसे ही मोक्ष भी निजी है; हमारा अपना है—"

शब्दों का अनुसरण करते-करते सपना एक छोटे आश्रमनुमा भवन के आगे सहसा रुक गई। वहाँ तक कब और कैसे पहुँची, वह नहीं जानती। द्वार तक पहुँचते-पहुँचते उसके चिंतन ने यथार्थता का आँचल थाम लिया था। आश्रम के बाहर मोटे शब्दों में अंकित था 'मोक्ष सिद्ध समाज'—सपना के ओंठ हिले, शरीर ने नव चेतना प्राप्त की। पैरों ने पूर्व अपरिचित पावन भूमि का स्पर्श किया। और वह आगे बढ़ी। मुख्य द्वार पार करते ही दूर तक फैला प्रांगण था, प्रांगण के दूसरी ओर एक सुन्दर सा भवन था। उसी भवन से शब्द प्रवाह प्रस्फुटित

था। चारों ओर पूर्ण प्रशान्ति थी। इक्के-दुक्के व्यक्तियों की चहल कदमी के अतिरिक्त समग्र संरचना अपलक थी, नीरव एवं योगनिष्ठ सी। ऐसे प्रशान्त वातावरण में भी सपना की हृदय गति तेज़ थी। श्वास कुछ-कुछ बेकाबू हो रही थी। आन्तरिक उधेड़-बुन में वह बरामदे तक पहुँच गई थी। प्रवक्ता का सम्भाषण उसके लिए अब अधिक स्पष्ट तथा प्रभावशाली रूप में प्रकट था। सपना ने सुना, वह कह रहा था–

"आज के सत्ताधारियों को कौन समझा सकता है। सिर्फ ईश्वर ही उन्हें सद्बुद्धि दे सकते हैं। एक ओर अमेरिका इराक पर बम्ब वर्षा किये जा रहा है, असंख्य लोग घायल हो रहे हैं; दूसरी ओर भूकम्पग्रस्त तुर्की को सहायता सामग्री भेज रहा है। राजनैतिक खेल की यह कैसी विडम्बना है। कहीं खुद ही मिटा रहा है, कहीं खुद ही बना रहा है–"

सपना ने जो कुछ सुना, मानों अनसुना ही रह गया। छोटे हालनुमा भवन के पिछले द्वार से ही वह भीतर प्रवेश करना चाहती थी। अगले किसी भी द्वार से प्रवेश करने पर दत्तचित्त सभासदों का ध्यान विकेन्द्रित हो सकता था। धीरे-धीरे पग धरती हुई वह ठीक द्वार तक पहुँच गई। एक ही दृष्टि में भीतरी कक्ष का समस्त दृश्य उसके मस्तिष्क में चित्रित हो गया। मंच पर रोशनदान से छन कर आई किरणों का भव्य प्रसार फैला था और उसके मध्य खड़ा था वही युवक।...सपना ने जो देखा, बस देखती ही रह गई। सीना धक्क से रह गया। साँस रुक गई और सम्पूर्ण देह एक ही झटके में तर-बतर हो गई। विद्युत गति से स्वयं को सम्भालने के प्रयास में कब पिछले भाग की एक खाली कुर्सी पर वह गिर सी पड़ी नहीं जानती; सब कुछ सहसा, अनायास, यन्त्र चालित सा–; शायद स्वतः हो गया। इतना आभास ज़रूर रहा; कुर्सी पर, धड़ाम से गिरते समय उसके ओंठों ने कुछ ऐसी फुसफुसाहट ज़रूर की थी–

"माई गॉड–हे परमात्मा! यह कैसी विडम्बना है? इस छलनामयी स्थिति में क्या मेरा अपना नाम ही तो सार्थकता नहीं पा रहा है? यह दिवास्वप्न तो नहीं है? मैं कोई सपना तो नहीं देख रही हूँ–? ओह! यह आदमी और...ओफ!"

सपना के ओंठों से क्या कुछ उत्सरित हुआ, शायद किसी ने नहीं सुना। सम्भवतः उसके अपने मस्तिष्क ने भी पूरी तरह उन शब्दों को सार्थक करने का प्रयास नहीं किया। मन्त्रवशीभूत सी वह उस युवक को निहार ही सकी; निहार ही सकी; बस निहार ही सकी। प्रवचन अब भी जारी था,

"समझना हमें इतना ही है। कर्त्ता और कार्य के बीच जब तक स्वार्थ-भावना रहेगी, आत्म-परितोष नहीं मिल पायेगा। स्वार्थ से मुक्ति पानी है। इराक पर हमला, और तुर्की में सहायता कार्य–दोनों ही स्थितियों में एक महादम्भी राष्ट्र का स्वार्थ झलकता है। ये स्थितियाँ किसी प्रकार भी मानव जाति के लिए

कल्याणप्रद नहीं हो सकतीं–"

सपना हतप्रभ सी अवस्था में, आत्म केन्द्रित सी, अपने आप में सिमट कर रह गई। यह सब कैसे हो गया? अन्तर्मन में एक विचित्र सा बवण्डर उमड़ता प्रतीत होने लगा। भावों का उफनता सागर उसे एक ओर से दूसरी ओर निराधार सा बहाता चला जा रहा था। जो हवा कई बार उसके इतनी निकट से हो कर गुज़री है, उसे ही वह अनुभव नहीं कर पाई। किसी व्यक्ति के 'माईक' द्वारा शब्द प्रवाह तथा सामान्य जीवन की वार्ता में क्या इतना बड़ा अन्तर हो सकता है? मंच पर भाषण दे रहे युवक को वह कई बार मिल चुकी थी–एक दो बार तो ऐसी स्थितियों में जब वह उसके प्रभाव को सुगमता से मन-दर्पण से पोंछ पाने में सफल नहीं हो पाई थी। समीर यदि उसके जीवन में, उसके अन्तराल में इतना गहनता से प्रवेश न कर पाया होता तो शायद वह उस युवक के प्रति–; सपना भावातिरेक में उद्विग्न हो उठी। भव्य हॉल में क्या कुछ हो रहा है, इसकी सुध ही न रही।

मृग और कस्तूरी से सम्बद्ध बहुत से आख्यान उसने कई बार पढ़े थे, सुने भी थे। बेचारा कस्तूरा जीवन पर्यन्त अपनी ही सुवास में बन्दी बना, दर-दर भटकता रहता है। सुगन्ध के महासागर में निरन्तर गोते खाने के उपरान्त भी वह सदा अनभीगा ही रहता है। साँस-साँस में बास रखते हुए भी वह जीवन पर्यन्त बर्हिमुखी बना रहता है। कैसा दयनीय है यह अनुभव–उस दिन 'मोक्ष सिद्ध समाज' में उस युवक का साक्षात्कार करके उसे अपनी अज्ञानता पर भी रोना आया। सांमने मंच पर खड़े युवक की स्वर लहरी, वाक् साधना, तत्त्व निष्ठ उद्‌भावना तथा सहज उत्प्रेरक उदात्त दर्शन मानों उसकी श्वास-प्रश्वास में, रोम-रोम में, अंग-प्रत्यंग की प्रत्येक धड़कन में बहुत पहले से घर कर चुके थे। एक लम्बे समय से वह उस आनंददायिनी वाणी का सहज रस पान करती आ रही है। वही उद्‌भावक जब उसके जीवन के अन्य मोड़ पर उसके पास से गुजरा, वह उसे पहचान भी न पाई। ऐसी मन्दबुद्धि, मूर्खा और न समझ तो वह कभी थी ही नहीं। हरिद्वार में गंगाघाट के परिभ्रमण के समय उसने कितनी ही बार उस दूरस्थ आकर्षण को निकट से देखने की चेष्टा की थी। परन्तु समीर के हस्तक्षेप ने उसे वहाँ तक पहुँचने ही नहीं दिया। ऐसे ही और कई अवसर उसके अन्तराल में झिलमिलाये जब उसने इसी युवक की वाणी को, उसके दार्शनिक विचारों को केवल सुना ही–; उसे आमने-सामने देखने की लालसा मृग-तृष्णा की भाँति उत्तरोत्तर उसकी दृष्टि से ओझल होती रही।

कल्पना, सम्भावना और वास्तव–इन्हीं स्थितियों में बनता-बिगड़ता मानवीय जीवन चाहे-अनचाहे ढंग से आगे सरकता रहता है। पहली बार सपना ने अनुभव किया, काल्पनिक भाव लोक तथा वास्तव में कितना अन्तर है। एक ओर अमृत

है तो दूसरी ओर निरी कसक। दिन-रात, धूप-छाँव महज़ समय की सारणियाँ नहीं हैं; हर पल अपनी अलग सत्ता रखता है; यह पल अपनी निजता और अस्तित्त्व में खुलता-बन्द होता नित्य ही एक नवीन संज्ञा सँवारता रहता है। सामने खड़े युवक के प्रबुद्ध व्यक्तित्व को उसने समीप से संस्पर्शित करने का अवसर शायद ज़रूर पाया हो, या फिर यह उसकी मात्र कल्पना ही हो; स्थिति कुछ भी रही परन्तु उससे आन्तरिक दूरी का एहसास उसे सदा कचोटता रहा है। यह भी हो सकता है कि वह समीर की स्मृतियों में ही खोई सम्भावनाओं की भाव-धारा में इतनी दूर तक बह आई हो कि उसे किनारे पर खड़े उस युवक की धीमी लहर का आभास ही न रहा हो। परन्तु नहीं—वस्तु स्थिति इससे भिन्न थी। सपना उद्विग्न हो उठी। जो कुछ हो चुका था, या जो कुछ होने जा रहा था, एकदम से अर्थहीन नहीं था।

सपना के भीतर एक विचित्र प्रकार का मानसिक तनाव बढ़ने लगा। सामान्य जीवन की वार्ता और एक 'स्टेजी' वाक् प्रवाह में इतना अन्तर तो नहीं हो सकता। इन दिनों उसे यह क्या होता जा रहा है? वह अशान्त होने लगी। हाल में जो कुछ हो रहा था, उसके प्रति वह पूर्णतया बेसुध होने लगी। बाह्य सृष्टि एवं भाव जगत के बीच एक धुँधली मायावी चादर लहराने लगी थी। अन्तःकरण जैसे दो खण्डों में विभक्त होने लगा। सामने खड़े युवक के विचार और आचार जाने अनजाने उसके चिंतन फलक पर एक गहरा प्रभाव करते आ रहे थे। वह आकृति उसकी बाह्य दृष्टि के सामने भले ही प्रकट न हो पाई परन्तु चेतना के धरातल पर तो सपना ने कई बार उस आकृति के बनते-मिटते छाया-चित्रों से साक्षात्कार किया था। शरीर से साँसों को अलग नहीं किया जा सकता। सामने खड़ा युवक मानों उसकी साँसों में समा चुका था और समीर उसकी सम्पूर्ण चेतना पर अब भी एक मोहक इन्द्रधनुष की भाँति अपना अस्तित्त्व बनाये हुए था। वह अस्वस्थ होने लगी। ओंठ शुष्क होने लगे, देर से रुद्ध कण्ठ को उसने गीला करने का उपक्रम किया। ओफ! विषम परिस्थितियों की यह कैसी विडम्बना है? रेत की लहरों पर ये आँसुओं की वर्षा कैसी? निःशब्द व्योम में भावलोक के पंछियों का यह कलरव कैसा? मस्तक झुका कर सपना पुनः अपने में लौटने का प्रयास करने लगी।

कल्पना लोक में तो उस युवक को सुनने एवं साँसों में उतारने के कई अवसर उसे प्राप्त हुए थे, परन्तु उससे प्रकट रूप में भेंट करने का अवसर सहज नहीं हो पाया था। एक दो स्थितियों में उससे सामना ज़रूर हुआ था परन्तु हालात् ऐसे नाज़ुक थे कि वह उस भेंट को भीतरी कोमल मिट्टी पर स्थिर नहीं कर पाई। उन अजीब से क्षणों में सपना को सोचने-समझने का अवसर ही नहीं मिला। गम्भीरता पूर्वक वह यह निर्णय जुटा पाती कि उसकी साँसों में बहता दरिया

सचमुच आँखों के सामने प्रकट है, ऐसा हो नहीं पाया। अन्तर्मन में बीते कल के धुँधले पृष्ठ अनायास ही खुलने लगे थे। बाह्य परिवेश से नितान्त विलग हो कर वह अतीत की परछाईयों में खोने लगी। दृश्य पर दृश्य बदलने लगे। बीते दिनों की अविस्मरणीय घटनाएँ साकार होने लगीं। पहली बार जब उसे देखा था, एक अत्यन्त दुःखद घटना थी। 'वंदना पब्लिक स्कूल' की बस जिसमें लगभग सत्तर बच्चे सवार थे, प्रातः स्कूल के मार्ग में नदी की 'रेलिंग' से टकराती हुई, नीचे पानी के तेज़ प्रवाह में लुढ़क आई थी। फरवरी के महीने, कड़ाके की सर्दी में शिशुओं की सहज चँचल एवं चपल मुस्कान देखते ही देखते एक लोमहर्षक त्रासदी में परिवर्तित हो गई थी। क्षण भर में सारा नगर त्राहि-त्राहि कर उठा था। सपना के पिता इस स्कूल की प्रबन्धकीय कमेटी के सदस्य थे। उस समय वह कार्यवश कहीं बाहर गये हुए थे। सूचना मिलते ही सपना तुरन्त घटनास्थल पर पहुँची । जो कुछ उसने देखा, मानों एक अदृश्य मायावी सत्ता का प्रकोप था। आँखों ने विश्वास खो दिया। नर्सरी क्लास से दसवीं तक के शिशु, बाल, बालिकाएँ नदी के तेज प्रवाह में जीवन-मृत्यु का संघर्ष झेल रहे थे।

कुछ ही समय में स्कूल के अधिकारी, नगर के उच्च पदाधिकारी एवं घटना ग्रस्त बच्चों के माता-पिता तथा दमकल विभाग के संरक्षक-सहायक चारों ओर फैल गये थे। नदी के साथ-साथ झुग्गी-झोंपड़ियों में रहने वाले लोग हाहाकार करते इधर से उधर भाग रहे थे। जिससे जो कुछ बन पाया, उसने किया। सपना जब हृदयविदारक विलाप करते शिशुओं के सम्बन्धियों से मिली, उसका अपना संयम बाँध तोड़ नेत्रों के मार्ग बरस पड़ा। घर से नदी के पुल तक पहुँचने में उसे काफी समय लग गया था। सन्तप्त एवं विस्मित, लोगों का एक विशाल जनसमूह चारों ओर से ठाठें मारता उधर आ रहा था। अभी सपना स्वयं को सम्भालती हुई नीचे की ओर बढ़ने ही लगी थी किसी उच्च स्वर ने उसे रोकते हुए कहा,

"सुनिए—इस बच्चे में अभी साँस बाकी है। अगर जल्दी अस्पताल तक—"

सपना ने हड़बड़ाई सी अवस्था में पीछे मुड़ कर देखा। सामान्य वेशधारी युवक एक छोटे शिशु को बाँहों में समेटे हाँफ सा रहा था। उस युवक के कपड़े पूरी तरह भीगे थे तथा सर्दी के कारण रोम-रोम जागृत था। सपना ने अस्थिर एवं उत्सुक दृष्टि से उस युवक की ओर देखा। उसके माथे पर चोट थी और रक्त बह रहा था। युवक ने सपना को पुनः सचेत किया—

"मेरी चिन्ता मत कीजिए। इस बच्चे को नदी में पड़े हुए पत्थर ने रोक लिया था—भगवान की कृपा! आप जल्दी किसी वाहन का प्रबन्ध—"

"हाँ—हाँ; क्यों नहीं—उधर थोड़ी दूर मेरी कार—"

"तो चलिए, देर मत कीजिए। मुझे फिर उधर लौटना है। लगता है कुछ

बच्चे अभी–"

सपना ने उस युवक को सहयोग देते हुए उस अचेत शिशु को सम्भालने का प्रयास किया। युवक बुरी तरह थका हुआ था और बालक बेहोश था। एक साथ वह दोनों को कैसे सम्भाले–वह सोच ही रही थी कि कुछ लोग भागते हुए उस ओर लपके और उन्होंने बेसुध शिशु को हाथों हाथ ले लिया, और जैसे-तैसे उसे सपना की कार तक पहुँचा दिया। इसी दौरान उस युवक में मानों नई स्फूर्ति और शक्ति उमड़ आई थी। साँस सहज होने लगी थी। शिशु को कार की पिछली सीट पर लिटाते हुए उसने सपना से कहा,

"इसे जल्दी किसी भी डाक्टर के पास ले जाईए–मेरा मन कहता है–"

इतने में सपना ने कार स्टार्ट कर दी थी, जाने ओंठों ने यह वाक्य कैसे उत्सरित किया–

"आपको भी आराम की ज़रूरत है–"

"नहीं–" युवक ने दीर्घ श्वास लेकर सुदृढ़ वाणी में कहा,

"ऐसा कुछ नहीं है। लगता है उधर अभी कुछ और बच्चे अटके हुए हैं। शायद वहाँ तक सहायता नहीं पहुँची; आप जाईए–"

और वह उसी प्रकार उत्तेजित सी अवस्था में, भीड़ को चीरता हुआ, उफनती नदी में पुनः कूद गया और सपना अचेत शिशु को लेकर सड़क के मोड़ तक पहुँच गई। उसे अधिक दूरी तय नहीं करनी पड़ी। साथ ही सरकारी रुग्ण वाहिनी थी, डाक्टरों की टीम सहायता कार्य में जुटी थी। शिशु को वहाँ तक पहुँचाने में देर नहीं लगी; ईश्वर की कृपा से...

वहाँ से निपट कर सपना पुनः घटनास्थली पर पहुँची। इस बार उसके नेत्र उस अज्ञात युवक को ढूँढ़ने में व्यस्त होने लगे थे। आँखों के सामने एक हृदयविदारक चीत्कार फैला हुआ था परन्तु उसकी अन्तर्दृष्टि शायद कहीं अन्यत्र भटक रही थी। एक साथ इतने मृतकों का दर्शन, सपना के लिए असह्य घटना थी। ऐसे विवरण वह प्रायः समाचार पत्रों में पढ़ती रहती थी। परन्तु मौजूदा घटना में उसके पिता के ही प्रबन्धकीय सूत्र कहीं ढीले प्रतीत हो रहे थे। ऐसी दुर्घटनाओं के लिए कौन ज़िम्मेदार है? जन जीवन सुरक्षित ढंग से चलता रहे, इसका उत्तरदायित्व किसके सिर पर है? सपना ने देखा, मृत शिशुओं की लम्बी कतार श्वेत वस्त्र में आवृत–एक अत्यन्त ही दयनीय दृश्य प्रस्तुत कर रही थी। बच्चों के माता-पिता एक ओर से दूसरी ओर हताश एवं निराश से बिलख रहे थे।

सपना ने आह सी भरी। देश की बढ़ती हुई अराजकता की स्थिति में ऐसी दुखदायी घटनाओं को भला कौन रोक सकता था? सपना ने निःश्वास ली। आन्तरिक वेदना को हल्का करने के लिए उसने स्वयं से समझौता करने का प्रयास किया। कहाँ गया वह? उस साहसी युवक को वह पुनः पलकों में बाँधने

के लिए उत्सुक हो उठी। सहायतार्थ जुटे लोगों को उसने गहन दृष्टि से देखा। बहुत दूर वही युवक एक छोटी नाव को धकेलने का प्रयास कर रहा था। कैसा परोपकारी है यह जीव। क्या इसे अपनी ज़रा भी परवाह नहीं है? अभी सपना इसी उधेड़-बुन में थी कि स्कूल के कुछ अधिकारियों ने उसे अपनी ओर आकृष्ट कर लिया।

धीरे-धीरे स्मृतियाँ पुनः धुलने लगीं। मनःपटल पर कई बार छाया-चित्रों की झिलमिलाहट उदय हुई और कई बार गहन श्यामलता में पुनः-पुनः लुप्त हो गयी। दुर्घटना ग्रस्त बच्चों से जुड़ी समस्याओं का समाधान करते-कराते कई दिन बीत गये। जब-जब कोई नई समस्या सामने आती, सपना का ध्यान स्वतः उस युवक की ओर खिंच जाता। वह उसे एक बार फिर मिलना चाहती थी, परन्तु क्यों? इसका उत्तर उसके पास नहीं था। फिर वह उससे मिलेगा भी कहाँ? उसका कोई ठौर-ठिकाना तो सपना जानती नहीं थी। इसी प्रकार एक लम्बा अन्तराल पलक मार गया। ऋतुचक्र पर आरूढ़ ग्रीष्म का उठता ताप ढलती सर्दी को मानों पी गया। लम्बे खुले दिन थे। सपना ने समीर के साथ सूरज-कुण्ड मेले पर जाने का आयोजन बनाया था। दक्षिण की कलाकृतियों से सपना को विशेष मोह था। समीर ने उसे वहीं, मेले में ही, मिलने का आश्वासन दिया था। सपना काफी समय इधर से उधर उचकती नजरों से देखती रही। अस्त-व्यस्त सी चरण छाप समेटती कभी इस स्टॉल में तो कभी उस स्टॉल में–; ऐसे समय वह प्रायः खीज भी उठती थी। समीर का ऐसा रूखा व्यवहार उसकी सहनशक्ति को विकृत कर देता था। चलते-चलते वह सहसा रुक गई। ऐसा लगा पाँव धरती ने जकड़ लिये हैं। नेत्र विस्मय से, खुले रह गये। सामने वही युवक था; क्या सचमुच वही है? सपना ने स्वयं को विश्वास दिलाने के लिए मुक्त केश राशि को इस कन्धे से झटक दूसरे पर पटक दिया। आँखों में एक अद्‌भुत प्रकार की आभा उमड़ आई। ओंठों ने किसी विस्मृत वन्यस्थली की सौरभ समेट ली; मन ने कहा, "हाय री सपना! आज तू कुछ भी माँग, विधाता सब देंगे।"

काठ में उकेरी कलाकृतियों का एक स्टॉल था। सपना मन्त्रवशीभूत सी आगे बढ़ती चली गई। वहीं वह युवक था। सरस्वती माँ की अत्यन्त सुन्दर एवं गौरवमयी कृति को वह ललक भरी दृष्टि से निहार रहा था। कभी इस ओर से तो कभी उस ओर से। सपना ने अधिक निकट जाना ठीक नहीं समझा; उस ध्यानरत युवक को वह कुछ क्षण ऐसे ही निहारना चाहती थी। तनिक दूरी पर वह स्वयं एक कलाकृति को वाचने में संलग्न हो गई। हाथ और नेत्र महज़ एक नाटकीय मुद्रा में अभिनय सा कर रहे थे; मन तो शायद–; सहसा उस के कानों ने सुना, युवक कुछ कह रहा था–

"सुनिए–यह मूर्ति–"

शायद वह उसकी कीमत पूछ रहा था। स्टॉल के प्रबन्धक ने तुरन्त उत्तर दिया

"दस हजार,"

"दस हज़ार...ऽऽ..."

युवक का मुख खुला रह गया। सपना ने तनिक तिरछी नज़रों से उसकी ओर देखा। युवक के चेहरे पर निराशा का भाव झलक रहा था। क्षण पूर्व का उल्लसित एवं उद्भासित मुख सहसा प्रच्छन्न एवं श्यामल पड़ गया था। शायद वह राशि उस युवक की पहुँच से परे थी। युवक ने सिर्फ श्वास भरकर एक अतृप्त आराधक की भाँति उस मूर्ति को पूर्ववत् उसी स्थान पर सुशोभित कर दिया। आँखों में एक विचित्र सा दैन्य भाव था, चेहरे की कान्ति मन्द थी। सपना वहीं प्रस्तर प्रतिमा की भाँति स्थिर रह गई। ऐसी स्थिति में वह आगे बढ़कर क्या करेगी? जो कुछ उसने अनुभव किया था; उस पर प्रतिक्रिया क्या ज़रूरी थी? सपना का अपना उत्साह भी दम मार गया। वह स्वयं एक धनी एवं सम्पन्न परिवार से थी; परन्तु उस युवक की उस स्थिति के सामने वह स्वयं को अत्यन्त निर्धन पा रही थी। भावनाओं का कोई मूल्य नहीं होता; परन्तु यदि किसी का अपना इष्ट ही अभावों की दलदल में धँस जाए तो क्या होगा? सपना आहत हो उठी; अन्तर्मन व्याकुल होने लगा। दमित विषाद आँहों में ढलने लगा। अन्तश्चेतन के किसी प्रसुप्त भाव ने कहा, "सपना, सचमुच तू इस घड़ी बहुत गरीब है।"

और अनायास ही दो मोटे अश्रु सपना के स्वच्छ एवं उजले नयनों से टपक, अदृश्य रेखाओं में विलुप्त हो गये। चेहरे पर छाये दैन्य भाव को स्वच्छ करने के लिए उसने पर्स से रूमाल निकाल, आह सी भर कर, गलदश्रु भावुकता से विदा लेने का प्रयास किया। जैसे ही संयमित होकर उसने पुनः युवक की ओर देखा, वह धक्क से रह गई। वह वहाँ नहीं था। उसी स्थान पर कुछ अन्य कलाप्रेमी कलाकृतियों को परख रहे थे। सहसा वह उद्विग्न हो उठी। क्षण भर पूर्व की आन्तरिक विरसता, उत्सुकता एवं जिज्ञासा में परिवर्तित हो गई। आँखें एक कोने से दूसरे कोने तक, कितनी ही बार उस स्थल की परिक्रमा कर आईं। सपना मानों निराश होने लगी। ओंठ धीरे-धीरे थिरकने लगे। असमंजस की स्थिति थी। इतनी शीघ्र वह कहाँ जा सकता है? शायद वह किसी दूसरे स्टॉल पर मिल जाये? मन ने कहा, यह कोरा भ्रम है। इतने विशाल प्रांगण में उसे वह कहाँ-कहाँ ढूँढेगी—फिर समीर ने भी तो; ऐसे में...?

उस युवक की मोहक भाव-भंगिमा में मुदित वह यह कदाचित भूल ही गई थी कि बाहर मौसम खराब हो रहा है। भावी जीवन की अनिश्चितता की भाँति ही आकाश मण्डल भी रहस्यात्मक एवं विचित्र है। पल में कुछ का कुछ

हो जाता है। सपना ने सोचा भी नहीं था कि वह इस प्रकार ऐसे भयंकर वातावरण में अकेली रह जायेगी। स्टॉल से बाहर आते ही मेघ गर्जन सुनकर वह सिहर उठी। अभी वह पूरी तरह सम्भल नहीं पाई थी कि बादल पूरे जोर से बरसने लगे। एक ओर वर्षा की तीव्रता तो दूसरी ओर भयानक आँधी—देखते ही देखते चारों ओर भगदड़ सी मच गई। तेज़ हवाओं में सपना का उत्तरीय सम्भले नहीं बनता था। लोग धक्का-पेल सी स्थिति में टीन-नुमा छतों के नीचे सरकते जा रहे थे। देखते ही देखते चारों ओर जल-थल हो गया। तेज़ आँधी ने बहुत से अस्थाई स्टॉल उखाड़ कर दूर पटक दिये। चारों दिशाओं में एक विचित्र प्रकार की साँ-साँ आतंक भरती जा रही थी। आँधी के ज़ोरदार थपेड़ों में आस-पास के वृक्षों के सहमें पत्ते, रोगग्रस्त अंग तथा जर्जर शरीर—एक के बाद दूसरा—बस गिरते जा रहे थे। मेले में एकत्रित सभी को अपनी-अपनी सुरक्षा की चिन्ता थी। सपना हताश सी स्थिति में इधर-उधर देखती रह गई। करे भी तो क्या? ऐसे में भला कोई कर भी क्या सकता है? कुपित प्रकृति नव्य सृजन के लिए ताण्डव नृत्य कर रही थी। इस क्रीड़ा को वे मानव केवल आश्चर्यान्वित एवं परवश भाव से निहार ही सकते थे। जो वहाँ थे, बस यही कह रहे थे?

पुनः एक गहन नीरवता चारों दिशाओं में परिव्याप्त हो गई। वर्षा थम चुकी थी—दूर कहीं भीगे अम्बर में चंचला कौंध-कौंध जा रही थी। प्रांगण को प्रकाशमान करने वाले विद्युत तार भयंकर झंझा में झटका खाकर गिर गए थे अतः ओर-छोर में निबिड़ तम अपना साम्राज्य फैला चुका था। मार्ग कहाँ है? बाहर वाहनों तक कैसे पहुँचा जाये, समस्या बड़ी गम्भीर थी। प्रांगण की कच्ची भूमि पर दल-दल नुमा प्रसार में पाँव धँसते जा रहे थे। सपना ने स्वयं को सन्तुलित करते हुए 'पार्किंग-स्थल' की ओर चलना आरम्भ किया। उसे सहसा 'मोबाईल' का ध्यान हो आया। मेले में प्रवेश के समय इसे वह कार में ही छोड़ आई थी। अब कार तक पहुँच कर ही वह कहीं से सहायता का प्रबन्ध जुटा सकती थी। उसने गहन निश्वास भर कर स्वयं को सान्त्वना दी। इस स्थिति में वह अकेली तो नहीं है? कार की ओर बढ़ते हुए सहसा उसे समीर का ध्यान भी आया, मन खीज उठा, एक बार नहीं, कई बार वह वादे पर पूरा नहीं उतरा था। ऐसी लापरवाही। सपना असहाय सी अवस्था में कभी स्वयं को कोसती तो कभी समीर के प्रति खीज उठती।

"जैसे-तैसे वह बाहर तक पहुँची। 'पार्किंग' स्थल पर जो कुछ देखा उस से बचा खुचा उत्साह भी पलक मार गया। चारों ओर 'जाम' सा लगा था। वह स्थिर गति से डग भरती हुई अपनी कार तक पहुँची। "ओफ! यह सब क्या है" सहसा उसके ओंठ फड़के। कार के ठीक सामने 'बम्पर' को तोड़कर एक बड़ा-सा वृक्ष आ गिरा था। पीछे दूर तक कारों का ताँता लगा था। पीछे खड़े

वाहनों के स्वामी शायद अभी अन्धेरे में भटक रहे थे। सपना का दिल बैठने लगा। अब क्या होगा? इक्के-दुक्के लोग अपनी-अपनी उधेड़-बुन में पास से गुज़रते जा रहे थे। कौन किसकी सहायता करेगा? निबिड़ अन्धकार में सभी तो भटकते जा रहे थे। महानगर के सुखमय जीवन से जुड़ी यह यातना तो प्रत्येक व्यक्ति को अपने ढंग से भोगनी थी। विशेषकर मेले में घिरे दुविधा ग्रस्त एवं हताश जनरव को। सपना चिंतित थी, अभी वह कुछ सोच ही रही थी कि समीप से गुज़रते किसी व्यक्ति ने उसे चौंका दिया—

"मैं कुछ कर सकता हूँ?"

उस युवक ने सम्भवतः अन्धेरे में असहाय खड़ी युवती की परेशानी भाँप ली थी। सपना ने सान्त्वनामयी साँस ली। राहत या सहायता के लिए वह हाँ कैसे कहे—युवक ने उसका ध्यान पुनः आकृष्ट किया,

"जल्दी यहाँ से निकलने का प्रबन्ध कीजिए; मौसम फिर खराब हो सकता है—"आसमान में सहसा कहीं बिजली चमकी; बादलों ने उमड़-घुमड़ कर एक साथ कितनी ही रजत रेखाओं में तरलता भर दी। प्रचण्ड प्रकाश की एक तीव्र चमक युवक-युवती के अत्यन्त समीप झिल-मिलाहट सी उत्पन्न कर पुनः अदृश्य सीढ़ियों के मार्ग निबिड़ व्योम में समा गयी। गड़गड़ाहट और चकाचौंध में सपना के नेत्र फटे से रह गये।

"अरे यह तो वही है! हे ईश्वर!" सपना ने शायद स्वयं से कहा। दूसरे ही क्षण वह संयमित और स्थिर सी वाणी में बोली,

"आप? यहाँ?—" सपना की प्रसन्नता का ठिकाना नहीं रहा। मन ने कहा, "ऐसी घटनाएँ रोज़-रोज़ क्यों नहीं घटतीं—?"

इसी समय चपला फिर चमकी; युवक ने भी कुछ-कुछ समझने का प्रयास किया। किसी बीते संदर्भ के बिखरे तन्तु स्वतः जुड़ने लगे। ध्यान एकाग्र करता हुआ वह बोल उठा,

"आपको कहीं देखा है? कहाँ?"

वह जिज्ञासु भाव से युवती को ऊपर से नीचे तक देखने लगा। पुनः दूसरे ही क्षण कह उठा—

"हाँ याद आया—उस दिन 'बस दुर्घटना' के समय—"

सपना मुस्कुरा उठी। मन हल्का हो गया। मलिन चेहरा क्षणभर में कान्तिमान हो गया। परन्तु गहन अन्धकार में इस परिवर्तन को सामने खड़ा व्यक्ति कैसे देख सकता था। युवक ने फिर मौन भंग किया—

"क्या वह बच्चा?"

सपना की वाणी मधुर हो आई। चित सरल एवं गद्-गद् हो उठा। वह बोली,

"आपकी कृपा से–उसे ठीक समय पर सहायता मिल गई। एक बहुमूल्य जीवन आपके योगदान से..."

युवक ने भरपूर साँस ली, मुक्त कण्ठ से कहा,

"भगवान का शुक्र है! उस दिन पाँच शिशुओं को समय पर 'ऐड' मिल गई और सभी आज–"

आगे उसने कुछ कहने की आवश्यकता नहीं समझी। दोनों छोर अपने-अपने ढंग से वास्तविकता की तह तक पहुँच चुके थे। इस जड़ता की स्थिति से आगे और क्या हो सकता था। युवक ने पुनः वर्तमान में लौटते हुए कहा,

"यह वृक्ष तो–"

उसने पैर से हिलाया, वृक्ष काफी भारी था,

तनिक सोच कर उसने फिर कहा,

"आप रुकिए–मैं अभी आया–"

उसे लौटने में देर नहीं लगी। साथ लोहे की एक बड़ी 'रॉड' थी। युवक ने लोहे की 'रॉड' को वृक्ष के नीचे सरकाते हुए सपना से कहा,

"आपको साथ देना होगा–"

दोनों ने पूरा ज़ोर लगाया, दूसरे ही झटके में वृक्ष पीछे हट गया। सामने की इतनी जगह खाली हो गई कि सपना की कार आसानी से पक्की सड़क तक जा सकती थी। सपना के सिर से मानों भारी बोझ हट गया। उसे एक बड़ी चिन्ता से तो मुक्ति मिली। अभी उन्हें कुछ और कहने सुनने का अवसर नहीं मिल पाया था कि सहसा एक भयानक कड़ाकेदार विद्युत प्रवाह ने उन्हें कम्पायमान कर दिया। बिजली का ज्वलन्त आलोक सपना के ठीक पास से गुजर गया। आतंक या भय–वह लड़खड़ा सी गई। नहीं जानती, वह कब अस्थिर सी हुई युवक से टकरा गई। सहम कर उसने शायद–; परन्तु दूसरे ही क्षण वे अपरीचित शरीर पुनः अपने-अपने पैरों पर पूर्ववत् खड़े थे। सपना ने दीर्घ श्वास भरकर कार का दरवाज़ा खोला। 'मोबाईल' निकाल कर नम्बर डॉयल किया। एक बार, दो बार–"ओफ! इसे भी आज ही–" उसके ओंठ हिले। कुछ सोच कर बोली,

"आपने ठीक कहा था; मौसम तो और भी–"

सपना ने कार स्टॉर्ट करने का प्रयास किया। खऱ्र-खऱ्र सा शब्द हुआ। उसने पास खड़े युवक को सम्बोधित किया,

"लगता है, यह भी जवाब दे गई है, अब क्या होगा?"

युवक भी असमंजस में था। इधर-उधर देखते हुए तनिक झुककर बोला,

"आस-पास कोई है नहीं। नीचे दल-दल है, कार को धक्का भी नहीं लगाया जा सकता–"

इसी दौरान सपना ने पुनः प्रयास किया। ईंजन ने आवाज़ तो की, परन्तु दम नहीं भरा। सपना ने बत्तियाँ जलाईं; तेज रोशनी के दो स्रोत अन्धकार को चीरते हुए बहुत आगे तक चले गये। सपना ने सुना, युवक कह रहा था,

''हाँ, मैं एक झटका दे सकता हूँ–''

सपना ने कुछ कहा नहीं। मौन रही, शायद चुपचाप युवक से यही कह रही हो, जो भी बन पाये, कीजिए। युवक ने लोहे के उसी 'रॉड' को कार से सटाकर पीछे से पूरे ज़ोर का झटका दिया। सपना ने अपनी ओर से प्रयास किया; फराटा-सा भरकर इंजन स्टार्ट हो गया। दूसरे ही पल सपना पुलकित हो उठी। 'रॉड' फेंक कर वह युवक पुनः कार की अगली ओर चला आया। दल-दल के कारण वह लगभग घुटनों तक कीच से लिप्त हो चुका था। अब तक कार की बत्तियाँ जल चुकी थीं। ओर-छोर में कोलाहल भी संयमित होने लगा था। सपना ने कृतज्ञता व्यक्त करने के लिए कार का द्वार खोला। नीचे पाँव रखने ही वाली थी कि युवक ने रोक दिया,

''गाड़ी स्टार्ट हो गई है, आराम से घर जाइए–'' सपना ने उसकी बात अनसुनी कर दी। बाहर पाँव रखते हुए कार की बत्तियों के आलोक में उसका उदीप्त चेहरा देखा, तनिक सरल वाणी में कहा,

''आपतो बहुत गुणी आदमी हैं–''

''होना ही पड़ता है! ऐसा न होता तो आज देर रात तक आपको यहीं कीच भरे वातावरण में भटकना पड़ता–''

सपना हँस दी,

''सो तो है–''

पुनः वह अत्यन्त आत्मीय भाव से बोली,

''आप कहाँ तक जायेंगे–चलिए मैं छोड़ देती हूँ–''

युवक कुछ सकुचा गया, तनिक पीछे हटता हुआ बोला,

''आप जाईए–मेरी शायद उधर किसी को ज़रूरत पड़ जाये–''

सपना ने विस्फरित एवं आश्चर्यान्वित नेत्रों से युवक की सादगी को निहारा, कुछ सोचती हुई बोली,

''किस लिए?''

''शायद कोई और गाड़ी इसी प्रकार–''

युवक हँस दिया! बढ़ती रात की नीरव स्तब्धता में युवक की यह हँसी विद्युत् छटा सी कौंध कर तत्क्षण विलीन हो गई। सपना ने भी सहज होने का प्रयास किया, शायद हलका व्यंग्य बाण छोड़ा,

''आप कुछ काम धन्धा भी करते हो या सिर्फ यही परोपकार–!''

''क्यों?'' युवक ने बात काट दी,

"यह धन्धा क्या बुरा है?"

"नहीं तो; फिर भी पेट तो पालना ही होता है–"

"परन्तु यह बात मुझ पर लागू नहीं होती?"

"भला क्यों?" सपना ने चकित भाव से पूछा।

"क्योंकि मैं मर्द हूँ–"

सपना को सहसा इन शब्दों में अन्तर्निहित व्यंजना का आभास हो आया। एक अपरिचित युवक और ऐसी वार्ता! सपना ने इस वार्ता को अधिक तूल देने की कोशिश नहीं की। तनिक सरल भाव अपनाते हुए कह दिया,

"आप शरारती भी हो और हाजिर जवाब भी–"

युवक हँस दिया! साँस रोकता हुआ बोला,

"आप मेरी तारीफ कर रही हैं या–"

"ऐसा कुछ नहीं–" सपना ने गम्भीर साँस ली पुनः कहा,

"आपको जहाँ तक जाना है..."

"नहीं–आप व्यर्थ कष्ट कर रही हैं–" युवक ने कहा।

"लगता है आप मुझे कृतज्ञता व्यक्त करने का अवसर नहीं देना चाहते–" सपना ने दबी आवाज़ में कहा। युवक ने इधर-उधर देखा, मस्तक झुकाता हुआ बोला, "आपने ऐसा एहसास किया, मेरे लिए यही काफी है–"

"और अगर गाड़ी रास्ते में फिर खराब हो गई–"सपना ने सन्देह सिक्त वाणी में कहा। युवक हँस दिया, सहज भाव से बोला, "मैं भी कौन सा 'मैकेनिक' हूँ। रास्ते में कुछ नहीं होगा। ईश्वर पर भरोसा रखें–" और देखते ही देखते सपना की कार आँखों से ओझल हो गई।

◆◆◆

ग्यारहवाँ अध्याय

आन्तरिक भावलोक से मुक्ति पर सपना जब पुनः बाह्य चेतना में लौटी, तो काफी समय बीत चुका था। सम्भाषण सम्पन्न हो चुका था और धीरे-धीरे हॉल में उपस्थित लोग छटने लगे थे। सपना मानों गहन तन्द्रा से जागी हो। अनायास नेत्र चारों ओर घूम गए। वह वहाँ नहीं था, सामने मँच खाली था। शायद वह कहीं दूसरे समागम में–; सपना हड़बड़ाई सी अवस्था में कुर्सी से उठ खड़ी हुई। हॉल का प्रशान्त वातावरण कोलाहल की धीमी लहरों में पुनः उद्वेलित हो रहा था। विभिन्न प्रकार की परिचर्चाओं में संलग्न लोग बाहर की ओर, खुले में गमन करते जा रहे थे। सपना ने द्वार से परे मार्ग बनाने का प्रयास किया। कुछ समय रुकना पड़ा; शायद लोग चींटियों की गति का अनुसरण कर रहे थे। परन्तु सपना को तो बहुत जल्दी थी। उसकी उद्विग्नता प्रतिपल बढ़ती जा रही थी। आज तो वह उसे मिलना ही चाहती थी। परन्तु बाहर तक कैसे? निराशापूर्ण निःश्वास भरकर उसने गति धीमी कर दी। मन ने शायद बाह्य स्थिति से समझौता कर लिया। विचारों में एक विसंगत एवं धूमिल चलचित्र सा मायावी प्रसार छाने लगा था। भिन्न-भिन्न प्रकार की अशंकाओं में उसका आन्तरिक जगत सिहर-सिहर उठता था। स्थिति अत्यन्त विकट थी। मन अशान्त और चंचल था, वक्ष प्रदेश पर जैसे कोई भीषण प्रहार करता जा रहा था।

कुछ ही क्षण बीते होंगे। सपना ने स्वयं को पुनः खुले प्रांगण में पाया। प्रांगण तक पहुँचते-पहुँचते बहुधा लोग आश्रम छोड़ चुके थे। केवल इक्के-दुक्के श्रद्धालु या फिर वहाँ रहने वाले ही नज़र के सामने थे। जिसको देखने की ललक में उसके नेत्र भटक-भटक जा रहे थे, वह कहीं नज़र नहीं आ रहा था। सपना ने उत्सुकतापूर्ण भाव से आश्रम के एक प्रबन्धक से पूछ ही लिया–

"क्षमा कीजिए–अभी-अभी जो प्रवचन कर रहे थे–"

सम्बोधित व्यक्ति ने आश्चर्य से सपना की ओर देखा, पुनः उसकी जिज्ञासा शान्त करता हुआ बोला,

"आप उन्हें नहीं जानतीं! वसुमित्र महाराज के परम अनुयायी श्री राजेश भारती जी–"

सपना ने उस व्यक्ति का वाक्य पूरा नहीं होने दिया, बीच में ही बात काट दी—

"इस समय कहाँ मिलेंगे—?"

"अभी तो शायद उधर 'गैस्ट हाऊस' में ही हों—"

उस व्यक्ति ने संकेत द्वारा सपना को दिशा बता दी—

"आप मुझे वहाँ तक छोड़ आयेंगे—"

"क्यों नहीं, मेरा सौभाग्य—"

"गैस्ट हाऊस" की ओर जाते हुए सपना ने उसी व्यक्ति से राजेश भारती के बारे में अच्छी खासी जानकारी बटोर ली थी। उसके कमरे तक पहुँचते-पहुँचते वह पूर्णतया स्वस्थ एवं प्रशान्त अनुभव कर रही थी। आश्रम का प्रबन्धक सपना को कमरे के बाहर तक छोड़कर विदा हो गया। दूसरे ही क्षण सपना ने स्वयं को राजेश के सम्मुख पाया। जैसे ही उसने कमरे का पर्दा पीछे हटाया, प्रशान्त एवं उत्सुक नज़रों ने सपना का स्वागत किया। राजेश ने एक ही दृष्टि में सपना का सम्पूर्ण अस्तित्त्व अपनी साँसों में समेट लिया। कौतूहल या आश्चर्य? उल्लास या उद्भ्रान्ति—वह समझ नहीं पाया। सपना ने उसके मस्तक पर अपूर्व-परिचित शंकाओ की मेघमाला के दर्शन किये। उस घड़ी वहाँ शायद वह सपना की कल्पना तक नहीं कर सकता था। इधर सपना की मनःस्थिति अत्यन्त विकट थी। चिरकाल से सुप्त भाव तरंग जैसे अनायास ही मूक रागिनी में फूट पड़ी। युग-युग से अतृप्त एवं नीरस महा-मरु में अमृत कलश छलक पड़े। महासागरों के उस अनोखे संगम में एक अद्भुत आलोक स्वतः मुखरित हो ओर-छोर में परिव्याप्त हो गया। दोनों अपरिचित छोर पहले भी कई बार मिल चुके थे, परन्तु इस अद्भुत मिलन की बात ही कुछ अलग थी। ऐसा अनुभव हुआ दोनों के ह्रदय एक बारगी धड़क कमरे की मौन साधना में सुगन्ध बरसा गये हैं। कल्पनालोक की किसी सुरबाला ने अपनी मादक केश-राशि का सौरभ दिक्-दिकान्त तक फहरा दिया है। सपना ने दिल पर हाथ रखा, "कहीं वह सचमुच ही मूर्छित तो नहीं हो जायेगी। मोहाच्छन्न अवस्था को उसने गम्भीर श्वास की सरसी में बहा दिया। दूसरी ओर राजेश की अवस्था भी कुछ अवर्णननीय बन पड़ी थी। असमंजस की स्थिति में वह केवल इतना ही कह पाया—

"आप? यहाँ—इस समय..."

एक साथ अनेक प्रश्न उसके अध-खुले ओंठों से उत्सरित थे। सपना ने जैसे कुछ सुना ही नहीं। अन्तरिक उद्दाम प्रवेग को यथाशक्ति स्थिर करने का प्रयास किया। चेहरे पर एक दिव्य आभा कौंध गई; आँखों में अद्भुत चमक जाग उठी, रोम-रोम उल्लसित हो उठा। अत्यन्त ठहरे परन्तु मृदुल स्वर में उसने कहा, "पहली बात मेरा नाम सपना है; दूसरी बात मैं 'आप' नहीं 'तुम' हूँ। आपका नाम राजेश

भारती है, यह तीसरी बात। और चौथी–" सपना ने गहन निश्वास लिया, उल्लासमयी मुद्रा में पुनः कहा,

"चौथी बात आप पिछले कई वर्षों से मेरे साथ आँख-मिचौनी खेलते रहे हैं; आखिर आज पकड़े गये–"

राजेश ठठा कर हँस दिया! इस प्रकार उन्मुक्त भाव से रस सिक्त हो उठना तथा खुलेपन से हँस देना उसकी प्रवृति नहीं थी। प्रायः वह गम्भीर रहता था; ऐसी ही धारणा सपना के मन में भी उस प्रति बन रही थी। उसे इस प्रकार उन्मुक्त अट्टाहास में उन्मत्त देख, वह भी अपनी हँसी रोक नहीं पाई। मुख पर हाथ रखकर अपनी उज्ज्वल दन्त-छवि छिपाती हुए बोली,

"आपतो अच्छे खासे अभिनेता हैं–"

"कैसे?" राजेश के नेत्रों में कौतूहल था।

"माइक पर आप बड़ी दक्षता से स्वर बदल लेते हैं; ऐसा भी होता है क्या?"

सपना ने हैरानी व्यक्त की, पुनः स्वर स्थिर करती हुई बोली,

"कुछ समय पहले मैंने टी. वी. पर एक विदेशी कलाकार को देखा था। एक ही कण्ठ से भिन्न-भिन्न गायकों की मधुर आवाज़ प्रकट करता था। सोचती थी, ऐसा कैसे हो सकता है। आज आपको देख कर लगता है, सब सही था। बहुत से लोग 'बहरूपीयापन' का अच्छा प्रदर्शन करते हैं।"

कहते-कहते सपना की साँस फूलने लगी। राजेश ने उसकी लच्छेदार वार्ता को रोकते हुए कहा,

"पहली बात, मैं 'बहरूपिया' नहीं हूँ। दूसरी बात मैं आपको बहुत निकटता से देखता रहा हूँ, मात्र एक दर्शक की भाँति–कभी हरिद्वार, तो कभी शिमला-नैनीताल; या फिर दूर दराज़ रामेश्वरम्–सब कहीं आप चरण चिन्ह छोड़ती रही हैं। तीसरी बात आपके साथ हमेशा एक ही सुन्दर युवक को देखा है–"

सपना के मुखमण्डल पर लाज की लालिमा कौंध गई। नेत्र झुक गए। क्या सचमुच यह व्यक्ति उसे इतनी निकटता से जानता है। राजेश ने उसकी सीमित भावपरक दृष्टि को आत्मीय ढंग से निहारा, कुछ कहने ही वाला था कि सपना ने हँसते हुए कहा,

"चौथी बात, आप मुझे बैठने के लिए नहीं कहेंगे?"

"ओफ! हे परमात्मा–" राजेश के मुख से सहसा उत्सरित था।

"मैं तो भूल ही गया था। वास्तव में आपको अचानक–"

राजेश कुछ कहता, इससे पहले ही सपना ने उसे रोक दिया। निश्वास भरकर पुनः कहा,

"आप नहीं 'तुम'–"

"चलो ऐसा ही सही–तुम अचानक जो चली आईं; खैर–अब तो बैठने के

लिए लगभग कह ही दिया–"

"बिन बुलाये मेहमान के साथ ऐसा ही होता है–"

और सपना ने कुर्सी पर बैठने के लिए इसे एक ओर सरकाया। सहसा एक अत्यन्त नोकीली चीज़ उसकी पहली उँगली को घायल कर गई। रक्त की धार–सपना के मुख से 'आह' शब्द फूटा और अंग-प्रत्यंग सिहर उठा। ओंठ कम्पायन होने लगे। ओंठों से प्रस्फुटित वेदना ने राजेश का ध्यान तुरन्त आकृष्ट किया।

"यह क्या कर लिया तुमने?" राजेश आगे बढ़ा, दूसरे ही क्षण उसने सपना के रक्त से लथपथ हाथ को ऊपर शून्य में उठा दिया। जैसे ही सपना की भुजा ऊपर उठी, दोनों के शरीर अत्यन्त निकट हो गये। लगभग स्पर्श और–सपना का उन्नत वक्ष सहसा राजेश के बलिष्ठ शरीर से सट गया। दोनों ओर इस मादक स्पर्श की बस एक छलनामयी अनुभूति ही मुखरित हुई। राजेश के मस्तक पर स्वेद कण छलकने लगे, साँस तेज़ हो गई। चिन्ता के कारण रोम-रोम थर्राने लगा। सपना को पानी के नल की ओर घसीटता हुआ बोला,

"यह तुमने कैसे कर लिया?"

अब तक सपना कुछ सहज हो चुकी थी। राजेश की भयाक्रान्त सी मुद्रा उसे बहुत अच्छी लगी। यह व्यक्ति जो अत्यन्त विकट एवं भयंकर स्थिति में भी अपने मनोबल को अस्थिर नहीं होने देता, सदा शान्त और स्थिर बुद्धि बनाए रखता है; आज कैसी चिन्तित मुद्रा में–। सपना कुछ कहती, राजेश उसे बरबस 'बाथरूम' तक घसीट लाया। भीतर दो के लिए पर्याप्त स्थान नहीं था। एक बार पुनः दो शरीरों को बहुत निकट होना था। कुछ क्षणों के लिए हुए भी, परन्तु–

राजेश का ध्यान टपटप गिरते रक्त पर पड़ रही जल-धार पर केन्द्रित था। रक्त बहता जा रहा था और जल की उच्छ्लन रक्तिम् बूँदों में एक गम्भीर सन्नाटा भरती नीचे रहस्यात्मक स्वर में ढलती जा रही थी। राजेश ध्याननिमग्न योगी की भाँति इस वैधक सी क्रिया को देख रहा था, दूसरी ओर सपना एक विचित्र प्रकार की आन्तरिक मन्त्रणा में वशीभूत सब कुछ सहन करती जा रही थी। क्षण-पूर्व की कसकमय टीस शीतल जल के उपचार के संस्पर्श में कुछ शान्त पड़ने लगी थी। मस्तिष्क में एक अद्‌भुत प्रकार की मोहक तन्द्रा अपना आकर्षण क्षेत्र सजाने लगी थी। धीरे-धीरे रक्त-स्राव बंद होने लगा। परन्तु अभी भी सब कुछ 'नार्मल' नहीं था। राजेश ने सपना की उँगली को सहलाने के लिए अपनी ऊष्म श्वास प्रवाहित की। सपना को आराम मिल रहा था, अतः वह प्रस्तर प्रतिमा सी स्थिरप्रज्ञ भाव से सब कुछ स्वीकारती रही। मन्द घाव से सहसा ही एक-दो बूँदें रक्त फिर से उमड़ आईं। राजेश ने उस ऊष्म रक्त को अपने ओंठों में दबोच लिया। सपना का कोमल शरीर क्षीणकाय लतिका सा झूल गया। अंग-अंग में अपूर्व-अपरिचित

मादकता छलकने लगी। यह सब क्या हो रहा है? राजेश के पास सम्भवतः इस के अतिरिक्त दूसरा चारा नहीं था। सपना ने रस विभोर क्षणों को संयम की साँस प्रदान की। चिर-सुप्त मौन को सरल वाणी ने भंग किया, भावुक स्वर में कहा,

"यह आपने क्या किया—? इस प्रकार मेरा—; कुछ हो गया तो..."

राजेश ने ओंठों को स्वच्छ किया, 'बॉथरूम' का सीमित स्थल छोड़ दोनों पुनः खुले कमरे में थे। राजेश ने सपना की सरलता का रसपान किया, आत्मीय स्वर में कहा,

"चिन्ता मत करो, कुछ नहीं होगा—"

सपना ने तनिक सहमी आवाज़ में कहा,

"मेरे रक्त में कोई खराबी हुई तो—"

राजेश ने उसे अत्यन्त सहज और आत्मीय स्पर्श से सान्त्वना दी; कन्धे से पकड़ नीचे कुर्सी पर बिठाते हुए कहा,

"छोड़ो यह सब! कुछ और बात करो; मैं तो पूछना ही भूल गया—"

सपना ने पूर्ववत् अपना सन्देह व्यक्त किया,

"फिर भी आपको मेरा..."

"ओह हो!"

राजेश ने कदम आगे रखे, घूम कर वह सपना के ठीक सामने आ गया। तनिक व्यंग्यमय स्वर में बोला,

"देखो, न तो मैं किसी प्रदेश का सम्राट हूँ और न ही तुम कोई विषकन्या हो—फिर ऐसी व्यर्थ चर्चा से लाभ?"

राजेश की बात सुनकर सपना के चिर-सुप्त ओंठ तनिक सजीव हो उठे। एक धीमी तरल तरंग अनायास मुख-मण्डल को छेड़ गई। वातावरण की गहन गम्भीरता को सरस हँसी में छिन्न करती हुई बोली,

"जानती हूँ; बात के धनी हो। यही कुछ ही करते हो या—"

सहसा द्वार पर किसी ने राजेश को आवाज दी। दोनों का ध्यान भंग हुआ, दूसरी ओर से कोई कह रहा था,

"भारती जी, देहरादून से आपके लिए फोन है—"

"देहरादून से—"

राजेश ने आश्चर्यपूर्ण नेत्रों से इधर-उधर देखा,

पुनः सपना से बोला,

"मैं अभी आया—"

साथ ही उसने बाहर खड़े व्यक्ति को पुकारा,

"सहज पाल!"

"जी, भारती जी—"

सहजपाल ने पीछे मुड़ते हुए उत्तर दिया! राजेश ने संकेत से समझाया,

"इनकी उँगली पर 'कट' लगा है। उधर देखो कोई 'एंटीसेपटिक' हो तो—: नहीं तो बाहर से मँगवा लेना—"

"जी—"

और दोनों ही बाहर की ओर चले गए? उन दोनों के विदा होते ही सपना पुनः अपने आन्तरिक भावना लोक में लौट आई। आँखों के सामने घाव रंजित उँगली पर एक हलकी दरार अजीब सा मुख बनाए प्रकट थी। टीस सम्भवतः अब कम थी, परन्तु अर्न्तमन में असंख्य प्रश्न सर्प दंश की भाँति डंक मारते जा रहे थे। जिस व्यक्ति को वह पिछले कई वर्षों से स्मृति पटल पर चित्रित करती आ रही थी, उससे ऐसी आकस्मिक भेंट उसके लिए कम उल्लासमयी नहीं थी। परन्तु सुखद क्षण इतनी जल्दी बीत जायेंगे, ऐसी तो उसने कल्पना भी नहीं की थी। कुछ देर पहले की घटना अन्तर्मन के कोहरे में स्पष्ट होने लगी तथा भीतरी उद्दाम तरंगों पर दो प्रमुदित कमल एक ही भवँर पर आरूढ़ गोलाकार से घूमने लगे थे। राजेश से पूर्णतया आत्मीयता न होने पर भी एक विशेष पूज्य भाव उसके प्रति सहज उसके मनोभावों में सिमट आया था। समीर के बारे में वह क्या सोचे? कुछ भी तो निर्णय कर पाना उसकी सोच से परे बनता जा रहा था। समीर की भाव संगिनी बनकर भी वह उसके प्रति सदा एक वितृष्णा का भाव अपनाए रखती थी। कभी-कभी समीर की ओर से तिरस्कारजनित व्यवहार पा कर उसका अहं खण्ड-खण्ड हो भावना लोक को समूल हिला देता था। जीवन के सूने पलों में आन्तरिक रिक्तता उसे मुँह बाई खाई की भाँति निगलने को दौड़ती थी। पिता ने कई बार कहा था कि वह नियमित रूप से किसी कम्पनी का कार्य भार सम्भाल ले, परन्तु सपना शायद इन सब उपकरणों के लिए बनी ही नहीं थी। धनवान बनो, अपार धन संचित करो, मोतियों का ढेर पैदा करो—ओफ! क्या जीवन का यही लक्ष्य है। कैसा है यह समीर जो हर पल हीरों से खेलना ही जीवन का लक्ष्य मानता है। और इधर राजेश? उसका स्मरण आते ही एक मादकीय हिलोर अंग-अंग में अद्‌भुत सी सिहरन भर गई। ऐसा लगा किसी दिव्य संवेदना ने उसका रोम-रोम रस सिक्त कर दिया है। राजेश का जीवन उदात्त गुणों की कैसी अद्‌भुत एवं उज्ज्वल मणि है। सभी पुरुष, काश! राजेश जैसे ही होते। क्या समीर इन गुणों का उद्‌भावक नहीं बन सकता। सपना ने दोनों ही आत्मीय स्नेह सूत्रों को सहज अट्टाहास में उन्मत्त होते देखा था। दोनों की हँसी मोहक थी; समीर की मुस्कान में 'प्रिज़्म' से प्रस्फुटित सात रंगों का समागम दूर तक प्रभादीप सजाता था; राजेश की हँसी में आकाश गंगा का इन्द्रधनुषीय आलोक मायवी प्रसार में खेलता था; समीर जब भी हँसता किसी 'पॉप सिंगर' की मादक हिलोर-सा रस सिक्त करता था; राजेश जब भी सहज होता, वीणावादिनी का अलौकिक स्वर मुखरित हो लोक-परलोक को अभिभूत कर

जाता था। कैसी विचित्र है यह छलना। एक तराजू दो आधार– एक साँझ दो सवेर–एक रात्रि दो चन्द्र, एक दृष्टि दो दर्शन। निर्णय कैसे हो? कौन उसकी समस्या का समाधान करेगा?

सपना तत्क्षण हिल सी उठी। सहजपाल ने उसे पुकारा,

"सुनिए–" सपना ने उस ओर देखा, सहजपाल कह रहा था, "भारती जी ने आपके लिए भेजा है।"

सहजपाल के हाथ में एक 'बैण्डेज' तथा एक छोटी 'ट्यूब' थी। ज़ाहिर था उँगली की चोट के लिए व्यवस्था जुटाई गई है। सपना ने शंकित नेत्रों से सहज पाल को ऊपर से नीचे तक देखा, कौतूहलमयी वाणी में पूछा "और वे आप?"

"उन्हें तुरन्त सफदरजंग जाना पड़ा है; कोई सहयोगी दुर्घटनाग्रस्त हो गया है–"

"कब तक लौटेंगे–?" सपना के नेत्रों में प्रश्नचिन्ह था।

"रमते योगी, बहती नदिया तथा पर्वतीय पवन का कोई क्या कहे। मनमौजी हैं सब–"

कहते-कहते सहजपाल बाहर चला गया। सपना एक ही साँस में अधमरी-सी रह गई। लगा जैसे उसे काठ मार गया हो। शरीर का ऊष्म रक्त पलभर में बर्फ बन गया। सपना को लगा, वह वर्षों से रोग ग्रस्त है। इस अवस्था में वह अपने घर तक कैसे पहुँच पाई, नहीं जानती।

◆◆◆

बारहवाँ अध्याय

इन दिनों शिवानी विरक्ति का भाव अनुभव कर रही थी। मन उदास रहता और आन्तरिक वेदना उसे रह-रह कर कचोटती रहती। ऐसा क्यों है? शायद यह सब उसकी समझ से परे था। उद्विग्न मनःस्थिति तथा चित की खिन्नता का कोई स्पष्ट कारण प्रकट नहीं था। जैसे-जैसे समय बीता, वह सुचित्रा और मनोज के अधिक निकट हो गई। ये लोग उसे अपने परिवार का ही सदस्य मानने लगे थे। शिवानी दिल्ली प्रायः आती-जाती रहती थी। दिल्ली से इधर-उधर गुज़रते समय भी उसकी प्रबल इच्छा रहती कि इस परिवार से भेंट हो सके। सुचित्रा के प्रति वह एक विशेष प्रकार का आत्मीय भाव अनुभव करती थी। इस घर में पहुँच कर पता नहीं क्यों उसे यही लगता था जैसे वह अपने ही घर लौट आई है। देश की बिगड़ती स्थिति तथा भ्रष्टाचार के बढ़ते कुप्रभाव को देखते हुए वह कई बार चिंतित रहती थी। लोक सेवार्थ वह सामर्थ्य से परे भी सब कुछ करने को तत्पर रहती थी। कुल मिलाकर फिर भी वह स्वयं को एक धूमिल चौराहे पर ही पाती थी। जो कुछ वह कर रही है, अन्ततः उसका परिणाम क्या होगा? देश की प्रगति या फिर दिशा निर्देशन में तो उसका कोई योगदान बन नहीं पा रहा—ऐसे में उसके जीवन का सम्पूर्ण ताना-बाना क्या सारहीन नहीं है? देश की सारी सत्ता और शक्ति, महत्त्व और गति—हर प्रकार से राजनेताओं के हाथों में थी। यही लोग देश के सर्वेसर्वा थे; कोई कलाकार है, तो हुआ करे, कोई दार्शनिक है, साहित्यकार या विचारक है; इनकी बला से। शिवानी ने महसूस किया राजनेताओं को छोड़कर, अन्य जितने भी लोग हैं वही सच्चे मन से देश की चिन्ता करते हैं। केवल राजनेताओं के पास ही देश के बारे में सोचने का समय नहीं है। प्रायः चुनावों में ही व्यस्त रहते हैं। इनका अपना निजी संसार है, जहाँ मत-पेटी आराध्य देवी है; 'वोट बैंक' जीवन का अन्तिम लक्ष्य है तथा कुर्सी स्वर्गधाम का सोपान है। इससे अलग इन लोगों का कोई धर्म-कर्म नहीं है। लगता है ये लोग गीता दर्शन में पूरी तरह निष्णात हैं। मात्र सत्ता के लिए कर्म करते हैं; शेष सब कुछ विसार देते हैं। जब तक कुर्सी नहीं मिलती विरक्ति भाव का प्रदर्शन करते हैं, और कुर्सी मिलते ही अपने पूर्व वादे, उसी प्रकार त्याग देते हैं जैसे आत्मा पुरानी देह त्याग देती है। गीताज्ञान को साक्षी करने के

लिए कुर्सी पर बैठते ही, पुराना सब कुछ भुला देते हैं; समाज में जो अनर्थ होता है, उसे अनासक्ति भाव से होने देते हैं। मनुष्य जन्म बार-बार नहीं होता, शायद यह कुर्सी भी अगली बार न मिले। इसीलिए जो कुछ मिलता है बस इसी अवधि में समेट लो। दीन-हीन वोटरों की आँखों के आँसू अगले चुनाव में अपने आप सूख जायेंगे; क्योंकि राजनेता तो सदा निष्काम सेवा करते हैं। बाहर खेतों में सूखा बाँटते हैं और अपनी तिजोरियों में सोना भरते हैं। वाह री लोकतन्त्र की महामाया!

इसी प्रकार अपने विचारों में तल्लीन वह देश के भविष्य के बारे में असंख्य कल्पना चित्र बनाती रहती थी। कभी अपने सारहीन जीवन को लेकर तो कभी देश की परिस्थितियों के संदर्भ में, वह चिन्तित रहती थी। वयोवृद्ध नेता हमेशा यही राग अलापते थे, ''देश का भविष्य युवा पीढ़ी के कन्धों पर है।'' परन्तु कैसा भविष्य कौन सी युवा पीढ़ी? भला यह कौन बतायेगा कि देश को किस दिशा की ओर ले जाना है? मात्र कहने से ही सारा दायित्व युवा पीढ़ी के कन्धों तक नहीं आ जायेगा। सोचते-सोचते वह बाहर करीडॉर में चली आई। ठण्ड थी, पौ फटने में अभी देर थी। सूर्य के अलसाये नेत्र अभी हल्की झपकी में उन्मत्त थे। पूर्व के अर्द्ध-गोलाकार मण्डल में अभी कोहरे की श्वेत चादर फहरा रही थी। बहुत नीचे कोई लाल पंखों का पक्षी अपनी दैनिक यात्रा शुरु करने की तैयारी में था। दूर तक फैला प्रशान्त नगर अभी निद्रानिमग्न था। ओर-छोर में एक मोहक सी नीरवता रहस्यमयी स्वर साधना करने में तल्लीन थी। शिवानी बाहर तनिक खुले में आकर बैठ गई। भव्य भवन की तीसरी मंज़िल से किसी सोये महानगर को उन्नीद्रित होते देखना अपने आप में एक अनूठा अनुभव था। शीतल पवन का एक तीव्र प्रहार शिवानी के रोम-रोम को छेड़ सा गया। वह दोनों पाँव समेट कर कुर्सी पर सिकुड़ सी गई। घुटनों पर मस्तक रखकर शून्य में उमड़ते कोहरे के मेघ खण्डों को निहारने लगी। श्यामल से फलक पर श्वेत पक्षियों की एक सरल रेखा किसी अदृश्य तूलिका के स्पर्श सी कौंध गई! शिवानी का मन खिल उठा! आह! इन पक्षियों का जीवन कैसा आनंदमयी है, निर्बाध गति से जहाँ चाहे जा सकते हैं। कहीं कोई बन्धन नहीं है, कोई पहरा नहीं है। शिवानी ने सोचा, उसका अपना जीवन भी कुछ-कुछ उन उन्मुक्त पक्षियों जैसा ही तो है। फिर वह सदा खिन्न या उदासीन क्यों रहती है। कौन सा ऐसा अभाव है जो सदा उसे खलता रहता है। घर परिवार की ओर से पूर्णतया स्वच्छंद होने पर भी वह अपनी निजता में ही क्यों बन्दी बन गई है? उसे लगा कोई रहस्यमयी मधुर कसक उसके अन्तराल में मकड़ी सा जाल बुनती जा रही है। प्रयास करने पर भी वह उस मोहक मायाजाल से मुक्ति नहीं पा रही थी। भावों की आन्तरिक दल-दल में उसका सम्पूर्ण अस्तित्त्व धँसता जा रहा था।

शिवानी निर्निमेष भाव से शून्य में टकटकी बाँधे सृजनकर्ता की अद्भुत संरचना को निहार रही थी। सहसा उसे लगा जैसे प्रभात की उज्ज्वल लालिमा

धीरे-धीरे कोहरे को विदीर्ण करती हुई एक दिव्य सा मायाजाल बुनने लगी है। धीमी पद्चाप में कोई प्राची पथिक के साथ-साथ चलता हुआ अम्बर के समूचे अस्तित्त्व पर अनायास अधिकार करता जा रहा है। कोहरे की दीप्त झिलमिलाहट में शिवानी को पुनः वही चेहरा नज़र आया जिसे अन्तर्मन की गहनता में छिपाकर भी वह भूल नहीं पाई थी। कैसा छलनामयी है यह मन! जो साथ नहीं है उसके साथ-साथ रहने की लालसा उत्कट होती जा रही है; और जो बिल्कुल साथ है; सदा आसपास बना रहता है उसके प्रति विरक्ति का भाव बढ़ता जा रहा है। कैसी अद्भुत है यह भावात्मक उद्भावना!

राजेश के बारे में वह जब भी सोचती; जीवन का खालीपन और अधिक गहरा जाता। शून्य में एक अजीब सी रिक्तता, एक अद्भुत सी कसक पंख पसारने लगती थी। राजेश से जब-जब वह मिली, अन्तर्सागर ने एक नयी लहर को जन्म दिया। भावों की यह लहर सचमुच क्षणिक होती तो शिवानी जैसे-तैसे गुज़ारा कर लेती; परन्तु उस छलनामयी मोहक आकृति की छवि जब भी मन रूपी स्फटिक पर उभरती, एक अमिट छाप छोड़ जाती। छाप पर छाप बढ़ती जाती और पुनः सारा भावात्मक सागर एक ही उच्छूलन में उद्घोषित हो उठता। आखिर वह राजेश के लिए बावली सी क्यों हुई जाती है? उसमें ऐसा क्या है जो किसी और में नहीं है। सहसा अन्तर्मन के धूमिल चलचित्रों में मनोज की आकृति भी उद्भासित हो उठी। शिवानी उस व्यक्ति के अत्यन्त समीप होकर भी आन्तरिक दृष्टि से बहुत दूर थी। दूसरे राजेश अत्यन्त दूर स्थित होकर भी सदा उसके अन्तर्मन में विराजमान था। ओफ! शिवानी के रोम-रोम में एक पूर्व अपरिचित सिहरन जन्म लेने लगी। उसके और मनोज के बीच सुचित्रा एक अत्यन्त ही शीतल धारा की तरह सदा प्रवाहित थी। मनोज और वह एक ही नदी के दो किनारों की तरह ज़रूर थे, परन्तु सुचित्रा की सहज संवेदनशीलता इन दो विलग छोरों को सदा निकटता प्रदान करती रहती थी। जब-जब वह सुचित्रा की आत्मीयता के बारे में सोचती, मनोज का सहज स्मरण स्वतः उभरने लगता था। उधर राजेश से ऐसा कोई बाह्य सम्बन्ध न होने पर भी यह व्यक्ति इसके आन्तरिक भाव-सागर पर सेतु दर सेतु बढ़ता चला आ रहा था। इन बढ़ते भाव सेतुओं के दंश से उसे कब मुक्ति मिलेगी, वह नहीं जानती। कभी-कभी जीवन का खालीपन उसे काटने को दौड़ता, वह कराह उठती। 'पब्लिक लाइफ' में इतनी व्यस्त होने पर भी निजता के सूने पलों में वह स्वयं को अत्यन्त निपट एवं निरीह अनुभव करती थी। शिवानी के पास सब कुछ था, परन्तु राजेश के अभाव में वह स्वयं को अत्यन्त दीन एवं निर्धन समझती थी। 'हाय री शिवानी, तेरी इस गरीबी को दूर करने वाला कुबेर तुझे कैसे और कहाँ मिलेगा?' वह बार-बार स्वयं से यही प्रश्न करती परन्तु हर बार अन्तश्चेतन की सूनी एवं भयावह कन्दराएँ कातर स्वर में विलख-विलख उठतीं, और कहीं कोई उत्तर न देता। सब ओर से

छिन्न एवं खिन्न होने पर वह भाव-विह्वल हो उठती, और आखों से बरबस आँसू टपकने लगते।

उस प्रातः भी उसकी मानसिक स्थिति वैसी ही थी। स्वयं में खोई वह कुर्सी पर सिकुड़ी सी बैठी थी कि चौंक उठी। किसी ने उसे पुकारा। स्वर मनोज का था, शिवानी ने सम्भलने का प्रयास किया। मनोज ने निकट आते हुए कहा,

"शिवानी जी, क्या बात है—इतने सवेरे—लगता है, तबीयत ठीक नहीं है—?"

"नहीं तो—"

शिवानी मानों काल्पनिक मायाजाल से सहसा मुक्त हो गई। ठीक से बैठने का उपक्रम करती हुई बोली,

"ऐसी तो कोई बात नहीं है—"

"लगता है हमारे आतिथ्य में कोई कमी है; तुम्हें शायद हम पूरी सुख-सुविधा नहीं दे पाये—"

शिवानी ने विस्फरित एवं शंकित नेत्रों से मनोज की ओर देखा। मनोज के चेहरे पर प्रश्न चिन्ह लपक-लपक जा रहे थे।

"कैसी बात करते हो? मैं तो बिल्कुल आराम से हूँ।"

"लगता है तुम रात भर सो नहीं पाईं—?"

मनोज ने सन्देहसिक्त वाणी में कहा। शिवानी के नेत्रों में आश्चर्यमिश्रित संवदेना उमड़ आई—

"यह तुमने कैसे जाना—?"

"देर रात तक तुम्हारे कमरे की बत्ती जलती रही, और सुबह बहुत पहले भी—"

शिवानी ने सरल भाव से हँसते हुए बात काट दी,

"दूसरों के कमरों में ताक-झाँक करना कोई अच्छी बात है; छी—"

मनोज भी हँस दिया।

"नहीं शिवानी, ताक-झाँक नहीं—स्वभाव से मैं बहुत शरीफ हूँ—"

"सो तो है—" शिवानी ने व्यंग्य छोड़ा।

"रात 'कम्प्यूटर' पर ज़रूरी काम करना था। कुछ निजी खाते सम्भालने थे—"

"यूँ कहिए दो नम्बर का काम करना था—"

"ऐसा ही समझ लिजिए—"

गनोज की बात सुनकर शिवानी कुछ गम्भीर हो गई। नेत्र मंद पड़ गये। ओंठ तर करती हुई बोली,

"तुम भी टैक्स की चोरी में विश्वास रखते हो—?"

"हर व्यापारी को ऐसा सोचना पड़ता है—" मनोज ने जैसे स्वयं को संयमित किया, पुनः निःश्वास भरते हुए कहा,

"कभी-कभी निजी खर्चे के लिए—"

"परन्तु है तो यह बुरी बात—देश के प्रति—" शिवानी की वाणी में तिक्तता थी। सहसा वायु का धीमा प्रवाह शिवानी के केशों को छेड़ता हुआ दूर निकल गया। सर्पिल केशों की एक लट उसके उज्ज्वल मुख को छेड़ गई। मनोज ने उस अद्वितीय एवं अनिर्वचनीय रूप का भरपूर रसपान किया। उसे लगा शिवानी को उसकी बात अच्छी नहीं लगी। तनिक गहन निश्वास भरकर उसने स्वयं को सहज किया; वाणी में तरलता लाते हुए कहा,

"नहीं शिवानी, मैं ऐसा कुछ नहीं करता। न ही कभी करूँगा! मैं तो हर कीमत पर सरकार को मज़बूत देखना चाहता हूँ—" शिवानी ने ललक भरी दृष्टि से मनोज की ओर देखा। मनोज की आँखों में आन्तरिक विश्वास प्रबलता से प्रकट था। उसकी दृष्टि विरक्त योगी की भाँति स्थिर थी। शिवानी को वह दृष्टि अत्यन्त रूपसी लगी। उसने संदर्भ बदलते हुए पूछा,

"तो फिर रात भर 'कम्प्यूटर' पर—"

"यदि मेहमान जागता हो तो 'होस्ट' कैसे सो सकता है—"

शिवानी का मुख सहसा रक्तिम हो उठा; लाज की लालिमा विद्युत प्रवेग से रोम-रोम में दौड़ गई। उसने नेत्र झुका लिये। मनोज ने क्या कहा तथा इसका वास्तविक आशय क्या है, दोनों ही भली-भाँति जानते थे। मनोज सीधा अपने 'बेड रूम' से ही आ रहा था, अतः 'नाईट गाऊन' ही पहने हुए था। ठण्ड से बचने के लिए उसने 'गाऊन' को ठीक से शरीर से सटाया। शिवानी के समीप कुर्सी पर बैठता हुआ बोला,

"सुबह की ताज़गी के लिए यहाँ बैठ सकता हूँ—?"

शिवानी के चेहरे पर उल्लास की उमंग दौड़ गई, आँखों में कौतूहल था। वह ठठाकर हँसना चाहती थी परन्तु घर के दूसरे लोग अभी सो रहे थे। ऐसे में—उसने मनोज के उलझे बालों की ओर देखा। ओंठों पर सहसा ही एक अन्तरंग मुस्कान खेल गई। सोच रही थी; यह आदमी भी बड़ा विचित्र है; अपने ही घर में—; लम्बे समय से शिवानी और मनोज निकट होते आ रहे थे। ऐसे में औपचारिकता की कई खाइयाँ अनायास ही लुप्त हो गई थीं। दोनों जैसे एक दूसरे के भावों के प्रति सहज होते जा रहे थे। अतः एकान्त वार्ता में कभी उन्हें एक दूसरे के लिए सन्देह रखने की ज़रूरत नहीं पड़ती थी। शिवानी ने मनोज के भीतर छिपे कलाकार को बखूबी समझा था, अतः वह कभी-कभी संदर्भ बदलने के लिए उसे इस वृत्ति का स्मरण करवा देती थी। रीते नयनों से नीरव नभ को निहारते हुए शिवानी ने कह ही दिया,

"आजकल शायद कोई नया शेयर प्रकट नहीं हो पाया—"

मनोज को जैसे चिर-सुप्त निद्रा से जगा दिया गया हो। वह इस समय ऐसे वाक्य की आशा नहीं रखता था। क्या सचमुच शिवानी उसे 'सीरियस' नहीं ले

रही है? क्या वह उसे मात्र मनोरंजन या फिर 'टाइम पास' के लिए...मनोज ने शिवानी के शंकित किन्तु अर्थपूर्ण नेत्रों में देखा। शिवानी के चेहरे पर रात की बेचैनी हल्की रूखेपन के रूप में प्रकट थी। भीतरी सन्ताप को वह सम्भवतः कृत्रिम भावोल्लास में छिपाने का प्रयास कर रही थी। मनोज ने बड़ी सुगमता से उसके आन्तरिक भाव को पकड़ लिया। गला साफ करता हुआ बोला,

"सारी रात गाँठ पर गाँठ लगाता रहा हूँ । कल 'कॉरगिल' के शहीदों की पुण्य स्मृति में एक कवि सम्मेलन है। उस के लिए–"

शिवानी का ध्यान सहसा भंग हो गया। प्रशान्त झील में एक प्रबल प्रकम्पन–शिवानी के मुख पर धूमिल रेखाएँ उभर आईं। आन्तरिक वेदना साँसों में उमड़ पड़ी। इसी दुःख के कारण रात भर वह ठीक से नींद नहीं ले पाई। कुछ दिन पूर्व उसने भी 'पी. एम.' सहायता कोश के लिए एक 'शो' आयोजित किया था। मनोज ने उस 'शो' में बढ़-चढ़ कर योगदान दिया था। शिवानी बहुधा मनोज से विलग रहती थी, परन्तु कभी-कभी कोई ऐसी घटना सहसा घटित हो जाती थी जो शिवानी के सम्पूर्ण अस्तित्त्व को झकझोर जाती और वह सायास मनोज के व्यक्तित्व की परतें उधेड़ने में तल्लीन हो जाती थी। ऐसा ही उस दिन 'शो' के बाद हुआ था। शिवानी ने 'शो' की समाप्ति के उपरान्त कला प्रेमियों को 'कॉरगिल' सहायता कोश के लिए उन्मुक्त भाव से सहयोग देने की अपील की थी। मनोज की ओर से भी उसे एक बन्द लिफाफा प्राप्त हुआ। चैक था, राशि पाँच लाख–साथ में एक चिट संलग्न थी; लिखा था–कृपया मंच से घोषणा मत कीजिए। 'चैक' देखते ही शिवानी के नेत्र श्रद्धावश झुक गये। उसने उत्सुकता से मनोज की ओर देखा, हॉल में नजरें नीचे किये वह प्रशान्त भाव से बैठा था। शिवानी ने मँच से राशि की घोषणा कर दी परन्तु सहयोगी अथवा अनुदानी का नाम नहीं बताया। शिवानी भली-भाँति जानती थी, मनोज बहुत सम्पन्न व्यक्ति है। यह राशि उसके लिए बड़ी एहमीयत नहीं रखती थी विशेष कर ऐसे समय जब देश पर संकट के बादल मण्डरा रहे हों। शिवानी को जिस बात ने अधिक प्रभावित किया, वह थी मनोज की देश के प्रति अथाह निष्ठा तथा आत्मप्रकाशन या आत्मप्रशंसा के दम्भ से विमुक्त रहना। क्या मनोज सचमुच कर्म योगी नहीं है? देश का मानचित्र बदलने के लिए या फिर जन सेवा के लिए क्या ऐसे ही युवकों की ज़रूरत नहीं है? शिवानी बरबस मनोज के बारे में सोचती रहती। वह उसे अभी पूरी तरह अपना नहीं पाई थी; परन्तु वह उसे अच्छा लगता है, इसके प्रति तो उसे कभी सन्देह नहीं रहा था।
"कहाँ खो गई–?"

मनोज ने शिवानी का ध्यान पुनः आकृष्ट किया। सुबह के प्रशान्त वातावरण में मानों कोई विस्मृत रागिनी गीत छेड़ गई। शिवानी ने नेत्र ऊपर उठाये; मनोज का सरल एवं प्रफुल्लित आनन उसके निरछल एवं उदात्त अन्तःकरण को पूर्णतया

उद्भासित कर रहा था। शिवानी की चेतना मानों दूर दराज़ का भ्रमण कर पुनः अपनी परिसीमा में लौट आई। उसने सरल भाव से कहा,

"तो रात भर सृजन होता रहा, कुछ हम भी तो सुनें—"

मनोज तनिक मुस्कुरा दिया, अपनी विशिष्ट अदा में बोला,

"उनके चेहरे पे उदासी तौबा।"

हमारी मौत की आमद तौबा।"

एक धीमी कसक शिवानी के अंग-प्रत्यंग में फैल गई। एक दो बार उसने राजेश के गम्भीर चेहरे पर चिन्ता की रेखाएँ देखी थीं, उसे देख उसकी जो हालत हुई वह किसी से कह नहीं पाई। उस समय उसे किसी शायर की यह उक्ति सहज स्मरण हो आई,

"आहों के पतवार ना छीनो, दर्द के दरिया से गुज़रना है—"

अतीत का स्मरण आते ही, शिवानी के मुख से आह सी फूटी; किन्तु वह मनोज के लिए ठण्डा व्यवहार तो प्रकट नहीं कर सकती थी। भीतर चाहे कैसी भी गहन वेदना पलक मार रही हो, परन्तु बाह्य जगत में वह किसी के प्रति अलगाव या निष्ठुरता का भाव तो कभी रख ही नहीं सकी थी। गहरी साँस भरकर उसने कहा,

"कवि लोग आन्तरिक भावों को कैसी सरलता से व्यक्त कर देते हैं; कभी-कभी मैं तो हैरान रह जाती हूँ—"

"आप स्वयं कलाकार हैं, इसीलिए ऐसा कह रही हैं। अन्यथा हमें तो ऐसा अनुभव होता है, हम नीरस बालु कणों को व्यर्थ ही अपने आँसुओं से सिक्त करने का प्रयास करते हैं।"

मनोज ने शिवानी के अन्तर्मन में झाँकने का प्रयास किया। उफनता सागर मानों आँखों से छलक जाना चाहता था। शिवानी दुःखी है; ऐसे में मनोज क्या कर सकता है? कोई बताये तो सही "आखिर इस मर्ज़ की दवा क्या है?" मनोज के ओंठों ने शायद कुछ कहा। शिवानी ने जैसे भीतरी सम्पुट खोले, तनिक धीमें स्वर में कहा,

"परन्तु ये कवि लोग, पता नहीं सदा वेदना, विरक्ति और उदासी की ही बात क्यों करते हैं?"

"लो हम बात बदल देते हैं—"

मनोज ने अत्यन्त सहज होकर संदर्भ एवं स्थिति को बदलने का प्रयास किया? तनिक भावुक होकर कहा,

"बर्फ पर जल मरने की तमन्ना थी,
देश पर मर मिटने की तमन्ना थी।"

स्पष्ट है, मनोज का संकेत देश की वर्तमान स्थिति तथा सीमावर्ती युद्ध की

ओर था। शिवानी का मंद चेहरा क्षण भर में उद्भासित हो उठा। उसने सहज एवं पुलकित भाव व्यक्त किया,

"वाह! कैसी महत्ती आकाँक्षा है—"

मनोज के ओंठों पर सहसा मंद मुस्कान खेल गई। शिवानी पुनः गम्भीर थी, नेत्र झुकाती हुई बोली,

"मनोज जी, सीमा पर ऐसा क्यों हुआ, इतनी बड़ी हानि—ऐसा विश्वासघात!"

"यह सब राजनेताओं के दिमाग का दिवालियापन है—" मनोज ने स्वयं को स्थिर किया। उन दिनों देश की सीमा पर चल रही घुसपैठ, गोलाबारी सहयोग-आह्वान ये सब आम चर्चा के विषय थे। मनोज ने साँस रोकी, स्वर में कटुता बढ़ने लगी—

"हम सोये रहे और शत्रु हमारे प्रांगण तक चला आया—"

"इस स्थिति के लिए कौन उत्तरदायी है—सेना या राजधानी के लोग?"

"मैं समझता हूँ इसके लिए हमारी लोक-तान्त्रिक प्रणाली ही ज़िम्मेदार है—?"

"कैसे?" शिवानी ने कौतूहलपूर्ण भाव से मनोज की ओर देखा।

"हमारे देश में हर पार्टी का लक्ष्य केवल सत्ता हथियाना ही रह गया है। कोई मरे या जीये उनकी बला से।"

"लगता है लोकतन्त्र में विश्वास नहीं है, वामपंथी हो क्या?"

शिवानी ने उत्सुकतावश मनोज की ओर देखा। मनोज ने सहज भाव व्यक्त किया,

"शिवानीजी, मैं कुछ भी नहीं हूँ। एक कलाकार हूँ—"

शिवानी ने बात काटते हुए कह दिया—

"और अमीर भी—"

"यह संयोग की बात है। असल स्थिति यह है कि हमारे देश के कर्णधारों ने राजनीति को व्यवसाय बना लिया है। बात यहीं समाप्त हो जाती तो कुछ समझ में आता—देश की एक चौथाई जनसंख्या केवल सरकार बनाने और सरकार गिराने के काम में लगी रहती है; व्यर्थ में करोड़ों रुपया जो चुनाव के दिनों में खर्च होता है, वही देश की दरिद्रता का कारण है—"

शिवानी मन्त्रमुग्ध सी उसे टुकुर-टुकुर निहार रही थी। मनोज कुछ-कुछ आवेश में था, स्वयं को सन्तुलित करता हुआ बोला,

"निर्वाचित राजनेता अपनी 'टर्म' पूरी नहीं करते, अवधि से पहले ही असैम्बली या पार्लियामेण्ट भंग हो जाती है। निकम्मे लोग फिर से उसी व्यवसाय में जुट जाते हैं; इश्तहार बाँटो; नारेबाज़ी—जलूस हल्ला—; ये सब हमारे देश में रोज़मर्रा के धन्धे हो गये हैं। जैसे-तैसे सरकार बनती है, अभी कोई भावी नीति तय नहीं हो पाती और विपक्षी दल पूरी शक्ति, दक्षता और षड़यन्त्र से सरकार

गिराने में जुट जाता है। ऐसे में देश को कौन सम्भाले, सीमा सुरक्षा की बात तो बहुत दूर रही–"

शिवानी उसकी बातें ध्यान से सुन रही थी। उसे राजनीति पर चर्चा अच्छी लगती थी। क्यों? इसका कोई स्पष्ट कारण उसके पास नहीं था। उसने अपने पाँव के अँगूठे से फर्श पर रेखाओं का अस्पष्ट सा चक्र बनाते हुए मनोज का ध्यान पुनः आकृष्ट किया। खुले अम्बर की छटती श्यामलता को निर्निमेष नेत्रों से आत्मसात करते हुए कहा,

"देश की लोकतान्त्रिक प्रणाली तो ऐसे ही चलेगी; फिर समाधान?"

शिवानी ने जिज्ञासापूर्ण नेत्रों से मनोज को देखा। मनोज ने स्वयं को कुर्सी पर ढीला छोड़ दिया। नेत्र शून्य में कही अटक गए। आकाश की रहस्यमयी नीरवता में शायद वह अपने विचारों के बिखरे तन्तु खोजने का प्रयास करने लगा हो। सहसा उसे शिवानी का स्मरण हो आया, सम्भलता हुआ बोला,

"हमें ऐसे कर्णधारों की ज़रूरत है जो निःस्वार्थ भाव से राजनीति में प्रवेश करें। उनके लिए समाज सेवा मुख्य हो न कि व्यक्तिपरक लोभ-लाभ। परन्तु ऐसे व्यक्ति–?"

तत्क्षण उसने शिवानी के अर्थपूर्ण नेत्रों में झाँका; आन्तरिक भावों ने अभिव्यक्ति के बाह्य सेतु रच दिये। मनोज के चेहरे पर एक दिव्य रश्मि कौंध गई। कोई निर्धन जैसे कुबेर के दर्शन पा गया। उसने उल्लसित स्वर में कहा,

"शिवानी, उस दिन वी. एम. महाराज को सुना था; यदि वे चाहें–"

शिवानी के ओंठों पर सरस आभा उमड़ गई; आँखों में चमक बढ़ने लगी; उसने दृढ़ स्वर में पूछा,

"उनके प्रति तुम्हारी आस्था है?"

"शिवानी, यहाँ प्रश्न आस्था या अनास्था का नहीं है। जो व्यक्ति प्राणी मात्र के लिए मंगल कामना करता है वह अपने देश के हित को गौण कैसे रख सकता है?"

"यदि ऐसी ही कामना मेरी भी हो–" शिवानी ने दबी पलकों से मनोज की ओर देखा। मनोज प्रसन्नता से उछल ही पड़ा। विश्वस्त स्वर में बोला,

"मेरा तन मन धन हाज़िर रहेगा–"

शिवानी हँस दी, साँस रोकती हुई बोली,

"धन की ज्यादा ज़रूरत रहेगी–" पुनः वह सहज भाव में कहने लगी–

"अभी ये सब चीजें जहाँ हैं, वहीं रहें–फिलहाल, तो यदि एक कॅप चाय हो जाये–"

मनोज वायु वेग सा कुर्सी से उठ खड़ा हुआ,

"ओ शोअर! मैं तो बातों ही बातों में सब कुछ भूल गया, सामने पूर्व में

लालिमा अपने पंख खोलने को है, अभी चाय तैयार करके हाज़िर हुआ–''

''चाय खुद बनाओगे? क्या नौकर–''

शिवानी ने आश्चर्यान्वित मुद्रा में मनोज को देखा।

''अभी सो रहे हैं सब। आज सेवा का अवसर मुझे मिला है–''

मनोज चलने को हुआ, शिवानी ने उसे पुनः रोका,

''चाय बना लेते हो?''

''क्यों नहीं। कोई सहृदय साथी साथ हो तो सब कुछ सम्भव है–''

शिवानी क्या कहती! मनोज के ऐसे भावों के प्रति वह प्रायः मौन रहती थी। इस बार भी उसने पलकें झुका लीं। तनिक धीमे स्वर में कहा,

''कुछ देर रुक जाते हैं। थोड़ी देर में सुचि भी उठ जायेगी। चाय तो बना ही देगी–''

''शिवानी, तुम सुचि के हाथ की बनी चाय पीओगी–?''

मनोज ने किसी गुप्त रहस्य को छिपाने का प्रयास किया।

''क्यों भला? इसमें क्या हर्ज़ है–?''

''शिवानी, तो तुम भी गईं काम से–''

शिवानी की आँखों में उत्सुकता और तीव्र हो गई। माथे पर आड़ी-तिरछी रेखाएँ उभर आईं। मनोज ने साँस भरते हुए पुनः कहा,

''सारी उमर यहीं बँधी रहोगी। न बाबा न, मैं तो अपनी चाय खुद ही बना लेता हूँ–''

शिवानी उसकी इस अपरिचित एवं अनोखी सी मुद्रा पर रससिक्त हो उठी; मुस्कुराती हुई बोली,

''क्या वह कोई मायावी या जादूगरनी है–'' और शिवानी उन्मुक्त भाव से हँस दी। मनोज ने भी उस मधुरिमा का रसपान किया। निश्वास भरता हुआ बोला,

''उसके हाथों में कोई करामात है? जादू है या नहीं, यह मैं नहीं जानता परन्तु एक बात तय है जो आदमी एक बार उसके हाथ की बनी चाय पी लेता है, बार-बार वैसा ही पूछ लेना चाहता है। यह सुचि सचमुच बड़ी ज़ालिम है, सब को अपने में समेट लेती है; सब को बाँध लेती है। तुम अपने को ही लो–''

कहते-कहते मनोज नीचे रसोई घर की ओर चल दिया। अभी पौ पूरी तरह स्वच्छ नहीं हुई थी, अतः घर के अन्य लोग अपने अपने कमरों में गहन निद्रा में निमग्न थे! मनोज की बुआ बहुत सवेरे ही सतसंग के लिए चली जाती थी। अतः कोठी का विशाल प्रांगण किसी ध्यानस्थ योगी की तरह प्रशान्त और निश्चल था।

मनोज के दूर जाते ही, शिवानी पुनः विचारों में खो गई। बाहर 'बालकनी' में बैठे-बैठे जी भर गया था। अतः वह फिर अपने 'बेडरूम' में चली आई। मन पुनः अस्थिर होने लगा। अन्तर्मन में प्रसुप्त किसी मनोरम भाव ने कहा, 'क्या सच

ही सुचित्रा ने उसे बाँध नहीं लिया है?' चाय में करामात है, या फिर सुचित्रा मायावी स्पर्श रखती है, यह बात नितान्त गौण प्रतीत हो रही थी। शिवानी के लिए ऐसे तथ्य या वाक्य बिल्कुल ही नगण्य और अर्थहीन थे। परन्तु सुचित्रा ने उसे अपने स्नेह जाल में तो बाँध ही रखा है, इसमें तो कोई सन्देह था ही नहीं। अन्तश्चेतन की किसी दमित उद्भावना ने पूछा, "क्या यह बन्धन तुमने मनोज के लिए स्वयं ही तो नहीं स्वीकार लिया है? क्या तुम अपने ही बुने भाव जाल में खुद ही तो उलझ कर नहीं रह गई हो?" रेशम की लार प्रतिपल बढ़ते कीड़े के लिए मादक एवं मोहक प्रसार प्रदान ज़रूर करती है, किन्तु कालान्तर वही माया-तन्तु उसी का गला घोंट देते हैं। शिवानी क्या वैसी ही मायावी एवं मोहक कामना से ही वशीभूत तो नहीं है? मनोज उसे अच्छा लगता है या नहीं—कोई गुप्त आकर्षण उसके प्रति है या नहीं; ऐसे प्रश्न शिवानी के चिन्तन से अभी दूर थे। परन्तु बार-बार प्रयास करने पर भी वह कभी भी, किसी भी मोड़ पर; किसी भी स्थिति में मनोज के स्वभाव, आचरण, व्यक्तित्व या फिर कार्य-व्यवहार में कोई दोष, दिखावा या कृत्रिमता नहीं ढूँढ़ पाई थी। ऐसे में मनोज को अपने अस्तित्त्व एवं आस्था से एकदम से छिटक देना शायद उसके वश में नहीं था। धीरे-धीरे उसके मनोभाव मनोज के प्रति सहज होने लगे थे। वह उसका तिरस्कार अथवा अवहेलना क्यों करेगी? सब कुछ आत्मसात कर लेने पर भी शिवानी को मनोज की उन्मुक्त व्यवहार प्रियता में कभी कोई कृत्रिमता नजर नहीं आई थी। ऐसे में वह मनोज को दूर कैसे रख पायेगी? शिवानी ने अनुभव किया; मनोज ने शीतल समीर सा उसके भाव-प्रांगण को कई बार झकझोरने का प्रयास किया था; परन्तु भाव लोक की अतल गहराईयों को वह मादक उच्छ्वास शायद पूरी तरह छू नहीं पाई, रस सिक्त नहीं कर पाई। दुविधा थी, अन्तर्लोक के मोहक एवं वासन्ती उद्यान में शायद कोई पराग संलिप्त शीतल धारा पहले से ही विद्यमान थी। ऐसे में शिवानी करती भी तो क्या?

उसके आन्तरिक भाव सागर में वेदना विदग्ध लहरों की कमी नहीं थी। शिवानी के अन्तराल में शायद कोई गहरा घाव या गुह्य कसक छिपी थी जिससे वह स्वयं भी अपरिचित थी। इस गहन कन्दरा की भरपाई कैसे होगी, वह नहीं जानती थी। मनोज उसके इस अभावग्रस्त अस्तित्त्व पर अपारदर्शी आँचल फहरा सकेगा, वह इसके प्रति पूर्णतया आश्वस्त नहीं थी। तो फिर वह सुचित्रा के इस मायाजाल का क्या करेगी? अतीत की कुछ मोहक स्मृतियाँ पुनः मनःपटल पर सजीव होने लगीं। मन की धारावाहिक 'टेप' भी क्या विचित्र शय है। बार-बार चलेगी, हर बार नई कसक भरेगी। मनोज से जुड़े संदर्भ एक-एक करके खुलने लगे थे। वी. एम. महाराज के आदेश पर वह पहली बार दिल्ली पहुँची थी। स्टेशन पर सुचित्रा, मनोज तथा कुछ अन्य कला प्रेमी उसे 'रिसीव' करने आये थे। सुचित्रा से वह सुचारु रूप से परिचित थी परन्तु मनोज अभी इस दृष्टि से उसके निकट नहीं

था। सुचित्रा ने स्टेशन की भीड़ में ही मनोज का परिचय उससे करवाया था,

"शिवानी, मेरा भाई—मनोज—"

शिवानी हँस दी थी, कला प्रेमियों से हार समेटती हुई बोली,

"मैं परिचित हूँ; सुचित्रा, तुम्हारे ये भाई कुछ-कुछ आशिक मिजाज़ हैं—"

सुचित्रा और मनोज भली-भाँति भाँप गये थे कि शिवानी ने यह बात अत्यन्त सहज और आत्मीय भाव से कही है। लाग लपेट का अंश भी प्रकट नहीं था, बनावट या कृत्रिमता की बात तो बहुत दूर थी। सुचित्रा ने तत्क्षण शरारती भाव में उत्तर दिया,

"कुछ-कुछ नहीं शिवानी, मनोज बहुत ज़्यादा आशिक मिजाज़ है। सम्भल कर रहना—"

और फिर सभी खिलखिला कर हँस दिये। मनोज ने गहरी साँस भरकर अन्तर्मन को रीता किया। वह शायर था, ऐसे व्यंग्य बाण तो शायरों को खाने ही पड़ते हैं। घाव गहरा हो या उथला। और फिर वे सभी साथ-साथ चल दिये थे।

कालान्तर शिवानी जब-जब मनोज के बारे में सोचती, तो उसे अपने ही इस कथन के प्रति सन्देह होने लगता। क्या मनोज सचमुच आशिक मिजाज़ है? नहीं, वह एक संवेदनशील एवं प्रबुद्ध कवि था। कवि या शायर की संवदेना और सरलचित अभिव्यक्ति को आशिकी का नाम नहीं दिया जा सकता। शिवानी इस परिवार के दुःखद अतीत के बारे में पूर्णतया परिचित थी। मनोज और सुचित्रा ने एक भयानक त्रासदी के परिणामस्वरूप गहरा घाव खाया था। ऐसे में मनोज के सतही व्यवहार में बीते कल की कसम कभी-कभी स्वतः ही प्रकट हो जाती थी और न चाहते हुए मनोज के चेहरे पर भावविह्वल गम्भीरता उमड़ने लगती थी। परिस्थिति अनुसार मनोज की संवदेनशीलता उसके 'शेयरों' में भी प्रस्फुटित हो उठती थी। इस प्रवृति के प्रति शिवानी पूरी तरह अवगत थी। इसीलिए मनोज का व्यक्तित्व उसके लिए बाबा आदम की रहस्यमय पोटली सा ही भ्रामक बना रहता था।

उन्हीं दिनों एक अन्य घटना भी सामने आई। बात बड़ी सामान्य सी थी। परन्तु इस घटना ने शिवानी के अन्तर्मन में एक गहरी छाप अंकित कर दी थी। मनोज का चरित्र जो एक रहस्यमय एवं अपारदर्शी चादर में लिपटा हुआ था, सहसा एक अत्यन्त निर्मल दर्पण सा उद्‌भासित हो उठा। सर्दी का मौसम था। वह सुचित्रा और मनोज पालिका बाजार में कुछ खरीदने के लिए आये हुए थे। ठण्ड बहुत थी, रात्रि का समय था। भारी भरकम 'वूलीज़' में भी उन्हें ठण्ड महसूस हो रही थी। मार्ग में बड़ी सड़क का मोड़ काटते ही कार को झटका सा लगा। मनोज ने शायद सायास ब्रेक पर पाँव रखा हो। शिवानी ने उचक कर शीशे से परे देखा। आँखों के सामने दरिद्रता की एक साक्षात् प्रतिमूर्ति विद्यमान थी। सड़क के किनारे रोशनी के नीचे एक बृद्ध भिखारिन ठिठुरी सी, लगभग गठरी बनी, एक फटे

'पोलीथीन' में सिकुड़ी बैठी थी। आसपास कुछ सिक्के बिखरे पड़े थे। मनोज की कार 'ए. सी.' युक्त थी, अतः सर्दी का दंश वहाँ लगभग न के बराबर था। परन्तु बाहर? उसकी स्थिति सचमुच अत्यन्त दयनीय थी। कार में बैठे अन्य सदस्यों ने उसकी ओर देखा या नहीं, परन्तु शिवानी के ओंठों से एक धीमी आह प्रस्फुटित हो 'ए. सी.' की ऊष्म साँस में विलीन हो गई। देश के जो लोग गरीबी की रेखा से बहुत नीचे हैं, उनके बारे में कौन सोचता है? रेखा तो महज़ छलना है; आँकड़ों का भुलावा है। सत्ता में उन्मत्त राजनेताओं के उपहास का आधार है। यहाँ तो चारों ओर गरीबी ही गरीबी है, न जाने देश के अर्थशास्त्री बीच में किस रेखा की बात करते हैं?

मारकीट पहुँच कर उन्हें कपड़े ओढ़ने पड़े। मनोज ने सुचित्रा का ध्यान आकृष्ट किया,

"सुचि—तुम दोनों इधर 'कॉफी कार्नर' पर कुछ देर बैठो; कॉफी लो—मैं अभी आया—" सुचित्रा और शिवानी ने शंकित नेत्रों से मनोज की ओर देखा। सुचित्रा ने तनिक दृढ़ स्वर में पूछा,

"भैया, अब क्या हुआ—?"

"सुचि, उधर सामने एक मित्र खड़ा है। अभी होकर आता हूँ—"

सुचित्रा ने दुलारपूर्ण खीज व्यक्त की—

"ओह हो! भैया, कभी तो इधर-उधर के काम छोड़ दिया करो—"

शिवानी ने भी व्यंग्य कसा,

"सुचि, तुम्हारे भाई बहुत 'ग्रेट' हैं न, इसीलिए—" मनोज आनंदातिरेक में पुलकित हो उठा! सहज भाव से बोला,

"मैं यूँ गया और आया—तब तक आप लोग—" कहते-कहते मनोज वहाँ से दूसरी ओर निकल गया। उसके दूर हटते ही शिवानी ने पूछा,

"सुचि, क्या मनोज सचमुच इतने व्यस्त रहते हैं?"

सुचित्रा ने गम्भीर साँस ली, अर्थपूर्ण नेत्रों से शिवानी की ओर देखा। आन्तरिक भाव छिपाने का प्रयास करती हुई बोली,

"शिवानी, मेरा भाई लाखों में नहीं करोड़ों में एक है। ये करते बहुत कुछ हैं, परन्तु कहते कुछ नहीं। इनके भीतर एक असीम सागर है, जो सदा प्रशान्त रहता है और अपनी मर्यादा बनाए रखता है।"

दोनों ने कॉफी का आनन्द उठाया, सुचित्रा ने तनिक चुटकी काटी,

"अभी आने दो, खिंचाई कर दूँगी। भला ऐसी 'ग्रेण्ड' कम्पनी को छोड़ कर भी कोई जाता है—"

शिवानी ठठाकर हँस पड़ी, साँस रोकर बोली,

'ग्रेण्ड' नहीं 'मारवलैस' कहो—; जब अपनी तारीफ ही करनी है तो खुलकर

तो करो–"

"सच कहती हो, शिवानी–"

और सुचित्रा ने कप ओंठों से सटा दिया। अभी कुछ ही क्षण बीते होंगे कि मनोज भरकम कदम भरता हुआ, साँस समेटता उनके निकट आकर जम गया,

"लाइए, मेरी कॉफी–"

सुचित्रा ने शरारती मुद्रा में उसे छेड़ दिया,

"मिल आये अपने बन्धु से–कौन था–?"

मनोज ने बात अनसुनी करके कॉफी वाले को पुकारा। साथ ही शिवानी की ओर देखते हुए कहा,

"था कोई–बड़े दिनों के बाद मिला था–"

सुचित्रा ने मुस्कुरा कर पुनः पूछा,

"चलो, यह तो बता दो युवा था वृद्ध–"

मनोज अपनी बहन की शरारत समझता था। शिवानी दोनों को शंकित एवं जिज्ञासु भाव से बस निहार ही सकी थी। मनोज को उत्तर तो देना ही था, सो कहा,

"मुझ से बहुत ज़्यादा उमर थी–"

"अच्छा भैया, यह कोई महिला तो नहीं थी–"

सुचित्रा ने हँसने का अभिनय किया। इतने में मनोज के लिए भी कॉफी रख दी गई थी। मनोज वार्ता बदलना चाहता था; कॉफी उठाता हुआ बोला,

"सुचि, व्यर्थ की उधेड़-बुन मत किया करो। तुम्हारी पिटाई करनी पड़ेगी–"

शिवानी और सुचित्रा इस दुलारपूर्ण डाँट से पुलकित हो उठीं। सरस मुस्कान कॉफी की कड़वाहट में मिश्री का स्वाद घोल गई। सुचित्रा ने अत्यन्त सरस एवं सहज भाव से दोनों की ओर देखा,

"चलो भैया, अन्तिम बात–यह तो बता दो इस सर्दी में तुम्हारे बन्धु ने शॉल ओढ़ रखा था या कम्बल–"

मनोज के शरीर को जैसे झटका सा लगा। आँखें थिरक गईं। उसने अर्द्धनिमिलित दृष्टि से शिवानी तथा सुचित्रा की ओर देखा। आन्तरिक भाव चेहरे पर एक विचित्र सी रेखा छोड़ गये। ज़ाहिर था, वह कुछ छिपाना चाहता है। परन्तु क्या? कोई कुछ भी समझ नहीं पाया। सुचित्रा के नेत्रों में एक अद्‌भुत सा व्यंग्य प्रकट था, चेहरे पर मृदुल मुस्कान थी। जैसे उसके समस्त हाव-भाव कह रहे हों, वह अपने भाई की रग-रग से वाकिफ़ है। मनोज ने सुचित्रा के इस प्रश्न का भी स्पष्ट उत्तर नहीं दिया। मात्र बात टालने के लिए कहा,

"इस ओर मैंने ध्यान नहीं दिया–"

और सभी मौन हो गये। संदर्भ बदला, कुछ और बात-चीत हुई; खरीद के

उपरान्त उसी मार्ग से वे घर की ओर चले पड़े। सड़क के मोड़ पर पूर्व स्थल के निकट पहुँचते ही सब नजरें उसी वृद्धा की ओर दौड़ गईं। इस समय वह एक मोटा कम्बल ओढ़े हुए थी। सुचित्रा ने शिवानी का ध्यान आकृष्ट किया,

"शिवानी—भैया इस काम में व्यस्त थे।"

शिवानी एक ही क्षण में सब कुछ भाँप गई। मनोज से शायद उस अभाव-ग्रस्त वृद्धा का सन्ताप सहन नहीं हो पाया। इसीलिए वह बिना कुछ कहे वापिस लौटा होगा और अपनी संवेदना का प्रतीक वहाँ छोड़ आया। इससे पूर्व कि शिवानी इसके प्रति अपना कोई भाव व्यक्त करती, कार बहुत दूर निकल चुकी थी और उनकी वार्ता ने एक अन्य मोड़ ले लिया था।

इन्हीं विचारों के ताने-बाने में शिवानी ने कई बार मनोज के स्वभाव एवं चरित्र की परतों को खोलने का प्रयास किया। परन्तु वह ऐसा क्यों कर रही है? इन सब बातों से उसका क्या लेना-देना है? सोचते-सोचते सब कुछ धूमिल एवं अस्पष्ट सा रह जाता। शिवानी को देश सेवा की लगन थी, इसीलिए वह जब भी मनोज को इस प्रवृति की ओर उन्मुख पाती, उसके प्रति सहज आकर्षण और बढ़ने लगता था। भिखारिन को कम्बल देने की घटना को लेकर भी उसके भाव सागर में अद्भुत सा मन्थन चलता रहा। "क्या केवल एक निर्धन को ऐसा दान देने से गरीबी की रेखा मिट जायेगी?" शायद नहीं। दूसरे क्षण शिवानी का ध्यान जगत् प्रसिद्ध उक्ति की ओर चला गया। बूँद-बूँद से तालाब भरता है। हाँ, यही ठीक है। यदि देश के अन्य सम्पन्न व्यक्ति भी कुछ ऐसा ही सोचें जैसा कि मनोज ने प्रकट किया है, तो कोई वजह नहीं कि गरीबी की यह रेखा स्वतः लुप्त न हो जाये। परन्तु क्या ऐसा हो पायेगा? ऐसे संवेदनशील अन्तःकरण वाले लोग कितने होंगे? कुछ समय पूर्व महामानव विनोबा जी ने भी कुछ इस प्रकार के त्याग की प्रेरणा दी थी। चारों दिशाओं में अपूर्व अपरिचित उत्साह और उमंग थी; परन्तु सहसा वह धारणा और क्रान्ति विलुप्त हो गए; प्रशान्त हो गये। परन्तु नहीं, संस्कार शायद कभी नहीं मरता। ऐसी ही एक उदात्त भावना मनोज के रोम-रोम में समाई है; ऐसा शिवानी के भीतरी लोक में स्थापित हो रहा था।

भाव बनते हैं मिट जाते हैं, विचार उमड़ते हैं बरस पड़ते हैं। मन की नदिया को बस बहना ही है। चल-चित्रों का दर्शन कभी स्वच्छ होता है तो कभी धुँधला जाता है। शिवानी को मनोज के साथ हुई प्रथम भेंट भी हूबहू स्मरण थी। उस रात वह मदुराई में मीनाक्षी मन्दिर के वार्षिक समागम में देव अर्चना के उपरान्त मन्दिर के प्रांगण से होकर बाहर की ओर जा रही थी। मार्ग बनने के लिए उसे श्रद्धालु भक्तों की भीड़ को पीछे हटाते हुए आगे बढ़ना था। वहाँ श्रद्धालुओं का एक सागर सा उमड़ रहा था। भीड़ के छटते ही उसने स्वयं को कुछ युवकों के समीप पाया। वे दक्षिण प्रदेश के नहीं लगते थे। सब से आगे बढ़ कर जिस युवक

ने उसे सम्बोधन किया, वह मनोज ही था। उसने साहस बटोर कर अत्यन्त नम्र भाव से कहा था,

"देवी जी, क्षमा चाहूँगा। आपसे प्रार्थना है–" शिवानी अर्चना वेश में थी; मस्तक और नेत्रों पर कला चिन्ह व्यक्त थे। धीमी भ्रू भंगिमा में ही उसने सन्देह एवं शंका व्यक्त की। मानों कहा हो, "क्या चाहते हैं आप लोग?"

मनोज ने अपने साथियों की ओर देखते हुए निवेदन किया,

"त्रिवेन्द्रापुरम् में रोटरी इण्टरनेशनल का 'कल्चरल' शो आयोजित किया जा रहा है–"

"तो?" शिवानी की भृकुटि तन गई थी।

"हमारी प्रार्थना है आप हमारे कल्ब में–"

शिवानी ने प्रखर स्वर में मनोज की बात काट दी,

"क्षमा कीजिए–मेरी कला क्लब 'कल्चर' के लिए नहीं है–" पुनः उसने दृढ़ता से कहा,

"क्लबों में मदिरा के दौर चलते हैं। मस्ती के आलम में जीने वाले लोग कला का क्या आदर करेंगे–?"

और शिवानी पूर्ववत् अपने मार्ग पर आगे चल दी। युवकों की टोली हतप्रभ थी। वे किंकर्त्तव्यविमूढ़ भाव से एक दूसरे का मुख ताकने लगे। किसी में यह साहस नहीं था कि कला की आराध्य देवी के बढ़ते चरण रोक पाते। हाँ, इतना ज़रूर चलते-चलते उसने मनोज को अत्यन्त सारगर्भित नेत्रों से, ऊपर से नीचे तक देखा अवश्य था। शायद यही कारण हो सकता है, शिवानी ने कुछ दिनों के उपरान्त मनोज को अपने घर के प्रांगण में पुनः प्रार्थनारत मुद्रा में पाया। वह बैंगलोर कैसे पहुँचा, तथा उसने शिवानी का अता-पता कैसे मालूम किया, इस पर शिवानी विचार करने पर भी किसी निर्णय पर नहीं पहुँच सकी। हो सकता है मन्दिर के प्रबन्धकों से सम्पर्क करके मनोज ने...खैर, जो भी हो शिवानी को एक बार पुनः प्रखरता से उस स्थिति से निपटना था। आश्रमनुमा घर के प्रागंण में उस समय धूप कुछ तेज़ थी। मनोज काफी दूर से आया था। शिवानी इतनी अशिष्ट तो नहीं थी कि घर पर आए अतिथि को भारतीय संस्कारों के अनुरूप आदर भाव न दे पाये। उसने मनोज को घर के गलियारे में बैठने का संकेत किया, हल्के जल-पान के बाद, मनोज ने अपनी बात कही,

"आपसे पुनः अनुरोध है, हमारे 'शो' में–"

शिवानी ने तपाक से उत्तर दिया,

"मैंने उस दिन कहा था, मेरी आस्था या मनोभाव क्लबों के छिछले हल्ला-हू से मेल नहीं खाते। भला आप लोग व्यर्थ में कलाकारों का अपमान क्यों करते हैं–मैंने एक दो बार ऐसे समागमों में भाग लिया है। काफी कड़वाहट झेलनी पड़ी है। क्लब

के सदस्य अपने-अपने निजी स्वार्थों में लिप्त कलाकारों को पूरी तरह तिरस्कृत कर देते हैं–''

शिवानी उठने लगी, दृढ़ स्वर में बोली,

''आपको यहाँ नहीं आना चाहिए था।''

मनोज ने एक बार फिर दबाव डाला, तनिक विश्वस्त स्वर में कहा, ''हम लोग वैसे नहीं हैं। असल में हम गुजरात के प्लेग पीड़ितों के लिए यह समागम कर रहे हैं; सारी धनराशि–'' शिवानी उठकर खड़ी हो गई। शायद उसने मनोज की बात की गरिमा को अनसुना ही कर दिया। मनोज ने निश्वास भरते हुए शिवानी का ध्यान पुनः आकृष्ट किया,

''क्लब आपको मुँह माँगी राशि–''

किसी तेज़धार शस्त्र ने मानों शिवानी को दो टूक कर दिया। वह चंचला सी चीख उठी,

''आप मेरे ही घर मेरा इस प्रकार अपमान–ऐसा दुःसाहस–'' शिवानी के ओंठ काँप उठे; शरीर थर्राने लगा। यदि यह स्थिति मनोज के किसी निजी मंतव्य से जुड़ी होती, शायद वह वहाँ एक पल भी न ठहरता। परन्तु उसे सेवार्थ यह उत्तर-दायित्व निभाना ही था। वह शिवानी को वास्तविकता के प्रति सचेत करवाता हुआ विश्वस्त स्वर में बोला,

''सच्चे कलाकार को किसी भी स्थिति में धैर्य, सेवाभाव और संवेदनशीलता का त्याग नहीं करना चाहिए। धृष्टता के लिए मैं क्षमा का याचक हूँ–दम्भ और अहंकार के आवरण में सच्ची कला निस्तेज होकर रह जाती है।''

कहते-कहते मनोज चलने को हुआ। शिवानी मानों मूर्ति सी स्थिर रह गई। जड़वत् बिना हिले डुले। मनोज की बातों ने उसे पूर्णतया हिला दिया। हृदय धड़कन तेज़ हो गई, नासापुट थिरकने लगे। उसने मनोज के बढ़ते पाँव रोकने का प्रयास किया, पूरी साँस भरकर कहा,

''कोरी संवदेनशीलता अर्थहीन है। मेरी एक 'अपीयरैंस' का एक लाख होगा,''

मनोज मानों खिल उठा, जेब से चैक बुक निकालकर उसने शिवानी को राशि देते हुए कहा,

''हम दो प्रोग्राम देंगे। आपके लिए दो लाख का चैक है–''

शिवानी ने चैक ले लिया। आँखों में रोष और स्वाभिमान के भाव छाये थे। मनोज ने पलकें झुका लीं। ठण्डी साँस भरते हुए अपना 'ब्रीफकेस' उठाया। तनिक झुककर शिवानी का अभिवादन करता हुआ बोला,

''मन का एक बोझ हल्का हो गया। आपने मेरी बात रखी, आभारी रहूँगा। चलते-चलते एक शे'र आपकी नज़र है–

"लौट कर फिर किस ने देखा है बहते दरिया को,
घटा सी छाई हो, जम के बरसो, सावन आये न आये।"

और मनोज चला गया। उससे शिवानी की पुनः भेंट शीघ्र नहीं हो सकी। एक लम्बा अन्तराल बीत गया। परन्तु उसकी पहली भेंट ही शिवानी के अन्दर एक गहरा घाव कर गई थी। एक आदमी को खदेड़ने की कितनी कोशिश की, लावे जैसे शब्द भी बरसाये, फिर भी यह कितना धीर, शान्त, स्थिर और सहज बना रहा। शिवानी के भीतर कोई सोई कला शायद स्वतः जागने लगी। ऐसी स्थिति में वह मनोज को कभी तो अपनाती और कभी एकदम अपने से विलग कर देती थी। भावनाओं के अथाह सागर में वह दिशाहीन तिनके सी बहती जा रही थी कि सहसा किसी ने उसे विचलित कर दिया। मनोज ने ही ऊँचे स्वर में कहा था,

"करामाती चाय हाज़िर है—"

शिवानी ने घूम कर द्वार की ओर देखा, प्रसन्न मुद्रा में सुचित्रा और मनोज चाय के साथ प्रस्तुत थे। वे धीरे-धीरे पाँव आगे रख रहे थे। प्रातःकालीन सूर्य की किरणें लाल दरी सी बिछाती जा रही थीं।

लौट कर फिर किसने देखा है बहते दरिया को
घटा सी छाई हो, जम के बरसो साजन आये न आये

◆◆◆

तेरहवाँ अध्याय

वसुमित्र का दक्षिण दिल्ली में भी एक आश्रम था। जून का महीना था और साँझ ढलने को थी। उस दिन आश्रम के प्रांगण में काफी चहल-पहल थी। देश के प्रधानमन्त्री उससे भेंट के लिए आये थे। उनके साथ सरकारी गाड़ियों का एक लम्बा काफिला वहाँ तक पहुँचा था। आश्रम के बाहर, आसपास–दूर तक सुरक्षा का कड़ा प्रबन्ध था। वसुमित्र को देशवासी मुख्यतः युवा पीढ़ी महाराज कहकर आदर प्रकट करती थी। वसुमित्र को यह प्रत्यय प्रायः खलता रहता था। परन्तु अपने प्रति लोगों की श्रद्धा देख वह कुछ कह नहीं पाता था। वह राजनेता नहीं था, परन्तु असंख्य देशवासियों के दिलों पर उसका साम्राज्य था। लोग उसके प्रति सम्मान ही नहीं पूज्य भाव भी रखते थे। देश के समकालीन प्रधानमन्त्री हरदेव राही उसके बचपन के मित्र थे। समय-समय पर दोनों में देश की भिन्न स्थितियों पर परिचर्चा होती रहती थी। विभिन्न राजनीतिक पार्टियों के पदाधिकारी वसुमित्र से विचार-विमर्श के लिए आते रहते थे। देश की प्रमुख पत्र-पत्रिकाओं में वसुमित्र की चर्चा लोगों में आकर्षण का विषय रहती थी। हरदेव राही और वसुमित्र दोनों लगभग समवय थे; मात्र एक दो वर्ष का आगा-पीछा हो सकता था। दोनों ही जीवन की सन्ध्या में प्रवेश कर चुके थे। पुराने मित्र थे अतः जब भी एक दूसरे से मिलते अत्यन्त अनौपचारिक वातावृरण खुलने लगता था। उस समय भी वे वसुमित्र के अन्तरंग कक्ष में बैठे थे। चाय-पान का आनन्द लिया जा रहा था। हरदेव ने धीमा व्यंग्य साधते हुए कहा,

"वी. एम., आजकल तो गुड्डी बहुत ऊँची चढ़ी है तुम्हारी। लोग महाराज कहते हैं तुम्हें–"

"तुम्हें ईर्ष्या होती है, प्यारे एच. डी. तुम्हें भी तो पी. एम. कहते हैं–" और वसुमित्र हँस दिये। पुनः वसुमित्र ने एक दीर्घ श्वाँस भरकर कहा,

"अपना-अपना भाग्य है हरदेव–तुम भी तो खूब मौज मेले में हो–"

हरदेव तनिक गम्भीर हो गया, वसुमित्र की ओर सारगर्भित नेत्रों से देखता हुआ बोला,

"वसु–मज़ाक रहने दो। जो ताज पहन रखा है, उसमें काँटें ही काँटें हैं–"

"तो उतार क्यों नहीं फेंकते–"

हरदेव ने साँस ली, कहा, 'इतना ही सहज होता तो–"

वसुमित्र ने पीठ पीछे सटा दी। चाय का कॅप उठाते हुए पुनः कहा,

"सुनो हरदेव–जो कुछ राजनीति के नाम पर हो रहा है एक दिन हमारे देश को फिर से दासता की खाई में धकेल देगा।"

हरदेव ने आश्चर्य से वसुमित्र की ओर देखा, शंकित भाव व्यक्त हुए,

"वसु, तुम भी ऐसी निराशाजनक बात करोगे तो देश को दिशा निर्देश कौन देगा?"

वसुमित्र के नेत्र झुक गए। भीतर विचारों का मन्थन उमड़ने लगा। संयमित स्वर फूटा,

"मेरी भला क्या औकात है, जो कुछ तुम और दूसरे राजनेता हमें दे रहे हैं उससे तो यही लगता है कि केवल भ्रष्टाचार ही हमारी संस्कृति की मूल पहचान है। आने वाली पीढ़ियों को क्या यही सौगात देनी है हमें–"

"वसु, शायद ऐसा तो किसी ने भी नहीं चाहा था–"

"हरदेव, फिर तुम क्यों कुछ नहीं करते?"

"क्या कर सकता हूँ मैं–संसद के बाहर स्थिति कुछ और है, भीतर कुचक्रों का चक्रव्यूह है–कभी-कभी तो खुद भी पूरी तरह हताश और निराश हो जाता हूँ–"

कहते-कहते हरदेव राही ने दीर्घ श्वाँस ली, मानों वह असमर्थता व्यक्त कर रहा हो। वसुमित्र ने द्वार पर खड़े 'मीडिया' के अधिकारियों को देखा, वे शायद कोई बड़ा समाचार गढ़ने के मूड में थे। परन्तु इधर भीतरी कक्ष में तो दो मित्रों की नितान्त आत्मीय एवं निजी वार्ता चल रही थी।

"जानते हो एच. डी.–संग्राम के दिनों में जेल की कोठरी में हम स्वतन्त्र भारत की कैसी-कैसी भव्य और मोहक छवियाँ उकेरा करते थे। कितना उत्साह और जोश था कुछ कर गुज़रने का। हर पल मर मिटने की लालसा सी बनी रहती थी। और आज..." वसुमित्र ने निराशाजनक मुद्रा में हरदेव की ओर देखा। तनिक धीमे स्वर में पुनः कहा,

"कम से कम तुमसे ऐसे घटिया कुचक्रों की आशा नहीं थी–"

वसुमित्र की बात सुनकर हरदेव को लगा जैसे एक साथ सौ बिच्छुओं ने उसे डंक मार दिया हो। उसके ओंठों से आह सी फूटी; कुछ सहमें स्वर में बोला,

"बी. एम.–तुम मेरे अच्छे मित्र हो; सबसे निकट हो–सब कुछ समझते हो। फिर भी–"

"इसीलिए तो कहने का साहस करता हूँ। तुमने सरकार बचाने के लिए सांसदों को खरीदा–; घर-घर जाकर पैसे दिये। क्या ज़रूरत थी यह सब करने की? प्रधानमन्त्री पद पर तुम ही आसीन रहे, सरकार गिरी नहीं। अत्यन्त गोपनीय ढंग

से तुमने वोट खरीदे—भला कौन सा आदर्श देश की जनता के सामने रखना चाहते थे तुम—?"

कहते-कहते वसुमित्र की साँस फूलने लगी। हरदेव की पलकें झुकी थीं। चेहरे पर कालिमा छाने लगी थी। फिर भी उसने स्वस्थ भाव से कहा,

"और कोई चारा भी तो नहीं था। जानते तो हो मेरी सरकार केवल चार की 'मैजोरिटी' पर टिकी थी। वे लोग विपक्ष के हाथों में खेल रहे थे, सरकार बचाने के लिए अन्य चार को जोड़ना ज़रूरी था।"

"जोड़ना या खरीदना?"

वसुमित्र ने तुरन्त प्रतिवाद किया।

"वसु, यह सब तो राजनीति में चलता है। परन्तु मैंने तो अत्यन्त गुप्त ढंग से—किसी को भी—"

"बस, हरदेव—बस, यहीं मेरा और तुम्हारा मार्ग अलग हो जाता है। मैं केवल आत्मा को साक्षी मानता हूँ और तुम कोरे व्यवहार को। राजनीति कोरा व्यावहारिक व्यापार है; और निःस्वार्थ सेवा सच्चे अर्थों में साधना है। इस साधना से कुछ मिले या न, कम से कम आत्मा तो कलंकित नहीं होती। और तुम्हारी राजनीति के आडम्बर और प्रपंच में सब कुछ नष्ट हो जाता है। न माया मिलती है न राम—"

क्षण भर के लिए दोनों ही मौन रहते हैं। हरदेव ने नीचे देखते हुए धीमे स्वर में कहा,

"पता नहीं लोकतान्त्रिक प्रणाली में ऐसा 'सिस्टम' कैसे पनप आता है। सत्ता पाने के लिए अलग प्रयत्न करने पड़ते हैं और सत्ता में बने रहने के लिए..."

"प्रधानमन्त्री महोदय, सही अर्थों में हमारे देश में लोकतान्त्रिक प्रणाली है ही कहाँ? सत्ता देश के कुछ समृद्ध परिवारों तक सीमित है। वही समूची राजनीति से खिलवाड़ करते हैं। तुम ही कहो, जो व्यक्ति धनी मान्य नहीं है, उसकी कोई बिसात है हमारे देश में—चुनाव लड़ना तो एक ओर कई बार अपनी वोट डालना भी दुष्कर होता जाता है। पीढ़ी दर पीढ़ी सत्ता सरकती जाती है; पिता के बाद पुत्र या फिर पति के बाद पत्नी—चुनाव की तैयारी में जुट जाते हैं। ताजशाही बीते युग की बात है; सत्ताशाही आज की कहानी है। ऐसे में तुम ही कहो, कहाँ है लोकतन्त्र?" हरदेव मस्तक झुका लेता है। समझता है, वसुमित्र के विचार सही हैं; तर्क अकाट्य है। अर्थपूर्ण नेत्र चारों ओर परिक्रमा करते हैं, पुनः उसी सीमित परिवेश में स्थित हो जाते हैं। कुछ चिन्तनशील मुद्रा में हरदेव ने कहा,

"पता नहीं हम लोगों से कहाँ भूल हो गई। एक स्वस्थ चिन्तन और उदात्त भावना लेकर हमने यह मार्ग चुना था—"

वसुमित्र तुरन्त बोल उठा,

"यही मैं कहता हूँ; हरदेव—गान्धी, विनोबा और गुरुदेव के आदर्श क्या

सचमुच इतने खोखले थे? जेल की कोठरी में हम भूखे–प्यासे इन्हीं महापुरुषों की गाथाओं का रसपान करते हुए निश्चिंत भाव से भावी भारत का मानचित्र बनाते रहते थे। परन्तु स्वतन्त्रता के पश्चात् जो कुछ सामने है, उसे देखते हुए बार-बार लज्जित होना पड़ता है। अपने ही देश में, अपने ही बन्धुओं के सामने सिर शर्म से झुक जाता है। अंग्रेज़ों ने तो हमारे शरीरों को ही दग्ध किया था, अपने लोगों ने अन्तःकरण को ही छलनी-छलनी कर दिया है–"

"वसु, मैं तुम्हारा दुःख समझता हूँ–"

"दुःख! यह मेरा अपना दुःख या सन्ताप नहीं है, भारत के आम नागरिक की पीड़ा है–"

"तुम ही कहो वसुमित्र, सत्ता में आकर भी कोई क्या करे? पता नहीं यह सब कैसे हुआ–लोगों का राजनीतिकों की जात पर से ही विश्वास उठ गया है–"

वसुमित्र ने दीर्घ श्वास ली, सान्त्वनामयी वाणी में कहा,

"जब झील का पानी गंदला जाए तो बाहर से निर्मल स्रोत प्रवाहित करना चाहिए–" हरदेव के माथे पर सरल रेखाएँ प्रकट थीं, ओंठ साफ करता हुआ बोला,

"हमने ऐसा भी किया था। साधु और सन्तों की कुछ त्याग मूर्तियों को–"

वसुमित्र ठठाकर हँस दिया। साँस फूल रही थी, शरीर पर नियन्त्रण करते हुये बोले,

"त्याग मूर्तियाँ–वाह! हरदेव राही, सही राह तुम्हें अब भी नहीं मिली। भला मठाधीश साधुओं से तुम किस कल्याण की आशा करते हो? उनके अपने अखाड़ों में राजनीति की जो राख उड़ती है, वही उन्होंने संसद में पहुँचा दी। अखाड़ों में भी उनका लक्ष्य सत्ता हथियाना है इधर संसद में भी यही लालसा रहती है। अच्छे राजनेता का आदर्श कौन पहचानेगा? साधुता एक अन्तरंग भाव है। बाह्य दिखावे का इससे कोई सम्बन्ध नहीं है। गेरुआ रंग तो महज़ एक छलावा है; सच्चा रंग है लोक भावना। ऐसे बाह्य प्रदर्शन से देश का कल्याण तो भला क्या होगा, हाँ–संसद में रंग-बिरंगी तितलियाँ ज़रूर नज़र आयेंगी–"

वसुमित्र के शब्दों में कटुता थी या व्यंग्य–इसका निर्णय करने का समय हरदेव के पास नहीं था। वह अपने मित्र के पास किसी विशेष आशय से आया था। तनिक सोचकर उसने अपनी बात कही,

"वसुमित्र, आज देश में तुम्हारा बहुत नाम है। जो चाहो कर सकते हो। जनता तुम पर अगाध श्रद्धा रखती है–"

"तो? इससे क्या होगा?"

वसुमित्र ने सन्देहशील नेत्रों से हरदेव की ओर देखा।

"यदि तुम चाहो तो राजनीति में पहला स्थान पा सकते हो–"

वसुमित्र तुनक उठा, साँस तेज़ हो गई–दम भरता हुआ बोला,

"मुझे पता था तुम यही कहोगे। तुम्हारी लुटिया डूब रही है इसलिए मुझे—हाँ भई—"

वसुमित्र ने सहज होते हुए फिर कहा,

"सुन रखा है, मुसीबत पड़ने पर तो गधे को बाप बनाना पड़ता है—"

"मज़ाक छोड़ो, वसु—मैं जानता हूँ, तुम वो नहीं हो—"

"भगवान का शुक्र है, तुम्हारे पास इतनी पारखी नज़र तो है—"

और फिर दोनों ही उन्मुक्त अट्टहास में फूट पड़े। बीते दिनों में भी अत्यन्त विपदा की घड़ी में वे लम्बी चौड़ी बहस के उपरान्त ऐसे ही खिल-खिलाया करते थे।

कुछ क्षण दोनों ही मौन साधे रहे। शायद अपने-अपने अन्तर में विकट स्थिति का समाधान पाने में चिंतनरत हों। हरदेव राही ने कुछ रुककर सन्देह सिक्त वाणी में कहा,

"तो क्या हमें फिर अथ से शुरू करना होगा?"

"ऐसी आकांक्षा व्यर्थ है। जानते तो हो अब हमसे कुछ होने वाला नहीं है। हमारे शरीरों की छाया लगभग शमशान तक पहुँच चुकी है।"

कहते-कहते वसु मौन हो गया। हरदेव की जिज्ञासा प्रबल थी, पुनः बोला,

"तो फिर समाधान?"

वसुमित्र ने उसकी ओर अर्थपूर्ण नेत्रों से देखते हुए कहा,

"उत्तरदायित्व सदा युवा पीढ़ी या दूसरी पंक्ति के लोगों पर होता है। ज़रा स्मरण करो जब देशव्यापी आन्दोलन चल रहे थे तो हम लोग किस पंक्ति में थे। गर्म जोश के कुछ साथी भरी जवानी में ही देश पर कुर्बान हो गए। जो सन्धि में विश्वास करते थे, धीरे-धीरे चलते रहे। दासता के मेघ छटे, वे भी एक-एक करके चले गए। जो बाकी बचे उनमें या तो तुम जैसे राजनेता हैं जो भ्रष्ट 'सिस्टम' का शिकार बन कर रह गए; या फिर मेरे जैसे, जो कोरे भाषणों से जनता को दिलासा दे रहे हैं—"

वातावरण मौन और प्रशान्त था। दोनों ही गम्भीर मुद्रा में चिन्तारत थे। वसुमित्र के शब्दों में कड़वा यथार्थ छिपा था। ऐसा संवेदनशील सत्य जिससे हरदेव इनकार नहीं कर सकता था। उसके नेत्र झुकने लगे। मस्तक पर कुछ रहस्यमय रेखाएँ उभरने लगीं। ज़ाहिर था, वह वसुमित्र से ही कुछ और सुनने के लिए लालायित था। वसुमित्र ने रूमाल से मुख साफ करते हुए कहा,

"दासता से मुक्त होने के लिए जैसा आन्दोलन हुआ था, वैसा ही एक बार फिर राजनीति के गन्दे 'सिस्टम' को जड़मूल उखाड़ने के लिए शुरू करना होगा। यह भार एक बार फिर से युवाओं को ही उठाना पड़ेगा। इस कार्य के लिए थोड़े से प्रतिबद्ध युवाओं की ज़रूरत है; ऐसी युवा शक्ति जो अत्यन्त संवेदनशील हो,

मानवीय मूल्यों और इसकी स्थापना के लिए कृत-संकल्प हो; व्यक्ति की अपेक्षा परिवार को, परिवार की अपेक्षा समाज और राष्ट्र को महत्त्व दे सके। ऐसे युवा लोग जो धर्म या सम्प्रदाय को नहीं, शुद्ध अध्यात्म को समझने वाले हों। कोरा आदर्श नहीं; ठोस यथार्थ और सत्य के लिए मर मिटने वाले हों। धन के लोभ की बजाय निःस्वार्थ भाव से जन कल्याण की भावना से अनुप्राणित हों। विश्व बन्धुता और विश्व धर्मों की मूल समभावना–दया, मानवधर्म तथा दीनों के प्रति संवेदना को चरितार्थ करने वाले हों, बाह्य आडम्बर वेशा-भूषा, पूजा-अर्चन की अपेक्षा एक शुद्ध चेतन सत्ता की आरती करने वाले हों। सब से परे; रूप, रंग, देश-प्रदेश, सभी कृत्रिम प्रतिबन्धों से मुक्त हों–''

हरदेव मानों निराश हो गया। अधिक सुनना नहीं चाहता था। बात रोकता हुआ बोला,

''वसु, यह तो कोरा ''यूटोपिया' है। किसी भी आदर्श मानव की चर्म सीमा है। कहाँ मिलेगी ऐसी युवाशक्ति–'' वसुमित्र ने तनिक गम्भीरता से कहा,

''हरदेव, किसी चीज का बीज नाश कभी नहीं होता। भारतीय आस्था और संस्कृति अत्यन्त समृद्ध है। यहाँ कोमल भावनाओं की कमी नहीं है; युवा पीढ़ी में एक से बढ़कर एक आदर्श रूप विद्यमान है। सृजन कोरा अभिव्यक्तिपरक नहीं है; शुद्ध चिन्तन भी एक निर्माण है। हमें ऐसे ही युवकों की ज़रूरत है जिनके विचार उदात्त और शुद्ध हों, जिनका स्वाभिमान सही अर्थों में त्याग और सेवा पर आधारित हो–''

कहते-कहते वसुमित्र फिर कुछ सोचने लगे। हरदेव ऐसे विचारों के प्रति शायद शंकित हो रहा था, साहस बटोर कर बोला, 'वसु, ऐसी त्यागमयी विभूतियाँ कहाँ मिलेंगी?''

वसुमित्र ने उसकी गहन गम्भीर आँखों में झाँकते हुए कहा,

''सच कहो एच. डी.–क्या चढ़ती उमर में हम लोग ऐसे ही नहीं थे?'' पुनः उसने एक अतल साँस ली। निःश्वास भरकर कहा,

''यह अलग बात है, हम अपने परिवेश को बहुत कुछ नहीं दे पाए; लगता है देशभक्तों का बलिदान ठीक से आँका नहीं जा सका–''

हरदेव ने भी निराशाजनक भाव व्यक्त किए। हताश होकर मस्तक झुकाते हुए कहा,

''अब करना क्या होगा?''

वसुमित्र ने अत्यन्त सहज और निश्चिंत भाव से अपनी पीठ सोफे से सटा दी। शान्त मुद्रा में कहा,

''मैंने सब कुछ कर रखा है। सोच समझकर पृष्ठभूमि तैयार की है। पिछले दस वर्षों में शहर-शहर, डगर-डगर घूम फिर कर कुछ ऐसे ही शुद्ध एवं श्रेष्ठ विचारों

के युवाओं से सम्पर्क स्थापित किया है। वे ठीक ढंग से मानव को मानव रूप में देखते और परखते हैं। देश के प्रति अपना उत्तरदायित्व समझते हैं–''

हरदेव ने तुरन्त बात काट दी,

''इससे क्या होगा–?''

''हरदेव, ध्यान से सुनो–मुझे तुम्हारा सहयोग चाहिए। आगामी चुनाव में सौ सीटों पर ऐसे युवाओं को उत्तरदायित्व सौंपना है। चरित्रगत दृष्टि से वे सभी अत्यन्त उत्तम और–''

हरदेव ने सहसा उसे टोक दिया,

''वसु, तुम पागल हो गये हो क्या? कैसी मूर्खतापूर्ण है तुम्हारी यह दलील। चुनाव का अर्थ तुम अच्छी तरह जानते हो; फिर भी तुम–''

हरदेव ने भरपूर साँस ली पुनः कहा,

''नये चेहरों को भला कौन आगे आने देगा। दूसरी बात, मत पेटियों के मुँह भी तो भरने हैं–''

वसुमित्र ने निश्िंचत भाव से उत्तर दिया,

''इसकी चिन्ता छोड़ दो। जिन व्यक्तियों को टिकट दी जाएगी, वे सभी किसी न किसी क्षेत्र में प्रतिष्ठित एवं मान्यता प्राप्त ज़रूर हैं। जनता में बखूबी परिचित हैं। मात्र राजनीति में नये होंगे–''

हरदेव ने दबी आवाज़ में असमर्थता व्यक्त की,

''परन्तु वसु, इतना बड़ा अभियान बिना पार्टी के सहयोग और 'सर्पोट' के कैसे सम्भव हो सकता है? राष्ट्रीय चुनाव कोई गुड्डे-गुड्डी का ब्याह तो है नहीं। करोड़ों-अरबों का खर्च होता है। खर्च सही भी हो सकता है और गलत ढंग से भी–''

वसु ने उसे आश्वासन दिया, विश्वस्त स्वर में कहा,

''हरदेव; मैंने सब प्रबन्ध कर लिया है। देश के बहुत से सम्पन्न युवक मेरे साथ हैं। ज़रूरत पड़ी तो नई पार्टी भी खड़ी की जा सकती है। रही जीत हार–यह हमारे लिए गौण है। देश की राजनीति को कोई स्वस्थ दिशा प्रदान कर पाएं, हमारे लिए इतना पर्याप्त होगा।''

हरदेव ने अत्यन्त गहन-गम्भीर मुद्रा से वसु की ओर देखा, शायद पूछना चाहते हो–

''क्या वास्तव में ऐसा सम्भव हो सकता है?''

वसुमित्र कुछ सोचकर मेज़ पर झुक गये। अपने मित्र की ओर अर्थपूर्ण भाव से देखते हुए बोले,

''हरदेव, बड़ी विडम्बना है इस राजनीति की। हर प्रकार की सरकारी नौकरी के लिए कोई न कोई 'कोर्स' या 'ट्रेनिंग' ज़रूरी है। उच्च प्रशासनिक जिम्मेवारी

के लिए आई. ए. एस. की प्रतियोगिता है; डाक्टर या इंजीनियर के लिए प्रवेश परीक्षा है। यहाँ तक कि शिशु शिक्षण के लिए जे. बी. टी; ओ. टी. आदि का प्रतिबन्ध है। परन्तु राजनीति एक ऐसा क्षेत्र है जिसमें प्रवेश के लिए कोई नियम, प्रतिबन्ध, शिक्षा या 'ऐण्ट्रेंस टैस्ट' नहीं है। भला क्यों?''

हरदेव ने साँस ली; माथे की नसें कुछ ढीली हुईं। सहज भाव में उसने कहा,

''लोकतन्त्र में आम जनता का राज होता है। यहाँ कोई प्रतिबन्ध नहीं लगाया जा सकता। संविधान में ऐसा प्रावधान नहीं है—''

''संविधान में न सही। राष्ट्रीय स्तर की राजनैतिक पार्टियाँ तो इसके प्रति सतर्कता दिखा सकती हैं। कम से कम अपने निजी शिविरों में तो...''

कहते-कहते वसुमित्र शान्त हो गया। बाहर प्रांगण में भेंटकर्ताओं की भीड़ बढ़ने लगी थी। पी. एम. से मिलने वाले उचक-उचक कर भीतर झाँक रहे थे। वसुमित्र ने दृष्टि बाहर से हटाकर पुनः हरदेव की ओर देखा; गला साफ करते हुए कहा,

''तुम जानते ही हो, वी. एम. विश्वविद्यालय सुसंस्कृत विचारों के प्रचार और प्रसार के लिए कृत-संकल्प है। मैं समझता हूँ शिक्षा का मुख्य उद्देश्य युवा वर्ग में सद्विचारों का संचार करना ही है। इसके लिए समूची शिक्षा प्रणाली को बदलना होगा। हमारी यह शिक्षा प्रणाली अंग्रेज़ों की जूठन है। यह किसी प्रकार भी भारतीयता के अनुरूप नहीं है। जो शिक्षा व्यक्ति को चरित्रवान नहीं बनाती, भ्रष्टाचार के विरुद्ध सतर्क नहीं करती, ऐसी शिक्षा किस काम की। कहते-कहते वसुमित्र मौन हो गए। दीर्घ श्वास भरकर बोले,

''छोटे-छोटे शिशु गधों की तरह बसते उठाये फिरते हैं। उनके पास न खेलने का समय है न ही खुली हवा में साँस लेने का। आखिर हम उन्हें देना क्या चाहते हैं? बड़े होकर जब समाज में प्रवेश करते हैं तो भारी मानसिकता का शिकार हो जाते हैं। मार्ग दर्शन मिल नहीं पाता और वे भ्रष्टाचार की खान में रोज़ी-रोटी के चक्कर में सहमा सा जीवन व्यतीत करते हुए संसार से विदा हो जाते हैं। क्या ऐसे भारत की कल्पना की थी हमने?''

''वसु—'' हरदेव ने ठहरे स्वर में कहा,

''आज की राजनीति जिस धुँधले चौराहे पर पहुँच चुकी है, वहाँ से कोई दीप्त राजमार्ग मिल पायेगा, इसके प्रति सन्देह है। राजनीति में सच्चरित्रता का कोई अर्थ नहीं है। ऐसी स्थिति में—''

''हरदेव,'' वसुमित्र ने गहरी साँस ली,

''राजनीति में भले ही इसकी ज़रूरत न हो, परन्तु एक सुखी एवं सम्पन्न समाज के लिए, इसके लोगों का चरित्रवान होना बहुत आवश्यक है। इतिहास साक्षी है, अतीत में राजे महाराजों की सन्तानें आश्रमों में विधिवत् शिक्षा प्राप्त करके सुचारु

रूप से लोक सेवा में संलग्न रहती थीं। आज के राजनेता कोई निराले सपूत तो हैं नहीं जो वीर अभिमन्यु की तरह मातृच्छाया से ही दिव्य घुट्टी लेकर जन्में हैं।"

हरदेव का मुख मलिन हो गया। वसुमित्र के शब्दों में व्यंग्य नहीं गहरा दंश छिपा था। कुल मिलाकर वह ठीक ही तो कह रहा था। अभी हरदेव कुछ प्रत्युत्तर की सोच ही रहे थे कि मुख्य सचिव ने तनिक झुकते हुए कहा,

"सॅर–हॉट लाईन पर लिबिया के प्रधानमन्त्री हैं–" हरदेव ने मुख्य सचिव को शंकित नेत्रों से देखा पुनः वसुमित्र की ओर हैरानी से देखते हुए कहा,

"इस समय!–" और कुछ सोचते हुए पी. एम. दूसरे कक्ष में चले गये।

◆◆◆

चौदहवाँ अध्याय

मनुष्य को मनुष्य के रूप में समझने और परखने का प्रयास और संकल्प निरन्तर है। दर्शन, धर्म, राजनीति तथा समाज शास्त्र ने अपने-अपने ढंग से इसकी व्याख्या प्रस्तुत की है। सिद्धों, सन्तों, महात्माओं तथा अवतारी पुरुषों ने बार-बार यही कहा कि मनुष्य-मनुष्य में कोई अन्तर नहीं है। विभेद बाह्य है और मूल में चेतना सत्ता एक है। परन्तु क्या वास्तव में इन सब प्रयासों का कोई अन्तिम एवं ठोस परिणाम प्रकट हो पाया है? सभी ने अपने-अपने ढंग से मानवीय कल्याण का बीड़ा उठाया, परन्तु कहीं किसी मोड़ पर कोई स्वस्पष्ट उपलब्धि प्रकट नहीं हुई। धरती पूर्ववत् ही जाति, धर्म और सम्प्रदाय के नाम पर विभाजित होती रही। मेरे और तेरे के भ्रम ने कई बार रक्त की लालिमा में मानवीय मूल्यों के हनन की कहानी लिखी और मिटाई। धर्म और राजनीति के मणि-कांचन सहयोग ने गोलाकार धरती के मानचित्रों को कई बार बनाया और मिटाया; परन्तु मनुष्य को मनुष्य रूप में परखने की कसौटी कभी बन नहीं पाई तथा असंख्य सिद्धान्तों की खिचड़ी में भी नर कंकालों को भरपेट भोजन नहीं मिल पाया। सत्ता राजनायकों के हाथ में रही अथवा जनता जनार्दन के पास—मानवीय संवेदना की सिसक तो पूर्ववत् ही बनी रही। साम्राज्यवाद आया और चला गया; तानाशाह आए और लुप्त हो गए। कभी समाजवाद ने पंख खोले तो कभी साम्यवाद ने करवट ली; लोकतन्त्र ने अपनी चौसर खेली तो कभी अन्तर्राष्ट्रवाद ने 'लॉली पॉप' की ललक पैदा की। सब कुछ बेकार अर्थहीन एवं प्रभावहीन बनकर रह गये। मानव क्या है? इसकी परिभषा नहीं बन पाई और धरती के टुकड़े होते रहे। विभाजन के समय हर बार सीमा-रेखा मानव के रक्त से ही आँकी गई।

सीमावर्ती प्रदेशों पर बहते मानवीय रक्त ने कई बार पुकार-पुकार कर कहा है 'शरीरों के भीतर बहने वाला रक्त एक ही रंग रखता है; सदा से लाल है और हमेशा ऐसा ही रहेगा। फिर यह बाह्य विभेद क्यों? वादों और सिद्धान्तों के पुलंदे क्यों?

राजेश इन्हीं विचारों में खोया अपने भावी जीवन की दिशा निर्धारित करने का प्रयास कर रहा था। मानव जीवन का अन्ततः लक्ष्य क्या होना चाहिए?

बार-बार सोचने पर भी उसे निश्चित समाधान नहीं मिल रहा था। दीन और असहाय लोगों के प्रति संवेदना प्रकट करना, उनकी ठण्डी आहों को उपयुक्त शीतलता प्रदान करना—क्या मात्र इन्हीं भावों को जीवन का लक्ष्य मान लेना होगा? राजेश दुविधा में था। ऐसे भाव तो असंख्य बार प्रकट हुए हैं, लगातार हो भी रहे हैं। केवल भाषा बदलती रही है, मूलतः भाव वैसे ही रहे हैं? तो क्या उसका लोक हिताय सोचना और इसी ओर उन्मुख रहना विफल प्रयास है? देश के लिए जो कुछ वह सोच रहा था, तदनुरूप सम्भव प्रतीत नहीं होता था। मंच से बड़े-बड़े राजनेताओं के भावपूर्ण सम्भाषणों को वह ध्यान से सुनता आ रहा था। मंच पर नेताओं का व्यक्तित्व कुछ और प्रतीत होता है, परन्तु वहाँ से हटते ही गिरगिट से उनके रंग प्रकट होने लगते हैं। राजेश कभी-कभी अपने बारे में भी सोचने लगता था। मंच पर उसकी स्वर साधना भी नाटकीय रूप धारण कर लेती थी। मंच से हटते ही वह पुनः सहज प्रवाह में लौट आता था। जो उसे मात्र सुनता था, कभी सामान्य जीवन में पहचान नहीं सकता था। राजेश सोचता, क्या वह भी राजनेताओं की तरह मुखौटा ही पहने हुए नहीं है। परन्तु नहीं—; वह राजनेताओं की तरह लोगों में मृग-तृष्णा तो नहीं बाँटता—सही बात कहता है। फिर भी मंच से उसके नाटकीय व्यवहार को देखते हुए सपना ने उसे कलाकार या ढोंगी कह दिया था।

सपनाः का ध्यान आते ही राजेश उद्विग्न हो उठा। अन्तर्मन में असह्य वेदना उमड़ने लगी। सांसों ने कसकमय ऊष्मता बाह्य परिवेश में उँडेल दी और उसके पाँव लड़खड़ा गए। एक ही झटके में मानों उसकी सम्पूर्ण सहनशक्ति को दीमक लग गई। भाव-विह्वल सी अवस्था में वह अस्थिर होने लगा। वेदना व्याकुल अन्तराल नयनों में तरलता छलका गया। विगलित भावुकता ने उसके पाँव धरती से बाँध दिये। वह कैसे सहन कर पायेगा यह सब? बार-बार उसके साथ ही ऐसा क्यों होता है? अमृतकलश की झलक दिखाकर विधाता क्यों उसे पुनः अतृप्त छोड़ देते हैं? आशाओं की स्वर्णिम किरण द्वार तक पहुँचते ही सहसा विलुप्त क्यों हो जाती है? ऐसा कौन सा जघन्य पाप उसने किया है जिसके फलस्वरूप उसे ऐसी असह्य यातना से दो चार होना पड़ रहा है? उसका आत्मबल मानों क्षीण होने लगा। देश और समाज के लिए कुछ कर गुज़रने की आकांक्षा जैसे धूमिल पड़ने लगी। ऐसी स्थिति में वह समाज कल्याण में भला क्या योग देगा? आस्था के बन्धन जब ढीले पड़ते हैं तब प्राणी का अपना अहं ही उसे कचोटने लगता है। इष्ट और अनिष्ट के बीच द्वन्द्व की धूमिल प्रच्छाया में व्यक्ति की निजता ही उसके लिए अपरिचित बन आती है। ऐसे में कुछ और हो जाता है। यहीं से ही सम्भवतः मानसिक अस्वस्थता की कड़ियाँ शुरू होती हैं।

राजेश के बढ़ते पाँव सहसा रुकने लगे। क्या वह सचमुच मानसिक रोगी

होता जा रहा है? ऐसी अस्थिरता तो उसने कभी भी अनुभव नहीं की थी। ग्रीष्म ऋतु थी, पाँव के नीचे शुष्क पत्ते एक बार पूर्ण संवेदना में कसक भरते; आह सी फूटती और चरमराता स्वर दिगंत में दम तोड़ जाता। फिर दूसरा पाँव उठता, मौन प्रशांति में् पुनः एक विलाप भरता और दूर दिशाओं में एक धीमा प्रकम्पन छोड़ जाता। सब कुछ अनायास होता जा रहा था; सहज एवं बिल्कुल अबाध। राजेश प्रकृति की इस सहज वेदना से अपरिचित-एवं बेख़बर आगे बढ़ता जा रहा था। इक्के-दुक्के पक्षी कलरव करते उसके ऊपर से गुज़रते जा रहे थे। पर्वतों की शीतल समीर तलहटी की शुष्क वायु को धीरे-धीरे मुग्ध करती जा रही थी। तीव्र वायु राजेश के खुले बालों को अस्त-व्यस्त करता धीमे भँवर जाल में विलीन हो जाता था। उसके पाँव अभी थके नहीं थे, परन्तु शरीर जैसे अत्यन्त भारी हो चला था। चलते-चलते वह ठीक उसी शिलाखण्ड पर रुक गया, जहाँ वह पिछले कई वर्षों से टिकता आया था। शिला के ठीक पार्श्व में एक छोटा जलप्रपात विभिन्न धाराओं में प्रस्फुटित होकर पत्थरों में तार-तार बिखराता, दूर एक नन्हीं नदिया का अँचल लहरा देता था। पर्वतों और समतल हरे खेतों के बीच यह सुरम्य स्थल राजेश को अत्यन्त आकर्षक, मनोहर एवं प्रिय लगता था। घण्टों, अपने में सिमटा वह इसी स्थल के साथ स्वयं को तदरूप करने की प्रक्रिया जुटाता रहता था। उसके पास एक साधक का मन था। वर्षों इसी एकान्त स्थल पर वह अन्तर्मन की रहस्यमय गुत्थियों को सुलझाते हुए अपने भावी जीवन की प्रच्छन्न बीथियों को आलोकित करने का प्रयास किया करता था। परन्तु उस दिन सपना की ओर से तिरस्कृत; अवमानित एवं उत्पीड़ित होकर वह सचमुच टूट गया था। लगा, वर्षों की साधना, ध्यान एवं एकाग्रता पल में जल-किरण सी विलुप्त हो गई है। अत्यन्त असहाय एवं असमर्थ सी अवस्था में वह उसी शिलाखण्ड के पास गिर सा पड़ा। प्रयास करने पर भी आगे बढ़ने की शक्ति नहीं रही। चेहरा निष्प्रभ, निस्तेज एवं श्यामल होने लगा और वह हताश हो शिलाखण्ड से सट कर भाव विगलित हो उठा।

वह स्थल देहरादून से थोड़ी दूरी पर स्थित था। देहरादून से पाँवटा साहिब की ओर जाने वाली सड़क के उत्तर पश्चिम में पर्वतमाला के ठीक चरणों में मुख्य आबादी से हटकर एकान्त सा अवस्थित था। वहीं एक अत्यन्त ही प्रशान्त मोड़ पर बाबा सुखदेव का अनाथ आश्रम था। वहाँ भावी जीवन की मनोरम कल्पना में संघर्षरत छोटे-बड़े शिशुओं का प्रांगण था। सुखदेव के आश्रम के आस-पास के लोग इसे 'सुख निवास' के नाम से जानते थे। सुखदेव को अनाथ आश्रम नाम कभी उचित नहीं लगा। इस नाम से अभाव ग्रस्त प्राणियों की दीन-हीन अवस्था का एहसास स्वतः चित्रित होने लगता है। अतः बाबा इसे सुख निवास कहते थे और इसी नाम से यह आश्रम जाना जाने लगा। सुखदेव बाबा ने इस

निवास की छत्रछाया में पोषण पाने वाले अनाथों को कभी यह एहसास नहीं होने दिया कि वे किसी प्रकार भी समाज पर बोझ हैं या उस पर आश्रित हैं। न ही कभी इस धारणा को पनपने का अवसर दिया कि वे दीन, दरिद्र, असहाय एवं आत्मीय सहज स्पर्श से विलग प्राणी हैं। आश्रम के बच्चे मात्र दान पर ही जीवित रहें, ऐसा उन्हें स्वीकार्य नहीं था। इसीलिए उन्होंने आश्रम में ग्रामीण उद्योग से मिलते जुलते श्रम साधन जुटा दिये थे। सामाजिक सम्बन्धों एवं संवेदनशील आत्मीय अवधारणाओं से विमुक्त इस आश्रम के प्राणी अपने पैरों पर खड़े होकर तथा अपने ही बल-बूते पर भावी जीवन को सुखमय बनाने के साधन जुटाने में कृतकार्य रहते थे।

◆◆◆

पन्द्रहवाँ अध्याय

राजेश का अन्तर्मन अपने भविष्य की चिन्ता में कई बार अस्थिर होकर उठता था। विचार भटक-भटक जाते थे। यह सब क्यों हो रहा है? अन्ततः उसके जीवन का लक्ष्य क्या होगा? क्या किसी अबाध नदी की भाँति निरन्तर बहते जाना ही उसका ध्येय बनकर रह जायेगा? एक लम्बे अन्तराल और यात्रा के उपरान्त नदी भी अन्ततः अपने लक्ष्य में विलीन हो जाती है। सागर से आलिंगनबद्ध होते ही सब कुछ एक रूप हो जाता है। न कहीं नदियां, न कहीं प्रवाह, है तो बस एक अन्तहीन सागरीय उच्छ्वास। क्या एक दिन उसकी नियति भी यही नहीं रह जाएगी? साँसों की डोर टूट जाएगी और वह सदा के लिए एक चिरन्तन प्रशान्ति में विलीन हो जायेगा। भविष्य ही नहीं उसे अपना विगत भी रह-रह कर कचोटता रहता था। अन्तश्चेतन में एक अद्भुत सी कुरेदन उसकी भावनाओं को अणु-अणु करके निगलती रहती थी। वह कौन है। कहाँ से आया है? उसके अपने माता-पिता, सुखदेव निवास में वह कब से है? ऐसे असंख्य प्रश्न बार-बार उसके मस्तिष्क को उद्वेलित करते रहते थे। फिर एक दिन उसने साहस बटोर कर बाबा सुखदेव से अपने अतीत के बारे में हठपूर्वक आग्रह से पूछ ही लिया था। वह दिन उसके जीवन को एक नई दिशा प्रदान करने वाला था। एक अत्यन्त ही मनोरम अरूणोदय की करुण किरणों का प्रसाद उसे प्राप्त हुआ था। उसने मेरठ विश्वविद्यालय से बी. ए. की परीक्षा बहुत उच्च अंकों में उत्तीर्ण की थी। 'कैम्पस' में तथा उसकी मित्रमण्डली में उसकी इस शानदार उपलब्धि के लिए विशेष उत्साह और प्रशंसा का समागम था। दीक्षान्त समारोह में उसे डिग्री प्रदान करते समय उपकुलपति ने एकत्रित बुद्धि-जीवियों का ध्यान विशेष तौर पर उसकी ओर आकर्षित किया था। वह सचमुच बहुत प्रसन्न था। अनाथ आश्रम के सीलननुमा फर्श पर कड़वे तेल की लौ में शब्द ज्ञान संचित करता हुआ वह विश्वविद्यालय के गौरवमयी परिसर तक चला आया था। यह बात उसके लिए निजी महत्त्व रखती थी। दीक्षान्त समारोह के उपरान्त उसने देखा, उसकी मित्रमण्डली में सगे सम्बन्धियों की गर्मजोशी का कोई पारा-वार नहीं था। माता-पिता, भाई-बन्धु, निकट सम्बन्धी अपने-अपने स्नेह बन्धनों को सिर आँखों पर बिठा रहे थे। इधर राजेश के पास इक्के-दुक्के प्रशंसकों के अतिरिक्त

कोई अन्य आत्मीय सूत्र नहीं था। उस दिन पहली बार उसे अनुभव हुआ, वह सचमुच अकेला है—अनाथ है।

"डिग्री" प्राप्त करने के बाद वह सुखदेव निवास की ओर लौट रहा था। उसके बाबा समारोह में नहीं पहुँच पाये, शायद अस्वस्थ हों। देहरादून से वह पुनः छोटे मार्ग से अपने निवास की ओर चल दिया था। बड़े मार्ग से बस द्वारा आश्रम तक पहुँचने में काफी समय लगता था। अतः वह निजी सुविधा के लिए उसी एकान्त मार्ग से आया-जाया करता था, विशेष कर उस समय जब उसका अन्तर्मन खिन्न हो। राजेश के बी. ए. तक पहुँचते-पहुँचते उसकी वय के अन्य सहयोगी एक-एक करके इधर-उधर छोटे-मोटे धन्धों में लग लिपट आश्रम से विलग हो चुके थे। केवल राजेश ही किसी न किसी प्रकार बाबा से सम्पर्क रखे हुए था। जो अन्य बाल-बालिकाएँ, वहाँ थीं, वे बौद्धिक यात्रा में अभी बहुत पीछे थे। सुखदेव बाबा की निजी पाठशाला से सरक-सरक कभी-कभार ही कोई कर्मठ एवं तीक्ष्ण बुद्धि बालक दसवीं या इससे ऊपर तक पहुँच पाता था। अकेला राजेश ही ऐसा व्यक्ति था जिसने सुखदेव निवास के लिए यह विशिष्ट सम्मान अर्जित किया था। परन्तु इस विशिष्ट उपलब्धि का अर्थ या महत्त्व किसी भी दूसरे निवासी के लिए शायद बिल्कुल नगण्य था।

राजेश के मन पर भारी बोझ था। सब कुछ कर गुज़रने पर भी आन्तरिक अशान्ति पूर्ववत् ही बनी रही थी। डिग्री प्राप्त करके जब वह आश्रम में लौटा उस समय रात ढल चुकी थी। बिजली की तारों में शायद कहीं विघ्न आ गया था। अतः दूर-दूर तक एक गहन अन्धकार परिवेश को सहमी अनुभूति प्रदान कर रहा था। सुखदेव निवास के प्रायः सभी लोग अपने-अपने कक्षों में चले गये थे। केवल सुखदेव बाबा के कमरे में एक छोटी मोमबत्ती घने अन्धकार को विदीर्ण करने का विफल साहस जुटा रही थी। मोमबत्ती के हल्के धीमें प्रकाश में भी सुखदेव बाबा का चेहरा ध्यानस्थ योगी सा देदीप्यमान था। बाबा सिक्ख धर्म के अनुयायी थे। सिक्ख मर्यादा और राहत की पालना विधिपूर्वक करते थे। सिर पर पटका बाँधते थे और प्रातः साँय नियम पूर्वक सुखमनि साहब का पाठ करते थे। हवा में लहराती उनकी खुली लम्बी दाढ़ी उनके व्यक्तित्व को एक अनूठा आकर्षण प्रदान करती थी। नाम सुखदेव सिंह था परन्तु धीरे-धीरे बढ़ती आयु एवं आदर के कारण आस-पास के लोग उन्हें सुखदेव बाबा कहने लगे थे। सुखदेव बाबा सौम्य स्वभाव के व्यक्ति थे। धार्मिक कट्टरता से कोसों दूर विशुद्ध मानवीय विचारों के प्रचारक और पोषक थे। उनकी निजी धर्मगत आस्था उनके अपने कमरे तक ही सीमित थी। सुखदेव निवास में आश्रय पाने वाले बालों के लिए किसी भी विशिष्ट धर्म साधना के लिए कोई प्रतिबन्ध नहीं था। प्रातःकालीन प्रार्थनासभा के कक्ष में प्रत्येक धर्म और आस्था के पूजनीय चिन्ह विद्यमान रहते थे। बाबा की दृढ़ आस्था थी

कि मानव को मानव रूप में श्रेष्ठ बनना चाहिए। धर्म चाहे कोई भी हो, व्यक्ति के विचार शुद्ध एवं सुसंस्कृत होने चाहिएँ। 'स्व' से अधिक 'पर' के कल्याण की कामना में संकल्पनिष्ठ रहना चाहिए। यही कारण था कि निवास के बहुधा बच्चे श्रेष्ठ मानवीय विचारों की प्रतिमूर्ति बनकर बाहरी समाज में प्रवेश करते थे न कि धार्मिक अन्धविश्वासों की संकीर्ण श्रृंखलाओं में जकड़े विकलांग प्राणियों की तरह लड़खड़ाते जीवों की भाँति। सुखदेव बाबा की पत्नी अमृतकौर भी पति के पद्चिन्हों का अनुसरण करती हुई; सेवा, परोपकार और ममता का भरपूर खज़ाना असहाय बच्चों में बाँटती थी। बच्चे उन्हें अत्यन्त दुलार से माताजी कहते थे। बहुत नन्हें शिशु केवल 'माँ' शब्द का ही उच्चारण कर पाते थे। सेवा धर्मी इस युगल जोड़ी का व्यक्तिगत जीवन असंख्य अभावों से ग्रस्त था परन्तु कुदरत ने जो कुछ भी उन्हें दिया, उसे सदा वाहे गुरू का ही प्रसाद समझकर सदा 'खिड़े मत्थे' स्वीकार करते थे। पति-पत्नी सुबह शाम यही कहते 'वाहे गुरू की अपार कृपा है—' सेवाधाम के ये दोनों संचालक अत्यन्त विपदा की घड़ी में भी परम सन्तोष का प्रकटीकरण करते तथा बार-बार यही स्मरण करते 'जस के सिर ऊपर तूँ स्वामी, सो दुख कैसा पावै।'

सुखदेव बाबा उस समय छोटे दीवान पर आसीन थे। राजेश ने धुँधले प्रकाश में बाबा का आलोकमान चेहरा देखा। मोमबत्ती का हल्का रक्तिम प्रकाश बाबा की खुली—लहराती दाढ़ी में मूंगिया प्रभाव की असंख्य सरिताएँ उद्भासित कर रहा था। राजेश ने नीचे फर्श पर झुकते हुए अपनी डिग्री बाबा के चरणों में रख दी। बाबा ने पवित्र गुटके को नमस्कार किया और राजेश के मस्तक पर आत्मीय चुम्बन आँक दिया। गहरी साँस भरकर बाबा ने कहा,

"सच्चे बातशाह ने आज मेरी अरदास पूरी कर दी। इस आश्रम के लिए किसी मसीहा ने जन्म लिया है। हमें तुम पर गर्व है, मेरे बच्चे—"

राजेश ने बाबा के चरणों से मस्तक नहीं उठाया। उस समय वह अत्यन्त भावुक हो आया था। भाव-विह्वलता को गीला करने लगी थी। गले में तरलता उमड़ने लगी थी। उसने बाबा को दृढ़ पाश में समेट लिया। आह सी भरकर कहा,

"बाबा, आज मैं अपने विद्यार्थी जीवन के एक अत्यन्त महत्त्वपूर्ण पड़ाव पर पहुँचा हूँ आपकी असीम कृपा है; कुछ पूछना है यदि आप..."

बाबा के मन्द नेत्रों में सन्देह दीप टिम-टिमाने लगे। उसने, उत्सुकता से राजेश का मस्तक ऊपर उठाया,

"कहो बच्चे—"

राजेश ने तरल नेत्रों से बाबा की विश्वस्त आँखों में देखा, साहस बटोरा—साँस लेते हुए कहा,

"बाबा, मेरे माता-पिता कौन हैं? कहाँ हैं?" गर्म लाख ने मानों बाबा का

अन्तर्मन छलनी-छलनी कर दिया। इन्द्रधनुषीय रंग क्षण-भर में विलुप्त हो गया। जलतरंगों पर उन्मुक्त खेलती किरणों को किसी श्यामल उत्तरीय ने प्रच्छन्न कर दिया। ध्यानस्थ योगी के समीप मानों अरण्य रोदन उमड़ पड़ा। सरस गीत वादिनी वीणा के तार मानों सहसा टूट गए। बाबा का समस्त शरीर एकबारगी सिहर उठा। अपूर्व अपरिचित वेदना अंग-अंग को झकझोड़ गई। उसने धीरे से राजेश को पाश-मुक्त किया। थिरकती श्वास से अपने वृद्ध शरीर को सम्भालते हुए कमर सीधी करने का प्रयास किया। बहुत धीमा डग भरते हुए 'गुरू साहिब' के भव्य चित्र के समीप चले आए। साहिब के श्री चरणों में शीश झुका कर बाबा ने तनिक संयमित स्वर में कहा,

"राजी, सब कुछ वाहे गुरु ही करते हैं। हम तो मात्र माटी के साजे पुतले हैं। एक न एक दिन इसे टूटना ही है। तुम ने आज वर्षो का पुराना घाव फिर छेड़ दिया, भला क्यों–?"

"नहीं बाबा, नहीं–" राजेश भावावेश में बाबा की टाँगों में लिपट गया। गलदश्रु भावुकता ने संयम के समस्त बान्ध तोड़ दिए। वह वेदना विलगति हुआ चीख उठा,

"बाबा–आप त्याग और क्षमा की साक्षात्कार मूर्ति है, हर व्यक्ति आप जैसा नहीं बन सकता–फिर मैं तो," बाबा का बृद्ध शरीर कम्पायमान हो उठा। रोम-रोम में एक अद्भुत सी कसक जागने लगी। उसने अपना अस्थिर हाथ राजेश के मस्तक पर रखते हुए उसके बालों को दुलार दिया। छाती में पूरी साँस उभरते हुए कहा,

"लगता है मेरी और अमृत की सेवा में–हमारी अरदास में कहीं कोई कमी रह गई है जो तुम आज–"

बाबा ने गीली पलकों से गुरू साहिब की ओर देखा, धीमी आह शुष्क आँखें से उत्सरित हो निबिड़ अन्धकार में विलीन हो गई। साँस नहीं एक गलदश्रु सिसक सी–बाबा ने साहस बटोरा, दृढ़ होकर कहा,

"सच्चे पातशाह जो तेरा हुकुम–तेरा भाणा मीठा लागे–"

कहते हुए बाबा ने अत्यन्त कोमल भाव से राजेश को उठाकर दीवान पर बिठा दिया। सूनी आँखों से अपने कक्ष के दुबके प्रकाश को समेटने का प्रयास किया। कुछ सोचकर धीमे स्वर में कहना शुरू किया–

"राजी–इस सेवा धाम में शिशु कहाँ से आते हैं और कहाँ चले जाते हैं मैंने कभी हिसाब नहीं रखा–वही-खाता तो कलगीधर के पास है। मैं और अमृत तो इस सेवाधाम के पहरेदार है। उसके हुकुम की पालना करते हैं। पालनहार की कृपा से जैसे-तैसे इन निर-आसरे बच्चों के लिए लंगर जुटाते रहते हैं; जिस दिन ये बच्चे पेट भर लंगर पाते है, उस दिन हमारी अरदास पूर्ण हो जाती है। इस संसार में कौन किसी के लिए कुछ कर सकता है। करन करावे आपै आप–सच्चे

पातशाह ही सब कुछ करते हैं। मैं तो उसके दर का अदना कूकर हूँ—"

कहते-कहते बाबा फफक उठे। आँखों से अश्रुधार बह निकली। युग-युग से संचित वेदना मानों एक ही पल में उमड़ आई हो। राजेश अस्थिर हो गया। यह सब क्या है, उसने सुखदेव बाबा को कभी इस प्रकार भाव-विह्वल नहीं देखा था। बाबा तो सदा चट्टान जैसे दृढ़ बने रहते हैं। फिर आज—; राजेश को लगा उसने बाबा की दमित संवेदनशीलता कुरेद कर अच्छा नहीं किया। 'वज्रादपि कुसुमादपी' शब्द क्या ऐसे ही महापुरुषों के लिए चरितार्थ नहीं है? राजेश स्वयं को सम्भालने का प्रयास कर ही रहा था कि बाबा ने स्वयं को सन्तुलित करते हुए धीमे स्वर में पुनः कहना आरम्भ किया—

"बहुत पुरानी बात है, बेटा—मैं और अमृत अभी युवा थे। हमारी शादी को दस साल बीत चले थे, परन्तु सन्तान का सुख नहीं मिल पाया। वाहे गुरू हमारी झोली में औलाद की खैर डाल दे—बस इसी लालसा से हम धाम-धाम भटकते रहते थे। मुझे अच्छी तरह स्मरण है। वे सर्दियों के दिन थे। हम भी अमृतसर से सच्चे पातशाह का प्रसाद पा कर लौट रहे थे। पता नहीं सब कैसे हुआ। अम्बाला के निकट रात्रि की प्रगाढ़ तन्द्रा को चीरती हुई दो गाड़ियाँ आमने-सामने से टकरा गईं। एक भंयकर दुर्घटना—डिब्बे पर डिब्बे चढ़ गए। दोनों इंजन पूरी तरह तहस-नहस हो गए। यात्रियों से खचा-खच भरे डिब्बे टीन के हलके कनस्तरों की तरह लुढ़क गए। लाशों के ढेर पर ढेर लगते चले गए। हाहाकार, चीत्कार—विलाप; आहों और क्रन्दन के बीच मानवीय रक्त का दरिया सा बहने लगा। मैं और अमृत बुरी तरह से घायल हुए थे, शायद बचने की भी आशा नहीं थी। बाद में राहत शिविर में होश आई—लोमहर्षक दृश्य के बारे में भिन्न-भिन्न लोगों से दैवी कहर की अलग-अलग गाथाएँ सुनी। धीरे-धीरे सब कुछ शान्त होने लगा—मरने वालों की सूची दर सूची अखबारों में छपती रही।"

राजेश टकटकी बाँधें बाबा की ओर देख रहा था। गहन अन्धकार के छिटके प्रकाश में कहीं उसका अपना अतीत झाँक जाने को उत्सुक था। अतीत के धुँधले पृष्ठों में वह अपना खोया हुआ सन्दर्भ ढूढ़ने में चिन्तनरत था। आँखें तर थीं, मन भारी था। बाबा ने रूद्ध कण्ठ साफ करते हुए पुनः कहा,

"सहायता-कैम्प में हमें पन्द्रह दिनों के लिए रुकना पड़ा था। इलाज चलता रहा। धीरे-धीरे मैं और मेरी पत्नी अपने-अपने पैरों पर फिर से खड़े होने योग्य हो गए। अस्पताल दोड़ने का समय था। वार्ड में नज़र दौड़ा कर देखा, चार नन्हें शिशु सुबक रहे थे। उनकी सूनी एवं उदास आँखों में एक अजीब सा डर समाया था। कई दिनों से इसी प्रकार सेवा कर्मियों की दया और उदारता के सहारे सरकते आ रहे थे। उन्हें लेने कोई नहीं आया, ज़ाहिर था या तो उनके माता-पिता...या फिर—"

कहते-कहते बाबा कम्पायमान हो उठे। साँस उखड़ने लगी। शरीर अस्थिर

होने लगा। आह सी भर कर बाबा ने कहा,

"मेरी पत्नी ने स्नेहमयी दृष्टि से उन असहाय बच्चों की ओर देखा। शुष्क ममता रससिक्त होने लगी। मैंने उसकी आँखों में दैवी मन्त्रणा का आह्वान पाया। पुनः उसने अत्यन्त करूण दृष्टि से मेरी ओर देखा; व्याकुल नयन शायद पूछ रहे थे–क्या सचमुच ये अनाथ हैं?–"

बाबा ने दीर्घ श्वास ली, दीवान की ओर मुड़ते हुए कहा,

"मैंने जिलाधीश को अर्ज़ी दी और वाहे गुरु ने अपार कृपा करते हुए उन चार अनाथ बचों का भाग्य हमारी झोली में डाल दिया। गुरू महाराज के इसी प्रसाद में हमने तुम्हारा स्नेह भी पाया।"

राजेश अधिक सुन नहीं पाया। विद्युत वेग सा झटका लगा और वह तुरन्त उठकर खड़ा हो गया। हाथ जोड़कर बाबा के निकट चला आया। गला भारी था और आँखें तरल थीं। सिसक भरते हुए उसने कहा,

"बस बाबा, बस–"

बाबा ने उसे थपकी दी, विश्वास भर कर कहा,

"ऐसा शायद विधि का लेख था–" पुनः एक लम्बी साँस,

"रही माँ की बात–आओ मेरे साथ–"

सुखदेव उसे दूसरे कमरे में ले गए। यहीं प्रायः सब मिल कर भोजन किया करते थे। कमरे में भी मोमबत्ती का धीमा प्रकाश फैल रहा था। सुखदेव की पत्नी, अमृतकौर जिसे राजेश माँ जी कहकर पुकारता था, नीचे फर्श पर खाना रखे दीवार से सटी बैठी थी। बाबा ने राजेश की ओर अर्थपूर्ण नेत्रों से देखा, धीमे स्वर में कहा,

"तुम्हारी प्रतीक्षा करती रही है; कुछ खाये पीये बिना--आज वर्षों के बाद मैंने इसे इतना प्रसन्न देखा है। बेटे, तुमने सुखदेव निवास का नाम रोशन किया है–"

राजेश का अन्तर्मन उद्विग्न हो उठा। व्याकुलता बढ़ने लगी। वृद्ध दम्पति का ऐसा स्नेह पाकर वह स्वयं को धन्य पा रहा था। बाबा ने तनिक निकट होकर देखा, पुनः कहा,

"शायद आँख लग गई है–ठहरो मैं जगा देता हूँ–"

"नहीं बाबा, माँ को आराम करने दो–"

बाबा ने यह बात नहीं सुनी, धीमे स्वर में अपनी पत्नी को पुकारा,

"अमृत जी–देखो राजी आया है–तुम्हारी तपस्या फलीभूत हुई है। इसने बी. ए. पास की है–" अमृतकौर ने थिरकन सी अनुभव की और आँखें खोल दीं, अत्यन्त सहज वाणी में उसने कहा,

"राजी, बहुत देर कर दी। आज तो जल्दी आ जाते। सभी तुम्हारी राह देखते

रहे–''

राजेश ने अमृतकौर के चरण स्पर्श किये। प्रभामयी आँखों में देखा, ममता का अपार सागर उमड़ रहा था। दैवी आलोक की एक धीमी किरण अमृतकौर के सरल भाव से उत्सरित हो अन्धकार में विलीन हो गई। राजेश ने ऊपर उठते हुए सहसा ध्यान माँ के कण्ठ प्रदेश पर स्थिर कर दिया। आज वहाँ कुछ नहीं था। उसने सन्देहसिक्त भाल से बाबा की ओर देखा।

''आज आश्रम में कुछ नहीं था–इसने अपना अन्तिम गहना भी बेच दिया। करतार को जो मंज़ूर–''

अमृत कौर तुरन्त बोल उठीं, स्वर में दृढ़ता थी–

''कैसी बात करते हो जी–यह सब इन बच्चों का तो है–''

बाबा शायद धीरे-धीरे से टूटने लगे थे। पति-पत्नी वयोवृद्ध थे; जीवन की सन्ध्या निकट आ रही थी। बाबा ने आह सी भरकर कहा,

''अमृत जी–हमारा अन्त तो निकट है। सोचता हूँ इन बच्चों का क्या होगा? सुखदेव निवास...''

बाबा ने गम्भीर श्वाँस ली, हताशाजनक मनोभाव उन्हें उद्वेलित कर गए। राजेश के कन्धे पर हाथ रखते हुए कहा,

''राजी–तुम स्याने हो गये हो; अभी भी हमारे-साथ हो। बच्चे यहाँ आते रहे और कुछ बन सँवर नई राह पर चलते गये–हमने भी पीछे मुड़कर नहीं देखा, बस कर्म करते चले गए। क्या हमारी सरकार इन अनाथ-असहाय बच्चों के लिए भी कोई कानून बना पायेगी? राजी–''

बाबा ने पीठ सीधी करते हुए छत की ओर देखा, शून्य नेत्रों में शंका भाव परिव्याप्त था। कुछ सोचकर बाबा ने कहा,

''हरिजनों, जनजातियों आदि के लिए आरक्षण बिल पास होते हैं। सरकार की अपनी गैर जिम्मेदारी से अनाथ, असहाय एवं विकलांग हुए इन शिशुओं के प्रति क्या किसी का कोई उत्तरदायित्व नहीं है–'' राजेश ने विश्वस्त स्वर में कहा,

''बाबा, यही परोपकार आपके हाथों सम्पन्न हो रहा है–''

''परन्तु कब तक?''

बाबा ने व्याकुल नेत्रों से अमृत की ओर देखा। उसके नेत्र भी अस्थिर थे।

''सरकार का उत्तरदायित्व व्यक्ति तो पूरा नहीं कर सकता–'' बाबा का स्वर पुनः आर्द्र हो आया। गला रुँध गया; कण्ठ साफ करते हुए उन्होंने कहा,

''राजी, तुम्हें सब बताना ज़रूरी हो गया है। बहुत पहले इन बच्चों के काम-धन्धे के लिए कुछ कर्ज़ लिया था। सुखदेव निवास की ज़मीन गिरवी रखनी पड़ी थी। समय बीतता गया, मैं पैसा लौटा नहीं पाया–आज यह राशि दस लाख के करीब–''

कहते-कहते बाबा ने मस्तक दीवार से सटा दिया। सम्भवतः भावी जीवन के प्रति चिंतित हों। धीमी साँस लेकर पुनः मौन भंग किया,

"राजी, एक दिन भयंकर बाढ़ आयेगी और सब कुछ तिनका-तिनका बह जायेगा। सुखदेव निवास का नामोनिशान नहीं रहेगा। जाने हमारे बच्चे कहाँ और किस हाल में–"बाबा कह नहीं पाये। घनीभूत वेदना नयनों के किवाड़तोड़ शुष्क दाढ़ी में ओस बिन्दुओं सी बिखर गई। अमृत कौर भी भाव-विह्वल हो उठी, आगे बढ़कर अपने पति को सान्त्वना दी,

"दारजी–आप मन हार दोगे तो मेरा क्या होगा? जब तक साँस है; आस है–सच्चे पातशाह की कृपा से कोई रास्ता ज़रूर निकल आयेगा। मन छोटा न करो जी–"

राजेश पर मानों वज्रपात हुआ। वह क्या कुछ सोचता रहा; अपने माता-पिता की स्मृतियाँ लिए अतीत में इस कदर खोया रहा कि सामने खड़ी त्याग की साक्षात् मूर्तियों के अन्तर्मन में झाँकना ही भूल गया। अपने दुःख में प्राणी क्या इतना ही आत्म-निष्ट हो जाता है? आत्मकेन्द्रिता का दंश क्या दुःख नहीं है? वह ऐसा स्वार्थपरक तो कभी था ही नहीं। मात्र रक्त माँस का अंश पृथक् होने से ही कोई सन्तति की परिभाषा में नहीं ढल जाता। संस्कारों का भी तो अपना महत्त्व है। जिस शुद्ध एवं निष्काम भाव से इस दम्पति ने बिन माँ-बाप के बच्चों को अपनाया है, क्या वह इतनी ही सामान्य बात है। राजेश का अन्तर्मन चीत्कार कर उठा। ममत्त्व और अपनत्त्व के मोह में वह सामने खड़ी करुणामयी विभूतियों को क्यों महत्त्वहीन करता जा रहा है। असली माता-पिता से तो सब कुछ साधिकार भी प्राप्त किया जा सकता है; परन्तु इन संवदेनशील ममतामयी मूर्तियों ने तो मात्र मानवीय सेवा भाव से ही अपना सर्वस्व लुटा दिया। रत्ती-रत्ती करके अपनी समस्त करुणा, ममता और स्नेह गैरों में बाँट दिया, और स्वयं जीवन की थकी साँझ में इस प्रकार–"

राजेश स्वयं पर नियन्त्रण नहीं रख पाया। रोम-रोम वेदना विगलित हो आँहों और आँसुओं में छलक उठा, भावोद्रेक होकर वह उन देव प्रतिमाओं के चरणों से लिपट कर बरबस रो उठा। अश्रुओं के अविरल प्रवाह में तरल वाणी थिरकने लगी,

"नहीं बाबा–नहीं; मेरी भूल थी–क्यों मैंने ऐसा सोचा–आह?"

कहते-कहते राजेश भावासिक्त हो उठा। हिचकी बँध गई। भावनाओं का असीम जलधि उसके सम्पूर्ण अस्तित्त्व को तिनके सा बहा ले गया। तरल वाणी को संयमित करके उसने पुनः सिसक भरी–

"मैं नहीं जानता माता-पिता कैसे होते हैं, न ही जानने की लालसा शेष रही है–आप जैसी दिव्य विभूतियों का स्नेह, दुलार और पोषण पाकर यह तुच्छ जीव आज स्वयं को धन्य मान रहा है। मात्र अधिकार या शारीरिक सह-साधना से कोई नाता-नाती नहीं बनता; शुद्ध त्यागमयी भावना ही मानवीय सम्बन्धों और संस्कारों

को जन्म देती है। यह तुच्छ जीव जन्म-जन्मान्तर तक आपका ऋणि रहेगा। जीव शास्त्रगत माता-पिता अपने बच्चों को भला क्या देंगे—? आप लोगों ने अपने जीवन का समस्त सुख तथा स्नेह का असीम सागर मुझे प्रदान किया है; मेरा रोम-रोम उत्कृत है; हर साँस अभिभूत है, हर पल कृतार्थ है—"

कहते-कहते राजेश उनके चरणों पर लेट गया। आँखों से अश्रुधार जारी थी। सुखदेव और उसकी पत्नी अपने आत्मीय स्नेहसूत्र को इस प्रकार द्रवित नहीं देख पाये। बाबा ने समस्त वेदना को एक बारगी थिरकती साँस में पी लिया। व्याकुल आँखों से अपनी पत्नी की ओर देखा। दोनों ने अत्यन्त कोमल स्पर्श से राजेश को छुआ; बाबा ने उसे कन्धे से पकड़ ऊपर उठाया। अमृत ने उसके माथे पर धीमा चुम्बन सजाते हुए ममतामयी अमृत छलका दिया। बाबा ने उसके अश्रु पोंछते हुए कहा,

"राजी, मन ही रिश्ते बनाता है; मन ही तोड़ देता है। मन बड़ा बलवान है। इसकी साधना करो—"

राजेश ने बाबा का कम्पित हाथ अंजलि में भरकर माथे से लगाया, सिसकते हुए कहा,

"बाबा, मेरा मन कहता है सुखदेव निवास चिर स्मरणीय रहेगा। इसे कुछ नहीं होगा। तुम्हारी तपस्या और माँ की पूजा विफल नहीं जायेंगे। आपका संकल्प अमरत्व ज़रूर पायेगा—"

तीनों ही एक दूसरे के बहुत निकट हो गए। एक आत्मीय आलिंगन, एक आलौकिक संस्पर्श, एक अद्भुत संवेदना—तीन प्राणियों के छह नेत्रों से असंख्य बहुमूल्य मोती उत्सरित हो अन्धकारमयी परिवेश को आलोकित कर गये। बिजली का तेज प्रकाश ओर-छोर में सहसा एक अद्भुत कान्ति भर गया। एक ही झटके में मानों अन्दर बाहर का सारा अन्धकार पलक मार गया। चारों ओर दिव्य प्रभापुंज उदीयमान थे।

◆◆◆

सोलहवाँ अध्याय

सागर में ज्वार-भाटा आता है, नदी में उतार-चढ़ाव आता है और जीवन में सुख-दुःख आते-जाते रहते हैं। फिर भी सब कुछ निरन्तर, पूर्ववत् चलता रहता है। सृष्टि के समस्त अणु अपने-अपने अस्तित्व में स्थिर होकर मूलगत चेतना का अंश बने रहते हैं। अंश-अंशी का सम्बन्ध कभी मिटता नहीं; सृष्टि के विभिन्न आयाम एक ही नियामक शक्ति का अंग बने कल-पुरज़ों की तरह क्रियाशील रहते हैं। किसका क्या योगदान रहा, सम्भवतः सृष्टि की मूल क्रियात्मक चेतना कभी इस ओर ध्यान ही नहीं देती। सब कुछ एक सुव्यवस्थित इकाई सा चलता रहता है। कई बार मानव अपने संकीर्ण अहं में प्रतिबद्ध हो अनन्त में फैली सृजन शक्ति को सहज नकार देता है। अत्यन्त उल्लासमय क्षणों में वह समझता है, सब कुछ उसी के हाथों सम्पन्न हुआ है। परन्तु वही मानव मन अत्यन्त विषदमयी क्षणों में अपने ही अस्तित्त्व को कोसने लगता है, मानों वह कुछ भी नहीं है; मात्र धरती पर एक बोझ है। अपने ही अस्तित्त्व की प्रच्छाया में व्यक्ति कई बार सृष्टि की निरन्तरता, अनित्यता और आन्तरिक सर्जना शक्ति को बिसार देता है। ऐसे में उसका अपना अहं ही भयावह दंश बनकर उसे कचोटने लगता है। ऐसी कसकमय घड़ियों में उसे अपना जीवन निष्फल, सारहीन तथा धरती पर बोझ लगने लगता है।

ऐसी ही अहंगत यातना से राजेश को कई बार गुज़रना पड़ा था। चिंतन बार-बार एक ही भाव भँवर में घूमता रहता; उसका अपना कौन है जिसके लिए वह जी रहा है। कोई आगे है न पीछे—बिल्कुल अकेला है वह; कोरा—निरभ्र नभ सा शून्य सारहीन। फिर उसका यह जीना किस काम का? कौन सा ध्येय है उस के पास? उसका निपट एवं नीरस जीवन किसी का क्या सँवार सकता है? केवल वही है; बस—इससे परे कुछ भी और नहीं है। फिर इस अस्तित्त्व का अर्थ या लक्ष्य। कई बार राजेश अपने जीवन की सारहीन नदिया का आदि और अन्त जानने का प्रयास करता, परन्तु चिन्तन पक्षी हर-बार गीले पंखों की उड़ान में शीघ्र ही दम तोड़ जाता और वह पुनः आत्मकेन्द्रित अवस्था में भावाकुल हो उठता था। लेकिन उस रात जब उसके बाबा तथा माँ ने सुखदेव निवास के भविष्य के बारे में शंका एवं चिन्ता का रहस्योद्घाटन किया; उसके मन में एक महान संकल्प का उदय

हुआ। ऐसा लगा कोई दिव्य किरण उसके सामने भावी जीवन का मान-चित्र सजा गई है। व्यक्तिपरक अहं से विमुक्त हो उसका मन जनमानस की सहज संवेदना में परिव्याप्त हो गया। सुखदेव के रूप में निष्काम कर्मयोगी पिता तथा अमृत कौर के रूप में करूणा एवं ममता का अथाह सागर पाकर उसके जीवन का अर्थ ही बदल गया। जीना केवल अपने लिये ही तो नहीं है? हमारे जीवन में; शरीर के रक्त और साँसों में, चेतना की संस्कार-गत विभूतियों में मात्र स्वार्थ का ही अस्तित्त्व तो नहीं है। बाबा और माँ ने उसे क्या कुछ नहीं दिया; स्वयं तिल-तिल जलकर उन्होंने उस जैसे असंख्य असहाय व्यक्तियों का पथ आलोकित किया है। फिर ऐसे धर्मात्मा दम्पति के प्रति विरसता की भावना क्या समूची मानवता के प्रति कृतघ्नता नहीं है? अपने और अपने परिवेश के प्रति उसे पहली बार अपने सही कर्त्तव्य का एहसास हुआ, और उसका मस्तक सुखदेव निवास के संचालकों के आगे श्रद्धावश झुक गया।

आन्तरिक संस्कारों तथा बाह्य नाना रूपात्मक जगत में सदा परिवर्तन होता रहता है। परिवेशगत आन्तरिक अनुभव संस्कारों की गीली मिट्टी में रचकर नित नवीन साँचों में ढलता रहता है। राजेश के निजी जीवन में भी कुछ ऐसे ही धारणाएँ बनती और मिटती रहती थीं। मरूभूमि में बालु कणों का परत दर-परत उभरता शिखर पल भर में ही बवण्डर के अदृश्य प्रकम्पन में पुनः रत्ती-रत्ती होकर बिखर जाता है। जल निमग्न बर्फ के पर्वत सूर्य की तीक्ष्ण आभा में तत्क्षण तरल हो लहर दर लहर में खो जाते हैं। बूँद-बूँद टपकता शिलाखण्ड का तरल अन्तराल भीतरी ऊष्मता का सन्ताप पा कर सहसा उद्दाम स्रोत में फूट पड़ता है। ऐसा ही कुछ राजेश ने दो महामानवों के सहज संस्पर्श से अनुभव किया था। सुखदेव बाबा ने उसके जीवन को सम्भाला था, वी. एम. महाराज ने उसको गति प्रदान की थी। वह नहीं जानता ये दोनों विभूतियाँ कब धीरे-धीरे अनन्त अम्बर की भाँति उसके समूचे अस्तित्त्व पर छा गईं; सुखदेव उसके लिए पूज्य थे, वी. एम. महाराज उसका आदर्श थे। वी. एम. महाराज ने एक सवेग झटके सहित उसके जीवन में प्रवेश किया और फिर सदा के लिए उसे जैसे अपनी सम्मोहन शक्ति में बाँध लिया।

वसुमित्र से जुड़ी हर घटना, हर अनुभूति और प्रत्येक विचार वीथि राजेश के अन्तर्मन मे सदा ताज़ा रहती थी। वसुमित्र का आदर्श और उसका कृतित्व सदा उसका पथ आलोकित करते थे। राजेश जो कुछ भी बन पाया उसमें निश्चित वसुमित्र का स्तुत्य योगदान था। उन दिनों वह बहुत खिन्न एवं उदास रहता था। संयोगवश जब उसकी वी. एम. से प्रथम भेंट हुई, वह अत्यन्त दुःखी था। मैट्रिक की परीक्षा के लिए राजेश तथा आश्रम के अन्य छात्रों को प्रवेश-पत्र भरने थे। प्रवेश शुल्क भेजने की अन्तिम तिथि निकट आ रही थी। प्रयास करने पर भी उसके लिए पर्याप्त धनराशि का प्रबन्ध नहीं हो पाया। सुखदेव निवास की आर्थिक स्थिति कुछ ठीक

नहीं थी, अतः एकदम से इतनी बड़ी रकम का प्रबन्ध न हो सका। राजेश और उसके साथी आगे पढ़ना चाहते थे, परन्तु पैरों में अष्टधातु की बेड़ियाँ आ पड़ी थीं। पूरा एक वर्ष निष्फल हो जायेगा; खिन्न मन, म्लान मुख, परिस्थितियों से परास्त एवं हताश हुआ वह कनखल में गंगा घाट पर बैठा था। दक्ष प्रजापति के पूज्यधाम से तनिक दूर एकान्त से स्थल पर गंगा के उफनते गंदले जल में अपने विरस मन के लिए सान्त्वना खोजने का प्रयास कर रहा था। जिस स्थान पर बैठा था वहाँ तक पर्यटकों का आना-जाना प्रायः कम ही था। सूर्य अभी गगन के उन्नत छोर को छू नहीं पाया था, तिरछी किरणों की झालर में गंगा का वेगमय जल नन्हें बिन्दुओं की स्वर्ण मालाएँ बुनता जा रहा था। बड़ा ही मनमोहक दृश्य था, परन्तु राजेश के मन में तो अथाह वेदना थी। दृष्टि बाह्य चलायमान दृश्यों पर स्थिर थी परन्तु भीतर कहीं गहरा विषाद सिमट रहा था। मन्त्र चालित हाथ न जाने कब कीच-आवृत स्थल की ओर बढ़ गया। अज्ञात प्रेरणा से तर्जनी चली और कीच पर 'प्रभु' शब्द उभर आया। सहसा राजेश को झटका सा लगा। पीछे, कुछ दूरी पर पैरों की आहट थी। उसने वेदना रत आँखों से पीछे मुड़ कर देखा। कुछ व्यक्ति उस स्थल का निरीक्षण कर रहे थे। शायद किसी आगामी उत्सव में यात्रियों की सुख सुविधा के लिए रूप-रेखा तैयार कर रहे हों। उन सब से आगे जो प्रभावशाली व्यक्ति था, उसे साथ आये लोग महाराज कहकर सम्बोधित कर रहे थे। वह व्यक्ति आगे तक चला आया, ठीक जल प्रवाह तक। सहसा राजेश के नेत्र उसके कान्तिमान नेत्रों से टकरा गए। वसुमित्र के पाँव वहीं रुक गए। उन्होंने राजेश को गहन-गम्भीर दृष्टि से देखा। राजेश शिष्टतावश उठकर खड़ा हो गया, इस बार नेत्र झुके थे। वसुमित्र ने उसके आनत एवं म्लान मुख की ओर देखा, पुनः गंगा की जल धारा को नमस्कार करते हुए बोले,

"क्या बात है बेटे—बहुत दुःखी लग रहे हो—"

राजेश ने अत्यन्त धीमी एवं सहमी आवाज में कहा,

"नहीं तो—"

"कोई बात ज़रूर है—छिपाओ नहीं—" वसुमित्र ने पुनः कहा। पूर्व इसके कि राजेश कोई उत्तर देता तनिक दूर खड़े व्यक्ति ने उसे सचेत करते हुए कहा,

"बेटे, चिन्ता मत करो—ये वसुमित्र महाराज हैं, नमस्कार करो—"

राजेश ने हतप्रभ भाव से एकत्रित व्यक्तियों को देखा। उसे समझ नहीं आ रहा था, सहसा यह सब क्या हो रहा है? वसुमित्र ने मुड़ कर प्रतिवाद किया,

"नहीं, इसकी ज़रूरत नहीं है—"

न चाहते हुए भी राजेश तनिक नीचे झुक गया। वसुमित्र ने उसे ध्यानपूर्वक देखा, सम्भवतः उन्हें कुछ स्मरण हो आया। पुलकित भाव से बोले,

"मैंने शायद तुम्हें कहीं देखा है—"

राजेश ने भी विस्मित मुद्रा में वसुमित्र के उज्ज्वल भाल को गौर से देखा; शायद कुछ याद आया। पुनः तनिक स्वर में कहा,

"जी हाँ, उस दिन गुरुकुल में–"

"हाँ, वहीं–" कहते-कहते वसुमित्र ने राजेश को बाँहों में समेट कर अपने शरीर से सटा लिया। प्रसन्न भाव में कहा,

"तुम तो बहुत तेजस्वी हो। मैंने भाषण प्रतियोगिता में तुम्हें सुना था। वाह। क्या छटाधार बोलते हो।"

कुछ रुककर वसुमित्र ने फिर पूछा,

"रहते कहाँ हो–?"

"सुखदेव निवास–"

वसुमित्र ने आश्चर्यान्वित नेत्रों से उसे सिर से पाँव तक निहारा। गम्भीर निश्वास भरकर दूर तक फैले जल प्रवाह को देखा। सम्भवतः राजेश की सही स्थिति को समझने का उपक्रम हो। कुछ सोचते हुए उन्होंने राजेश की पीठ थपक दी,

"मैं तुम्हारे बाबा से परिचित हूँ। परोपकारी महापुरुष हैं–अब बताओ क्या समस्या है तुम्हारी–"

राजेश संकुचा गया, निजी अभाव को ऐसे प्रदर्शित करना–वह असमंजस में इधर-उधर देखने लगा। वसुमित्र के चेहरे पर मुस्कान थी, आँखों में आत्मविश्वास झलक रहा था। राजेश जैसे-तैसे कह पाया,

"परीक्षा की फीस..."

वसुमित्र ने बात पूरी नहीं होने दी। तुरन्त कहा,

"कितने चाहिएँ–?"

नन्हें ओंठ थिरके; चेहरा रक्तिम् हो उठा। राजेश के भीतर विद्रोह सा उमड़ने लगा। कठिनाई से उसने कहा,

"तीन हज़ार–लेकिन–"

दूसरे ही क्षण राजेश स्थिर हो गया। भीतरी आत्मबल संजोने का प्रयास कर ही रहा था कि वसुमित्र ने उसके मस्तक पर हाथ फेरते हुए कहा,

"घबराओ नहीं, बच्चे। हम तुम्हें दान नहीं देंगे। दान-लेने तथा देने वाले–दोनों का ही अहित करते हैं। स्वतन्त्र भारत में इस दिखावे के लिए कोई स्थान नहीं है, एक दूसरे को सहयोग दिया जा सकता है। मैं तुम्हारी शिक्षा की व्यवस्था कर दूँगा, इसके बदले–"

राजेश पीछे हट गया। लज्जावश नेत्र झुक गए। उसने पाँव से धरती पर आड़ी-तिरछी रेखाएँ खींचते हुए कहा,

"परन्तु मैं आपके लिए क्या कभी कुछ कर सकता हूँ? एक अनाथ और असमर्थ–"

वसुमित्र ने बात काट दी, वे सब शायद जल्दी में थे। चलते-चलते वसुमित्र ने कहा,

"हीरा अपना मूल्य खुद नहीं जानता। साँझ को शक्तिस्थल आ जाना, वहीं तुम्हारे योग्य काम जुटा दूँगा–" और देखते ही देखते वसुमित्र और उसके साथी दूसरी ओर चले गये। राजेश बढ़ती दूरी को टकटकी बाँधे देखता रहा। आँखों में एक विचित्र सी आभा कौंध गई। श्वास-प्रश्वास तेज होने लगी। ऐसा लगा चिरकाल से अचेत पड़े शरीर पर किसी ने संजीवनी छिड़क दी है। गीले पंख सहसा फड़फड़ाने लगे और उसका सम्पूर्ण शरीर एक पूर्व अपरिचित उल्लास से रससिक्त हो उठा।

पिंजरा कभी पक्षी का लक्ष्य नहीं होता। यह उसके संकल्प की परिणति होता है। राजेश को एक नया सम्बल प्राप्त हुआ। अन्ध-कूप में त्रस्त भाव से बँधी किसी कपोत को जैसे स्वच्छन्द गगन का साम्राज्य प्राप्त हो गया हो। पैरों में पड़ी अष्टधातु की बेड़ियाँ मानों स्वतः ही कट गईं। वसुमित्र के सम्पर्क में आते ही धीमी गति से चलता पर्वतीय स्रोत मानों उद्दाम प्रवेग से बह निकला हो। वसुमित्र का जीवन जन सेवा के लिए समर्पित था। देश की भ्रष्ट राजनीति को वे एक स्वस्थ मोड़ देना चाहते थे। स्वतन्त्रता के बाद उत्तरोत्तर गिरती देश की हालत पर वे सदा चिन्तित रहते थे। राजेश ने वसुमित्र के आदर्श को ही अपना ध्येय मान लिया। वसुमित्र शुद्ध मानवीय विचारों में विश्वास रखते थे। निःस्वार्थ भाव से विश्वजनीन मूल्यों के प्रचार हेतु देश-विदेश का भ्रमण करते रहते थे। राजेश उनके राष्ट्रीय एवं आध्यात्मिक विचारों से विशेषतया प्रभावित था। उनके मार्गदर्शन पर ही वह भिन्न-भिन्न स्थानों एवं संस्थाओं में जाकर लोगों को जीवन के उदात्त मूल्यों के प्रति जागृति प्रदान किया करता था। यही सहयोग वसुमित्र चाहते थे, इसके प्रतिफल स्वरूप राजेश को अपना भावी जीवन व्यवस्थित करने के साधन उपलब्ध हो जाते थे। धीरे-धीरे आर्थिक अभाव की कालिमा छटने लगी और राजेश अधिक से अधिक सम्पन्न होने लगा। वह वसुमित्र के विचारों को शब्दबद्ध करता और जन मानस तक प्रवाहित करता। नए परिवेश खुलते रहे और राजेश का चिन्तन परिपक्व होता चला गया। पुराने संस्कारों को तपने और निखरने के लिए व्यापक सहयोग मिलते रहे; पत्थर का सामान्य टुकड़ा परिस्थितियों की आँच में तप कर चतुर्दिक आलोक विखेरने लगा। आस-पास के लोग उसे अपनाने लगे, देश के भिन्न-भिन्न भागों में उसकी प्रतिष्ठा, कीर्ति एवं वर्चस्वता बढ़ने लगी।

वसुमित्र से जुड़ना उसके बाबा को भी अच्छा लगा था। स्वयं सुखदेव भी वसुमित्र के व्यक्तित्व से प्रभावित थे। बाबा राजेश से प्रायः कहा करते "राजी–बस अब तो एक ही आस है; वाहे गुरु वसु महाराज को लम्बी आयु प्रदान करें। कागज़ की नाव को वसुजी ही पार लगा सकते हैं। देश की जनता उन्हें पूज्य भाव से देखती है। निःस्वार्थ सेवा का जीवन्त उदाहरण हैं वे। राजनीति में प्रवेश करते तो

देश का नक्शा ही बदल जाता। जिस संकल्प को लेकर वे चल रहे हैं, वह भी कम महत्त्वपूर्ण नहीं है। देखना राजी—वसुजी के आर्शीवाद से एक नया युग ज़रूर करवट लेगा—"

राजेश जब-जब अपने बाबा तथा अन्य सूत्रों से वसुमित्र के बारे में सुनता उसकी निष्ठा और श्रद्धा उनके प्रति और बढ़ जाती। लोक सेवा, त्याग और परोपकार उसके रोम-रोम में घर कर चुके थे। जीना है और क्यों जीना है? इसका सही अर्थ उसने पा लिया था। अतः एक योगनिष्ठ, शुद्ध उद्भावना की प्रतिमूर्ति साधे वह निश्चिंत भाव से अपने लक्ष्य पर चलता जा रहा था। संकल्प बनते और मिट जाते; बवण्डर आते और ऊपर से गुजर जाते परन्तु राजेश स्थितप्रज्ञ-सा अपनी मंज़िल पर बढ़ता जा रहा था। सुखदेव निवास की खसता हालत ने उसे और अधिक सतर्क एवं संघर्षशील बना दिया। अपनी बाल लीला स्थली के प्रति भी उसने अपना उत्तरदायित्व सम्भाला। वसुमित्र के लोक प्रचार कार्य से अवकाश मिलते ही वह रंग और तूलिका में तल्लीन हो जाता। देहरादून में उसके सहयोगी प्रकाशवीर ने जैसे-तैसे कुछ पैसे जुटाकर एक छोटा-सा 'स्टूडियो' खोल लिया था। सुखदेव निवास के सभी साथियों ने इसमें अपना-अपना अभिन्न योगदान दिया था। प्रकाशवीर भी सुखदेव निवास में ही पलकर बड़ा हुआ था। अतः अत्यन्त निराश एवं उद्विग्न स्थिति में राजेश उसके 'स्टूडियो' में चला आता था। छत पर एक ओर छोटे कमरे में चित्रकारी का सामान रखा रहता था। समय मिलते ही राजेश वहाँ आकर अपनी आन्तरिक अनुभूतियों को फलक पर सजीव करता तथा 'भारतीय' उपनाम से कला प्रेमियों के आगे प्रस्तुत करता था। सुखदेव निवास की ज़रूरतें पूरी करने के लिए प्रकाशवीर इन्हीं चित्रों का सद्प्रयोग करता था।

कला में मूल भावनाओं का विस्तार है। इसका धन उपार्जन से कोई सरोकार नहीं है। ऐसी धारणा राजेश की थी, परन्तु सुखदेव निवास के नन्हें भाई-बहनों के लिए वह इन भावनाओं को कभी-कभी प्रदर्शनियों में भी सजा देता है। जनहित, भावनाओं के परिसंस्करण में भी निहित है तथा निपट निरीह जनता की संवेदना हरण में भी—; सुखदेव निवास के लिए वह इसी उदात्त भावना से प्रेरित रहता था। किसी न किसी प्रकार वह इस निवास के प्रति अपनी कृतज्ञता व्यक्त करता रहता था। साथ ही उसकी आन्तरिक मनोकामना थी, सुखदेव निवास के असहाय जीव भावी जीवन में अपने पैरों पर खड़े होकर देश की प्रगति में सक्रिय योगदान दे सकें। बस इन्हीं धारणाओं में प्रतिबद्ध वह दिन-रात स्वचालित यन्त्र सा कर्मरत रहता था। दुःख या सुख, धूप या छाँव ये स्थितियाँ उसके लिए प्रायः अर्थहीन रह गई थीं।

दिन पर दिन उसकी भावना एवं कार्यक्षेत्र का दायरा विस्तृत होता चला गया। वसुमित्र तथा उसके सहयोगियों के सम्पर्क में राजेश की गतिविधियाँ बढ़ती गईं

और सामाजिक जीवन में उसका एक विशिष्ट स्थान बनने लगा। सुखदेव निवास के आस-पास बसे ग्रामीण लोग सुखदेव बाबा की तरह उसे भी आत्मीय स्नेह से अपनाने लगे थे। विभिन्न स्नेही सूत्रों का आदान-प्रदान उसे देश के असंख्य लोक सेवकों के निकट ले आया। आर्थिक संकट का दबाव कम होने लगा, जीवन रूपी पुस्तक के पृष्ठ दर पृष्ठ खुलते रहे और वह नव चेतना के कई आयाम समेटता चला गया। उसने कब बी. ए. की परीक्षा उत्तीर्ण की और कब एम. बी. ए. में प्रवेश पा लिया, कुछ स्मरण नहीं रहा। जन सेवा और उदात्त विचारों के प्रचार-प्रसार का लक्ष्य स्पष्ट हो जाने पर ज़िन्दगी की रेल अत्यन्त सुखद प्रतीत होने लगी। परिस्थितियों की गत्यात्मक नदी में उसकी जीवन-नाव अब बिना किसी आधार या डाँड के सुखमय यात्रा का आनन्द लेने लगी थी।

इन परिस्थितियों में उसका व्यक्तित्व उत्तरोत्तर निखरने लगा था। यही कारण था कि जब भी कोई नया व्यक्ति उसके सम्पर्क में आता, वह आसानी से उसके आकर्षण से मुक्त न हो पाता। विशेषकर वे लोग जो मंच से उसके दर्शन विलसित सम्भाषण सुनते; बस उसके ही बनकर रह जाते थे। ऐसी स्थिति में नये-नये लोगों से उसका सम्पर्क बनता और सामाजिक दायित्त्व का दायरा और बढ़ जाता। वी. एम. महाराज के परिचित समस्त सूत्र उसे भी बांधने लगे थे। इस कड़ी में राजेश को दो अत्यन्त ही मोहक एवं भावपरक सम्बन्ध सूत्रों का सामीप्य भोगने का संयोग प्राप्त हुआ। दोनों सूत्र प्रबल वेग से घनघोर घटा की तरह उसकी चेतना के निर्मल व्योम पर एक बार जो छाये, बस फिर बरसते ही चले गये।

सपना और शिवानी ने जब उसके जीवन में प्रवेश किया उस समय राजेश की भावनाओं का लावा परिस्थितियों के साँचे में ढलकर पूर्णतया ठोस बन चुका था। ऐसी स्थिति में वह इन दो कोमल स्पर्शों को अपनी भाव लहरी से सुगमता से अलग नहीं कर पाया। कभी-कभी दोनों की आस्थाओं और अपने प्रति उनके सहज आकर्षण को लेकर वह असमंजस में पड़ जाता था। किसको अपनाये और किससे दूर हटे। दोनों ही भाव सहचरियों के चरित्र, स्वभाव एवं व्यक्तित्व एक पारदर्शी शीशे की तरह स्वच्छ एवं निर्मल थे। अपनी भावनाओं के प्रति पल बनते-मिटते बिम्ब वह सहज रूप में इनके स्नेहसिक्त नेत्रों में देख सकता था। फिर भी यह निर्णय कर पाना कठिन था, उसका सहज एवं आत्मीय आकर्षण किसकी ओर अधिक है। शिवानी उसे चाहती थी, सपना उसे समझती थी। चाहत या पसंद में ज़रूरी नहीं कि व्यक्ति की समझ भी कायम हो। प्रेम का समझ से शायद कोई सीधा सरोकार नहीं होता। सम्भवतः इसीलिए राजेश कई बार शिवानी के प्रति अलगाव का भाव अनुभव करता था। पूर्णतया उससे विरक्त है, ऐसी स्थिति भी शायद नहीं थी। उसकी तरह शिवानी भी वसुमित्र महाराज के आदर्शों का अनुसरण करती थी। जाने-अनजाने कभी-कभी वे भावात्मक चौराहे पर न चाहते

हुए भी टकरा जाते थे।

कालका रेलवे स्टेशन पर वह 'बुक स्टॉल' पर अख़बार पढ़ने में तल्लीन था। नहीं जान पाया कब शिवानी उसके निकट आकर रुक गई थी। 'स्टॉल' पर ही शिवानी ने उसे हल्का-सा धक्का दिया। राजेश अस्थिर सा हुआ एक ओर हट गया। विस्मृत नेत्रों ने घूमकर देखा, शिवानी को देखते ही उसके चेहरे पर विचित्र-सी आभा कौंध गई। सर्दियों का मौसम था, सुबह ग्यारह का समय था। स्टेशन का प्रशान्त वातावरण अभी शारदीय कोहरे से आवृत था। ओस की नन्हीं बूंदें चारों ओर एक हल्की आर्द्रता छिटकाती जा रही थीं। श्वास-प्रश्वास की ऊष्मता एक धीमा प्रकम्पन छेड़ धुँध में विलीन होती जा रही थी। शिवानी ने सरल भाव से व्यंग्यात्मक मुद्रा में कहा,

"सदा आसमान पर रहते हो, कभी धरती पर भी देख लिया करो-"

राजेश ने अख़बार समेट लिया। दोनों ही 'स्टाल' से पीछे हट आये। राजेश ने दूर तक कोहरे में सोई रेल पटरी की ओर देखा। गहरी साँस ली, मुस्कुराते हुए कहा,

"इधर कैसे?"

"क्यों? मैं इधर नहीं हो सकती-?"

"तुम कहीं भी हो सकती हो। कलाकार जो हो-"

"और तुम।"

"शिवानी, छोड़ो-बताओ कैसी हो-?"

"शुक्र है। तुम्हें किसी का ख्याल तो आया-"

"ऐसी नीरस बात क्यों करती हो?"

"क्यों न करूँ?"

शिवानी ने मानों आह सी भरी। दोनों ही धीरे चलने लगे। कुछ ही दूरी पर कॉफी का स्टॉल था। शिवानी के पाँव रुकने लगे। ओंठ तर करती हुई बोली,

"जानते हो कितनी दुःखी रही मैं। भला उस 'शो' में क्यों नहीं आये? यह जानते हुए कि उसका आयोजन तुम्हारे लिए-केवल. तुम्हारे लिये किया गया था। न जाने ये मर्द लोग नारी की भावनाओं की क़दर करना कब सीखेंगे? बताओ तो सही, उस दिन क्यों नहीं आये-?"

राजेश ने देखा शिवानी की पलकें गीली होने लगी हैं। क्या वह सचमुच दुःखी है? राजेश ने नेत्र झुका लिये। वह उसका दोषी था, ऐसे में क्या कहता? फिर भी उसने स्थिति साफ करते हुए कहा,

"शिवानी, गलत मत समझो। मैं तुम्हें दुःखी कदाचित् नहीं करना चाहता। आओ, उधर बैठने का स्थान है। गर्म कॉफी लेंगे। मन ठीक हो जायेगा-"

शिवानी ने रूमाल से चेहरा स्वच्छ किया। पाँव आगे रखती हुई बोली,

"दिखाने की जितनी शिष्टता तुम में है, काश। उसकी रत्ती भर कमी सही कर दिखते–" राजेश चरित्रगत विश्लेषण के ऐसे सरसता पूर्ण अवसर पर केवल हँस देता था। शिवानी का मधुर उलाहना उसे रससिक्त कर गया। टेबल के आगे झुक कर उसने कहा,

"बताया नहीं, कहाँ जा रही हो?"

"अब कहीं नहीं–लगता है मंज़िल मिल गई है–"

शिवानी के नेत्रों में शरारत थी; राजेश उत्सुक था। पुनः बोला,

"मज़ाक छोड़ो। लगता है अभी तक नाराज़ हो। उस दिन के लिए क्षमा चाहता हूँ। वास्तव में शिवानी, मेरे जीवन में बहुत कुछ मेरा अपना नहीं है। ऐसे में कौन सी धारा मुझे किस ओर बहा ले जाती है। नहीं जानता। लक्ष्यहीन वातचक्र का क्या जीवन हो सकता है? न कोई दर न द्वार–न घर न घाट–फिर शिवानी..."

वह कहते-कहते रुक गया। आँखें झुक गईं। लगता था भीतर कोई वेदना प्रस्फुटित होने को आतुर है। शिवानी को उसका वैसा निष्प्रभ चेहरा अच्छा नहीं लगा। गम्भीर भाव में उसने बात बदल दी–

"तुमने भी नहीं बताया, आज इतनी प्रातः इधर–"

पुनः साँस भरकर बोली,

"मैं तो "चैल" जा रही हूँ। वहाँ 'पैलेस' में एक ज़रूरी मीटिंग है। और तुम?"

"इधर चण्डीगढ़ में ज़रूरी काम था। कण्डाघाट तक जाऊँगा–"

शिवानी निश्चिन्त हो गई। कॉफी के प्याले से उठती वाष्प एक विचित्र-सा मायाजाल बुनती जा रही थी। शिवानी ने मौन भंग किया,

"चलो, मैं भी इधर से होकर चली जाऊँगी–" सहसा वह चुप हो गई, कुछ सोचती हुई बोली,

"भारती, कुछ दिन मेरे साथ नहीं गुज़ार सकते क्या?"

कहते ही शिवानी के नेत्र लज्जावश झुक गए। राजेश भावुक हो उठा। उत्सुकता से शिवानी की ओर देखा, पुनः नेत्र नीचे मेज़ पर स्थिर कर दिये। वे अपने-अपने भावों में बंदी बने शान्त मन से काफी पीते जा रहे थे। कभी-कभी अत्यन्त स्नेह-सिक्त नेत्रों से एक दूसरे को देख लेते थे। शिवानी ने जो कहना था, कह चुकी थी। राजेश ने मेज़ की आर्द्रता पर दो रेखाएँ आँक दीं। निश्वास भरकर कहा,

"ये रेखाएँ शायद कभी एक नहीं होंगी। रेल की पटरियों को ऐसे ही भागना है। शिवानी, तुम जो कह रही हो उसका अर्थ बहुत गहन है और मैं शायद..."

वह कहते-कहते मौन हो गया। शिवानी ने हँसते हुए कहा,

"राजी, तुम इतने भी बुद्धू नहीं हो?"

राजेश ने ओंठ कप से सटा दिये। गहन गम्भीर दृष्टि दूर तक शून्य का परिभ्रमण करके पुनः लौट आई; वह साँस लेकर बोला,

"इससे क्या होगा?"

"तुम्हारे लिये शायद कुछ भी नहीं, परन्तु मेरे लिये–"

शिवानी ने एक दीर्घ श्वास ली, भीतरी कसक बाह्य ठण्डक में मार्ग खोजने लगी। कॉफी सिप करती हुई बोली,

"जानते तो हो एक कलाकार के व्यावहारिक जीवन में कितना बिखराव होता है। छलकती झील में कहीं कोई आत्मीय किनारा नहीं मिलता। भीड़ में व्यक्ति खो तो सकता है परन्तु निजता का एहसास नहीं पा सकता। तुमने मेरा आशय शायद ठीक से नहीं समझा। मैं केवल स्वयं को जानना चाहती हूँ, इसके लिए क्या तुम कुछ दिनों तक–" राजेश ने शिवानी के भावुक चेहरे की ओर देखा। वहाँ आन्तरिक द्वन्द्व स्पष्ट था। शिवानी के नेत्रों में गहनता थी और राजेश की पलकों में गम्भीरता। शिवानी और वह दोनों एक ही महान आदर्श से जुड़े हुए थे। आमना-सामना तो सदा रहेगा ही, ऐसे में वह शिवानी को इतनी सुगमता से अपने भावात्मक प्रसार से विलग तो कर नहीं सकता था। नेत्र घुमा कर उसने छोटी पटरी की रेल को ललक भरी दृष्टि से देखा। पुनः नेत्र मेज़ पर स्थिर कर दिये। शिवानी को सान्त्वना देते हुए कहा,

"शिवानी, तुम्हारा चिन्तन गहरा सागर है; मैं शायद इसकी थाह नहीं पा सकूँगा–"

शिवानी कुछ उद्दण्ड हो आई; वाणी में तिक्तता थी, साँस भरकर बोली,

"इतना मत बनो–मैं सब जानती हूँ। बातों के धनी हो, यह भला कौन नहीं जानता–"

राजेश सरस हो उठा। होंठों पर मुस्कान फैल गई। मुदित भाव में उसने कह दिया,

"कोशिश करूँगा शिवानी, सब कुछ तुम्हारे अनुरूप ढल सके।"

पुनः वह वास्तविक स्थिति के प्रति सतर्क हो उठा। इधर-उधर देखता हुआ बोला,

"शायद गाड़ी चलने को है–"

शिवानी उसके साथ ही उठ खड़ी हुई। प्लेट-फार्म की ओर बढ़ती हुई बोली,

"कण्डाघाट तक तो साथ रहेगा न; मैं उधर से ही। 'चैल' कब पहुँचोगे–?"

गीले फर्श पर पैरों के निशान स्वतः अंकित होते जा रहे थे। राजेश की आन्तरिक मरूभूमि में भी कोई धीमी भाव लहर करवट लेने का प्रयास कर रही थी। उसने तिरछी निगाहों से शिवानी के आनत चेहरे की ओर देखा। दृष्टि पुनः धुँधले आकाश में समा दी। धीमे स्वर में कहा,

"जल्दी आ जाऊँगा–"

ऐसे एक नहीं, अनेक अवसर उन्हें मिले। वेगमती लहरों की भाँति वे इकट्ठे होते और पुनः झँझा के हिंडोल पर अलग हो जाते। राजेश ने कई बार शिवानी के अन्तर्मन में झाँकने का प्रयास किया, परन्तु हर बार उसकी भाव प्रवण दृष्टि रीती एवं अस्पष्ट लौट आई। यह नहीं कि उसकी निकटता शिवानी से सहज नहीं हो पाई–; शिवानी के प्रति वह पूरी तरह खुल नहीं पाया। जब-जब वह अन्तर लहरी में शिवानी का बिम्ब सजाने का प्रयास करता सपना का सुन्दर सलोना भाल एक धीमा प्रकम्पन सा ओर-छोर में परिव्याप्त हो जाता। ऐसे में शिवानी का छाया-चित्र सपना की अदृश्य भाव-लहरों में विलुप्त होने लगता। सपना ने राजेश को अत्यन्त निकटता से जाना और पहचाना था। शायद इसीलिए एकान्त क्षणों में भी राजेश सदा सपना के बारे में ही सोचता रहता था। उसके जीवन में असंख्य लोग आये और भावपरक सम्बन्धों की कड़ियाँ बनाते हुए विभिन्न दिशाओं में लौट गए। अनेक युवतियों ने उसके सूने मन मन्दिर में भावनाओं के दीप सजाने की लालसा की थी; परन्तु मन के द्वार नहीं खुले। आराध्य देव की प्रतिमा के दर्शन नहीं हुए और श्रद्धापुष्प समेटे वे सब युवतियाँ, मन्दिर की सीढ़ियों पर ही आस्था दीप सजाकर ढलती साँझ में विलीन हो गईं। पहली बार किसी कमनीय स्पर्श ने उसके अन्तर्मन के आत्मनिरत कमलों को छेड़ दिया था। सपना उसके जीवन की प्रथम सहज वर्षा थी जिसने उसके समूचे अस्तित्त्व को जल निमग्न कर दिया था। सपना उसके विचारों से अभिमोहित हो, उसे पूरी तरह समझकर आगे बढ़ी थी। ऐसे में भला वह उसके प्रति तिरस्कार भाव कैसे रख सकता था। सपना की उँगली पर घाव वाली घटना जो दिल्ली में घटी, राजेश के मनोभावों में पत्थर की रगड़ सा अमिट प्रभाव छोड़ गई। सपना को बिना मिले उसे तुरन्त आश्रम से अन्यत्र जाना पड़ा था। साँझ को लौटने में उसे देर हो गई। वापिस आकर उसने अपने कक्ष की बत्ती जलाई; दिव्य किरणों ने उसका स्वागत किया। वह हतप्रभ सा, विस्मित भाव से चकाचौंध निहारता रह गया। सामने सरस्वती माँ की वही बहुमूल्य प्रतिमा सज्जित थी जिसे वह धनाभाव के कारण छोड़ आया था। उसकी अनुपस्थिति में सपना यह प्रेम भेंट छोड़ गई थी। परन्तु कैसे? कोई नहीं जानता।

◆◆◆

सत्रहवाँ अध्याय

देहरादून से दिल्ली की ओर जाने वाली सड़क पर, मुख्य मार्ग से काफी दूर हट कर वी. एम. विश्वविद्यालय स्थापित था। वसुमित्र के नाम से प्रसिद्ध इस संस्था में विश्व दर्शन एवं मानवीय उच्च आदर्शों के शिविरों का आयोजन किया जाता था। वसुमित्र महाराज की देख-रेख में उस संस्था के अपने नियम तथा मूल्य थे। उन दिनों भी वहाँ एक शिविर चल रहा था। जून का महीना था, अभी वर्षा फुहार ने अपना अंचल पूरी तरह नहीं फहराया था। अतः मौसम में कुछ-कुछ गर्मी थी परन्तु दूरस्थ मैदानों की कड़ाकेदार उसाँस यहाँ नहीं थी। तलहटी के हरे वृक्षों एवं पुष्पित उद्यानों के बीच प्राकृतिक सुषमा का दृश्य सजाता यह स्थल पर्यटकों के लिए भी आकर्षण का केन्द्र था। उस दिन शिविर का शुभारम्भ था। गुरु गोबिंदसिंह सभागार युवक-युवतियों से खचाखच भरा हुआ था। देश के भिन्न-भिन्न प्रदेशों से उमड़े असंख्य युवा प्रतिनिधि वहाँ एकत्रित थे। वसुमित्र के निमन्त्रण पर वे सभी बहुत कम समय की सूचना पर भी इतनी संख्या में जमा हो गए थे। इस सारे आयोजन में देश के महान स्वतन्त्रता सेनानी वसुमित्र का चुम्बकीय प्रभाव स्वतः प्रकट था। देश का युवावर्ग उनके विचारों को सुनने और अपनाने के लिए सदा तत्पर एवं उत्सुक रहता था।

ठीक निश्चित समय पर वसुमित्र तथा उनके कुछ सहयोगियों ने सभागार में प्रवेश किया। समागम में उपस्थित सभी लोगों ने उठकर तालियों की शब्द-ध्वनि से उनका स्वागत किया। विश्वविद्यालय के कुछ प्रबन्धकों ने 'बी. एम. महाराज की जय' के नारे भी लगाए। उपस्थित लोगों ने अधिक उत्साह से जय-जयकार की। समूचा वातावरण एक अत्यंत अनुभावित स्वर में गुंजायमान हो उठा। वसुमित्र ने मंच पर पाँव रखते ही पार्श्व में सुशोभित गुरु गोविंदसिंह के भव्य चित्र के आगे नमन किया। उत्साही जनसमूह को शान्त होने का संकेत किया। शीघ्र ही सभी उपस्थित वृंद अपने-अपने स्थानों पर पुनः आसीन हो गए। कुछ ही क्षणों में सभागार में सूई गिरने सा मौन छा गया। औपचारिक भूमिका सृजन के उपरांत वसुमित्र सम्बोधन के लिए मंच पर आये। युवावर्ग को भावमयी दृष्टि से निहारते हुए अत्यन्त सौम्य वाणी में बोले,

''मैंने कई बार आगे भी कहा है, मेरे आने या जाने पर जय नाद मत कीजिए। आज फिर आप लोगों का ध्यान इसी ओर दिलाना चाहता हूँ। मेरी जय मत कहिए। कहना ही है तो जनशक्ति और युवाशक्ति की जय-जयकार कीजिए–''

सभागार की पिछली कुर्सी पर बैठे किसी युवक ने युवाशक्ति का शंखनाद फूंक दिया। हॉल में एक-दो मिनट तक युवाशक्ति का जय निनाद गूंजता रहा। वसुमित्र का चेहरा खिल उठा। पुनः प्रशान्त हुए सभाजन को निहारते हुए उन्होंने अपनी बात आरम्भ की–

''व्यक्ति विशेष की जय-जयकार का अर्थ है उसके अहंकार को हवा देना। मुझे आप लोगों का सहयोग चाहिए, न कि आप की ओर से जयनाद। हाँ, व्यक्ति विशेष को श्रद्धा सुमन अर्पित करने हैं तो इन जैसे महापुरुषों के आगे नमन कीजिए।''

वसुमित्र ने गर्दन घुमाकर दीवार पर सज्जित गुरु साहिब के चित्र की ओर संकेत किया। तनिक छत की ओर देखते हुए उन्होंने कहा,

''इनका जयनाद–देहि शिवा वर मोहि इहै, शुभ कर्मन ते कबहुँ न टरूँ– समूचि भारतीय संवेदना का आदर्श समेटे हुए है। ऐसे असंख्य महापुरुष हमारे देश की संस्कृति का धरोहर हैं। देश के प्रत्येक कोने में, प्रत्येक प्रान्त में ऐसी दिव्य विभूतियों का अमृत प्रवाहित है। उसका रसपान करना चाहिए। इन्हीं महान विभूतियों के तप-त्याग और बलिदान से देश की राष्ट्रीयता और भारतीयता कायम है। ऐसे महापुरुषों को शतबार नमस्कार है–''

वसुमित्र कुछ देर मौन रहे। सभागार में सांसो का धीमा प्रवाह विचित्र सी थिरकन भरता जा रहा था। मधुर वाणी पुनः प्रस्फुटित हुई–

''स्वतन्त्रता संग्राम का मैं एक बहुत अदना सेनानी रहा हूँ फिर भी देशवासियों ने मुझे अपार स्नेह और सम्मान दिया है। आज की इस विशिष्ट सभा में भाग लेकर आप लोगों ने जिस उत्साह का परिचय दिया है, मेरे लिए सन्तोष का विषय है। बहुत पहले आज़ादी की लड़ाई के दिनों में हमारा शुमार युवाओं में होता था। प्रायः कहा जाता, युवापीढ़ी से बहुत आशाएँ हैं। समय बदल गया है परन्तु वही वाक्य आज भी पूर्ववत् महत्त्वपूर्ण बना हुआ है।''

वसुमित्र कहते-कहते रुके। रूमाल से मस्तक पर छिटके स्वेद कण साफ किये। असंख्य नेत्र टकटकी बांधे उन्हें निहार रहे थे। लगभग सांस रोके उनके प्रत्येक शब्द को विधिवत् आत्मसात करने का प्रयास जुटा रहे थे। वसुमित्र ने सहज वाणी में कहा,

"हमने विदेशी सत्ता के विरुद्ध एक भयंकर जंग लड़ी, दासता से मुक्ति पाने के लिए। एक जंग आप लोगों को लड़नी है, अपने अधिकारों की रक्षा के लिए तथा भ्रष्टाचार से मुक्ति पाने के लिए। जिस देश में भ्रष्टाचार का बोलबाला है, वहाँ कभी स्वस्थ चिंतन पनप नहीं सकता। जहाँ स्वस्थ चिंतन नहीं रहता, वहाँ संस्कृति विकलांग हो जाती है। देश मर जाता है। राष्ट्रीयता गर्त में गिर जाती है। पहली लड़ाई देश के अपने लोगों ने ही लड़ी थी, कोई बाहर से नहीं आया। वर्तमान लड़ाई भी हमें खुद ही जीतनी है। इस बार भी कोई बाहरी सहायक नहीं होगा।"

वसुमित्र कहते-कहते मौन हो गए। गहन निश्वास भरकर, फिर कहा,

"लोग कहते हैं वसुमित्र कोरे आदर्श की बात करता है, हवाई किले सजाता है, पानी में लाठियाँ चलाता है। ऐसा कुछ होने वाला नहीं है, भ्रष्टाचार आज की व्यवस्था यानी 'सिस्टम' का अंग बन चुका है। जैसा है, वैसा चलने दो। मेरी धारणा इससे विपरीत है। आत्मबल सब कुछ कर सकता है। गांधी जी ने मात्र अहिंसा के शस्त्र द्वारा एक शक्तिसम्पन्न साम्राज्यवादी सत्ता के पाँव उखाड़ दिये थे। जन मानस में अपार शक्ति निहित है, युवावर्ग इसी शक्ति का मुख्य स्रोत है। इसीलिए मैं सदा भोर के सूर्य से ही आशा रखता हूँ। इसे ही नमस्कार करता हूँ। आप सभी भोर का सूर्य हैं। आपमें अनन्त शक्ति और ऊर्जा है। यही कारण है कि आज मैं फिर युवाओं के सम्मुख खड़ा हूँ"

कहते-कहते वसुमित्र तनिक खाँसने लगे। ढ़लती आयु के कारण कभी-कभी सांस उखड़ने लगती थी। समीप खड़े कर्मचारी ने तुरंत पानी का गिलास आगे सरका दिया। वसुमित्र ने रूमाल से मुख साफ किया। खाँसी पर नियन्त्रण करते हुए फिर कहने लगे, "क्षमा चाहता हूँ। देर तक बोलना कष्टकर हो जाता है। हाँ तो मैं आपके उत्तरदायित्व की बात कर रहा था। कुछ दिन पहले मेरी भेंट आदरणीय हरदेव राही जी से हुई। हमारे पी. एम. हैं। व्यवस्था के प्रति उदासीन थे। उन्होंने मुझे आगे आने के लिए कहा। वे सोचते हैं देश की जनता मेरी बात ध्यान से सुनती है। अतः मुझे स्वयं राजनीति में प्रवेश करना चाहिए–" सभागार में चारों ओर से जयनाद, हुर्रे तथा तालियों की गूँज उमड़ने लगी। प्रस्तुत वृंद हाथ उठा उठाकर वसुमित्र की बात का समर्थन कर रहे थे। वसुमित्र ने उन्हें शान्त रहने का संकेत किया। हॉल में फिर से पूर्ण मौन छा गया। वसुमित्र ने तनिक हंस कर कहा,

"यह बूढ़ा तोता अब राजनीति क्या सीखेगा? ढलती साँझ में हूँ, सूर्यास्त कभी भी हो सकता है। ऐसे में नए हालात के प्रति पूरा न्याय नहीं कर पाऊँगा–"

एक गहन श्वास भरकर उन्होंने विश्वस्त स्वर में कहा, "सब कुछ आप लोगों को करना है। राज सत्ता कभी मेरे जीवन और चिंतन का लक्ष्य नहीं रही। परन्तु आज परिस्थिति कुछ ऐसी बन चुकी है कि बिना राजनीतिक सत्ता के कुछ भी

हासिल नहीं होता। साहित्य, दर्शन, धर्म, लोक सेवा–ये सब आज के संदर्भ में बेमानी है। कहीं किसी की कोई साख या गिनती नहीं है। इसीलिए आप लोगों के प्रति आशान्वित हूँ मैं–''

वसुमित्र ने अत्यंत भावपरक दृष्टि से सामने बैठे लोगों को देखा, कुछ रुके, पुनः कहना आरंभ किया,

''जानता हूँ, यह सब इतना सुगम नहीं होगा। एक नयी पार्टी खड़ी करनी होगी, अपार धन-साधनों की ज़रूरत पड़ेगी। मैं समझता हूँ व्यक्ति में काम करने का संकल्प होना चाहिए शेष सब बातें गौण हैं। हो सकता है, एक दो बार हमारे पाँव लुढ़क जायें। पराजय का सामना हो–इससे कुछ बिगड़ेगा नहीं। राजसत्ता तक पहुँचना है, यदि केवल यही लक्ष्य लेकर चलेंगे तो दुःख मिल सकता है। लोक सेवा तथा मानवीय मूल्यों की स्थापना को सम्मुख रख कर क्रियाशील रहेंगे तो हमें मंजिल अपने आप मिल जायेगी। देश के असंख्य अभावग्रस्त लोगों तक यदि स्वस्थ चिंतन और स्वच्छ राजनीति की एक किरण भी पहुँचा पाये तो समझूँगा, हमारा ध्येय पूरा हुआ। इस संघर्ष, साधना अथवा लड़ाई में लम्बा समय लग सकता है, मैं शायद इतना समर्थ नहीं हूँ। इसीलिए यह दायित्त्व आपको सौंप रहा हूँ–''

वसुमित्र कुछ क्षणों के लिए मौन हो गए। चारों ओर सारगर्भित दृष्टिपात किया। सहसा उनका चेहरा म्लान हो गया। भीतर कोई गुप्त वेदना करवट ले रही थी, आह सी भर कर उन्होंने कहा,

''मैं कोई सन्त, महात्मा, साधु या राजनेता नहीं हूँ। जब लोग मुझे महाराज कहते हैं–लगता है मेरा उपहास हो रहा है, जैसे-तैसे मैं इस ज़हर को भी पी लेता हूँ। मैं क्या हूँ, क्या नहीं–कुछ कह नहीं सकता। देश की जनता हर प्रकार से सुखी हो, सुविधा सम्पन्न हो, श्रेष्ठ विचारों और संस्कारों के लिए साधनारत हो–बस इतना कुछ चाहता हूँ। शायद इसीलिए आप लोग मुझे इतना सम्मान, स्नेह और आदर देते हैं–इस धरती ने मुझे जो कुछ दिया, लौटा नहीं सकता–मात्र मंगल कामना कर सकता हूँ।''

एकत्रित लोगों ने देखा वसुमित्र के नेत्र तरल होने लगे थे। भावात्मक उद्वेल बाहर टपकना चाहता था, उन्होंने स्वयं को संयमित किया। साँस ली, ओंठ तर किये और कहा,

''हमारी संस्कृति एक विशाल एवं अथाह झील की तरह है, इस झील के एक नहीं, दो नहीं–सौ नहीं–असंख्य किनारे हैं, अनन्त संगम हैं। अपने निजी संस्कारों और उदार मूल्यों के लिए यह संस्कृति किसी की ऋणी नहीं है। यह सागर नहीं–गहन गम्भीर झील है। सागर का मूल नदियाँ हैं, हमारी इस झील का उद्गम स्वतः है और यह चिरन्तन है। इसके प्रशांत एवं व्यापक प्रकम्पन में अनेकों विचार और दर्शन समाये हैं, विभिन्न धर्म, जातियाँ, सम्प्रदाय, प्रदेश, भाषाएँ, आंचलिक

विश्वास और आस्थाएँ इसकी तरंगे हैं। इस झील में सागर सा ज्वार-भाटा नहीं आता न ही बाह्य-प्रवेशगत गंदलापन। हमारी यह झील भारतीयता का सहज उद्रेक है, आध्यात्मिक चितंन और चेतना की धरोहर है। बाह्य वातचक्र मात्र इसकी देह को ही छू पाते हैं, अन्तर्गत ध्यान गरिमा सदा प्रशांत और निश्छल बनी रहती है। इसी झील के अनन्त किनारों से मैं और आप किसी न किसी भावपरक ढंग से जुड़े हैं। बस इसी आस्था और भाव को हमें कायम रखना है। झील के बहुरंगी वक्ष पर जनमानस के असंख्य कमल खिले हैं, जाने अनजाने इन कमलों के पैरों में दलदल और काई सिमट आई है। बस, हमें इसी कीचड़ को साफ करना है। यही हमारा ध्येय है, यही लक्ष्य और यही साधना–''

वसुमित्र ने अभी वाक्य पूर्ण नहीं किया था कि ज़ोरदार तालियों ने उनके विचारों का अभिनंदन किया। युवाओं ने उत्साह और जोश का प्रदर्शन करते हुए कुर्सियाँ थपथपा दीं।

वातावरण फिर से पूर्ववत् शान्त हुआ, वसुमित्र ने अपनी बात और स्पष्ट की। तनिक गला साफ करते हुए कहा, ''कई बार मुझे बहुत हैरानी होती है। विश्व जनीन धर्म और चिंतन के संदर्भ में जब गम्भीरता से सोचता हूँ–प्रत्येक धर्म, प्रत्येक संस्कृति मानव को मानव के रूप में स्वीकारने का प्रचार करती है। विभिन्न साधुओं, सन्तों एवं मत प्रेरकों ने भी यही बात कही है। प्राणी मात्र एक है, खून सबका एक जैसा है। परन्तु राजनीति सदा इसका अपवाद रही है। 'सिस्टम' चाहे कोई भी रहा हो, मनुष्य को मनुष्य रूप में नहीं देखा गया। लोकतन्त्र ने तो इसकी शक्ल ही बिगाड़ दी। इसे मत पेटी में बांधने के लिए इसके जन्म, परिवेश, धर्म तथा प्रदेश सबको विकृत कर दिया। सच्चे और सही मानव की हत्या कर दी गई और उसकी जगह ठप्पाधारी वोटर को बिठा दिया गया–''

वसुमित्र कहते-कहते कुछ देर रुके। रूमाल से मुख साफ किया, सहज वाणी उत्सरित हुई,

''ज्यादा उलझन में पड़ने की ज़रूरत नहीं है। बात को सरल ढंग से कहूँगा। हमें ऐसी राजनीति चाहिए जो मनुष्य को–प्रत्येक विकृति से मुक्ति दिला सके, ऐसी राजसत्ता जो मनुष्य को मनुष्य रूप में प्रतिष्ठित कर पाये; सबको समभाव, समरसता तथा समदर्शन का मार्ग दे सके। ये सब कर पाना इतना कठिन नहीं है। थोड़ी साधना की ज़रूरत है। व्यावहारिक जीवन में आपको 'स्व' से मुक्त होना है। सामाजिक आदान-प्रदान में स्वार्थ का परित्याग करके निःस्वार्थ भाव का चयन करना होगा। आत्मकेन्द्रिता के स्थान पर व्यापक चेतना सत्ता का साक्षात्कार करने का संकल्प जुटाना पड़ेगा। व्यक्तिपरक गलदश्रु भावुकता के स्थान पर सात्त्विक प्रेम और त्याग के महत्त्व को समझना होगा। ऐसा तभी सम्भव होगा, जब आपमें से प्रत्येक व्यक्ति की अपेक्षा परिवार; परिवार से बढ़कर समाज; समाज से परे प्रदेश;

प्रदेश से ऊपर देश और राष्ट्र तथा इन सबसे ऊपर श्रेष्ठ मानवतावाद को अपनाने का प्रयास शुरू करेगा। मात्र स्वार्थ भावना का परित्याग आपके सम्मुख उजली राजनीति का द्वार खोल देगा। ऐसा कुछ कर गुज़रने का मन हो तो मैं आपके साथ हूँ और मंज़िल तक साथ रहूँगा, कहते-कहते वसुमित्र ने घड़ी की ओर देखा। साँझ लगभग ढलने को थी। सम्भाषण के उपरांत भी बाहर से आये लोगों के लिए कुछ अन्य कार्यक्रम निश्चित थे। वसुमित्र ने सांत्वनामयी सांस ली, लगा मन से एक भारी बोझ उतर गया है। पुनः मंच पर आसीन व्यक्तियों को देखकर, हॉल में एकत्रित लोगों को सम्बोधन किया,

"मेरे संकेत पर आप इतनी संख्या में देश के भिन्न-भिन्न भागों से यहाँ पधारे हैं। अच्छा किया, बहुत अच्छा किया—आप लोगों के प्रति आभार प्रकट नहीं कर सकता। कारवाँ तो आप हैं, मैं तो केवल सहयोगी हूँ। यह शिविर काफी दिनों तक चलेगा। आप लोगों में जो-जो समर्थ हैं अपना प्रबंध स्वयं कर सकते हैं, मेरी ओर से छुट्टी है—शेष सब की हर प्रकार की सुख सुविधा का ध्यान विश्वविद्यालय की ओर से रहेगा। इस दौरान मैं भी आपके साथ रहूँगा। विचार विनिमय होता रहेगा। मुझे आप लोगों को सुनने समझने का अवसर भी मिलेगा—"

मंच छोड़ने से पूर्व, वसुमित्र सहसा फिर रुके। तनिक सोचते हुए बोले, "हाँ, एक बात ज़रूर कहूँगा। निःस्वार्थ भाव से जीना अपने आपमें एक तप है, भक्ति का शुद्धतम स्वरूप है। इसकी साधना के लिए किसी मुल्लाँ, ग्रन्थी, पुजारी या पादरी का द्वार खटखटाने की ज़रूरत नहीं है। मन का द्वार खोल कर भीतर झाँकना है, केवल इतना निर्णय लेना है, क्या मैंने कभी अपने से अलग किसी दूसरे के दुःख पर चिंतन किया है। मेरी ओर से आपके लिए यही परीक्षा है, यही आत्मविश्लेषण है। आपका मन ऐसा कुछ करने को राजी हो जाये, मेरे साथ चले आइए। मन तैयार न हो पाये, अपनी जीवन धारा को जैसी है, बहने दीजिए, चारों ओर जो हो रहा है, होने दीजिए, केवल अपनी चिन्ता कीजिए क्योंकि आप केवल अपने लिये पैदा हुए हैं, और ऐसे ही चले जायेंगे—"

वसुमित्र का सम्भाषण सम्पन्न हो गया। अन्तिम क्षणों में समस्त सभाजन मन्त्र मुग्ध एवं अभिमोहित अवस्था में काष्ठ बने, एक ही मुद्रा में बैठे रहे। सभागार में गहन प्रशान्ति का प्रसार था। केवल 'माइक' की ध्वनि के सिवाय सर्वत्र एक रहस्यात्मक नीरवता विद्यमान थी। वसुमित्र के अन्तिम वाक्य ने सबको झकझोर दिया। कैसा तीक्ष्ण व्यंग्य निहित था इन शब्दों में। वसुमित्र अध्यात्मवादी थे, सांसारिक बंधनों से उनका कोई लेन-देन नहीं था। उनकी दृष्टि में सच्चा अध्यात्मवादी वही है जो ईश्वरीय ज्ञान के साथ-साथ जनहिताय भी सोचता है। इसीलिए वह देश की राजनीति में यही विचार प्रचारित करना चाहते थे।

सभागार में निर्धारित कार्यक्रम समाप्त होते ही सभी उपस्थित गण चाय-पान

के लिए दूसरे हॉल में इकट्ठे हुए। यहीं वसुमित्र व्यक्तिपरक ढंग से दूर-दूर से आने वालों से मिले। सभागार की नीरवता से बिल्कुल अलग यह स्थल युवाओं की चहल-पहल, हंसी मज़ाक और गप्प गोष्ठी के कारण एक सीमित मेले सा प्रभाव अंकित कर रहा था। काश्मीर से कन्याकुमारी तथा कच्छ से असम तक–लगभग सभी प्रदेशों के युवक-युवतियाँ यहाँ लगभग एक दूसरे से भली प्रकार परिचित थे। वसुमित्र के सम्पर्क में देर से चले आ रहे सहयोगी अत्यंत खुलेपन से एक दूसरे पर व्यंग्य बाण छोड़ रहे थे। जो इस उन्मुक्त जन प्रवाह में अजनवी थे उन्हें एक दूसरे से परिचित करवा कर उनकी चाल ढाल को सहज बनाया जा रहा था। चाय के प्याले उठाये, युवा संवेदना की एक लहर इस ओर से बढ़ रही थी तो आंखों में उत्सुकता एवं आश्चर्य समेटे एक दूसरी लहर एक अन्य धारा में विलीन होती जा रही थी।

झील सी व्यापकता समेटे वह जनरव धीरे-धीरे लहरों सा गतिमान था। विभिन्न हाव-भाव से युक्त वह प्रकम्पन बाह्य दृष्टि से भिन्न रूपात्मक प्रतीत होने पर भी अन्तर्निहित सम भाव था। सभी सभासद एक ही निश्चित लक्ष्य से प्रेरित होकर वहाँ आये थे। वसुमित्र के चरण चिह्नों पर चलकर देश का भावी रंग निखारने की उद्भावना से चालित थे। अतः वहाँ सबमें एक आन्तरिक समता भाव सर्वत्र विद्यमान था। हल्की भारी लहरों-सा उस जनरव का अंचल एक विचित्र सी आत्मीयता प्रकट करता जा रहा था। इधर से उधर, उधर से इधर अपने-अपने परिचित सूत्रों से हेल-मेल करता समूचा वातावरण एक व्यापक झील सा कम्पायमान था। कोई इससे बात कर रहा था, तो कोई दूसरी ओर किसी अन्य से। ऐसी ही रहस्यमयी हलचल में मनोज चाय का प्याला लिये, परिचितों के बीचों-बीच आगे सरकता जा रहा था। सहसा वह सुचित्रा से ही टकरा गया। उछलती चाय को सम्भालते हुए उसने सुचित्रा को ऊपर से नीचे तक आश्चर्य से देखा। खुली हंसी समेटते हुए उसने सुचित्रा का मस्तक थपक दिया, दम भरते हुए कहा,

"अरे। तुम। सुचि–और यहाँ?"

सुचित्रा की आंखों में हल्की शरारत थी, चाय का प्याला सम्भालती हुई बोली,

"क्यों मैं यहाँ नहीं हो सकती–?"

"भला तुम इतनी सयानी कब से हो गईं–"

"मनी भैया, मैं आप जैसी 'डल' नहीं हूँ।"

"सो तो नज़र आ रहा है? परन्तु सुचि, मुझसे कहा होता, हम साथ-साथ आ जाते–"

"नहीं भैया–" सुचित्रा ने तनिक सहज होकर कहा,

"वसु महाराज का जैसा निर्देश था, वैसा मैंने किया–"

"लेकिन–"

मनोज ने अभी बात पूरी नहीं की थी कि सामने से सलमा और कुछ अन्य सहेलियाँ पास आकर रुक गईं। सलमा और मनोज में प्रायः नोक-झोंक चलती रहती थी। व्यंग्य बाण छोड़ा गया,

"अरे सुचि। हंसों की बारात में ये कौवे कहाँ से चले आये–"

मनोज ने सलमा के व्यंग्य का रस लिया। उन्मुक्त भाव से हंसते हुए कहा,

"सुचि, क्या खूब–मैं भी सोच रहा था, परियों के देश में यह चुड़ैल-मण्डली कहाँ से टपक पड़ी–"

"यू मैन–" सलमा ने कृत्रिम भाव से खीज व्यक्त की और मनोज को मारने के लिए आगे लपकी। सभी हँसने लगे। रससिक्त भाव में मनोज ने सलमा को भी दुलार मय स्पर्श दिया और कहा,

"तो हजूर भी कयामत बरसा रहे हैं यहाँ–"

"आपको एतराज़ है कोई–"

"जी नहीं–मैं तो सिर्फ–"

सलमा हंस दी। कुटिल कटाक्ष से सुचि की ओर देखती हुई बोली,

"मनोज भाई, जो आप सुनना चाहते हैं, कहे ही देती हूँ। जिसे आप ढूंढ रहे हैं वह उधर जलवागर हैं वी. एम. जी के साथ–"

मनोज ने बनने का नाटकीय प्रदर्शन करते हुए कहा,

"मैं समझा नहीं–"

"मनी भाई–आप ऐसे लल्लू भी नहीं हैं जो हमारी बात न समझते हों–"

"बाप रे–परियों के देश से भागना पड़ेगा" मनोज ने जल्दी से दूसरी ओर मुड़ने का प्रयास किया। कोलाहल भरे वातावरण में सलमा ने जोर से हंसकर पुकारा,

"भाई साहिब। शिवानी जी उधर हैं–" और सभी सखियाँ ठठाकर हंस पड़ीं। सुचित्रा ने सांस रोकते हुए, हंसी पर काबू डाला। मनोज की ओर देखती हुई बोली,

"सलमा। तुम बहुत खराब हो। भैया को हमेशा तंग करती रहती हो–"

"अरे नहीं–मैं तो दो दिलों को एक करने की कोशिश कर रही हूँ।"

हंसी-मज़ाक के उसी माहौल में किसी कोने में एक धीमी भाव-लहरी पर सपना और समीर आमने-सामने थे। वहाँ एक-दूसरे को सम्मुख पाकर आश्चर्य भाव से बस देखते ही रह गये। समीर उस समय कुछ चबा रहा था। बात करने में समय लग सकता था। उसे इस प्रकार देख, सपना की आंखों में स्नेह उमड़ आया। आत्मीयता पूर्ण लालिमा नेत्र कोरों से फैल मुखमण्डल को भी लाल कर गयी। ओंठ तर करती हुई बोली,

"समीर। क्या सचमुच तुम हो? कहीं यह "ड्रीमलैण्ड" तो नहीं–"

समीर ने निवाला गले के नीचे करते हुए, इधर-उधर दूर तक फैली बहुरंगी लहरों को देखा। अपनी पुनः दृष्टि को सपना पर ललक भरी आंखों से स्थिर करते

हुए कहा,

''सपना, तुम ठीक कहती हो, यह वसु महाराज की ''ड्रीमलैण्ड'' ही है–''

''समीर, तुम तो इन सब बातों से बहुत दूर थे, तुम्हारा विश्वास तो–''

''हाँ सपना, समीर ने खाली कप पीछे मेज़ पर रख दिया। समोसों से भरी प्लेट सपना के आगे करता हुआ बोला,

''इनके बारे में बहुत कुछ सुना था। तुम से और अपने पापा से भी–पापा ने कहा एक बार वी. एम. के पास जाने में हर्ज़ ही क्या है? यहाँ आकर लगता है, वसु महाराज सचमुच ''स्ट्रेंज'' है–''

''स्ट्रेन्ज नहीं समीर 'वण्डरफुल' कहो–''

'ऐसा ही समझ लो–''

''तो पूरे शिविर तक यहाँ रहोगे–?''

समीर ने अर्थपूर्ण नेत्रों से सपना की ओर देखा। वहाँ असंख्य रहस्यमय भाव उमड़-उमड़ आ रहे थे–

''सोचता तो कुछ ऐसा ही हूँ, परंतु उधर मेरी बहुत सी फाइलें–''

''छोड़ो समीर, संसार भर कार बोझ सिर पर उठाए रखते हो। कभी तो अपने लिये जीना सीखो हमेशा मुझे तंग करते हो। भला क्या बिगाड़ा है मैंने तुम्हारा–''

समीर ने देखा सपना के नेत्र छलक आये थे, उसने आह सी भरी। भावात्मक स्वर में कहा,

''ओहो सपना–बहुत नादान हो तुम। बात-बात पर बिगड़ जाती हो–''

''हाँ'' सपना ने रुआँसी होकर कहा,

''तुम्हें बहुत चाहती हूँ न–इसीलिए मुझे इस प्रकार रुलाते रहते हो–

और सपना ने छलकते अश्रुओं को रूमाल में समेट लिया। वहाँ सब के सामने गलदश्रु भावुकता का अधिक प्रदर्शन शायद अशिष्ट हो सकता था। अतः दोनों ने पूर्ववत् सहज होने का प्रयास किया, समीर ने उसे सान्त्वना दी, कंधे पर हाथ रखते हुए कहा,

''अच्छा बाबा जैसा तुम कहोगी करूँगा। कोई किसे कितना चाहता है, इसके लिए क्या दिल चीर कर दिखाना ज़रूरी है।''

''ऊँ हूँ–'' सपना ने प्रेममय ढंग से समीर को जैसे स्पर्श किया हो, पुनः कहा,

''इसके लिए किसी कसाई की ज़रूरत पड़ेगी–वो यहाँ नहीं है–''

समीर फिर हंस दिया। धीमे स्वर में ठिठोली करता हुआ बोला,

''उसके लिए तुम्हारे कजरारे नयन ही बहुत हैं–''

''हटो–'' सपना लज्जा गई। नेत्र झुक गए। तत्क्षण वातावरण के अनुरूप इधर-उधर देखती हुई बोली, ''तो इतने दिन साथ रहोगे न–''

समीर के माथे पर बल पड़ने लगे। अर्थपूर्ण नेत्रों से सपना की ओर देखता हुआ बोला,

''लगता है, इस बार तो जाल में फंस ही गया—'' अभी समीर अपनी बात पूर्ण कर भी नहीं पाया था कि सहसा उसके नेत्र स्थिर रह गए। भीड़ से तनिक दूरी पर सुचित्रा अपनी सखियों के साथ वार्तालाप में लीन थी। चपला वेग सी कोई आन्तरिक लहर सुचित्रा के रोम-रोम में सिहरन भर गई। उसका समस्त शरीर कम्पायमान हो उठा। उसने विस्मित भाव से इधर-उधर देखा। नेत्र समीर के उलझे बालों से टकरा गए, दूसरे ही पल दो उचकती नज़रों ने आन्तरिक आदान-प्रदान व्यक्त कर दिया। विद्युत वेग से यन्त्रवशीभूत अवस्था में वह सलमा का हाथ पकड़े, आड़े-तिरछे खड़े युवाओं को चीरती हुई उसी ओर लपक गई। निकट पहुँचने पर ठिठक गई। पाँव शायद धरती ने पकड़ लिये। सांसों में लावा उबलने लगा। हृदय की धड़कन मुँह जोर घोड़े की गति चुरा लायी। आंखों में स्नेह और कृतज्ञता के भाव स्पष्ट थे। समीर के नेत्रों से नेत्र मिलते ही, उसने सलमा का हाथ छोड़ दिया। जाने सब कुछ स्वतः कैसे हो गया। किसी गुप्त पूज्य भाव ने उसकी अंजलि संवार दी। हाथ जोड़ कर उसने समीर के प्रति आदर व्यक्त किया। समीर के चेहरे पर गहन गम्भीरता छाने लगी। आंखों में अभिवादन का भाव था। इससे पूर्व कि वह कुछ कहता, सुचित्रा ने अपने यन्त्रचालित से नेत्र समीर से हटा कर अत्यंत सारपूर्ण आंखों से सपना की ओर देखा, पुनः हर्षमिश्रित उत्सुकता में बोल उठी,

''आप सपना जी हैं न?''

सपना ने आश्चर्यान्वित नेत्रों से पहले समीर को, फिर सलमा को पुनः सुचित्रा को देखा। एक ही थिरकती नज़र सबको समेट गई। सपना अभी हतप्रभ की अवस्था में थी, स्थिति समझने में उसे समय लग रहा था। तनिक विस्मित स्वर में उसने कहा, ''हाँ—मैं ही सपना हूँ, परंतु—'' पूर्व इसके, कोई कुछ कहता, सुचित्रा ने तनिक नीचे झुककर उसके आँचल का छोर अत्यंत आदर भाव से अपने होंठों और आंखों से लगाया। वह और झुककर शायद नीचे धरती स्पर्श करना चाहती थी कि सपना एक ही झटके में पीछे हट गई,

''अरे। अरे। आप यह क्या कर रही हैं? आप मुझे 'नरवस' कर रही हैं। मैं तो बे-होश हो जाऊँगी''

सुचित्रा सहज भाव से खड़ी हो गई। गहरी सांस लेकर बोली,

''आपको पहली बार देखा है न—समीर जी से तथा अपने भाई से आपके बारे में बहुत कुछ जाना है मैंने, आज''

समीर ने वाक्य पूरा नहीं होने दिया। सरसरी नज़र से सबको एकटक देखते हुए सपना से बोला,

''यह सुचित्रा जी हैं, अपनी चित्रकला के लिए बहुत विख्यात हैं। असम

स्टेट में हमारी पार्टनर हैं–'' अपनी प्रशंसा सुनकर सुचित्रा संकुचा गई। नेत्र कोर विस्फरित हो गए। कपोल प्रदेश पर मूंगिया करवट दौड़ गई। सपना ने अत्यंत आत्मीय एवं शरारती अदा से समीर की ओर देखा। वक्र भंगिमा में कहा,

''समीर, उस दिन इनके बारे में ही बता रहे थे न। वह करफ्यू वाली घटना।''

समीर के नेत्रों में भारीपन था। उसने मस्तक झुका लिया। सपना ने सुचित्रा को बांहों में लिया। विश्वस्त स्वर में कहा,

''सुचित्रा जी, मैं भी आपको निकट से जानती हूँ आपकी जगह यहाँ है–'' और सपना ने सुचित्रा को बांहों में भरकर अपने वक्ष से सटा लिया। सुचित्रा ने भी उस स्नेही स्पर्श को पुलकाकुल भाव से ग्रहण किया। अचानक सबका ध्यान विकेन्द्रित हो गया। सलमा कुछ कह रही थी, ''अरे भई, हमतो खड़े हैं राहों में। संगम की कोई लहर हमें भी तो समेटे–'' और सब हंस दिये। सुचित्रा ने सलमा का परिचय देते हुए कहा,

''क्षमा कीजिए। मैं ही भूल गई–'' पुनः समीर और सपना की ओर देखती हुई बोली,

''यह मेरी सहेली सलमा हैं, इनके भाई केन्द्रीय सरकार में मन्त्री हैं, जनाब अनवर साहिब–''

समीर ने प्रसन्न भाव से आदाब करते हुए कहा,

''अरे वाह–उन्हें तो मैं बहुत अच्छी तरह से जानता हूँ–''

सलमा ने भी झुककर समीर और सपना के प्रति आदर प्रकट किया। सपना ने उत्साह पूर्वक ढंग से तनिक उछल कर सलमा को भी अपने सीने से सटा लिया। तीनों लगभग एक हो रही थीं। सपना ने हल्के चुम्बन से सुचित्रा और सलमा को स्पर्श किया, पुनः सहज वाणी से बोली,

''आज का दिन बहुत भाग्यशाली है, एक साथ दो-दो बहिनों का प्यार मिला है–मुझे–'' और सपना ने दोनों को एक बार पुनः दृढ़ पाश में जकड़ लिया।

छटते-कटते हजूम में से मार्ग बनाते हुए वसुमित्र शायद इसी ओर बढ़ रहे थे। साथ-साथ अपने प्रशंसकों और श्रद्धालुओं से वार्तालाप करते हुए सबको प्यार एवं दुलार भी बाँटते जा रहे थे। समीर ने अपने निकट खड़े लोगों का ध्यान उस ओर दिलाया, सभी तनिक सचेत होकर पीछे हटने लगे ताकि वसुमित्र और उनके अंग संग चले आ रहे अनुयायिओं को असुविधा न हो। वसुमित्र एक मेज़ के पास तनिक रुक गए। सामने राजेश था। वसुमित्र और निकट पहुँचे, राजेश ने चरण स्पर्श किये। वसुमित्र ने आशीर्वाद देते हुए कहा,

''भारती। तुम कहाँ थे? कब से नज़रें ढूँढ रही हैं'' राजेश ने नेत्र झुका कर, श्रद्धा भाव से कहा,

''इधर ही था। मेरी ''डियूटी'' चाय-पान पर थी, अभी-अभी गुरू गोबिंदसिंह

भवन से आ रहा हूँ–" वसुमित्र ने ध्यानपूर्वक देखा, कन्धे पर थपकी दी, पूछा।

"तुम्हारे बाबा कैसे हैं? "

"बहुत ठीक नहीं हैं, काफी कमज़ोर हो चले हैं"

"हूँ–किसी दिन मिलने जाऊँगा-और हाँ–" वसुमित्र चलने को हुए, पुनः अत्यंत स्नेही स्पर्श से उसके मस्तक को सहलाते हुए बोले,

"राजेश, तुम्हें परखने में मुझसे भूल नहीं हुई–" राजेश ने उत्सुकता से वी.एम. के उज्ज्वल नेत्रों में देखा। वमुमित्र सहज हो आये, बोले,

"दिन प्रति-दिन तुम्हारा प्रभाव बढ़ता जा रहा है–" फिर तनिक हँस कर कहने लगे–

"कभी-कभी तो मुझे भी तुमसे डर लगने लगता है। किसी दिन मेरा सब कुछ समेट लोगे–"

राजेश बहुत नीचे तक झुक गया। तरल वाणी में बोला, "सब कुछ आपके आशीर्वाद का फल है, मैं तो इन चरणों की धूल भी नहीं हूँ–"

वसुमित्र कुछ सोचने लगे। गम्भीर भाव स्वतः प्रकट होने लगे। दीर्घ श्वांस भरकर बोले,

"वह दिन मेरे लिए परम सन्तोष का होगा। मेरा स्वप्न अधूरा नहीं रहेगा, तुम्हारी ओर देखता हूँ तो निराशा नहीं होती–"

वसुमित्र के अंग संग चलने वालों में शिवानी कुछ ही दूरी पर थी। वार्ता सुनकर तुरन्त वसुमित्र के समीप आ गई। कटाक्ष पूर्ण नेत्रों से राजेश को देखती हुई तनिक मुस्कुरा कर बोली,

"वी. एम. महाराज, अधिक कुछ मत कहिए, इनका दिमाग तो पहले से ही सातवें आसमान पर है, आज के बाद तो–"

वसुमित्र ने घूमकर शिवानी की ओर देखा। उल्लसित भाव में मुस्कराते हुए बोले,

"इस संदर्भ में फिर कभी बात करेंगे। इतना ज़रूर कहूँगा–तुम दोनों ही इस देश का उज्ज्वल भविष्य हो, मेरी विरक्ति की दीप्त आकांक्षा हो–" और वसुमित्र आगे सरक गए। जन समूह के एक धीमे प्रकम्पन ने शिवानी और राजेश को पुनः पृथक कर दिया। राजेश को शायद कुछ स्मरण हो आया। दूर से पधारे "डेलीगेट्स" के लिए कुछ ज़रूरी निर्देश वी. एम. से प्राप्त करने थे। वह कुछ सोचता हुआ आगे बढ़ा, तब तक वसुमित्र अपने आत्मीय सूत्रों में पुनः उलझ गए थे।

इस भीड़ में शिवानी कुछ पीछे रह गई थी। पुनः आगे बढ़ने का प्रयास किया, विफल रही। सहसा उसने अपने पीछे देखा, नेत्र चकित रह गये। आंखों में चंचलता लिये मनोज साथ-साथ आ रहा था। शिवानी रुकी, मुस्कुराती हुई बोली,

"आखिर तुम आ ही गए–"

"आना ही पड़ा—"

"भला क्यों "

"मजबूरी जो थी—"

"मजबूरी। कैसी मजबूरी? वी. एम. महाराज की ओर से तो कोई बंधन नहीं है—"

"यह दिल नहीं माना—"

शिवानी हँस दी। इधर-उधर अन्य लोगों को सरसरी दृष्टि से देखा, पुनः मनोज के उत्सुक नेत्रों में झाँकती हुई बोली,

"कभी इसे खुला भी छोड़ दिया करो—"

"क्या करूँ शिवानी जी,"

मनोज भी हँस दिया, सरल भाव में बोला,

"अब यह सदा साथ चाहता है—"

मनोज की आँखों में शरारत थी। शिवानी का पैर जैसे अटक गया। वह सम्भलती हुई बोली,

"भला किसका, हम भी तो सुनें—" और वह उल्लसित भाव से मुस्करा दी।

मनोज मानों चारों खाने चित हो गया। अपने ही फैलाए जाल में स्वयं उलझ गया। कृत्रिम भाव में ऊपर से नीचे देखने लगा, पुनः एक ठण्डी आह भर कर बोला,

"जो जानकर भी अनजान बना रहना चाहता है, भला उसे कौन समझा सकता है—"

शिवानी के चेहरे पर बिजली-सी कौंध गई। साँस तेज हो गई। बात टाल दी, कहा—

"फिर शायरी करने लगे—"

'यह भी मजबूरी है—"

और दोनों साथ-साथ वी. एम. की ओर बढ़ने लगे। हॉल के ठीक दूसरे कोने में कुछ अन्य प्रशंसक उन्हें घेरे हुए थे। मण्डली में समीर, सपना, सुचित्रा तथा अन्य सहेलियाँ थीं। वी. एम. समीर के साथ व्यस्त थे। उसके पिता की कुशल-क्षेम पूछ रहे थे। राजेश दो कदम पीछे था। प्रयास करने पर भी आगे नहीं सरक पाया। वसुमित्र तक पहुँचने के लिए कन्धे-से-कन्धे टकरा रहे थे। सहसा उसे लगा किसी कोमल स्पर्श ने उसका हाथ पीछे से दबा दिया है। वह सिहर उठा। दिशाहीन किसी व्योम पक्षी को सम्भवतः पर्वत शिखर नज़र आ गया। फिसलन भरे फर्श से हटकर पाँव सूखी धरती पर स्थिर हो गए। उसने घूमकर देखा। सपना थी—आँखों में उल्लास, चेहरे पर कान्ति और होंठों पर तरल मुस्कान थी। नेत्र मिलते ही बोल उठी,

"कभी इधर-उधर भी देख लिया करो। सदा अपने में ही सिमटे रहते हो

या फिर भीड़ में खोये रहते हो–''

''सपना। तुम हो'' राजेश ने आश्चर्य से पूछा।

''तुम्हें कोई और नज़र आ रहा है–'' और वह शरारती ढंग से हँस दी।

''आज बहुत प्रसन्न नज़र आ रही हो?'' राजेश ने धीमे स्वर में कहा,

''तुम सामने जो हो'' सपना ने भी उसी अन्दाज़ में धीमे स्वर में उत्तर दिया।

राजेश स्थिति को सँभालना चाहता था। सबके बीच वह सपना से इस प्रकार खुलकर तो बात नहीं कर सकता था। कुछ सोचता हुआ बोला,

''महाराज का सम्भाषण सुना तुमने–कैसा लगा?'' सपना ने गर्दन एक ओर झटक दी। केश राशि पुनः मस्तक को छू गई। तनिक बनावटी भंगिमा में उसने कहा,

''वे हमारे पूज्य हैं। इस समारोह में उनके लिए नहीं, तुम्हारे लिए आई हूँ–''

''मेरे लिए?'' राजेश ने हतप्रभ मुद्रा में सपना के शरारती एवं अमन्द नेत्रों में देखा, वहाँ खिले कमल का पावन पराग झरता प्रतीत हुआ। वह इस आत्मीय वार्ता के लिए शायद तैयार नहीं था। किंचित सकपका-सा गया। सपना के नेत्र विस्फरित हो उन्मुक्त मुस्कान ओढ़ लाये। ओंठ भींचती हुई फिर बोली,

''भला आप मंच पर क्यों नहीं आये? बहुत समय से तुम्हें वैसा नहीं सुना–''

राजेश ने तनिक तिरछी नज़रों से वी. एम. की ओर देखा, वे अभी दूसरी ओर व्यस्त थे। राजेश ने सांत्वनामयी स्वर में कहा,

''इधर अतिथियों के ठहरने की व्यवस्था जुटा रहा था–''

''और मुझे भूल गए–'' सपना सहज भाव में जैसे बिखर-बिखर गई हो। किसी मानिनी शोडषी की भांति साधिकार बोली, ''मैं तुम्हारी अतिथि नहीं हूँ क्या?''

''तुम सपना ?'' राजेश के अन्तर्भाव संलिप्त नेत्र सहसा सपना के अर्थपूर्ण नेत्रों में खो गए। दोनों ओर श्वास-प्रश्वास धीमे पड़ने लगे। किसी अज्ञात एवं रहस्यमय आकर्षण ने उन्हें वशीभूत कर दिया। अपलक पलकों से एक लम्बा क्षण वे एक-दूसरे के आन्तरिक मनोभावों का रसपान करते रहे। इस तथ्य से नितांत वेख़बर कि कुछ ही दूरी पर दो पलकें उन्हें ऐसी स्नेहसिक्त आत्मीयता में बंधे निहार, बस छलक ही पड़ना चाहती हैं। वे भाव-विह्वल आँखें शिवानी की थीं, भारी मन से वह सब कुछ देख रही थी, मूर्तिवत्, जड़वत्।

◆◆◆

अठारहवाँ अध्याय

समीर को लगा सपना उसकी ओर से अनासक्त सी होती जा रही है। उसके साथ वह बहुधा एक अजीब-सा उखड़ापन अनुभव करती थी। ऐसा एहसास कई बार समीर को हुआ। इसका स्पष्ट कारण उसकी समझ में नहीं आया। इतना अवश्य, जब भी सपना स्वयं को राजेश की 'कम्पनी' में पाती एक विचित्र-सी पूर्व अपरिचित आभा उसके नेत्र कोरों को छेड़ जाती थी। कुछ क्षणों के लिए मुखमण्डल आलोकमान हो उठता था। ऐसा लगता था कोई अदृश्य मन्त्रणा। उसे छू गई है। सपना को अपने प्रति यह परिवर्तन शायद सहज लगता हो, परन्तु समीर के भीतर यह सदा एक कसकमय हलचल उत्पन्न कर जाता था। समीर को पहली बार लगा जैसे उसमें कोई हीनता की भावना दम भरने लगी है। उसका अहं प्रताड़ित हो उठा। समीर स्वभाव से अधिकार प्रिय व्यक्ति था। सब कुछ समेटने की लालसा उसमें सदा बलवती रहती थी। परन्तु वह अपनी इस चारित्रिक प्रवृति के प्रति कभी स्वयं सचेत नहीं हो पाया था। स्वयं को राजेश के सम्मुख पाकर उसका अहं पहली बार छलनी-छलनी हो बाह्य वातावरण को भी विषाक्त कर गया था। अहंनिष्ठ व्यक्ति भयावह भँवर की भांति आस-पास का सब-कुछ निगलकर रसातल में डुबो देता है। हल्की लहर भी चतुर्दिक गहरा घाव उत्पन्न कर देती है। प्राणी का अहंगत प्रसार किनारों की रही-सही मिट्टी को कुरेद कर भँवरे के गदले चाक में उंडेल देता है जाने-अनजाने अन्तर्वेदना उमड़ पड़ती है और व्यक्ति का सहन अन्तरजाल अस्थिर हो उठता है।

समीर बार-बार इस स्थिति के बारे में सोचता। बहुधा समय वह अपने समृद्ध कारोबार के प्रति चिंतनशील रहता था। विकास के नए मार्ग खोजता रहता, ढेरों फाइलों पर स्वयं निर्णय लेता था, शायद इसीलिए वह सपना को इतना समय नहीं दे पाया जितना कि दोनों की भावरसता के लिए ज़रूरी था। परंतु क्या केवल इसी कारण से एक अज्ञात व्यक्ति उन दोनों के चिरकाल से तालबद्ध सम्बन्धों में दरार उत्पन्न करने में सफल हो जायेगा? समीर का मन भारी रहने लगा। उदासी और खिन्नता उसे कचोटने लगे। वी. एम. विश्वविद्यालय से सम्पर्क होने पर ही वह सपना के मन में निहित इस भिन्न परिवृत्ति का परिज्ञान पा सका था। वी.एम.

महाराज के प्रति उसके परिवार की गहरी आस्था थी, विशेष कर उसके चिंता की—स्वयं उसने इस दिशा में कभी गम्भीरता से विचार नहीं किया था। कुछ समय वी. एम. द्वारा आयोजित शिविर में व्यतीत करने के उपरांत समीर की पूर्व धारणा में कहीं ठहराव आने लगा था। वी. एम. के विचारों से वह प्रभावित भले ही न रहा हो, परन्तु यह व्यक्ति समूचे देश एवं राष्ट्र के लिए सद्भावना ज़रूर रखता है, ऐसा विश्वास उसका बनता जा रहा था।

शिविर के दौरान उसको वी. एम. को सुनने का पर्याप्त अवसर प्राप्त हुआ। अपने प्रत्येक सम्भाषण में वी. एम. स्वस्थ राजनीति की बात करते थे। आदर्श राजनेता के लिए व्यक्तिगत सकीर्ण मनोभावों से मुक्त होना बहुत ज़रूरी है। जनहित के लिए आत्मपरक स्वार्थ का त्याग लाज़मी है। दूसरे शब्दों में वे विश्व-बन्धुत्व में विश्वास रखते थे। सबको साथ लेकर चलना है तो शुद्ध चेतन सत्ता का साक्षात्कार करना होगा। एकांत क्षणों में समीर मनःपटल पर इन समस्त विचारों का धुँधला-सा चित्र बनाने का प्रयास करता। उसे सब-कुछ सही प्रतीत होता, परंतु निःस्वार्थ भाव से वह विपुल धन पर कैसे नियंत्रण रख पायेगा? इसके प्रति वह सन्देहशील था। प्रत्येक व्यक्ति अपने से विलग किसी अन्य सत्ता के मोहपाश में बँधा रहता है। देश की परिस्थितियाँ, विशेषकर आज़ादी के बाद, कुछ ऐसी बनती रही थीं कि राजनीतिक सत्ता से विलग अथवा पृथक किसी प्रभाव या रुतबे का कोई अर्थ ही नहीं रह गया था। ऐसे में खुद समीर को अपनी विपुल धन-सम्पत्ति अपने सामाजिक अस्तित्त्व का केवल बाह्य लिफाफा ही प्रतीत होती थी। कहीं कुछ कमी ज़रूर रह गई है; व्यक्तिनिष्ठ विश्वास में कहीं कोई छिद्र ज़रूर रह गया है। यहाँ से स्वस्थ धारणाएँ बूँद-बूँद करके रेतीली आस्थाओं में विलीन होती जा रही हैं। जो कुछ शेष बचा सामने आ रहा है, वह है शुष्क राजनीति की रूखी एवं सूखी वितृष्णा। इन्हीं विचारों से अभिभूत वह वी. एम. के शिविर तक बढ़ता चला आया था। शायद इन अस्पष्ट भवोर्मियों का कोई निश्चित किनारा उसे मिल जाये। वी. एम. की अन्तर्चेतना में झाँकने की उसने कभी ज़रूरत नहीं समझी थी, ऐसी लालसा भी नहीं थी। फिर भी समीर को इस ''ग्रेटमैन'' की एक बात बार-बार आकर्षित करती थी, राजसत्ता से विरक्ति—यह व्यक्ति सबसे अलग-अलग है, परन्तु क्यों? स्वार्थ का दंश क्या इसमें रत्ती भर भी नहीं है?

समीर को लगा वह भी निःस्वार्थ भाव से देश की प्रगति में योगदान दे सकता है। देश के भावी मानचित्र में आकर्षक रंग भर सकता है, परन्तु सपना और राजेश के संदर्भ को लेकर वह शायद किसी भी स्थिति के साथ समझौता करने के लिए तैयार नहीं था। कुछ करना है तो भावों की कोरी निजता का परित्याग करना होगा। दूसरे शब्दों में सपना के प्रेम को पलीता बनाकर भ्रष्टाचार के लिए इसे विस्फोटक रूप में प्रयोग करना होगा? क्या वह ऐसा कर पायेगा? ओफ। उसका मस्तक यह

सोचकर ही फटने लगता। तो फिर वी. एम. का सन्देश, उसका आदर्श। स्वार्थगत कागज़ी नाव में बैठकर क्या भ्रष्टाचार के जलते सागर को इतनी आसानी से पार किया जा सकता है? व्यक्ति का निजी अस्तित्त्व उसके स्वार्थ की ही परतें हैं, इन परतों को उधेड़कर, छीलकर तो कुछ शेष नहीं बचेगा। तब कौन किसके कल्याण की बात करेगा—व्यक्ति, समाज या देश?

भावोद्वेल धीरे-धीरे शांत होने लगता है और समीर पुनः अपने सहज स्वरूप में लौटने लगता है। अनुभव करता है जैसे किसी विशालकाय सागर तट पर वह भीम-काय शिलाखण्ड-सा खड़ा है। सागर की उद्दाम तरंगें उसके आस-पास भीगता आँचल फहरा जाती हैं। उसकी बाह्य नीरस त्वचा कई बार भीगती है परंतु अन्तर की शुष्कता पूर्ववत् बनी रहती है। कभी-कभी उसे लगता है दो भयावह-सी गगनचुंबी लहरें उसे पूर्णतया प्रच्छन्न करती हुई पुनः सागर के हाहाकार करते वक्ष में सो गई हैं। इन लहरों में एक राजेश का प्रवेग लेकर उभरती है तो दूसरी सुचित्रा का आत्मीय एवं करुण उद्रेक लेकर। एक लहर में विरसता थी तो दूसरी में एक सहज कोमल स्पर्श।

सुचित्रा का ध्यान आते ही समीर पुनः मन की गहराईयों में खो गया, अन्तश्चेतन की श्वेत चादर पर सुचित्रा स्वर्णिम किरणों-सी उदीप्त थी। समीर अन्तश्चेतन की हल्की थिरकन से उसे सुगमता से दूर नहीं हटा पाया था। कई बार वह सुचित्रा के बारे में सोचता—कैसी अजीब है यह लड़की? सब-कुछ जानती हुई भी अनभिज्ञता का दामन थामे रहती है। जब भी वह सुचित्रा से मिलता, एक अजीब-सा परिवर्तन उसमें पाता। हर बार वह और अधिक सरल एवं सहज भाव में सब-कुछ स्वीकार लेती थी। लगता था उसके लिए जीवन का अर्थ सहज स्वच्छन्दता से अधिक और कुछ नहीं है। परन्तु क्या सुचित्रा सचमुच ही ऐसी है? समीर ने कई बार उसके स्वभाव के दो नितांत अलग-अलग पहलुओं से साक्षात्कार किया था। वी. एम. द्वारा आयोजित शिविर के दौरान सभी सदस्यों को कुछ दिनों के लिए विशेष भ्रमण के लिए अन्य स्थलों पर भी जाना था। दूसरे प्रदेशों के आम लोगों में सामान्य ढंग से विचरते हुए उनकी समस्याओं का विश्लेषण करते हुए अपनी 'रिर्पोट' विश्वविद्यालय में देनी थी। इस अभियान से पूर्व शिविर के सदस्यों से उनका अपना सुझाव तथा मन चाहे "टूअर" में शामिल होने की प्राथमिकता भी माँगी गई थी। यह भी मांग की गई थी कि कौन किस परिचित सम्पर्क में जाना चाहता है? अनुमति फार्म पर तीन नाम दर्ज करने थे। शेष कार्य कम्प्यूटर का था। समीर ने सबसे ऊपर सपना को रखा, उसके नीचे शेष दो नाम और दिये, जिनमें एक सुचित्रा का था तथा दूसरा सलमा का। अल्मोड़ा के पर्वतीय प्रदेश का भ्रमण करने के लिए उसे संकेत प्राप्त हुआ। साथ कौन होगा, वह जानकारी नहीं पा सका। यह प्रदेश उसका पहले भी कई बार देखा हुआ था, यदि वह चाहता

तो बिना उस ओर जाये भी सब लिख सकता था, परन्तु ऐसा करना शायद अपने प्रति बेईमानी थी। वह स्थल दिल्ली से अधिक दूर तो था नहीं। कुछ दिनों के लिए दिल्ली का काम पूरा करके भी वह अल्मोड़ा जा सकता था। उसने ऐसा ही किया।

जिस दिन अल्मोड़ा पहुँचा, उसकी टीम वहाँ से लौटने की तैयारी जुटा रही थी। लौटती बार उन्हें तीन दिनों के लिए नैनीताल भी ठहरना था। अल्मोड़ा की इस टीम में पूर्वांचल के युवक अधिक थे, अतः उन लोगों के लिए ये स्थल विशेष आकर्षण रखते थे। अल्मोड़ा 'गैस्ट हाउस' के बाहर समीर ने अपनी कार पार्क कर दी। अभी वह भीतर चलने को हुआ ही था, कि सामने कुछ युवतियों के साथ सुचित्रा से सामना हुआ। अन्य युवतियाँ असम प्रदेश की जान पड़ती थीं। गर्मियों का मौसम था ठण्ड अधिक नहीं थी, फिर भी उच्च पर्वतीय प्रदेश की शीत लहर एक हल्की कंपकंपी ज़रूर भरती जा रही थी। शीत प्रवाह से बचने के लिए सुचित्रा ने सिर पर "स्कार्फ" बाँध रखा था। मात्र उसका उज्ज्वल आनन ही एक दिव्य-सी आभा में झलक-झलक जा रहा था। शीत की हल्की परत ने चेहरे पर अपना पूर्ण प्रभाव डाल रखा था। एक विचित्र-सी श्वेतता कपोल प्रदेश पर सिमट आई थी। नेत्र कोर मंद थे। जैसे ही सुचित्रा ने समीर को देखा, एक अद्‌भुत रक्तिम प्रवाह रोम-रोम में प्रवाहित हो उठा। चिरकाल से निस्तेज नेत्र सहसा एक अलौकिक कान्ति से उद्‌भासित हो उठे। अंग-प्रत्यंग में एक उष्ण उत्तेजना दौड़ गई, सांसों के मार्ग बाहर टपकती शरद वाष्प पुनः उष्म सन्देश की मन्त्रणा पा गई। पत्थरीली धरती पर सहज टिके पाँव तनिक अस्थिर हो गए। इकहरा शरीर वायु के झोंके संग डोलडोल उठा। अत्यधिक प्रसन्न मुद्रा में उसने आगे बढ़कर समीर का स्वागत किया,

"आज भगवान से कुछ और भी माँगती मिल जाता—" समीर उन्मुक्त अट्टहास में फूट पड़ा,

"पहले क्या माँगा?"

सुचित्रा की पलकों में आत्मीयत स्नेह उमड़ आया, "इतने दिन गैर हाज़िर रहे। सोचती थी कहीं सेहत तो—छीः छीः—ऐसा भी कोई सोचता है। अल्मोड़ा की 'लिस्ट' में आपका नाम पढ़ा तो—"

वह कह नहीं पायी, नेत्र लज्जावश झुक गए। समीर ने ओवर कोट ओढ़ते हुए तिरछी आंखों से सुचित्रा की ओर देखा। लम्बी यात्रा के उपरांत हल्कापन महसूस हुआ। तनिक शरारती ढंग से बोला,

"भला मेरे नाम से ऐसा क्या जुड़ा है—?"

"आपको जोड़ने की कला आये तब न—"

दोनों भीतर की ओर मुड़ने लगे।

"हाँ भई, हम आपकी तरह कलाकार जो नहीं हैं—" सुचित्रा उबड़-खाबड़

मार्ग पर पाँव स्थिर करती हुई बोली,

"फिर भी आपने बहुत कुछ जोड़ रखा है–"

सुचित्रा धीरे से हँस दी– ।"

"हाँ पैसा ज़रूर जोड़ लेता हूँ–"

"बस, पैसा ही जोड़ना जानते हैं या और कुछ भी–"

समीर सहज भाव में बोल उठा,

"ऐसा ही कुछ सपना भी–"

समीर कहते-कहते रुक गया। सुचित्रा को शायद भारी झटका लगा। मन उद्विग्न होने लगा। चेहरे पर एक श्यामल भाव लहरी सहसा एक हल्की-सी कसक छोड़ गई। क्या वह समीर के भाव प्रदेश में अनाधिकार प्रवेश पाने की चेष्टा कर रही है? पहले से ही अधिकृत किसी रम्य स्थली पर वह अपना प्रेम पुष्प कैसे खिला सकती है। उसकी साँस धीमी होने लगी। समीर को भी शायद अपनी भूल का एहसास हो आया। उसे इस प्रकार सपना का संदर्भ नहीं उठाना चाहिए था। वह करता भी क्या? सपना के बारे में ही सोच कर तो वह इतनी दूर तक चला आया था। समीर ने मौन भंग किया, बात सहज ढंग से कही,

"लगता है अब जोड़ने की दूसरी कलाएँ भी सीखनी होंगी–"

"यह मेरा सौभाग्य होगा–"

पुनः सुचित्रा ने स्वयं ही बात बदल दी–

"आप दूर से आये हैं–पहले कुछ खा-पी लीजिए बातें तो बाद में होती रहेंगी। उधर मेरे कमरे में ही आ जाईए, वहाँ सब कुछ मँगवा दूँगी–"

बिना कुछ कहे, समीर मूक मन्त्रणा-सा सुचित्रा के साथ-साथ चल दिया।

अगले दिन ही टीम ने नैनीताल की ओर प्रस्थान किया। अन्य साथियों ने अपने-अपने ढंग से वहाँ भ्रमण करने की रूपरेखा तैयार कर रखी थी। सुचित्रा सबसे अलग हो कुछ क्षण केवल समीर के साथ बाँटना चाहती थी। उसने नैनी झील में 'बोटिंग' का प्रस्ताव रखा। सभी ने सहर्ष मान लिया। बस फिर क्या था, वह और समीर झील की प्रशांत लहरों पर एक ही "बोट" में थिरकते-फुदकते राजहंसों की तरह प्रसन्नचित सरकते जा रहे थे। समीर ने देखा, सुचित्रा उस समय अत्यंत सुन्दर लग रही थी। कलाकार की सम्पूर्ण सर्जना, संवेदना, शायद उस समय उन्हीं पलकों में सिमट आई थी। निरभ्र नभ में मेघ-पालकी की भाँति, वे झील की कम्पित लहरों पर खेलते जा रहे थे।

अदृश्य सत्ता का निमंत्रण पा कर जैसे मेघ-पुंज अपनी ही लय में उलते चले जाते हैं, ठीक वैसे ही सुचित्रा, अपने आन्तरिक सहज उल्लास से अभिभूत हुई चल लहरों पर थिरकती जा रही थी। लगता था कि उसने सृष्टि की सम्पूर्ण सम्पदा उन्हीं सांसों में समेट ली है। समीर चकित भाव से उस अनिंद्य सौंदर्य को किसी

ध्यानस्थ योगी की भाँति बस निहार भर सका। उजले कमल पर नर्तन निरत ओस बिन्दुओं को भला कौन छू सकता है, साँस इन्हें पी नहीं सकतीं, हाथ इन्हें अँजलि में सजा नहीं सकते। जल में खिलते किरण जाल से कोई अपना दामन तो नहीं बांध सकता; सुचित्रा की वह अविस्मरणीय, अलौकिक एवं पुलकित भंगिमा उसे रससिक्त कर गयी। मन्त्रमुग्ध भाव से गोलाकार पर्वतों के बीच सिमटी उस झील के मचलते वक्ष पर किसी परी देश की रूपसी को वह तापस दूत सा देखता रह गया, बस देखता रह गया।

मन के किसी अज्ञात कोने से एक हल्की वेदना समीर को कचोटने लगी। वह सुचित्रा के बारे में सोच कर हर्षित भी था, चिंतित भी–उसे लगा सुचित्रा केवल वर्तमान को ही इसकी सम्पूर्ण संवेदना और गरिमा में बस, पी ही लेना चाहती है, भूत या भविष्य उसके लिए शायद अर्थहीन रह गये थे। काफी देर से दोनों मौन चले जा रहे थे। 'पॉप-कार्न' के दो छोटे लिफाफे अपने अंतिम चरण संवार रहे थे। समीर ने अत्यंत ही कोमल एवं सरस वाणी में पूछा,

"किनारे पर कब लौटना है?"

सुचित्रा के पाँव सहसा रुक गये। यान्त्रिक नाव की गति धीमी पड़ी। उसने आश्चर्यान्वित नेत्रों से समीर की ओर देखा। सन्तोषजनक आह सी भरी, आन्तरिक संवेदना नहीं, आत्मीय परितोष। पलकें झुकीं, उसने कहा,

"अब किसी भी किनारे की लालसा नहीं रही–"

समीर सिहर उठा। लगा किसी ने तप्त लोह से उसका माथा दाग दिया है। विस्मित होकर बोला,

"भला क्यों, ऐसा क्यों सोचती हो–?"

"किसी भी स्थिति के बारे में सोचना या कोई पूर्व निर्णय ले पाना प्राणी के अपने वश में तो नहीं होता, खुद परिस्थिति ही इसका निर्णय करती है–आज जहाँ मैं हूँ, वहीं अपने में एक किनारा है–"कहते-कहते सुचित्रा ने नेत्र झुका लिये। समीर शायद अधिक सहज होना चाहता था। तनिक मुस्कुरा कर बोला,

"तुम तो दार्शनिक लगती हो–?"

सुचित्रा ने हलकी आह भरी, दाँतों ने निचला ओंठ काट दिया। नेत्रों में सहसा करुणा उमड़ आई। उसने स्नेहसिक्त पलकों से समीर को जी भर कर देखा, तरल वाणी में कहा,

"आप के सामने तो मैं कुछ भी नहीं हूँ–" ओफ। समीर मानो विचलित हो उठा। अनायास उस का हाथ वालों में उलझ गया। बस, सभी की यही अदा सबको बाँध-बाँध जाती थी। सुचित्रा के मन में आया, सहसा कोई भयंकर बवंडर उठे और उसकी "बोट" को उड़ा कर दूर पटक दे, या फिर झील की अथाह गहराईयों में डुबो दे। कुछ भी ऐसा घटित हो कि वह वर्तमान के उसी जीवन्त क्षण में

अस्तित्त्वहीन हो जाये। भाग्य की यही विडम्बना है, प्राणी जो कुछ चाहता है, ठीक वैसा कदाचित् हो पाता है, तो फिर अन्तर्वेदन या आन्तरिक दंश– सुचित्रा उस समय सब कुछ भुला देना चाहती थी। समीर के साथ जो अकेलेपन के क्षण उसे मिले थे, उन्हें व्यर्थ की दर्शन वार्ता में गँवाना नहीं चाहती थी, समीर कुछ दिनों के लिए उसके साथ है, बस यही उसके लिए पर्याप्त है।

स्फटिक पर जल गिरता है दूर छिटक जाता है। स्फटिक भीगकर भी कभी अपना धर्म नहीं भूलता। उसे हर स्थिति में अलिप्त ही रहना है। बाह्य धरातल पर कुछ भी प्रकट या अप्रकट क्यों न रहे, उसका भीतरी संसार सदा एक रस बना रहता है। क्या सुचित्रा का स्वभाव भी कुछ ऐसा ही नहीं है? समीर सोचता था, क्या यह लड़की अन्तर्वेदना नाम की चीज़ में सचमुच इतनी विलग एवं विमुक्त है। कुछ दिनों के बाद वे पुनः अपने-अपने लक्ष्य पर लौट जायेंगे, पुनर्मिलन होगा भी या नहीं–कौन जानता है। फिर भी सुचित्रा अत्यंत स्थाई भाव से सब कुछ समेटती जा रही थी। क्या वी. एम. ऐसी ही मनःस्थिति के बारे में तो नहीं कह रहे थे? भीगकर भी अनभीगे रहें, जो कुछ होता है, होने दें। अपनी निजी संवेदना को दूर रखते हुए केवल सामने प्रकट सत्य को अंगीकार कर लें। बस इसी से ही क्या देश को नयी दिशा दी जा सकेगी? सुचित्रा ने तो शायद स्वयं को इस चिंतन के अनुरूप ढाल ही लिया था, परंतु समीर–उसने अपनी पीठ "बोट" की रेलिंग से सटा दी। गहन दृष्टि से सुचित्रा को देखा। झूलते हाथों से वह नैनी जल को बूँद-बूँद करके ऊपर खुले में उड़ाती जा रही थी। ऊपर उजली धूप में धुन्ध की हल्की लहरें एक अद्‌भुत-सा मायाजाल बुनती जा रही थीं। सुचित्रा की अंजलि से उछले जल-बिन्दु असंख्य स्वर्ण सूत्रों में उद्‌भासित हो एक बहुरंगी वितान रचते जा रहे थे। समीर ने उन सहज एवं उल्लसित भंगिमाओं को बार-बार निहारा, कुछ देर बाद सरस वाणी में कहा,

"सुचित्रा, कोई सदा तो इस तरह नहीं जी सकता" सुचित्रा के हाथ रुके उसने कनखियों से समीर की ओर देखते हुए कहा,

"सदा के लिए जीना भी कौन चाहता है? और सदा के लिये जी भी कौन सका है, व्यक्ति जो कुछ चाहता है, यदि उसे मिल जाये–भले ही कुछ क्षणों के लिए–मैं समझती हूँ यही उसके जीने के अर्थ को पूरा कर देता है–"

समीर अत्यंत ही सहज हो आया। चेहरे पर प्रसन्नता का भाव उभर आया। उसने भी अपना हाथ थिरकती लहरों में डाल दिया। चतुर्दिक फैली पर्वतमालाएँ जैसे नीचे झुकने लगी हों, हँसते हुए उसने पूछा,

"तुमने वह अर्थ पा लिया?"

सपना सहसा रुक गई। लहरों संग डोलता हाथ निश्चेष्ट हो गया। नयनों में आर्द्रता उमड़ आई, ओंठों पर कोई विस्मृत मुस्कान रक्त प्रवाह तेज़ कर गई।

उसने दृष्टि घुमाई, तिरछे नयनों ने साथ दिया, वह भावासिक्त वाणी में बोली,

"आपको अब भी सन्देह है? मैंने जैसा जीना था, बस जी लिया—और कुछ नहीं—"

समीर ठहका मार कर हँस दिया। 'पापकार्न' का खाली लिफ़ाफा पुर्ज़ा-पुर्ज़ा करके नीचे बहा दिया। हवा में उलझे बाल उसने फिर साधे, उन्मुक्त भाव से ऊपर बादलों की टुकड़ी में से झांकती हुई किरण कामिनी की ओर देखा। सरस वाणी में कहा,

"सुचित्रा, तुम सचमुच अजीब हो—"

सुचित्रा भी खिलखिला उठी, श्वास रोकती हुई बोली, "आपसे ज़्यादा नहीं—" और नैनी झील में थिकरती उनकी 'बोट' किनारे की ओर चल दी।

अपने कमरे में आकर समीर काफी समय अशांत और उद्विग्न रहा। उसे लगा, भीतर कहीं गहरी खाई मुँह फाड़ने लगी है। कुछ पीछे रह गया, जिसे समेटना होगा, सपना के बारे में उसने इस प्रकार तो कभी सोचा ही नहीं था। उसका अभाव भी उसे कभी खलेगा, ऐसी तो वह कल्पना भी नहीं कर सकता था। फिर इधर नैनीताल में अन्य सदस्यों के रहते हुए भी वह भीतरी विरसता क्यों भोग रहा है, सपना से वह मिल नहीं पाया—भ्रमण के "ग्रुप" निर्णित होने से पूर्व उसे दिल्ली जाना पड़ा था, कुछ ज़रूरी काम निपटाने के लिए। वापिस लौटकर अल्मोड़ा पहुँचा तो सामना सुचित्रा से हुआ। उसने वी. एम. विश्वविद्यालय फोन लगाया। पता चला सपना का "ग्रुप" रोहतांग में रुका हुआ है। पूरी लिस्ट की जानकारी मिलने पर ज्ञात हुआ राजेश भी उसी टीम में था। सूचना मिलते ही समीर का अन्तराल जैसे उद्वेलित हो उठा। भीतर प्रशांत सरसी में कोई तक्षक हल्का दंश भरकर पुनः कुण्डली मार कर बैठ गया। सपना इतने दिनों तक क्या राजेश की संगत में रहेगी, उन दोनों के सामीप्य के प्रति उसे पहले भी संदेह था। रोहतांग की घटना ने उस आशंका को और मजबूत कर दिया। उन दोनों के बारे में सोच-सोच कर वह पागल सा होने लगा। विचारों की उधेड़-बुन में साँझ कब ढल गई, उसे पता नहीं चला। 'वेटर' ने भीतर आने के लिए आज्ञा मांगी, समीर की चेतना पुनः लौटी। उसने 'वेटर' को भीतर आने के लिए कहा। वेटर ने आकर उसके सामने, मेज़ पर एक सुन्दर "पैन्सल-स्कैच" रख दिया। मस्तक झुकाता हुआ बोला,

"उधर मेम साहब ने भेजा—पूछ रही थीं, चाय उनके साथ लेंगे या—"

समीर का ध्यान भंग हुआ। नेत्रों के सामने नैनीझील में थिरकती "बोट" का "स्कैच" था। वह और सपना उन्मुक्त भाव से जल-विहार-रत दर्शाऐ गये थे। समीर तल्लीन भाव से उस चित्र को देखता रह गया। सुचित्रा चित्रकला में क्या सचमुच इतनी दक्ष है? समीर उस चित्र में खो गया। वेटर ने उसे पुनः झंझोड़

दिया,

"साब, मेरे लिए क्या हुकुम है?"

"आँ–" समीर चौंका–

"ओ हाँ–उन्हें कहो मैं नीचे ही आ रहा हूँ। चाय हॉल में सब के साथ होगी–"

वेटर के जाते ही समीर पुनः सुचित्रा के बारे में सोचने के लिए विवश हो गया। वह सुचित्रा को जितना सामान्य ले रहा था, वह उतने ही दृढ़ अधिकार से उसके जीवन में पर्वतीय स्रोतस्विनी की भांति सायास उमड़ती चली आ रही थी। परन्तु ऐसा क्यों? समीर ने तो अपनी मनःस्थिति के बारे में उसे बहुत पहले ही अवगत करा दिया था, फिर भी वह समीर को अपने आँचल में बांधने के लिए सदा उत्सुक रही है। यह जानते हुए भी कि समीर 'पवन' का पर्यायवाची है, यह किसी आँचल को लहरा तो सकता है, परंतु स्वयं किसी पाश में बंध जाये, ऐसा सम्भव नहीं है।

अपनी टीम के दूसरे साथियों के साथ मिल बैठ चाय पीने का आनंद ही कुछ और होता है। इसीलिए समीर जल्दी से तैयार होकर नीचे हॉल में जाना चाहता था। परन्तु ध्यान अब भी बार-बार अतीत के छायाचित्रों में उलझ-उलझ जा रहा था। घटना बहुत पहले की थी, जबकि शायद समीर को ठीक से याद नहीं। अपने मित्र मनोज के बार-बार आग्रह करने पर वह सुचित्रा से मिलने के लिए राज़ी हुआ था। उन दिनों वह अत्यंत व्यस्त रहता था। अतः कई बार निश्चित करने पर भी अपना वादा पूरा नहीं कर पाया था। आखिर कुछ इधर-उधर करके वह मनोज के घर चला ही गया। उस समय मनोज वहाँ नहीं था। समीर को यह सब पूर्व विदित था। मनोज चाहता था कि समीर उसकी बहिन से अकेले में ही मिले। समीर के स्वागत में सुचित्रा ने मानों आँखें ही बिछा दीं। जिन दिनों उसके दादू वहाँ ठहरते थे, उच्चस्तरीय लोगों का आना-जाना वहाँ लगा रहता था। कई बार अत्यंत शिष्ट अधिकारी या राजनेता भी उन्हें मिलने आते रहते थे। ऐसे में सुचित्रा की कोठी का सुसज्जित एवं सुचारू रूप में होना ज़रूरी बन जाता था। परन्तु समीर के आगमन पर तो सुचित्रा ने कमाल ही कर दिया था। किसी वी.आई.पी. जैसा स्वागत समीर का हुआ। हर चीज़, अपने स्थान पर टिप-टॉप थी। सब-कुछ देखते हुए समीर मंद-मंद मुस्करा उठा था। इधर सुचित्रा के दिल की धड़कन तेज़ हो रही थी। रह रहकर समस्त शरीर कम्पायमान हो रहा था। हाथ-पैर ठीक ढंग से व्यवस्थित रूप से चल नहीं रहे थे। सांसों के आरोह-अवरोह में उसका उज्ज्वल भाल बार-बार श्वेत कणों से सिक्त हो उठा था। सुचित्रा को समझ नहीं आ रहा था, वह अपने विशिष्ट अतिथि को कैसे सम्भाले, किस अंदाज में उसका सामना करे। जो कुछ उसके अन्तर्मन में है उसे विचारबद्ध कर भी पायेगी अथवा नहीं।

ऐसी स्थिति में उसने समीर को कब स्थान ग्रहण करने का निमंत्रण दिया, वह नहीं जानती।

समीर के सामने मेज़ पर भोज्य पदार्थों की रौनक-सी लगी थी। कुर्सी निकट सरकाते हुए उसने मात्र बात शुरू करने का बहाना पैदा किया। तनिक पलकें उठा कर पूछा,

"मनोज नहीं है क्या?"

समीर जानता था वह प्रश्न बिल्कुल बेमानी है, क्योंकि उसे इसका पूर्व आभास पहले से ही था। सुचित्रा ने सरस वाणी में कहा,

"भैया शायद कहीं रुक गये हैं, फोन पर बात हुई थी–"

समीर ने उचकती नज़रों से भोज्य सामग्री की ओर देखा। नेत्र स्थिर रह गये। सामने प्लेट में आम के 'पीस' पड़े थे। समीर ने मस्तक पर बल डाला। उन दिनों आमों का मौसम नहीं था। उसने ललक भरी दृष्टि से अपनी मनचाही वस्तु को देखा। आम उसकी कमज़ोरी थी, परन्तु सुचित्रा यह सब–शंकित एवं उत्सुक नज़रें ऊपर उठीं। उसने पूछ ही लिया–

"ये आम। इन दिनों तो हमारे देश में सीज़न नहीं है–"

सुचित्रा ने भावमयी नेत्रों से समीर को देखा, पलकें झुकीं, उसने कहा,

"आपके लिए विदेश से मंगवायें हैं–" "विदेश से!" समीर चकित था, हतप्रभ उसने सुचित्रा की झुकी पलकों में देखा, पुनः कहा–

"परन्तु क्यों?"

"आपको आम बेहद पसन्द हैं न–"

"मुझे?" समीर की उत्सुकता और बढ़ गई। बात रुकी थी परन्तु इस अपरिचित बाला को उसकी रुचि के बारे में इतनी निकटता से कैसे पता है? समीर का कौतूहल उसके संयम को झकझोर गया। नन्हें मृगशावक के लिए जैसे किसी ने बड़ी खाई खोद दी हो। अभी वह कुछ भी सुनिश्चित नहीं कर पाया था कि सुचित्रा ने बात स्वयं स्पष्ट करते हुए कहा,

"मेरी एक सहेली 'एयर इण्डिया' में 'होस्टैस' है–बस उसी ने–"

"परन्तु मेरा आना तो आज भी निश्चित नहीं था, फिर ये सब–"

गहन गम्भीरता वश समीर के नेत्र झुक गए। सुचित्रा के तरल ओंठों पर मुस्कान थी, सरल भाव में बोली, "हर बात का खुलासा हो, क्या यह ज़रूरी है। आपने आज ही आना था, यही तय था। मेरे मन ने बार-बार ऐसा ही कहा–"

समीर तनिक झटका-सा खा गया। सुचित्रा किसी अदृश्य शक्ति का सहारा लिये बैठी थी। छठा अनुभव चक्षु–इससे आगे इस विषय में कोई अन्य प्रश्न महत्त्वहीन प्रतीत होता था। उसने पानी का गिलास ओंठों से लगाया, कुछ देर साँस ली। शायद वह इस स्थिति द्वारा सुचित्रा के मनोभावों का जाईज़ा ले रहा हो। तनिक

खाँसते हुए बोला,

''एक कप चाय मिलेगी?''

''मेरे हाथ से नहीं–''

समीर ने उचकती दृष्टि से सुचित्रा के विश्वस्त नेत्रों में देखा, हैरानी से पूछा–

''क्यों नहीं–मनोज कह रहा था तुम चाय बहुत अच्छी बनाती हो–''

''इसीलिए तो अपने हाथ की चाय 'सर्व' नहीं करूंगी। मैं नहीं चाहती चाय का एक कप सदा के लिए आपको परवश-सा इस घर से बाँध दे–''

''सुचित्रा जी, आप–''समीर किसी बरसाती झरने की तरह उन्मुक्त अट्टहास में फूट पड़ा। इतनी जोर से हँसा कि ओर-छोर झनझना उठे। सुचित्रा ने भी उस उन्मुक्त सरस प्रवाह में आत्मीय भाव से योग दिया। ओंठों पर हाथ रख कर वह भी हंस दी। इतने खुलेपन से उसने कभी किसी को हंसते हुए नहीं देखा था। समीर ने कुछ रुक कर, शंकित नेत्रों से सुचित्रा की ओर देखा। हँसी रोकते हुए कहा,

''इक्कीसवीं सदी के लोग भी ऐसी धारणा रखते हैं, हैरानी होती है;''

''किसी मन्त्र-टोने में विश्वास रखना मेरे लिए ज़रूरी नहीं है–''

''फिर भी आपको नौकर के हाथ की ही चाय मिलेगी–''

''वही चलेगी–''

चाय समाप्त करते ही समीर ने सुचित्रा का ध्यान आकृष्ट किया,

''हाँ, सुचित्रा जी–याद आया, समीर कह रहा था आपके पास ऑयल पेन्टिंग्स की अच्छी ''कलैक्शन'' है। ज़रा देखूँ। कई दिनों से विकलांग बच्चों के लिए कुछ करने का मन था।

सुचित्रा यह सुन कर उल्लसित हो उठी, अपने कला कक्ष की ओर मार्ग दिखाती हुई बोली,

''आपके किसी कार्य में सहयोग दे सकूँ, यह मेरा परम सौभाग्य होगा।''

सुचित्रा और समीर ने अभी कला कक्ष में प्रवेश किया ही था कि सुचित्रा की बुआ ने नौकर द्वारा ज़रूरी बात के लिए उसे बुलवा लिया। शायद उसकी बुआ भी समीर से मिलना चाहती थी। सुचित्रा ने समीर से क्षमा माँगी और कुछ क्षणों के लिए उसे अकेला छोड़ दिया। सुचित्रा का कक्ष विभिन्न प्रकार के रंगचित्रों से सज्जित था। प्रत्येक कृति समीर को बाँध-बाँध जा रही थी। सहसा वह ठिठक गया। नेत्र उसके अपने नेत्रों से टकरा गये। उसकी अपनी आकृति; सुचित्रा ने इस 'पेटिंग' को ऐसे सजा-सँवार कर रखा हुआ था जैसे कोई अपने आराध्य इष्ट को रखता है। समीर के पांव जैसे धरती ने जकड़ लिये। विचार तन्तु एक साथ असंख्य रहस्यों को उद्घटित कर गये। मनोज का इधर आने के लिए कई बार आग्रह करना, सुचित्रा की कला कृतियों की चर्चा–ये सब बातें एक निशिचत लक्ष्य

से अनुप्रमाणित प्रतीत होनी लगीं। स्वयं सुचित्रा की वास्तविक मनःस्थिति से भी वह अवगत हो गया। बहुत पहले उसके जीवन में कुछ ऐसा घटित हुआ होता तो शायद वह कुछ अलग ढंग से सोच पाता। परन्तु अन्तर्मन में सपना की मनोहर आकृति को धारण करने के उपरांत तो वह—माथे पर पसीने की कुछ बूंदे झलकने लगी थीं। उसने रूमाल से मुख साफ किया, भावों को नियन्त्रित करके पुनः बाहर की ओर मुड़ने लगा। सुचित्रा ने जैसे उसे चौंका दिया,

"बुआजी आपको याद कर रही हैं। हमारे लिये वही सब कुछ हैं—"

"क्यों नहीं, मैं भी दर्शन करूँगा, चलो—"

सुचित्रा ने चाल धीमी की, उत्सुकता से पूछा,

"आपने चित्र देखे—? क्या निर्णय लिया? प्रदर्शनी की कोई तिथि—"

समीर ने गहन दृष्टि से नीचे फर्श की ओर देखा, स्पष्ट स्वर में कहा,

"आपका आर्ट कक्ष सचमुच बहुत अच्छा है। मैंने सभी चित्र गौर से देखे हैं, खासकर एक तो—" सुचित्रा का दिल धक्क से रह गया। कहीं समीर अपनी ही आकृति की बात तो नहीं कर रहा है। आशय शायद दोनों ओर पूरी तरह स्पष्ट नहीं था। फिर भी जितना जिसने जानना था, जाना, समझा और पचाया। सबसे निपट कर समीर ने जाने की अनुमति माँगी। सुचित्रा उसे बाहर 'कारीडार' तक छोड़ने के लिए आई। समीर ने ढलती सांझ को अर्थपूर्ण नेत्रों से देखा। साहिब को आते देखकर कार का ड्राइवर दूसरी ओर चला गया था। 'कारीडार' की सीढ़ियाँ उतरते हुए, समीर सहसा रुक गया। गर्दन घुमाकर देखा, आगे-पीछे कोई और नहीं था। शायद वह अपने अन्तर्मन की स्थिति स्पष्ट कर देना चाहता था। मुश्किल से यह सब कहने का साहस बटोरा। सुचित्रा का ध्यान आकृष्ट करने के लिए तनिक रुकता हुआ बोला,

"सुचित्रा जी, हम लोग अच्छे पार्टनर हैं। कारोबार की यह सांझेदारी—"

सुचित्रा को मानों झटका-सा लगा। शरीर तुनक-सा गया। अंग-अंग सिहर उठा। मन ने कहा—क्या कोई वज्रपात होने जा रहा है? समीर ने विश्वस्त नेत्रों से सुचित्रा की पलकों में देखा। क्षणभर के लिए एक रहस्यमय मन्त्रणा उसे छू गई। उसने नेत्र झुका लिये। समीर ने बात आगे बढ़ाई,

"आप बहुत अच्छी हैं। आपके बारे में सोचना किसी के लिए भी अपने भाग्य पर गर्व करना होगा, परन्तु मेरे लिए—"

वह कह नहीं पाया। देखा, सुचित्रा का चेहरा सहसा मंद पड़ गया है। नेत्रकोर छलछला आये हैं। समीर ने उसका कंधा थपका, ओंठ तर करते हुए कहा, "मुझे गलत मत समझिए। भावनाओं की इस झील में जिस कमल ने खिलना था, खिल चुका है। झील का झरोखा कोई सांसारिक गवाक्ष नहीं होता, जिसे जब चाहा खोल लिया, यह अज्ञात लहरों का सम्पुट है, कब खुलेगा—यह किसी के वश में नहीं

है।" सुचित्रा ने आह सी भरी। नसापुट फड़फड़ाए, ओंठ थिरकने लगे। साँस पर काबू पाकर उसने गलदश्रु भावुकता में कहा,

"कुछ मत कहिए। आपके सामने इतना छोटा नहीं बनना है मुझे। आपके सांसों की सहज सुरभि मेरे प्रांगण तक चली आयी है, मेरे लिए यही काफी है," और मुख फेर कर वह सिसक उठी। समीर ने तनिक आगे बढ़कर उसे सांत्वना दी। दोनों हाथों से उसके कन्धों पर धीमा स्पर्श दिया। भारी स्वर में कुछ शब्द जुटाए—"मैं आप लोगों का बहुत सम्मान करता हूँ। विश्वास रखो, अभावों के इस मरुस्थल में जब फिर कभी कोई आकाशगंगा छलकी, वह केवल तुम्हारी अंजलि से होगी," और समीर अपनी कार की ओर चल दिया। दो मोटे अश्रु सुचित्रा की आंखों से टपक कपोल प्रदेश को आर्द्र कर गये।

◆◆◆

उन्नीसवाँ अध्याय

कुछ महीने पहले टिहरी-गढ़वाल के ऊपरी इलाकों में भूकम्प के भयंकर झटके आये थे। परिणामतः इस प्रदेश को भारी क्षति का सामना करना पड़ा था। भूकम्प का यह प्रकोप सर्दियों में आया था, इधर गर्मी का मौसम खुलने लगा था परन्तु क्षतिग्रस्त लोगों पर अभी भी चिंता और भय के बादल मण्डरा रहे थे। वी. एम. विश्वविद्यालय की ओर से युवाओं की एक टीम इस इलाके का सर्वेक्षण करने के लिए भेजी गई थी। संयोगवश मनोज और शिवानी को इस टीम में इकट्ठे होने का अवसर मिला। मनोज ने इस अवसर को उन्मुक्त भाव से, अत्यंत खुलेपन से स्वीकार किया। परन्तु शिवानी ने अन्तर्मन में हल्की-सी उलझन या फिर विरक्ति का भाव अनुभव किया। क्या वह मनोज के साथ नहीं जाना चाहती थी? शायद वह इस ओर से इतनी उदासीन भी नहीं थी, परन्तु एक अन्य दमित लालसा भीतर-ही-भीतर मन मसोस कर रह गई। राजेश के साथ परिभ्रमण करने की कामना कई दिनों से बलवती होती जा रही थी। उसने अपनी ओर से प्राथमिकता भी उसे ही दी थी। परन्तु कम्प्यूटर ने जो कुछ असंवेदनशील ढंग से कर दिया, उसे सभी को स्वीकार करना था। वह बहुत खुश तो नहीं थी, परन्तु बिल्कुल अपरिचित लोगों की अपेक्षा मनोज का साथ फिर भी कुछ सांत्वना देने वाला लग रहा था।

इलाके में दूर-दूर तक महाध्वंस का प्रकोप छाया था। लोगों के निवास पूरी तरह धराशायी हो चुके थे। भूकम्प से भयभीत और त्रस्त निवासी अपने ध्वस्त घरों में पुनः प्रवेश करने से डरते थे। ऐसे में जहाँ कहीं छोटी-बड़ी खुली जगह मिली, टैन्ट नुमा आश्रय में दुबक कर बैठ गये थे। महानाश के ताण्डवनृत्य के उपरांत उपजी बेबसी और असहाय स्थिति से निपटने के लिए राजनीतिक कुचक्र पूरे ज़ोरों पर था। अभावग्रस्त तथा पीड़ितों की सेवा-सहायता की बजाय वहाँ राजनेताओं को अपने-अपने वोट-बैंक पक्के करने की चिंता ज्यादा लगी थी। क्षतिग्रस्त इलाके में जो कोई भी छोटा-बड़ा, धनी विपन्न नेता आता पीड़ितों को मौखिक राहत बाँट कर चलता बनता। ऐसी ही स्थिति से निपटने के लिए दक्षिण भारत से आये बहुधा युवक-युवतियाँ इन लोगों में घुलमिल गये थे। उस दिन शिवानी और मनोज ने और ऊपर जाकर विध्वंसकारी प्रसार को अधिक निकट से देखने का मन बनाया।

फलतः अपने साथियों को नीचे छोड़ कर दोनों उच्च शिखर पर स्थित प्राचीन शिव मंदिर तक चले आये थे। भूकम्प से पूर्व यह मंदिर एक सुन्दर एवं आकर्षक पूजा स्थली रहा होगा। इस समय तो खण्ड-खण्ड हुआ चतुर्दिक ढलती खाईयों में अवशेष गिनता जा रहा था। मुख्य देव प्रतिमा जैसे-तैसे सुरक्षित रह पाई थी, परन्तु उसे भी अब तक निवारक हाथों ने छुआ तक नहीं था। भग्न मंदिर की जीर्णशीर्ण सीढ़ियों पर ऊपर नीचे बैठे दोनों ही दूर तक फैले महानाश को रीती पलकों में निहार रहे थे। शिवानी ऊपरी शिलाखण्ड पर आसीन थी। घुटनों पर मस्तक रखे किसी विराग निष्ठ प्रतिमा की भांति मनोज की ओर देख रही थी। तेज वायु के कारण उसका उत्तरीय बार-बार लहरा उठता था। इधर मनोज के बालों को छेड़ कोई गुप्त प्रवाह नीचे घाटी की ओर प्रस्थान करता जा रहा था। ऊँचे पर्वतों की तीव्र वायु और सायं-सायं करती ध्वनि दोनों के मौन को और अधिक गम्भीर करती जा रही थी। शिवानी ने मनोज की ओर देखते हुए कहा,

"मनी—क्या हम इसी देश के वासी हैं?"

"हाँ शिवानी, यह वही देश है, जिसमें राजकपूर की गंगा बहती है।"

शिवानी अस्थिर हो गई, अर्थपूर्ण नेत्रों से नीचे की ओर देखती हुई बोली,

"मनी, तुम कभी 'सीरियस' नहीं होते—"

"ठीक कहती हो शिवानी—जो लोग "सीरियस" हैं, वे भी कौन सा गुल खिलाते हैं। आंखों के सामने जो कुछ महानाश के कारण विखरा पड़ा है उसे कौन समेटेगा?"

शिवानी गम्भीर हो गई, अर्थपूर्ण नेत्रों से चारों ओर देखती हुई बोली,

"शायद तुम ठीक कहते हो। कभी-कभी लगता है हम स्वार्थ और अपनत्व का पूर्णतया त्याग नहीं कर पाते। "स्व" से मुक्ति क्या इतनी आसान है? वी. एम. महाराज इस बात को कितनी सुगमता से कह जाते हैं"

मनोज ने दीर्घ साँस ली, टाँगें नीचे की ओर सरका दीं, सन्देहसिक्त वाणी में कहा,

"मुझे तो कभी-कभी वी. एम. के प्रयासों के प्रति निराशा सी होने लगती हैं। जैसा वे सोचते हैं, हो पायेगा?"

"यदि हम सब उनका साथ दें—" शिवानी ने तुरन्त सर्तक होकर कहा। पुनः वह कुछ सोचती हुई बोली,

"उनके अनुसार सुसंस्कृत समाज यानी अच्छे लोग ही देश का भला कर सकते हैं—"

"शिवानी—क्या हम सच-मुच अच्छे लोग हैं?"

"अच्छेपन का निणय कौन करेगा?" शिवानी ने नेत्र झुका लिये। नीचे पड़े कंकरों से खेलती हुई बोली,

"यह मैं नहीं जानती। हाँ, इतना ज़रूर है, वी. एम. महाराज देश के हित में सोचते ज़रूर हैं, उनकी आस्था और आदर्श महान हैं। कुछ हो पायेगा या नहीं, इसका दायित्त्व हम लोगों पर भी है।"

मनोज ने तनिक निराशाजनक भाव से खण्डित देव मंदिर की ओर देखा। आह सी भर कर कहा,

"जिस देश का देवत्त्व इतना असहाय है, उसका कोई कुछ नहीं संवार सकता,

मनोज ने तनिक रुक कर एक काव्य बन्ध कह दिया,

सूखे पत्तों पर क्या खाक़ आशियाँना होगा,
हवा संग उड़ना होगा, रेत सा बिखरना होगा।

शेयर सुनकर शिवानी के अन्तर्मन में एक हल्की टीस उत्पन्न हो गई। दमित विषाद मानों पलकों में झांक गया। उसने धीमी आह भर कर मनोज के आनत चेहरे की ओर देखा। इससे पूर्व वह कुछ कहती, आकाश की नीलिमा गहरी श्यामल चादर में लहरा उठी। उजले श्वेत पुंज श्यामल खण्डों में नन्हीं नौकाओं से तैरने लगे। वायु के तीव्र प्रहार में दोनों ही ठण्ड में सिहर उठे। मनोज ने भावपूर्ण नेत्रों से शिवानी की ओर देखा। शिवानी भी सहसा बदलते मौसम के प्रति सचेत हो गई। उनके अन्य साथी और 'टैन्ट' बहुत नीचे थे। इतनी ऊपर, ठीक बादलों के बाहुपाश में गगन कब रोने लगेगा और पुनः कब हँसने लगेगा, किसी को पता नहीं था। प्रशांत नीरवता में पवन की आर्द्रता सहसा नन्हीं बून्दे छिटक गईं। मनोज ने तुरंत उठते हुए कहा,

"किसी सुरक्षित स्थल पर जाना होगा–?"

"इधर कौन सी जगह मिलेगी–? सब कुछ तो वीरान–खण्डहर हो चुका है–"

शिवानी ने उठते हुए अपना आँचल झाड़ने का प्रयास किया। वे अभी कोई निर्णय नहीं जुटा पाये थे कि उमड़ घुमड़ मेघ एकबारगी बरस पड़े। दोनों नीचे की ओर लपके। मंदिर के एक कोने में टूटते शिलाखण्डों की ओट में एक गुफा सी सुरक्षित बची थी। केवल दो पत्थरों ने सीमित सा आश्रय स्थल बना दिया था। दोनों ही भागकर उस गुफा में सिमट गये। भीतर पाँव रखते ही वर्षा की ज़ोरदार बौछार उन्हें अधिक तेजी से भीतर धकेल गई। स्थल बहुत सीमित था। शिवानी पीछे हटकर शिलाखण्ड से सट गई। बाहर से तीव्र वायु सहित नन्हीं बूंदें उचक-उचक भीतर झांक रही थीं। शीतल वायु में शिवानी का शरीर कम्पायमान हो उठा। मनोज ने अपनी बांहों को ठीक उसके ऊपर तान कर अपने शरीर को छतरी सा बना कर उसके सामने फैला दिया। शीतल वायु का तीव्र प्रहार मनोज की पीठ से टकरा कर उस लघु गुफा की शून्यता में अद्भुत-सी सहम भर गया। दोनों एक दूसरे

के और निकट हो गये। बाहर घना अन्धकार छाने लगा था, भीतर उससे भी अधिक गहनता उमड़ आई थी। सहसा निबिड़ अन्धकार को चीरती हुई एक रजत रेखा नन्हीं गुफा में शिवानी के मस्तक पर प्रभापुंज बिखेर गई। शिवानी के माथे पर छिटकी बूंदें तुरंत आलोकमान हो उठीं। मनोज ने अत्यंत आत्मीय भाव से उन्हें छू दिया—तरल ओंठों से कुछ शब्द फूटते हैं—

"सूनी पलकों में क्यों स्वप्न सजाते हो
उजले कमलों पर क्यों गीत रचाते हो?"

शिवानी ने मनोज को सुना, कुछ कह नहीं पायी, केवल अपने अंगों को और समेट लिया। भवावेश की इस स्थिति में मर्यादा का बाँध क्या टूट तो नहीं जायेगा? वह उद्विग्न एवं अस्थिर हो उठी। ओंठों की थिरकन हृदय की धड़कन के साथ समताल होने लगी। किसी निश्छल अन्तर प्रेरणा से वशीभूत हो शिवानी ने तनिक गर्दन घुमा कर अपना मस्तक मनोज के बाहु-प्रदेश पर रख दिया। नेत्र कोर शायद तरल होने लगे थे, और—

अपनी-अपनी मर्यादा में बँधी दो चिरपरिचित किन्तु अतृप्त आत्माएँ एक दूसरे की सांसों की ऊष्मता का रसपान करती हुईं, स्थिर भाव में चित्रलिखित सी वैसे ही खड़ी रहीं। बाहर वर्षा और तेज़ हो चुकी थी, भीतर सांसों की अपनी रफ़तार थी। मनोज सोच रहा था, यह सम्बन्धों की कैसी विचित्र विडम्बना है? वे दोनों इतने समीप होकर भी भीतर से कितने विलग और विरक्त हैं। दोनों के बाह्य सामीप्य में ऐसी आन्तरिक झिलमिल कहाँ से उत्पन्न हो जाती है? आन्तरिक दूरी का आभास क्यों उत्पन्न होने लगा है? मनोज के जी में आया चाहे कुछ भी हो जाये, वह शिवानी को आलिंगन में कसकर अपने मन की बात कह ही देगा। पिछले कई सालों से वह अपने मनोनुकूल जीवन सहचरी की कामना करता आ रहा था। उसके परिवार की ओर से भी इस दिशा में उत्तरोत्तर दबाव बढ़ता जा रहा था। उसके जीवन, कार्य एवं व्यवहार में कहीं कोई कमी या अभाव नहीं था। उसे अपनी भावसंगिनी रूप में शिवानी जैसी युवती की ही तलाश थी। शिवानी के सम्पर्क में आने के बाद उसने अनुभव किया कि एक लम्बी खोज समाप्त हो गई है तथा उसकी वांछित मंज़िल उसके सामने है। वह शिवानी के साथ जीवन व्यतीत करने की आकांक्षा न जुटा पाता यदि शिवानी "रोटरी" क्लब के समागम में उसका सहयोग न देती। शिवानी से उसकी प्रथम भेंट उसके जीवन की अत्यंत दुःखद घटना थी। वह सोच भी नहीं सकता था कि कलामंदिर में आराध्य देवी के सम्मुख श्रद्धा व्यक्त करने वाली यह सुन्दर युवती भीतर से इतनी आत्मनिरत, नीरस एवं धनलोलुप भी हो सकती है। मनोज उससे पुनः मिलने की कामना न करता यदि समागम के समापन पर शिवानी अपनी उदारता, सरलता और कमनीयता से उसकी पूर्व धारणा को बदलने के लिए विवश न करती। समागम के अन्तिम चरण में मनोज ने समस्त सहयोगी

वृंद का धन्यवाद करना था और साथ ही पारितोषक भी वितरित करने थे। जैसा कि तय था उसने शिवानी को चैक भेंट करने के लिए पुनः मंच पर आमंत्रित किया। शिवानी ने उपस्थित सभाजन का धन्यवाद किया और मनोज के सम्मुख आदर व्यक्त करते हुए कहा था,

"आपसे क्षमा चाहूँगी। शायद हम दूसरे को ठीक ढंग से समझ नहीं पाये। पूर्व परिचय था भी कहाँ। यह 'चैक' मेरी ओर से आपको शुभ कार्य के लिए तुच्छ भेंट है।"

पुनः वह स्नेही भाव से मनोज की ओर देखती हुई बोली थी, "मैं वी. एम. महाराज की शिष्या हूँ, जनसेवा ही मेरे जीवन का लक्ष्य है–" शिवानी की बस इसी उदार एवं सौम्य वृत्ति ने मनोज को पूर्णतया अभिभूत कर दिया था। कालान्तर वह काफी समय तक शिवानी के निकट आने की मोहक कामना से अनुभावित रहा। पिछले कई महीनों से वह शिवानी के साथ जीवन व्यतीत करने की रूपरेखा तैयार करता आ रहा था। शिवानी की मनोवृति के अनुकूल वह कई समागमों का आयोजन भी करता आ रहा था, उसको निकटता से समझने की भरसक कोशिश भी उसने की थी। उसके साथ जीवन व्यतीत करने सम्बन्धी प्रस्ताव उसके सम्मुख रखने से पूर्व वह शिवानी की वास्तविक मनःस्थिति से पूर्णतया अवगत होना चाहता था। उस दिन वर्षा में, विनष्ट मंदिर की छोटी गुफा के अन्धकारमय कक्ष में वह अपनी बात कहने का साहस जुटा रहा था। परन्तु शिवानी की भावात्मक स्थिति को अनुभव करके वह फिर मौन रहा। शिवानी पूर्ववत् उसके बाहु प्रदेश से सटी, मानसिक-सी अवस्था में सुबक रही थी।

इन दिनों शिवानी पुनः एक खालीपन का एहसास करती आ रही थी। एक अजीब-सी रिक्तता उसे अपने भविष्य के प्रति आतंकित करती रहती थी। अन्ततः उसके इस कलागत जीवन में विश्राम कहाँ होगा। अबाध गति से प्रवाहित उसकी भाव सरसी किस सागर का आलिंगन करेगी, वह एकांत क्षणों में कई बार सोचती। बाह्य सामाजिक जीवन में उसका एक विशिष्ट स्थान था। वी. एम. से निकटता पाकर वह एक प्रकार से अपने भविष्य के प्रति निश्चिंत-सी हो गई थी। परन्तु व्यक्ति का निजी भाव संसार किसी अन्य आश्रय की मांग भी रखता है। विशेषकर भारतीय नारी के लिए जिसे अपने सामाजिक अस्तित्त्व को समेटने के लिए किसी आत्मीय आन्तरिक आँचल की हर ठौर पर ज़रूरत रहती है। राजेश के सम्पर्क में वह अपने भविष्य के बारे में कुछ अलग ढंग से सोचने लगी थी। चाहती थी, इसी आदमी के साथ भावी काल खण्ड जुड़ पाये तो कितना अच्छा होगा। इसी दमित आकांक्षा में वशीभूत वह राजेश की निकटता के लिए प्रयत्नशील रहती थी। प्रायः उसकी गतिविधियों की पूर्व सूचना रखना उसका स्वभाव ही बन गया था। चाहे-अनचाहे ढंग से वह राजेश के सामीप्य की कामना करती रहती थी। सोचती

थी यदि वी. एम. के आदर्शों के अनुरूप उसे एक लम्बी यात्रा तय करनी है तो राजेश से अधिक स्वीकार्य भावात्मक सूत्र उसके लिए कोई अन्य नहीं हो सकता था। बस इसी सहज उद्भावन से अभिसींचित वह राजेश को मन मुकुल का वसन्त मान चुकी थी। परन्तु उसकी यह मोहक धारणा बहुत देर तक कल्पना लोक के पंख नहीं संवार सकी। राजेश का सपना के प्रति आकर्षण उसे शीघ्र ही उद्वेलित कर गया। कई बार उसने राजेश को सपना के संसर्ग में देखा, अपने प्रति राजेश की अनुत्सुकता देख वह भीतर-ही-भीतर दुःखी हुई, बस आत्मकेन्द्रित-सी होकर रह गई थी। दूसरी ओर मनोज का खिंचाव था, वह निर्मल जलप्रपात की तरह उसे उत्तरोत्तर सराबोर करता जा रहा था। वह करे भी तो क्या? निर्णय इतना आसान नहीं था। राजेश से जुड़ी स्मृतियाँ दर्पण में दरार जैसी थीं, जो उसे सदा कचोटती रहती थीं। इसके विपरीत मनोज का सरल चित व्यक्तित्त्व उसे सदा एक अद्वितीय-सी सरस मर्हम प्रदान करता रहता था। कभी-कभी उसे लगता कहीं वह मनोज का तिरस्कार करके अपने और अपनी सहेली के प्रति अन्याय तो नहीं कर रही है?

चिंतन के भाव भँवर से विमुक्त होने के लिए उसने अन्तिम बार अपनी नारी सुलभ मर्यादा से समझौता करते हुए अपना अन्तर्मन राजेश के आगे खोल कर रख दिया। शिविर में पधारे कुछ युवकों में से जापान के लिए एक टीम भेजी जानी थी। इसमें राजेश का भी नाम था। प्रवेश-फार्म भरते समय शिवानी ने राजेश की जन्म-तिथि को उचकती नज़रों से देख लिया था। संयोगवश यह तिथि शिविर कार्यकाल के अन्तर्गत ही थी। 'डेलीगेट्स' के लिए राष्ट्रीय एवं अन्तर्राष्ट्रीय मामलों पर भिन्न-भिन्न 'सेमिनारों' का आयोजन किया जाता था। 'सेमिनार हॉल' में शिवानी बैठने के लिए ऐसा स्थान चुनती जहाँ से पार्श्व मुद्रा में वह राजेश को निहारती रह सके। कितने ही 'सेमिनार' बीत गये, कई संगोष्ठियों में चर्चा चली परन्तु राजेश ने एक बार भी मुक्त दृष्टि से उसकी ओर नहीं देखा था या तो वह अपने पत्रों में व्यस्त रहता, या फिर कभी-कभी सपना की ओर अर्थपूर्ण दृष्टि डाल देता था। इस आँख-मिचौनी में शिवानी के मन पर क्या बीतती रही होगी, बस वही जानती थी। कभी-कभी किसी विशेष संदर्भ में वहाँ उपस्थित सदस्यों में से भी किसी को विचार-विनिमय के लिए मंच पर बुलाया जाता था। ऐसे अवसर पर जब राजेश मंच पर होता, सपना के मुखमण्डल पर एक अद्भुत-सी कान्ति स्वतः प्रकट हो आती थी। नेत्रों में अपूर्व अपरिचित स्नेह उमड़ आता था। शिवानी परवश-सी हुई सब-कुछ भाँप तो लेती थी, परन्तु दोनों के आधारभूत भाव सम्बन्धों को इतनी आसानी से निगल नहीं पा रही थी।

फिर राजेश के जन्मदिन पर उसने एक आकर्षक लाल पुष्प और सुन्दर-सा शुभकामना 'कार्ड' राजेश की डायरी में रख ही दिया। कार्ड के अन्तिम छोर पर

उसने अपना नाम नहीं लिखा। केवल ये शब्द लिखे 'जो रा. भा. को बहुत चाहती है', शिवानी ने शेष कुछ लिखना ज़रूरी नहीं समझा। रा. भा. उस व्यक्ति का कलाकार रूप में परिचय था। दूसरे राजेश उसकी लिखाई से भी पूर्णतया परिचित था। भावनाओं के उद्दाम सागर में अपनी काल्पनिक नाव खेने से पूर्व वह दूरस्थ किसी आलोक स्तम्भ को अवश्य निश्चित कर लेना चाहती थी। सम्भवतः इसीलिए उसने अपने मन की बात अत्यंत मर्यादित ढंग से प्रकट की थी। बाह्य पर्दा हट जाने पर कम से कम भीतरी रहस्यमयी अस्पष्टता तो पूर्ववत् ही बनी रहेगी। यही सोचकर शिवानी ने अनिर्दिष्ट दिशा की ओर प्रवाहित चचंल लहरों पर ही अपना आशा दीप सजा दिया था। जो कुछ वह कहना चाहती थी, उसने लिख दिया था, अब गेंद राजेश के प्रांगण में थी, वह उसकी इस प्रेमगत अभिव्यक्ति पर या तो पुष्प अर्पित कर सकता था, या फिर उसे वेदना विगलित कर सकता था। स्वयं को इस प्रकार उन्मुक्त भाव से अभिव्यक्त करने के उपरांत वह अपने में ही और अधिक सिमट आई थी। चाहते हुए भी नज़रें ऊपर उठ नहीं पा रही थीं। क्या सचमुच उसने कोई जघन्य पाप किया है? कोई भी निर्णय कर पाना तो अब उसके वश में नहीं था। अतः राजेश की ओर से ही अब कृपा कटाक्ष की प्रतीक्षा की जा सकती थी।

शिवानी को सब-कुछ समेटने में अधिक देर नहीं लगी। अगले ही दिन जब वह 'सेमिनार हॉल' की सीढ़ियाँ चढ़ रही थी, गोलाकार चौकी के समीप राजेश उसकी प्रतीक्षा कर रहा था। वह उदास और ख़िन्न लग रहा था। आंखों में चिन्ता स्पष्ट झलक रही थी। शिवानी को उसकी मनःस्थिति भाँपने में देर नहीं लगी। जैसे ही राजेश के निकट पहुँची, रुककर जिज्ञासु नेत्रों ने उसकी ओर देखा। राजेश ने अन्तर्वेदनारत दीर्घ श्वास लिया। अर्थपूर्ण नेत्रों से शिवानी की ओर देखकर कहा,

''शिवानी, तुम्हारी सद्भावनाओं के बदले में तुम्हें कुछ दे पाऊँगा, नहीं जानता—'' शिवानी ने सहज होने का प्रयास किया। ओंठों पर अप्रयास कृत्रिम-सी हंसी लाती हुई बोली,

''ज़रूरत भी नहीं है, परन्तु इस उदासी को हटाओ, इस सूर्य मुख पर यह ग्रहण बिलकुल अच्छा नहीं लगता।'' उसकी बात सुनकर राजेश और अधिक गम्भीर हो गया। कुछ कहना चाहता था परन्तु शिवानी ने अपनी बात आगे बढ़ा दी,

''तुम जहाँ भी रहोगे, जन्मदिन पर शुभकामनाएँ, भेजती रहूंगी—यह अधिकार तो मुझे दोगे न—''

कहते-कहते शिवानी का गला रुंध गया था और दो नन्हें अश्रु नेत्र कोरों से बाहर झांकने लगे थे। राजेश ने आह-सी भरी। अपनी वास्तविक स्थिति स्पष्ट करना चाहता था। परन्तु दूसरी ओर शायद अध्याय पूर्ण हो चुका था। शिवानी ने भावात्मक अस्थिरता को संयम के साँचे में ढाल दिया। तुरन्त रूमाल निकाल

कर नेत्र कोर स्वच्छ किये। राजेश की ओर बिना देखे बोली,

"जल्दी चलो, सम्भाषण शुरू होने वाला है। आज सलमा के भाई साहिब आये हैं—"

और वह बिना किसी उत्तर की प्रतीक्षा किये, ऊपर जा रही सीढ़ियों की ओर मुड़ने लगी। यन्त्रचालित-सी अवस्था में राजेश उसके पीछे चल दिया, आहत, उद्विग्न और आक्रान्त-सा। एक महाकाव्यात्मक भावोद्गार की इति इस प्रकार एक गीतमय क्षणिका के रूप में होगी—दोनों में से शायद किसी ने भी ऐसी परिकल्पना नहीं की थी, और—

अतीत की इस भाव विरसता को लेकर शिवानी गढ़वाल के भग्नावशेष मंदिर के पास मनोज की भुजा पर मस्तक रखकर सिसक उठी थी। मनोज उसकी ऐसी मनोदशा के मूल कारण को नहीं जानता था। शायद जानना भी नहीं चाहता था। इतना ज़रूर समझ पाया था कि शिवानी के अन्तर्मन में कोई तीखा कण्टक गहरी वेदना भरता जा रहा है। मनोज उससे केवल प्रेम ही नहीं करता था, बल्कि उसके प्रति आदर भाव भी रखता था। वह विगलित भावुकता में अस्थिर हुई शिवानी का—मनचाहे ढंग से लाभ उठा सकता था। समय था, स्थिति भी अनुरूप थी और नीरव एकांत अंधेरा कक्ष भी; परन्तु यह सब मनोज के स्वभाव में नहीं था। वह एक कवि था, केवल भावनाएँ ही उसका असली संसार थीं। अपनी बांहों में सिमटी उस साक्षात् काव्य विभूति को वह केवल सांत्वना ही दे सकता था। एक ऊष्म किन्तु गहन निश्वास भर कर उसने शिवानी को अपने वहाँ होने का आभास दिलाया। अत्यंत धीमे स्पर्श से उसने शिवानी का मस्तक चूम लिया। एक स्नेहमयी दुलार, एक सांत्वनामयी सहज संवेदना। वह कुछ कहने के लिए तत्पर हुआ ही था कि सहसा बाहर मेघखण्डों को विदीर्ण कर उजली किरणें नवीन सम्पुट खोल रही थीं। अन्धकारमयी अंजलि में जैसे कोई पावन दीप प्रज्ज्वलित हो उठा, निर्जन में सहमी-सिसकी गुफा नवप्रभात-सी लालिमा का संस्पर्श पा कर मुदित हो उठी। मनोज ने अपनी बांहें पीछे हटा दीं। शिवानी ने तनिक झुके शरीर को सीधा किया। पीछे की ओर मुड़ते हुए मनोज ने कहा,

"बारिश अब नहीं है। मौसम निखर आया है—नीचे चलते हैं—"

भीतरी सन्ताप से सन्तप्त पलकों ने गुफा के बाहर देखा। उजली धूप ने शिवानी के नेत्र चुंधियाँ दिये। स्वयं को सम्भालते हुए उसने पाँव आगे बढ़ाया। सीढ़ियों के पास आकर देखा, वर्षा की निरन्तर धारा ने मार्ग पर गदले कीच की असंख्य रेखाएँ रच दी थीं। फिसलन थी, ऐसे मार्ग पर चलने का तो शिवानी को अभ्यास था ही नहीं। कीच, कंकड़ और भूकम्प की व्याख्या करते छोटे-बड़े शिलाखण्ड। वह रुकने लगी; मनोज ने ओंठ तर करते हुए अपना हाथ उसके आगे फहरा दिया। शिवानी ने सन्देहसिक्त किन्तु स्थिर दृष्टि से मनोज की ओर देखा।

आन्तरिक स्नेही अभिमन्त्रणा ने बाह्य मार्ग सहज बना दिया। शिवानी ने करुण कोरों से मनोज के शिशु जैसे निष्कलंक नेत्रों में देखा, धीमी सांस ली और अपना हाथ उसके हाथ पर रख दिया—स्थिर, निश्चेष्ट, निर्विकार। और फिर दोनों धीरे-धीरे नीचे की ओर चल दिये, मनोज सहज भाव में गुनगुना उठा—

"झील पर चलते रहे कुछ कदम—
बादलों में सजते रहे कुछ सदन—"

◆◆◆

बीसवाँ अध्याय

मनाली के देशभक्त अस्पताल में डाक्टर पठानिया ने मरीज़ को सूर्य-किरणों का दर्शन करवाने के लिए खिड़की का पर्दा पीछे हटाया। कोहरे से आवृत शीशे में से सूर्य का धुँधला प्रकाश शीतप्रवाह को विदीर्ण करता हुआ कमरे के चारों ओर स्वर्णिम आलोक भर गया। लगभग दोपहर होने को थी, परन्तु अभी भी वातावरण धुँध और शीतगत नन्हें जलकणों से मुक्त नहीं था। डॉ. पठानिया ने हँसते हुए सपना का मस्तक थपथपाया। इन्जेक्शन देने के लिए अपने सहायक की ओर देखा, पुनः सपना को सान्तवना देते हुए कहा,

''नो वरी—आज शाम तक पूरी तरह ठीक हो जाओगी। कल से आप लोग फिर से यात्रा शुरू कर सकते हैं—''

सूई की नोक पर रूई रखकर ध्यानपूर्वक देखते हुए पुनः बोले,

''चिन्ता की बात नहीं है। 'हाइट' पर ऐसा प्रायः हो जाता है। आक्सीजन की कमी के कारण—'' सपना ने इन्जेक्शन लेने के लिए पीठ को सहारा देकर बैठने का प्रयास किया। डॉक्टर तनिक नीचे झुका, साँस लेता हुआ बोला,

''आपको इतना ऊपर नहीं जाना चाहिए था, शहरों के लोग ऐसी ठण्ड के आदी नहीं होते। फिर रोहतांग मार्ग पर मौसम का कोई भरोसा नहीं रहता—''

डॉक्टर पठानिया ने हल्का दबाव देकर सपना को पुनः सहलाने का प्रयास किया। सपना ने धीमी-सी आह भरी, सहज भाव में कहा—

''डॉक्टर साहब, नार्मल जिंदगी में कोई मजा नहीं रहता। कभी-कभी 'ऐडवैंचर' भी होना चाहिए।''

डॉक्टर ने उसे पुनः लेटने के लिए सहारा दिया, दोनों हंस दिये।

''ठीक कहती हो। परन्तु 'ऐडवैंचर' जान हथेली पर रखकर नहीं होना चाहिए—''

सपना ने कुछ कहा नहीं, पलकें झुका लीं। डॉ. पठानिया ने दूसरी ओर देखते हुए कुछ संकेत किया, पुनः सरसरी दृष्टि से सपना को देखा। कुछ सोचते हुए बोले,

''तुमने, 'पैरा गलाईडिंग' का पहले कभी अभ्यास किया है?''

सपना को शायद अपनी भूल का ज्ञान हो आया। बिना कुछ सोचे समझे वह कृत्रिम पंखों का सहारा लिये नीचे ढलान पर उड़ चली थी। फिर सहसा उसका वितान असन्तुलित हो गया। बचते-बचाते वह नीचे वृक्ष से टकराई, ज़ोरदार धक्का लगा और वह नीचे दूर खाई में लुढ़क गई। सचेत या अचेत, कुछ याद नहीं रहा। पुनः आंखें खोलीं तो अस्पताल का वातावरण नज़र आया। इस बीच जो कुछ हुआ, उसे बिलकुल ही याद नहीं रहा। दो दिन पूर्व की एक भयंकर दुर्घटना अस्पष्ट भावचित्रों-सी अन्तर्मन के पर्दे से गुज़र गई। डॉ. की ओर अर्थपूर्ण नेत्रों से देखती हुई बोली,

"केवल फिल्मों या टी. वी. में ही ऐसा देखा था–"

"तो फिर माई चाईल्ड–"

डॉक्टर पठानिया ने उसे पुनः मस्तक पर स्नेही स्पर्श दिया,

"तुम्हें वैसा नहीं करना चाहिए था। एक तो व्यास कुण्ड तक जाते हुए आप खाली हो गये थे–आई मीन पूरी तरह 'एगज़ास्ट' हो चुके थे, फिर बिना पूर्व अभ्यास के गलाईड करना–माई गॉड–।" सहसा डॉक्टर का ध्यान दूसरे मरीज़ की ओर आकृष्ट हुआ, पीछे हटते हुए बोले,

"चलो जो हो गया, एक ही घटना कई बार बड़ा सबक दे जाती है–"

डॉक्टर पठानिया दूसरे कमरे की ओर जाने को तत्पर हुए, चलते-चलते सपना की ओर भावासिक्त नेत्रों से देखा, मुस्कराते हुए बोले,

"बेटी, तुम बहुत भाग्यशाली हो। एक अच्छा साथी मिला है तुम्हें। वह युवक कौन है; उसे मैं नहीं जानता–वसुमित्र का नाम मैंने सुन रखा है।" डॉक्टर पुनः चलने को हुआ फिर कुछ सोचने लगे, तनिक पीछे मुड़कर बोले,

"हाँ, वह नौजवान कमाल का आदमी है, वीर और साहसी है; इतनी ढलान पर, इतनी नीचे तक वह कैसे पहुँचा हम नहीं जानते। यदि तुम दो घण्टे उसी अवस्था में और रहतीं तो शायद कोई कुछ न कर पाता–"

डॉक्टर पठानिया ने लम्बी सांस ली, पांव आगे रखते हुए कहा,

"उसने बहुत निष्ठा से तुम्हारी सेवा की है, ठीक जैसे कोई अपनी आराध्या की अर्चना करता है। हमारे देश को ऐसे ही युवकों की बहुत ज़रूरत है–"

और डॉक्टर पठानिया दूसरे कमरे में चले गये। सपना ने तनिक उठते हुए उत्सुकतापूर्ण नेत्रों से कमरे के ओर-छोर देखे। सब जा चुके थे, एक नर्स वहाँ थी जो बिस्तर से लटकी फाईल पर कुछ लिख कर चलने को तत्पर थी। सपना ने सहज स्वर में उससे पूछा,

"मिस्टर राजेश भारती–"

नर्स ने कौतूहलमयी दृष्टि से सपना की ओर देखा। बाहर की ओर देखते हुए कहा–

"कौन? आपके साथी? वो दूसरी ओर आराम कर रहे हैं। दो रातें जागता रहा है—कहो तो जगा दूंगी—"

सपना ने पुनः लेटने के लिए तकिया एक ओर सरकाया, धीमी सांस भर कर कहा,

"आराम करने दो। आज तो हम इधर ही हैं—"

नर्स उसे अकेला छोड़ कर दूसरे कमरे की ओर चली गई। सपना का ध्यान पिछले दिनों की सुखद यात्रा की ओर आकृष्ट हो गया, उनके ट्रैनिंग का आंरभ कितना आनंदमय था और वापसी के समय ऐसी दुःख पूर्ण स्थिति—व्यास कुण्ड की धवल हिम पर क्रीड़ारत चरण कोठी गाँव के निकट गलाईडिंग के समय असन्तुलित हो गये थे और फिर एक भयंकर झटका, लोमहर्षक उद्वेल—पुनः पत्थर-दर-पत्थर लुढ़कन। वह बेहोश हो गई थी। जब पुनः आंखें खुलीं तो उसने स्वयं को मनाली के अस्पताल में पाया। टीम के अन्य साथी शायद पूर्व निर्धारित कार्यक्रम के अनुसार व्यस्त हो गये होंगे। डॉक्टर की ओर से उसके बारे में आशा-जनक संकेत मिलने पर उनका निश्‍िचत हो जाना स्वाभाविक था। उस टीम में उत्तरी भारत के केवल दो ही सदस्य थे। स्वयं सपना और राजेश—दोनों की निकटता को सम्मुख रखते हुए ही शेष सदस्य उस दिन भी किसी अन्य स्थल के प्राकृतिक सौंदर्य का आनंद लेने के लिए जा चुके थे।

रूई से हल्के बादलों को चीरता सूर्य का प्रकाश पर्वतों पर स्वर्णिम तरलता बिखेरता जा रहा था। शीत लहर में उष्म उसाँस पर्यटकों को राहत का सन्देश दे रही थी। लगभग दोपहर मस्तक छूने को थी। सपना के कमरे में भी किरणों की थिरकती जालियाँ एक अद्वितीय-सा उज्ज्चल स्रोत भरती जा रही थीं। बाहर तनिक दूरी पर व्यास नदी का कलकल करता निनाद वायु के धीमे प्रकम्पन में मधुर ताल छेड़ता जा रहा था। सपना आत्मनिरति के भाव से मुक्त होने के लिए उत्सुक थी। धीरे-धीरे उसका मन और शरीर स्वस्थ होने लगे थे। बीते दिनों की समस्त अनुभूतियाँ एक बार पुनः मस्तिष्क के चौराहे पर परिक्रमारत थीं। अकेलेपन की अजीब-सी कसक उसे बाहर-भीतर से खाली करती जा रही थी। इस अवस्था में वह अकेली आखिर कब तक—उसने अपने शरीर को झटका दिया। पैरों में पूर्ववत् सम्बल लौट आया था। वह उठने को हुई ताकि राजेश तक पहुँच जाये। सहसा उसे रुकना पड़ा, राजेश स्वयं उसकी ओर आता हुआ दिखाई दिया। मन की असम्पुटित कमलनी सहसा खिल उठी। ऐसा लगा महासागर के उद्वेलित वक्ष पर मण्डराता भीषण चक्रवात अचानक लुप्त हो गया है। मंद-मंद चलती शीतल समीर कहीं से चंदन चर्चित सांस चुरा लाया है। चिरकाल से संतप्त अन्तःकरण पर किसी दिव्य स्पर्श ने सहज संवेद्य लेपन कर दिया है। सपना के चिरअतृप्त नेत्रों में मोहक मन्त्रणा कौंध गई। उसने पुनः उठने का प्रयास किया, तब तक राजेश निकट आ चुका था। उसे वहीं

रोकता हुआ बोला, "उठो नहीं, डाक्टर ने कहा है अभी साँझ तक ऐसे ही आराम करना है–"

सपना ने नेत्र उठा कर राजेश की ओर देखा। हृदय धक् से रह गया। क्षणपूर्व की प्रसन्नता शीघ्र ही गहरी उदासी में ढल गई। दो ही दिनों में राजेश का चेहरा आधा रह गया था। नेत्र कोरों में कालिमा झांकने लगी थी। माथे पर व्याकुलता उभर-उभर आ रही थी। यह अचानक राजेश को क्या हो गया है? मात्र दो रातें जागते रहने पर तो ऐसा नहीं हो सकता। राजेश के चेहरे पर इस प्रकार की घनीभूत वेदना और सन्ताप तो उसने कभी भी नहीं देखी थी। तो फिर उस दिन–सपना उद्विग्न हो उठी। उसका अन्तर्मन उसे धिकारने लगा, कहीं यह स्थिति उसकी दुर्घटना के कारण तो नहीं उपजी। कुछ भी हो, उसका अपना मुख भी मलिन हो गया। राजेश ने उसे उत्साहित करते हुए कहा,

"कल तक सब ठीक हो जायेगा–"

सपना ने अत्यंत कोमल भाव से राजेश का हाथ अपने थिरकते हाथ में जकड़ लिया, उसे निकट करती हुई, विकल भाव में बोली,

"मैंने तुम्हें बहुत दुःख दिया है न–क्या करूं ऐसा कुछ हो ही गया, मेरे कारण तुम्हें बेआरामी झेलनी पड़ी, चेहरे पर–"

राजेश ने शुष्क ओंठों को तर करके, सप्रयास हंसने की चेष्टा की। सपना का हाथ थपथपाते हुए कहा,

"नहीं, मुझे कुछ नहीं हुआ–पूरी तरह ठीक हूँ। कई बार 'स्नोबर्न' हो जाता है, इसीलिए–" सपना ने मोहवश उसे और अधिक खींच लिया, अतृप्त नेत्रों से उसकी व्याकुल पलकों में झाँकती हुई सरस स्वर में बोली,

"सच कहते हो?"

"हाँ सपना–"

राजेश को सहसा न जाने क्या हुआ, ऐसा लगा किसी मायावी मोहक उद्-भ्रान्ति ने उसे वशीभूत कर दिया है। सपना के कमल से विस्फरित नयनों में दो ओस बिन्दु हल्की चमक भर गये। राजेश के रोम-रोम में एक अपूर्व अपरिचित सिहरन भर उठी। सपना उसे संवेदनशील दीपशिखा-सी अपलक निहार रही थी। मानों उसी लम्हें राजेश का सम्पूर्ण अस्तित्त्व अपनी सांसों में उतार लेना चाहती हो। राजेश भावुक हो उठा, अन्तर्वेदना क्षण में ढलकर नेत्र कोरों में समा गई। उसने योगनिष्ठ दृष्टि से सपना की आंखों में देखा। थिरकते अतृप्त स्वर में तनिक निकट हो कर कहा,

"सपना । तुम्हारा नाम मीनाक्षी होना चाहिए था। सचमुच तुम्हारी आँखें बहुत सुन्दर हैं–"

सपना का रोम-रोम मानों उत्कृत हो उठा। चेहरे की श्वेतता तत्क्षण एक

गुलाबी प्रभा में कौंध गई। नाक के अग्र भाग में दमक-सी फैल गई और चिरकाल से अतृप्त ओंठों पर रक्तिम लहर उभर आई। राजेश पूर्ववत् स्थिर नेत्रों से उसे निहारता था। जाने क्यों उसका गला रुँध गया। भावासिक्त वाणी में प्रसुप्त पत्र-सी सिहरन भरता हुआ बोला,

"लगता है विश्व की सारी ममता और करुणा इन्हीं पलकों में सिमट आई है," पुनः उसने वेदना व्याकुल भाव में आह-सी भरी, आंखों में तरलता बढ़ने लगी थी। प्रशांत मुद्रा में धीरे से कहा–

"मैंने अपने माता-पिता, सगे-सम्बन्धी किसी को नहीं देखा–परन्तु आज ऐसा लगता है वे सब यहीं इन्हीं पलकों में समाये हैं।"

भावावेश में उसने सपना का हाथ अपने ओंठों से लगा लिया, एक कम्पित-सा स्पर्श। उसने अच्छा किया या–वह निर्णय नहीं कर पाया। उस दिन शायद वह बहुत विचलित और उद्विग्न था। भीतर कोई गहरी कसक रोम-रोम को सालती जा रही थी। उसका चित उदास था, मन अस्थिर। अपनी उस हरकत से भीतर-ही-भीतर लज्जा भाव अनुभव कर रहा था। इसीलिए अतिशीघ्र वहाँ से हट जाना चाहता था। नहीं चाहता था कि सपना उसके अन्तर्मन की वेदना को आँसुओं के रूप ढलता देखे। अतः उसने सपना के कोमल पाश से अपना हाथ मुक्त करवाने का प्रयास किया।

सपना ने मानों उसकी संवेदना को अपनी सांसों में उतार लिया। मोहाच्छिन्न अवस्था में उसने राजेश को अपने थिरकते वक्ष पर खींच लिया। निकट बहुत निकट–लगभग आलिंगबद्ध; एक स्थिर मुद्रा में। पुनः कम्पित हाथों में उसका चेहरा थाम कर अपने अतृप्त ओंठ उसके छलकते अश्रुओं पर रख दिये। एक गहरा आत्मविश्वास मानो उसकी चेतना को हर ले गया। किसी अदृश्य मोहक कामना से चालित उसने अपने तरल ओंठ एक ही झटके में राजेश के शुष्क ओंठों से सटा दिये। एक प्रगाढ़ आलिंगन–एक आत्मीय विश्वस्त चुम्बन, सन्तप्त अन्तःकरणों की दो अतृप्त सांसें, वेदना विगलित सागर का ज्वरित प्रवाह, अमरत्व की खोज में समभाव हुए दो अपरिचित पंख, अपनी-अपनी मर्यादा में चटकीं दो नवोदित कलियों का प्रथम अभिसार; प्रेम नगर के दो थके पथिकों का सहज विश्राम; चिरकाल से रीती सीपियों का अलौकिक मोतियों से साक्षात्कार, और–

वृक्षों के आनत पत्तों पर छिटकी ओस मधुर झन्कार में टप-टप बह निकली; आकाशगंगा की अँजलि से उत्सरित मकरंद अनन्त दिशाओं में फैल गया, तनिक दूर व्यास नदी के शीतल जल में नन्हें बुद-बुद मधुर रागिनी छेड़ गये। ऊपर तुषार आवृत खण्डों पर किसी अदृश्य देव बाला ने अपनी सुनहरी नूपुरों से अद्वितीय झिल-मिलाहट छलका दी। तृप्ति में अतृप्ति का आभास लिये दो अशांत एवं विषण्ण ह्दय अपनी-अपनी सीमाओं के बन्धन ढीले करते जा रहे थे। सपना के उन्नत

उरोज राजेश की बलिष्ठ छाती से सटे एक अपरिचित-सी धड़कन में जाग उठे। राजेश को लगा जैसे उसके पौरुष का अहंगत पर्वत एक ही क्षण में रती-रती होकर निर्मल एवं निश्चल निर्झर में बहने लगा है। ओंठों के चुम्बकीय स्पर्श में उसका दमित विषाद रस सिक्त होकर अंग-अंग में मादकता उँडेल गया है। शिव और महाशक्ति के इस अलौकिक मिलन पर मानों समस्त देवलोक लहलहा उठा है। राजेश ने निश्चेष्ट भाव से अपनी बाँहें सपना के दोनों ओर सटा दीं। एक चिरन्तन प्रशान्ति; एक अविस्मरणीय उदभ्रान्ति; शुष्क पत्तों-सा झड़ता उड़ता अपनत्व का एहसास–व्योम की शून्यता में दम तोड़ती किसी त्रस्त पक्षी की अन्तिम आकांक्षा–और।

और कमरे के बाहर कदमों की आहट ने उन्हें चौंका दिया। विद्युत झटका-सा राजेश उसके शरीर से अलग हो गया। नेत्रों में अद्‌भुत-सी मादकता उमड़ रही थी। सपना के नेत्र लज्जावश झुके थे, ओंठों की तरलता पर मधुर मुस्कान छिटक-छिटक आ रही थी। उसने सकुंचित भाव से अपनी आर्द्र पलकें सामने दीवार पर सटा दीं। राजेश और पीछे हटने लगा तो उसने पुनः उसका हाथ अपने हाथ में समेट लिया। सरस वाणी में कहा,

"रुको, जो कुछ होना है, सबके सामने हो जाने दो–"

राजेश के विश्वस्त चरण वहीं ठहर गये। उसने दमित भावों को सहज किया। तनिक दृढ़ स्वर में बोला, "नहीं, मुझे अपनी चिन्ता नहीं है, लेकिन तुम–?" पुनः वह बात बदलता हुआ बोला,

"मुझे ध्यान ही नहीं रहा, कहो तो तुम्हारे पापा को सूचना दे दूँ। फोन या ई-मेल–" सपना ने दीर्घ सांस लेकर तनिक उठने का प्रयास किया, रुद्धकण्ठ साफ करती हुई बोली, "इसकी ज़रूरत नहीं पड़ेगी–"

"उन्हें चिंता हो सकती है–"

"नहीं, राजेश–ऊँचे परिवारों के लोगों के पास यह सब सोचने का समय नहीं होता। कारोबार के मोह में उन्हें किसी दूसरे के बारे में चिंता करने का समय ही नहीं मिलता–फिर कल तो हम लोग यहाँ से चल ही देंगे–"

"जैसा तुम कहो–"

और वह फिर चलने को हुआ, सपना ने अत्यंत ही स्नेहमय ढंग से उसका हाथ थाम लिया। आंखों में कृतज्ञता भाव उमड़ रहा था, मधुर कण्ठ फूटा,

"राजेश। तुम बहुत अच्छे हो–"

और न जाने क्यों सपना ने मस्तक फेर लिया। भीतर जैसे कोई अव्यक्त पीड़ा रह रहकर उसे कचोटने लगी, मन और शरीर दोनों विश्राम चाहते थे, परन्तु कैसे? प्रयास करने पर भी वह स्वयं को स्थिर नहीं रख पा रही थी। समीर के साथ जुड़ा उसका अतीत भयंकर दंश बनकर उसे उत्पीड़ित करता जा रहा था। भावावेश

में वह राजेश की सांसों के बहुत निकट चली आई थी, परन्तु क्या समीर की सहज प्रेमपरक अनुभूतियों से वह इतनी शीघ्र किनारा कर पायेगी? ओफ। यह कैसी यातना है? दो पाटों के बीच पिसता अन्न का दाना। कैसी अद्भुत है यह नियति। दो रंगों की संयुक्त फुहार में अन्तर्मन की होली कैसे खिल सकती है? दोहरे रंगों की झिलमिल में कहीं उसकी निजता ही तो विलुप्त नहीं हो जायेगी। दो नावों के बीच लहराते उसके आँचल को कौन-सा किनारा अंतिम ठौर प्रदान करेगा। इस द्वन्द्व में कहीं उसकी अपनी सीमा और अस्तित्त्व तो खण्ड-खण्ड होकर नहीं बिखर जायेंगे। वह बार-बार ऐसा सोचती, और हर पल उसकी उद्विग्नता बढ़ती जाती थी।

अस्पताल से बाहर आकर भी राजेश काफी समय सपना के प्रेम व्यवहार के सम्बन्ध में सोचता रहा। अनमनस्क भाव से नदी के साथ-साथ चलता हुआ वह काफी दूर निकल आया था। साँझ तक अभी सपना को आराम की ज़रूरत थी। वह कमरे में बैठे-बैठे उकता गया था। आन्तरिक दबाव से मुक्ति पाने के लिए वह एकान्त की खोज में एक ओर चला आया था। ऊपर आकाश में धूप और अधिक उजली हो चुकी थी। उन्नत पर्वतों पर बर्फ की श्वेत चादरें स्वच्छ दर्पण-सी चमकने लगी थीं। प्रतिपल बनते-मिटते मेघ चित्रों के प्रतिबिम्ब और अधिक आकर्षक लगने लगे थे। उड़ते मेघ खण्डों के बीच कभी-कभी श्वेत पक्षियों की आड़ी-तिरछी पाँत मन में गुदगुदी भरने लगती थी। चारों ओर प्राकृतिक सुषमा का महा समागम-सा उमड़ रहा था। परन्तु राजेश के अन्तराल में पतझड़-सी गहन उदासी छाई थी। उसका अन्तःकरण खिन्न था, अत्यधिक वेदना विगलित मन उसकी सांसों में थिरकन भरता जा रहा था। आत्मनिरति के सहज संगीत में उद्वेलित व्यास नदी की लहरें उसके विरसतापूर्ण चित को सांत्वना देने का भरसक संकल्प जुटा रही थीं। कल-कल करते सहज प्रवाह में नन्हें कंकरों की सहमी संवेदना राजेश के आन्तरिक भाव उद्वेल के साथ तदरूप होती जा रही थी। एकांत-सा स्थल पाकर वह एक वृहत शिला पर टांगें पसार कर फिर से अन्तर जगत में लौट आया। व्यास नदी की भीमकाय लहरें शिलाखण्ड से बार-बार टकरा, पुनः अपने ही मायाजाल की सजलता में खो जाती थीं। तनिक नीचे छोटे पत्थरों की परिक्रमा करते असंख्य नन्हें भंवर बिन्दु आह-सी भरकर पुनः जल निमग्न होते जा रहे थे।

राजेश का मन भारी था। आन्तरिक भाव जगत में एक विचित्र सी उथल-पुथल चल रही थी। क्या वह सपना के प्रति अन्याय नहीं कर रहा है? उसका अपना जीवन अनेकों अभावों का विशाल भवन बना हुआ था। ऐसे में वह सपना को अपने भाव-प्रांगण की शोभा कैसे बना सकता है? वह सपना की सम्पन्न स्थिति के बारे में सब-कुछ जानता था। यही नहीं उसने इस मोहक सम्पर्क से बहुत पहले सपना और समीर को दो विनोदप्रिय हंसों की भाँति उन्मुक्त भाव से भ्रमणगत देखा था। शिविर के दौरान भी कई बार सपना और समीर बहुत बड़ी कार में सबसे विरक्त

हो न जाने किस ओर चल देते थे। शिविर के अन्य साथी उन्हें प्रायः मसूरी के रात्रि कल्बों में देखते थे। ऐसे में राजेश आहत-सा हुआ अपने ही सीमित प्रसार में लौट आता था। कभी-कभी सोचता, यह लड़की कितनी सरलचित है; बिलकुल ही नहीं जानती, वास्तव में जीवन की यथार्थता क्या है? राजेश का अहं या 'स्व' उसे दंशित करने लगा, हर प्रकार से समृद्ध एवं ऐश्वर्यरत जीवन में पोषित यह अबोध बाला किस-भावी स्वर्णिम आकाँक्षा से अभिमोहित हो अपना दर्पण उसके अन्तर में सजाने को लालायित है, वह निर्णय नहीं कर पाया। समीर के प्रति सपना का सहज आकर्षण अभी पूर्ववत् कायम है, ऐसा संकेत कई बार उसने अनुभव किया था। वस्तुगत स्थिति के एक अत्यंत विषैले एवं ठोस तथ्य के प्रति वह पूर्णतया अवगत था—समीर अपनी साधन सम्पन्नता के सहारे सपना को हर प्रकार का सुख व आराम दे सकता था, जबकि वह स्वयं निपट एवं निरीह दारिद्रय में केवल अपने से संघर्ष ही कर सकता है? तो फिर सपना—?

टांगें इकट्ठी करके उसने मस्तक नीचे टिका दिया। व्यास नदी की शीतल लहरें उसके शरीर में कम्पन-सा छेड़ गईं। उसने कोट के कॉलर और ऊपर कर लिये। इन्हीं दिनों गंगा तट पर बैठना तनिक सुखद प्रतीत होता था, इधर व्यास-लहरी पर पर्वतों की शीतल समीर से रोम-रोम में हल्की टीस सी अनुभव कर रहा था। सपना से उसने ऐसी आत्मीय निकटता की कामना नहीं की थी—सपना के प्रति अपने प्रणयभाव और श्रद्धा को वह अधखिले पुष्प की भांति ही अपने अभावों की टोकरी में समेट लेना चाहता था। परन्तु उस दिन वह सचमुच अपने से हार ही गया था। कुछ दिनों से सुखदेव निवास की ओर से समाचार अच्छे नहीं आ रहे थे। वहाँ सब लोग चिंतित थे। फिर अचानक सबको एक भारी दुःख का सामना करना पड़ा था। अपने जन्मदिन की मंगल भावनाओं के प्रत्युत्तर में वह शिवानी से कुछ कहना चाहता था। 'सेमिनार' की सीढ़ियों पर वह उसके सामने आन्तरिक विषाद उंडेलना चाहता था। उदास था, दुखी था—इसलिए नहीं कि शिवानी ने उसके सामने नारी सुलभ मर्यादा को तिलांजली देते हुए अपना मन खोलकर रख दिया था—और वह सपना के प्रति अनुरक्ति के कारण उसकी इस प्रेममय स्वीकृति को तिरस्कृत कर रहा है, बल्कि उस दिन तो वह शिवानी के कंधे पर मस्तक रखकर एकांत में फूट-फूट कर रोना चाहता था। उसके अपने जन्म दिन पर ही सुखदेव निवास की ममतामयी माँ, अमृतकौर का देहान्त हो गया था; वह माँ की अन्त्येष्टि से निवृत होकर अभी वापस लौटा ही था कि उसकी भेंट शिवानी से हुई और स्थिति भी कुछ ऐसी, न कुछ निगलते बने न उगलते।

राजेश अपने छलकते अन्तःकरण को शिवानी के स्नेह सिक्त आँचल में रीता करना चाहता था। वेदना विह्वल मन को उसकी सांसों में भर देना चाहता था, परन्तु ऐसा हो नहीं पाया, शिवानी उसके अन्तर्मन में बिना झांके अपनी सहज अहंगत

संरचना का आंचल समेटती हुई उसे असहाय-सी अवस्था में छिटक कर आगे बढ़ गई। उस रात अपने कमरे में लौट कर वह खूब रोया था। कोई नहीं जान पाया, यह वेदना किस कारण थी—परन्तु रोते-रोते वह बिल्कुल रिक्त हो गया था। पतझड़ के जर्जरित पत्ते की भाँति जिसका न कोई ठौर होता है न ही ठिकाना। मनाली की ओर आने का उसका मन नहीं था। फिर भी वी. एम. के आदेश को पालना ज़रूरी था। वी. एम. देश के हित में एक महान संकल्प लेकर संलग्न थे, उन्हें सात्त्विक वृति के ईमानदार युवकों की खोज रहती थी। ऐसे युवक जो निजी लाभ-हानि को दूर रखते हुए एक स्वस्थ राज्य व्यवस्था में योगदान दे सकें। राजेश उनकी इसी खोज में ही कहीं उभर आया था। वह वी. एम. के साथ-साथ चलता जा रहा था, परन्तु उसकी आन्तरिक वेदना कहीं-न-कहीं, सुखदेव आश्रम से सदा जुड़ी रहती थी। अपनी माँ के निधन के उपरांत वह प्रायः खिन्न रहता था। इधर मनाली पहुँचते ही उसने अपने मित्र प्रकाश से फोन पर बात की, पता चला बाबा की तबीयत भी ठीक नहीं है, कुछ दिनों से अस्पताल में ही इलाज चल रहा है।

राजेश तुरंत अपने आश्रम लौट जाने को उत्सुक था। परन्तु सहसा सपना दुर्घटनाग्रस्त हो गई और वह परवश-सा हुआ, वहाँ से निकल नहीं पाया। सपना को ऐसी अवस्था में अकेली छोड़कर वह जा भी कैसे सकता था। पल-पल बाबा की चिन्ता में व्यतीत हो रहा था। उन्हें कुछ हो गया तो? ऐसी कल्पना से राजेश का रोम-रोम भयाक्रान्त हो उठता था। बाबा के बिना राजेश के भाई-बन्धुओं का क्या बनेगा? कौन उनको आश्रय देगा? सपना के प्रति उसका सहज आकर्षण तथा वी. एम. के लिए उसकी अगाध श्रद्धा मानों कागज़ की नाव थे। बाबा नहीं रहेंगे तो उसका अपना अस्तित्त्व भी कहाँ होगा? बाह्य यथार्थ सांचों में अन्तर्मन की गीली मिट्टी कहीं टिक नहीं पा रही थी। इसीलिए वह भाव-विह्वल हो सपना के बहुत निकट हो गया था। नहीं जानता था सपना के ओंठों की सरसता कब तक उसके आहत मनोभावों के लिए संजीवनी का काम करती रहेगी। एक दिन तो सब कुछ खत्म हो जायेगा। शायद इसीलिए उसने काफी देर तक अपने अतृप्त ओंठों को सपना के रससिक्त ओंठों से मुक्त नहीं होने दिया था।

◆◆◆

इक्कीसवाँ अध्याय

मनोज ने शिवानी की माँ कलावती से भेंट की। चिंतनगत समस्त आयाम चरमरा उठे। असंख्य वर्षों के संचित आर्दश मानों भीषण बवण्डर के एक ही प्रलयी झटके में रत्ती-रत्ती होकर बिखर गए। सहज कवित्तमय उत्प्रेरणा निराशा की घोर कालिमा में प्रच्छन्न हो गई। शिविर में शिवानी के साथ गुज़ारे निकटतापूर्ण क्षणों के उपरांत मनोज ने उसकी माँ से मिलना ज़रूरी समझा ताकि उसे भावी वैवाहिक मनोकामना से अवगत करवा सके। साथ ही इस सम्बन्ध में दोनों ओर की धारणा को और अधिक दृढ़ता प्रदान कर सके। शिविर को सम्पन्न हुए काफी दिन बीत चले थे। युवाओं का महासागर वी. एम. विश्वविद्यालय से निवृत होकर अपनी सीमित धाराओं में पुनः लौट गया था। मनोज काफी समय शिवानी से भी भेंट नहीं कर पाया। कारोबार की व्यस्तता ही कुछ इस प्रकार की थी। जब कुछ अवकाश पाया तो उसने कलावती से आन्तरिक वार्ता के लिए भेंट की। एक बार इससे पूर्व भी वह शिवानी के घर हो आया था। कलावती से भेंट हुई, जो कुछ हाथ लगा, उसने मनोज के पाँव लड़खड़ा दिये। ऐसा अनुभव हुआ, एक साथ सातों आसमान धरती पर आ गिरे हैं। कलावती को सुनने के उपरांत उसका रोम-रोम वेदना व्याकुल हो उठा। आंखों के सामने तत्क्षण घना अंधकार छा गया, निराशा एवं हताश मनोभावों से आक्रांत वह लगभग चीत्कार कर उठा; एक ही पल में उसकी दशा चिरकाल से रोगग्रस्त एवं बेबस मरीज़-सी हो गई। ऐसा लगा किसी अदृश्य तप्त लोहे ने उसकी धमनियों का समस्त रक्त भस्मीभूत कर दिया है। वसन्ती पवन को जैसे सहसा किसी रेतीले वातचक्र ने पतझड़ का दंश प्रदान कर दिया हो। और वह सब कुछ छोड़, आहत एवं विरक्त-सी अवस्था में अपने कमरे में बंदी बनकर रह गया।

कई दिनों तक वह अपने कमरे से बाहर नहीं आ पाया। मानसिक सन्तुलन उसे हर पल छलता जा रहा था। ऐसा लगता था उसके चिरसंचित आदर्श एक ही साँस में यथार्थ की बलि चढ़ गये हैं। एक बार नहीं, असंख्य बार उसने अपने उदात्त विचारों को परिस्थितियों की लौ में पढ़ने का प्रयास किया। हर बार आत्म-प्रवंचना उसे छल जाती। कई बार हालात के थपेड़े इतने प्रबल होकर प्राणी

को हिलाते हैं कि उसका समस्त आत्मबल, सब विश्वास एवं आस्थाएँ छिन्न-भिन्न हो जाती हैं। जो कुछ शेष बचता है, वह होता है केवल हाड़-माँस का मात्र एक पुतला। ठीक ऐसी ही स्थिति से गुज़र रहा था मनोज, विस्मृत मरुभूमि में वह शुष्क बालु कणों-सा दिशा हीन उड़ता जा रहा था, बिना जाने उसके इस खण्डित व्यक्तित्व की नियति क्या होगी।

मनोज सचमुच टूट चुका था। कुछ दिन पूर्व वह अत्यंत हर्षित एवं उत्सुकतापूर्ण भाव से कलावती के घर पहुँचा था। आंखों के सामने एक मनोहर काल्पनिक दृष्टि संवरती जा रही थी। अत्यंत आत्मीय विश्वास पूर्ण शब्दों में उसने कलावती से अपने मन की बात कह दी। सुनते ही कलावती कुर्सी से उठ खड़ी हो गई थी, आह-सी भरकर उसने मुख दूसरी ओर मोड़ लिया था। दबी आवाज में उत्तर दिया था।

"शिवानी की शादी नहीं हो सकती–"

"कारण–?" मनोज ने उत्सुकता से कलावती की ओर देखा, पुनः साँस रोककर कहा,

"हम दोनों–"

"शिवानी देवदासी है। उसका जीवन भगवान जगन्नाथ की सेवा और आराधना के लिए समर्पित है। हमारे द्वार पर कभी बारात का उतारा नहीं होता–"

"क्या?" मनोज एक ही झटके में उठकर खड़ा हो गया। ऐसा लगा किसी ने उसके कानों में खौलता लावा उँडेल दिया है। वह अवाक् रह गया। ब्रह्माण्ड किसी रहस्यमय चक्रिका-सा घूम गया। पैरों में इतनी शक्ति नहीं रही कि वह अपना शरीर सन्तुलित रख सकता। वह अस्थिर-सा हुआ कमरे की दीवार से जा टकराया। कलावती ने अपने खुले केशों को आगे झटक दिया। पुनः गम्भीर वाणी में कहा,

"तुम दोनों एक-दूसरे की कदर करते हो, चाहते भी हो–परन्तु यहाँ कोई कुछ नहीं कर सकता। हमारे परिवार की नियति ही ऐसी है। शिवानी मेरी छाया से भिन्न कुछ और हो ही नहीं सकती–"

मनोज के चेहरे का रंग एकदम फक़ पड़ गया, उसे लगा वह कई वर्षों से अस्वस्थ है। होंठ कम्पित थे, हाथों में शक्ति नहीं रही, अस्पष्ट स्वर में उसने कहा,

"शिवानी जानती है यह सब?"

"अभी वह समय नहीं आया। प्रथम समर्पण पाने वाला अनुदानी अभी मौन है–"

"ओफ।" मनोज चीख उठा। अन्तर्वेदना उसे कचोट गई। ऐसा लगा किसी अज्ञात स्पर्श ने ज़ोरदार झटके देकर उसे खण्ड-खण्ड कर दिया है। मन में आया

धरती शीघ्र दो टूट हो जाये और वह सदा के लिए अस्तित्त्वहीन हो जाये। वह उद्विग्न था, परन्तु कलावती पूर्ववत् ही प्रशांत एवं निश्चल थी। मनोज के नेत्रों में एक पूर्व अपरिचित संवेदना उमड़ आई। आह-सी भरकर उसने शब्द साधने का प्रयास जुटाया–

"वी. एम. महाराज–क्या वे यह सब जानते हैं?"

कलावती ने गर्दन घुमाकर मनोज के शंकित एवं उद्विग्न नेत्रों में देखा। नेत्र झुकाती हुई बोली, "उन्होंने देश के उद्धार का बीड़ा उठाया है। सोचती थी एक-न-एक दिन उनके प्रयासों के फलस्वरूप शायद हमारे जीवन का अभिशाप भी कट जायेगा। इसलिए उनके महासंकल्प के अनुसार ही वह सब कुछ करती धरती रही है। परन्तु–" कलावती ने निराशाजनक भाव से ऊपर की ओर देखा। तरल वाणी में पुनः कहा,

"चांद का दाग ही इसके देवत्त्व की सच्ची साक्षी है। वी. एम. महाराज हमारे लिए पूज्य हैं, परन्तु आकाश गंगा को किसी ने धरती पर उतरते हुए नहीं देखा। मात्र एक आलोक दीप्ति के दर्शन होते हैं, इसे अंजलि में भरकर तृष्णा नहीं मिटाई जा सकती। शिवानी को भी यही सब सीखना है।"

मनोज के पास कुछ और कहने-सुनने का साहस नहीं रहा था। वह ऐसी निरावलम्ब अवस्था में कहाँ जायेगा? पाँव तक उठाना कठिन हो रहा था। जैसे-तैसे वह द्वार तक चला आया। छलकती आंखों से कलावती की ओर देखा, आह भरकर पूछा,

"इस परिवार के अनुदानी का नाम जान सकता हूँ–"

कलावती ने कन्धों से सरके आँचल को तनिक ऊपर उठाया। नम्र भाव से कहा, "पटना के कोई बड़े सेठ हैं–वी. एम. महाराज ही ठीक से जानते हैं।" मनोज ने अस्थिर गति को संयमित करने का प्रयास किया, थिरकते ओंठों से सप्रयास शब्द जोड़े,

"शिवानी के पिता?"

"हमारे उद्यान में पिता नाम का कोई फूल नहीं खिलता।"

और मनोज वहाँ से चला आया। बैंगलूर से दिल्ली तक की यात्रा उसने कैसे तय की वह नहीं जानता। एक ही संदर्भ ने मानों उसके जीवन की सम्पूर्ण संरचना को लघु हाशिए पर लाकर पटक दिया। कोई अन्य अवसर होता तो वह शायरों का दीवान खड़ा कर देता। एक नहीं असंख्य गीत रचकर चतुर्दिक फहरा देता। परन्तु यहाँ उसकी निजता को ही किसी तीखे नश्तर ने समूल कुरेद दिया था। परिस्थितियों और परिवेश के प्रति क्या कोई इतना भी अनभिज्ञ हो सकता है? जैसे-जैसे वह शिवानी के बारे में सोचता उसकी उद्विग्नता बढ़ती जाती। सन्तप्त मन कराहने लगता और वह शराब गटकने के लिए विवश हो उठता।

जिस समय सुचित्रा ने उसके कमरे में प्रवेश किया, वह मेज़ पर बैठा, हाथों में सिर थामें सुबक रहा था। सुचित्रा उसकी इस दिशा पर हैरान थी। काफी दिनों से उसने मनोज को पारिवारिक वातावरण में पहले जैसा सहज नहीं देखा था। घर के नौकरों से पता चला कि वह कई दिनों से अपने कमरे से बाहर ही नहीं आया। पहले तो सुचित्रा ने सोचा, शायद कोई सृजन चल रहा है। जब उसका सन्देह अधिक परिपक्व हो गया तो वह मनोज के कमरे में चली आई थी। उसके दादू इन दिनों दक्षिण में ज़रूरी काम से रुके हुए थे। इतने विशाल भवन में वे दोनों ही तो थे जो आपस में सुख दुःख बाँट सकते थे। परन्तु इधर इतने दिनों से मनोज पूर्णतया आत्मकेंद्रित हुआ पड़ा था। सुचित्रा ने मेज़ के चारों ओर नज़र दौड़ाकर देखा, आसपास पुर्ज़ा-पुर्ज़ा कागज़ों का ढ़ेर-सा बिखरा पड़ा था। मनोज कुछ लिखना चाहता था, शायद कहीं कुछ गड़बड़ चल रही थी। ऐसा सुचित्रा को भांपने में देर नहीं लगी। साथ ही टेबल पर शराब की बोतल और गिलास रखा था। बोतल लगभग खाली होने की प्रतीक्षा में थी। सुचित्रा अपने भाई के स्वभाव और चरित्र से भली प्रकार परिचित थी। कभी-कभार काव्य-गोष्ठियों में भाग लेते समय वह विवश हुआ थोड़ी-बहुत पी जाया करता था। परन्तु ऐसे खुले में शराब की आदत उसे छू तक नहीं पाई थी। उस समय उसे ऐसी असंगत-सी स्थिति में देखकर सुचित्रा को सचमुच बहुत धक्का पहुँचा। वह अपने भाई के बहुत निकट चली गई। स्नेही स्पर्श से उसके बाल सहलाने लगी। मनोज ने कमरे में उसकी आहट को सुन लिया था। मस्तक पर सहज थिरकन ने उसे चौंका दिया। भारी पलकों से उसने सुचित्रा की ओर देखा। सुचित्रा का हृदय दो टूक होने लगा। हाय। यह उसका मनी ही है। सुचित्रा उसके वेदनाव्याकुल मुख को देख कर सिहर उठी। तुरंत उसका मुख अपने हाथों में भरती हुई बोली,

"मनी। यह तुम हो?" पुनः शराब की ओर देखती हुई बोली,

"तुम इतने कमज़ोर तो कभी थे ही नहीं, बताओ भैया, बात क्या है? मेरा तो दिल बैठा जा रहा है?"

अपनी बहन का करुण कातर स्वर सुनकर मनोज का मन पसीज उठा। वह भावुक हो उठा, गलदश्रु सांसों में उसने अपना मस्तक सुचित्रा के सीने से सटा दिया। रुद्ध कण्ठ कराह उठा,

"सुचि, मैं हार गया, सब-कुछ खत्म हो गया, लगता है अब कभी कुछ कर नहीं पाऊँगा। शिवानी—" वह कह नहीं सका भावासिक्त वाणी ने गला बांध दिया, नेत्र कोर छलक उठे और वह सिसक कर रह गया। सुचित्रा पर जैसे वज्रपात हुआ। पाँव तले जमीन थिरक गई। हृदय गति इतनी तेज़ हो गई कि उसका रोम-रोम कम्पायमान हो उठा। उसने उद्वेलित हाथों से मनोज को झंझोड़ दिया—

"मनी, क्या हुआ शिवानी को? वह ठीक तो है,

मनी, मेरा गला सूख रहा है। कुछ तो कहो—'' मनोज ने पूर्ववत् सिसकते हुए आह-सी भरी,

''शिवानी देवदासी परिवार से है?''

''क्या?'' सुचित्रा पर मानो गाज गिरी मुख आश्चर्यमिश्रित वेदना; से खुला रह गया। एक ही झटके में वह मनोज से अलग हो गई। ऐसा लगा कोई भीमकाय पत्थर पर्वत की चोटी से लुढ़क कर अन्धकारमयी खाई में आ गिरा है। टांगों की सारी शक्ति, शरीर की समस्त ऊर्जा पल में लुप्त हो गई। एक ही श्वास में शरीर की उष्मता शीत लहर में परिवर्तित हो गई। स्वयं को संभालती हुई वह कुर्सी पर गिर-सी पड़ी, ओंठ फड़फड़ाये साँस उखड़ी, व्याकुलता बढ़ी, उसने आहत स्वर में कहा—

''भैया, कह दो यह सच नहीं है। ओफ। ऐसी नियति यह यातना। मनी, इस परिवार का अब क्या होगा?'' दुःख के जिस महासागर में मनोज शुष्क तिनके-सा गोते खा रहा था, उसी वेदना विपुल भँवर में सुचित्रा भी निराधार बह निकली। आस्थाओं और संस्कारों का स्वप्निल संसार क्षण-भर में छिन्न-भिन्न हो गया। शिवानी से जुड़े एक ही शब्द ने उनके सुनहरी भविष्य के आगे अपारदर्शी पर्दा तान दिया था। स्वच्छंद भाव से उमड़ते पर्वतीय निर्झर को धधकते लावे ने अपना ग्रास बना लिया। अपने और समीर के बीच की खाई को तो वह जैसे-तैसे निगल गई थी, मन पर पत्थर रख कर सब कुछ सहज बना लिया था, परन्तु मनोज की इस दारुण दाह से वह अपना आँचल कैसे बचायेगी? इसका सीधा अर्थ तो यही था कि इस घर में अब मंगल दीप प्रज्ज्वलित होने की आशा और धुँधली पड़ जायेगी। समीर के साथ जो क्षण उसने उन्मुक्त भाव से नैनीताल में गुज़ारे थे, वे उसके जीवन की मूल्यवान निधि बन चुके थे। अपना शेष जीवन वह उन्हीं स्वर्णिम पंखों की काल्पनिक उड़ान के सहारे बिता देगी, परन्तु मनोज का यह दुःख। ऐसा लगा उसके मन पर कोई भारी पत्थर आ पड़ा है। श्वास लोहार की धौंकनी की तरह हौं-हौं करने लगी। वह मनोज को सांत्वना दे भी तो कैसे? परिस्थितियों ने उन्हें ऐसे धूमिल चौराहे पर लाकर खड़ा कर दिया था जहाँ से सभी मार्ग रसातल में जाते थे। अत्यंत सन्तप्त भाव से वह कुर्सी पर निराधार-सी डोल गई। स्वयं पर काबू पाने का प्रयास व्यर्थ था। अश्रुमय नेत्रों से उसने मनोज की ओर देखा। आह-सी भर कर मनोज ने वेदना व्यक्त की,

''सुचि, पिछले जन्म में हमने कोई घोर पाप किया है, ईश्वर ने यह कैसी यातना मुझे दी है; इसका कहीं कोई इलाज नहीं है। शिवानी मेरे बारे में क्या सोचेगी? बेचारी।'' और मनोज के नेत्र छलक पड़े। सुचित्रा का अन्तर्मन आहों के मार्ग नेत्रों में झांक गया। एक गहरी टीस, एक वेदना व्याकुल आह, एक कसकमय प्रताड़ना—तिल-तिल जलते संस्कारों का धुँआ। उसने अपनी कुर्सी मनोज के समीप

सरका दी। कोमल हाथों से अपने भाई के आँसू पोंछे। मनोज की पलकें झुक गईं, रुँधे कण्ठ से उसने पुनः कहा,

"तिनका-तिनका जोड़कर भावनाओं का जो सुन्दर नीड़ सजाया था, वायु का हल्का-सा थपेड़ा भी वह सह नहीं पाया—बिखर गया, बस बिखर गया—" और वह रो उठा। हिचकी लेता हुआ बोला,

"सुचि। मैंने पापा को कभी कोई सुख नहीं दिया। आगे भी कौन-सा—"

सुचित्रा की आंखों से नेह-नीर बरसने लगा। उसने भावविह्वल भाई को कसकर बांहों में भर लिया जैसे वह ही उसकी ममतामयी जननी हो। दुःख के इस महासागर में उन दो सिसकते पावन सूत्रों को भला और कौन सांत्वना देता। सुचित्रा ने उसे दुलार से थपकी दी, गला साफ करते हुए कहा, "मनी, मन छोटा मत करो। हमें सब-कुछ भूलना होगा, दादू के लिए—"

"सुचि, भाग्य की कैसी असह्य विडम्बना है। जीवन पर्यन्त शिवानी को भूल नहीं पाऊँगा, इस जन्म में तो वह इस घर की शोभा बन नहीं सकेगी—आह सुचि। मेरा प्यार कोई मौसमी दरिया तो नहीं था। उमड़ा, बहा और सूख गया—"

कहते-कहते मनोज ने हिचकी ली, आँसुओं से गीली दृष्टि को स्थिर करने का प्रयास करता हुआ बोला,

"तुम्हारा दुःख ही क्या कम था, जो मेरे जीवन में भी इस प्रकार—"

सुचित्रा ने आँसुओं की तरलता गले के नीचे सरका दी, सहमी वाणी में कहा,

"भैया, मैं सोचती थी, इस घर में जब भाभी आ जायेगी, साधवी बनकर कहीं चली जाऊँगी, अब लगता है—"

सुचित्रा ने भारी निश्वास लेकर वाक्य अधूरा छोड़ दिया, मनोज ने उखड़ती सांस में कहा, "संन्यास में भी हमें कहाँ सुख मिलेगा—"

"मनी तुम ठीक कहते हो। ये विदग्ध अन्तःकरण अब कहीं शान्ति नहीं पा सकते। यही सोचकर तो मैंने वी.एम. महाराज का—"

मनोज ने तरल वाणी में बात काट दी, सिसक कर कहा,

"सोचा तो मैंने भी ऐसा ही था, परन्तु—"

एक दीर्घ आह, एक विस्मृत यातना—पुनः बोला,

"परन्तु टूटे डैनों से इन्द्रधनुष तक कौन पहुँचेगा? रिसती नाव कोई किनारा नहीं पा सकती। शिवानी सदा उनके साथ रहेगी—ऐसे में मैं—"

मनोज कुछ सोच कर मौन हो गया। शब्दों में अभी भी दुःख परिव्याप्त था। सुचित्रा ने उसके कंधे पर दुलार पूर्ण थपकी दी। साँस रोककर पूछा,

"क्या शिवानी यह सब जानती है?"

"नहीं—" मनोज ने साँस ली, व्यथा कुछ कम हुई, तनिक ठहरे स्वर में

कहा,

"अभी वह इस तथ्य से अनभिज्ञ है। परन्तु कब तक?" पुनः उसने आर्द्र किन्तु अर्थपूर्ण नेत्रों से सुचित्रा को देखते हुए कहा,

"सुचि, हम अपनी ओर से उसे कुछ नहीं कहेंगे–

मैं नहीं चाहता उसके उज्ज्वल व्यक्तित्व में कहीं कोई दरार झाँक जाए–मेरा क्या है–हवा के एक विस्मृत झोंके-सा उसके आँचल से गुज़र जाऊँगा–मेरी कहानी बस इतनी ही रह जायेगी–अपने पापा के लिए मैं उसे भूल जाऊँगा–सुचि" और वह फिर भाव विगलित हो उठा। तनिक रक्तिम आंखों में दो मोटे अश्रु तैरने लगे। सुचित्रा भी स्वयं पर काबू न रख सकी। सिसकी भरकर अश्रुधार में बह निकली। रेत के शुष्क टीलों को भाई-बहन मौन आँसुओं से रससिक्त करने का विफल प्रयास जुटा रहे थे; दोनों में से किस के नयनों ने अधिक नीर बहाया, शुष्क बालु कणों ने भूल से भी नहीं जाना। मनोज पूर्ववत् अपनी बहन से ज़्यादा सिसक रहा था, तनिक दूर कागज़ का पुर्ज़ा विलाप कर उठा था–

कागज़ की इस नाव में तो बहुत दम था,
लहरें ही कहीं बेख़बर सो गईं।

◆◆◆

बाईसवाँ अध्याय

सपना दुःखी एवं आत्मनिरत थी, भीतर और बाहर एक विचित्र-सी भावात्मक काँट-छाँट चल रही थी। चिंतनशील क्षणों में वह कई बार सोचती, क्या उसकी जीवन गति वन्य वृक्ष जैसी नहीं है, मानवीय जीवन और वृक्षों के विकासशील पड़ाव क्या एक जैसे नहीं हैं? बाह्य दृष्टि से दोनों में साम्यता प्रतीत ज़रूर होती है, परन्तु अन्तर्दृष्टि से दोनों में पर्याप्त विषमता है। अपने से विलग जब वह किसी वृक्ष की ओर देखती तो उसे लगता जैसे यह स्वतः ही उगता, फलता-फूलता और कालान्तर छत्र-छाया में परिवर्तित हो जाता है। समय-समय पर काँट-छाँट चलती रहती है, फिर भी यह चतुर्दिक अपने सहज विकास में प्रमुदित रहता है। पत्ते, टहनियाँ और अदृश्य जड़ें निरंतर विकासशील रहती हैं। हवाएँ बहती हैं, आंधियाँ चलती हैं, तूफान आते हैं, ओले बरसते हैं—कभी वसन्त की मुस्कान खेलती है। तो कभी पतझड़ का विराग झरता है, परन्तु प्रत्येक स्थिति में प्रकृति का यह अनुपम उपहार आसपास के जनजीवन को निःस्वार्थ भाव से फल, फूल और छाया प्रदान करने में निरन्तर संकल्पनिष्ठ रहता है। सपना कुछ ऐसी ही साधना में तल्लीन होना चाहती थी। अपनी निजता में स्थिर रहकर सामाजिक जीवन में बढ़ने और विकसित होने की कामना रखती थी। परन्तु शायद वह नहीं जानती थी कि प्राकृतिक जगत् के सहज नियम सामाजिक परिवेश में ज्यों-के-त्यों लागू नहीं होते। सामाजिक जीवन में व्यक्ति परिस्थितियों का दास होता है, बहुत-कुछ उसके अपने नियन्त्रण में नहीं रहता। वन प्रदेश में फूलों और वृक्षों का खिलना एक नैसर्गिक क्रिया हो सकती है परन्तु मानवीय सम्बन्धों और संवेदनाओं के दायरों में जकड़े हाड़-माँस के पुतलों के लिए कोई भी परिवर्तन इतना सहज नहीं होता। उद्यान का माली अनियन्त्रित पेड़-पौधों को काँट-छाँट कर शीघ्र ही व्यवस्थित कर देता है, परन्तु पारिवारिक जीवन में जब भी ऐसी स्थिति उत्पन्न होती है, व्यक्ति चीत्कार कर उठता है। सपना की हालत बिल्कुल इसी प्रकार की थी।

सामाजिक परिवेश में कुछ बनने तथा अपनी निजता की पहचान बनाने की लालसा हर व्यक्ति में बलवती होती है। सपना भी शायद इसी मोहक कामना से मुक्त नहीं थी। वह भी स्वयं को जानना और पहचानना चाहती थी। मानव

जीवन क्या है और इस का लक्ष्य क्या होना चाहिए। ये प्रश्न उसके लिए अत्यंत ज्वलन्त थे और इन्हीं के समाधान की ललक लिये वह विभिन्न स्थानों का भ्रमण करती रहती थी। शरीर से परे परम सत्य को जानने की जिज्ञासा उसे कई बार बाह्य परिवेश में उलझा देती थी। समीर के साथ उसकी शादी बहुत पहले तय हो चुकी थी। दोनों परिवार अत्यंत समृद्ध एवं सम्पन्न थे। समीर की पत्नी बनकर वह पूर्व निर्धारित मार्ग पर चलते हुए एक सुखी जीवन व्यतीत कर सकती थी, परन्तु जीवन के वास्तविक सत्य को जानने की उद्भावना उसके अन्तर्मन को सदा कचोटती रहती थी। इसी अन्तःप्रेरणा से वशीभूत और अभिमोहित वह राजेश की ओर बरबस खिंचती चली गई थी और फिर अज्ञात में ही वह राजेश के इतनी निकट हो गई कि उसके सांसों की दूरी भी उसे खलने लगी थी। उसके सामने मुख्य प्रश्न समीर या राजेश के चयन का नहीं था, वह तो अपने भीतर की प्रतिपल बढ़ती कुरेदन के शमन का मार्ग पाना चाहती थी। समीर प्रायः व्यस्त रहता था। अतः राजेश के क्षणिक स्पर्श ने उसके भावी जीवन की एक नयी पृष्ठभूमि सहज ही तैयार कर दी। इसीलिए वह बिना देखे ही राजेश पर अनुरक्त हो गई थी। राजेश के दर्शन, उसकी विचारधारा तथा वर्चस्वता ने सपना की आन्तरिक क्षुधा तृप्ति के लिए स्वस्थ साधन प्रदान किया और वह दिन-प्रतिदिन समीर से दूर हटती चली गई और अपने काल्पनिक भाव फलक पर राजेश की असंख्य आकृतियाँ सजाती और संवारती रही।

राजेश और वी. एम. महाराज के सम्पर्क में आकर उसके उद्भ्रान्त एवं अशांत मनोभावों ने एक अद्भुत सी आत्मकेंद्रिता को अनुभव किया। पल-पल की व्यर्थ-सी उधेड़-बुन को शायद जीवन का सही अर्थ मिलने लगा था। परन्तु सहसा उसकी मोहक उत्प्रेरणाएँ, कन्दराओं के कसकपूर्ण विलाप में बदल गई। ऐसा लगा, यथार्थ जगत के किसी निष्ठुर माली ने उसके अन्तर्मन की कुसमित एवं पुष्पित बेल को एक ही झटके में जड़ से उखाड़ दिया है। कल्पना और यथार्थ के बीच की खाई और अधिक भयावह रूप में उसके सामने मुँह फाड़े प्रकट हो गई। आस्था और अनास्था, विश्वास और सन्देह, सत्य और भ्रम—इन स्थितियों के बीच उसका व्यक्तित्व एक बार पुनः त्रिशंकु-सा डोलने लगा। काल्पनिक संसार की सुरम्य घाटियों में उन्मुक्त विचरती उसकी चेतना यह तो भूल ही गई थी कि वह सामाजिक प्रतिबंधों के पिंजरे की मैना भी है।

व्यक्ति के गत्यात्मक जीवन में कई बार ऐसी अप्रत्याशित एवं पूर्व अपरिचित घटनाएँ घटित होती हैं जो उसके पूर्व संचित समस्त विश्वासों, आस्थाओं और धारणाओं को रत्ती करके शून्य में बिखेर देती हैं। ऐसी आहत एवं उत्पीड़ित मनः-स्थिति में व्यक्ति दीनतावश कराह सकता है या फिर पश्चाताप के निजी अग्नि-कुण्ड में तिल-तिल करके जल सकता है। ऐसी ही एक अप्रत्याशित घटना

सपना के जीवन में भी प्रकट हुई जिसने उसे पूर्णतया अस्थिर करते हुए लगभग दीवार से ही सटा दिया। वह अपने कमरे में बैठी पत्रिका पढ़ने में संलग्न थी कि सहसा अपने कमरे में किसी की आहट सुनकर वह चौंक उठी। नेत्र घुमाकर देखा, उसके पिता श्रुतिकान्त थे। उस समय वे अत्यंत क्रोध में थे, चेहरा तमतमा रहा था तथा सिर के बाल अस्त-व्यस्त हो रहे थे। श्वास-प्रश्वास से उनकी भीतरी बौखलाहट स्पष्ट झलक रही थी। पिता को ऐसी मनोदशा में देखकर वह आश्चर्यान्वित हो उठी। मन में असंख्य प्रकार की शंकाएँ उठने लगीं। वह अपने पिता के स्वभाव से भली-भाँति परिचित थी। यह अचानक उन्हें क्या हो गया है? ऐसी उखड़ी हालत में तो उसने कभी उन्हें देखा ही नहीं था। सपना इस अवस्था के बारे में कोई निर्णय नहीं जुटा पाई। शंकित नेत्रों से अपने पिता की ओर देखती हुई तुरन्त उठकर खड़ी हो गई। अभी वह स्वयं को नियन्त्रित करने का प्रयास कर ही रही थी कि श्रुतिकान्त मेघ गर्जन से बरस पड़े, "सपना, तुम्हें अपने परिवार की मान-मर्यादा से इस प्रकार खिलवाड़ करने का कोई अधिकार नहीं है, समाज में हमारा एक विशिष्ट स्थान है। कम-से-कम तुम्हें इसका ध्यान ही होना चाहिए था।" सपना इस असम्भावित सी स्थिति को पूरी तरह समझ नहीं पायी थी। उसके पिता किस बात को लेकर इतने उत्तेजित हैं, वह कुछ भी समझ सकने में असमर्थ थी। तनिक अस्थिर एवं डरी सी अवस्था में उसने दबी आवाज में पूछा,

"डैडी, ऐसा अनुचित तो शायद मैंने कुछ नहीं किया, जिससे—"

उसे बिना सुने ही श्रुतिकान्त ने भरकम पाँव भूमि पर पटकते हुए कहा, "चुप रहो, तुम में ज़रा-सी भी लाज शर्म बाकी होती तो कहीं डूब मरतीं। मनाली में तुम लोगों ने जो गुल खिलाया है अगर अखबारों तक उसकी भिनक पहुँच जाती तो जानती हो—"

श्रुतिकान्त क्रोध से थरथराने लगे। शरीर अस्थिर होने लगा। इधर सपना भी किसी भावी प्रलय की अशंका में कम्पायमान हो उठी। शरीर कांपने लगा, लड़खड़ाती आवाज़ में उसने स्थिति सम्भालने का प्रयास किया,

"डैडी, प्लीज़—ऐसा मत कहिये। आपकी बेटी ने कोई ऐसा काम नहीं किया है जिससे इस परिवार पर कोई उँगली उठाने का साहस कर सके—"

श्रुतिकान्त का क्रोध पूर्ववत् कायम रहा—सांसों से अंगार बरस रहे थे। नेत्र लाल और ओंठ कम्पायमान थे। उन्होंने उच्च स्वर में कहा,

"जिस घर में तुम्हारी शादी तय हुई है, जानती हो कितने अच्छे लोग हैं वे—एक तुम जो इतने घटिया और सामान्य लोगों के साथ पहाड़ों की खाक छानती फिरती हो"

सपना को मानों ठेस पहुंची, मन अशान्त होने लगा। स्थिति का सामना करने का साहस बटोरती हुई बोली,

"डैडी, आप सही स्थिति से अवगत नहीं हैं। जिन्हें आप सामान्य समझ रहे हैं–"

श्रुतिकान्त ने कर्कश स्वर में प्रत्युत्तर देते हुए कहा, "व्यावहारिकता मुझे तुमसे नहीं सीखनी। ताश के पत्तों से कभी शीशमहल नहीं बनते, भावनाओं की रोटी से पेट नहीं भरता, खाली शब्दों से बने हलवे में तरावट नहीं होती। जिन लोगों ने तुम्हारा दिमाग खराब कर रखा है, उनके पास है ही क्या? कोरा शब्द जाल–भाषा का आडम्बर–"

"परन्तु डैडी–" सपना ने नेत्र झुकाते हुए अपने पिता को शांत करने का प्रयास किया।

श्रुतिकान्त ने अत्यन्त तीक्ष्ण स्वर में पुनः कहा,

"तुम्हारे उस वी. एम. को मैं अच्छी तरह से जानता हूँ, नौजवानों को विद्रोह की अफीम दे रहा है। पता नहीं सरकार ने उसे खुला क्यों छोड़ रखा है। ऐसे आदमी को जेल में होना चाहिए।"

सपना को लगा किसी ने तेज़ तलवार से उसके शरीर को दो टूक कर दिया है। सहनशक्ति ने संयम के समस्त बांध तोड़ दिये। वह अस्थिर हो उठी। वी. एम. के प्रति यदि ऐसे शब्द किसी और ने कहे होते तो शायद–परन्तु सामने खड़ा व्यक्ति कोई अन्य नहीं उसका अपना पिता ही था। आन्तरिक भीषण ज्वाला को उसने जैसे-तैसे शान्त रखने का प्रयास किया। तनिक दीन स्वर में उसने आह सी व्यक्त की,

"डैडी, वी. एम. महाराज के लिये ऐसा मत सोचिए, मैं उनका आदर करती हूँ जिस प्रकार आप–"

श्रुतिकान्त फिर से बौखला उठे। भूमि पर पाँव पटकते हुए बोले,

"मेरी बात छोड़ो, मुझे तो तुमने नीलाम कर ही दिया। रहा तुम्हारा वो ढोंगी महाराज–हूँ, युवकों को फुसला कर पी. एम. बनने के ख्वाब देखता है। जरा इस महाराज की पूंछ को भी देखो, नाम है भारती–वाह–क्या कहने, बड़े मीयाँ सो बड़े मीयाँ छोटे मीयाँ सुभान अल्लाह–"

सपना के लिए यह सब असह्य था। उसका अन्तर्मन आन्दोलित हो उठा। ऐसा लगा किसी ने उसके कानों में खौलता लावा डाल दिया है। आंखों के सामने घना अन्धकार छाने लगा, जिन लोगों के प्रति उसकी अनन्य श्रद्धा और आत्मीय प्रेम है उनकी ऐसी भर्त्सना। उसका रोम-रोम चीत्कार कर उठा। जी में आया वह तत्क्षण अपने जीवन की इति कर दे। चेहरे का रंग मंद पड़ने लगा और नेत्र छलक उठे। आह सी भरकर उसने पिताकी ओर से मुख फेर लिया। श्रुतिकान्त के भीतर ज्वाला फिर से भड़क उठी, व्यंग्यमय वाणी में चींखते हुए बोले,

"सच्चाई कड़वी होती है न–यही तो मैं कहता हूँ। माता-पिता अपने बच्चों

को पढ़ाते-लिखाते हैं ताकि वे अपना भला-बुरा खुद सोच सकें। एक तुम हो–'' श्रुतिकान्त दीर्घ श्वास भर कर बोले,

''ऐसे लोगों से मेरा रोज़ का वास्ता है। सबके सब बिकाऊ हैं। यहाँ तक कि राजनेता भी बिकते हैं फिर तुम्हारा वोह भारती–जिसे तुम देवता समझती हो, कौन सा दूध नहाया है–''

श्रुतिकान्त पुनः उत्तेजित हो उठे। चेहरा तमतमा उठा। तीखे स्वर में पुनः बोले,

''जाने कैसा जादू कर रखा है तुम पर–'' और श्रुतिकान्त ने विद्युत वेग से 'चैक बुक' उसके सिर पर पटकते हुए कहा,

''देखो इस 'चैक बुक' को। जिस आदमी के लिए तुम अपने पिता से मुख फेर रही हो, वह तुम्हारी भावनाओं का सौदा दस लाख में करके चलता बना है। तुम्हारे प्रेम और विश्वास की यह कीमत लगाई है उस दो कौड़ी के आदमी ने। तुम्हारी जगह कोई भी दूसरा होता चुल्लू भर पानी में डूब मरता या कम से कम घर की दहलीज़ के बाहर पाँव न रखता, एक तुम हो–ओफ।''

और श्रुतिकान्त सांप की तरह फुँकारते, आँधी की तरह वातावरण को चीरते, तथा सागर की भाँति उफनते हुए वहाँ से चले गये।

सपना की स्थिति एकदम से दयनीय हो गई। काटो तो बदन में खून न हो, रक्तचाप धीमी पड़ने लगी। आंखों के आगे अन्धकार छाने लगा। दृश्यत्व भ्रान्त होने लगा। ऐसा लगा किसी अज्ञात थिरकन ने एक ही झटके में उसके सारे शरीर का बल, शक्ति और ऊर्जा निचोड़ लिये हैं। वह एक ही पल में निस्तेज, निष्प्रभ और निश्चेष्ट हो गई है। हाथ पाँव कांपने लगे। पिता द्वारा फेंकी 'चैक बुक' दूर फर्श पर गिरी पड़ी थी। सपना के लिए वह 'चैक बुक' एक विषैली नागिन थी जो उसे डसने के लिए धीरे-धीरे आगे सरक रही थी। जो कुछ उसने सुना है, यदि सत्य निकला तो? ओफ। सपना को लगा जैसे उसका समस्त अस्तित्त्व एकबारगी ठण्डा पड़ने लगा है। साहस बटोर कर उसने कम्पित हाथों से 'चैक बुक' उठाई। धूमिल दृष्टि ने कुछ शब्द स्पष्ट किये। 'चैक बुक' की 'कांउटर फाइल' पर राजेश के हस्ताक्षर थे, पावती रूप में लिखा था 'चैक द्वारा दस लाख रुपए प्राप्त किये–' पढ़ते ही सपना अचेत-सी अवस्था में एक ओर लुढ़क गई। धरती आकाश एक साथ डोल गये। सागर की विशालकाय लहरें मानों एक ही झटके में किनारों की सारी मिट्टी निगल गईं। सपना का काल्पनिक राजभवन मानों एक ही साँस में भीषण लपटों में भस्मीभूत हो गया। आकाश में स्वच्छंद विचरते किसी उन्मुक्त पक्षी को मानों निर्दयी व्याध के तीखे तीर ने धराशायी बना दिया। लयबद्ध लहरों पर नर्तन निरत जलपोत को भीषण वातचक्र ने भयावह भंवरों की दया पर छोड़ दिया, और सपना कराह उठी। वेदना व्याकुल हृदय रोम-रोम को विगलित करता हुआ, आंखों

के किवाड़ तोड़, उजले मुख पर बरसने लगा, और वह चींख उठी। आँसू जो एक बार उमड़े, थमने का नाम नहीं।

सपना स्वयं को समझाने का भरसक प्रयत्न करती परन्तु मन ठहरे नहीं बनता था। रह-रहकर उसे राजेश पर क्रोध आता था, उसने ऐसा क्यों किया, ऊष्म सांसों में उसके दिल की धड़कन बढ़ने लगती थी और वह आहत सी अवस्था में घण्टों बिस्तर पर औंधे मुख लेटी, सिसकती रहती। आसपास के समस्त स्नेही सूत्रों के प्रति वह अनासक्त हो चली थी। यहाँ तक कि माँ का आत्मीय स्पर्श भी उसे सांत्वना देने मे असमर्थ लग रहा था। जीने की लालसा मंद पड़ने लगी थी। प्रेम सम्बन्धों में सफलता या असफलता यह अलग बात है, परन्तु प्रेमपरक विश्वास में दरार उत्पन्न हो जाना कई बार मृत्यु से भी बड़ी यातना का कारण बन जाता है। सपना की स्थिति ऐसी त्रस्त कपोती-सी हो गई, जिसे पंखहीन अवस्था में अन्धेरी खाई में पटक दिया गया हो। राजेश का विश्वास और प्रणय उसके भविष्य की अनुपम निधि थी। इसके सहारे वह संसार से लड़ सकती थी, सबको भावानुरूप निर्णय के लिए विवश कर सकती थी। परन्तु परिस्थितियों के आकस्मिक परिवर्तन ने कुछ का कुछ कर दिया। कल्पना रूपी पंख भस्मीभूत हो गये। पंखहीन पंछी अब कहाँ उड़ान भरेगा, कौन सा दाना चुगेगा? उसकी विचारशक्ति मंद पड़ने लगी।

समय बड़ा बलवान है। हर दुःख और सन्ताप की यही एकमात्र दवा है। धीरे-धीरे सपना को परिवेश के प्रति भी अपने उत्तरदायित्त्व का आभास होने लगा। कई बार मन उससे पूछता, इसमें बेचारे समीर का क्या दोष है? दोनों ने एक दूसरे को अत्यंत गरिमा और गौरव से चाहा और अपनाया है। क्या समीर उसे दिल से नहीं चाहता? सपना के भीतर विचित्र सा अन्तर्द्वन्द्व फिर से बढ़ने लगा। ऐसा लगा भावनाओं की उफनती नदी पर समीर अब भी एक सशक्त सेतु सा बाहें फैलाये उसकी प्रतीक्षा कर रहा है। ऐसी दूरी में वह राजेश से जुड़ी स्मृतियों को अन्तराल के किस कोने में दबा दे, नहीं जानती थी। आन्तरिक सन्ताप, मानसिक तनाव एवं उद्विग्नता से मुक्ति पाने के लिए उसने राजेश को पहला और अन्तिम पत्र लिखा,

''राजी—मेरे भटके मीत—क्या तुम्हें पुनः कभी इस नाम से पुकार सकूँगी? शायद नहीं। सुनती थी, प्रेमगली बहुत सँकरी है। परन्तु मेरे जीवन में तो यह और भी सँकरी हो गई, यहाँ तक कि साँस लेना भी दुष्कर हो गया है। अतीत को भुला पाना क्या इतना सहज है? तितलियों के रंगीन पंख आकर्षक ज़रूर लगते हैं परन्तु इन सुनहरी रंगों को अँचल पर तो नहीं सजाया जा सकता। दस लाख की तुच्छ राशि लेकर तुम मेरे जीवन से दूर हट गये, मुझे इसका दुःख नहीं है। गिला तो इस बात का है कि तुमने मेरी भक्ति, मेरी आस्था और मेरे पवित्र प्रेम की इतनी कम कीमत लगाई, ओफ राजी—यह तुमने क्या किया, तुम्हें भूलना चाहती हूँ, परन्तु

यह मेरा पापी मन साथ नहीं दे रहा है।

इस यातना और आत्मदाह से मुझे कब मुक्ति मिलेगी, नहीं जानती, काश। तुमने एक बार, सिर्फ एक बार आंहों में तिल-तिल जलते इस श्रद्धा सुमन के बारे में भी सोचा होता। क्या तुम सचमुच इतने ही निष्ठुर थे?

प्रेम या प्रणय–क्या होते हैं ये भाव। मैं नहीं जानती थी। न ही अब जानने की कोई इच्छा बाकी है, हाँ, इस भाव से उपजी कसक को ज़रूर जान पाई हूँ। इस शब्द की शायद यही परिणति है। नारी-पुरुष सम्बधों की सम्पूर्ण व्याख्या के लिए 'प्रेम' शब्द नितान्त सीमित एवं लघु है। मैंने तुम्हें और समीर दोनों को ही चाहा है। समीर के प्रति मेरी चाहत या आर्कषण मेरी निजता का एक अंश ही उद्वेलित कर पाई थी, परन्तु तुम्हारे प्रति मेरे प्रणय में मेरी निजता का सम्पूर्ण वैभव और आस्था ही छलक पड़े थे। तुम्हारे व्यक्तित्व में मैंने अपने 'स्व' की सम्पूर्ण झलक देखी थी, 'स्व' को पहचानने की अदम्य लालसा से पराभूत और वशीभूत, मैं इतनी दूर तक आंखें मूंदे तुम्हारे साथ-साथ चलती रही थी। ठोकर खाई गई, आंखे बंद थीं न–क्या करती?

राजी, सब भाग्य की विडम्बना है। कहीं फूल खिलते हैं तो कहीं कांटों की चुभन है। मेरे भाग्य में शायद कांटें ही बचे थे। जिस नारी का आराध्य तुम जैसा व्यावहारिक प्रेमी हो उसकी झोली में इससे अलग हो भी क्या सकता है? तुम्हारी निर्ममता को भी मैं तुम्हारी कृपा ही मान लूंगी। मैं और तुम, कभी तुम और मैं भी थे, वक़्त शायद यह जल्दी ही भूल जायेगा परन्तु मेरे निष्ठुर अतीत–तुम्हारे ओंठों की तरलता से सिक्त मेरे ये अधर, जब-जब दर्पण का सामना करेंगे तो मुझ पर क्या बीतेगी? काश। तुमने यह भी सोचा होता। युग-युग से पावन यह गंगा अपनी सांसों में ऐसा कसक लेकर कब तक जीयेगी। ओह राजी, तुमने मेरा सर्वस्व छीन लिया।

शायद मेरी यही नियति थी। अब तुम से शायद कभी मिलना न हो पाए। मिलकर करूँगी भी क्या? ऐसी लालसा भी अब शेष नहीं है। लगता है, जो बीत गई, सो बात गई। इन खुले पैरों में मर्यादा की बेड़ियाँ फिर से आ पड़ी हैं। ऐसी स्थिति में भूल से ही कभी हमारा आमना-सामना हो जाए, तो समझ लेना सामने खड़ी सपना कभी तुम्हारे जीवन का मोहक सपना थी। बस, और कुछ नहीं–ज्यादा लिखूँगी तो यह कागज़ भी आसुओं से भीग जायेंगे। तुम्हारी–।"

पत्र के अन्त में वह अपना नाम नहीं लिख पाई जाने वह क्यों ऐसा नहीं कर सकी? शायद सदा के लिए वह इस कलंकित अतीत को अपने अन्तर्मन में छिपा देना चाहती थी। सामाजिक प्राणी का जीवन अनन्त दिशाओं में फैली प्रशांत झील जैसा ही है, ऊपर से प्रशांत प्रतीत होने वाली यह झील अन्तर्निहित हज़ारों परतों को समेटे रखती हैं, बाहरी सतह पर हल्की लहरें, नीचे गहराइयों तक धीमी

प्रकम्पन उत्पन्न कर चिरन्तन अशान्ति में विलीन हो जाती हैं। फिर से नये भँवर बनते हैं, नयी परतें खुलती हैं और सामाजिक प्राणी का अस्तित्त्व बाह्य परिवेश में फिर से नई संज्ञाएँ, सजाने में तल्लीन हो जाता है। अन्तर्मन में असंख्य धाराएँ बहती हैं, विशालकाय लहरें उमड़ती हैं, अनेकों दरिया उफनते हैं और पुनः इसी रसातल में प्रसुप्त हो जाते हैं। मानवीय जीवन इसी प्रकार चलता चला जाता है। और–

सपना के अन्तर्मन की भी कुछ ऐसी ही स्थिति थी। राजेश के सम्पर्क से उत्पन्न भीषण भावात्मक प्रलय को उसने सप्रयास अपने गहन अन्तराल में छिपा दिया था। बाह्य जीवन धीरे-धीरे फिर सहज होने लगा था। अभी वह राजेश के निर्मम एवं स्वार्थपरक धक्के से पूरी तरह सम्भल नहीं पाई थी कि समीर का अवहेलना पूर्ण पत्र पाकर वह फिर से धराशायी हो गई। ऐसा लगा कि किसी ने तुषार-आवृत शिखर से धकेल कर उसे अन्ध कूप में पटक दिया है। वह भी ऐसी नाजुक घड़ी जबकि शादी के कार्ड तक छप चुके थे।

◆◆◆

तेइसवाँ अध्याय

राजेश के अन्तर्मन में वन्य प्रदेश सी नीरवता परिव्याप्त थी। वह व्यथित था, आहत मनोभाव बार-बार आसुओं में पिंघल नेत्र कोरों को गदला करते जा रहे थे। वह दुःखी था, स्वयं को ऐसा दीन और असहाय उसने इससे पूर्व कभी नहीं पाया था। आंखों पर रखा रूमाल पूर्णतया भीग चुका था, परन्तु राजेश के आँसू अबाध थे, रुकने का नाम नहीं था। दहाड़ सी मार, वह सिसक उठा, उसके मित्र ने सांत्वनामयी स्पर्श से उसका कंधा थपक दिया। तनिक लाल एवं गीली पलकों से राजेश ने प्रकाश की ओर देखा। कातर वाणी में कहा, ''प्रकाश। तुम ही कहो—ऐसा हमने क्या किया है जिसकी यह सज़ा, ऐसी यातना—''

वह कह नहीं पाया, सांस थिरकने लगी। गला सूख गया, तरल वाणी पुनः प्रस्फुटित हुई—

''हम अनाथ हैं, क्या इसमें हमारा दोष है? हमने कभी भी तो किसी से कुछ नहीं कहा; किसी से कुछ माँगा नहीं। न आकाश वाले से और न ही इस धरती वालों से। फिर भी सदा हमारे साथ ही ऐसा क्यों होता है—बोलो प्रकाश—''

प्रकाशवीर भी उसकी तरह ही सुखदेव निवास में पोषित होकर अपने पैरों पर खड़ा हुआ था। अतः राजेश की संवेदना और सन्ताप से भली प्रकार परिचित था। मित्र की इस अथाह पीड़ा में वह भी भाव-विह्वल हो उठा। चेहरा म्लान पड़ गया तथा आंखों में आँसू छलक आये। भावासिक्त वाणी में प्रकाश ने कहा,

''हमारे जीवन में असंख्य तूफान आये हैं, हमने सबको पार किया है—यह विपत्ति भी—''

राजेश ने आत्मीय भाव से प्रकाश का हाथ थाम लिया सन्तप्त मन के लिए राहत, वेदना व्याकुल हृदय के लिए एक मर्हम। राजेश का करुण-कातर स्वर मुखरित हुआ,

''प्रकाश, हम तूफानों के बीच ही पले और बड़े हुए हैं, उनसे कैसा डर, परन्तु मेरे मित्र।''

राजेश आह सी भरकर पुनः रो उठा,

''इस कलंक को लेकर मैं कैसे जी सकूँगा। सपना की ओर से यह

अपमान—ऐसा तिरस्कार पाकर क्या मैं—''

वह पुनः फफक उठा। प्रकाश ने भावावेश में उसे अपने शरीर के निकट कर लिया। राजेश ने सिसकते हुए कहा,

''मैं नहीं जानता यह सब कैसे हुआ? परन्तु प्रकाश तुम ही बताओ—अब इस जीवन का कोई अर्थ बाकी है क्या? ज़िंदगी में मैंने स्वयं को इतना छोटा—''

राजेश की साँस उखड़ने लगी, अन्तर्वेदना से गला सूख गया। दीर्घश्वास भर कर बोला,

''इतना छोटा और हीन तो उस समय भी नहीं समझा था जब हम अन्न के दाने-दाने को तरसते थे—''

ओंठों की तरलता लाते हुए राजेश ने फिर कहा,

''प्रकाश, सब कुछ खत्म हो गया—मैं पूरी तरह टूट गया हूँ। सपना ने मुझे इस प्रकार कलंकित और लांछित किया। ओफ। मेरे ईश्वर—बिना कुछ जाने समझे उसने—एक अविस्मरणीय भर्त्सना...'' आहत सी अवस्था में राजेश तनिक दूर हट गया। कुर्सी पर झुकता हुआ, थके यात्री सा धीमे स्वर में बोला,

''मैं अपने से ही हार गया हूँ, प्रकाश—खण्डित आत्मबल, विदग्ध अन्तःकरण तथा कुण्ठित स्वाभिमान लेकर यह देह अब किसी का कुछ संवार नहीं सकती है।''

निराश-सी अवस्था में राजेश ने मुख फेर लिया। दीवार का सहारा लेकर आन्तरिक वेदना को हल्का करते हुए पुनः कहा,

''वी. एम. महाराज का कौन सा स्वप्न पूरा कर पाऊँगा, नहीं जानता—मुझसे उन्होंने कैसी-कैसी आशाएँ बांध रखी हैं। यह टूटा पोत अब क्या पार लगेगा—सब कुछ छिन्न-भिन्न हो गया—'' प्रकाशवीर पुनः उसके निकट पहुँचा, स्वस्थ स्वर में बोला,

''राजी, ऐसे मन हारने से क्या बनेगा? तुम्हीं सब कुछ करोगे। मुझे पूर्ण विश्वास है—''

राजेश पुनः भावोद्वेलित हो उठा। सांस तेज होने लगी। कुछ कहने ही वाला था कि नीचे दुकान से प्रकाशवीर के लिए सन्देश था। उसने राजेश की पीठ पर दुलार से हाथ फेरा, सांस भरकर कहा,

''अभी नीचे से निपटकर आता हूँ। शायद कोई ग्राहक है—''

और प्रकाश वीर निचले भाग में स्थित दुकान पर चला गया। राजेश एक बार फिर मानों अन्धकारमय वन्य प्रदेश में अकेला भटकने के लिए रह गया। भविष्य मानों धुँधला गया। सागर की उत्ताल तरंगों में डूबती नाव सा उसका मनोबल, आहों के पतवार से उभरने का विफल प्रयास कर रहा था। सपना उसके निश्छल अन्तर्मन रूपी सीप की प्रथम स्वाति बूँद थी; मोती बनने से पूर्व ही बाह्य परिस्थितियों के निर्दयी थपेड़ों ने इसे छिटक दिया। वह भली प्रकार जानता था कि सपना मात्र

उसके प्रति ही आसक्त नहीं है, समीर को भी वह उतनी ही ऊष्मता से चाहती थी। समीर जो कुछ उसे दे सकता है, शायद वह उतना सात जन्मों में भी जुटा पाने में समर्थ न हो सके। अपने पैरों के नीचे दलदल को देखते हुए उसने बहुत पहले ही सपना के साथ किसी श्वेत संगमरमर के भवन में विश्रान्ति की कामना त्याग दी थी। वह चुप-चाप दोनों के कुसमित प्रांगण से दूर हट जाना चाहता था, परन्तु ऐसी तिरस्कार एवं लांछित व्यवहार लेकर नहीं। परिस्थितियों के धूमिल बवण्डर ने उसके दृष्टिपथ को पूर्णतया प्रच्छन्न कर दिया। गगन-चुम्बी अट्टालिकाओं में रहने वाले, समाज के उच्च वर्ग की संज्ञा से विभूषित लोग ऐसा निर्मम षड्यन्त्र भी रच सकते हैं, ऐसा उसने सोचा तक नहीं था।

जब वह मनाली से लौटकर पुनः शिविर में आया, उसे तुरंत अपने आवास स्थल के लिए जाना पड़ा। जल्दी में वह किसी से मिल भी नहीं पाया। केवल वी. एम. जी के लिए सन्देश छोड़ा और चुपचाप वहाँ से चला आया। उसके बाबा उन दिनों अस्पताल में जीवन की अंतिम सांसें गिन रहे थे। शायद वे अन्तिम क्षण सिर्फ राजेश को जी भर देखना चाहते थे। सुखदेव निवास की वसीयत राजेश को थमाते ही बाबा अनन्त यात्रा पर चले गये, और राजेश पछाड़ खाकर उनके बिस्तर पर गिर पड़ा था। असंख्य गलदश्रु एवं छलकती आंखों ने आकाश की ओर देखा; एक दिव्य प्रभापुंज आलोक गंगा में विलीन हो रही थी। उस रात आकाश का सीना छमा-छम बरसा और सुखदेव निवास पर सदा के लिए सूखा छा गया।

राजेश ने सिक्ख रेहत और मर्यादा के अनुसार बाबा का, अन्तिम क्रिया-कर्म किया। श्री गुरु ग्रन्थ साहिब का अखण्ड जाप करवाया। अभी वह इन विधि-विधानों से मुक्त ही हुआ था कि देहरादून के प्रसिद्ध व्यापारी शंकर दयाल ने उससे भेंट की। राजेश सुखदेव निवास की आर्थिक स्थिति के बारे में पूरी तरह परिचित था। यह उसे अवगत था कि आश्रम काफी समय से गिरवी पड़ा है, ऋण उत्तरोत्तर बढ़ता जा रहा है। अतः शंकर दयाल को आश्रम के द्वार पर देखकर उसे हैरानी नहीं हुई। शंकर दयाल ने कुछ पत्र उसके आगे रखते हुए कहा–

"भारती जी, आप बहुत सज्जन व्यक्ति हैं, बाबाजी के बाद सब कुछ आपने ही करना धरना है। वसीयतनामे के अनुसार आश्रम की देनदारी भी अब आपको ही–"

राजेश बाबा की मृत्यु से उत्पन्न घनीभूत वेदना से अभी पूरी तरह सहज नहीं हो पाया था। चित अभी भी उदास था और आंखें तरल थीं। उसने उत्सुकता से शंकर दयाल की ओर देखते हुए पूछा,

"मुझे सब ज्ञात है। बाबाजी ने बहुत पहले मुझे सब कुछ बता दिया था। कहिए, आप मुझसे क्या चाहते हैं?"

शंकरदयाल ने विश्वस्त स्वर में कहा,

"वसीयत के मुताबिक आपको नए कागज़ात पर हस्ताक्षर करने हैं, और—"

शंकर दयाल कहते-कहते रुक गये। तनिक अस्थिर स्वर में पुनः बोले,

"मेरी हालत बहुत ठीक नहीं है, लेने वालों का तकाज़ा बढ़ रहा है—आप मेरी मदद कर सकें तो...?"

"मैं।" राजेश चौंक उठा, आश्चर्यान्वित नेत्रों से शंकरदयाल की ओर देखा।

"इस समय—सेठ जी आप जानते हैं, अभी-अभी बाबा का देहावसान हुआ है। मुझे तो कुछ भी अता-पता नहीं है—"

शंकर दयाल ने तुरन्त 'ब्रीफ' खोलते हुए कहा,

"आपको फ्रिक करने की ज़रूरत नहीं है। मेरे कारोबारी सम्बन्ध के एक मित्र हैं। मेरे कहने पर आपको कर्ज़ दे देंगे। आप सुविधानुसार उन्हें या मुझे लौटा दीजिए—"

राजेश असमंजस में पड़ गया। इतनी जल्दी, ऐसा निर्णय। शंकरदयाल ने थूक गले के नीचे करते हुए कहा,

"आश्रम में अनाथ बच्चों का आसरा है, दया धर्म की बात है भारतीजी, नहीं तो यह जमीन कब की नीलामी पर चढ़ गई होती—"

राजेश भयभीत हो उठा। एक ओर बाबा के जाने का दुःख और दूसरी ओर अपने बन्धुओं का डाँवाडोल भविष्य। उसके हाथ काँपने लगे। ओंठ शुष्क होने लगे। तनिक साहस बटोर कर उसने कहा,

"क्या करना होगा मुझे—?"

"बस एक चैक पर पावती करनी है और कुछ जगह हस्ताक्षर करने हैं—"

राजेश ने हस्ताक्षर करते हुए, नज़रें ऊपर उठाईं—अस्पष्ट स्वर में पूछा,

"कितना ले रहे हैं आप...?"

"अभी दस लाख ही। चिंता मत कीजिए, बच्चों पर कोई आपत्ति नहीं आयेगी। मैं भी बाबा का उपासक हूँ। समझ लिजिए आप मुसिबत में मुझे सहयोग दे रहे हैं..."

राजेश को स्थिति की तह तक पहुँचने का पूरा अवसर नहीं मिला। सुखदेव निवास पर कर्ज़ है, बस इतना ही जानता था। कानूनी तौर पर अब उसे ही इसका निपटारा करना था। निवास की गतिविधियों और दैनिक आवश्यकताओं को वह अभी ठीक से समझने का प्रयास कर ही रहा था कि सपना के भर्त्सनापूर्ण पत्र ने उसे सिर से पैर तक हिला दिया। ऐसा लगा कोई विशालकाय पर्वत खण्ड-खण्ड हो चतुर्दिक बिखर गया है। उसका 'अहं' और स्वाभिमान बालु कणों-सा शुष्क मरुभूमि में चीत्कार कर उठा है। नए समझौते में उसकी भावनाओं से खिलवाड़ भी हो सकती है, वह सोच नहीं पाया। मस्तिष्क के समस्त विचार तन्तु ढीले पड़ गये। एक ओर बाबा का स्मरण, दूसरी ओर सपना की स्मृतियाँ; तीसरी ओर अनाथ

बच्चों का विलाप और चौथी ओर उसका अपना दग्ध कुण्ठित स्वाभिमान। ऐसा लगा वह चारों ओर से भयावह अग्नि बाणों से घिर गया है। सांसों और आस्थाओं का धुआँ उसका दम घोंटने को तैयार है। वह चीख उठा, कराह उठा।

वह दुःखी उद्विग्न एवं व्यथित था, इसलिए नहीं कि वह सपना से विलग हो रहा है, बल्कि इसलिए कि इस भावात्मक सम्बन्ध विच्छेद की शतरंज में उसे सफल बनाया गया था। वह सपना से मिलना चाहता था, इन परिस्थितियों में मिलना ज़रूरी भी था। आमने-सामने होकर ही वह अपनी और सुखदेव निवास के प्रति अपनी ज़िम्मेदारी को स्पष्ट कर सकता था। उसने सपना से कई बार भेंट करने की कोशिश की, असफल रहा। बहुत बार फोन पर बात करने के लिए नम्बर मिलाया, विफलता मिली। विवश और निराश हो उसने एक अन्तिम प्रयास और किया। जैसे-तैसे सपना की कोठी के भीतर तक चला गया। सपना से सामना नहीं हो पाया, जो व्यक्ति भेंट के लिए आया वह उसका पिता था, श्रुतिकान्त—

सपना के पिता ने राजेश को सिर से पाँव तक देखते हुए एक घृणित सी मुस्कान भरते हुए कहा,

"तो तुम हो भारती। हूँ—"

पुनः एक व्यंग्य पूर्ण हंसी—

"जैसा गुरु वैसा चेला—" तनिक तीक्ष्ण नेत्रों से कर्कश वाणी में कहा,

"क्यों आये हो?"

"सपना से मिलना चाहता हूँ—"

"वह तुमसे मिलना नहीं चाहती"

"एक बार उसके मुख से सुनना चाहता हूँ—"

"तो सुनो?"

श्रुतिकान्त ने तीखी नज़रों से राजेश की ओर देखते हुए—'इण्टरकाम' का नम्बर मिलाया। दूसरी ओर से सपना ने 'हैलो' कहा। श्रुतिकान्त ने फिर से बात की,

"बेटी, मिस्टर भारती—"

श्रुतिकान्त ने बात पूरी भी नहीं की थी कि दूसरी ओर से सपना का दृढ़ स्वर गूँजा—

"डैडी, इनसे कहिए यहाँ से चले जायें। मैं किसी से मिलना नहीं चाहती—"

और राजेश पर-कटे पक्षी-सा छटपटा उठा। पतझड़ में ठूँठ बने वृक्ष सा निष्प्रभ हो गया। चेहरे का रंग फ़क हो गया और पाँव लड़खड़ाने लगे। लोहा गर्म था, श्रुतिकान्त ने एक और प्रहार किया,

"नौजवान, कोरे आदर्शों से पेट नहीं भरता। वी. एम. बतंगड़ियों का महाराज है। जिसके पास अपना कुछ नहीं है, वह दूसरों को क्या दे सकता है—ढोंगी—"

राजेश क्रोध से थर्रा उठा। ऐसा लगा किसी ने उसकी नग्न देह को जलते अंगारों पर पटक दिया है। कोई अन्य अवसर होता, वह श्रुतिकान्त की गर्दन दबा कर उसे संसार से विदा कर देता। परन्तु इस समय–वह ज़हर का घूँट पीकर रह गया। हाथों की मुट्ठियाँ भिंच गई। जी में आया, काश। मेरे हाथ में तलवार होती, वी. एम. के लिए अपशब्द कहने वाले को दो टूक कर देता। खैर, राजेश को स्वयं पर काबू पाना था। अत्यधिक रोष में उसका चेहरा तमतमा रहा था, ओंठ फड़क रहे थे। आहत एवं पराजित सी मुद्रा में वह मुड़ने लगा। श्रुतिकान्त ने पुनः उसके पैरों को थिरका दिया,

"एक बात और सुनते जाओ, अगर चाहते हो तुम्हारा सुखदेव निवास कुछ दिन और सुख से जी ले, तो सपना को हमेशा के लिए भूल जाओ–"

राजेश ने आह सी भरकर, अत्यन्त तिरस्कृत एवं ज्वलन्त दृष्टि से श्रुतिकान्त की ओर देखा। एक विफल सा दीर्घ निश्वास भरकर अपने दग्ध अहं को समेटता हुआ कोठी से बाहर चला आया। शेष दिन कैसे बीते, मानों नरक में वेदनाओं का नग्न नर्तन था।

बीते दिन एक-एक करें मनःपटल पर चलचित्रों से उभर आये। साँस दर साँस उसकी सहन शक्ति मंद पड़ती गई और वह अत्यंत विक्षुब्ध अवस्था में अपने मित्र की दुकान पर चला आया जहाँ वह प्रायः अपने बीते क्षणों में आँसुओं की लड़ियाँ पिरोया करता था। उसका सबकुछ बिखर चुका था। भविष्य काली चादर में विलुप्त होता जा रहा था। प्रकाश को नीचे दुकान से वापिस आने में काफी समय लग गया। इतना समय राजेश अपने में सिमटा काल और गति से बेखबर लगभग मृत सा बैठा रहा। प्रकाश के पैरों की आहट ने उसको फिर सचेत किया। गीली पलकों से उसने प्रकाश की ओर देखा, प्रकाश ने नेत्र झुकाते हुए कहा,

"राजी, मैंने कुछ पैसे इकट्ठे कर रखे हैं–"

राजेश ने बात काट दी–

"प्रकाश–हालात कुछ ऐसे हैं–शायद हम सुखदेव निवास को बचा नहीं पायेंगे–"

राजेश पुनः फफक उठा, नेत्र छलके, भारी कण्ठ फूटा, "बाबा की तपोभूमि–प्रकाश। मरने के बाद मैं वहाँ बाबा को क्या उत्तर दूँगा? हवा के एक ही झोंके ने हमारे नीड़ को तिनके-तिनके करके उड़ा दिया–तुम ही कहो प्रकाश, इन बच्चों का क्या होगा? कौन इन्हें सम्भालेगा? मैं तो अपना यह कलंक लेकर कहीं गंगा की धारा में बह जाऊँगा, परन्तु मेरे ये भाई-बहिन–"

कहते-कहते राजेश मौन हो गया। भावासिक्त आहों ने शायद आंसुओं का दामन छोड़ दिया था। निराशा एवं अतृप्त वाणी में कुछ कहने का प्रयास जुटाया,

"प्रकाश। लगता है असली युद्ध शुरू होने से पहले ही हम सब कुछ हार

गये हैं। कई संस्थाओं तथा सरकारी–गैर सरकारी अदारों से सम्पर्क किया है। कहीं से कोई आशा किरण नहीं फूटी–, लगता है, ये बच्चे देश के असंख्य नंग-धड़ंग भिखारियों की तरह ही कूड़े करकट में बिखर जायेंगे। एक ओर सपना के प्रति उसकी उदात्त भावनाएँ तथा दूसरी ओर ऐसी विकृति–; ऐसा दण्ड–ओफ। प्रकाश–''

दो अनाथ मित्र अन्तर्मन की सहमी नीरवता में एक दूसरे की संवेदना को पीने का प्रयास करते जा रहे थे। मूक व्यथा आंखों में तैरती जा रही थी। नीचे बाज़ार में रिक्शा 'माइक' पर कोई धीमी कसक परिव्याप्त करता जा रहा था–''तेरे लाडलों की दुआ मांगते हैं, बचा हो जो रोटी का टुकड़ा दिला दो–'' सहसा उनके शरीरों को बिजली सा झटका लगा। वर्षों पहले का दुःखदायी दृश्य पलकों में करुणा भर गया। आंखों से अविरल अश्रु धारा बहने लगी। सुखदेव बाबा के प्रति यही उनकी पूजा थी, यही अर्चना थी।

◆◆◆

चौबीसवाँ अध्याय

आन्तरिक और बाह्य जगत के पतझड़ में कोई स्पष्ट साम्यता न होते हुए भी प्राणी की आन्तरिक विरसता कई बार अधिक कसकमय रूप में प्रकट होती है। प्राकृतिक पतझड़ हमारे अन्तर्मन में संसार की सदा परिवर्तनशीलता के प्रति विरक्ति का भाव उत्पन्न ज़रूर करता है। परन्तु बाह्य विश्व की यह शुष्कता ज़रूरी नहीं है कि आन्तरिक हरियाली को भी निगल जाये, तुषारावृत कर दे। इसके विपरीत अन्तर्जगत का पतझड़ अन्दर बाहर हर एक ठौर पर अपनी शुष्कता और संवेदना उंडेल देता है। ऐसे में प्राणी के दंशित मनोभाव एक-एक करके समस्त संचित आस्थाओं, विश्वासों, कामनाओं, इच्छाओं, आकांक्षाओं को धीरे-धीरे भस्मीभूत करने लगते हैं। आंतरिक दुःख सृष्टि की सम्पूर्ण मनोरमता को रेशम के कीड़े सा चाटने लगता है। स्वप्निल कामनाओं की मुकलित कलियाँ दारुण दाह में तिल-तिल जलने लगती हैं और विदग्ध अन्तःकरण सृष्टि के ओर छोर में अपना करुण-क्रन्दन गुंजरित कर देता है। बाह्य जगत की शुष्कता, नीरसता और वितृष्णा कालान्तर पुनः वासन्ती हिलोर में रससिक्त हो उठते हैं। धरती की मूक संवेदना नव सर्जना का मंगलगीत सुनकर फिर से विभिन्न रंगों में लहलहा उठती है। काश। कभी ऐसा मन के रीते पतझड़ के पश्चात भी हो पाता।

नहीं; व्यक्ति की निजता में सिमटा पतझड़ शायद ऐसा नहीं होता। अहंनिष्ठ आस्थाएँ जब एक बार सूख जाती हैं तो पुनः हरी नहीं हो पातीं। शिवानी की मनः-स्थिति भी कुछ ऐसी ही थी। आन्तरिक पतझड़ ने उसके समस्त अस्तित्त्व को नीरस शुष्क एवं प्रभाहीन कर दिया था। युवा सम्मेलन में भाग लेने के लिए वह जापान गई हुई थी। लौटकर जब अपनी माँ से मिली तो मनोज के साथ हुई वार्ता का पता चला। कलावती ने तो बस दो शब्द ही कहे थे, इधर शिवानी के अन्तर्मन में ये दो शब्द ही अत्यंत भयावह एवं गहरी खाई लीकी गये। ऐसा लगा उसका समूचा अस्तित्त्व ही सारहीन और निष्प्रभ हो गया है। वह संसार में है या नहीं, यह निर्णय कर पाना दुष्कर हो गया। उसके जीवन का इतना बड़ा रहस्य उससे छिपा कर रखा गया। क्यों? उसे लगा, उसका अपना तो कुछ है ही नहीं, सब कुछ उधार का है, जो साँस ले रही है, वह किसी की धरोहर है, जो आंचल

वह ओढ़े हुए है, उसकी पवन कहीं अन्यत्र है, जिस धरती पर चल रही है उसका स्वामी कोई गैर है। भविष्य की जिस स्वप्निल एवं मोहक कामना में वह अपना प्रांगण सजाए बैठी है, वहाँ तो शायद वसन्त कभी होगा ही नहीं। जिन पंखों के सहारे वह उन्मुक्त गगन में विचरती रही है, वे उसके अपने नहीं थे, जिस सुन्दर देह को वह हज़ारों पर्दों में छिपाती, सजाती, सवांरती आई है क्या सचमुच वह धर्म-धीर लोगों के महाभोग की सामग्री है। ओफ। यह कैसी विडम्बना है? जीवन में मृत्यु सा बोध? कुसमित पुष्पों पर धधकती आग। पल-पल श्रृंगार रस में अभिसिंचित कामनी के लिए रौद्र रस। आह। शिवानी बार-बार कराह उठती। जब-जब कानों में देव दासी शब्द गूँजता–अचेतन एवं बेसुध अवस्था में बिस्तर पर गिर पड़ती। होश आता तो आंखों के आगे अन्धकार छाने लगता, उठने को होती तो फिर मूर्छित हो जाती। रोते-रोते आंखें लाल हो गईं, वह हाल से बेहाल हो गई, और–

साँझ और सवेर पूर्ववत् ही आते-जाते रहे। बिना जाने कि इस अभागिन नारी ने केवल दो शब्दों में ही क्या कुछ खो दिया है। राग और विराग, आसक्ति और विरक्ति, अंधेरे और उजाले के बीच एक महीन छाया सदा विद्यमान रहती है। प्रकाश की एक हल्की किरण युगों का अन्धकार क्षण में विच्छिन्न कर देती है। ऐसी ही स्थिति विरक्ति भाव की है। विषादगत मन जब यह जान लेता है कि संसार में उसका कुछ नहीं है, सब कुछ व्यर्थ, बेमानी और निस्सार है तो स्वतः विरक्ति की ओर उन्मुख हो उठता है। होना या न होना अपने आपमें कोई अर्थ नहीं रखते। अपनी संवेदना, आकांक्षा एवं कामना को साक्षीकृत करना ही अस्तित्त्व का आधार है। ये सब नहीं है तो 'स्व' या 'पर' में कोई अन्तर नहीं, कहीं कोई भेद नहीं। शिवानी के भीतर भी एक अजीब सा खालीपन, अर्थहीन सी संवेदना दम भरने लगी थी। वह शरीर में होकर भी जैसे कहीं अन्यत्र है। जब वह स्वयं अपनी साक्षी नहीं है तो ऐसे जीने का अर्थ–मात्र साँसों पर साँसों की डोर चढ़ती जाये–क्या इसे ही अस्तित्त्व मान लेना होगा? कई बार शिवानी के मन में आया, वह इस उधार के, अर्थहीन एवं सार रहित जीवन की इति कर दे; गले में फाँस डाल कर छत से लटक जाये, परन्तु दूसरे ही क्षण अपनी असहाय माँ का ध्यान आते ही वह पुनः आत्मनिरत हो जाती। उसके बाद माँ क्या बिल्कुल अकेली नहीं पड़ जायेगी? क्या बनेगा उस बेचारी का?

आदमी मनोबल से ही जीता है, और मनोबल के टूट जाने पर मृत्यु को प्राप्त हो जाता है। क्या शिवानी का मनोबल टूटने लगा था? क्या उसकी संकल्प शक्ति क्षीण पड़ने लगी थी, शायद नहीं–वह मनुष्य जीवन की क्षणभंगुरता, निस्सारता एवं अर्थहीनता के बारे में जैसे-जैसे सोचती, आन्तरिक विराग बढ़ता जाता। जीवन का सार क्या देह तक सीमित है? देह से परे क्या मानवीय अस्तित्त्व का कोई

अर्थ नहीं है? यदि बाह्य हाड़-माँस से परे भी इस जीवन का अर्थ है, तो कंचन देह भोग की वस्तु रहे या उपासना की, क्या अन्तर पड़ता है। कम से कम गीताकार को तो अन्तर नहीं पड़ता। परन्तु व्यावहारिक आदान-प्रदान के सामाजिक जीवन में चिंतन के ये खोटे सिक्के नहीं चलते। मन के किसी धूमिल कोने में दबी आह ने कहा, क्या मनोज और राजेश इस बदली स्थिति में उससे पूर्ववत् व्यवहार कर पायेंगे? भीतरी सार का मूल्य क्या बाहरी देह के साथ ही जुड़ा नहीं है? आत्म किसने देखी है। पवित्रता की कसौटी क्या है? सब कुछ तो व्यावहारिक आदान-प्रदान के सहारे चलता है। फिर यह सब...

शिवानी आह सी भरकर फिर भाव विगलित हो उठती थी। इन दिनों उसे फिर दिल्ली आना पड़ा था। वी. एम. महाराज का ज़रूरी आदेश था। संसार से पूर्णतया विरक्त होकर भी वह वी. एम. से पूरी तरह कट नहीं पाई थी। अन्धकार-मय एवं निरुद्देश्य भरे जीवन में वही उसके लिये एक आलोक स्तम्भ रह गये थे। माँ से पता चला था कि वी. एम. पिछले कई वर्षों से उसके रहन-सहन की व्यवस्था जुटाते रहे हैं। जब तक शिवानी अपने पैरों पर खड़ी होकर अपने कलात्मक अनुदान से माँ को सम्भालने के योग्य नहीं हो गई थी, तब तक वी. एम. महाराज की ओर से सब कुछ प्राप्त होता रहा था। शिवानी को सिर्फ इतना ही ज्ञात हो पाया था कि एक बड़ी दुर्घटना में उसके पिता का देहान्त हो गया था। वह देवदासी है, इस तथ्य का पता उसे नहीं चल पाया क्योंकि कलावती देवदासी लोक से हटकर जीवन व्यतीत करती आ रही थी। शिवानी को अपने जीवन के इतने कटु एवं गम्भीर रहस्य का पता चला तो उसके आगे धरती-आकाश घूमकर रह गये थे, ऐसा होना स्वाभाविक भी था।

आन्तरिक व्यथा से मुक्ति पाने के लिए वह प्रातः और सांय किसी मंदिर या गुरुद्वारे में चली जाती थी। दिल्ली में आये उसे काफी दिन हो गये थे, परन्तु सुचित्रा से या किसी और से मिलने का साहस वह नहीं बटोर पाई थी। भीतर सब कुछ ढलने लगा था, भावनाओं को जैसे दीमक चाटने लगी थी। इस बदले हालात में उसके पुराने सूत्र उसे किस रूप में स्वीकारेंगे, मन में यही दुविधा बनी रहती थी। कभी-कभी हीनता की यह भावना एक भयानक अजगर की भाँति मुँह फाड़ने लगती थी। ऐसे में वह सीसगँज गुरुद्वारे से गुज़रते समय इस पावन धाम को एक टक निहारती रहती थी। श्रद्धाभाव से नमस्कार करती और विरागमयी वाणी के आलोक पुरुष गुरु तेग बहादुर जी के अमृतमयी चिंतन का रसपान करती थी। गुरुबाणी के विख्यात रसिया भाई गजेन्द्र सिंह से उसकी पुरानी जान-पहचान थी। गुरुबाणी के आन्तरिक रहस्यों को वह कुछ-कुछ समझने लगी थी, परन्तु फिर भी गुरु तेग बहादुर जी के महान बलिदान के प्रति उसमें सन्देह की भावना बनी रहती थी। जब उसके पूर्ण संचित अपने आदर्शों और आस्थाओं को ठेस पहुँची तो मन

में सहज विराग छलक आया। महान बलिदान का रहस्य स्वतः स्पष्ट हो गया। शरीर से परे जब चिरन्तन सत्य से लौ लगती है, तभी सांसारिक मोह जाल तुच्छ बन जाते हैं। गुरु साहिब विरागमयी भक्ति के प्रभापुंज थे इसीलिए नश्वर देह का मोह विसर्जित करते हुए धर्म हेतु सृष्टिकर्ता से तदरूप हो गये। जब भी वह इस वाणी का रसपान करती, मन स्थिर होने लगता। उद्विग्नता प्रशान्ति में विलीन होने लगती, उत्सुकता के स्थान पर आत्मबल जागृत होने लगता और वह नेत्र-मूँद कर नश्वर देह से मुक्त हो जाती थी।

परन्तु यह अलौकिक मनःस्थिति भी कब तक स्थाई हो पाती। बाह्य जगत का वास्तव पुनः अन्तश्चेतन की कन्दराओं में विषैले नाग सा सरकने लगता। घनीभूत वेदना किसी आत्मीय सम्पर्क का सहारा पाने के लिए चीत्कार कर उठती। दमित विषाद एक बारगी प्रस्फुटित हो रोम-रोम में सिहरन भरने लगता और फिर एक दिन उसकी सहनशीलता के समस्त बांध टूट गये। उसने सलमा को अपने पास बुलाया और उसके कंधे पर मस्तक रख कर भाव-विह्वल अवस्था में चीख उठी। धीरे-धीरे सलमा ने सारी घटनाओं को जान लिया, शिवानी को सचमुच किसी संवेदनशील स्पर्श की ज़रूरत थी। दमित विषाद के विरेचन का सवाल था। सलमा ने शिवानी का मस्तक अपनी अंक में समेट लिया और सोफे पर बैठे-बैठे अपनी सहेली के साथ ढेर से आँसू बहा दिये। आँहों और आँसुओं के आदान-प्रदान में कई घण्टे बीत गये। नयनों के निर्झर पूर्ववत् ही थे; शिवानी ने स्वयं को सम्भाला उठकर सलमा के सामने खड़ी हो गई। फफकती वाणी में कहा—

"सलमा, अपनी सखि को जी भर देख लो; संस्कारों की वेदी पर जल्दी इसकी बलि चढ़ने वाली है। कर्म के नाम पर इस देह का प्रसाद बाँटा जायेगा। इस धरती पर नारी की क्या यही नियति है?"

सलमा ने दीर्घ श्वास लिया, गीली व्यथित पलकों से शिवानी को देखा। मुखमण्डल म्लान पड़ रहा था, तरलवाणी में उसने कहा,

"शिवानी , इस धरती पर सदा पुरुष की सत्ता रही है। ऐसे पुरुष प्रधान समाज में भला औरत की औकात—? कभी मज़हब ने तो कभी हकूमत ने हमारी पहचान को मिट्टी में मिलाया है।" शिवानी ने हिचकी ली, कातर स्वर में कहा,

"पुरुष ने जब चाहा नारी को भोग, उपभोग या फिर राजनीतिक षड़यन्त्रों के लिए साधन रूप में इस्तेमाल किया है। विषकन्या, राज नर्तकी, नगर-वधू और यह सामने खड़ी देवदासी—ये सब क्या है? पुरुष की कामुक वृति के सांचे में ढली बेबस आकृतियाँ हैं—"

"सच कहती हो शिवानी—" सलमा ने निराशजनक भाव से नज़रें झुका लीं। तनिक रूखे स्वर में कहा,

"हर दौर और हर मज़हब की यही कहानी है—हमारे यहाँ शिवानी—सेज

खाली रहेगी—नहीं तो चार-चार इकट्ठी रहेंगी। पर्दा-बेपर्दा सब कुछ सहन करना पड़ता है। मियाँ खुश तो सब कुछ ठीक—तालाक की नौबत आई तो सब चौपट। फिर से नई धरती, नई खेती। इसीलिए तो मैं कहती हूँ हमें पार्लियामेंट में जाना चाहिए—''

शिवानी हताश सी हुई सोफे पर गिर पड़ी। सन्देहसिक्त नेत्रों से सलमा को देखती हुई बोली,

''सब बेकार है, कहीं कुछ होने वाला नहीं है। युग-युग से चली आ रही परम्पराओं से भला कौन लोहा ले सकता है? उजली धूप कन्दराओं को तो प्रकाशित नहीं कर पाती, जहाँ अँधेरा है, बस अँधेरा है—''

''परन्तु शिवानी—'' सलमा ने दृढ़ स्वर में कहा,

''वी. एम. तो ऐसा नहीं सोचते। मुझे तो उनके अभियान पर पूरा भरोसा है—''

शिवानी अस्थिर मुद्रा में सोफे से सट गई। गर्दन पीछे की ओर ढीली छोड़ दी, नेत्र छत पर निर्निमेष देखने लगे। ओंठ तर करके उसने कहा,

''इस डूबती नाव को कहीं पार लगा सकते हैं। पता नहीं कौन सा विश्वास है जिसने मुझे उनसे बांध रखा है। उनके प्रयासों से ही शायद युग-युग से दलित एवं प्रताड़ित नारी का उद्धार हो जाये—''

''शिवानी '' सलमा को शायद कुछ याद आ गया,

''क्या वी. एम. जी ने तुम्हारे अतीत के बारे में कुछ नहीं कहा—?''

''ज़रूरत ही नहीं पड़ी। फिर माँ कौन सा देवदासियों सा विचरती रही है। मैं तो अपनी कला साधना में ही इतनी व्यस्त रही कि इस लम्बी काली रात का अतापता ही नहीं रहा—''

''अब क्या होगा? तुम संस्कारों का यह जुआ उतार फेंको—दूर हटा दो ये सब? तुम पढ़ी-लिखी हो। अपना मार्ग स्वयं चुन सकती हो—''

शिवानी ने विफल सा श्वास लिया, आह भरी—तरल वाणी में कहा,

''मुख्य धारा से विलग हुई नदी को संस्कारों के पर्वत कहाँ मार्ग देंगे? सब कुछ इतना आसान नहीं है—ये बेड़ियाँ इतनी आसानी से नहीं टूटेंगी—खुले पैरों की हैं न। कहने को यह देश स्वतन्त्र है, परन्तु हर मोड़ पर धर्म, रूढ़िवादिता, जातीय कलह, भाषागत विभेद और साम्प्रदायिक संकीर्णता की बेड़ियाँ इसे जकड़े हुए हैं। भ्रष्टाचार के मोटे-मोटे ताले इन बेड़ियों को कभी खुलने नहीं देंगे। ऐसे में सलमा—'' कहते-कहते शिवानी भावविह्वल हो उठी। गला भर आया। कपोल प्रदेश पर अश्रु धार चमकने लगी। सिसक भर उसने पुनः कहा,

''मेरे माथे का यह कलंक कभी बिंदिया सी चमक तो नहीं दे पायेगा—अब तो यह जीवन शायद भगवान को ही समर्पित रहेगा—''

सलमा ने तनिक रुकते हुए पूछा,

"कभी मनोज से भेंट हुई? राजेश को इस स्थिति के बारे में—" शिवानी ने उसकी बात पूरी नहीं होने दी, कसकमय स्वर व्यक्त हुआ, "मेरा आस्थागत दर्पण टुकड़े-टुकड़े हो चुका है? इन खण्डित टुकड़ों में कोई स्पष्ट बिम्ब भला कैसे निखरेगा? राजेश भारती के प्रति तो शायद मैं पूरी तरह न्याय कर ही नहीं पाई। सुखदेव आश्रम जाकर पता चला वे कितने महान हैं, उनके प्रति मेरी श्रद्धा और बढ़ गई है और मनोज—" शिवानी ने धीमी आह भरी, थिरकते ओंठों से कहा, "उसके बारे में सोचने के लिए यहाँ बचा ही क्या है। यह तार-तार आँचल अब मेरा अपना सिर ढाँप सकने में ही असमर्थ है, भला उस महान कवि का प्यार क्या समेटेगा? इस डूबती नौका के लिए अब कहीं कोई आश्रय-द्वीप शेष नहीं है; है तो बस भँवर या अन्धकूप—और कुछ नहीं—" और वह पुनः दहाड़ मार कर सिसक उठी। सलमा ने छलकती पलकों से अपने सहेली को निहारा और सान्त्वनामयी ढंग से अपने सीने से सटा लिया।

◆◆◆

पच्चीसवाँ अध्याय

ज़िंदगी का कारवाँ भावनाओं के धुँधले चौराहे पर कब भटक जायेगा कोई नहीं जानता। वास्तव या सत्य कभी पारदर्शी नहीं होते। हर व्यक्ति निजी ढंग से अपने अन्तश्चेतन के दर्पण में इसे बिम्बित करता है। सच की साक्षी अन्तर्मन से कहीं बाहर नहीं है। बाहर जो कुछ है वह विषयगत है, जिसके घटक अन्तर्मन की लहरों से नितान्त विलग रहते हैं। जब-जब प्राणी विषयीगत होता है, आन्तरिक जगत का सत्य उजली किरणों सा स्वतः प्रकट हो जाता है। उजली किरणों को सूर्य का बिम्ब सजाने के लिए किसी अन्य साक्षी की ज़रूरत नहीं है। सूर्य है तो किरणें हैं, किरणें हैं तो प्रकाश है, प्रकाश है तो जीवन की गति है—ये सब स्वतः स्पष्ट हैं। कहीं कोई पर आश्रित नहीं है। कोरे आत्मनिरत हैं; अपनेपन में प्रकट हैं, आन्तरिक आलोक से प्रबुद्ध हैं। इसी प्रकार की निजता में जब कभी प्राणी का मन आलोकित होता है, सत्य की सृष्टि होती है। ऐसी सृष्टि जो अपना साक्षी स्वयं होती है, किसी बाहरी राग-द्वेष से नितांत विलग, विमुक्त और अछूती होती है। कुछ ऐसा ही आन्तरिक आलोक समीर के अन्तश्चेतन को कचोटने लगा था। उसे स्वयं नहीं पता इस अन्तर्विश्लेषण का आधार या कारण क्या है। उसे तो केवल इतना ही आभास होता था, वह उद्विग्न है। मानसिक झील के अन्तराल में कोई विचित्र-सी काई सरकने लगी है। वी. एम. महाराज के दर्शन विलसित शब्द उसके भीतरी कपाटों को बार-बार खटखटाते रहते थे। देश के लिए कुछ करना चाहते हो तो स्वार्थगत संकीर्ण भावनाओं से ऊपर उठना होगा। धन का संचय केवल निजी आवश्यकताओं की परिपूर्ति के लिए नहीं होना चाहिए। देश के व्यापक हित के लिए धन संचित करना चाहिए, और इसी दृष्टि से इसका उपभोग करना चाहिए।

स्वार्थरत प्रेम कोरी वासना है, सच्चा प्रेम मन की पवित्रता है, यही चेतना को आलोकमान करता है। प्रेम और अधिकार भावना एक ही चिंतन के दो अलग पहलु हैं। अधिकार भावना में शुद्ध प्रेम नहीं, कुण्ठित अहंकार पलता है—

समीर जब-जब इन विचारों का प्रत्यावलोकन करता, अस्थिर हो जाता। इस ढंग से, इस दृष्टि से तो उसने कभी अपने बारे में या अपने परिवेश के बारे में सोचा ही नहीं था। विचारों की यह हल्की चिन्गारी उसके प्रशांत विचार प्रकोट में

महाविस्फोट का काम करेगी; उसने कभी कल्पना तक नहीं की थी। निजी सत्य केवल अन्तर्मन की खिड़कियों से होकर ही बाहर झाँकता है; बाह्य धर्म या मठ के पर्दे से झाँक कर कभी भीतर प्रकट नहीं होता। सही क्या है? गलत क्या है? इसको जानने के लिए सदा अपना मन ही सहायक होता है। समीर की मनोदशा कुछ ऐसी बनती जा रही थी कि उसे सब कुछ हेय और त्याज्य प्रतीत हाने लगा था। सब कुछ पाकर भी एक विशिष्ट प्रकार का अन्तर्द्वन्द्व सदा उसे खलता रहता था। अपने जीवन में उसने जिस वस्तु की भी कामना की, उसे प्राप्त हुई। प्रेम और धन दोनों ही दृष्टियों से वह सम्पन्न एवं सफल सिद्ध हुआ था। सपना को वह प्रेम करता था, उससे पाणिग्रहण तय हो चुका था। राजेश जो उन दोनों के प्रेमपरक सम्बन्धों के बीच कंटीली तार के रूप में प्रकट था, बहुत दूर जा चुका था। समीर के अंदर-बाहर किसी प्रकार का कोई अभाव या अधूरापन नहीं था। सुखमय जीवन की प्रणयी प्रभात उसके द्वार तक पहुँच चुकी थी। विषयगत दृष्टि से सब कुछ प्राप्त करके उसे सन्तुष्ट हो जाना चाहिए था। परन्तु ऐसा हो नहीं पाया। जब जब वह राजेश के बारे में सोचता अन्धेरे प्रकोट में कोई अजगर-सी छाया उसे उद्विग्न करने लगती थी। बाह्य दृष्टि से सफलता का दम्भ भरने वाला समीर अपने विदग्ध एवं कुण्ठित अहं के आगे स्वयं को परास्त अनुभव करने लगा था। अन्तर्मन के कोमल कक्ष में कोई दमित विषाद उसे सदा दंशित करता रहता था। वह बार-बार यही सोचता रहता, कहीं उसने राजेश के प्रति अन्याय तो नहीं किया? भीतरी जगत में एक अजीब सी पतझड़ी उसांस उसे सदा सन्तप्त करती रहती थी। सदा एक अपूर्व अपरिचित सी कसक, एक ठहरी सी उत्सुकता—एक विचित्र सी विरक्ति उसे तिल-तिल नोचती रहती थी। कभी-कभी वह निराश एवं हताश सा होकर स्वयं से पूछता, कहीं मैं मानसिक रोगी तो नहीं हो गया हूँ? प्रेम और युद्ध में यदि सब कुछ जायज़ है तो फिर यह अन्तर्वेदना कैसी? यह पश्चाताप और अहंनिष्ठ भर्त्सना क्यों?

एकान्त क्षणों में वह कई बार अत्यंत विक्षुब्ध हो उठता था। हर पल यही अनुमान करता जैसे उसके भीतर कोई लगातार भारी हथौड़े से प्रहार करता जा रहा है। जब वह अतीत के उलझे सूत्रों को सुलझाने की कोशिश करता, चिंतन के समस्त तन्तु जवाब दे जाते। उसने सपना और राजेश की निकटता को बड़े भारी मन से, बस ज़हर का घूँट समझ कर ही पीया था। ऐसे में जब भी वह सपना के बारे में सोचता, उसका सुकोमल-महीन आँचल धूल से आवृत नज़र आता। उसकी सुन्दर एवं मनोहर आकृति के साथ-साथ एक विशालकाय छाया डग भरती प्रतीत होती। क्या वह सपना को उस प्रच्छाया से विमुक्त भी कभी देख पायेगा? अतीत का दंश क्या इतना गहरा होकर उसके अहं को भेदता रहेगा? जो कुछ उसने सपना और राजेश को विलग करने के लिए किया था, वह आसानी से अन्तश्चेतन से

धुल नहीं रहा था। जब भी वह सपना की निश्छल आंखों का स्मरण करता एक हल्की व्योम-छाया पलकों में राजेश का चित्र सजा जाती थी। ऐसे में समीर अपना मस्तक दीवार से पटक देता। ओफ। यह कैसी यातना है? विजयोल्लास की जगह ये जलते अंगार कैसे? ऐसे में तो एक बिस्तर पर—दो शरीरों के बीच, किसी तीसरे की प्रतीति सदा ही उसे खलती रहेगी। दो के बीच इस तीसरे का भाव तो सदा कायम रहेगा। सपना-समीर और राजेश के बीच विद्यमान प्रेम त्रिकोण तो हमेशा बना रहेगा, यह तो तोड़ने पर भी नहीं टूटेगा। हाँ, इतना ज़रूर—कोण शायद न रहे परन्तु तीन रेखाएँ या तीन अहंगत दंश तो सदैव अपना अस्तित्त्व बनाये रखेंगे। जब-जब ये रेखाएँ आमने-सामने होंगी, त्रिकोण तो स्वतः बन जायेंगे और इन कोणों के बीच विद्यमान आन्तरिक सहभाव पुनः पूर्ववत् प्रकट हो जायेगा। ऐसे में वह अपने भीतर की खाई के पार कैसे जायेगा? पल-पल रिसते इस दंश से उसे कैसे मुक्ति मिलेगी? जो कुछ बाहर है, महज़ वही सत्य या वास्तव नहीं है। सही वास्तव वह है जिसे आत्मा स्वीकार कर सके। सपना को पाकर भी वह अपने भीतर एक अजीब सा खालीपन, रीतापन और विरसता का बोध अनुभव कर रहा था। वास्तविक सत्य क्या यही नहीं है?

अहंगत दंश और आन्तरिक कटुता से मुक्ति पाने के लिए उसने अपनी मनःस्थिति सपना के आगे प्रकट कर दी थी। दोनों के बीच प्रतिपल पलते और दृढ़ होते तीसरे के भाव को पूर्णतया स्पष्ट कर दिया था? लम्बे-चौड़े पत्र द्वारा अपने पूर्वाग्रहों को ज्यों का त्यों लिख दिया था। उसका अपनापन उसे बार-बार छलने लगता था। प्रयास करने पर भी वह स्वयं को असमर्थ पा रहा था। दोष युक्त अन्तःकरण से वह भला सपना को पूरी तरह कैसे अपना सकता था? शादी की सारी तैयारियाँ हो चुकी थीं। ऐसे में उसका पत्र सपना पर क्या प्रभाव डालेगा, इस ओर से वह पूर्णतया अनभिज्ञ नहीं था। परन्तु अपने प्रति उसे ईमानदारी का यह एहसास अभिव्यक्त करना ही था। सपना दुःखी होगी, उद्विग्न और अस्थिर अवस्था में रो-रो कर बुरा हाल कर लेगी, परन्तु इसका समीर के पास कोई अन्य उपचार या विकल्प नहीं था। शुद्ध प्रेग ऐसे स्वच्छ दर्पण की माँग करता है जिसके आर-पार अपलक देखा जा सके। जहां प्रेम की शुद्धता नहीं है वहाँ निःस्वार्थ भाव की उत्पत्ति नहीं होती। निःस्वार्थ भाव के बिना देश सेवा का प्रश्न ही उत्पन्न नहीं होता। ऐसा ही मंथन क्या वी. एम. के विचारों ने उसे नहीं दिया था? धीरे-धीरे उसके मन की मैल धुलने लगी। अन्तश्चेतन की गहनता में आशा की एक नन्हीं किरण फूटने लगी। निबिड़ अन्धकार मानों छटने को था, शायद इसीलिए उसने स्वयं को काफी दिनों से अपने 'बैडरूम' तक ही सीमित कर रखा था। सपना को पत्र लिखने के उपरांत वह उससे मिलना नहीं चाहता था। मिला भी नहीं; फोन तक नहीं सुना।

इसी प्रकार बाह्य जीवन की गतिविधियों से विलग, एक लम्बा समय बीत

गया। एकांत चिंतन के क्षणों में समीर ने भावनाओं के सागर में असंख्य ज्वार-भाटों से साक्षात्कार किया। चिंतन-नौका विभिन्न तूफानों से होकर गुज़री, अज्ञानता के अंधकूप में दिव्यलोक की चंचला बार-बार दमकी और समीर ने अपनी वास्तविक स्थिति फिर से स्पष्ट करने के लिए तथा अपने रोगग्रस्त मन से मुक्ति पाने के लिए, सपना को एक और पत्र लिखने का निश्चय किया। कई दिनों से दमित एवं संचित विषाद को शब्दबद्ध करके वह अपनी ही बेड़ियों से मुक्त हो जाना चाहता था। जो बेड़ियाँ उसने अपने खुले पैरों में डाल रखीं थीं, उन्हें झटक कर दूर फेंक देना चाहता था।

आन्तरिक ग्लानि भाव जो उसके सहज व्यक्तित्व और मुखमण्डल को प्रच्छन्न कर रहा था, उसे वह छिटक देना चाहता था। कागज़ और पैन उठा कर वह सपना को पत्र लिखने ही लगा था कि सपना ने आँधी की तरह सवेग उसके 'बैडरूम' में प्रवेश किया। वह वहाँ तक कैसे पहुँची? नीचे 'गेट मैन' या नौकर आदि ने उसे रोका क्यों नहीं, समीर एक पल के लिए भौंचका, किंकर्त्तव्यविमूढ़ एवं जड़वत खड़ा रह गया।

साँझ का समय था, बाहर सूर्य की लालिमा ओर-छोर में अपना सिंदूरी दर्पण सँवारने लगी थी। समीर के 'बैडरूम' की सहमी नीरवता 'ए-सी' की ठण्डक में पलंग के नीचे दुबक-दुबक जा रही थी। वे एक लम्बे अन्तराल के बाद मिल रहे थे, और वह भी एक अत्यंत अप्रत्याशित, नाटकीय तथा परवश-सी स्थिति में। अन्तर्द्वन्द्व के कारण समीर का चेहरा म्लान था, अन्तर्वेदना के फलस्वरूप सपना के नेत्र रक्तिम थे। दोनों के बीच केवल बांहों का सेतु विद्यमान था, आंखों से करुणा टपक-टपक जा रही थी। सपना मानों पूर्ण आवेश में थी। भीतरी अस्वस्थता और क्रोध के कारण उसका चेहरा तमतमा रहा था। ओंठ और नासापुट फड़फड़ा रहे थे। समीर का पत्र मेज़ पर पटकते हुए वह लगभग चीख ही उठी,

"यह सब क्या है, समीर—? शादी के कार्ड छप चुके हैं—और तुम?"

भावावेश में सपना ने समीर का शरीर झंझोड़ दिया। आहत एवं परास्त, समीर लड़खड़ा गया। तनिक पीछे हटता हुआ, सपना को संभालने का प्रयास करने लगा। उसे झटकती हुई वह स्वयं पीछे हट गई। समीर के दोषयुक्त नेत्र नीचे झुक गये, साहस बटोर कर उसने कहा,

"सपना। यह शादी अब सम्भव नहीं है—"और एक दीर्घ श्वास भरकर उसने मुख फेर लिया। सपना छटपटा सी उठी, जी में आया विद्युत वेग से आगे बढ़ कर समीर का मुख नोच ले या फिर स्वयं को चिथड़े-चिथड़े करके वायु में उड़ा दे परन्तु नहीं, ऐसा कुछ होने वाला नहीं था। उसे लगा किसी ने भारी भरकम पत्थर से उसका मस्तक छेद दिया है। जल विहीन मीन की तरह तड़पती हुई वह पलंग पर गिर पड़ी। करुण क्रन्दन कमरे की नीरवता को आन्दोलित कर गया,

भावुकतापूर्ण स्वर फूटा,

"मैंने ऐसा कौन सा अनर्थ कर दिया है जो सब तरफ से–" वह कह नहीं पायी। गलदश्रु भावुकता ने उसका गला भर्रा दिया। आह भरकर वह पुनः बोली,

"मुझे फटकारा जा रहा है–कभी तुम, कभी डैडी...और..." वह कह नहीं पायी साँस उखड़ने लगी, "किस दोष के लिए मेरे जीवन से यह क्रन्दन क्रीड़ा की जा रही है, कुछ तो बताओ?" और वह हाथों में मुख छिपा, दहाड़ मारकर रो उठी। समीर उद्विग्न हो उठा। ऐसा लगा किसी ने उसे खौलते तेल के कड़ाहे में पटक दिया है। उसका रोम-रोम भुन-भुना उठा। तुरंत आगे बढ़कर उसने सपना को कंधे से पकड़ कर ऊपर उठाया और भावविह्वल अवस्था में उसे अपने सीने से लगा लिया। सपना का मनोबल जैसे दो टूक हो आँसुओं में गल गया। अस्थिर एवं असहाय सी नारी अपना सब कुछ हार गई। भावावेश में उसने अपना मस्तक समीर के कन्धे पर पटक दिया। आंखों से निर्झर बह निकला। भावासिक्त वाणी में वह कह उठी,

"समीर, तुम नहीं जानते मैं तुम्हें कितना चाहती हूँ–तुम मेरे लिये क्या हो नहीं जान पाओगे तुम–"

वह सिसक उठी, करुण कातर वाणी में पुनः बोली,

"यह सब कैसे सहन करूँगी मैं? सच समीर–मैं मर ही जाऊँगी–ऐसी यातना; यह कलंक–हमारा परिवार कैसे सामना कर पायेगा, यह सब...?"

और वह फफक उठी, अपना कपोल समीर के वक्ष से सहलाती हुई बोली,

"समीर। मैं तुम्हारी वही सपना हूँ–" मुझसे कोई भूल हो गई है तो–"

समीर थिरक गया, ऐसा लगा किसी ने तीखा नश्तर दिल के आर-पार कर दिया। अत्यधिक वेदना विगलित भाव में उसने सपना का आर्द्र मुख कम्पित हाथों में भर लिया। आन्तरिक पीड़ा असह्य थी। शुष्क ओंठ तरलता ओढ़ने का प्रयास जुटाने लगे। कातर स्वर में उसने कहा,

"नहीं सपना, नहीं। ऐसा मत कहो–भूल तुमसे नहीं, कहीं कोई कमी मुझमें रही है। मुझसे ही शायद कोई जघन्य पाप हुआ है–"

सपना ने तरल नयनों से समीर की ओर देखा। माथे पर आश्चर्य सिक्त रेखाएँ उभर रही थीं। समीर ने पूर्ववत् स्नेह सिक्त स्पर्श में सपना को थामे रखा। कुछ रुकते स्वर में कहा,

"लगता है मैंने बहुत बड़ा अन्याय किया है, राजेश भारती के प्रति–"

सपना को जैसे किसी विषैले नाग ने डस लिया हो। सांसों में पिघलता लावा उमड़ आया। वह विद्युतवेग से तुनक कर समीर से अलग हो गई। क्रोध से नसें तन गईं और ओंठ थिरकने लगे। शरीर काँपने लगा। तीखे स्वर में वह चीख उठी, "नाम मत लो उसका, मैं कुछ सुनना नहीं चाहती–अतीत के वे पृष्ठ मैंने जला दिये हैं–कुछ मत कहो समीर–इस व्यक्ति को, इस नाम को–" वह कह नहीं

पाई। शरीर कोमल लतिका की भाँति सिहर उठा। हृदय गति तेज़ होने लगी। समीर ने आत्मीय भाव से उसके कन्धे पर हाथ रखा, विश्वस्त स्वर में कहा,

"आज तुम्हें सब कुछ सुनना है। नहीं कहूँगा तो आन्तरिक यातना से मुक्त नहीं हो पाऊँगा। हमेशा तुम्हारी सुनता रहा हूँ, परन्तु आज–" समीर ने दीर्घ श्वास ली, पुनः कहा,

"हम लोगों ने एक महान व्यक्ति को–" सपना ने उसे फिर झटका दिया, दूर हटती हुई बोली,

"कुछ मत कहो। मेरा अतीत जिस रसातल में समा गया है, वहीं दफन रहने दो। तुम क्यों मेरे धुँधले अतीत को फिर से कुरेदना चाहते हो?" वह पुनः उद्विग्न हो उठी। समीर ने अत्यंत स्निग्ध भाव से उसकी शंकित आंखों में देखा, फिर से उसके कपोल प्रदेश को स्पर्श करता हुआ बोला,

"सपना, तुम सचमुच बहुत अच्छी हो, सुन्दर हो, तन और मन दोनों से–देव कन्याएँ भी तुमसे ईर्ष्या करती होंगी, परन्तु सपना–"

समीर ने हारे जुआरी की भांति अपने हाथ पीछे हटा लिये। नेत्र दूसरी ओर फेर कर मन का भाव छिपाने का प्रयास किया। तनिक सहज स्वर में कहा, "तुम्हारी इन पावन और निश्छल आंखों से आत्मीय भाव समेटने का अधिकारी वही आदमी हो सकता है जिसका मन उजला हो, जो आत्मगौरव और स्वाभिमान से परिपूर्ण हो; जिसका प्रेम निष्कलंक हो, चिंतन निष्कपट हो–"

"समीर, तुम ऐसा क्यों? मैं...आखिर कहना क्या चाहते हो तुम?" सपना ने आश्चर्य चकित नेत्रों से समीर की ओर देखा, शब्द प्रवाह गले में अटक रहा था। समीर कुछ और पीछे हट गया, निश्चिंत भाव से बोला,

"क्योंकि ऐसा कोई गुण मुझ में विद्यमान नहीं है। इसीलिए मैं किसी रूप में भी तुम्हारे योग्य नहीं हूँ, न भावी पति के रूप में और न ही मित्र रूप में–"

"समीर। पहेलियाँ मत बुझाओ, साफ-साफ क्यों नहीं कहते? मेरा दम घुटा जा रहा है–"

सपना धीरे-धीरे पीछे हटती हुई दीवार के निकट चली आई। भीतर शंकाओं और सन्देहसिक्त भावों का बवण्डर उठ रहा था। समीर ने मुख दूसरी ओर करते हुए कहा,

"सपना। मैं तुम्हारा और राजेश का दोषी हूँ, तुम दोनों के बीच दरार मैंने ही पैदा की है–"

"समीर? तुम?" सपना अवाक् रह गई। फटी आंखों से समीर की ओर देखने लगी मानों चिरकाल से अस्वस्थ हो। समीर को जैसे अपना मन पूरी तरह खाली करना था। दीर्घ श्वास भरकर स्थिति से पर्दा उठाता हुआ बोला,

"बात ज्यादा हेर-फेर की नहीं है। तुम्हारे डैडी वी. एम. से घृणा करते हैं

और मैं राजेश से ईर्ष्या करता रहा हूँ, केवल तुम्हारे लिए। श्रुतिकान्त और वी. एम. में व्यक्तिपरक धरातल पर कोई वैर विरोध नहीं है; राजनैतिक सिद्धान्तों की होड़ है। तुम्हारे डैडी नहीं चाहते कि वी. एम. जैसे साफ-सुथरे आदमी राजनीति में आयें क्योंकि हर धनी आदमी भ्रष्टाचार को अपना जन्म-सिद्ध अधिकार मानता है। और मैं—''

समीर ने आह सी भरी, पुनः कहा,

''और मैं तुम्हें हर कीमत पर पाना चाहता था। यह जाने बिना कि सच्चा प्रेम कोरे स्वार्थ से सर्वथा मुक्त होता है। सच्चा प्रेम ऐसी भावनाओं की शुष्क रेती पर रोपित नहीं किया जा सकता, यह अन्तर्मन में स्वतः प्रस्फुटित होता है। इसके लिए अधिकार की नहीं आराधना की ज़रूरत है। और-और—''

समीर को शायद गम्भीर होना था। सांसों की डोर को दूर तक खींचना था। इधर सपना का बुरा हाल होता जा रहा था। जैसे-जैसे रहस्यों की परतें खुलती जा रही थीं, उसका शरीर सुन्न होता जा रहा था। रोम-रोम मानों ठण्डी आह भरने लगा था। समीर ने बात फिर जारी की, दीवार पर हाथ मारते हुए बोला,

''मैंने राजेश भारती पर उस समय प्रहार किया जब वह अत्यंत दुःखी और असहाय था। सुखदेव बाबा के देहांत पर राजेश लगभग टूट ही गया था। इसी समय सुखदेव निवास की गिरवी ज़मीन तुम्हारे डैडी ने अपने अधिकार में कर ली। राजेश को तो कुछ भी पता नहीं चला, सिर्फ चैक बुक की 'काउँटर फुआयल' पर उसके हस्ताक्षर लिये गये थे। राजेश को यह सब करना पड़ा, अनाथ भाई-बहिनों के आश्रय को नीलामी से बचाने के लिए। उसके पास दूसरा कोई रास्ता नहीं था। इस समूचे कपटजाल में सपना—मैं भी एक दृढ़ तन्तु था।''

समीर कहता चला गया, सपना ने सुनकर भी मानों अनसुना ही कर दिया। उसे विश्वास नहीं हो रहा था, उसका समीर इस प्रकार भी...ओफ। उसे सहसा धक्का सा लगा। वह नीचे गिर पड़ी, इस बार समीर ने उसे नहीं सम्भाला—दोनों शायद अपनी-अपनी व्यथा को समेटने में लगे थे। कमरे में पूर्ण स्तब्धता थी, बाहर घना अन्धकार बढ़ रहा था। धीरे-धीरे कोई भयावह नागिन दोनों की सांसों को विषैला करती जा रही थी। सपना अधमरी अवस्था में सिसक ही भर सकी। समीर ने पश्चातापरत अन्तराल को और रीता किया। रुद्ध कण्ठ साफ करता हुआ बोला,

''राजेश किसी प्रकार भी तुम तक न पहुँच पाये, इसका प्रबंध भी पूर्व योजना के अनुसार ही किया गया''

निश्चेष्ट भाव से अपने में ही सिमटी उस निरीह नारी को समीर ने पुकारा,

''सपना, तुम ही कहो, गंगा सी पावन तुम्हारी आंखों में झांकने के लिए इतना आत्मबल यह अधम समीर कहाँ से लायेगा—? मर कर भी मेरे मन का दाग धुल नहीं पायेगा—''

कहते-कहते समीर भावुक हो उठा। दमित विषाद आंखों में छलक आया। तरल वाणी में बोला,

"मैं अच्छा आदमी नहीं हूँ, सपना—हाँ, तुम्हारे संसर्ग में अच्छा बनने की लालसा ज़रूर की थी। हार गया, स्वार्थी हूँ न, क्या करता? एकांत में जब-जब तुम्हें मिला, स्वच्छ पलकों में मैल उतर आई। असली सपना बाहरी शरीर से कहीं बहुत दूर है, यह बात उस समय जानी जब मैंने तुम्हें और राजेश को बहुत निकट से देखा।"

समीर की गीली पलकों से अश्रु बह चले थे। सपना जड़वत्-सी एक ओर लुढ़की पड़ी थी। दोनों की आहें अबाध थीं। समीर को तो बात पूरी करनी ही थी, अस्थिर वाणी में पुनः कहा,

"तुम्हारे निकट आकर भी तुमसे बहुत दूर रहा। विदेशों में बहुत कुछ ऐसा करता रहा जो एक सज्जन व्यक्ति को नहीं करना चाहिए। विशेषकर ऐसी हालत में जब तुम्हारा स्नेही आँचल पूरी तरह मेरे ओर छोर में परिव्याप्त था। सबसे बड़ी बात..."

समीर ने विदग्ध आह भरी,

"मैं अहंगत संकीर्णता से मुक्ति नहीं पा सका। नहीं चाहता था कि राजेश का व्यक्तित्व और अधिक निखर कर तुम्हारे सामने प्रकट हो। इसीलिए मैंने 'कम्प्यूटर' का सारा प्रोग्राम नष्ट करवा दिया जिसके अनुसार तुम दोनों ने जापान जाना था। ओफ। सपना— मैं कैसे सहन कर पाता यह सब, तुम दोनों अकेले जापान में जैसे मनाली में थे—"

कमरे में पूर्ववत् प्रगाढ़ प्रशान्ति थी। केवल सांसों की धीमी हरकत विद्यमान थी। सपना मौन भाव से पलंग के नीचे सटी बैठी थी और समीर दीवार की ओर मुख किये अपने अन्तर की परतों को उधेड़ता जा रहा था। कुछ देर दोनों मौन रहे, समीर ने मस्तक घुमाकर अर्द्धचेतन सी अवस्था में लेटी सपना की ओर देखा। आंखों में वेदना उमड़ आई, कुछ सोच कर बोला,

"सपना, वे लोग बहुत अच्छे हैं, विशेषकर राजेश बहुत श्रेष्ठ व्यक्ति है। मैं उस ऊँचाई को कभी छू भी नहीं सकता। हम लोग बहुत स्वार्थी हैं सपना—केवल अपने हित के लिए सोचते हैं। अपार धन इकट्ठा करते हैं केवल निजी सुख के लिए, प्यार भी करते हैं वो भी किसी फायदे के लिये या फिर अहंगत परितोष के लिए। और उधर..."

समीर ने ओंठ तर करते हुए दीर्घ श्वास लिया,

"उधर सब कुछ परहित है। बिना किसी बड़े साधन के राजेश सदा देश के बारे में सोचता है, दूसरों के लिए जान तक न्योछावर करने को तत्पर रहता है। मनाली में उसने ही तुम्हें नया जीवन दिया है। यह सब कैसे बिसारा जा सकता

है?'' कहते-कहते समीर चुप हो गया। गीली आंखों से छत की ओर देखता हुआ फिर कहने लगा,

''तुम्हें पाकर भी यदि मेरे भीतर कहीं पश्चाताप या अधूरेपन का भाव बना रहा तो सब बेमानी हो जायेगा। उधर परास्त एवं तिरस्कृत मन से भला राजेश क्या पायेगा? प्राणी मात्र के प्रति उसकी आस्था और विश्वास धुँधला जायेंगे। देश में भ्रष्टाचार का कैंसर चतुर्दिक अपनी जड़ें मजबूत करेगा और फिर एक दिन सब कुछ–'' कहते-कहते समीर अधिक स्थिर हो गया। विश्वस्त स्वर में पुनः बोला,

''जो इतिहास उन्होंने रचना है, सपना–मेरे माथे का कलंक ही उसकी स्याही बने, यह मुझसे सहन नहीं होगा। इस धृष्टता के लिए, हो सके तो मुझे क्षमा कर देना। रही तुम्हारे डैडी की बात–मैं उन्हें समझा दूँगा। तुम्हारा ऋणी हूँ मैं, दोषी हूँ–जो सज़ा दोगी, चुपचाप सहन कर लूँगा''

और कहते-कहते समीर फफक उठा। सपना को लगा किसी गहन तन्द्रा के उपरांत उसका भारी शरीर पुष्प सा हलकापन ओड़ लाया है। आकाश का धुँधलापन नीर भरी दुःख की बदरी में रत्ती-रत्ती बहकर आनंद के चिरंतन सागर में विलीन हो गया है। ढेर से अश्रु बहा कर मानों उसका अन्तर्मन पूर्णतया विषाद मुक्त हो गया था। आंखों से बहे निर्झर ने मन की कालिमा और सन्देह को पूरी तरह स्वच्छ और निर्मल बना दिया। रोम-रोम में एक नयी उत्तेजना, स्फूर्ति एवं शक्ति संचारित हो उठी। अंग-अंग सहज विश्वास और नारी सुलभ करुणा में सराबोर हो गया। आन्तरिक प्रभा पुंजों ने उसका म्लान मुखमण्डल भी आलोकित कर दिया। मन्त्र चालित सी वह तुरंत उठकर खड़ी हो गई। निराशा और दीनता के भाव पलक मार गये; सपना फिर से अपने सहज स्वरूप एवं आत्मविश्वास में लौट आई। धीरे-धीरे डग भरती हुई समीर के पास पहुँची। कोमल हाथों से उसका मुख अपनी ओर किया। देर से उलझे उसके बालों को आत्मीय भाव से छेड़ दिया; झुकी पलकों में अपने विश्वस्त नयन स्थिर करती हुई बोली,

''समीर–मेरी ओर देखो–''

समीर ने एक दोषी की भांति सन्देह सिक्त नेत्र ऊपर उठाये सपना ने उसे भरपूर निहारते हुए कहा,

''समीर, यह तुम हो? इतने महान, इतने श्रेष्ठ जिसकी कोई कल्पना तक नहीं कर सकता–यह तुच्छ नारी आज तुम्हें इस रूप में पाकर धन्य हुई, उत्कृत और गद्‌गद् हो गई।''

पुनः प्रेमभव ढंग से उसके मुख पर हाथ फेरती हुई बोली,

''मैं नहीं जानती देव पुरुष कैसे होते हैं, अब लालसा भी नहीं है। इतना ज़रूर कहूँगी इस धरती पर जब भी कोई देव पुरुष आया होगा, उसकी साँस इसी देह से होकर गुज़री होगी–''

पुनः एक दीर्घ श्वास लेकर सपना ने समीर को अपने निकट किया, ओंठ तर करती हुई बोली, "चिरकाल से बंदी इस आत्मा को तुमने मुक्ति प्रदान की है। कृतज्ञ हूँ मैं तुम्हारी—जाने अनजाने राजेश के प्रति जो अन्याय हुआ उसका जो तिरस्कार और अपमान मैंने किया है, उसका पश्चाताप कर पाऊँगी या नहीं, मैं नहीं जानती। इस जन्म में शायद ऐसा हो भी न पाये—परन्तु समीर—"

सपना उसके शरीर के और निकट हो गई, "तुम्हारे प्रति मेरी श्रद्धा और भी बढ़ गई है। एक शरीर तो क्या मेरे जैसे हज़ारों शरीर तुम्हारी अर्चना में होम किये जा सकते हैं—"

अत्यंत स्नेहसिक्त भाव से सपना ने उसका मस्तक चूम लिया, ढेर सा प्यार छलकाती हुई बोली,

"यह दीन और दुःखी नारी तुम्हें और कुछ नहीं दे सकती। मेरी यही वंदना स्वीकार करना—" और वह फूट-फूट कर रो उठी, पीछे हटती हुई भावसिक्त एवं तरल स्वर में बोली,

"आज मैं स्वयं को संसार की सबसे गौरवमयी तथा भाग्यशालिनी नारी कह सकती हूँ। जिन दो पुरुषों का सामीप्य मैंने चाहा और पाया—वे दोनों ही सृष्टि की अनन्यतम विभूतियाँ हैं जिसका कोई अपरूप नहीं है—परन्तु हे मेरे विधाता—"

सपना ने निरन्तर बहते आँसुओं को सूनी अंजलि में भरने का प्रयास किया—

"इसीसे मेरा दुःख और सन्ताप तो कम नहीं हो जायेंगे" पुनः वह समीर की ओर मुड़ती हुई बोली,

"समीर, इस स्थिति में राजेश मुझे अपनायेगा या नहीं—यह बात गौण है। मेरे कारण उसे जो अवमानना झेलनी पड़ी है, उसके लिए मुझे तय तो करना ही है—मरने से पहले उससे क्षमा की विनती तो करनी ही है—आह समीर, इस अधमा को हालात ने कैसे धुंधले चौराहे पर पटका है, यहाँ न कोई मार्ग है, न ही प्रकाश—" पुनः समीर की ओर देखती हुई बोली,

"फिर भी मैं तुम्हारी आभारी हूँ; विदा होने से पूर्व आँसुओं में ढ़लती यह शिथिल भावना अपने सम्पूर्ण नारीत्व सहित, युग-युग से संचित समस्त पवित्रता एवं वैभव को साक्षी मान, तुम्हें नमस्कार करती हूँ; मुझसे कभी भी कोई भूल हुई हो—एक सपना समझकर ही भुला देना—बस" और सिसक भरकर वह नीचे धरती पर झुकने को थी कि समीर ने उसे बांहों में समेट लिया, आंखों से दो मोटे अश्रु टपक सपना की चरण रज में समा गये। समीर की ओर से सपना के लिए यही आशीष था और यही मंगलकामना।

◆◆◆

छब्बीसवाँ अध्याय

सुचित्रा अपने कलाकक्ष में थी। आंखों के सामने शिवानी का चित्र टंगा था जो उसने बहुत पहले बनाया था। निर्निमेष नेत्रों से वह उसे अपलक निहारती रही, एकटक बस मन्त्रमुग्ध अवस्था में ध्यानरत योगी की भांति। ग्रीष्म ऋतु थी, बाहर भास्कर भगवान अपने पूर्ण यौवन पर थे, कमरे में कृत्रिम ठण्डक के आधुनिक सभी उपकरण मौजूद थे फिर भी बाहरी ताप उसकी सांसों में ज्यों का त्यों ढलता जा रहा था। जब भी वह श्वास भरती, ऐसा लगता मानों कोई ज्वालामुखी करवट ले रहा है। सोच रही थी कहीं उसने शिवानी के प्रति अन्याय तो नहीं किया है? चिरकाल तक उस ओर से विरक्त रहना क्या उपयुक्त है? शिवानी उसकी प्रिय सखि है, ऐसे दुःख की घड़ी में क्या उसके साथ नहीं होना चाहिए था? क्यों जान बूझकर वह पीछे हटती रही है। न कोई फोन, न ही कोई चिट्ठी-पत्र। ऐसा अनुभव हुआ वह अपनी ही पूर्ण धारणाओं में बन्दी है। क्या-क्या सोच रखा था उसने मनोज और शिवानी के भविष्य के बारे में? उसने अतृप्त नेत्रों से पुनः शिवानी के चित्र को देखा, आह सी भरकर नेत्र झुका लिए। मन में कैसी प्रबल कामना थी कि शिवानी इस घर की बहू बनकर आये—वह सब कुछ उसे सौंपकर सदा के लिए निश्चिंत हो जायेगी। परन्तु देखते ही देखते सब कुछ आकाश पुष्प सा कल्पना लोक में विलीन हो गया। पारिवारिक मर्यादा के दृढ़ प्रकोट ने उसे सब ओर से सीमित कर दिया। वह करेगी भी तो क्या? स्वयं को तो उसने जैसे-तैसे सम्भाल लिया था, परन्तु मनोज की वेदना असह्य थी। अपने भाई को वह इस प्रकार पल-पल मरता नहीं देख सकती थी। दादू से वह कहे भी तो किस आधार पर। कल्पनाओं के संसार में भावनाओं का क्या यही मूल्य रह जाता है? सामाजिक यथार्थ पत्थर सा निर्मन है, भावनाओं का सुनहरी दर्पण गिरा कि चूर-चूर हो गया। ऐसी स्थिति में वह शिवानी के प्रति अपना उत्तरदायित्व कैसे निभा सकती है? क्या दुःख के असीम सागर में निराधार बहती अपनी सखी को वह ऐसे ही विलग कर देगी? ओफ। उसका सिर फटने लगा। अभी वह अन्तर्द्वन्द्व से पूरी तरह मुक्त नहीं हो पाई थी कि नौकर ने द्वार से भीतर झाँकते हुए कहा,

"छोटी मालकिन—समीर बाबू आये हैं? मिलना चाहते हैं? कुछ कहूँ—"

समीर का नाम सुनते ही सुचित्रा का दिल सागर के वक्ष सा धड़क गया। आश्चर्यमिश्रित उल्लास ने शरीर का रोम-रोम कम्पायमान कर दिया। उन्मुक्त पंछी को मानों फिर से किसी ने स्वर्णिम पिंजरे में डाल दिया। समीर किसी पूर्व सूचना के इस प्रकार सहज ही कभी छितरे बादलों सा बरस पड़ेगा, वह कल्पना तक नहीं कर सकती थी। वह सिहर उठी, विचार विकेन्द्रित हो गए, भावनाओं ने असंख्य नए भँवर रच दिये। स्वयं पर काबू रखते हुए उसने नौकर को आदेश दिया,

''उन्हें आदर से बिठाओ—मैं अभी आई—''

और सुचित्रा ने विद्युत गति से स्वयं को दर्पण के सामने खड़ा पाया। बाह्य रूप सज्जा के प्रति उसकी विशेष आसक्ति या मोह नहीं था। परन्तु समीर के सामने वह—लेकिन क्यों? उलझी केश राशि तक पहुंचते-पहुंचते उसके हाथ फिर रुक गये। सन्देह सिक्त मन ने उसे पुनः अस्थिर बना दिया, कहा—समीर, इस समय? कहीं शादी का निमन्त्रण, ओफ सुचित्रा का शरीर एकदम से ठण्डा पड़ने लगा। क्षणपूर्व की सारी खुशी विषाक्त संवेदना में ढल गई। समीर से जुड़े अपने हर कटु अनुभव को वह ज़हर सा निगलती रही है। आज एक बार फिर—, उद्विग्न सी होकर उसने कृत्रिम चमक के सब प्रसाधन पीछे हटा दिये। जो कुछ जैसा है, वैसा ही रहना चाहिए। अब बाकी बचा भी क्या है, जीवन का अन्तिम कटु सत्य—

अनमनस्क भाव से वह 'ड्राईंग रूम' में चली आई। उसे देखते ही समीर उठ खड़ा हुआ। आंखों ने अभिवादन कहा। सुचित्रा के नेत्र ऊपर उठे ही थे कि वह धक्क से रह गई। जहाँ खड़ी थी वहीं प्रस्तर सी जम गई। काटो तो शरीर में रक्त की बूंद न हो। समीर और ऐसी दयनीय अवस्था में? मुखमण्डल म्लान पड़ गया था, नेत्रकोरों में श्यामलता झलकने लगी थी, रूखे बालों से मानसिक उद्वेल टपक रहा था। चेहरे की आभा और आंखों का विश्वास मानों पलक मार गये थे। उसकी हालत ऐसी थी मानों वह चिरकाल से रोगग्रस्त है। उसे ऐसी निरीह अवस्था में देखकर सुचित्रा का कलेजा दो टूक रो उठा। अन्तर्मन हाहाकार कर उठा। परन्तु ऐसी हृदयविदारक स्थिति में वह कर भी क्या सकती थी? उसने स्वयं पर नियन्त्रण रखने का प्रयास किया, शंकित नेत्रों से इधर-उधर देखती हुई बोली,

''आप? इस समय—? ऐसी धूप में—अकेले?''

सुचित्रा ने बाहर की ओर देखते हुए उत्सुकता व्यक्त की,

''सपना दीदी साथ नहीं हैं, क्या?''

''नहीं—'' समीर ने अस्थिर वाणी में कहा,

''पतझड़ के इस समीर को शायद अकेले ही बहना है। सपना अब मेरे साथ कभी नहीं हो पायेगी?''

सुचित्रा आश्चर्य चकित रह गई। मानों एक पहाड़ और टूटा हो। वह खण्डित अवशेषों में दबने लगी। शंकित भाव से ओंठ कांपने लगे, अस्थिर होकर बोली,

"यह आप क्या कह रहे हैं?" सुचित्रा उद्विग्न थी, समीर आहत था, सूनी आंखों से सुचित्रा की ओर देखता हुआ बोला,

"शायद मैं ही उसके विश्वास को छू नहीं पाया, सागर से असीम प्रेम की थाह नहीं पा सका। गंगा की शीतल एवं पावन धारा में यही कंकर भीग नहीं पाया–"

सुचित्रा चकित एवं ललक भरी नज़रों से बस उसे देख भर सकी। विस्मृत सी, सन्तप्त सी–समीर ने अपने रूखे बालों को ठीक किया। तनिक शान्त स्वर में पुनः कहा,

"हम सभी अपने अपने अभावों के बन्दी हैं। बाहर भटकते रहते हैं, जबकि सत्य और वास्तव नितान्त व्यक्तिपरक है। अच्छा-बुरा, पाप-पुण्य–सत्य-असत्य–सब हमारे अपने मन की उपज हैं। बस इन्हीं वीथिओं में कहीं मैं भी भटक गया और सपना को खो दिया। अपनी-अपनी नियति है। कोई कुछ नहीं कर सकता"

दीर्घ सांस भरकर समीर ने भीतर सन्ताप को सहज होने का प्रयास किया,

"बैठने को नहीं कहोगी?"

बातों ही बातों में सुचित्रा तो भूल ही गई थी कि वे काफी देर से खड़े हैं। उसे स्वयं पर लज्जा आने लगी। संदर्भ ही कुछ ऐसा था कि वह आस-पास सब कुछ भूल गई। पुनः तुरंत संकेत करती हुई बोली,

"धृष्टता के लिए क्षमा चाहूँगी–आपको ऐसी हालत में देखकर स्वयं पर काबू नहीं रख पाई–भूल गई सब–"

समीर ने अपने थके-टूटे शरीर को पुनः सोफे पर पटक दिया। पीठ सीधी करता हुआ बोला,

"मनोज कहता था, तुमसे मेरा 'पोटरेट' बन नहीं पा रहा था। उस समय शायद मैं 'मैं' नहीं था। अब कुछ भी बनाओगी–सार्थक बनेगा–"

सुचित्रा ने उधार की हँसी से ओंठों को सज्जित किया। समीर के सामने बैठती हुई बोली,

"अब शायद चित्र बनाने की ज़रूरत न पड़े?"

"क्यों?" समीर ने शंकित नेत्रों से उसकी ओर देखा। सुचित्रा ने आत्मीय स्वर साधा, धीरे से कहा,

"उस समय आप अधूरे थे, सृजन प्रक्रिया चल सकती थी, अपूर्ण से पूर्ण की ओर, जहाँ भावनाओं का बनना-मिटना नहीं होता, कला का सृजन सम्भव नहीं है–"

समीर ने एक हारे जुआरी की तरह मस्तक झुका लिया, आंखें नीचे फर्श पर थीं। ओंठ तर किये, कहा,

"सबकुछ 'वाईण्ड' करके बाहर जा रहा हूँ, सदा के लिए–'स्विस लैण्ड' में बड़ा होलट बन रहा है। शायद वहीं रहना हो। जाने से पहले तुम्हें एक बार..."

कहते-कहते वह मौन हो गया। भारी पलकों से सुचित्रा की ओर देखा, वह गम्भीर मुद्रा में कालीन के बहुरंगी 'पैटर्न' में खो रही थी। अस्पष्ट रंगों में उसके मन का रंग कहीं खो ही गया था। कैसे पायेगी उसे वह; नेत्र शायद तर होने लगे थे। अपनी ही निजता में वह और सिकुड़ गई। सपना की ओर से इस प्रकार प्रतिमुख हुए अपने प्रेमी को क्या अपने सम्पूर्ण अस्तित्त्व एवं निजता सहित अपना सकेगी? समीर से निकटता के दौरान यह कसक क्या उसे चैन लेने देगी? यह दंश क्या सदा नहीं रहेगा? समीर उसका था ही कब? फिर ऐसे में...डाली से टूटे पुष्प को वह अपनी वेणी में कैसे सजा पायेगी? इस उधेड़-बुन में कुछ क्षण और बीत गये। दोनों ही अपने-अपने भावों की उथल-पुथल में तल्लीन, सहमें से बैठे रहे। शिविर के दौरान उसे सपना और राजेश भारती की निकटता का आभास ज़रूर हुआ था, परन्तु वह सहचर्य समीर की प्रणय राशि को कण करके बिखेर देगा, ऐसी कल्पना तक नहीं की थी। वह असमंजस में थी, विचारों के बात चक्र में अभी कोई स्थिर सोपान खोजने में प्रयासरत थी कि समीर ने उसका ध्यान आकृष्ट किया, दबी आवाज में कहा,

"आज तुम्हारे हाथ की चाय पीना चाहूँगा, यदि तुम्हें आपत्ति न हो—"

सुचित्रा ने स्नेही गीली पलकों से समीर की ओर देखा, वह कृतकृत्य हो उठी। कोई अन्य अवसर होता तो वह जिस खुलेपन से इस इच्छा को स्वीकारती, नहीं जानती थी। परन्तु उस समय ऐसी दुविधा की स्थिति में वह कुछ कह नहीं पाई। करुण दृष्टि से समीर को देखा, आह सी भरी और रसोईघर में चली आई। एकांत में वह भाव विह्वल हो उठी। समीर को ऐसी दुःखी अवस्था में देख उसका मन पसीज उठा। कुछ भी हो उसने समीर को पूजा भाव से चाहा था। उसे वैसी विषण्ण मुद्रा में कैसे देख सकती थी? यन्त्रचालित हाथों से उसने चाय का कप तैयार किया? छलकती आंखों से अपनी माँ को स्मरण किया। सहसा बहुत पहले की एक अविस्मरणीय घटना उसके चेतना चक्षुओं में कौंध गई। उस समय वह मैट्रिक में पढ़ती थी। स्कूल में जैन साध्वियों का आगमन हुआ। धर्मस्थान के निर्माण के लिए सुचित्रा ने अपनी माँ की स्मृति में एक भारी राशि अनुदान में दी थी। जलपान के समय सुचित्रा ने प्रमुख साध्वी को चाय का प्याला भेंट किया। साध्वी ने अत्यंत आत्मीय भाव से आशीष देते हुए कहा था,

"पुत्री, धर्मस्थान के लिए तुम्हारी श्रद्धा पाकर मैं गद्‌गद्‌ हूँ। हम चाय का सेवन नहीं करते। मेरा आशीर्वाद है, जब भी तुम अपने हाथ की बनी चाय किसी को अर्पित करोगी, उसका मन शांत हो जायेगा और वह व्यक्ति हर प्रकार के दुःख सन्ताप से मुक्त होकर तुम्हारी सद्‌भावना में स्थिर हो जायेगा—"

बात बहुत पहले की थी। स्मरण करने का अवसर ही नहीं बन पाया। समीर के दुःख ने मानों उसे पूर्णतया भावासिक्त कर दिया। आंखें सजल होने लगीं। पलकें

मूँदकर उसने अपनी माँ को स्मरण किया, अतृप्त ओंठ थिरके, सुचित्रा ने प्रार्थना की—

"माँ, मैंने अपनी होश में उन्हें ही अपने जीवन का सर्वस्व माना है। वे दुःखी हैं, मैंने इस जन्म में कभी कोई पुण्य किया है तो उनका सन्ताप हर लो। बस, मुझे और कुछ नहीं चाहिए, मैं सब बंधनों से मुक्त हो जाऊँगी—इस दुखियारी की इतनी बात रख लो, माँ—" और वह सिसक उठी। दो मोटे गर्म अश्रु उसकी आंखों से टपक चाय के प्याले में खो गये।

कम्पित ड्डाथों से सुचित्रा ने चाय समीर के आगे रख दी। उसके शुष्क ओंठ कब प्याले तक पहुँचे, कब चाय कण्ठ के नीचे गई, शायद किसी का ध्यान नहीं था। कमरे में पूर्ववत् नीरवता विद्यमान थी। धीमी हरकत में केवल द्वार के पर्दे सांसें ले रहे थे। जितनी देर समीर चाय पीने में संलग्न रहा, सुचित्रा अपने आन्तरिक भाव जाल को सम्भालने में आत्मनिरत रही। दोनों ओर अपना-अपना असमंजस था, दुविधा की स्थिति में दो पतवारहीन नौकाएँ किनारे की खोज में भटकती जा रही थीं। परन्तु किस किनारे की ओर—

समीर ने चाय का प्याला लगभग खाली कर दिया। सहसा उसे झटका सा लगा। इधर-उधर ध्यानपूर्वक देखता हुआ वह तुरंत उठकर खड़ा हो गया। चेहरे की थकान मानों चाय की ऊष्मता में पलक मार गई। गहन दृष्टि से सुचित्रा की ओर देखते हुए बोला,

"चलूँगा—देर हो रही है। चाय के लिए धन्यवाद नहीं दूँगा, आज तुमने खुद बनाई है न..."

और वह आत्मनिरत सी मुद्रा में द्वार की ओर बढ़ने लगा। सुचित्रा भी यन्त्रवत् उठ खड़ी हुई, समझ नहीं आ रहा था, वह क्या करे? चलते-चलते समीर सहसा रुका, उन्मुक्त स्वर में बोला,

"अरे हाँ सुचित्रा—मैं तो भूल ही गया। जाने मुझे क्या हो गया है, लगता है दिमाग कमज़ोर पड़ गया है। याद आया, मनोज के लिए ज़रूरी सन्देश है। मैंने कई बार मनोज से बात करनी चाही, परन्तु लाइन पर नहीं मिला—"

सुचित्रा ने तनिक उत्सुकता से समीर की ओर देखा। समीर ने माथे को सहलाते हुए कुछ याद करने का प्रयास किया। अर्थपूर्ण नेत्रों से सुचित्रा को देखते हुए कहा,

"मैं ठीक से समझ नहीं पाया। अमेरिका जाते समय वसुमित्र जी से 'एयरपोर्ट' पर मेरी भेंट हुई थी, जल्दी में उन्होंने कुछ कहा था। शायद शिवानी के बारे में बता रहे थे। कुछ ऐसा—शिवानी देव दासीपरिवार से नहीं है। कलावती—? हाँ, यही नाम लिया था उन्होंने, कलावती उसकी दाई माँ है। वी. एम. जी ने मनोज के लिए कुछ ऐसा सन्देश ही दिया था। बाकी बात वे खुद करेंगे—"

"क्या? शिवानी देवदासी परिवार से नहीं है?" हर्षातिरेक में सुचित्रा का मुख

खुला रह गया। ऐसा लगा किसी दैवी संस्पर्श ने कुबेर की सम्पूर्ण सम्पदा नंग-धड़ंग आदमी के आगे बिखेर दी है। पतझड़ की शुष्क बियार को मलयज पवन ने अपने आँचल में समेट लिया है? नीरस एवं तप्त बालुकणों को शीतल लहर ने अपनी अंक में भर लिया है। इन्द्रधनुष के सातों रंग सात देव पुरुषों का परिधान पहन उसके प्रांगण में उतर आये हैं। सुचित्रा को लगा, किसी अदृश्य सत्ता ने उसे पुष्प सा स्पर्श देकर ओर-छोर में दिव्य पराग छिटक दिया है। बादलों में छिपी कोई मधुर रागिनी धीरे से नवरस टपका गई है। वह प्रसन्नचित, प्रफुल्लित मुद्रा में समीर को सिर से पाँव तक निहारती रह गई, बस देखती रह गई। समीर को इस बात का तनिक भी आभास नहीं था कि उसका यह सन्देश सुचित्रा के लिए इतना आह्लादकारी, मुक्तिदायक और आनंदकारक है। उस दिन समीर का वहाँ आना इस मृत परिवार के लिए किस प्रकार से संजीवनी तुल्य था? इसे केवल सुचित्रा ही समझती थी, समीर नहीं—

अपनी बात समाप्त करके समीर पुनः गम्भीर हो गया। एक पल रुक कर उसने पूरे कमरे को पलकों में उतराने का प्रयास किया, उचकती दृष्टि से सुचित्रा की ओर देखा और आह सी भरकर द्वार की तरफ पाँव बढ़ा दिये। सुचित्रा के शरीर को मानों कोई दिव्य संवेदना छू गई। कानों के समीप कोई अलौकिक कम्पन छेड़ गया। कमरे की गहन नीरवता से जैसे कोई प्रसुप्त स्वर जाग उठा; किसी ने धीमे से कहा, "सुचित्रा—समीर जब भी तुम्हारे निकट आया है, तुम्हारी चेतना ने सर्जना के नये पंख सजाये हैं। मुकलित मन ने ढेर सा पराग पाया है। विदग्ध अन्तःकरण ने उल्लासमयी नदियों में गोते लगायें हैं, और आज—आज तो वह विश्व का सारा अमृत ही इस प्रांगण में छलका गया है। तुम्हें और मनोज को नवजीवन प्रदान किया है। दिव्यता के इस मौन सागर को क्या तुम्हारे द्वार से ऐसे खाली हाथ ही लौट जाना होगा? तुम्हारी साधना की शीतल सरसी से इस प्यासे पथिक को क्या दो घूँट पानी भी नसीब नहीं होगा? बोलो सुचित्रा—"

ऐसा लगा कोई अलौकिक प्रभापुंज उसे अन्धकार से उजाले में ले आया है। विद्युत वेग से वह आगे बढ़ी और समीर को रोकती हुई बोली,

"सुनिए—"

समीर ने पीछे मुड़ कर देखा। सुचित्रा का मुखमण्डल प्रकाशमान था। आंखों से कृतज्ञता टपक रही थी। वह रुक गया। निरभ्र नभ की अचल दीपशिखा सी, इष्टदेव के मंदिर में उज्ज्वल आरती सी, संवेदनशील अन्तःकरण की तरल उद्भावना सी, वह धीरे-धीरे आगे बढ़कर समीर के शरीर से सट गई। दोनों ओर एक आत्मीय स्पर्श। सांसें मानों ठहर गई हों। समीर के अतृप्त एवं त्रस्त भावों के लिए विश्रान्ति। सुचित्रा ने अत्यंत कोमलता से समीर के कंधे पर अपना मस्तक रख दिया, पलकें झुकीं। सरस ओंठों ने कहा, "क्या विदेश जाना ज़रूरी है—?"

समीर मानों अभिमन्त्रित हो उठा। आश्चर्यान्वित मुद्रा में उसने सुचित्रा की ओर देखा। अस्पष्ट स्वर में कहा, "और कर भी क्या सकता हूँ–?"

समीर की वाणी में दमित वेदना सहज मुखरित थी। सुचित्रा ने विश्वस्त नेत्रों से समीर की संदिग्ध पलकों में देखा। रससिक्त वाणी में कहा,

"सब कुछ समेट पाना क्या इतना आसान है–?"

पुनः वह कुछ सोचने लगी। धीरे-धीरे श्वास तेज होने लगी। नारी सुलभ संवेदना स्वतः प्रकट होने को थी। लाज की लालिमा ने कपोल प्रदेश को ढाँप लिया, पलकें भीग आईं। अतीव मधुर स्वर में सुचित्रा ने कहा,

"इस प्रांगण में जो कुछ विखरा रह जायेगा, उसे क्या आसानी से भूल पायेंगे आप? उसे कौन समेटेगा?"

समीर के भीतर मानों कसकमय टीस उभरी हो। वह अस्थिर हो उठा। अंग-प्रत्यंग विचलित होने लगे। साँस थिरकने लगी। घनीभूत वेदना से वशीभूत उसने सुचित्रा का अश्रुसिक्त आनन अपने कम्पित हाथों में भर लिया। आंखें अस्थिर और ओंठ व्याकुल थे, सांस भर कर बोला,

"सुचि, यह रेतीला समीर किसी प्रकार भी इन पावन पलकों के योग्य नहीं है–"

"बस–इसके आगे कुछ नहीं।" सुचित्रा ने एक ही झटके में अपना मस्तक समीर के वक्ष से सटा दिया। आंखों में सावन भादों उमड़ पड़े। रससिक्तवाणी में उसने पुनः कहा–

"इतना सम्मान पाकर यह तुच्छ नारी आज धन्य हुई। समीर बाबू, आप सचमुच महान हैं। हमारे देश की नारी आज भी अबला है? इस अबला की भावनाओं को भला कौन समझता है? आपने समझा, यही आपकी उदारता है।"

कुछ रुक कर उसने भर्राए कण्ठ को सहज किया। छलकती आंखों से समीर के अर्थपूर्ण नेत्रों में झाँकते हुए नारी सुलभ गरिमा एवं अधिकार से कहा, "हम विदेश नहीं जायेंगे। क्यों जायें? जिन परिचित लोगों की भीड़ में मैंने आपको खोया है उन्हीं के बीच मुझे आपको फिर से तलाशना है, फिर से पाना है–" और वह रो उठी।

समीर ने कुछ उत्तर नहीं दिया, दीर्घ श्वास ली और सुचित्रा का मस्तक थपकते हुए उसे अपनी बांहो में समेट लिया–एक अविस्मरणीय चुम्बन, एक प्रगाढ़ आलिंगन, एक दिव्यानुभूति। दूसरे कमरे में खड़ी सुचित्रा की बुआ आंखों से निरन्तर बहते आँसुओं से अपना आँचल गीला करती जा रही थी। भगवान ने शायद उसकी सुन ली थी।

◆◆◆

सताइसवाँ अध्याय

सपना और समीर के सम्बंध विच्छेद से दोनों परिवारों में भीषण बवण्डर उत्पन्न होना स्वाभाविक ही था। उच्च परिवारों में कई बार रिश्ते-नाते भी आर्थिक लाभ-हानि या कारोबारी लेन-देन को सम्मुख रखकर ही किये जाते हैं। ऐसे में पारिवारिक भावात्मक अन्तर सूत्र बहुत ढीले रह जाते हैं। बाह्य दृष्टि से घनिष्ठ प्रतीत होने वाले सम्बन्ध हलके से झटके में छिन्न-भिन्न हो जाते हैं। उनके परिवारों के बीच आदान-प्रदान कुछ ही दिनों में मौन पड़ने लगा, परन्तु सपना और समीर के लिए इस बदली स्थिति के अनुरूप ढल पाना, इतना, सुगम नहीं था। दोनों ने अपने-अपने ढंग से परिस्थितियों का सामना किया। दोनों ओर के उलझे छोरों को समझा-बुझाकर सुव्यवस्थित किया। सब कुछ इतनी सरलता से न हो पाता यदि देश की वर्तमान राजनीतिक स्थिति में एकदम से बदलाव न आ गया होता। केन्द्रीय सरकार केवल चार ही सांसदों की गोटी का खेल बनकर रह गई थी। सत्ताधारी पार्टी के पास स्पष्ट बहुमत की कमी थी। प्रतिदिन सरकार को खण्डे की धार से होकर संसद में प्रवेश मिलता था, फिर एक दिन सहसा पाँव की धरती खिसक गई। केवल चार की गिनती सारी सत्ता को ले डूबी। राष्ट्रपति द्वारा लोकसभा भंग कर दी गई और राष्ट्र एक बार पुनः चुनाव की भट्ठी में झोंक दिया गया। राजनैतिक पर्दे पर इस अप्रत्याशित चित्रदर्शन ने असंख्य लोगों को चौंका दिया। विशेषकर देश के उन सम्पन्न परिवारों में खलबली मच गई जिनकी सीधी साँठ-गाँठ मुखौटा धारी भ्रष्ट राजनीतिकों के साथ थी। सपना के पिता श्रुतिकान्त भी इसका अपवाद नहीं थे। सरकार का टूटना उनके लिए आकाश से गाज गिरने जैसा था; यह ऐसा महाप्रलय था जिसमें उनका बहुत कुछ भस्मीभूत हो सकता था। ऐसे फिसलन भरे वातावरण में सपना और समीर के सम्बन्धों की दरार उनके लिए बहुत महत्त्वपूर्ण नहीं रह गई थी। राजनीतिक क्षेत्रों में नयी बिसात बिछ चुकी थी। तेल-मालिश शुरू थी। ऐसे में सम्पन्न और सत्ताधारी लोगों का अपने बच्चों के भविष्य के बारे में अनासक्त और उदासीन हो जाना स्वाभाविक ही था।

चारों ओर चुनाव की गहमा-गहमी बढ़ती जा रही थी। सपना का अपना घर भी विभिन्न पार्टियों के कार्यकर्त्ताओं के आवागमन का केन्द्र बनता जा रहा था।

सभी अपने-अपने ढंग से व्यस्त होने लगे थे, परन्तु सपना का मन अशांत और उद्विग्न था। वह राजेश से मिलने को आतुर थी, परन्तु उसका सामना करने का आत्मबल नहीं पा रही थी। उसका स्मरण आते ही वह स्वयं को हीन महसूस करने लगती थी। उसके पिता ने जो राजेश के प्रति अनुचित किया था, उसे वह पल में सुधार सकती थी। उसके अपने नाम पर बैंक में ढेर सी राशि जमा थी। न भी होती, उसके नाना भी एक सम्पन्न व्यापारी थे। किसी स्नेही मित्र का भी सहयोग वह ले सकती थी; परन्तु दूसरी ओर किसी स्वाभिमानी के आत्मगौरव की बात थी। वह किसी प्रकार भी राजेश को और ठेस नहीं पहुँचाना चाहती थी। उसके परिवार के षड़यंत्र के कारण राजेश को जो मानसिक और भावात्मक क्षति पहुँची है, वह उसे ही सहलाना चाहती थी। अपनी ओर से वह कुछ भी ऐसा नहीं करना चाहती थी जिससे उसकी आन्तरिक दूरी राजेश से और बढ़ जाये।

घण्टों अकेली बैठी वह अपने भविष्य के बारे में सोचती रहती। कभी-कभी वी. एम. महाराज के राजनीतिक विचारों की ओर भी वह आकृष्ट होती, परन्तु अपराधी मन उसे आतंकित कर देता था। क्या वह इतनी आसानी से राजेश और शेष लोगों का सामना कर पायेगी? इतना होने पर भी उसका अन्तर्मन जीवन का अन्तिम लक्ष्य और मानसिक द्वन्द्व का हल पाने के लिए सदा आन्दोलित रहता था। सुबह होती और साँझ में ढ़ल जाती। सब कुछ वैसे ही पूर्ववत् चलता चला जा रहा था। परन्तु ऐसा कब तक चलेगा? एक दिन उसने पूर्ण आत्मबल संजोंकर कुछ ज़रूरत की चीजें लीं और सुखदेव निवास की ओर चल दी। चिल-चिलाती धूप में, थकी-मांदी जब वह वहाँ पहुँची तो सूर्य सिर पर आ चुका था। अत्यधिक गर्मी में उसका कण्ठ सूख रहा था। टैक्सी वाले को छुट्टी देकर वह अपना अटैची उठाये भीतर चली आई।

तपती दोपहरी ने चारों ओर कसकमय प्रशान्ति फहरा रखी थी। नीरव एवं मौन वृक्षों पर इक्के-दुक्के पक्षी गहन गम्भीरता को भंग करने का विफल प्रयास कर रहे थे। प्रांगण के अंतिम छोर पर कुछ शिशु गोलाकार मण्डली में कुछ उच्चारण कर रहे थे। दूसरे ओर द्वार से कुछ ही दूरी पर उसने राजेश को देखा। वृक्ष की झिलमिल छाया में वह श्यामपट पर स्याही फेर रहा था। एक हाथ में ब्रुश था और दूसरे में रंग का डिब्बा। दोनों ही हाथ व्यस्त थे और कालिख से संलिप्त थे। प्रवेश द्वार पर ही उसने सपना को देख लिया था। लम्बी यात्रा, गर्मी में बेहाल-लड़खड़ाते कदमों को घसीटती वह जैसे-तैसे राजेश के समीप तक चली आई। राजेश के हाथ रुक गये; सपना को सामने पाकर वह पुलकित नहीं था, न ही ठिठक पाया। गहन दृष्टि से कवेल सपना को देखता भर रहा, शांत, अविचल एवं निर्विकार सपना ने वृक्ष की छाया तले पहुँच कर अटैची एक ओर रख दिया। सांत्वनामयी साँस ली और अपना शिथिल मस्तक राजेश के कंधे पर रख दिया। उसने रुआँसी तरल

वाणी में कहा,

"राख के विपुल ढेर में कहीं एक नन्हीं स्वर्ण कणी बाकी बची रह गई थी राजी, वही तुम्हारे पास लौट आई है। क्षमा नहीं चाहूँगी क्योंकि मात्र इसी से मेरी आत्मा का कलंक धुल नहीं पायेगा, फिर क्षमा तो गैरों से मांगी जाती है अपनों से नहीं। तुमसे कभी कुछ मागूँगी नहीं, न ही कोई इच्छा रखूँगी, इन सरलचित बच्चों के साथ किसी कोने में पड़ी-पड़ी बस प्रायश्चित करती रहूँगी; राजी—मुझे वापिस नहीं भेजना—" और वह फफक उठी, एक साथ ढेर से अश्रु कपोल प्रदेश पर बहने लगे।

सृष्टि की गति मानों एक पल के लिए ठहर गई। कलरव करते पक्षी प्रशांत पत्तों में दुबक गये। दूर शिशुओं का सामूहिक कण्ठ मौन पड़ गया। असंख्य निर्मल एवं उज्ज्वल आंखे उनकी ओर टक-टकी बांधे देखने लगीं। राजेश के दोनों हाथ रंग-लिप्त थे, वह अपने शरीर से सटकर खड़ी सपना को दूर कर पाने में असमर्थ था। दीर्घ श्वास भर कर उसने स्वयं को भीतरी तनाव से मुक्त किया। धीमे स्वर में कहा,

"सपना, मन छोटा मत करो। जो होना था हो गया। तुमने बहुत देर कर दी। कुछ ही दिनों में यहाँ कुछ भी बाकी नहीं रहेगा। पत्ता-पत्ता बिखर जायेगा—"

राजेश का स्वर सिक्त हो आया, आह सी भर कर पुनः कहने लगा,

"इन बच्चों को बेघर—कहाँ-कहाँ भटकना है। नहीं जानता मैं—ऐसे में तुम्हारा साथ कैसे निभा पाऊँगा—?" सपना ने तनिक पीछे हट कर अपने आँसुओं को रूमाल में समेटा, विश्वस्त स्वर में कहा,

"तुम एक अच्छे वक्ता हो, मैं पढ़ी-लिखी हूँ—ऐसे में क्या हम इन बच्चों के लिए दो वक्त का खाना भी नहीं जुटा पायेंगे?"

राजेश के संदिग्ध नेत्रों में आशा की एक हल्की किरण कौंध गई। शुष्क मरुथल में जैसे कोई शीलत स्रोत फूट पड़ा हो। परन्तु यह सब इतना आसान नहीं था। क्षणिक उल्लास पुनः गहन उदासी में ढल गया। राजेश का चेहरा म्लान पड़ने लगा, रीती पलकों से दूर तक देखता हुआ बोला,

"सपना, सुनते हैं आकाश में कोई अदृश्य चक्की चलती है जो बराबर-बराबर पीसती है। परन्तु इस चक्की का बारीक आटा जब तक इस धरती के दुःखी जीवों तक पहुँचता है, इसमें बहुत सी धूल और कंकर मिल जाते हैं। यहाँ तक कि अमृत भी ज़हरीला हो जाता है। इसे ईश्वरीय न्याय कहेंगे या भाग्य की विडम्बना या फिर...

राजेश अपनी बात पूरी नहीं कर पाया। एक नन्हीं बच्ची ने अपने मधुर कण्ठ से उन्हें चौंका दिया। दोनों का ध्यान उस ओर आकृष्ट हुआ। छोटे थाल में जलपात्र लिये, वह बच्ची देवबाला सी मुस्कुरा रही थी। राजेश अपने आतिथ्य के प्रति सचेत हुआ। वह तो भूल ही गया था कि सपना कड़कती धूप में भूखी-प्यासी

वहाँ तक पहुँची है। उसने जल की ओर संकेत किया। सपना ने निश्चिंत भाव से शीतल जल ग्रहण किया, तन और मन—मानों दोनों की तृष्णा मिट गई। खाली पात्र को सपना ने पूर्ववत् थाल में रख दिया। नन्हीं बाला ने पुलकित भाव से सपना को देखा, संगीतमय स्वर में कहा,

"दीदी, आप बहुत सुन्दर हैं, हमारे साथ रहोगी न—" सपना गद्गद् हो उठी। युग-युग से दमित वेदना एवं पीड़ा मानों एक ही पल में विलुप्त हो गई। यात्रा की थकान से आक्रान्त शरीर पराग सा हल्का हो गया। तुरंत नीचे झुक कर उसने बच्ची का मुख चूम लिया, उसके सिर पर प्रेममय स्पर्श देते हुए कहा,

"मैं इसी गुड़िया के साथ रहूँगी और रोज अच्छी-अच्छी कहानियाँ सुनाऊँगी—"

और वह अबोध बाला प्रसन्नचित, लतिका सी झूलती हुई पुनः अपने साथियों की ओर चली गई। राजेश ने रंग से सने अपने हाथों को स्वच्छ किया और सपना का 'अटैची' उठाता हुआ बोला,

"आओ तुम्हारे ठहरने की व्यवस्था कर दूँ—" दोनों ही मौन मुद्रा में भीतर चले आये। राजेश उसे अपने कमरे तक ले आया, अटैची नीचे रखता हुआ बोला,

"कुछ देर यहीं रुको—अभी उधर कोई प्रबंध करता हूँ—"

सपना ने सरसरी नज़रों से उस प्रशांत सी कुटीर को देखा। लगता था कि किसी प्रबुद्ध एवं आध्यात्मिक व्यक्ति का कक्ष है। सहसा उसकी दृष्टि सामने दीवार से जुड़े 'मैंटल पीस' पर पड़ी। सरस्वती माँ की प्रतिमा जो उसने समीर को भेंट की थी, अत्यंत श्रद्धापूर्वक सुखदेव बाबा के चित्र के समीप रखी हुई थी। उसे देखते ही सपना की पलकों में कृतज्ञता भाव उमड़ आया। ओंठ थिरकने लगे। सांसों में करुणा उमड़ने लगी। राजेश ने भावातुर दृष्टि से सपना की ओर देखते हुए एक आत्मीय श्वास ली। आत्मनिष्ठ वाणी में कहा,

"चाहते हुए भी मैं इस प्रेम भेंट को अपने से अलग नहीं कर पाया। जानती हो सपना—" राजेश कह नहीं पाया, आंखों में आँसू उमड़ आये, गला भर आया, सरस वाणी में कहा,

"तुम मेरी चाहत ही नहीं पूजा भी हो। तुम्हारे कण्ठ में सरस्वती का वास है। शिविर के दौरान जब-जब तुम्हारा गीत सुनता था, स्वयं को धन्य मानता था।" सपना सिहर उठी; आनंदातिरेक में विद्युत वेग सी वह राजेश से लिपट गई, अविरल अश्रुओं में वाणी तरल-तरल होने लगी; भावातुर शब्द छूटे,

"राजी, मेरा रोम-रोम तुम्हारा ऋणी रहेगा—" और कुछ ही दिनों में सपना आश्रमवासियों से पूरी तरह घुल-मिल गई। ऐसा लग रहा था मानों वह जन्म से ही वहाँ हैं; उन्हीं का ही एक अंग है। सपना की ओर से राजेश को एक भावात्मक परितोष एवं मानसिक स्थिरता का अनुभव ज़रूर हो पाया, परन्तु उसकी मुख्य समस्याएँ ज्यों की त्यों विद्यमान थीं। सुखदेव निवास के भविष्य की चिन्ता उसे

दिन रात खाये रहती थी। अपने बाबा की पूजास्थली को उसे कर्ज़ से मुक्त करना था तथा अनाथ भाई-बहिनों के लिए समुचित व्यवस्था जुटानी थी। परन्तु यह सब कैसे सम्भव हो पायेगा? इन्हीं दिनों देश में राष्ट्रीय चुनाव की घोषणा हो गई। राजेश देश के प्रति भी अपना कर्त्तव्य निभाना चाहता था, परन्तु कैसे? वह आकाश में उड़ना चाहता था, परन्तु पैरों में असमर्थता की बेड़ियाँ थीं। वह फिर निराश एवं उद्विग्न होने लगा। फिर एक दिन उसे वसुमित्र महाराज का पत्र प्राप्त हुआ, उन्होंने लिखा था।

"प्रिय भारती, सद्भाव—

मैंने सोचा तक नहीं था कि सब कुछ इतनी जल्दी हो जायेगा? मेरे विचार से यह सरकार अभी एक वर्ष और चल सकती थी; लोकसभा अचानक भंग कर दी गई है। विभिन्न अभावों से घिरा देश एक बार फिर से चुनाव की भट्ठी में झोंक दिया गया है। हमारी ओर से शायद अभी पूरी तैयारी भी नहीं है। खैर जो कुछ है, उसका सामना तो करना ही पड़ेगा। विदेश का कार्यक्रम बीच में ही छोड़ कर लौटना पड़ा है।

समय चाहे कम है, फिर भी हमें इस चुनौती को स्वीकार करना है। इधर की व्यवस्था तुमने ही करनी है, आज से ही तैयारी शुरू कर दो। मेरे पास अभी बहुत काम है। जिस-जिस को टिकट देनी है, सम्पर्क कर रहा हूँ।

श्रुतिकान्त जी से मेरी भेंट हुई थी। व्यक्तिगत हमारा किसी से कोई वैर-विरोध नहीं है। सब सिद्धान्तों की बात है। उनकी सुपुत्री जब हमारे साथ है तो वे अलग कैसे रह सकते हैं? स्थिति की नज़ाकत को वे भली प्रकार समझ गये हैं। उस ओर से तुम्हें निश्चिंत रहना होगा।

एक बात और—पर्यवरण पर तुम्हारी एक कलाकृति 'यूनेस्को' वालों ने स्वीकार कर ली है। पाँच वर्ष के लिए उन्हें कापीराइट दे दिया है। सुखदेव निवास अब सदा अपने पैरों पर खड़ा रहेगा। कोई भी कला आर्थिक सौदेबाज़ी की चीज नहीं है, ऐसी मेरी निजी धारणा रही है। परन्तु आत्मसम्मान की रक्षा तथा लोक हित के लिए यदि कला का सदुपयोग होता है, तो इसमें कोई बुराई नहीं देखनी चाहिए। श्रुतिकान्त जी को उनके 'चैक' की राशि लौटा दी है। आवश्यक पत्र मेरे पास हैं, आती बार इन्हें साथ लाऊँगा।

हाँ, इन दिनों बेचारी शिवानी ने बहुत दुःख भोगा है। शायद मेरी मूर्खता या लापरवाही के कारण। शिवानी मेरे दूरवर्ती सम्बंधी की पुत्री है। उड़ीसा—सागर तट के निकट भारी तूफान में इनका गाँव नष्ट हो गया था। राहत-शिविर में इसने जन्म पाया, जन्म देते ही माँ चल बसी। पिता पहले ही तूफान की चपेट में आ चुके थे। उसी शिविर में एक ओर कलावती ने मृत-शिशु को जन्म दिया था। सब कहीं अफरा-तफरी थी--सेवकों ने इसी बच्ची को कलावती की झोली में डाल दिया।

जब मुझे इस सारी स्थिति का पता चला, बहुत देर हो चुकी थी। कलावती ने शिवानी को अपनी ममता के आँचल में पूरी तरह समेट लिया था। इन्हें बिना कुछ बताये मेरे एक अच्छे मित्र इस परिवार की देख-रेख करते रहे हैं।

यह सब बहुत पहले स्पष्ट होना चाहिए था। व्यर्थ में कुछ लोगों को इतना सन्ताप भोगना पड़ा। खैर इस देरी में भी एक अच्छी बात ज़रूर उभरी है। वह यह कि इन लोगों में अद्‌भुत सहनशीलता और व्यक्तिपरक संवेदना में आत्मबल बनाये रखने की अपार क्षमता है। ऐसे लोग ही देश के नव निर्माण में सहायक हो सकते हैं। मेरे लिए यह कम गौरव की बात नहीं है। मनोज और उसके पिता कँवरसेन को मैंने अलग-अलग ढंग से लिख दिया है। शीघ्र उनसे भेंट भी करूँगा; शिवानी तुम्हारी ही तरह अनाथ और असहाय है। उसके इस दुःख को केवल तुम ही समझ सकते हो। उसका मनोबल टूटना नहीं चाहिए। इस महासमर में उसने भी एक सक्रिय भूमिका निभानी है।

मैं जानता हूँ, इन दिनों तुम सभी बहुत अशांत और दुःखी रहे हो। जीवन में ऐसा चलता रहता है। सदा संयम से काम लेना चाहिए। तुम सभी चरित्रवान हो, सात्विक और श्रेष्ठ हो। 'राष्ट्रीय चरित्र' निर्माण में एक सशक्त भूमिका निभाने के योग्य हो। तुम लोग अपने-अपने संकीर्ण मनोभावों के बन्दी बन रहे हो। इन बंधनों से मुक्त होना है, तभी तुम देशहित में सही योगदान दे पाओगे। झील की बाहरी सतह पर क्षणिक लहरें बनती हैं और मिट जाती हैं; इसका गहन अन्तराल सदा अविचल, स्थिर एवं निस्तरंग रहता है। यही वास्तविक योगनिष्ठ स्थिति है। ऐसा ही बनने का प्रयास करो। कोई दुःख नहीं रहेगा।

सुखदेव निवास ही इस नये अभियान का पहला पड़ाव होगा। यहीं से हम देश की मंगलकामना के लिए शुभारम्भ करेंगे। कौन कहाँ से लड़ेगा, लिस्ट तैयार हो रही है, तब तक—शुभाशीष

तुम्हारा,

वी. एम.

पत्र पढ़ते-पढ़ते राजेश की आंखें छलक उठीं, सोच रहा था वी. एम. कितने महान हैं।

◆◆◆

अठाइसवाँ अध्याय

उस दिन सुखदेव निवास में विशेष उल्लास नज़र आ रहा था। चारों ओर भारी चहल-पहल थी। निवास के प्रांगण तथा आस-पास की खाली जगह को अच्छे ढंग से सजाया-संवारा जा रहा था। दूर-दूर तक वंदनावार लगाये जा रहे थे। आश्रम के सदस्य बहुत प्रसन्न दिख रहे थे। बच्चों के चेहरे प्रफुल्लित एवं मुदित थे। बहुत दिनों से जो काली घटा सुखदेव निवास पर मण्डरा रही थी, सहसा लुप्त हो गई थी। अधंकार के स्थान पर वहाँ स्वर्णिम भोर सा समागम फैला था। छोटे-बड़े सभी निवासियों में नया आत्मबल और उत्साह दृष्टिगोचर हो रहा था। उसी साँझ वसुमित्र ने वहाँ से अपना चुनाव अभियान आरंभ करना था। उनको सुनने तथा उनका दर्शन करने के लिए गाँव-गाँव के लोग उधर उमड़ पड़े थे। प्रातः से ही उनकी पार्टी के कार्यकर्त्ता इधर से उधर, उधर से इधर हर प्रकार की व्यवस्था जुटाने में लगे हुए थे। बाहर से आने वाले लोगों के लिए बैठने तथा आराम करने के लिए स्थान निर्धारित किये जा रहे थे। एक ओर जलपान के लिए तथा दूसरी ओर चाय-पान, भोजन आदि के लिये मेज़ लगाये जा रहे थे। मुख्य द्वार को दुल्हन सा सजाया गया था, नीचे भूमि पर रंग-बिरंगे चित्र अंकित किये गये थे। सपना और राजेश को मानों एक मिनट का भी अवकाश नहीं था। उत्सुक एवं हर्षित भाव से वे वी.एम. से प्राप्त निर्देशों की पालना में जुटे थे।

जैसे-जैसे वसुमित्र के आगमन का समय निकट आ रहा था, पण्डाल में रौनक बढ़ती जा रही थी। चिर परिचित एवं अपरिचित सभी प्रकार के सम्पर्क सूत्र वहाँ जमा होने लगे थे। कई उच्चस्तरीय व्यक्तियों को विशेष निमन्त्रण दिया गया था। सपना और राजेश के जाने-पहचाने असंख्य व्यक्ति प्रांगण में एक दूसरे से भेंटवार्ता करते जा रहे थे। मुख्य द्वार पर छोटी-बड़ी, देशी-विदेशी कारों और वाहनों का जमघट बढ़ता जा रहा था। सहसा एक बड़ी कार तनिक भीतर आकर रुकी। सपना इसे दूर से देख ठिठक गई। राजेश के अर्थपूर्ण नेत्र भी उसी ओर स्थिर हो गये। सपना के माता-पिता थे। सपना की माँ ने अत्यंत भाव-भीनी पलकों से अपनी बेटी की ओर देखा। चिरकाल से रुद्ध ममता आंखों में छलक पड़ी। सपना का मन भी पसीज उठा। भावासिक्त एवं मन्त्र चालित सी तुरंत माँ के निकट चली

गई। श्रुतिकान्त अभी पीछे थे। सपना की माँ ने बेटी को स्नेही स्पर्श किया। तरल एवं थिरकती वाणी में कहा,

"हम तुम्हारे लिए इतने पराए तो नहीं हैं कि एक दम से भूल जाओ, मेरी याद नहीं आई कभी–" और उसकी माँ सिसक उठी। सपना भी स्वयं पर काबू न रख सकी। अस्थिर सी हो माँ से लिपट गई। माँ ने मस्तक चूमते हुए कहा,

"ऐसे भी कोई घर छोड़ कर आता है; हम अपनी बेटियों को बड़े प्यार और आदर से डोली में विदा करते हैं, और तुम–"

सपना अधिक न सुन सकी, माँ को अपनी बांहों में भर, फफक उठी। श्रुतिकान्त ने तनिक दूर से माँ-बेटी की अश्रुधारा को निहारा। एक दीर्घ श्वास लेकर दूर खड़े राजेश के पास चला गया। रूमाल से मुख साफ करते हुए–विश्वस्त स्वर में कहा–

"नौजवान–अब तुम से माफी क्या मांगूँ–; मेरी जगह कोई भी दूसरा होता अपनी बेटी के भले के लिये, यही कुछ करता। मैं ना भी आता, तुम लोगों को शायद कोई अन्तर न पड़ता। वसुमित्र जी का आग्रह था, एक बार तुम से ज़रूर मिलूँ–इसीलिए आया हूँ। वे कह रहे थे तुम और सपना चुनाव में उतर रहे हो, बस आशीर्वाद देने चला आया–" राजेश ने देखा श्रुतिकान्त के नेत्र-कोर गीले हो रहे हैं। इतने में सपना भी उनके निकट आ गई। श्रुतिकान्त ने भावपरक नेत्रों से अपनी पुत्री की ओर देखा, दबी आह में कहा,

"बेटी, तुम्हारा डैडी इतना बुरा आदमी नहीं है, तुम मेरी अकेली सन्तान हो–शायद इसीलिए–"

और वह कह नहीं पाया। रूमाल से आंखें ढाँप लीं। सपना अस्थिर एवं भाव-विह्वल अवस्था में अपने पिता से लिपट गई। भर्राये कण्ठ में बोली,

"डैडी, आई एम पराऊड ऑफ यू–"

श्रुतिकान्त ने अपने भावों को नियन्त्रित किया तनिक पीछे हटकर कहा,

"तुम दोनों शुभकार्य के लिए आगे बढ़ रहे हो, मेरी मंगलकामनाएँ आप लोगों के साथ हैं। उधर राजनीतिक क्षेत्र में दत्तचित होकर काम कर सको, इसलिए सुखदेव निवास में पढ़ने वाले विद्यार्थियों के लिए तुम्हारे नाम पर सौ 'स्कालरशिप' जारी कर दिये हैं, अपने पाँव पर खड़े होने पर इस अनुदान को किश्तों में लौटाना होगा। मैं चाहता हूँ तुम्हारा यह घर सदा ऐसे ही प्रफुल्लित और स्वः साधित रहे–"

श्रुतिकान्त की बात सुनकर राजेश ने नेत्र झुका लिये। कुछ कहने को शेष नहीं था, अतः वह इधर-उधर देखता हुआ सपना से बोला,

"अपने डैडी-मम्मी के ठहरने की व्यवस्था–" कहते-कहते वह दूसरी ओर चला गया जहाँ उसकी ज़रूरत थी।

कुछ ही घंटों में सुखदेव निवास के प्रांगण में कोलाहल और बढ़ गया। एकत्रित

जन अपने-अपने ढंग से विचार-विनिमय में संलग्न थे। एक अलग से कोने में कँवरसेन और शिवानी आत्मीय ढंग से खड़े थे, कँवरसेन उसे कह रहे थे—

"बेटी, कमल कहीं भी हो, कमल ही रहता है। तुम मेरे लिये सुचि से भी बढ़कर हो। अपनी माँ से कहना, मनोज की बारात उसी के द्वार पर आयेगी। बहू के रूप में तुम्हारा स्वागत करके हमारा वंश धन्य हो जायेगा—"

शिवानी ने कुछ कहा नहीं, कृतज्ञता वश नयन बरस पड़े, उसने मुख नीचा कर लिया। कँवरसेन ने दीर्घ श्वास ली, अभी कुछ और कहने ही वाले थे, कि मनोज और सुचित्रा उनके बहुत निकट आ गये। कँवरसेन गलदश्रु नेत्रों से उन्हें देखते हुए तरल वाणी में बोले,

"तुम दोनों इतने महान हो, मैं नहीं जानता था। केवल अपने वंश की मान-मर्यादा के लिए और मेरी भावनाओं को ध्यान में रखते हुए तुम दोनों ने इतना दुःख भोगा है, कैसा निष्ठुर हूँ मैं—" और कँवरसेन ने दोनों को अपने सीने से लगा लिया। मनोज की ओर अर्थपूर्ण एवं विश्वस्त नेत्रों से देखते हुए, सरस वाणी में पुनः बोले,

"मनी, तुम्हारी ओर से सदा चिंतित रहा हूँ। शेयरो-शायरी से तुम्हें फुर्सत नहीं थी। सोचा करता था, मेरी इतनी बड़ी 'अम्पायर' का क्या बनेगा, एक निश्चिंत साँस भर उन्होंने फिर कहा,

"अब चिंता से मुक्त हूँ—वी. एम. तुम सब को टिकट दिलवा रहे हैं। हमारे धन का सदुपयोग होगा, यह बूढ़ा अब चैन से मर सकेगा—" कहते-कहते कँवरसेन रो पड़े। सुचित्रा ने अपने दादू को दुलार से थपक दिया,

"दादू—क्या सबके सामने हमें भी रुलायेंगे? भगवान आपको हजार वर्ष की आयु दें—हमारे लिये—"

कँवरसेन ने उन तीनों को अपनी बांहों में समेटते हुए थिरकती वाणी में कहा,

"जिस देश के कर्णधार ऐसी त्यागमयी विभूतियाँ हों, उसका भविष्य भला धुँधला कैसे हो सकता है—?" और कँवरसेन अपने तीनों बच्चों से लिपट से गये, तनिक दूर से ही समीर कह उठा,

"पापा जी, इस पावन संगम की एक नदी इधर भी है, आप सदा मुझे भूल जाते हैं—"

कँवरसेन ने प्रसन्नचित मुद्रा में उसकी ओर देखा, हँसते हुए बोले,

"समीर, तुम तो सदा इन सांसों में बसते हो—" और उन्होंने समीर को भी अपने बाहु-पाश में भरने का प्रयास किया। आत्मीयतापूर्ण वह दायरा बहुत छोटा पड़ने लगा था, अतः सभी कदम-कदम पीछे सरक गये। समीर उन सबके बीच समीर सा ही रम गया। गम्भीर वातावरण को सहज करने के लिए उसने मनोज

की चुटकी काटी,

"शायर भाई। इस मौके पर कुछ हो जाये—" समीर की बात पर सभी मुस्कुरा दिये। शिवानी के नेत्र सहसा मनोज से टकरा गये। मनोज ने प्रेममयी करुण दृष्टि से शिवानी को देखा, ओठ तर करते हुए कह दिया,

अपने ही घर में हम अजनबी से रहे,
आइने ने देखा सही, मगर पहचाना नहीं।

कँवरसेन भाव-विभोर हो उठे। 'वाह-वाह' करते हुए युवा मण्डली को अकेला छोड़ गये। सुखदेव निवास में प्रतिपल रौनक बढ़ रही थी। कँवरसेन के दूर हटते ही सुचित्रा ने अर्थपूर्ण नेत्रों से समीर की ओर देखा। मानों संकेत द्वारा उसे कुछ अवगत करवा रही हो। समीर ने भी उसके मनोभावों को भाँप लिया। तनिक उत्सुकतापूर्ण स्वर में बोला "सुचि, चलो उधर राजेश से मिलना है, अभी—" और दोनों एक ओर सरक गये।

शिवानी और मनोज कुछ क्षणों के लिए फिर से अकेले रह गये। एकत्रित लोगों को छोड़कर वे दोनों एक कोने में सरक आये। मनोज ने शिवानी की गम्भीर मुखमुद्रा की ओर देखते हुए मौन भंग किया। तनिक दबी आवाज़ में कहा,

"शिवानी, इन दिनों मैं अपने को बहुत छोटा महसूस कर रहा हूँ। विवश था, अतः तुम्हें मिलने का साहस नहीं जुटा पाया। अपने स्वार्थ के लिए मैं अपने पापा को दुःखी नहीं कर सकता था। व्यक्तिगत प्रणय तथा पारिवारिक मर्यादा के बीच जो खाई थी उसे पार नहीं कर पाया, बस सुबकता रहा।"

अतीत की घनीभूत वेदना शिवानी की आंखों में फिर से उमड़ आई। चेहरे का रंग फीका पड़ने लगा। चारों ओर उचकती नज़र दौड़ा कर उसने शंकित नेत्रों से मनोज की ओर देखा, मन में अभी दुविधा कायम थी, कुछ सोचती हुई बोली,

"मैं भी अभी पूरी तरह स्वस्थ कहाँ हूँ—मनी—?" उसने संदिग्ध नेत्रों से मनोज की ओर देखते हुए पुनः कहा,

"यदि मैं सचमुच कलावती की बेटी होती—तो भी क्या तुम..."

मनोज ने परास्त से मनोभाव में अपना मस्तक झटक दिया, दीर्घ श्वास भरता हुआ बोला,

"ऐसी स्थिति में मैं प्रेम मंदिर का सात्त्विक पुजारी न कहला पाता, कर्त्तव्य पालन के लिए अपनी भावनाओं का बलिदान कर देता और सारी उमर तुम्हारी याद में बिता देता" शिवानी के शरीर में मानों बिजली दौड़ गई। वह सिहर उठी। शरीर कोमल लतिका सा अस्थिर हो गया। भावावेश में उसने आगे बढ़कर मनोज का मुख कोमल हाथों में भर लिया। पुलकित भाव से कहा,

"मनी, तुम्हारे जैसे युवक हमारे देश का गौरव हैं। जो व्यक्ति परिवार के

लिए निजी स्वार्थ का परित्याग कर सकता है, वही सच्चे अर्थों में देशहित के बारे में सोच सकता है। तुम जैसे जीवनसाथी को पाकर कोई भी नारी धन्य हो सकती है, परन्तु मनी—" शिवानी ने आह सी भरी, पीछे हटकर कातर स्वर में कहा,

"वी. एम. महाराज और तुमने, मुझे तो सम्भाल लिया। परन्तु अन्य देवदासियों और दूसरी अबलाओं का—" मनोज ने बात पूरी नहीं होने दी, तुरंत प्रत्युत्तर दिया,

"शिवानी, चुनाव के बाद तुम स्वयं संसद में जाओगी, वहां अपने ढंग से इस समस्या का समाधान—"

शिवानी के सम्मुख असमंजस की स्थिति थी। उसने दीर्घ श्वास भरते हुए कहा,

"वहाँ जाना मेरे लिए गौण बात है। मन का बोझ हल्का होना चाहिए" पुनः वह मनोज की ओर भावुकतापूर्ण नज़रों से देखती हुई बोली,

"मनी, तुम्हारे प्रति मेरी चाहत और आकर्षण सदा अधूरे रहे हैं, ऐसे में तुम्हारे और तुम्हारे परिवार के प्रति क्या मैं पूरा न्याय कर पाऊँगी—"

मनोज ने विश्वस्त नेत्रों से उसकी ओर देखा, स्थिर वाणी में कहा,

"मैं सब कुछ जानता हूँ। तुम राजेश को भी चाहती हो। परन्तु इससे कोई अन्तर पड़ने वाला नहीं है। राजेश तो है ही ऐसा, उसे सभी पसंद करते हैं, मैं भी उसे बहुत चाहता हूँ। उसे ऐसा होना भी चाहिए, क्योंकि उसी ने देश की बागडोर सम्भालनी है, परंतु शिवानी--मैंने तो तुम्हारा एक प्रेरणा के रूप में वरण किया है, कभी आगे पीछे कुछ नहीं देखा।"

अभी वह बात पूरी नहीं कर पाया था, कि झंझावात की तरह आगे बढ़ती हुई सलमा ने दोनों को चौंका दिया। सलमा के साथ प्रमुख प्रचारक भाई सुन्दर सिंह भी थे।

'सलाम' एवं 'सत् श्री अकाल' द्वारा दोनों ओर से आदर व्यक्त किया गया। सलमा ने सरल भाव से चुटकी काटी, "हम तो आपके लिए दुआ करते नहीं थके, और आप लोगों ने हमें क़बाब में हड्डी की तरह दूर फेंक दिया—" शिवानी ने आगे बढ़कर सलमा को गले लगाया। मनोज ने भाईसाहिब का अभिवादन किया और सभी उन्मुक्त अट्टहास में फूट पड़े।

सलमा से खाली होकर शिवानी ने भाई सुरेन्दर सिंह से कहा,

"बहुत दिनों के बाद आपके दर्शनों का अवसर मिला है।" भाईसाहिब ने हाथ जोड़ते हुए कहा, "सब कुछ वाहे गुरु ही करते हैं। वी. एम. जी का हुक्म हुआ, मैं भी चला आया।"

सलमा ने उत्सुकता से मनोज की ओर देखा, साँस रोकती हुई बोली,

"मनी भाई—एक खुशी की बात और भी है। अनवर भाई वी. एम. जी की पार्टी में शामिल हो रहे हैं"

''यह तो बहुत ही अच्छी बात है' मनोज ने प्रसन्नता व्यक्त की। इनसे तनिक दूर समीर और सुचित्रा एकत्रित जनसमूह में राजेश और सपना को ढूँढ़ने में लगे थे। वे दोनों कुछ लोगों के बीच वार्तारत थे। इन्हें समीप आता देख सपना और राजेश कुछ अलग से स्थान पर आ गये। सुचित्रा ने देखा दोनों के मुख-मण्डल उल्लसित थे। अंग-अंग पुलकित था। लग रहा था, वे बहुत प्रसन्न हैं। सपना को देखते ही सुचित्रा ने उसके चरण स्पर्श किये। सुचित्रा हतप्रभ सी पीछे हटने लगी, अकिंचित भाव में बोली, ''सुचि, हटाओ यह सब–''

सुचित्रा ने पूर्ववत् श्रद्धा व्यक्त करते हुए कहा,

''नहीं दीदी, आपने अपनी सब से कीमती चीज़ मुझे सौंप दी है, यह सिलसिला तो अब जारी रहेगा ही–''

सपना सरल चित भाव में मुस्कुरा दी। व्यंग्यमय दृष्टि से समीर को देखा, सरस वाणी में कहा,

''तुम्हारी धरोहर थी, तुम्हें लौटा दी–''

सुचित्रा दूसरे ही क्षण राजेश की चरणरज लेने के लिए झुकी। राजेश ने उसे बीच में ही रोक दिया; सुचित्रा तनिक पीछे हटी–नीचे धरती स्पर्श करते हुए–माथे पर तिलक दिया। भावुक स्वर में कहा,

''भारतीजी, आप मेरे लिए मनी से भी बढ़कर हैं आपकी कलाकृति ने विश्व स्तर पर पहचान पाई है, हमारे देश के लिए यह अत्यंत गौरव की बात है। इस तुच्छ कलाकार का अभिनंदन स्वीकार कीजिए–''

राजेश को समझ नहीं आ रहा था, ऐसी पूर्व अपरिचित सी स्थिति में क्या कहे। समीर ने समस्या का समाधान किया। खुलेपन से सबको अपनी ओर आकृष्ट करता हुआ उन्मुक्त निर्झर-सा फूट पड़ा, ''अरे भई–कुछ मेरे लिये छोड़ दो–'' पुनः वह अत्यंत आत्मीय एवं शिष्ट ढंग से राजेश के कन्धे पर हाथ रखता हुआ बोला,

''राजेश, ज़िंदगी में कई बार ऐसा हो जाता है जिसे हम कभी भी करना नहीं चाहते, मैं अपनी भीतरी संकीर्णता का बन्दी बना रहा, अब मुक्त हूँ–तुम्हारी ओर से मुक्ति चाहता हूँ।'' राजेश ने अत्यंत आत्मीय भाव से उसे अपने वक्ष से सटाया, सपना की ओर स्नेहसिक्त आंखों से देखते हुए कहा,

''समीर, मैं तुम दोनों का बहुत सम्मान करता हूँ, जो हुआ उसे भूल जाओ–''

समीर पीछे हटते हुए व्यंग्य मिश्रित मुस्कान में फूट पड़ा,

''यह तो करना ही पड़ेगा नहीं तो वोटों की गिनती कम रह जायेगी'' और सभी एक साथ उन्मुक्त अट्टहास में सराबोर हो गये। समीर ने राजेश की पीठ थपकते हुए कहा,

''चुनाव तो अब मैं क्या लड़ पाऊँगा–अभी टिकटों का निर्णय नहीं हुआ–इस

चुनाव से पहले ही मैं अपनी ज़िंदगी का एक बड़ा चुनाव हार गया हूँ," सभी जानते थे समीर ने यह बात नितान्त ऊपरी मन से कही है। सुचित्रा ने सपना की ओर तनिक सन्देहसिक्त किन्तु उल्लसित भाव से देखा। सपना की आंखों में एक अद्‌भुत सी विश्रान्ति तैर रही थी। उसने समीर के बालों को छेड़ते हुए व्यंग्यबाण छोड़ा, "समीर, जो कुछ तुम्हें इस पराजय में मिला है, शायद सात जन्म लेकर भी न पा सकते—" कहते-कहते सपना ने सुचित्रा का मुख चूम लिया। सुचित्रा सहसा संकुचा गई। चेहरे का रंग रक्तिम पड़ने लगा। समीर भी तनिक उन्मुक्त हो आया, सरस स्वर में बोला,

"अब इस प्रकार मुझे स्पर्श मत किया करो, बेचारे राजेश को ईर्ष्या होगी—"

बात सुनकर राजेश ठहका मार कर हँस दिया। साँस रोकता हुआ बोला, "अब इसकी गुंजायश नहीं है"

इससे पूर्व कि वहाँ कुछ और वार्ता चलती, एकत्रित सभी लोग पण्डाल की ओर सरकने लगे थे। पण्डाल में बी. एम. महाराज के निकट पहुँचने की सूचना मिल चुकी थी, समस्त जनसमूह उनके स्वागत के लिए उस ओर उमड़ने लगा। राजेश को सबसे आगे पहुँचना था। विद्युतगति से डग भरता हुआ वह पण्डाल की ओर चल दिया। सहसा उसने पीछे मुड़कर देखा। भीड़ को पीछे हटाती हुई शिवानी भी आगे की ओर लपक रही थी। ऐसे समागमों में वे दोनों ही बी. एम. महाराज को सबसे पहले मालाएँ अर्पित किया करते थे। शिवानी शीघ्र ही राजेश के समीप पहुँच गई। अब दोनों साथ-साथ थे। शिवानी की श्वांस तेज थी, तनिक धीमे स्वर में उसने राजेश का ध्यान आकृष्ट किया,

"इन दिनों तुमसे मिलने की बहुत कोशिश की, समागम नहीं बना"

"ऐसा भी क्या था?" उसने आगे बढ़ते हुए पूछा।

"अपनी धृष्टता के लिए क्षमा जो मांगनी थी—"

राजेश के पाँव अस्थिर हो गए, शिवानी की ओर देखता हुआ बोला,

"शिवानी, ऐसा मत सोचो—तुम बहुत महान हो, मैं तुम्हारा बहुत सम्मान करता हूँ—"

शिवानी के ओंठ थिरकने लगे, सांस लेती हुई बोली,

"इसीलिए तो इन भावनाओं की कोई कदर करने वाला नहीं है"

राजेश को शायद ठेस पहुँची। कदम आगे बढ़ते जा रहे थे, उसने ओंठ तर करते हुए उत्तर दिया,

"नहीं शिवानी—यह बात नहीं है। हर व्यक्ति की अपनी अलग नियति है"

शिवानी ने भीड़ की ओर थिरकती नज़रों से देखते हुए कहा,

"अब तो शायद मैं भी ऐसा ही सोचने लगी हूँ।" पुनः पाँव आगे रखती हुई बोली,

"राजी, संस्कारों में जिसकी छवि को यह ज़रूरी नहीं उसे वर माला भी पहनाई जा सके–"

राजेश के पाँव रुकने लगे। ध्यान अन्यत्र था। सांस लेता हुआ बोला,

"मनोज बहुत अच्छा आदमी है–"

"और तुम जैसे बहुत बुरे हो–" और वह अपनी बात पर स्वयं ही हंस दी। पुनः सांत्वनामयी स्वर में बोली,

"चलो छोड़ो यह सब–राजनीति में अच्छे मित्रों की कमी रहती है, और कुछ न सही, हम अच्छे दोस्त बनकर तो रह सकते हैं–"

आगे चलता हुआ, वह भी हंस दिया, सांस लेता हुआ बोला।

"इसमें क्या सन्देह है?"

"तुम्हारा कोई भरोसा नहीं है, कहीं इस दायरे को भी तोड़कर भाग जाओ–"

राजेश ठहका मारकर हंस दिया। शिवानी ने भी रस सरस फुहार का आनंद लिया, तनिक सहज होकर बोली,

"तुम तो जैसे हो, वैसे ही रहोगे–हाँ, अब तो मुझे सपना जी से बहुत कुछ सीखना है–"

"क्या सीखोगी?–ज़रा मैं भी सुनूँ–" और वह फिर से मुस्कुरा दिया।

"यही कि तुम जैसे आदमी का दिल जीतने के लिए कौन सी कला ज़रूरी है।"

"हे परमात्मा।" राजेश ने पूरी साँस भरकर कहा,

"इस जन्म में तो शायद यह सम्भव न हो पाये–"

"तो क्या हुआ? इसके लिए मैं करोड़ जन्म भी प्रतीक्षा कर सकती हूँ" राजेश ने हैरान होकर पूछा, "शिवानी–ऐसा भला मुझमें क्या है?"

"ज़रा सपना जी से पूछना–" और वह ठहका मारकर हंस दी।

व्यक्तिगत सरस वार्ता में सराबोर वे दोनों कब मुख्यद्वार तक पहुँच गये, नहीं जानते। वी. एम. के वहाँ पहुँचते ही लोगों ने जयनाद से उनका स्वागत किया। वी. एम. के साथ देश के प्रधान मंत्री अन्य प्रमुख नेता, बुद्धिजीवी, उद्योगपति, पत्रकार तथा 'मीडिया' के लोगों का एक लम्बा कारवाँ था। वी. एम. ने आगे बढ़कर मुक्त भाव से राजेश और शिवानी को सीने से लगाया। पुनः वे सीधे मंच पर पहुँचे, विशाल जनसमूह को नमस्कार किया और सम्भाषण आरंभ कर दिया,

"देशवासी भाईयो और बहिनों–आज भूमिका बाँधने के लिए कोई शब्द नहीं है, और न ही इसकी ज़रूरत है। बहुत सीधे में बात कहनी है। आप लोगों को एक अच्छी सरकार का चयन करना है, ऐसी सरकार जो भ्रष्टाचार की बेड़ियों को काट सके। अच्छी सरकार वही आदमी दे सकते हैं जो तन और मन-दोनों दृष्टियों से अच्छे हों, शुद्ध एवं निष्कपट हों। अच्छे और बुरे में भेद करने के लिए हमारे पास कोई अचूक यन्त्र नहीं है। सामाजिक जीवन में हमारा आचार एवं व्यवहार तथा लोकहितकारी भावना ही इसका निर्णय करती है–" कहते-कहते वी. एम.

ने मंच पर आसीन व्यक्तियों को विश्वस्त नेत्रों से देखा, गहरी सांस लेकर अपनी बात जारी की–

"इसी प्रकार के कुछ अच्छे युवाओं को मैंने बहुत निकट से देखा और परखा है। उन्हीं के हाथों में हमें देश का भविष्य सौंपना है। वे सभी समाजसेवक हैं और राष्ट्रीय स्तर पर जाने पहचाने व्यक्ति हैं। सदा देश के हित में सोचते हैं। जैसे इन लोगों को मैंने पहचाना है, आप भी इन्हें निकट से देखकर तथा परख कर वोट दीजिए। अपनी आत्मा की आवाज़ सुनकर, सच्चे मन से वोट दीजिए, आपको पश्चाताप नहीं होगा। पाँच वर्षों तक फिर से तिल-तिल जलना नहीं पड़ेगा,"

पण्डाल तालियों से गूँज उठा। वी. एम. की पार्टी के पक्ष में नारे पर नारे गुंजायमान होने लगे। वी. एम. प्रशांत थे। लम्बी साँस भरकर पुनः कहने लगे,

"चुनाव प्रचार का अभियान जारी हो चुका है। इस ओर भी ध्यान देना है। सही प्रचार वही है जो राष्ट्रीय चरित्र के निर्माण में मार्ग दर्शन करता है। मन को मन से, तथा आदमी को आदमी से जोड़ता है। धनवान होना बुरी बात नहीं है, धन का लोभ रखना बुरी बात है, यह प्रवृति व्यक्ति और समाज दोनों के लिए ही घातक है। उच्च वंश में जन्म हो इसमें कोई बुराई नहीं है, उच्चवंशीय होने का दम्भ बुरी बात है। विदेशी भाषा, आचार व्यवहार और विदेशी वस्तुओं से लगाव निंदनीय नहीं है–निंदनीय है तो सिर्फ विदेशी मानसिकता जिसके कारण लोग अपने देश की संस्कृति तथा अतीत के गौरव को भूल जाते हैं। जातिवाद, प्रान्तीयता, व्यक्तिगत धर्म और निजी आस्थाओं से मोह रखना चाहिए, इन अधिकारों के लिए लड़ना भी ज़रूरी है, परन्तु इस मोह और लड़ाई में कहीं भी देश का, समूचे राष्ट्र का हित गौण नहीं पड़ना चाहिए। लोक हित को सदा ध्यान में रखना होगा।"

कहते-कहते वी. एम. भावुक हो उठे। गला भर आया। जैसे-तैसे स्वयं पर नियंत्रण करते हुए बोले,

"हमने बहुत सी लड़ाईयाँ लड़ी हैं। हार-जीत भी देखी है, लेकिन अब बहुत बूढ़े हो चले हैं। पुराने साथी भी अब नहीं रहे। ऐसे में और कब तक लड़ पायेंगे? इसीलिए, इस नयी लड़ाई की शुरुआत आप लोगों ने करनी है। सच्चे मन से स्वयं निर्णय करें, आपको कैसी सरकार चाहिए। बस–"

पण्डाल में एकत्रित लोग भावासिक्त हो उठे। असंख्य तरल आंखों ने वी. एम. की गीली पलकों की ओर देखा। चारों ओर प्रगाढ़ प्रशान्ति एवं नीरव आत्मकेन्द्रिता विद्यमान थी। ऊपर आकाश में छितरे मेघ किलकारियाँ भरने लगे थे। किरणें दिव्य पालकी सजा रही थीं। जिज्ञासु नेत्रों ने सहसा आकाश की ओर देखा। गंगा की निर्मल धारा से अमृत कलश भरकर कुछ पावन पक्षी इसी ओर बढ़ते आ रहे थे। भ्रष्टाचारी चिड़ियों से दैवी बाज़ लड़ाने की सारी प्रक्रिया पूरी हो चुकी थी।

— इति —